D0803606

COLLECTION FOLIO

Margaret Mitchell

Autant en emporte le vent

Tome III

TRADUIT DE L'ANGLAIS
PAR PIERRE-FRANÇOIS CAILLÉ

Gallimard

Titre original :

GONE WITH THE WIND

XL

Scarlett ne dormit guère cette nuit-là. Lorsque l'aube fut venue et que le soleil eut commencé sa lente ascension au-dessus des pins qui tapissaient les collines, à l'est, elle quitta son lit en désordre, approcha un tabouret de la fenêtre et s'assit. Posant la tête sur son bras replié, elle regarda la grange, puis le verger, et ses yeux se posèrent enfin sur les champs de coton. Tout était frais et humide de rosée, tout était vert et silencieux. A la vue des champs, elle sentit un baume exquis se répandre sur son cœur meurtri. Quoique son maître fût mort, Tara, au soleil levant, donnait l'impression d'un domaine soigné avec amour, d'une terre où régnait la paix. Les planches du poulailler, consolidées avec de la glaise pour empêcher les rats et les belettes de se faufiler à l'intérieur, avaient été passées au lait de chaux et l'étable, elle aussi, était badigeonnée de blanc. Avec ses rangs de maïs, de fèves, de navets et de courges jaune vif, le jardin potager, vierge de mauvaises herbes, était entouré de clôtures régulières. Sous les arbres du verger, seules poussaient des marguerites. Le soleil caressait les pommes et les pêches à demi enfouies sous le feuillage vert... Plus loin, les cotonniers rangés en demi-cercles s'étendaient immobiles, dans la lumière dorée de la journée naissante. Les canards orgueilleux et les poulets craintifs se hâtaient vers les champs, car, sous les buissons et dans la terre amollie par la charrue, ils étaient sûrs de trouver des vers et des limaces de choix.

Le cœur de Scarlett se gonfla de tendresse et de gratitude envers Will qui avait fait tout cela. Malgré son culte pour Ashley, elle ne pouvait croire qu'il eût beaucoup contribué à créer cette prospérité. La résurrection de Tara n'était point l'œuvre d'un planteur aristocrate, mais celle du « petit fermier » laborieux et infatigable qui aimait sa terre. Évidemment, Tara n'était plus qu'une simple ferme en comparaison de la magnifique plantation d'autrefois, où les mules nombreuses et les chevaux de race gambadaient dans les prés, où les champs de maïs et de coton s'étendaient à perte de vue. Mais, tout y était entretenu à merveille et, quand les temps seraient meilleurs, on pourrait se remettre à cultiver les arpents en friche qui ne seraient que plus fertiles après un long repos.

Will ne s'était pas borné à donner ses soins à quelques lapins. Il avait mené une lutte sévère contre ces deux ennemis des planteurs georgiens, les pousses de pin et les ronces de mûrier. Il ne leur avait pas permis d'envahir sournoisement le jardin, le pré, les champs de coton ou la pelouse, il n'avait pas laissé les ronces monter avec insolence à l'assaut des vérandas comme dans d'innombrables plantations.

Scarlett frissonna à la pensée que Tara avait failli retourner à l'état sauvage. Will et elle avaient accompli de la bonne besogne. Ils avaient déjoué les entreprises des Yankees et des Carpetbaggers, et même celles de la nature. Et puis, Will lui avait dit qu'en automne, lorsque la récolte de coton serait faite, elle n'aurait plus besoin de lui envoyer de l'argent, à moins, bien entendu, qu'un autre Carpetbagger ne convoitât Tara et ne s'arrangeât pour en relever les impôts. Scarlett savait que Will aurait du mal à se passer de son aide, mais elle admirait et respectait son esprit d'indépendance. Aussi longtemps qu'il s'était trouvé dans la situation de quelqu'un dont on rémunère les services, il avait accepté l'argent, mais maintenant qu'il allait devenir son beau-frère, qu'il allait être l'homme de la famille, il ne voulait plus compter que sur son travail. Oui, Will était un don de la Providence.

La veillle au soir, Pork avait creusé la tombe à côté de celle d'Ellen et, la bêche à la main, il se tenait en face du petit monticule d'argile rouge qu'il n'allait pas tarder à remettre en place. Derrière lui, immobile à l'ombre d'un cèdre aux rameaux bas et noueux que le chaud soleil de juin parait de fines mouchetures, Scarlett s'efforçait de ne pas regarder le trou rouge. Avançant avec peine au milieu de l'allée qui descendait de la maison, Jim Tarleton, le petit Hugh Monroe, Alex Fontaine et le plus jeune des petits-fils du vieux Mac Rae portaient le cercueil de Gérald, sur une sorte de civière. A leur suite, mais à distance respectueuse, s'étirait en désordre un long cortège de voisins et d'amis mal habillés et recueillis. Tandis que les porteurs traversaient le jardin inondé de soleil, Pork appuya le front au manche de sa bêche et se mit à pleurer, et Scarlett remarqua que ses cheveux crépus, core d'un noir de jais lorsqu'elle était partie pour Atlanta, étaient maintenant tout gris.

Elle remercia Dieu d'avoir pleuré toute la nuit, ce qui lui permettait de conserver l'œil sec et la tête droite. Le bruit que faisait Suellen en pleurant juste derrière son épaule l'irrita tellement qu'elle dut serrer les poings pour ne pas se retourner et gifler le visage tuméfié de sa sœur. Suellen avait été la cause directe ou indirecte de la mort de son père, et elle aurait pu avoir la décence de se tenir en face d'une assistance hostile. Personne ne lui avait adressé la parole ce matin-là, personne n'avait eu pour elle le moindre regard de sympathie. On avait embrassé Scarlett sans vaines démonstrations, on lui avait serré la main, on avait murmuré quelques mots à Carreen et même à Pork, mais tout le monde avait feint d'ignorer la présence de Suellen.

Aux yeux de tous ces gens, elle avait fait plus qu'assassiner son père. Elle avait essayé de lui faire trahir le Sud et, pour cette communauté aussi intransigeante qu'étroitement unie, c'était comme si elle avait porté atteinte à l'honneur de chacun. Elle avait rompu le front solide que le comté présentait à l'ennemi. En cherchant à soutirer de l'argent au gouvernement yankee, elle s'était rabaissée au rang des Carpetbaggers et des Scallawags, créatures plus honnies encore que ne l'avaient jamais été les soldats yankees. Elle, qui appartenait à une vieille famille confédérée, elle, la fille d'un planteur fidèle à la Cause, elle était passée à l'ennemi et, du même coup, avait attiré la honte sur toutes les familles du comté.

Les personnes qui suivaient le convoi funèbre étaient à la fois indignées et brisées par le chagrin ; trois d'entre elles surtout, le vieux Mac Rae, lié à Gérald depuis son arrivée dans le pays, la vieille grand-mère Fontaine, qui l'aimait parce qu'il était le mari d'Ellen, et Mme Tarleton, qui avait eu pour lui encore plus de sympathie que le reste de ses voisins parce que, comme elle le disait souvent, il était le seul homme du comté à savoir reconnaître un étalon d'un hongre.

La vue de ces trois visages agités, dans le salon obscur où reposait le corps de Gérald avant les funérailles, avait causé quelque inquiétude à Ashley et à Will, qui s'étaient retirés dans le petit bureau d'Ellen pour se concerter.

— Il y en a qui ne vont pas manquer de faire des réflexions sur Suellen, déclara Will brusquement, en coupant d'un coup de dent le brin de paille qu'il mâchonnait. Ils se figurent que c'est leur devoir de parler. Ça se peut. Ce n'est pas à moi de juger. En tout cas, qu'ils aient le droit ou non, nous serons obligés de prendre la défense de Suellen parce que nous sommes les hommes de la famille, et ça fera du vilain. On ne peut pas raisonner le vieux Mac Rae, il est sourd comme un pot et il n'entendra pas ceux qui lui conseilleront de se taire. Par ailleurs, vous savez que personne n'a jamais pu arrêter la grand-mère Fontaine quand elle a juré de dire aux gens leurs quatre vérités. Enfin, Mme Tarleton... vous avez vu les yeux qu'elle faisait chaque fois qu'elle regardait du côté de Suellen ? Elle a rudement du mal à se contenir. S'ils parlent, il faudra que nous intervenions, et nous avons déjà bien assez d'embêtements comme ça à Tara sans nous mettre nos voisins à dos.

Ashley poussa un soupir. Il savait mieux que Will à quoi s'en tenir sur le caractère de ses voisins et il se souvenait qu'avant la guerre, une bonne moitié des querelles, dont certaines s'étaient terminées par des coups de feu, avaient eu pour origine quelques paroles prononcées au-dessus d'un cercueil, suivant la coutume du comté. En général, ces paroles étaient élogieuses à l'extrême, mais, de temps en temps, le contraire se produisait. Il arrivait que des mots prononcés avec les meilleures intentions du monde fussent mal interprétés par une famille énervée et, à peine les dernières pelletées de terre avaient-elles recouvert la bière, qu'un incident éclatait.

En l'absence d'un prêtre catholique et des ministres méthodistes et baptistes de Jonesboro et de Fayetteville, dont on avait refusé le concours avec tact, il appartenait à Ashley de conduire le service religieux, en s'aidant du livre de prières de Carreen. Plus fervente catholique que ses sœurs, Carreen avait été profondément affectée que Scarlett n'eût pas songé à amener un prêtre d'Atlanta, mais elle s'était un peu consolée à l'idée que celui qui viendrait marier Will et Suellen pourrait profiter de son passage pour lire l'office des morts sur la tombe de Gérald. C'était elle qui avait refusé l'assistance des ministres protestants du voisinage et avait demandé à Ashley de se substituer à l'officiant. Adossé au vieux secrétaire, Ashley se rendait compte qu'il avait la responsabilité de veiller à ce que la cérémonie se déroulât dans le calme et, sachant combien les gens du comté avaient la tête près du bonnet, il cherchait en vain un moyen de maintenir l'ordre.

— Il n'y a rien à faire, Will, dit-il en se passant la main dans les cheveux. Je ne peux tout de même pas assommer à coups de poing la grand-mère Fontaine ou le vieux Mac Rae, je ne peux pas non plus coller la main sur la bouche de Mme Tarleton. Et vous verrez, ils diront pour le moins que Suellen a commis un meurtre et une trahison et que, sans elle, M. O'Hara serait encore en vie. Quelle maudite coutume de parler en face d'un mort. C'est barbare.

— Écoutez-moi, Ashley, fit Will avec lenteur. Je n'ai pas du tout l'intention de laisser les gens raconter ce qu'ils pensent de Suellen, quelle que soit leur opinion. Remettez-vous-en à moi. Quand vous aurez fini de lire l'office et de réciter les prières, vous direz : « Quelqu'un désire-t-il prononcer quelques mots ? » et à ce moment, vous vous tournerez vers moi afin que je puisse parler le premier.

Cependant, Scarlett ne se doutait pas de l'orage menaçant et regardait les porteurs qui s'efforçaient de faire passer leur fardeau par la porte trop étroite du petit cimetière. Le cœur lourd, elle songeait qu'en enterrant Gérald elle enterrait l'un des derniers maillons de la chaîne qui l'unissait aux jours heureux.

Finalement, les porteurs déposèrent le cercueil auprès de la tombe. Ashley, Mélanie et Will pénétrèrent dans l'enclos et se placèrent un peu en retrait des demoiselles O'Hara. Tous ceux qui purent entrer se massèrent derrière eux. Le reste demeura à l'extérieur du mur en briques. Scarlett fut à la fois surprise et émue de constater combien il y avait de monde. Les moyens de transport étaient des plus précaires et, en se dérangeant, chacun avait donné une grande preuve d'abnégation. Il y avait là cinquante ou soixante personnes, dont certaines habitaient si loin que Scarlett se demandait comment elles avaient bien pu apprendre la nouvelle à temps pour venir. Il y avait des familles entières de Jonesboro, de Fayetteville et de Lovejoy et, avec elles, quelques serviteurs noirs. Bon nombre de petits fermiers étaient présents, ainsi que des forestiers et une poignée d'hommes qui vivaient au milieu des marais le fusil sous le bras et la chique calée dans un coin de leur bouche. Ces derniers, géants maigres et barbus, portaient des vêtements d'étoffes grossières tissées à la maison et la casquette en raton. Ils s'étaient fait accompagner de leurs femmes dont les pieds nus enfonçaient dans la terre molle et rouge et dont les lèvres étaient noircies par le tabac à priser. Sous leurs capelines, ces femmes avaient un visage ravagé par la malaria, mais elles reluisaient de propreté et leurs robes fraîchement repassées étaient toutes brillantes d'empois.

Les voisins immédiats étaient au grand complet. La grand-mère Fontaine, desséchée, ridée et jaune comme un vieux canari, s'appuyait sur sa canne. Derrière elle, Sally Munroe Fontaine et Mme Jeune l'appelaient à voix basse et tiraient vainement sur sa robe pour la faire s'asseoir sur le mur de briques. Le vieux docteur, le mari de la grand-mère, n'était pas là. Il était mort deux mois auparavant et presque toute gaieté avait disparu des yeux de la vieille dame. Cathleen Calvert Hilton se tenait à l'écart, comme il seyait à une femme dont le mari avait été mêlé au drame. Elle baissait la tête et sa capeline décolorée lui cachait le visage. Scarlett remarqua, avec stupeur, que sa robe de percale était couverte de taches de graisse et que ses mains, semées de taches de rousseur, étaient sales, ainsi que ses ongles. Cathleen n'avait plus rien de distingué et avait même l'air d'une souillon, d'une traîne-misère.

« Elle ne va pas tarder à priser, si ce n'est déjà fait, pensa Scarlett, horrifiée. Grand Dieu! Quelle déchéance! »

Elle frémit en se rendant compte du peu de distance qui séparait les gens de qualité des va-nu-pieds.

« Sans mon cran, j'en serais peut-être là », se dit-elle et, se rappelant qu'après la reddition, elle et Cathleen s'étaient retrouvées au même point, elle sentit monter en elle une bouffée d'orgueil.

« Je ne m'en suis pas si mal tirée », songea-t-elle en relevant le menton et en ébauchant un petit sourire. Mais son sourire se figea sur ses lèvres. Mme Tarleton, les yeux rougis par les larmes, la regardait d'un air indigné. Derrière Mme Tarleton et son mari étaient alignées leurs quatre filles dont les boucles rousses jetaient une note inconvenante et dont les yeux brun roux pétillaient comme ceux de jeunes animaux débordant de vie et d'entrain.

Soudain, chacun se raidit, le frou-frou des crinolines s'apaisa, les hommes se découvrirent, les mains se joignirent pour prier et Ashley s'avança portant le livre de prières de Carreen, usé à force d'être lu. Il s'arrêta, baissa la tête, demeura immobile. Ses cheveux d'or étincelaient au soleil. Un silence profond s'étendit sur la foule, si profond qu'on entendait soupirer les magnolias caressés par le vent. Au loin, un moqueur lançait d'une façon obsédante sa note grave et triste, toujours la même. Ashley commença à lire les prières, et tous les fronts se courbèrent tandis que, de sa voix chaude et admirablement timbrée, il prononçait les paroles brèves et dignes.

« Oh! pensa Scarlett, la gorge serrée. Qu'il a donc une belle voix! Puisqu'il faut que quelqu'un fasse cela pour papa, je suis heureuse que ce soit Ashley. Oui, j'aime beaucoup mieux que ce soit lui qu'un prêtre. J'aime mieux voir enterrer papa par quelqu'un de la famille que par un inconnu. »

Lorsque Ashley arriva à l'endroit de la prière qui avait trait aux âmes du Purgatoire, et que Carreen avait pris soin de souligner, il referma brusquement le livre. Seule Carreen remarqua l'omission et leva un regard intrigué vers Ashley, qui entama le *Pater Noster*. Il savait que la moitié des gens qui se trouvaient là n'avait jamais entendu parler du Purgatoire et que l'autre moitié s'indignerait d'entendre insinuer, même dans une prière, qu'un homme aussi parfait que M. O'Hara ne fût point allé droit au Paradis. Ainsi, par égard pour l'opinion publique, il passa sous silence toute allusion au Purgatoire. L'assistance accompagna avec conviction la lecture du *Pater Noster*, mais montra beaucoup moins d'assurance lorsque Ashley eut commencé l'*Ave Maria*. Personne n'avait jamais entendu cette prière et tous jetèrent des regards furtifs du côté des demoiselles O'Hara, de Mélanie et des domestiques de Tara qui donnaient les réponses : « Priez pour nous, maintenant et à l'heure de notre mort. Ainsi soit-il. »

Alors, Ashley releva la tête et parut gêné. Tout le monde avait les yeux fixés sur lui. Les gens attendaient que le service continuât, car aucun d'eux ne se doutait que les prières catholiques se bornaient là. Dans le comté, les enterrements duraient toujours longtemps. Les ministres baptistes et méthodistes n'étaient pas soumis à un rituel précis, mais ils faisaient traîner les choses en longueur, ainsi que l'exigeaient les circonstances, et s'arrêtaient rarement avant que tous les assistants fussent en larmes et que la famille du défunt se lamentât à haute voix. Si le service religieux se bornait à ces courtes prières, prononcées devant la dépouille de leur ami bien-aimé, les voisins, choqués, allaient s'indigner. Personne ne savait cela mieux qu'Ashley. Pendant des semaines, on commenterait l'événement au déjeuner et au dîner, et tout le comté serait d'avis que les demoiselles O'Hara n'avaient pas témoigné à leur père le respect qu'elles lui devaient.

Après avoir jeté un rapide coup d'œil à Carreen comme pour lui demander pardon, il baissa de nouveau la tête et se mit à réciter, de mémoire, les prières épiscopales pour les défunts, qu'il avait lues si souvent aux Douze Chênes, à des enterrements d'esclaves.

« Je suis la Résurrection et la Vie... et quiconque... croit en Moi ne mourra pas. »

Il avait peine à se rappeler les paroles et il s'exprimait lentement, s'arrêtant parfois pour chercher ses phrases. Cependant la lenteur même avec laquelle il s'exprimait donnait plus de force à ses mots et les assistants qui, jusque-là, avaient gardé l'œil sec, commencèrent à tirer leur mouchoir. Comme ils étaient tous baptistes ou méthodistes, ils se figurèrent qu'Ashley suivait scrupuleusement l'ordonnance des cérémonies catholiques et se dirent que le culte catholique était beaucoup moins froid et beaucoup moins papiste qu'ils ne l'avaient cru tout d'abord. Scarlett et Suellen, aussi ignorantes que leurs voisins, trouvèrent la prière magnifique et réconfortante. Seules Mélanie et Carreen s'aperçurent qu'on était en train d'enterrer un fervent catholique irlandais selon le rite anglican. Et Carreen était trop anéantie par le chagrin et trop ulcérée par la traîtrise d'Ashley pour intervenir.

Lorsqu'il eut terminé, Ashley rouvrit ses grands yeux gris et tristes et regarda la foule. Au bout d'un moment son regard rencontra celui de Will et il dit :

— L'une des personnes présentes désire-t-elle prononcer quelques mots ?

Mme Tarleton donna aussitôt des signes d'agitation, mais plus prompt qu'elle Will s'avança de sa démarche claudicante et vint se placer devant le cercueil.

— Mes amis commença-t-il de sa voix terne, vous vous imaginez peut-être que j'en prends bien à mon aise en parlant le premier... moi qui, il y a un an, ne connaissais pas encore M. O'Hara, alors que vous, vous le connaissez depuis vingt ans au moins. Mais voici justement mon excuse. S'il avait vécu un mois de plus, j'aurais eu le droit de l'appeler père.

Un frisson d'étonnement parcourut l'assemblée. Les assistants étaient trop bien élevés pour chuchoter entre eux, mais tous se mirent à se dandiner d'un pied sur l'autre et regardèrent Carreen qui baissait la tête. Chacun savait combien Will lui était attaché, mais Will, s'apercevant de quel côté se portaient les regards, poursuivit comme si de rien n'était.

— Étant donné que j'épouserai Mlle Suellen dès qu'il viendra un prêtre d'Atlanta, j'ai pensé que ça me donnait peut-être le droit de parler le premier.

La dernière partie de son allocution se perdit dans un murmure confus qui ressemblait au bruissement d'un essaim d'abeilles. Il y avait de l'indignation et de la déception dans ce murmure. Tout le monde éprouvait de la sympathie pour Will. Tout le monde le respectait à cause de ce qu'il avait fait pour Tara. Tout le monde savait qu'il aimait Carreen, aussi l'annonce de son mariage avec Suellen, qui s'était mise au ban de la société, causait-elle une stupeur proche de la colère. Ce brave Will, épouser cette peste, cette sale petite Suellen O'Hara!

Pendant un moment, l'atmosphère resta des plus tendues. Mme Tarleton battait furieusement des paupières et ses lèvres tremblaient comme si elle allait parler. Au milieu du silence, on pouvait entendre distinctement le vieux Mac Rae demander à son petit-fils de lui expliquer ce qui se passait. Face à l'assistance, Will conservait son expression tranquille, mais, dans ses yeux bleu pâle, brillait une lueur qui interdisait à quiconque de s'élever contre sa future femme. Pendant un moment, la balance oscilla entre la sincère affection que chacun avait pour Will et le mépris dans lequel chacun tenait Suellen. Et ce fut Will qui l'emporta. Il continua, comme si sa pause avait été voulue.

— Je n'ai pas connu comme vous M. O'Hara dans toute la force de l'âge. Lorsque je l'ai connu, ce n'était plus qu'un vieux monsieur très digne, mais un peu diminué. Seulement, je vous ai entendu parler de ce qu'il était autrefois. C'était un Irlandais plein de courage, un vrai gentilhomme du Sud et si jamais il y a eu un homme attaché à la Confédération, ça a bien été lui. On ne peut pas rêver meilleur mélange. Et nous n'en verrons plus beaucoup comme lui, parce que l'époque où l'on faisait des hommes comme ça est aussi morte que lui. Il était né à l'étranger, mais celui que nous enterrons aujourd'hui était plus georgien que nous autres qui le pleurons. Il partageait notre existence. Il aimait notre pays et, pour dire les choses comme elles sont, il est mort pour notre cause, tout comme un soldat. Il était l'un des nôtres, il avait nos défauts et nos qualités, il était fort comme nous le sommes et il partageait nos faiblesses. Il avait nos qualités, en ce sens que rien ne pouvait l'arrêter quand il avait décidé quelque chose et que rien ne l'effrayait. Rien de ce qui venait de l'extérieur ne pouvait l'abattre.

« Lorsque le gouvernement anglais l'a recherché pour le pendre, il n'a pas eu peur. Il a pris tranquillement son balluchon et il est parti de chez lui. Ça ne lui a pas fait peur non plus de débarquer dans ce pays sans un sou. Il s'est mis au travail et il a gagné de l'argent. Ça ne lui a pas fait peur de s'installer dans cette région dont les Indiens venaient juste d'être chassés et qui était encore à demi sauvage. Il a défriché la brousse et a créé une grande plantation. Lorsque la guerre est arrivée et qu'il a commencé à voir fondre son argent, il n'a pas eu peur de redevenir pauvre. Lorsque les Yankees sont passés à Tara, ils auraient pu incendier sa maison ou le tuer, mais il ne s'est pas laissé faire. Voilà pourquoi je dis qu'il avait nos qualités. Rien de ce qui vient de l'extérieur, rien ne peut nous abattre.

« Mais il avait également nos faiblesses car il était vulnérable par l'intérieur. Je veux dire que là où le monde entier ne pouvait rien contre lui, son cœur trouvait le défaut de la cuirasse. Lorsque Mme O'-Hara est morte, son cœur est mort lui aussi, et ça a été la fin. Ce n'était plus lui que nous voyions ces derniers temps. »

Will s'arrêta et, de son regard paisible, examina

les visages rangés en cercle autour de lui. La foule se tenait immobile sous le soleil cuisant et avait oublié sa colère contre Suellen. Les yeux de Will se posèrent un instant sur Scarlett et semblèrent lui sourire, comme pour lui donner du courage. Et Scarlett, qui luttait pour refouler ses larmes, sentit effectivement son courage lui revenir. Au lieu de débiter un tas d'absurdités, de parler de réunion dans un monde meilleur et de soumission à la volonté de Dieu, Will disait des choses marquées au coin du bon sens, et Scarlett avait toujours puisé force et réconfort dans le bon sens.

— Je ne voudrais pas que vous ayez moins bonne opinion de lui parce qu'il s'est laissé abattre. Vous et moi, nous sommes tous exposés à ça. Nous sommes sujets aux mêmes faiblesses et aux mêmes égarements. Rien de ce qui se voit n'a de prise sur nous, ni les Yankees, ni les Carpetbaggers, ni la vie dure, ni les impôts trop élevés, ni même le manque de nourriture. Mais nous pouvons être balayés en un clin d'œil par cette faiblesse qu'il y a en nous. Ce n'est pas toujours en perdant quelqu'un que ça nous arrive, comme c'est arrivé à M. O'Hara. Chacun réagit à sa manière. Et je veux vous dire ceci : les gens qui ne réagissent plus, ceux dont le ressort est cassé, font mieux de mourir. Par les temps qui courent, il n'y a plus place pour eux en ce bas monde. Ils sont plus heureux dans la tombe... Voilà pourquoi je vous dirai à tous de ne pas vous affliger pour M. O'Hara. C'était quand Sherman est venu et que Mme O'Hara est morte qu'il fallait s'affliger. Maintenant qu'il va retrouver celle qu'il aimait, je ne vois pas pourquoi nous aurions du chagrin, à moins que nous ne soyons fichtrement égoïstes, et c'est moi qui vous le dis, moi qui l'aimais comme mon propre père... Si ça ne vous fait rien, il n'y aura pas d'autre discours. Les membres de la famille ont trop de chagrin pour en écouter davantage et ça ne serait pas gentil pour eux.

Will s'arrêta et, se penchant vers Mme Tarleton, il lui dit en baissant la voix :

— Je me demande si vous ne pourriez pas reconduire

Scarlett à la maison, madame ? Ça ne lui vaut rien de rester debout si longtemps en plein soleil. Et la grand-mère Fontaine n'a pas l'air d'être très fringante non plus, sauf le respect que je lui dois.

Abasourdie par la brusquerie de Will abandonnant sans transition l'éloge funèbre de son père pour s'occuper d'elle, Scarlett rougit jusqu'aux oreilles et son embarras grandit de voir tous les regards se porter de con côté. Dans quel but Will faisait-il constater à tout le monde qu'elle était enceinte ? Elle lui lança un coup d'œil indigné, mais Will ne se départit point de son calme et l'obligea même à baisser les yeux. « Je vous en prie, avait-il l'air de dire, je sais ce que je fais. »

Il était déjà l'homme, le chef de la famille, et Scarlett, désireuse d'éviter une scène, se tourna vers Mme Tarleton. Ainsi que Will l'avait espéré, celle-ci en oublia du même coup Suellen et sa colère et, prenant Scarlett par le bras, lui dit d'un ton plein de douceur : « Allons, rentrez, ma petite. »

Scarlett se laissa conduire au milieu de la foule qui s'écarta, tandis que s'élevait un murmure de sympathie et que différentes personnes cherchaient à lui serrer la main au passage. Lorsqu'elle arriva à la hauteur de la grand-mère Fontaine, la vieille dame murmura : « Donnez-moi le bras, mon enfant », et ajouta en s'accompagnant d'un regard farouche à l'adresse de Sally et de Mme Jeune : « Non, ne venez pas, vous autres, je n'ai pas besoin de vous. »

Les trois femmes se frayèrent un lent chemin à travers l'assistance qui se refermait derrière elles, puis elles s'engagèrent dans l'allée ombreuse pour rentrer à la maison. Mme Tarleton soutenait Scarlett d'une main si ferme qu'à chaque pas celle-ci avait l'impression d'être soulevée de terre.

— Mais enfin, pourquoi Will a-t-il fait cela ? s'écria Scarlett, quand elle se fut assurée que personne ne pouvait l'entendre. C'est comme s'il avait dit : « Regardez-la ! Elle va avoir un enfant ! »

— Allons, vous n'en êtes pas morte, n'est-ce pas ? déclara Mme Tarleton. Will a eu raison. C'était de la folie de rester ainsi en plein soleil. Vous pouviez vous évanouir et avoir une fausse couche.

— Ce n'était pas de cela que Will avait peur, fit la grand-mère, un peu essoufflée par la montée. Will connaît son monde. Il ne tenait pas du tout à ce que vous et moi, Béatrice, nous nous approchions de la tombe. Il craignait que nous ne parlions et il a trouvé le moyen de se débarrasser de nous... Et il y avait encore autre chose. Il ne voulait pas que Scarlett entende les pelletées de terre tomber sur le cercueil. Il n'a pas tort. Rappelez-vous bien cela, Scarlett. Tant qu'on n'a pas entendu ce bruit-là, on se figure que les gens ne sont pas morts pour de bon. Mais une fois qu'on l'a entendu... Il n'y a pas de bruit plus affreux au monde. Nous voici arrivées... Aidez-moi à monter le perron, mon enfant. Donnez-moi la main, Béatrice. Scarlett n'a pas plus besoin de votre bras que d'une paire de béquilles et, comme l'a si bien remarqué Will, je ne suis pas trop fringante... Will sait que vous étiez la préférée de votre père et il n'a pas voulu vous infliger ce surcroît d'épreuves. Il s'est dit que ça ne serait pas aussi terrible pour vos sœurs. Suellen a sa honte pour la soutenir et Carreen, son Dieu. Mais vous, vous n'avez rien, n'est-ce pas, mon enfant ?

— Non, répondit Scarlett tout en aidant la vieille dame à gravir les marches. Non, je n'ai jamais eu personne pour me soutenir... sauf ma mère.

— Mais quand vous l'avez perdue, vous vous êtes aperçue que vous étiez assez forte pour vous passer d'appui, n'est-ce pas ? Eh bien ! il y a des gens qui ne le peuvent pas. Votre père était de ceux-là. Will a raison. Ne vous faites pas de peine. Il ne pouvait pas se passer d'Ellen et il est plus heureux là où il est, tout comme moi quand je rejoindrai le vieux docteur.

Elle parlait sans aucun désir d'éveiller la compassion et Scarlett et Mme Tarleton s'abstinrent de tout commentaire. Elle s'exprimait d'un ton aussi détaché et aussi naturel que si son mari était parti pour Jonesboro et qu'il lui eût suffi d'une courte promenade en buggy pour le retrouver. La grand-mère était trop vieil-

le et avait vu trop de choses pour redouter la mort.
— Mais... vous, vous ne pouvez pas vous passer d'appui non plus, dit Scarlett.
— Si, mais parfois c'est bien désagréable.
— Écoutez-moi, grand-mère, interrompit Mme Tarleton, vous ne devriez pas dire ces choses-là à Scarlett. Elle est déjà bien assez sens dessus dessous comme ça! Entre le voyage, cette robe qui la serre, son chagrin et la chaleur, il y a de quoi lui faire faire une fausse couche. Si par-dessus le marché vous lui mettez des idées noires en tête, où allons-nous?
— Ventrebleu! s'exclama Scarlett, agacée, je ne suis pas sens dessus dessous et puis je ne suis pas de ces femmes à faire des fausses couches pour un oui ou pour un non.
— On ne sait jamais, prophétisa Mme Tarleton d'un air doctoral. La première fois que j'étais enceinte, j'ai eu une fausse couche en voyant un taureau encorner un de nos esclaves et... Vous vous souvenez aussi de ma jument rouanne, Nellie? Il n'y avait pas bête plus saine, mais elle était d'une nervosité excessive et, si je n'avais pas fait attention, elle aurait...
— Taisez-vous donc, Béatrice, dit la grand-mère. Scarlett ne va pas nous faire une fausse couche, rien que pour vous donner raison. Asseyons-nous ici, dans le vestibule. On y est au frais. Il y passe un courant d'air très agréable. Allons, si vous alliez me chercher un verre de petit-lait à la cuisine, Béatrice. Non, regardez donc plutôt dans le placard s'il n'y a pas de vin. Je m'accommoderais fort bien d'un petit verre. Nous resterons assises ici jusqu'à ce que les gens viennent prendre congé.
— Scarlett ferait mieux de se coucher, insista Mme Tarleton après avoir promené sur elle un regard entendu, en personne capable d'évaluer à une minute près le terme d'une grossesse.
— Sauvez-vous donc, fit la grand-mère et elle donna un petit coup de canne à Mme Tarleton, qui se dirigea vers la cuisine en jetant négligemment son chapeau sur la console et en passant la main dans ses cheveux rouges, mouillés de sueur.

Scarlett se renversa sur le dossier de sa chaise et déboutonna les deux premiers boutons de son corsage. Il faisait bon dans le grand vestibule où régnait une demi-obscurité, et le courant d'air qui traversait la maison d'un bout à l'autre prodiguait une fraîcheur bienfaisante après les ardeurs du soleil. Scarlett jeta un coup d'œil au salon où avait reposé la dépouille de Gérald, mais elle prit sur elle pour ne plus penser à son père et regarda le portrait de la grand-mère Robillard que les baïonnettes yankees n'avaient point respecté, bien qu'il fût accroché très haut au-dessus de la cheminée. La vue de son aïeule, avec son haut chignon, sa gorge presque nue et son petit air insolent, produisait toujours sur Scarlett un effet tonifiant.

— Je ne sais pas ce qui a le plus affecté Béatrice Tarleton, de la perte de ses fils ou de celle de ses chevaux, fit la grand-mère Fontaine, Jim et ses filles n'ont jamais beaucoup compté pour elle, vous savez. Elle appartient à cette catégorie de gens dont parlait Will. Son ressort est cassé. Je me demande parfois si elle ne va pas suivre les traces de votre papa. Son seul plaisir était de voir les chevaux et les hommes croître et se multiplier autour d'elle. Or ses filles ne sont pas mariées et n'ont aucune chance de dénicher un mari dans le pays, elle n'a rien pour lui occuper l'esprit. Si elle n'était pas si profondément femme du monde, elle serait bien vulgaire... C'est vrai, ce qu'a dit Willl au sujet de son mariage avec Suellen ?

— Oui, répondit Scarlett en regardant la vieille dame bien en face.

Bonté divine, elle se souvenait pourtant de l'époque où elle avait une peur bleue de la grand-mère Fontaine ! Allons, elle avait grandi depuis ce temps-là et elle se sentait de taille à la remettre à sa place si elle se mêlait des affaires de Tara.

— Il aurait pu tomber mieux, dit la grand-mère candidement.

— Vraiment ? remarqua Scarlett d'un air hautain.

— Ne montez donc pas sur vos grands chevaux, ma petite, conseilla la vieille dame avec aigreur. Je ne vais pas attaquer votre précieuse sœur, bien que je l'eusse fait volontiers si j'étais restée au cimetière. Non, ce que je veux dire, c'est qu'étant donné le manque d'hommes dans le comté il aurait pu épouser n'importe qui. Il y a les quatre chats sauvages de Béatrice, les petites Munroe, les Mac Rae...

— Il va épouser Suellen, et puis voilà.

— Suellen a de la chance...

— Tara aussi.

— Vous aimez Tara, n'est-ce pas ?

— Oui.

— Vous l'aimez au point que ça vous est bien égal de voir votre sœur se mésallier, pourvu que vous ayez un homme ici, pour s'occuper du domaine.

— Se mésallier ? demanda Scarlett, étonnée par cette idée. Se mésallier ? A quoi riment les questions de classe désormais ? Ce qu'il faut avant tout, c'est qu'une jeune fille trouve un mari pour veiller sur elle.

— C'est à voir, fit la vieille dame. Certains vous approuveraient, d'autres trouveraient que vous avez tort de renverser des barrières qui n'auraient jamais du être abaissées d'un pouce. Will n'est pas un fils de famille, tandis que certains de vos parents étaient des gens de qualité.

La vieille dame jeta un coup d'œil au portrait de grand-mère Robillard.

Scarlett pensa à Will, à ce garçon efflanqué, doux et falot, qui mâchonnait éternellement un brin de paille et qui, pareil à la plupart des paysans de Georgie, avait l'air si peu énergique. Il n'avait pas derrière lui une longue lignée d'ancêtres riches, nobles et habitués à tenir le premier rang. Le premier Will venu se fixer en Georgie était peut-être un colon d'Oglethorpe [1] ou un « racheté » [2]. Will n'était jamais allé au collège.

1. James Edward Oglethorpe, général et philanthrope anglais, de retour en Angleterre, après une campagne contre les Turcs, eut l'idée de fonder une colonie pour les indigents et les membres des sectes protestantes persécutées. Une charte royale lui fut octroyée en 1732 et il partit pour l'Amérique, où il fonda l'État de Virginie *(N. d. T.)*.

2. Pour payer le prix de leur passage, certains émigrants européens se vendaient à des propriétaires américains et se rachetaient peu à peu, c'était le système dit de la « rédemption » *(N. d. T.)*.

En fait, il avait simplement suivi pendant quatre ans les cours d'une école de campagne. C'était là toute son éducation. Il était honnête et droit, il était patient et dur au travail, mais à coup sûr ce n'était pas un fils de famille et les Robillard n'eussent pas manqué de dire que Suellen se mésalliait.

— Ainsi, vous êtes contente que Will entre dans votre famille!

— Oui, répondit brutalement Scarlett, toute prête à bondir sur la vieille dame à la moindre parole de blâme.

— Embrassez-moi, dit la grand-mère en souriant de la manière la plus inattendue. Jusqu'à aujourd'hui, Scarlett, je n'avais pas une sympathie débordante pour vous. Vous avez toujours été dure comme une noix d'hickory, même lorsque vous étiez enfant, et je n'aime pas la dureté chez les femmes, excepté chez moi. Mais j'aime la façon dont vous tenez tête aux événements. Vous ne vous arrachez pas les cheveux pour des choses contre lesquelles on ne peut rien. Vous savez prendre vos haies, tout comme un bon chasseur.

Scarlett ne savait pas très bien si elle devait sourire, elle aussi; en tout cas, elle obéit et embrassa du bout des lèvres la joue parcheminée que lui tendait la grand-mère.

— Tout le monde a beau aimer Will, reprit la vieille dame, des tas de gens ne manqueront pas de dire que vous n'auriez peut-être pas dû laisser Suellen épouser un paysan. Tout en chantant ses louanges, ils diront que c'est une chose terrible, pour une O'Hara, de se mésallier. Mais laissez-les parler, ne vous occupez pas de ce qu'ils raconteront.

— Je ne me suis jamais occupée de ce que disent les gens.

— C'est ce que j'ai entendu dire, remarqua la grand-mère, non sans une pointe de malice. Bah! ce sera peut-être un mariage très heureux. Bien entendu, Will aura toujours l'air d'un rustre et ce n'est pas le mariage qui l'empêchera de faire des fautes de grammaire. Et puis, même s'il gagne de l'or, il ne redonnera jamais à Tara le lustre que lui avait donné M. O'Hara. Cependant, Will a un vrai fond de noblesse ; il pense d'instinct en homme du monde. Voyons, il n'y a qu'un homme du monde qui aurait pu souligner nos défauts comme il l'a fait à l'enterrement. Rien ne peut nous abattre, mais, à force de pleurer et d'évoquer le passé, nous finissons par être les propres artisans de notre perte. Oui, ce mariage est heureux pour Suellen et pour Tara.

— Alors, vous m'approuvez de ne pas m'y opposer ?

— Grand Dieu ! non, s'exclama la vieille dame d'une voix usée, mais encore vigoureuse. Approuver qu'un paysan entre dans une vieille famille ! Fi ! Pensez-vous que je verrais d'un bon œil le croisement d'un pur-sang avec un cheval de trait ? Oh ! je sais bien, les paysans de Georgie sont de braves gens, solides et honnêtes, mais...

— Mais vous venez de dire que c'était un heureux mariage ! s'exclama Scarlett, complètement déroutée.

— Oh ! je crois que c'est très bien pour Suellen d'épouser Will... il fallait qu'elle épousât quelqu'un, elle a si grand besoin d'un mari. Et où aurait-elle pu en trouver un ? Où auriez-vous pu trouver quelqu'un de mieux pour diriger Tara ? Mais n'allez pas en conclure que ce mariage me plaît plus qu'à vous.

« Mais ce mariage me plaît, se dit Scarlett en s'efforçant de comprendre ce que voulait dire la vieille dame. Je suis ravie que Will épouse Suellen. Pourquoi pense-t-elle que ça ne me plaît pas ? En voilà des idées ! »

Scarlett était intriguée et se sentait un peu honteuse, comme toujours lorsque les gens s'imaginaient à tort qu'elle partageait leurs réactions et leurs manières de voir.

La grand-mère s'éventa avec son éventail en feuille de palmier et reprit :

— Je n'approuve pas ce mariage plus que vous, mais j'ai l'esprit pratique et vous aussi. Devant un événement désagréable contre lequel on ne peut rien, je ne suis pas femme à pousser des gémissements et à lever les bras au ciel pour implorer du secours. Ce n'est pas une façon de prendre les hauts et les bas que la vie nous réserve. Je vous en parle en connaissance de cause, parce que ma famille et celle du vieux docteur en ont vu de toutes les couleurs. Si nous avions une devise, elle pourrait s'exprimer ainsi : « Ne pas se frapper... sourire et attendre son heure. » C'est grâce à ce moyen que nous avons traversé toute une série d'épreuves avec le sourire et que nous sommes devenus experts dans l'art de retomber sur nos pattes. Nous y avons bien été forcés d'ailleurs, car, dans nos familles, on a toujours joué de malchance. Nous avons été chassés de France avec les Huguenots, chassés d'Angleterre avec les Cavaliers [1], chassés d'Écosse avec le Prince Charlie [1], chassés d'Haïti par les nègres et maintenant voyez où nous en sommes réduits par la faute des Yankees. Mais, quoi, nous avons toujours repris le dessus au bout d'un certain temps. Savez-vous pourquoi ?

La grand-mère redressa la tête et Scarlett trouva qu'elle ressemblait plus que jamais à un vieux perroquet savant.

— Non, je n'en sais rien, répondit-elle poliment, tout en pensant que cette conversation l'ennuyait à périr.

— Eh bien! voilà. Nous nous plions aux événements. Nous ne sommes point des épis de blé, mais des épis de sarrasin! Lorsque survient un orage, il couche les épis de blé mûrs parce qu'ils sont secs et ne se courbent pas au vent. Mais les épis de sarrasin sont gorgés de sève et inclinent la tête. Quand le vent a cessé, ils se relèvent et sont presque aussi droits qu'avant. Nous ne sommes pas des entêtés. Quand le vent souffle en tempête, nous restons souples, parce que nous savons qu'il vaut toujours mieux se laisser aller que de se raidir. Lorsqu'un ennemi se présente, nous l'acceptons sans nous plaindre et puis nous nous mettons au travail, et nous sourions, et nous attendons notre heure. Nous nous servons des gens moins bien

1. Nom donné aux partisans de Charles Ier dans sa lutte contre le Parlement *(N. d. T.)*.

2. Charles-Edward Stuart, appelé « le jeune Prétendant », ecrasé à Culloden par les Anglais après une série de brillants succès *(N. d. T.)*.

trempés que nous et nous tirons d'eux tout ce que nous pouvons. Quand nous sommes redevenus assez forts, nous écartons de notre route ceux qui nous ont aidés à nous hisser hors du puits. Ça, mon enfant, c'est le secret des personnes qui ne veulent pas succomber. — Et, après une pause, elle ajouta : Je n'hésite pas à vous le confier.

La vieille dame gloussa, comme si sa profession de foi l'amusait, malgré tout le venin qu'elle contenait. Elle avait également l'air d'attendre une réponse, mais Scarlett, qui ne comprenait guère le sens de ses métaphores, ne trouva rien à dire.

— Voyez-vous, ma petite amie, reprit enfin la vieille dame, dans notre famille on se laisse coucher par la bourrasque, mais on relève toujours la tête. Je n'en dirai pas autant d'un tas de gens qui ne sont pas tellement loin d'ici. Prenez Cathleen Calvert. Qu'est-elle devenue ? Une va-nu-pieds. Elle est tombée encore plus bas que ne l'était celui qu'elle a épousé. Et les Mac Rae ? Plaqués au sol, incapables de se redresser. Ils ne savent plus que faire et ils ne savent rien faire. Ils n'ont même pas le courage de tenter un effort. Ils passent leur temps à se lamenter sur le bon vieux temps. Prenez... eh bien ! prenez pour ainsi dire tous les gens du comté, excepté mon Alex et ma petite Sally, excepté vous, Jim Tarleton et ses filles et quelques autres. Le reste dégringole. Que voulez-vous, ils n'ont pas de sève, ils n'ont pas assez de cran pour redresser la tête. Ces gens-là, en dehors de leur argent et de leurs nègres, ils n'existaient pas. Maintenant qu'ils ont perdu leur fortune et leurs esclaves, ils ne sont plus rien. Dans une génération, ce ne seront plus que des paysans.

— Vous oubliez les Wilkes.

— Non, je ne les oublie pas. Si je n'ai pas parlé d'eux, c'est par simple politesse, car Ashley et les siens vivent sous votre toit. Mais puisque vous avez amené la conversation sur eux... Regardez-les donc ! D'après ce que j'ai entendu dire, India est déjà une vieille fille racornie. Elle joue les veuves éplorées parce que Stu Tarleton a été tué, elle ne fait rien pour l'oublier et ne se met même pas en campagne pour dénicher un autre homme. Bien entendu, elle n'est plus toute jeune, mais si elle voulait s'en donner la peine elle finirait pas découvrir un veuf âgé chargé d'une nombreuse famille. Et la pauvre Honey, Dieu sait pourtant si elle voulait se marier! mais, dame, avec sa tête de linotte, ce sera dur! Et Ashley, regardez-le!

— Ashley est un homme remarquable, commença Scarlett avec chaleur.

— Je n'ai jamais dit le contraire, mais il a l'air aussi désemparé qu'une tortue sur le dos. Si jamais la famille Wilkes se tire de ce mauvais pas, ce sera bien grâce à Melly, mais certainement pas à Ashley.

— Melly! Voyons, madame! Que dites-vous là? J'ai vécu assez longtemps avec Melly pour savoir qu'elle ne tient pas debout et qu'elle a peur de tout.

— Elle a peut-être peur de tout, mais je vous prie de croire que, si le moindre danger menaçait son Ashley ou son fils, tous les gouvernements yankees du monde ne la feraient pas reculer. Sa façon de s'y prendre n'est pas la même que la vôtre, Scarlett, ni que la mienne non plus. Melly se conduit comme se fût conduite votre mère si elle avait vécu. Oui, Melly me rappelle votre mère, quand elle était jeune... C'est peut-être bien elle qui sortira la famille Wilkes de l'ornière.

— Oh! Melly est une petite sotte pleine de bonnes intentions, mais vous êtes très injuste envers Ashley. Il est...!

— A d'autres, ma petite! En dehors de ses livres, Ashley n'est bon à rien. Ce n'est pas ça qui permet à un homme de se sortir d'un guêpier comme celui dans lequel nous sommes tous fourrés. Je me suis laissé dire qu'il n'y avait personne de moins doué que lui pour manier la charrue. Voyez un peu la différence avec mon Alex! Avant la guerre, Alex était un propre à rien. Dans le genre dandy, on ne faisait pas mieux. Il ne pensait qu'à acheter des cravates, à s'enivrer, à se battre ou à courir après des filles qui ne valaient pas plus cher que lui. Mais regardez-le maintenant! Il s'est initié à la culture parce que c'était nécessaire

Sans cela, il serait mort de faim et nous aussi. Aujourd'hui, c'est lui qui fait pousser le meilleur coton du comté... parfaitement, ma petite! Son coton est bien supérieur à celui de Tara, voyons!... il a appris également à soigner les porcs et les poulets. Ha! ha! c'est un garçon merveilleux malgré son mauvais caractère. Il attend son heure. Il sait s'adapter aux circonstances et, quand nous en aurons fini avec cette malheureuse reconstruction, vous verrez qu'il sera aussi riche que son père ou son grand-père. Mais Ashley...

Scarlett était outrée de ce manque d'égards pour Ashley.

— Tout cela ne m'intéresse guère, fit-elle d'un ton glacial.

— C'est dommage, riposta la grand-mère en lui décochant un regard acéré. Oui, c'est dommage et c'est même étonnant, car, en somme, vous avez adopté la même façon de procéder depuis votre départ pour Atlanta. Oh! si, si! Nous avons beau être enterrés dans notre trou, nous avons entendu raconter comment vous vous y preniez pour faire cracher leur argent aux Yankees, aux nouveaux riches et aux Carpetbaggers. Vous ne donnez pas l'impression de rester les deux pieds dans le même sabot. C'est parfait. Tirez d'eux tout ce que vous pourrez. Seulement, quand vous aurez assez d'argent, rompez avec eux. Des relations de ce genre ne pourraient que vous nuire à la longue.

Scarlett regarda la vieille dame en fronçant les sourcils. Elle n'arrivait toujours pas à pénétrer le sens de son discours et, en outre, elle lui en voulait d'avoir comparé Ashley à une tortue sur le dos.

— Je crois que vous vous méprenez sur Ashley, dit-elle brusquement.

— Vous manquez de finesse, ma petite.

— C'est vous qui le dites! lança Scarlett en regrettant de ne pas pouvoir gifler la vieille dame.

— Je sais, je sais, quand il s'agit de dollars, vous êtes tout à fait à la hauteur. Vous avez une tournure d'esprit qui ressemble plutôt à celle d'un homme, mais vous êtes dépourvue de subtilité féminine. Quand il s'agit de porter un jugement sur les gens, vous ne valez plus rien.

Les yeux de Scarlett étincelèrent.

— Vous voilà folle de rage, constata la grand-mère avec un sourire. Allons, c'est exactement ce que je recherchais.

— Vraiment ? et pourquoi donc, je vous prie ?

— Pour une foule d'excellentes raisons.

La grand-mère s'appuya au dossier de sa chaise et Scarlett se rendit compte tout à coup qu'elle paraissait très fatiguée et incroyablement âgée. Elle serrait son éventail de sa petite main décharnée, jaune et cireuse comme celle d'une morte.

Scarlett sentit fondre sa colère. Elle se pencha en avant et prit une des mains de la vieille dame dans la sienne.

— Vous avez une façon délicieuse de mentir, fit-elle. Vous ne pensiez pas un mot de ce que vous m'avez dit. C'est pour détourner mon esprit de papa, que vous m'avez raconté tout cela, n'est-ce pas ?

— N'essayez pas de jouer au plus fin avec moi, conseilla la grand-mère en retirant sa main. Oui, c'est en partie pour cette raison que je vous ai tenu ce discours, mais c'est en partie aussi parce que je voulais vous dire quelques vérités, bien que vous soyez trop bête pour comprendre.

Néanmoins, elle sourit et prononça ces derniers mots sans aucune acrimonie. Scarlett ne lui en voulut plus du tout d'avoir parlé d'Ashley en mauvais termes, puisqu'elle-même reconnaissait ne pas avoir pensé tout ce qu'elle avait dit.

— Merci quand même. C'est gentil de m'avoir changé les idées... et je suis heureuse de savoir que vous êtes de mon avis au sujet de Will et de Suellen, même... même si d'autres personnes ne m'approuvent pas.

Mme Tarleton revint, chargée de deux verres de petit-lait. Elle n'avait aucune aptitude pour les travaux domestiques et les deux verres débordaient.

— Il a fallu que j'aille jusqu'à la serre, déclara-t-elle. Buvez vite. Les gens reviennent du cimetière. Dites-moi, Scarlett, allez-vous laisser pour de bon Suellen épouser Will ? Ce n'est pas qu'elle soit trop bien pour lui, non, non, mais enfin, Will n'est qu'un paysan et...

Les regards de Scarlett et de la grand-mère se rencontrèrent. La même petite flamme malicieuse s'alluma au fond de leurs yeux.

XLI

Lorsque la dernière personne eut pris congé de la famille, lorsqu'on n'entendit plus ni voitures, ni chevaux, Scarlett passa dans le petit bureau d'Ellen et sortit d'un casier un objet brillant qu'elle y avait caché la veille, au milieu d'une liasse de papiers jaunis. Dans la salle à manger, Pork, qui dressait la table pour le dîner, allait et venait en reniflant. Scarlett l'appela. Il arriva, le visage bouleversé, la mine éplorée d'un chien qui n'aurait plus de maître.

— Pork, fit sa maîtresse, si tu continues de pleurer, je... je vais me mettre à pleurer, moi aussi. Il faut t'arrêter.

— Oui, ma'ame. J'essaie, mais chaque fois que j'essaie je pense à missié Ge'ald et...

— Eh bien! n'y pense plus. Je peux supporter les larmes de n'importe qui, mais pas les tiennes. Voyons, dit-elle d'un ton plus doux, tu ne comprends pas ? Si je ne les supporte pas, c'est parce que je sais combien tu l'aimais. Mouche-toi, Pork. J'ai un cadeau pour toi.

Pork se moucha bruyamment et manifesta un intérêt poli, sans plus.

— Te souviens-tu de cette nuit où on a tiré sur toi, pendant que tu dévalisais un poulailler ?

— Seigneu' Dieu, ma'ame Sca'lett! J'ai jamais...

— Mais tu as bel et bien reçu du plomb dans la jambe, alors ne viens pas me raconter que ce n'est pas vrai. Tu te rappelles aussi ce que je t'ai dit ? Je t'avais promis de te donner une montre pour te récompenser de ta fidélité.

— Oui, ma'ame, je me souviens. Moi, je c'oyais que vous aviez oublié.

— Non, je n'ai pas oublié. Tiens, la voilà!

Scarlett présenta à Pork une montre d'or ciselé, avec sa chaîne, à laquelle étaient attachées de nombreuses breloques.

— Pou' l'amou' de Dieu! s'exclama Pork. C'est la mont' de missié Ge'ald! Je l'ai vu 'ega'der cette mont' un million de fois!

— Oui, c'est la montre de papa. Je te la donne. Prends-la.

— Oh! non, ma'ame! (Pork recula, horrifié.) Non! c'est une mont' de missié blanc et celle de missié Ge'ald pa'-dessus le ma'ché. Comment ça se fait que vous pa'liez de me la donner, ma'ame Sca'lett ? Cette mont', elle 'evient de d'oit au petit Wade Hampton.

— Non, elle t'appartient. Le petit Wade Hampton a-t-il jamais fait quoi que ce soit pour papa ? Est-ce lui qui l'a soigné quand il était malade et qu'il n'avait plus toute sa tête ? Est-ce lui qui l'a baigné, habillé, rasé ? Est-ce lui qui ne l'a pas quitté quand les Yankees sont venus ? Est-ce lui qui a volé pour qu'il ne meure pas de faim ? Ne fais pas la bête, Pork. Si jamais quelqu'un a mérité une montre, c'est bien toi, et je suis sûre que papa m'approuverait. Tiens, prends-la, la voilà.

Scarlett prit la main noire et y déposa la montre. Pork la regarda avec vénération, et la joie se peignit peu à peu sur son visage.

— Pou' moi, pou' de v'ai, ma'ame Sca'lett.

— Oui, pour toi.

— Eh bien! ma'ame... me'ci, ma'ame.

— Aimerais-tu que je l'emporte à Atlanta pour y faire graver quelque chose ?

— Qu'est-ce que ça veut di' g'aver ? demanda Pork d'un ton soupçonneux.

— Ça veut dire que je ferai écrire au dos de la montre quelque chose comme... comme : « A Pork, la famille O'Hara, en remerciement de ses bons et loyaux services. »

— Non, ma'ame, me'ci, ma'ame. J'y tiens pas.

Pork recula d'un pas, en serrant fortement la montre dans sa main.

Scarlett sourit.

— Qu'y a-t-il, Pork ? Tu as peur que je ne te la rende pas ?

— Si, ma'ame, j'ai confiance en vous... seulement, ma'ame, vous pou'iez changer d'avis.

— Sûrement pas, voyons!

— Vous pou'iez la vend', ma'ame. Ça doit valoi' des tas d'argent.

— Penses-tu que je vendrais la montre de papa?

— Si, ma'ame..., si vous aviez besoin d'a'gent.

— Tu mériterais d'être battu pour cela, Pork. J'ai bonne envie de te reprendre la montre.

— Non, ma'ame, vous le fe'ez pas! Pour la première fois de la journée, un léger sourire se dessina sur le visage de Pork ravagé par le chagrin. Je vous connais, ma'ame Sca'lett!

— C'est vrai, Pork?

— Si vous étiez seulement moitié aussi gentille avec les blancs qu'avec les nèg', j'ai idée que les gens se'aient plus gentils avec vous.

— Ils sont assez gentils avec moi, fit Scarlett. Allons, maintenant, va me chercher M. Ashley et dis-lui que je désire lui parler tout de suite.

Assis sur la petite chaise d'Ellen, Ashley écoutait Scarlett lui proposer de partager avec elle les bénéfices de la scierie. Pas une seule fois ses yeux ne rencontrèrent les siens, pas une seule fois il ne l'interrompit. La tête baissée, il regardait ses mains, les retournait lentement, en examinant d'abord la paume, puis le dos, comme s'il ne les avait jamais vues auparavant. Malgré les rudes travaux, elles avaient conservé leur finesse et étaient remarquablement soignées pour des mains de fermier.

Son attitude et son silence embarrassaient Scarlett, qui redoublait d'efforts pour rendre sa proposition plus alléchante. Elle avait beau sourire et déployer toute sa grâce, c'était peine perdue, car il gardait les yeux obstinément baissés. Si seulement il voulait la regarder! Elle ne fit aucune allusion à ce que Will lui avait appris, à son projet d'aller se fixer dans le Nord, et elle s'efforça de parler avec l'assurance de quelqu'un dont aucun obstacle ne saurait contrarier les plans. Cependant, le mutisme d'Ashley la désarmait et elle finit par ne plus rien trouver à dire. Il n'allait tout de même pas refuser? Quelle raison pourrait-il bien invoquer pour repousser son offre?

— Ashley..., commença-t-elle, pour s'arrêter aussitôt.

Elle n'avait pas eu l'intention de faire état de sa grossesse, mais voyant que les autres arguments n'avaient aucune prise sur lui, elle décida de s'en servir comme de sa dernière carte.

— Il faut que vous veniez à Atlanta. J'ai tellement besoin d'aide maintenant. Je ne peux plus m'occuper moi-même de mes scieries. Je ne pourrai plus m'en occuper avant des mois et des mois, parce que... vous comprenez... parce que...

— Je vous en prie! dit Ashley, d'un ton brutal. Bonté divine, Scarlett!

Il se leva brusquement, s'approcha de la fenêtre et se mit à suivre les évolutions des canards qui, sur une seule ligne, paradaient dans la cour.

— Est-ce... est-ce pour cela que vous ne voulez pas me regarder? interrogea Scarlett, désemparée. Je sais que j'ai l'air...

Ashley se retourna d'un seul coup et ses yeux gris fixèrent la jeune femme avec une telle intensité qu'elle en porta les mains à sa gorge.

— Au diable ce dont vous avez l'air! s'exclama-t-il avec violence. Vous savez bien que je vous trouverai toujours belle.

Une vague de bonheur inonda Scarlett. Ses yeux s'embuèrent de larmes.

— Comme c'est bon de vous entendre dire cela! J'avais tellement honte de me montrer...

— Honte? Pourquoi auriez-vous honte? C'est à moi d'avoir honte et je n'y manque pas. Sans ma stupidité, vous n'en seriez pas là, vous n'auriez jamais épousé

Frank. Je n'aurais jamais dû vous laisser quitter Tara l'hiver dernier. Oh! quel insensé j'ai été! J'aurais dû mieux vous connaître!... J'aurais dû savoir que vous étiez prête à tout... j'aurais dû... j'aurais dû...

Il avait le visage hagard.

Le cœur de Scarlett battait furieusement. Ashley regrettait de ne pas s'être enfui avec elle!

— Oui, c'était à moi de trouver l'argent des impôts, ce n'était pas à vous qui nous aviez recueillis comme des mendiants. J'aurais dû tenter n'importe quoi, voler sur les grands chemins, assassiner, que sais-je? Oh! j'ai tout gâché!

Ce n'étaient point les paroles que Scarlett avait espérées et son cœur se serra, sa joie s'altéra.

— Je serais partie quand même, dit-elle d'un ton las. Je n'aurais pas pu vous laisser commettre quelque chose de laid. Et puis, à quoi bon revenir là-dessus, ce qui est fait est fait.

— Oui, ce qui est fait est fait, répéta Ashley avec amertume. Vous n'auriez pas voulu me laisser commettre quelque chose de laid, mais vous vous êtes vendue à un homme que vous n'aimiez pas... et vous avez permis qu'il vous fasse un enfant, tout cela pour que ma famille et moi nous ne mourions pas de faim. C'est beau de vous être substituée à moi.

Sa voix était dure, douloureuse. Ashley souffrait d'une blessure qui n'était pas fermée. Scarlett en éprouva du remords. Ashley s'aperçut d'un changement dans l'expression de son regard et il se radoucit aussitôt.

— Vous ne croyez pas que je vous en veux, au moins? Grand Dieu! non, Scarlett! Vous êtes la femme la plus courageuse que j'aie jamais connue. C'est à moi que j'en veux.

Il pivota sur ses talons et reprit son poste à la fenêtre. Scarlett attendit un long moment en silence dans l'espoir qu'Ashley changerait d'attitude et se remettrait à lui parler de sa beauté, à lui dire des mots qu'elle recueillerait précieusement. Il y avait si longtemps qu'elle n'avait vu Ashley, si longtemps qu'elle vivait de souvenirs qui, peu à peu, avaient perdu de leur intensité. Elle savait qu'il l'aimait toujours. C'était évident. Tout en lui l'indiquait, son amertume, la façon dont il se condamnait, son irritation à la pensée qu'elle portait un enfant de Frank. Elle avait un tel désir de s'entendre dire des paroles de tendresse, de prononcer elle-même les mots qui provoqueraient un aveu, mais elle n'osait pas. Elle se rappelait la promesse qu'elle lui avait faite l'hiver précédent, dans le verger. Elle avait juré de ne plus jamais lui faire la moindre avance. Elle savait bien que pour garder Ashley auprès d'elle il lui fallait tenir parole. Au premier mot d'amour, au premier regard tendre, c'en serait fini à jamais. Ashley partirait pour New York.

— Oh! Ashley, il ne faut pas vous en vouloir! En quoi seriez-vous coupable ? Vous allez venir à Atlanta, n'est-ce pas, vous allez venir m'aider ?

— Non.

— Mais, Ashley, fit Scarlett d'une voix altérée par l'angoisse, je compte sur vous. J'ai tant besoin de votre appui. Frank ne peut pas me remplacer. Son magasin lui prend tout son temps. Si vous ne venez pas, où trouverai-je l'homme qu'il me faut ? Tous les hommes intelligents d'Atlanta se sont fait une situation. Forcément ils ne veulent pas la quitter, et les autres sont si incapables que...

— Inutile d'insister, Scarlett.

— Alors, vous aimeriez mieux aller habiter New York au milieu des Yankees, plûtôt que de venir à Atlanta ?

— Qui vous a dit ça ? fit Ashley en se retournant.

— Will.

— Eh bien! oui, j'ai décidé d'aller m'établir dans le Nord. Un ancien ami, avec qui j'ai voyagé en Europe avant la guerre, m'a offert une place à la banque de son père. C'est la meilleure solution, Scarlett. Je ne vous serais d'aucune utilité. Je ne connais rien à l'industrie du bois.

— Mais vous vous y connaissez encore moins en affaires de banque, et c'est beaucoup plus difficile! Et puis moi, malgré votre manque d'expérience, je me montrerai beaucoup plus généreuse que les Yankees.

Ashley tressaillit et Scarlett devina qu'elle avait prononcé une parole malheureuse.

— Je n'ai que faire de la générosité des gens! s'écria-t-il. Je veux être indépendant. Je veux donner ma mesure. Qu'ai-je fait dans la vie jusqu'ici ? Il est temps que je me tire d'affaires tout seul... ou que je sombre définitivement. Il y a déjà longtemps que je vis à vos crochets.

— Mais je vous offre de partager les bénéfices de la scierie, Ashley! Vous seriez indépendant... c'est vous qui feriez marcher l'affaire.

— Ça reviendrait au même. Je ne l'aurais pas achetée, cette participation aux bénéfices. Je l'accepterais comme un cadeau. J'ai accepté assez de cadeaux de vous comme cela, Scarlett... vous nous avez nourris, hébergés, et même habillés, Mélanie, le bébé et moi. Et je ne vous ai rien donné en retour .

— Mais si, voyons, Will n'aurait pas...

— J'oubliais, je sais fendre du bois très proprement maintenant.

— Oh! Ashley! s'exclama Scarlett avec désespoir. Que vous est-il donc arrivé depuis mon départ ? Vous avez l'air si dur, si amer! Vous n'étiez pas comme ça, autrefois.

— Ce qui m'est arrivé ? Quelque chose d'extraordinaire, Scarlett. J'ai réfléchi. Depuis mon retour et jusqu'à ce que vous quittiez Tara, je n'avais guère pensé sérieusement. Mon esprit tournait à vide. Je vivais dans une sorte de prostration. Il me suffisait de manger à ma faim et d'avoir un lit pour me coucher. Mais, lorsque vous êtes partie pour Atlanta et que vous vous êtes mise à abattre une besogne d'homme, je me suis rendu compte de ma nullité. Ce ne sont pas là des pensées bien agréables, croyez-m'en, et je suis décidé à en finir. D'autres sont revenus de la guerre, encore moins bien partagés que moi, et regardez-les maintenant. Ainsi, j'irai m'établir à New York.

— Mais... je ne comprends pas! Puisque vous voulez travailler, pourquoi Atlanta ne ferait-il pas l'affaire aussi bien que New York ? Et ma scierie...

— Non, Scarlett. C'est ma dernière chance. J'irai

dans le Nord. Si je vais travailler chez vous, à Atlanta, je suis irrémédiablement perdu.

« Perdu, perdu », le mot sonnait aux oreilles de Scarlett comme un glas. Elle chercha à surprendre le regard d'Ashley, mais les yeux gris d'Ashley étaient perdus dans le vague et semblaient fixer quelque chose qu'elle ne pouvait ni voir, ni comprendre.

— Perdu ? Voulez-vous dire que... Vous n'avez rien fait qui puisse vous attirer des ennuis avec les Yankees d'Atlanta, j'espère ? Ce n'est pas parce que vous avez aidé Tony à s'enfuir ou... ou... Oh! Ashley, vous ne faites pas partie du Ku-Klux-Klan, dites ?

Ashley sourit et regarda Scarlett.

— J'avais oublié que vous étiez aussi positive. Non, ce n'est pas des Yankees que j'ai peur. Je veux dire que si je vais à Atlanta, en acceptant que vous me veniez de nouveau en aide, je renonce à tout espoir de me faire une situation indépendante.

— Oh! s'il ne s'agit que de cela, murmura Scarlett, soulagée.

— Oui, il ne s'agit que de cela, répéta Ashley avec un sourire, glacial cette fois. Oui, il ne s'agit que de ma fierté d'homme, de ma dignité, en un mot, de mon âme immortelle.

— Mais, fit Scarlett en détournant brusquement la conversation, vous pourriez peu à peu me racheter ma scierie, vous deviendriez votre maître et, à ce moment-là...

— Scarlett, interrompit Ashley d'un ton féroce. Je vous dis que non! J'ai d'autres raisons.

— Lesquelles ?

— Vous les connaissez mieux que quiconque.

— Oh!... oui, je comprends. Mais... ça ira très bien, s'empressa-t-elle d'affirmer. Je vous ai fait une promesse l'année dernière, vous le savez. Je tiendrai parole et...

— Eh bien! vous êtes plus sûre de vous-même que moi. Moi, je ne me sens pas le courage de tenir une telle promesse. Je n'aurais pas dû vous dire cela, mais il fallait bien que je vous fasse connaître mes raisons. En tout cas, Scarlett, c'est fini. Lorsque Will et

Suellen seront mariés, je partirai pour New York.

Les yeux fous, Ashley regarda un instant Scarlett, puis il traversa la pièce à grandes enjambées. Déjà il avait la main sur le bouton de la porte. Scarlett était anéantie. L'entretien était terminé, elle avait perdu la partie. Épuisée par la fatigue et les chagrins de la journée précédente auxquels venait s'ajouter ce nouveau coup, elle n'avait plus la force de se dominer. Ses nerfs la trahirent soudain. Elle poussa un cri : « Ashley ! » et, se jetant sur le sofa, elle éclata en sanglots.

Elle entendit Ashley s'approcher d'elle et murmurer son nom à plusieurs reprises. Quelqu'un traversa le vestibule en courant et Mélanie, les yeux dilatés par l'angoisse, fit irruption dans le bureau.

— Scarlett... le bébé n'est pas ?

Scarlett, la tête enfouie dans les coussins poussiéreux, sanglota de plus belle.

— Ashley... il est si mauvais... si méchant.. il est odieux.

— Oh ! Ashley, que lui avez-vous fait ?

Mélanie s'agenouilla devant le sofa et prit Scarlett dans ses bras.

— Que lui avez-vous dit ? Comment avez-vous pu ! Vous auriez pu provoquer un accident. Allons, ma chérie, pose la tête sur l'épaule de Mélanie. Que se passe-t-il ?

— Ashley... il est si entêté, si odieux !

— Ashley, vous me surprenez ! Mettre Scarlett dans cet état, et M. O'Hara qu'on vient à peine d'enterrer.

— Ne lui fais pas de reproches ! s'écria Scarlett, sans aucun souci de logique. Il a le droit de faire ce que bon lui semble.

Elle releva brusquement la tête et montra un visage baigné de larmes. Sa résille s'était défaite et ses cheveux raides lui retombaient sur les épaules.

— Mélanie, dit Ashley, le teint blafard. Laissez-moi vous expliquer. Scarlett a été assez bonne pour m'offrir une situation à Atlanta, comme directeur d'une de ses scieries...

— Directeur! s'exclama Scarlett, indignée. Je lui ai offert de partager les bénéfices et il...

— Et je lui ai dit que j'avais déjà pris mes dispositions pour aller me fixer avec vous dans le Nord et elle...

— Oh! s'exclama de nouveau Scarlett, qui se remit à pleurer. Je n'ai pas cessé de lui répéter combien j'avais besoin de lui... Je lui ai montré que je ne trouvais personne pour diriger la scierie... et je lui ai dit que j'attendais un bébé... et il a refusé de venir! Et maintenant... maintenant, il va falloir que je vende la scierie. Je sais que je ne pourrai pas en tirer un bon prix et que je perdrai de l'argent. Ça va nous mettre sur la paille, mais ça lui est bien égal. Il est si mauvais.

Elle chercha la fragile épaule de Mélanie et y appuya le front. En même temps, un peu d'espoir lui revint. Elle devinait qu'elle avait une alliée en Mélanie qui lui était dévouée corps et âme. Elle sentait que Mélanie ne pardonnerait à personne, même pas à son mari qu'elle adorait, de la faire pleurer. Alors Mélanie se retourna vers Ashley et, pour la première fois, s'emporta contre lui.

— Ashley, comment avez-vous pu lui refuser cela? Après tout ce qu'elle a fait pour nous! Vous allez nous faire passer pour des êtres sans cœur! Vous ne comprenez donc pas combien elle est gênée par cette grossesse... Quel manque d'esprit chevaleresque! Elle nous a aidés lorsque nous avions besoin d'aide et maintenant vous la repoussez quand elle a besoin de vous!

Scarlett observait Ashley à la dérobée. Il regardait avec stupeur Mélanie dont les yeux noirs brillaient d'indignation. Scarlett, d'ailleurs, n'était pas moins étonnée de la vigueur avec laquelle Mélanie s'était lancée à l'attaque.

— Mélanie... commença Ashley, puis il s'arrêta court, en esquissant un geste d'impuissance.

— Ashley, voyons, comment pouvez-vous hésiter? Pensez à ce qu'elle a fait pour nous... pour moi! Sans elle, je serais morte à Atlanta, au moment de la naissance de Beau! Et elle... oui, elle a tué un Yankee pour nous défendre. Le saviez-vous? Elle a tué un homme pour nous. Avant votre retour, avant que Will vienne ici, elle a travaillé et peiné comme une esclave pour que nous ne mourions pas de faim. Quand je pense qu'elle a poussé la charrue et fait la cueillette du coton. Je... Oh! ma chérie!

Elle baissa la tête et embrassa les cheveux de Scarlett en signe d'attachement inébranlable.

— Et maintenant que, pour la première fois, elle nous demande de faire quelque chose pour elle...

— Vous n'avez pas besoin de me dire ce qu'elle a fait pour nous.

— Enfin, Ashley, réfléchissez! En dehors de l'aide que vous lui apporteriez, pensez donc ce que serait pour nous de vivre au milieu des gens que nous connaissons, au lieu d'aller habiter chez les Yankees! Il y aura tante Pitty, l'oncle Henry et tous nos amis. Beau aura des camarades de jeu et il ira en classe. Si nous nous installions dans le Nord, nous ne pourrions pas le laisser aller à l'école et fréquenter les Yankees ou des négrillons! Il nous faudrait une gouvernante, et je ne pense pas que nos moyens nous permettraient...

— Mélanie, dit Ashley d'une voix blanche. Vous tenez donc tellement à retourner à Atlanta? Vous ne me l'aviez jamais dit lorsque nous avons envisagé notre départ pour New York. Vous ne m'avez jamais laissé entendre...

— Non, mais quand nous avons parlé de partir pour New York, je croyais qu'il n'y avait rien pour vous à Atlanta, et puis, d'ailleurs, ce n'était pas à moi de faire des objections. Une femme a le devoir de suivre son mari partout. Mais puisque Scarlett a besoin de vous et qu'elle vous offre un poste que vous êtes seul capable de tenir, nous pouvons rentrer chez nous! chez nous! (Sa voix s'étrangla. Elle serra Scarlett dans ses bras.) Je vais revoir les Cinq Fourches et la rue du Pêcher et... et... Oh! comme tout cela me manquait! Nous pourrons peut-être avoir une petite maison à nous! Peu importe qu'on puisse à peine s'y retourner, mais... oh! avoir un toit à nous!

Ses yeux étincelaient d'enthousiasme et de joie. Son mari et sa belle-sœur la regardaient, pétrifiés. Scarlett se sentait un peu honteuse. Elle n'aurait jamais pu croire que Mélanie regrettait Atlanta à ce point et avait un tel désir d'habiter chez elle. Elle avait paru si contente de vivre à Tara.

— Oh! Scarlett, comme tu es bonne d'avoir pensé à tout cela pour nous! Tu savais combien j'avais envie de vivre chez moi! Nous aurons une petite maison. Tu m'entends! Sais-tu que nous sommes mariés depuis cinq ans et que nous n'avons jamais eu un intérieur à nous.

— Vous pourrez habiter avec nous chez tante Pitty. Vous y serez chez vous, bredouilla Scarlett en jouant avec un coussin.

Elle se sentait gênée et, en même temps, éprouvait un immense bonheur de ce brusque revirement de la situation.

— Non, ma chérie, nous n'irons pas chez tante Pitty. Nous y serions trop les uns sur les autres. Nous trouverons une maison... Oh! Ashley, je vous en prie, dites oui!

— Scarlett, fit Ashley d'une voix brisée. Regardez-moi.

Surprise, elle releva la tête.

— Scarlett, j'irai à Atlanta... je ne peux pas lutter contre vous deux.

Il fit demi-tour et sortit. Malgré sa joie, Scarlett se sentit envahir par une peur irraisonnée. Elle avait lu dans les yeux d'Ashley la même expression qu'au moment où il lui avait dit qu'il serait irrémédiablement perdu s'il venait à Atlanta.

Après le mariage de Suellen et de Will et le départ de Carreen pour un couvent de Charleston, Ashley, Mélanie et Beau vinrent habiter Atlanta et emmenèrent avec eux Dilcey pour leur servir de cuisinière et de bonne d'enfant. Prissy et Pork devaient rester à Tara jusqu'à ce que Will eût embauché assez de nègres pour l'aider aux travaux des champs, après quoi ils iraient rejoindre leurs maîtres à la ville.

La petite maison de briques qu'Ashley loua pour sa famille était située dans la rue au Houx et donnait juste derrière la demeure de tante Pitty. Les jardins se touchaient et n'étaient séparés l'un de l'autre que par une haie de troènes mal taillés. Mélanie l'avait surtout choisie pour cette raison. Le matin de son retour à Atlanta, elle déclara en riant, en pleurant, en couvrant de baisers Scarlett et tante Pitty, qu'elle avait été si longtemps séparée de celles qu'elle aimait, qu'elle ne se sentirait jamais assez près d'elles.

La maison avait d'abord comporté deux étages, mais le second avait été détruit par les obus pendant le siège et le propriétaire, revenu chez lui après la reddition, n'avait pas eu d'argent pour le faire reconstruire. Il s'était contenté de recouvrir le premier étage d'un toit plat qui donnait à la bâtisse l'aspect tassé et disproportionné d'une maison de poupée fabriquée avec des boîtes à chaussures. Édifiée au-dessus d'une cave spacieuse, la maison elle-même se trouvait très au-dessus du niveau du sol et le long escalier par lequel on y accédait lui donnait un aspect un peu ridicule. Néanmoins, toutes ces imperfections étaient en partie compensées par deux vieux chênes qui l'ombrageaient et un magnolia aux feuilles poussiéreuses, toutes semées de fleurs blanches, qui s'élevait à côté du perron. Un trèfle vert et épais couvrait la large pelouse que bordait une haie de troènes et de chèvrefeuilles au parfum exquis. De-ci de-là fleurissait un rosier mutilé, et des myrtes roses et blancs poussaient bravement, comme si les chevaux yankees n'avaient point brouté leurs rameaux pendant la guerre.

Scarlett pensait qu'elle n'avait jamais vu demeure plus hideuse, mais pour Mélanie les Douze Chênes dans toute leur gloire n'avaient pas été plus beaux. C'était sa maison, et elle-même, Ashley et Beau n'avaient jamais eu de foyer à eux.

India Wilkes revint de Macon où elle vivait depuis 1864 avec sa sœur Honey et s'installa chez son frère, malgré le manque de place. Cependant, Ashley et Mélanie l'accueillirent avec joie. Les temps avaient changé, l'argent était rare, mais rien n'avait modifié la vie familiale du Sud, où l'on recevait toujours de bon cœur les parents pauvres et les vieilles filles.

Honey s'était mariée et, aux dires d'India, elle s'était mésalliée en épousant un rustre du Mississippi, établi à Macon depuis la reddition.

Il avait un visage rougeaud, parlait trop fort, et ses manières joviales n'avaient rien de distingué. India n'approuvait pas ce mariage et souffrait de vivre chez son beau-frère. Elle avait donc été ravie d'apprendre qu'Ashley avait enfin un gîte à lui et de se soustraire non seulement à une fréquentation qui ne lui plaisait pas, mais encore au spectacle d'une sœur si béatement heureuse avec un homme de basse condition.

Le reste de la famille estimait en secret que Honey, malgré sa cervelle d'oiseau, n'avait pas si mal mené sa barque et s'étonnait qu'elle eût été capable de dénicher un mari. En fait, ce dernier était un homme fort bien élevé et possédait une certaine aisance. Seulement, pour India, née en Georgie et élevée selon les traditions de Virginie, quiconque n'était pas de la côte est faisait figure de rustre et de barbare. Le mari de Honey avait sans doute été enchanté du départ de sa belle-sœur, car India n'était guère facile à vivre.

Désormais, elle était vouée au célibat. Elle avait vingt-cinq ans et portait si bien son âge qu'elle pouvait déjà renoncer à toute coquetterie. Avec ses yeux pâles et ses lèvres serrées, elle avait une expression digne et fière qui, chose curieuse, lui allait mieux que son petit air sucré, du temps où elle vivait aux Douze Chênes. Tout le monde la considérait un peu comme une veuve. On savait que Stuart Tarleton l'aurait épousée s'il n'avait pas été tué à Gettysburg, et on lui accordait le respect dû à une femme jadis promise à un homme.

Les six pièces de la petite maison de la rue au Houx ne tardèrent pas à recevoir un ameublement sommaire, fourni par le magasin de Frank. Comme Ashley n'avait pas un sou et qu'il était obligé d'acheter à crédit, il avait choisi les meubles les moins chers et encore s'était-il contenté du strict nécessaire. Frank en avait été désolé, car il adorait Ashley et, bien entendu, il en avait été de même pour Scarlett. Son mari et elle eussent volontiers fait cadeau au ménage des plus beaux meubles d'acajou et de palissandre qui se trouvaient au magasin, mais les Wilkes s'y étaient obstinément refusés. La laideur et la nudité de leur intérieur faisaient peine à voir, et Scarlett frémissait à la pensée qu'Ashley vivait dans des pièces sans tapis et sans rideaux. Lui, pourtant, avait l'air de ne pas remarquer ces détails et Mélanie était si heureuse d'avoir un foyer à elle pour la première fois depuis son mariage qu'elle en était toute fière. Scarlett fût morte de honte de recevoir des amis dans une maison sans tentures, ni tapis, ni coussins, sans un nombre respectable de chaises, de tasses à thé et de cuillers. Mais Mélanie n'en faisait pas moins les honneurs de chez elle comme si elle avait eu rideaux en peluche et sofas en brocart.

Malgré son bonheur apparent, Mélanie n'allait pas bien. La naissance du petit Beau avait ruiné sa santé et les travaux pénibles auxquels elle s'était astreinte à Tara n'avaient fait que l'affaiblir davantage. Elle était si maigre que ses os menus semblaient tout prêts à saillir à travers sa peau blanche. Lorsqu'on la voyait de loin, en train de jouer avec son fils dans le jardin, on l'aurait facilement prise pour une petite fille, tant sa poitrine était plate et ses formes peu accusées. Ainsi que son corps, son visage était trop mince et trop pâle et ses sourcils soyeux, arqués et délicats comme des antennes de papillons, dessinaient une ligne trop foncée sur sa peau décolorée. Ses yeux, trop grands pour être beaux, étaient entourés de cernes bistrés qui les faisaient paraître plus grands encore, mais leur expression n'avait pas changé depuis l'époque de sa jeunesse insouciante. La guerre, les souffrances continuelles, les besognes épuisantes n'en avaient pu altérer la douce sérénité.

« Comment s'y prend-elle pour conserver ce regard-là ? » se demandait Scarlett avec envie. Elle savait que ses propres yeux ressemblaient parfois à ceux d'un chat affamé. Qu'est-ce que Rhett lui avait donc raconté, un jour, à propos des yeux de Mélanie ?... une comparaison idiote avec des chandelles! Ah! oui, il les avait comparés à deux bonnes actions dans un monde pervers. Oui, les yeux de Mélanie brillaient comme deux bougies protégées du vent, comme deux flammes discrètes et douces, allumées par le bonheur d'avoir un foyer et de retrouver ses amis.

La petite maison ne désemplissait pas. Tout le monde avait toujours raffolé de Mélanie, même lorsqu'elle était enfant, et les gens accouraient en foule chez elle pour lui souhaiter la bienvenue. Chacun apportait un cadeau : celui-ci une ou deux cuillers, de menus objets échappés aux recherches des hommes de Sherman et conservés précieusement.

De vieux messieurs qui avaient fait la campagne du Mexique avec son père venaient lui rendre visite et amenaient des amis avec eux pour faire la connaissance de la « charmante fille du colonel Hamilton ». D'anciennes relations de sa mère passaient leur temps auprès d'elle, car Mélanie avait toujours témoigné un grand respect aux vieilles dames. Ces dernières en étaient d'autant plus touchées que la jeunesse semblait avoir oublié les bonnes manières d'antan. Les femmes de son âge, mariées ou veuves, l'aimaient parce qu'elle avait partagé leurs souffrances sans s'aigrir et qu'elle leur prêtait toujours une oreille attentive. Les jeunes gens et les jeunes filles venaient la voir, eux aussi, parce qu'on ne s'ennuyait pas chez elle et qu'on y rencontrait souvent les amis qu'on voulait voir.

Autour de Mélanie ne tarda pas à se former un noyau de personnes jeunes et vieilles qui représentaient la meilleure société de l'Atlanta d'avant guerre. On eût dit que cette même société, disloquée et ruinée par la guerre, décimée par la mort, désemparée par les bouleversements sociaux, avait découvert en Mélanie un solide point de ralliement.

Mélanie était jeune, mais elle possédait les qualités que ces gens, ces rescapés de la tourmente, appréciaient. Elle était pauvre, mais elle conservait sa fierté. Courageuse, elle ne se plaignait jamais. Elle était gaie, accueillante, aimable, et surtout fidèle aux anciennes traditions. Mélanie se refusait à changer, elle se refusait même à admettre qu'il fût nécessaire de changer dans un monde en pleine transformation. Sous son toit, le passé semblait renaître. Auprès d'elle, ses amis reprenaient confiance et trouvaient le moyen de mépriser encore plus la façon frénétique dont vivaient les Carpetbaggers et les républicains nouvellement enrichis.

Lorsqu'ils regardaient son jeune visage et y lisaient un attachement inébranlable au passé, ils réussissaient à oublier un moment ceux qui trahissaient leur propre classe et leur causaient à la fois tant de rage, d'inquiétude et de chagrin. Et il y avait un si grand nombre de traîtres. Des hommes de bonne famille, acculés à la misère, étaient passés à l'ennemi, s'étaient faits républicains et avaient accepté des postes de vainqueurs, pour que leurs enfants n'en fussent pas réduits à mendier. D'ex-soldats, encore tout jeunes, n'avaient pas le courage d'attendre pour devenir riches. Ces jeunes gens suivaient l'exemple de Rhett Butler et marchaient, la main dans la main, avec les Carpetbaggers.

Les trahisons les plus pénibles venaient de quelques jeunes filles appartenant aux meilleures familles d'Atlanta. Ces jeunes filles, encore enfants pendant la guerre, n'avaient que des souvenirs estompés des années d'épreuves et n'étaient surtout pas animées de la même haine que leurs aînées. Elles n'avaient perdu ni maris, ni fiancés. Elle se souvenaient mal des splendeurs du passé... et les officiers yankees étaient si jolis garçons sous leurs beaux uniformes. Ils donnaient de si beaux bals, ils avaient de si beaux chevaux et, en fait, ils étaient à genoux devant les femmes du Sud! Ils les traitaient comme des reines et faisaient tellement attention à ne pas heurter leur fierté. Après tout... pourquoi ne pas les fréquenter?

Ils étaient beaucoup plus séduisants que les jeunes gens de le ville qui étaient si mal habillés, qui avaient l'air si sérieux et travaillaient si dur qu'ils n'avaient pas le temps de s'amuser... Tous ces raisonnements s'étaient traduits par un certain nombre d'enlèvements qui avaient plongé les familles d'Atlanta dans l'affliction. On voyait des frères croiser leurs sœurs dans la rue sans leur adresser la parole, des mères et des pères qui ne prononçaient jamais le nom de leur fille. Le souvenir de ces tragédies glaçait la moelle de ceux dont la devise était : « Pas de reddition », mais, devant Mélanie si douce et si calme, ils oubliaient leurs inquiétudes. De l'avis même des douairières, Mélanie était le meilleur exemple qu'on pût donner aux jeunes filles de la ville. Et comme elle ne faisait pas étalage de ses vertus, les jeunes filles ne lui en voulaient pas.

Mélanie ne se serait jamais doutée qu'elle était en passe de devenir le chef de file d'une nouvelle société. Elle trouvait seulement qu'on était très gentil de venir la voir et de lui demander de faire partie de cercles de couture ou de prêter son concours à des séances récréatives ou musicales. Malgré le dédain des autres villes du Sud pour le manque de culture d'Atlanta, on y avait toujours aimé la musique, et la bonne musique, et, à mesure que les temps devenaient plus durs, plus inquiétants, grandissait l'engouement pour cette forme d'art. Il était plus facile d'oublier l'insolence des nègres et les uniformes en écoutant de la musique.

Mélanie fut un peu gênée de se trouver placée à la tête du nouveau Cercle Musical, pour les soirées du samedi. Elle attribuait son élévation à cette présidence au seul fait qu'elle était capable d'accompagner n'importe qui au piano, y compris les demoiselles Mac Lure qui chantaient faux comme des jetons, mais continuaient à vouloir interpréter des duos.

La vérité était que Mélanie avait réussi, avec beaucoup de diplomatie, à fondre en un seul club la Société des Dames Harpistes, la Chorale des Messieurs, le groupement des Jeunes Joueuses de Mandoline et la Société de la Guitare, si bien que, désormais, on avait à Atlanta des concerts dignes de ce nom. La façon dont *La Bohémienne* fut exécutée par les artistes du cercle fut considérée par de nombreuses personnes comme bien supérieure à tout ce qu'on pouvait entendre à New York ou à La Nouvelle-Orléans. Ce fut après qu'elle eut réussi à obtenir l'adhésion des Dames Harpistes que Mme Merriwether dit à Mme Meade et à Mme Wheating qu'il fallait donner la présidence du Cercle à Mélanie. Mme Merriwether déclara que si Mélanie était capable de s'entendre avec les Dames Harpistes elle pourrait s'entendre avec n'importe qui. Cette excellente dame tenait l'orgue à l'église méthodiste et, en tant qu'organiste, avait un respect mitigé pour la harpe ou les harpistes.

On avait également nommé Mélanie secrétaire à la fois de l'Association pour l'Embellissement des Tombes de nos Glorieux Morts et du Cercle de Couture pour les veuves et les orphelins de la Confédération. Ce nouvel honneur lui échut après une réunion mouvementée de ces deux sociétés, réunion qui faillit se terminer par un pugilat et la rupture de vieilles et solides amitiés. La question s'était posée de savoir s'il fallait débarrasser ou non de leurs mauvaises herbes les tombes des soldats de l'Union qui avoisinaient celles des soldats confédérés. La vue des sépultures yankees abandonnées décourageait tous les efforts des dames pour embellir celles de leurs propres morts. Aussitôt, les passions qui couvaient dans les cœurs se déchaînèrent et les membres des deux organisations entrèrent en conflit et se jetèrent des regards fulgurants. Le Cercle de Couture penchait en faveur de la destruction des mauvaises herbes, les dames de l'Embellissement y étaient violemment opposées.

Mme Meade exprima l'opinion de ce dernier groupe, en disant : « Débarrasser les tombes yankees de leurs mauvaises herbes ? Pour deux *cents*, je déterre tous les Yankees et je les jette aux ordures ! »

En entendant ces paroles guerrières, les membres des deux associations se levèrent et chaque dame se mit à dire ce qu'elle avait sur le cœur, sans écouter sa voisine. La réunion avait lieu dans le salon de Mme Merriwether et le grand-père Merriwether qu'on avait relégué à la cuisine raconta par la suite que le vacarme était si fort qu'il se serait cru au début de la bataille de Franklin. Et il ajouta même qu'il avait couru moins de danger à Franklin que s'il avait assisté à la réunion de ces dames.

Par miracle Mélanie réussit à se faufiler au beau milieu de la mêlée et, par miracle également, elle parvint à se faire entendre. Bouleversée par son audace, la voix étranglée par l'émotion, elle se mit à crier : « Mesdames, je vous en prie! » jusqu'à ce que l'effervescence se calmât et qu'elle pût enfin parler.

— Je veux dire... enfin, j'ai pensé depuis longtemps que... que non seulement nous devrions débarrasser les tombes yankees de leurs mauvaises herbes, mais que nous devrions aussi y planter des fleurs... je... je... vous en penserez ce que vous voudrez, mais quand je vais porter des fleurs sur la tombe de mon cher Charlie, j'en mets quelques-unes sur celle d'un Yankee inconnu qui se trouve à côté. Elle... elle a l'air si abandonnée!

Le tumulte reprit de plus belle, mais cette fois les deux organisations se trouvèrent d'accord pour protester.

— Sur les tombes yankees! Oh! Melly, comment pouvez-vous? — Et ils ont tué Charlie. — Ils ont failli vous tuer. Mais les Yankees auraient pu tuer Beau quand il est né! — Ils ont essayé de brûler Tara pour vous en chasser!

Cramponnée au dossier d'une chaise, Mélanie aurait voulu rentrer sous terre. Jamais elle n'avait rencontré pareille hostilité.

— Oh! mesdames! s'écria-t-elle d'un ton suppliant, je vous en prie, laissez-moi achever! Je sais que je n'ai pas voix au chapitre, car, en dehors de Charlie, aucun de ceux qui me touchent de près n'a été tué et, Dieu merci, je sais où repose mon frère! Mais il y en a tant aujourd'hui, parmi nous, qui ignorent où sont enterrés leurs fils, leurs maris ou leurs frères et...

Elle étouffait et dut s'arrêter. Un silence de mort planait sur le salon.

Le regard étincelant de Mme Meade s'assombrit. Elle avait fait le long voyage de Gettysburg, après la bataille, pour ramenr le corps de Darcy, mais personne n'avait pu lui dire où il était enseveli. Il gisait probablement au fond d'un trou hâtivement creusé, quelque part en territoire ennemi. Les lèvres de Mme Allan se mirent à trembler. Son mari et son frère avaient accompagné Morgan dans son malheureux raid en Ohio et la dernière chose qu'elle savait d'eux, c'est qu'ils étaient tombés au bord du fleuve au moment où la cavalerie yankee avait chargé les Confédérés. Elle ignorait, elle aussi, où ils reposaient. Le fils de Mme Alison était mort dans un camp de prisonniers du Nord et, pauvre parmi les pauvres, elle ne pouvait pas faire revenir son corps. D'autres femmes encore avaient lu sur les listes transmises par l'état-major : « manquant... présumé mort » et ces trois mots étaient tout ce qu'elles devaient savoir d'hommes qu'elles avaient vus partir au front.

Elles se tournèrent vers Mélanie, et dans leurs yeux on pouvait lire :

« Pourquoi avez-vous rouvert ces blessures? Ces blessures-là ne guériront jamais... »

Le calme qui régnait redonna des forces à Mélanie.

— Leurs tombes se trouvent quelque part, en pays yankee, tout comme il y a par ici les tombes de soldats de l'Union. Ne serait-ce pas épouvantable de savoir qu'une femme yankee parle de déterrer nos morts et...

Mme Meade étouffa un sanglot horrible à entendre.

— Mais comme ce serait bon de savoir que quelque brave femme yankee... et il doit y avoir de braves femmes chez les Yankees. Peu m'importe ce que disent les gens, toutes les Yankees ne peuvent pas être mauvaises! Comme ce serait bon de savoir qu'elles arrachent les mauvaises herbes des tombes de ceux que nous aimions et qu'elles les fleurissent! Si Charlie était mort dans le Nord, ce serait un réconfort pour moi de savoir que quelqu'un... Et ça m'est bien égal, ce que vous penserez de moi, mesdames, et la voix de Mélanie s'altéra. Je donne ma démission des deux clubs et je... j'arracherai toutes les mauvaises herbes de toutes les tombes yankees que je trouverai et j'y planterai des fleurs... et.. et... que personne ne s'avise de m'en empêcher!

Après avoir lancé ce défi, Mélanie fondit en larmes et, d'un pas mal assuré, chercha à gagner la porte.

Une heure plus tard, bien à l'abri dans un coin du café de la « Belle d'Aujourd'hui », le grand-père Merriwether raconta à l'oncle Henry Hamilton qu'à la suite de cette harangue tout le monde se jeta sur Mélanie pour l'embrasser, que tout cela se termina par des agapes, et que Mélanie fut nommée secrétaire des deux organisations.

— Et elles vont les arracher, ces mauvaises herbes! Ce qu'il y a de plus triste, c'est que Dolly veut m'embaucher, sous le prétexte que je n'ai pas grand-chose à faire. Moi, personnellement, je n'ai rien contre les Yankees et je crois que Mme Melly a raison, mais arracher des herbes à mon âge et avec mon lumbago!

Mélanie faisait partie du comité de direction du Foyer des Orphelins et aida à rassembler les livres nécessaires pour constituer un fonds à l'Association pour la Bibliothèque des Jeunes Gens. Les Amis de Thespis eux-mêmes, qui donnaient une représentation d'amateurs une fois par mois, réclamèrent son concours. Elle était trop timide pour paraître en public, derrière la rampe éclairée par des lampes à huile, mais elle était capable de tailler des costumes dans de vieux sacs si elle n'avait pas autre chose à sa disposition. Ce fut elle qui enleva le vote final du Cercle de lectures shakespeariennes, divisé sur la question de savoir s'il fallait alterner la lecture des œuvres du grand tragique avec celles des œuvres de M. Dickens et de M. Bulwer-Lytton, ou celle des poèmes de Lord Byron, comme l'avait suggéré un jeune homme que Mélanie soupçonnait en secret d'être un célibataire un peu trop bon vivant.

Le soir, vers la fin de l'été, la petite maison mal éclairée était toujours remplie d'invités. Il n'y avait jamais assez de chaises, et les dames s'asseyaient souvent sur les marches de la véranda, tandis que les hommes s'installaient sur la balustrade, sur des caisses ou sur la pelouse. Parfois, lorsque Scarlett voyait des gens en train de prendre le thé sur l'herbe, le seul rafraîchissement que les Wilkes fussent en mesure d'offrir, elle se demandait comment Mélanie pouvait se résoudre à étaler sa pauvreté sans plus de pudeur. Jusqu'à ce qu'elle eût réussi à remeubler la maison de tante Pitty comme elle l'était avant la guerre et qu'elle pût se permettre d'offrir à ses hôtes du bon vin et des sorbets, des tranches de jambon fumé ou de venaison froide, Scarlett ne tenait pas du tout à recevoir, et encore moins des gens de marque comme ceux qui fréquentaient chez Mélanie.

Le général John B. Gordon, le grand héros de la Georgie, venait souvent chez sa belle-sœur avec sa famille. Le frère Ryan, le prêtre-poète de la Confédération, ne manquait jamais de lui rendre visite lorsqu'il était de passage à Atlanta. Il enchantait l'assistance par son esprit et il fallait rarement insister pour l'amener à réciter son *Sabre de Lee* ou son immortelle *Bannière vaincue*, que les dames écoutaient toujours en pleurant. Alex Stephens, l'ancien vice-président de la Confédération, allait voir le ménage chaque fois qu'il se trouvait à Atlanta, et quand on apprenait sa présence chez Mélanie la maison était pleine à craquer de gens qui restaient pendant des heures sous le charme du frêle invalide à la voix vibrante. D'ordinaire, une bonne douzaine d'enfants assistaient à ces réunions et dodelinaient de la tête dans les bras de leurs parents. Ils auraient dû être au lit depuis longtemps, mais leur père ou leur mère tenaient absolument à ce qu'ils puissent dire plus tard que le grand vice-président les avait embrassés, ou qu'ils avaient serré la main qui avait aidé à défendre la Cause. Tous les gens de marque qui séjournaient à Atlanta connaissaient le chemin de chez les Wilkes et, souvent, il y en avait qui y passaient la nuit. Dans ces occasions, la petite maison était vite remplie. India couchait sur une paillasse dans le petit réduit qui servait de chambre d'enfant à Beau, et Dilcey accourait vite emprunter des œufs à la cuisinière de tante Pitty. Tout cela n'empêchait pas Mélanie de recevoir ses hôtes avec autant de bonne grâce que si elle eût disposé d'un palais.

Non, Mélanie ne se doutait nullement que les gens se groupaient autour d'elle comme autour d'un drapeau. Aussi fut-elle à la fois stupéfaite et gênée lorsque le docteur Meade, à la fin d'une agréable soirée chez elle où il s'était tiré noblement de la lecture du rôle de Macbeth, lui baisa la main et lui adressa un petit discours, du ton qu'il prenait jadis pour parler de notre glorieuse Cause.

— Ma chère madame Melly, c'est toujours un privilège et un plaisir de se trouver sous votre toit, car vous et les dames comme vous, vous êtes notre force à tous, vous êtes tout ce qui nous reste. On a fauché la fine fleur de nos jeunes gens, on a étouffé le rire de nos jeunes filles. On a ruiné nos santés, on nous a déracinés, on a bouleversé nos coutumes, on a ruiné notre prospérité, on nous a ramenés cinquante ans en arrière et l'on a chargé d'un fardeau trop lourd les épaules de nos garçons qui devraient être à l'école et de nos vieillards qui devraient se chauffer au soleil. Mais nous reconstruirons l'édifice, parce qu'il nous reste des cœurs comme le vôtre sur lesquels appuyer nos fondations. Et, tant que nous les aurons, les Yankees pourront avoir le reste!

Jusqu'à ce que Scarlett fût déformée au point de ne plus pouvoir dissimuler son état sous le grand châle noir de la tante Pitty, elle et Frank se glissaient fréquemment par la haie du jardin et allaient se joindre aux invités de Mélanie, sous la véranda. Scarlett prenait toujours soin de s'asseoir dans l'ombre où non seulement elle n'était pas trop exposée aux regards, mais d'où elle pouvait observer Ashley tout à loisir.

C'était uniquement Ashley qui l'attirait, car les conversations l'ennuyaient et l'attristaient. Elles étaient toutes calquées sur le même modèle : d'abord, la dureté des temps, puis la situation politique, enfin la guerre. Les dames se lamentaient bien haut sur le renchérissement de la vie et demandaient aux messieurs si, d'après eux, le bon vieux temps reviendrait jamais. Les messieurs, qui savaient tout, répondaient par l'affirmative et déclaraient que c'était une simple question de patience. Les dames savaient fort bien que les messieurs mentaient et ceux-ci ne l'ignoraient pas. Mais ça ne les empêchait pas de mentir de bon cœur et les dames feignaient de les croire. Tout le monde savait qu'on n'était pas au bout de ses peines.

Une fois ce sujet épuisé, les dames parlaient de l'arrogance croissante des nègres, des crimes, des Carpetbaggers et de l'humiliation que leur causait la vue d'un uniforme bleu à chaque coin de rue. Les messieurs pensaient-ils que les Yankees en auraient fini un jour avec la reconstruction de la Georgie ? Les messieurs affirmaient d'un ton rassurant que ça ne durerait pas... c'est-à-dire que ça prendrait fin le jour où les démocrates pourraient voter de nouveau. Les dames étaient assez sages pour ne pas demander quand cet heureux événement se produirait. Ce chapitre clos, on abordait alors celui de la guerre.

Chaque fois que deux anciens Confédérés se rencontraient, il n'y avait pas d'autre sujet de conversation, mais quand il s'en trouvait réuni une douzaine ou davantage, le résultat était couru d'avance ; les hostilités reprenaient avec plus d'entrain que jamais et le mot « si » jouait le premier rôle dans la discussion.

« Si l'Angleterre nous avait reconnus... — Si Jeff Davis avait réquisitionné tout le coton et l'avait fait passer en Angleterre avant le resserrement du blocus... — Si Long Street avait exécuté les ordres qu'on lui avait donnés à Gettysburg... — Si Jeb Stuart n'avait pas été au loin à tenter ce raid, alors que Marse Bob avait besoin de lui... — Si nous avions pu tenir un an de plus... et toujours : Si l'on n'avait pas remplacé Johnston par Hood... » ou « Si l'on avait mis Hood à la tête des troupes à Dalton, au lieu de Johnston... »

Si! si! Les voix douces et traînantes s'échauffaient. Les fantassins, les cavaliers et les artilleurs évoquaient des souvenirs.

« Ils n'ont rien d'autre à dire, pensait Scarlett. Ils ne parlent que de la guerre, toujours la guerre. Et ils continueront à ne parler que de ça jusqu'à leur mort. »

Elle promenait son regard autour d'elle et voyait de jeunes enfants blottis dans les bras de leurs pères. Leur poitrine battait plus vite, leurs yeux brillaient. Ils écoutaient de toutes leurs oreilles ces récits de sorties en pleine nuit, de charges de cavalerie et de drapeaux plantés sur les redoutes de l'ennemi. Ils entendaient battre les tambours, sonner les trompettes et pousser le cri des rebelles. Ils voyaient des hommes marcher, les pieds meurtris, sous la pluie et les drapeaux qui pendaient le long des hampes.

« Et ces enfants n'entendront parler de rien d'autre. Ils s'imagineront que c'était magnifique et glorieux de se battre contre les Yankees et de rentrer chez soi, aveugle ou estropié... ou de ne pas rentrer du tout. Ils aiment tous à évoquer la guerre, à en parler. Mais pas moi. J'ai même horreur d'y penser. Je l'oublierais volontiers si je pouvais... Oh! si seulement je pouvais! »

Elle avait la chair de poule lorsqu'elle entendait Mélanie raconter des histoires de Tara. Sa belle-sœur la peignait sous les traits d'une héroïne, expliquait comment elle avait tenu tête aux envahisseurs, sauvé le sabre de Charles et éteint l'incendie. Mais Scarlett ne tirait aucune satisfaction, aucun orgueil de ce genre de choses. Elle ne voulait pas y penser.

« Oh! mais pourquoi ne peuvent-ils pas oublier? Pourquoi ne regardent-ils pas devant eux au lieu de regarder derrière? Nous avons été fous de faire cette guerre. Plus vite nous en perdrons le souvenir, mieux ça vaudra. »

Cependant, personne ne voulait oublier, personne, sauf elle. Aussi Scarlett fut-elle heureuse de pouvoir dire de bonne foi à Mélanie qu'elle était gênée de se montrer en public même dans l'obscurité. Mélanie comprit fort bien cette explication. D'ailleurs, tout ce qui avait trait à la naissance la touchait profondément. Elle avait le plus grand désir d'avoir un second enfant, mais le docteur Meade et le docteur Fontaine lui avaient déclaré qu'une seconde grossesse la tuerait. A demi résignée à son sort, elle passait la majeure partie de son temps avec Scarlett et prenait plaisir à suivre l'évolution d'une grossesse qui n'était pas la sienne. Aux yeux de Scarlett, qui n'avait pas voulu de cet enfant et s'irritait à la pensée d'être enceinte à un si mauvais moment, cette attitude paraissait le comble de la sentimentalité bébête. Néanmoins, elle éprouvait une joie coupable, en se disant que le verdict des docteurs rendait impossible toute intimité véritable entre Ashley et sa femme.

Scarlett voyait très souvent Ashley, mais elle ne le voyait jamais seul. Il venait chez elle tous les soirs, à son retour de la scierie, pour lui raconter ce qui s'était passé dans la journée, mais Frank et Pitty étaient là en général, ou, ce qui était pire, Mélanie et India. L'entretien se bornait à un échange de réflexions d'ordre commercial, puis Scarlett donnait quelques conseils à Ashley et disait : « Vous êtes gentil d'être venu me voir. Bonsoir. »

Si seulement elle n'était pas enceinte! Elle aurait pu s'en aller tous les matins avec lui à la scierie. Ils auraient traversé ensemble les bois déserts. Loin de tous regards indiscrets, ils auraient pu se croire transportés de nouveau dans le comté, au temps où les jours s'écoulaient sans hâte.

Non, elle n'aurait pas essayé de lui faire dire un seul mot d'amour! Elle s'était juré à elle-même de ne plus jamais parler de leur tendresse mutuelle. Mais si elle se retrouvait seule avec lui, il laisserait peut-être tomber ce masque d'indifférence polie qu'il portait depuis son arrivée à Atlanta. Peut-être redeviendrait-il lui-même, l'Ashley qu'elle avait connu avant la garden-party, avant qu'il eût été question d'amour entre eux. Puisqu'ils ne pouvaient pas être amants, ils pouvaient redevenir amis. Elle avait tant besoin de réchauffer son cœur transi au feu de son amitié.

« Si seulement je pouvais avoir ce bébé tout de suite, se disait-elle avec impatience. Je pourrais me promener avec Ashley tous les jours. Nous bavarderions, nous... »

Ce n'était pas seulement son désir d'être seule avec Ashley qui la faisait frémir d'impatience et s'emporter contre la vie de recluse qu'elle menait. Les scieries avaient besoin d'elle. Depuis qu'elle avait cessé d'en surveiller la marche et qu'elle en avait confié la direction à Hugh et à Ashley, les deux établissements perdaient de l'argent.

Hugh était si incapable, malgré tout le mal qu'il se donnait. Il n'avait aucun sens du commerce et il ne savait pas commander à ses ouvriers. Tout le monde obtenait de lui des rabais. Pour peu qu'un entrepreneur malin lui déclarât que son bois était de qualité inférieure et ne valait pas le prix qu'il en demandait, il estimait qu'un gentleman se devait de présenter des excuses et de rabattre ses prix. Lorsque Scarlett apprit la somme qu'on lui avait versée pour mille pieds de bois de parquet, elle versa des larmes de rage. Le meilleur lot de bois de plancher qui eût jamais été débité dans la scierie, il en avait pratiquement fait cadeau! Et puis, il ne savait pas s'y prendre avec ses hommes. Les nègres insistaient pour être payés tous les jours et il leur arrivait souvent de boire leur paie et de ne pas se présenter à l'embauche le lendemain matin. Hugh était alors obligé de se mettre en campagne pour trouver d'autres ouvriers et le travail était en retard. En plus de tous ces ennuis, Hugh restait plusieurs jours de suite sans aller vendre le bois en ville.

Voyant les bénéfices fondre entre les doigts de Hugh, Scarlett entrait dans des rages folles contre sa bêtise et contre elle-même, qui ne pouvait rien faire. Dès qu'elle aurait son enfant et qu'elle serait capable de reprendre le collier, elle se débarrasserait de Hugh et engagerait quelqu'un d'autre à sa place. N'importe qui vaudrait mieux que lui, et elle était bien résolue à ne plus jamais se laisser rouler par les affranchis. Comment diable faire quelque chose de propre avec ces nègres qui abandonnaient le chantier pour un oui ou pour un non?

— Frank, dit-elle à son mari, après une discussion orageuse avec Hugh au sujet des absences de ses ouvriers, je suis à peu près décidée à louer des forçats pour travailler à mes scieries. Il y a un certain temps, je parlais à Johnnie Gallegher, le contremaître de Tommy Wellburn, du mal qu'on avait à faire travailler les nègres, et il m'a demandé pourquoi je ne prenais pas des forçats. Ça me paraît une bonne idée. Il m'a dit que je pouvais en sous-louer pour presque rien et qu'il me suffisait de leur donner n'importe quelle saleté à manger. Il a ajouté que je pourrais les faire travailler autant que je voudrais sans avoir tout le temps les gens du Bureau des Affranchis à fourrer leur nez dans les affaires qui ne les regardent pas. Ah! et puis, dès que le contrat de Johnnie Gallegher avec Tommy sera venu à expiration, je l'engagerai pour remplacer Hugh. Un type qui arrive à faire travailler la bande d'Irlandais qu'il a sous ses ordres obtiendra sûrement d'excellents résultats avec des forçats.

Des forçats! Frank était muet d'horreur. Louer des forçats! Ça c'était le comble, c'était pire encore que de songer à construire un café.

Tout au moins, c'était l'opinion de Frank et des milieux conservateurs dans lesquels il évoluait. Le système qui consistait à louer des forçats devait son application récente à la pauvreté de l'État à la suite de la guerre. Incapable d'entretenir des forçats, l'État les louait aux gens qui avaient besoin de beaucoup de main-d'œuvre pour construire des voies ferrées ou exploiter des forêts. Tout en reconnaissant la nécessité d'un tel système, Frank et ses amis bien-pensants n'en déploraient pas moins son existence. Bon nombre d'entre eux n'avaient même pas été partisans de l'esclavage, et ils trouvaient cela bien pire.

Et Scarlett voulait louer des forçats! Frank savait que, si elle faisait une chose pareille, il n'oserait plus jamais relever la tête. C'était encore pire que de posséder et de diriger une scierie, pire que tout ce que sa femme avait entrepris ou projeté. En s'élevant contre les desseins de Scarlett, Frank avait toujours été poussé par cette question : « Que vont dire les gens ? » Mais cette fois Frank éprouvait un sentiment plus profond que la crainte de l'opinion publique. Il avait l'impression qu'il s'agissait d'un trafic de chair humaine dont le pendant était la prostitution. Il ne pouvait permettre cela sans se charger l'âme d'un péché. Frank en était si convaincu qu'il trouva le courage d'interdire à sa femme de réaliser son projet et il mit tant de force dans ses remarques que Scarlett, médusée, fut incapable de lui répondre. Finalement, pour le tranquilliser, elle lui déclara d'un ton humble que c'était une simple idée en l'air. Au fond d'elle-même, elle pensait tout le contraire. En embauchant des forçats elle résoudrait du même coup l'un des plus graves problèmes, mais d'un autre côté, si Frank prenait la chose sur ce ton...

Elle soupira. Si au moins une des scieries rapportait de l'argent, elle prendrait son mal en patience, mais Ashley ne déployait guère plus de talent que Hugh.

Au premier abord, Scarlett avait été choquée et déçue qu'Ashley ne se fût pas mis immédiatement au courant et n'eût pas fait rapporter à la scierie le double de ce qu'elle rapportait quand elle la dirigeait elle-même. Il était si intelligent et avait lu tant de livres. Il n'y avait aucune raison pour qu'il ne réussît pas brillamment et ne gagnât pas des sommes folles. Par malheur, il n'obtenait pas de meilleurs résultats que Hugh. Son inexpérience, ses erreurs, son manque total de sens commercial, ses scrupules étaient les mêmes que ceux de Hugh.

Dans son amour Scarlett trouva facilement des excuses à sa conduite et il ne lui vint pas à l'idée de placer les deux hommes sur le même plan. Hugh était stupide, son cas était désespéré, tandis qu'Ashley avait besoin de s'initier aux affaires. Cependant, elle fut obligée de reconnaître à contrecœur qu'Ashley ne saurait jamais faire, comme elle, une rapide estimation de tête, ni donner un prix exact. Et parfois elle se demandait s'il apprendrait jamais à reconnaître une sablière d'une planche. Étant lui-même un honnête homme, il avait confiance dans la première crapule venue et, à plusieurs reprises, aurait perdu de l'argent si elle n'était pas intervenue pour arranger les choses. S'il avait de la sympathie pour quelqu'un — et il paraissait avoir de la sympathie pour tant de gens! — il vendait son bois à crédit sans même se soucier si l'acheteur avait un compte en banque ou d'autres garanties. A cet égard, il ne valait pas plus cher que Frank.

Mais il finirait par apprendre! Ca ne faisait aucun doute. Et, tandis qu'il s'initiait à la vie commerciale, Scarlett était pleine d'une indulgence et d'une patience toutes maternelles pour ses erreurs. Chaque soir, lorsqu'il arrivait chez elle, épuisé et désespéré, elle ne se lassait pas de lui prodiguer des conseils utiles avec le plus grand tact. Pourtant, elle avait beau l'encourager et lui remonter le moral, ses yeux conservaient un étrange regard, une expression morte qu'elle ne comprenait pas et qui l'effrayait. Il était différent, si différent de l'homme qu'il était jadis. Si seulement elle réussissait à le voir seul, elle découvrirait peut-être à quoi cela tenait.

Cette situation valut à Scarlett bien des nuits sans sommeil. Elle se tourmentait au sujet d'Ashley, à la fois parce qu'elle le savait malheureux et parce qu'elle se rendait compte que d'être malheureux l'empêchait de devenir un bon marchand de bois. Elle était au supplice de voir ses scieries entre les mains de deux hommes aussi peu commerçants qu'Ashley et Hugh. Ça lui brisait le cœur de voir ses concurrents lui prendre ses meilleurs clients, alors qu'elle avait travaillé si dur et préparé si minutieusement son plan de campagne pour les mois où elle ne pourrait plus travailler. Oh! si seulement elle pouvait se remettre à l'ouvrage! Elle s'occuperait d'Ashley et il faudrait bien qu'il apprît son métier! Et si Johnnie Gallegher pouvait diriger l'autre scierie! Elle se chargerait elle-même de la vente du bois et tout irait pour le mieux. Quant à Hugh, s'il voulait continuer à travailler pour elle, on lui donnerait à conduire une voiture de livraison. Il n'était bon qu'à ça!

Évidemment, Gallegher avait beau être débrouillard, il n'avait pas l'air trop scrupuleux, mais... à qui faire appel alors ? Pourquoi donc les hommes à la fois intelligents et honnêtes montraient-ils si peu d'empressement à travailler pour elle ? Si seulement elle avait l'un d'eux à la place de Hugh, elle n'aurait pas besoin de se faire tant de soucis, mais...

Malgré son infirmité, Tommy Wellburn était devenu le plus gros entrepreneur de la ville et, d'après ce qu'on disait, il gagnait ce qu'il voulait. Mme Merriwether et René réussissaient très bien et venaient d'ouvrir une pâtisserie que René gérait avec un sens de l'économie vraiment français, et le grand-père Merriwether, ravi d'échapper au coin de l'âtre, conduisait désormais la charrette aux petits pâtés. Les fils Simmons avaient tellement de commandes qu'ils employaient trois équipes par jour à leur briqueterie. Et Kells Whiting ramassait lui aussi de l'argent avec son cosmétique, qu'il vendait aux nègres en leur disant qu'on ne les laisserait pas voter républicain s'ils continuaient à avoir les cheveux crépus.

Il en allait de même avec tous les jeunes gens intelligents que Scarlett connaissait : les médecins, les avocats, les commerçants. L'espèce d'engourdissement qui s'était emparé d'eux aussitôt après la guerre avait complètement disparu, et ils étaient bien trop occupés à édifier leur fortune pour l'aider à édifier la sienne. Les autres, ceux qui ne débordaient pas d'activité, c'étaient des hommes du type de Hugh... ou d'Ashley...

Quelle pitié d'essayer de faire marcher une affaire et d'être enceinte par-dessus le marché!

« Je n'aurai pas d'autre enfant, décida Scarlett avec conviction. Je n'ai pas l'intention d'imiter les autres femmes et d'avoir un bébé tous les ans. Bonté divine! Ça ferait six mois de l'année à rester éloignée de mes scieries! Et je m'aperçois maintenant que je ne peux même pas me permettre un jour d'absence. Je vais tout simplement dire à Frank que je ne veux plus avoir d'enfants. »

Frank voulait une large famille, mais, quoi, elle arriverait bien à lui faire entendre raison. L'enfant qu'elle portait serait le dernier. Les scieries étaient bien plus importantes.

XLII

L'enfant de Scarlett fut une fille, un petit être maigrichon et chauve, laid comme un singe sans poil et qui ressemblait à Frank d'une manière absurde. A l'exception du père, fou de joie, personne ne trouvait belle la nouveau-née, mais les gens étaient assez charitables pour dire que les vilains bébés devenaient fort jolis, parfois. On l'appela Ella Lorena. Ella, en souvenir de sa grand-mère Ellen, Lorena, parce que c'était un des noms les plus à la mode pour les filles, au même titre que Robert E. Lee et Stonewall Jackson pour les garçons et Abraham Lincoln et Emancipation pour les enfants nègres.

La petite naquit au beau milieu d'une semaine où la fièvre et la crainte d'une catastrophe régnaient à Atlanta. Un nègre qui s'était vanté d'avoir violé une femme blanche avait tout de même été arrêté, mais, avant sa comparution en justice, le Ku-Klux-Klan avait envahi la prison où il était gardé à vue et l'avait pendu, sans tambour ni trompette. Les membres du Klan s'étaient chargés eux-mêmes de le châtier pour épargner une pénible déposition à sa victime dont le public ignorait encore le nom. Comme son père et son frère eussent préféré la tuer, plutôt que de la voir étaler sa honte à la barre des témoins, les gens considéraient qu'en lynchant le nègre on avait résolu le problème de la manière la plus raisonnable et trouvaient même qu'en fait il n'y avait pas d'autre solution possible. Mais les autorités militaires étaient furieuses et ne voyaient pas pourquoi la jeune femme n'eût pas déposé à l'audience publique.

Les militaires opéraient des arrestations à droite et à gauche et juraient d'exterminer le Klan, dussent-ils pour cela mettre en prison tous les hommes blancs d'Atlanta. Pris de panique, les nègres songeaient à se venger en incendiant un certain nombre de maisons. L'atmosphère était surchauffée. On parlait d'exécutions en masse, au cas où les Yankees découvriraient les coupables, et l'on redoutait un soulèvement des noirs. Les gens restaient chez eux, portes et fenêtres fermées. Les hommes n'osaient pas se rendre à leurs affaires pour ne pas laisser seuls leurs femmes et leurs enfants.

Scarlett gisait sans force sur son lit et remerciait silencieusement le Seigneur de ce qu'Ashley fût trop sensé pour faire partie du Klan et Frank trop vieux et trop timide. C'eût été terrible de savoir que les Yankees pouvaient fondre sur eux comme des oiseaux de proie et les arrêter! Pourquoi les jeunes du Ku-Klux-Klan ne se tenaient-ils pas tranquilles au lieu de provoquer les Yankees? Après tout, la jeune fille ne s'était peut-être pas fait violer? Elle avait peut-être été simplement prise d'une frayeur imbécile et, à cause d'elle, quantité d'hommes risquaient de perdre la vie.

Dans cette atmosphère tendue, où les gens avaient l'impression de voir se consumer peu à peu une mèche reliée à un baril de poudre, Scarlett recouvra rapidement ses forces. La saine robustesse qui lui avait permis de supporter les épreuves de Tara l'aida à se remettre d'aplomb et, deux semaines après la naissance d'Ella Lorena, elle fut assez vaillante pour se tenir assise dans son lit et s'irriter de son inactivité. Une semaine plus tard elle se leva et déclara qu'elle voulait aller inspecter ses scieries où le travail était arrêté, car Hugh et Ashley ne tenaient pas à laisser leurs familles seules toute la journée.

C'est alors que l'orage éclata.

Tout fier de sa paternité récente, Frank eut assez de courage pour interdire à Scarlett de sortir tant que la situation resterait aussi dangereuse.

Elle n'aurait tenu aucun compte de cette interdiction et se serait quand même remise à travailler si Frank n'avait confié son cheval et son buggy à un loueur de voitures, avec l'ordre formel de ne laisser s'en servir personne d'autre que lui. Pour comble de malheur, Frank et Mama avaient patiemment fouillé la maison pendant que Scarlett était couchée et avaient découvert son trésor caché. Frank avait déposé l'argent à la banque, sous son propre nom, si bien que sa femme n'avait même plus la ressource de louer une voiture.

Scarlett fit d'abord une scène à Frank et à Mama, puis elle en fut réduite à les supplier et, finalement, elle pleura toute la matinée comme un enfant privé de ses jouets. En guise de consolation, elle entendit Frank lui murmurer: « Voyons, mon petit bout de sucre, vous êtes encore une petite fille malade », et

Mama de dire : « Ma'ame Sca'lett, si vous continuez à pleu'er comme ça, vot' lait il va tou'ner et le bébé il au'a des coliques aussi sû' que deux et deux font quat'. »

Folle de rage, Scarlett traversa le jardin au pas de charge et se précipita chez Mélanie pour lui vider son cœur. Le verbe haut et le geste violent, elle déclara qu'elle irait à pied à ses scieries, qu'elle dirait à tout le monde qu'elle avait épousé une vermine et qu'elle n'avait pas l'intention de se laisser traiter comme une gamine sans cervelle. Tant pis, elle s'armerait d'un pistolet et abattrait quiconque la menacerait. Elle avait déjà tué un homme et elle serait ravie, oui, parfaitement, ravie, d'en tuer un autre. Elle...

Mélanie était épouvantée.

— Mais voyons, tu n'as pas le droit de t'exposer ainsi ! J'en mourrais s'il t'arrivait quelque chose ! Oh ! je t'en prie...

— J'irai ! Tu m'entends, j'irai à pied ! J'irai...

Mélanie la regarda et se rendit compte que sa belle-sœur n'était pas en proie à l'une de ces crises de nerfs assez fréquentes chez les femmes encore affaiblies par leurs couches. Elle lisait sur le visage de Scarlett la même résolution, le même mépris du danger qu'elle avait lus si souvent sur celui de Gérald O'Hara quand il avait adopté une dangereuse résolution. Elle prit Scarlett par la taille et l'attira contre elle.

— Tout cela, c'est ma faute. J'aurais dû être plus courageuse et ne pas retenir Ashley tout le temps près de moi, quand son devoir l'appelait à la scierie. Oh ! ma chérie ! Je suis une telle poule mouillée ! Je vais dire à Ashley que je n'ai pas peur du tout. Je viendrai m'installer avec toi et tante Pitty, comme ça il pourra retourner travailler et...

— Tu n'en feras rien ! s'exclama Scarlett qui, malgré elle, était forcée de reconnaître qu'Ashley n'était pas de taille à lutter tout seul contre les difficultés du moment. Comment veux-tu qu'Ashley fasse du bon travail s'il s'inquiète pour toi toute la journée ? Tout le monde me met des bâtons dans les roues ! L'oncle Peter lui-même refuse de me conduire ! Ça m'est égal !

J'irai toute seule. Je ferai le chemin à pied. Une fois là-bas, je m'arrangerai pour embaucher une équipe de nègres.

— Oh non! ne fais pas ça! Il pourrait t'arriver quelque chose de terrible. On prétend qu'il y a un ramassis de nègres qui campent à Shanty Town, du côté de la route de Decatur, et il faudra que tu passes par là. Laisse-moi réfléchir... ma chérie, promets-moi de ne rien faire aujourd'hui. Laisse-moi le temps de trouver une solution. Promets-moi de rentrer chez toi et de rester tranquille. Tu as l'air de ne pas tenir sur tes jambes. Donne-moi ta parole.

Trop épuisée par son acte de colère pour résister, Scarlett donna sa parole à Mélanie et s'en retourna chez elle, où elle repoussa avec hauteur toutes les ouvertures de paix qu'on lui fit.

Ce même après-midi, un inconnu traversa en clopinant le jardin de tante Pitty. C'était à n'en pas douter l'un de ces hommes auxquels Mama et Dilcey faisaient allusion lorsqu'elles parlaient « de la canaille que ma'ame Melly elle 'amasse dans la 'ue et laisse do'mi' dans sa cave ».

La maison de Mélanie comportait trois pièces en sous-sol, dont l'une servait primitivement de cave et les autres de logement pour les domestiques. Désormais la première était occupée par Dilcey et les deux dernières par un flot incessant d'hôtes de passage, misérables et déguenillés. En dehors de Mélanie, personne ne savait d'où ils venaient ni où ils allaient. Personne non plus ne savait où la jeune femme les trouvait. Peut-être les négresses avaient-elles raison de dire que Mélanie les ramassait dans la rue. Cependant, tout comme les invités de marque étaient attirés par son petit salon, les malheureux arrivaient à trouver le chemin de sa cave où ils étaient nourris et logés et d'où il repartaient, un paquet de provisions sous le bras. En général, les occupants des chambres du sous-sol étaient d'anciens soldats confédérés. Ces hommes, du type le plus fruste, ne savaient ni lire ni écrire, n'avaient plus ni maison ni famille et parcouraient le pays en quête de travail.

Des femmes de la campagne à la peau tannée et flétrie y venaient souvent passer la nuit, en compagnie de leur marmaille silencieuse, femmes que la guerre avait rendues veuves, et qui, dépossédées de leur ferme, recherchaient des parents dispersés ou perdus. De temps en temps, les voisins étaient scandalisés par la présence chez Mélanie d'étrangers parlant peu ou pas du tout l'anglais, que le mirage de fortunes hâtivement édifiées avait conduits vers le Sud. Une fois, un républicain avait dormi sous son toit. Du moins, Mama prétendait-elle avec force que c'était un républicain, tout en déclarant qu'elle reconnaissait la présence d'un républicain dans les environs comme un cheval reconnaissait celle d'un serpent à lunettes. Mais personne n'ajouta foi aux allégations de Mama, car il devait tout de même y avoir une limite à la charité de Mélanie.

« Oui, se dit Scarlett qui, son bébé sur les genoux, était assise sous la véranda éclairée par le pâle soleil de novembre. Oui, c'est l'un des éclopés de Mélanie. Et il l'est bien, celui-ci. »

L'homme, qui achevait de traverser le jardin en boitant, avait une jambe de bois comme Will Benteen. C'était un vieil homme, grand et efflanqué, au crâne chauve, d'un rose sale, à la barbe grise, si longue qu'il aurait pu la passer dans sa ceinture. Il avait probablement plus de soixante ans, à en juger par son visage dur et raviné. Malgré sa maigreur maladive et sa jambe de bois, il était vif comme un serpent.

Il gravit les marches et, avant même qu'elle l'eût entendu parler avec son accent nasillard Scarlett devina qu'il venait des hautes terres. Sous ses vêtements sales et en loques, il avait, comme la plupart des montagnards, un air farouche et orgueilleux qui révélait une âme intransigeante et stricte. Sa barbe était souillée par le jus de tabac et une grosse chique lui déformait la joue. Il avait le nez mince et busqué, les sourcils broussailleux et de chacune de ses oreilles sortait une touffe de poils qui les faisait ressembler à des oreilles de lynx. Une de ses orbites était vide et il en partait une profonde cicatrice qui, après lui avoir coupé la joue en deux, allait se perdre dans sa barbe. Son œil unique était petit, pâle et froid, un œil impitoyable. La crosse d'un gros pistolet sortait de la poche de son pantalon et il portait, dans sa botte éculée, un couteau-poignard dont le manche dépassait.

Il examina Scarlett à son tour et, sans manifester la moindre gêne, il cracha par-dessus la balustrade avant de parler. Son œil unique trahissait le mépris, un mépris souverain qui s'étendait non pas à Scarlett en particulier, mais aux femmes en général.

— M'dame Wilkes m'envoie travailler pour vous, déclara-t-ill aconiquement. (Il semblait s'exprimer avec une certaine difficulté, en personne qui n'avait guère l'habitude de parler.) J' m'appelle Archie.

— Je regrette, mais je n'ai pas de travail pour vous, monsieur Archie.

— Archie, c'est mon p'tit nom.

— Et quel est votre nom de famille, je vous prie ?

Il cracha de nouveau.

— Ça, ça m'regarde, dit-il. Archie, ça suffira comme ça.

— Oh! je me moque pas mal de ne pas savoir votre nom de famille! Je n'ai rien pour vous.

— Mais si, m'dame Wilkes, elle était toute chavirée parce que vous vouliez aller vous balader toute seule. C'est de la folie! Alors, elle m'a envoyé pour vous accompagner dans vos promenades.

— Vraiment ? s'exclama Scarlett, indignée à la fois de la grossièreté de l'homme et de la façon dont Melly se mêlait de ses affaires.

Il la toisa de son œil unique.

— Oui, une femme, ça n'a pas l'droit de causer des embêtements à sa famille, quand sa famille veut la protéger. Puisqu'il faut que vous sortiez, eh bien! je vous conduirai. J'ai horreur des nègres... et des Yankees aussi.

Il fit passer sa chique dans le coin opposé de sa bouche et, sans attendre que Scarlett l'y invitât, s'assit sur les marches.

— J'veux pas dire que ça m'plaît de faire le cocher pour les femmes, mais m'dame Wilkes a été bonne pour moi en m'laissant coucher dans sa cave et elle m'a envoyé pour vous accompagner.

— Mais..., commença Scarlett, ne sachant à quel saint se vouer.

Alors, elle s'arrêta court et regarda Archie. Au bout d'un instant, elle se mit à sourire. Ce vieil aventurier ne lui disait rien qui vaille, mais sa présence simplifiait les choses. Grâce à lui, elle pourrait sortir en ville, aller à ses deux scieries et visiter la clientèle. Avec un tel compagnon, tout le monde la croirait en sûreté et son seul aspect était suffisant pour étouffer la moindre tentative de commérage.

— Allons, c'est entendu, dit-elle. A condition toutefois que mon mari accepte.

Après un entretien particulier avec Archie, Frank donna son autorisation à contrecœur et fit dire au loueur de voitures de lui ramener le cheval et le buggy. Il était peiné et déçu que la maternité n'eût point changé Scarlett comme il l'avait espéré, mais, puisqu'elle était décidée à retourner à ses maudites scieries, Archie était une fameuse aubaine.

Ainsi s'établirent des rapports qui, au début, stupéfièrent Atlanta. Archie et Scarlett faisaient un couple étrangement assorti, le vieil homme grossier et sale dont la jambe de bois dépassait le tablier de la voiture, la jeune femme coquette et bien habillée, dont le front se plissait sous le poids des pensées. En ville, comme dans la banlieue, on les voyait partout et à n'importe quelle heure de la journée. Ils s'adressaient rarement la parole et n'avaient manifestement aucune sympathie l'un pour l'autre, mais ils se rendaient service, car lui avait besoin d'argent et elle d'un défenseur. « En tout cas, disaient les dames de la ville, ça vaut encore mieux pour elle que de s'afficher avec ce Butler. » Ces dames se demandaient avec curiosité où avait bien pu passer Rhett. Il avait brusquement quitté Atlanta trois mois auparavant et personne, pas même Scarlett, ne savait où il était.

Archie était un taciturne. Il ne disait jamais rien à moins qu'on ne lui adressât la parole et encore répondait-il le plus souvent par des grognements. Tous les matins, il quittait la cave de Mélanie et venait s'asseoir sur le perron de tante Pitty, chiquant et crachant jusqu'à ce que Scarlett sortît et que Peter eût attelé le buggy. L'oncle Peter avait à peine moins peur de lui que du diable, ou du Ku-Klux-Klan, et Mama elle-même se taisait en sa présence et tournait autour de lui d'un air craintif. Il avait horreur des nègres et ceux-ci le savaient. Il s'arma d'un second pistolet et sa réputation grandit parmi la population noire. Il n'eut jamais besoin de dégainer ses pistolets, ni même de porter la main à la ceinture. L'effet moral était suffisant. Les nègres en arrivaient à ne plus oser rire quand Archie se trouvait dans les parages.

Un jour, Scarlett lui demanda pourquoi il détestait les nègres et fut bien étonnée de l'entendre répondre autre chose que son éternel : « Ça, ça m'regarde. »

— J'les déteste, comme tous les montagnards les détestent. Nous ne les avons jamais aimés et nous n'en avons jamais possédé un seul. C'est les nègres qui ont déclenché la guerre. C'est aussi à cause de ça que j'les aime pas.

— Mais vous avez pourtant fait la guerre.

— Ça, c'est l'privilège des hommes. Et puis, j'déteste encore plus les Yankees qu'les nègres. J'les déteste autant qu'les femmes bavardes.

Ce genre de déclaration par trop impolie avait le don d'exaspérer Scarlett, qui rongeait son frein en silence et souhaitait de se débarrasser d'Archie. D'un autre côté, comment pourrait-elle se passer de lui ? Il était grossier et sale, parfois même il sentait mauvais, mais il lui était indispensable. Il la conduisait aux scieries et l'en ramenait. Il lui faisait faire la tournée des clients et, tandis qu'elle discutait ou donnait ses instructions, il restait bien tranquillement à cracher et à contempler les nuages. Si elle avait à descendre de voiture, il descendait lui aussi, et lui emboîtait le pas. Lorsqu'elle se trouvait au milieu d'un groupe d'ouvriers, de nègres ou de soldats yankees, il la lâchait rarement d'une semelle.

Atlanta s'habitua bientôt au spectacle de Scarlett et de son garde du corps, et de là les dames en vinrent à envier la liberté dont jouissait la jeune femme. Depuis que les membres du Ku-Klux-Klan avaient lynché le nègre, elles vivaient cloîtrées chez elles et ne sortaient pas pour faire leurs achats, à moins d'être une demi-douzaine. Comme elles aimaient à voir du monde, leur solitude commençait à leur peser et, mettant toute question d'amour-propre de côté, elles demandèrent à Scarlett de leur prêter Archie. Lorsqu'elle n'avait pas besoin de lui, Scarlett avait l'amabilité d'accéder à leur requête.

Archie ne tarda pas à être élevé à la hauteur d'une institution et les dames rivalisèrent à qui profiterait de ses instants de liberté. Il ne se passait guère de matin qu'un enfant ou un domestique noir ne se présentât, au moment du petit déjeuner, avec un mot disant : « Si vous n'avez pas besoin d'Archie cet après-midi, faites-moi la faveur de me le laisser. Je voudrais aller porter des fleurs au cimetière. — Il faut que j'aille chez ma modiste. — J'aimerais qu'Archie emmenât tante Nelly prendre l'air. — J'ai une visite à faire rue Pierre et mon grand-père n'est pas assez bien pour m'accompagner. Archie pourrait-il... »

Il servait donc de cocher à toutes ces dames, aux jeunes filles, aux femmes mûres, aux veuves, et il les traitait toutes avec le même souverain mépris. Il était clair qu'à l'exception de Mélanie il n'aimait pas beaucoup plus les femmes que les nègres ou les Yankees. Choquées au premier abord par sa grossièreté, les dames finissaient pas s'habituer à lui et, n'eût été sa façon bruyante de cracher, il était tellement silencieux qu'elles en arrivaient à ne pas faire plus attention à lui qu'au cheval qu'il conduisait.

Il fallait vraiment que la situation fût bien changée pour qu'on tolérât pareil état de choses. Avant la guerre, ces dames n'auraient même pas permis à Archie l'accès de leur cuisine. On lui aurait tendu un morceau de pain par la porte de service et on l'aurait envoyé au diable. Mais cela ne les empêchait pas d'accueillir sa présence rassurante avec joie. Crasseux et grossier, ne sachant ni lire ni écrire, il n'en était pas moins un rempart entre les terreurs de la Reconstruction et ces dames. Ni ami, ni domestique, Archie était un garde du corps dont on rétribuait les services et qui protégeait les femmes, pendant que leurs maris travaillaient ou s'absentaient le soir.

Depuis l'entrée en fonctions d'Archie, Scarlett avait l'impression que Frank sortait très fréquemment après le dîner. Il prétendait que ses clients ne lui laissaient pas une minute de répit dans la journée et qu'il était obligé de retourner le soir au magasin pour faire ses comptes. Il y avait aussi ses amis malades et, tous les mercredis, la Réunion des Démocrates qui recherchaient ensemble le moyen de reconquérir le droit de vote. Scarlett pensait que cette organisation ne faisait pas grand-chose, en dehors de ressasser les mérites du général John B. Gordon et de discuter à perte de vue sur la guerre. En tout cas, les Démocrates semblaient toujours en être au même point en ce qui concernait le droit de vote, mais quoi, Frank avait l'air de prendre un vif plaisir à ces réunions, car il s'y attardait jusqu'au petit matin.

Ashley, lui aussi, se rendait au chevet d'amis malades. Il assistait également aux réunions des Démocrates et sortait en général les mêmes soirs que Frank. Lorsqu'ils s'absentaient tous les deux, Archie accompagnait Pitty, Scarlett et la petite Ella chez Mélanie et les deux familles passaient la soirée ensemble. Les dames tiraient l'aiguille tandis qu'Archie, étendu de tout son long sur le sofa du salon, ronflait comme un bienheureux et que son souffle agitait régulièrement ses moustaches grises. Personne ne l'avait invité à disposer du sofa et, comme c'était le plus beau meuble de la maison, les dames se lamentaient en silence chaque fois qu'il s'y allongeait et posait ses bottes sur la belle tapisserie. Cependant, aucune d'elles n'avait le courage de lui adresser des reproches. N'avait-il pas déclaré, d'ailleurs, qu'elles avaient bien de la chance qu'il eût le sommeil lourd, car d'entendre des femmes jacasser comme une troupe de pintades ne manquait jamais de le mettre hors de lui.

Parfois, Scarlett se demandait d'où venait Archie et

quelle vie il avait menée avant d'échouer chez Melly, mais elle ne chercha pas à percer le mystère. Il y avait chez ce vieux borgne grisonnant quelque chose qui interdisait toute question relative à son passé. A son accent, Scarlett devinait qu'il était originaire des montagnes situées au nord de la Georgie. Elle savait en outre qu'il avait fait la guerre et avait perdu sa jambe et son œil peu de temps avant la reddition.

Un matin, le vieil homme avait conduit Scarlett à la scierie dirigée par Hugh. Le travail y était arrêté, les ouvriers noirs ne s'étaient pas présentés à l'embauche et Hugh, découragé, s'était assis sous un arbre pour réfléchir. Scarlett se mit dans une colère terrible et s'en prit à Hugh avec d'autant plus de violence qu'elle venait de recevoir une grosse commande de bois... et une commande pressée. Elle avait déployé toute son énergie et toute sa séduction pour enlever cette commande et, en arrivant à la scierie, que trouvait-elle ? une usine en chômage ! C'était trop fort.

— Conduisez-moi à l'autre scierie, ordonna-t-elle à Archie. Oui, je sais qu'il y a un fameux bout de chemin et que nous nous passerons de déjeuner, mais pourquoi est-ce que je vous paie ? Il faut que j'aille dire à M. Wilkes d'arrêter immédiatement tout ce qu'il a en train pour s'attaquer à cette commande. J'espère que ses ouvriers travaillent. Tonnerre de chien ! Je n'ai jamais vu plus belle moule que Hugh Elsing ! Dès que Johnnie Gallegher aura fini de construire ce magasin, je le flanquerai à la porte. Qu'est-ce que ça peut me faire que Gallegher ait servi dans l'armée yankee ? Lui, au moins, il abattra de la besogne. Je n'ai encore jamais vu un Irlandais paresseux. Et puis j'en ai assez des affranchis. On ne peut pas compter sur eux. Je vais demander à Johnnie Gallegher de m'embaucher des forçats. Il saura bien les faire travailler. Il...

Archie lança à Scarlett un coup d'œil malveillant et se mit à parler d'une voix rauque, qui trahissait une colère contenue.

— Le jour où vous embaucherez des forçats, j'vous quitte, dit-il.

— Pourquoi donc, Grand Dieu ? s'exclama Scarlett, interloquée.

— J'sais c'que c'est l'embauchage des forçats. Moi, j'appelle ça d' l'assassinat. On achète des hommes comme on achète des mules. On les traite encore pis que des mules. On les bat, on les laisse crever de faim, on les tue. Et qui est-ce que ça intéresse ? L'État s'en fiche. C'est lui qui touche l'argent. Les gens qui louent les forçats, ils s'en fichent eux aussi. Tout ce qu'ils veulent, c'est leur donner le moins possible à manger et en tirer tout ce qu'ils peuvent. Sacré bon Dieu ! J'ai jamais porté les femmes dans mon cœur, mais maintenant j' les aime encore moins.

— Mais est-ce que ça vous regarde, tout ça ?

— J'pense bien, se contenta de répondre Archie, qui, après une pause, ajouta : Moi, j'ai fait quarante ans de travaux forcés.

Scarlett resta bouche bée et, instinctivement, se recroquevilla sur les coussins de la voiture. C'était donc cela la clef de l'énigme posée par Archie, l'explication de son entêtement à ne pas vouloir dire son nom de famille ou le lieu de sa naissance, à ne rien vouloir raconter de sa vie passée, l'explication de la peine qu'il avait à s'exprimer, de sa haine contre le monde. Quarante ans ! Il avait dû être mis en prison tout jeune. Quarante ans ! Voyons... Archie avait dû être condamné aux travaux forcés à perpétuité et les condamnés de cette catégorie étaient...

— C'était pour... pour meurtre ?

— Oui, fit Archie en secouant les guides sur le dos du cheval. Ma femme.

Scarlett battit des paupières. Elle avait peur.

Sous la barbe grise, la bouche d'Archie sembla esquisser un sourire, comme si l'homme s'amusait des craintes de sa compagne.

— J'vais pas vous tuer, m'dame, si c'est ça qui vous tracasse. Y a pas trente-six raisons pour tuer une femme.

— Vous avez tué votre femme !

— Dame, elle était couchée avec mon frère. Lui, il a fichu l'camp. J'ai pas le moindre regret de l'avoir tuée. Des femmes comme ça, elles devraient toutes y passer. La loi, elle devrait pas avoir le droit d'envoyer des hommes en prison pour ça, mais j'y ai été quand même.

— Mais... comment en êtes-vous sorti ? Vous vous êtes évadé! On vous a gracié ?

— Gracié! Parlez-moi d'une grâce comme ça!

Les sourcils broussailleux d'Archie se rejoignirent, comme s'il faisait un gros effort pour trouver ses mots.

— Vers la fin de 1864, quand Sherman s'est ramené, j'étais au bagne de Milledgeville que j'avais pas quitté depuis quarante ans. Le directeur, il a convoqué tous les prisonniers et il leur a dit que les Yankees étaient en train de tout massacrer et de tout brûler. S'il y a quelque chose que je déteste plus qu' les nègres et les femmes, c'est bien les Yankees.

— Pourquoi ? Avez-vous... vous en avez connu ?

— Non, m'dame, mais j'en ai entendu parler. On m'a dit qu'ils pouvaient pas s'empêcher de s'occuper des affaires des autres. Je déteste les types qui s'mêlent de c'qui les regarde pas. Qu'est-ce qu'ils venaient faire en Georgie à affranchir nos nègres, à brûler nos maisons et à tuer nos bêtes! Alors, le directeur il nous a dit que l'armée avait un sacré besoin de soldats et que les prisonniers qui voudraient s'engager seraient libres à la fin de la guerre... s'ils s'en sortaient vivants. Mais nous autres qui avions tué... nous autres les assassins, le directeur il a dit que l'armée n'voulait pas de nous. Mais moi j'lui ai dit, au directeur, que j'étais pas un assassin comme les autres, que j'avais juste tué ma femme parce qu'elle le méritait et que j'voulais m'battre contre les Yankees. Alors, le directeur il a compris et il m'a fait filer avec les autres prisonniers.

Il s'arrêta et poussa une sorte de grognement.

— Ça alors, pour être rigolo, c'était rigolo, reprit-il. Ils m'avaient fourré en prison parce que j'avais tué et les voilà qui m'relâchaient avec un fusil dans la main pour tuer encore plus. Nous autres, les gars de Milledgeville, on s'est battu et on a tué de bon cœur, j'vous prie d'croire... et puis, il y en a eu aussi pas mal de descendus. Mais il y en a pas un qui a déserté. Quand la reddition est arrivée, on était libres. Dans le coup, j'ai perdu c'te jambe-là et c't'œil-là aussi, mais j'regrette rien.

— Oh! fit Scarlett d'une voix faible.

Elle essaya de se rappeler ce qu'elle avait entendu raconter lorsqu'on avait relâché les bagnards de Milledgeville pour opposer une dernière barrière au flot grossissant des armées de Sherman. Frank avait parlé de cela lorsqu'il était venu passer la Noël à Tara, en 1864. Qu'avait-il donc dit ? Mais les souvenirs de cette époque-là étaient trop embrouillés. Scarlett revécut les affres de ces journées tragiques. Elle entendit de nouveau gronder les canons du siège, elle revit les files de voitures militaires dégouttantes de sang, elle revit la Garde locale monter en ligne, les petits cadets, les enfants de l'âge de Phil Meade, les vieillards comme l'oncle Henry et le grand-père Merriwether. Et les forçats, eux aussi, étaient montés en ligne pour aller mourir dans le crépuscule de la Confédération, pour aller périr de froid dans la neige, au cours de cette dernière campagne du Tennessee.

Pendant un bref instant, Scarlett pensa que ce vieil homme était fou de s'être battu pour un État qui lui avait pris quarante années de son existence. La Georgie l'avait frustré de sa jeunesse et de son âge mûr, en punition d'un crime qui, à ses yeux, n'en était pas un et, malgré cela, il avait librement fait don à la Georgie d'un œil et d'une jambe. Les paroles amères que Rhett avait prononcées aux premiers temps de la guerre lui revinrent à l'esprit et elle se rappela qu'il avait juré de ne jamais se battre pour défendre une société qui l'avait banni de son sein. Et pourtant, lorsque l'heure du désastre avait sonné, lui aussi s'était porté au secours de cette même société. C'est à croire que tous les hommes du Sud, du haut en bas de l'échelle, attachaient moins de prix à leur peau qu'à des formules vides de sens.

Scarlett regarda les mains noueuses du vieil homme, ses deux pistolets et son poignard et, de nouveau, elle sentit l'aiguillon de la peur. Il devait y avoir une foule d'anciens bagnards en liberté. Sans le savoir, on devait côtoyer dans la rue des aventuriers, des voleurs, des criminels comme Archie. Si jamais Frank apprenait la vérité, ça ferait du joli! Si tante Pitty... mais elle en mourrait d'émotion. Quant à Mélanie, Scarlett regrettait presque d'être obligée de se taire. Ça lui apprendrait à héberger n'importe qui et à imposer ses protégés à ses parents et à ses amis.

— Je... je suis heureuse que vous m'ayez parlé, Archie. Je... je ne le dirai à personne. Ça porterait un coup terrible à Mme Wilkes et aux autres dames, si elles savaient à quoi s'en tenir sur votre compte.

— Peuh! Mme Wilkes est au courant. J'lui ai dit la première nuit qu'elle m'a laissé coucher dans sa cave. Vous auriez tout de même pas voulu que j'laisse une brave femme comme elle me prendre chez elle sans lui dire la vérité.

— Seigneur Jésus! s'exclama Scarlett, frappée de stupeur.

Mélanie savait que cet homme était un assassin et elle ne l'avait pas chassé. Elle lui avait confié son fils, sa tante, sa belle-sœur et toutes ses amies! Comment, elle, la plus craintive de toutes les femmes, elle n'avait pas eu peur de rester seule avec lui, dans sa maison!

— M'dame Wilkes est rudement intelligente pour une femme. Elle sait parfaitement qui j'suis. Seulement, elle sait aussi que si un menteur continue toujours à mentir et que si un voleur continue toujours à voler, les gens n'assassinent guère qu'une seule fois dans leur vie. Et puis elle comprend que ceux qui s'sont battus pour la Confédération, ils ont effacé tout c'qui y avait d'mauvais dans leur passé. Pourtant, ça veut pas dire que j'crois avoir fait quelque chose de vilain en tuant ma femme... Oui, m'dame Wilkes est rudement intelligente... En tout cas, j'vous l'dis, le jour où vous embaucherez des forçats, j' vous quitte.

Scarlett ne répondit rien, mais elle pensa en elle-même : « Plus vite tu me quitteras, mieux ça vaudra. Un assassin! »

Il faisait froid. La nuit tombait. Rentrant chez elle avec Archie, Scarlett aperçut, à la porte du café de la « Belle d'Aujourd'hui », un nombre inaccoutumé de chevaux, de buggies et de charrettes. Le visage tendu et inquiet, Ashley était en selle. Les fils Simmons, penchés hors de leur buggy, faisaient de grands gestes. Hugh Elsing, sa mèche de cheveux bruns sur le front, agitait les bras. La voiture de livraison du grand-père Merriwether occupait le centre du groupe et Scarlett, en s'approchant, vit que Tommy Wellburn et l'oncle Henry se serraient sur le siège à côté du vieux monsieur.

« Je voudrais bien que l'oncle Henry ne rentre pas chez lui dans ce machin-là, se dit Scarlett avec colère. Il devrait avoir honte de s'exhiber dans cette guimbarde. Ce n'est tout de même pas comme s'il n'avait pas de voiture à lui. Quand je pense qu'il accompagne le grand-père, uniquement pour pouvoir aller tous les soirs au café avec lui. »

Comme son buggy arrivait à la hauteur de la foule, elle en devina l'inquiétude et elle sentit son cœur se serrer.

« Oh! se dit-elle. J'espère qu'il n'y a pas eu un nouveau viol! Si jamais le Ku-Klux-Klan lynche un autre nègre, c'en est fait de nous! »

— Arrêtez, fit-elle à Archie. Il y a quelque chose de cassé.

— Vous n'allez pas descendre de voiture devant un café, remarqua Archie.

— M'avez-vous entendue? Arrêtez! Bonsoir tout le monde, Ashley... oncle Henry... que se passe-t-il? Vous avez l'air si...

Tous les hommes se tournèrent vers elle, soulevèrent leur chapeau, sourirent, mais dans leurs yeux brillait une curieuse lueur.

— Du bon et du mauvais, glapit l'oncle Henry. Ça dépend de quel côté on le prend. A mon avis, ça ne me surprend pas. La Législature [1] ne pouvait pas en faire d'autres.

1. On appelle législature aux U. S. A. le parlement local de chaque État *(N. d. T.)*.

« La Législature », pensa Scarlett, soulagée d'un grand poids. Les faits et gestes de la Législature ne l'intéressaient nullement, car elle ne voyait pas en quoi ils étaient capables d'affecter son existence. Non, c'était la perspective de voir les soldats yankees recommencer leurs simagrées qui l'effrayait.

— Alors, quelles sont les nouvelles ?

— Eh bien! la Législature a purement et simplement refusé de voter l'amendement, déclara le grand-père Merriwether, non sans fierté. Ça montrera un peu aux Yankees de quel bois on se chauffe par ici.

— Ça va faire un sacré grabuge... Oh! pardon, Scarlett, dit Ashley.

— L'amendement ? interrogea la jeune femme en s'efforçant de prendre un air entendu.

Elle n'avait jamais rien compris à la politique et, d'ailleurs, elle avait bien d'autres choses en tête pour réfléchir à ces questions. On avait déjà ratifié un certain Treizième Amendement, à moins que ça n'eût été le Seizième, mais elle n'avait aucune idée de ce qu'on entendait par le mot : ratification. Les hommes s'emballaient toujours sur ces questions-là. Son visage dut trahir, en partie, son ignorance, car Ashley qui la regardait se mit à sourire.

— Il s'agit d'un amendement accordant le droit de vote aux nègres, expliqua-t-il. Il a été soumis à la Législature, mais celle-ci a refusé de le ratifier.

— Quelle bêtise! Vous savez bien que les Yankees nous feront accepter le vote des noirs, de gré ou de force!

— C'est pourquoi je prétends qu'il va y avoir du grabuge, fit Ashley.

— Je suis fier de la Législature, fier du cran des représentants! clama l'oncle Henry. Les Yankees ne nous feront pas avaler ça si nous nous y refusons.

— Ils en sont fort capables et ils ne s'en priveront pas, déclara Ashley d'une voix calme, tandis que son regard s'assombrissait. Et vous verrez que ça compliquera encore plus les choses.

— Mais non, Ashley! La situation ne peut pas être pire qu'elle ne l'est en ce moment!

— Pourquoi pas ? Supposez que nous ayons une législature composée de représentants noirs. Supposez que nous ayons un gouvernement nègre. Supposez enfin que les autorités militaires appliquent un règlement encore plus draconien que celui en vigueur actuellement.

La peur agrandit les yeux de Scarlett, qui commençait peu à peu à envisager le problème sous son véritable aspect.

— Je me demande ce qui vaudrait mieux pour la Georgie et, partant, pour nous tous, reprit Ashley, le visage altéré. Quelle est la solution la plus raisonnable ? Combattre ce projet comme l'a fait la Législature et soulever tout le Nord contre nous, ou faire taire notre fierté et nous soumettre de bonne grâce en essayant d'arranger la chose au mieux de nos intérêts ? En fin de compte, ça reviendra au même. Nous serons toujours obligés d'en passer par où les Yankees voudront. Nous sommes pieds et poings liés. Il serait peut-être plus sage de ne pas ruer dans les brancards.

Scarlett l'écoutait à peine ; en tout cas, la portée des paroles d'Ashley lui échappait. Elle savait que, selon son habitude, Ashley envisageait les deux côtés de la question, mais elle n'en voyait qu'un seul, la répercussion possible sur son existence de ce camouflet infligé aux Yankees.

— Eh ! eh ! Ashley. On devient radical et on a envie de voter républicain ? ricana le grand-père Merriwether.

Un silence pénible s'abattit sur le groupe. Scarlett vit Archie porter la main à son pistolet, puis la retirer. Archie ne se gênait pas pour déclarer que le grand-père était une vieille outre pleine de vent, et il n'avait pas du tout l'intention de laisser insulter le mari de Mme Mélanie, quand bien même celui-ci eût dit des inepties.

La colère flamba soudain dans les yeux d'Ashley, mais avant qu'il eût ouvert la bouche l'oncle Henry s'interposa.

— Espèce de sacré bon dieu de... je te demande pardon. Scarlett... Grand-père, tu parles à tort et à travers. Ne t'avise pas de dire des choses comme ça à Ashley.

— Ashley n'a pas besoin de toi pour se défendre, fit le grand-père d'un ton sec. Il parle comme un Scallawag. Nous soumettre! Ah! nom de D...! Pardon, Scarlett.

— Je n'ai jamais cru aux vertus de la sécession, dit Ashley, d'une voix vibrante. Mais quand la Georgie s'est séparée de l'Union, je l'ai suivie. Je ne croyais pas non plus à la nécessité d'une guerre, mais je me suis battu quand même. Maintenant, je ne crois pas qu'il soit nécessaire d'exaspérer davantage les Yankees, mais si la Législature a choisi ce parti, je ferai comme elle. Je...

— Archie, coupa l'oncle Henry. Reconduisez Mme Scarlett chez elle. Elle n'a rien à faire ici. Les femmes n'ont rien à voir à la politique et on ne va pas tarder à échanger des injures. Allez, Archie. Bonsoir, Scarlett.

Tandis que la voiture descendait la rue du Pêcher, Scarlett sentait son cœur battre à coups précipités sous l'effet de la peur. Ce geste insensé de la Législature allait-il dans ses conséquences se traduire par une menace pour elle ? Les Yankees déchaînés allaient-ils lui confisquer ses deux scieries ?

— Eh bien, sapristi, bougonna Archie. J'ai déjà entendu raconter l'histoire du pot de terre contre le pot de fer, mais j'avais encore jamais vu l'pot d'terre se j'ter sur l'pot d'fer. Pendant qu'ils y étaient, les types de la Législature auraient bien dû s'payer le luxe de brailler : « Hurrah pour Jeff Davis de la Confédération du Sud! » Ça n'aurait fait ni chaud ni froid. Les Yankees adorent les nègres et ils sont bien décidés à nous les donner pour maîtres. N'empêche que vous devriez admirer les types de la Législature pour leur cran!

— Les admirer, eux ? Tonnerre de chien! Les admirer ? On devrait les fusiller. Par leur faute, les Yankees vont se jeter sur nous comme un canard sur un hanneton. Pourquoi n'ont-ils pas rati... radi... enfin bref, pourquoi n'ont-ils pas fait ce qu'on attendait d'eux, au lieu d'exciter les Yankees contre nous ? Pourquoi ne pas céder tout de suite, puisque de toute manière, ils veulent nous mettre au pas ?

De son œil unique, Archie décocha à Scarlett un regard glacial.

— Et vous croyez qu'on va se laisser faire sans résister ? Les femmes elles ont pas plus d'amour-propre que les chèvres.

Lorsque Scarlett eut embauché dix forçats, cinq pour chacune de ses scieries, Archie mit sa menace à exécution et refusa de travailler plus longtemps pour elle. Mélanie eut beau le supplier et Frank promettre une augmentation de salaire, il resta ferme sur ses positions. Il acceptait volontiers d'accompagner Mélanie, Pitty, India ou leurs amies en ville, mais il se refusait à conduire le buggy de Scarlett. C'était plutôt gênant pour la jeune femme de voir l'ancien bagnard se faire juge de ses actions et, ce qui était pire, c'était de savoir que sa famille et ses relations partageaient l'opinion du vieil homme.

Frank essaya d'abord de s'opposer à la décision de Scarlett, mais il dut s'avouer vaincu. Quant à Ashley, après avoir refusé de faire travailler des forçats, il finit par y consentir, lorsque Scarlett, en larmes, lui eut promis de les remplacer par des nègres dès que les circonstances le permettraient. Les amis de la famille cachaient si peu leur désapprobation que Frank, Pitty et Mélanie osaient à peine les regarder en face. Peter et Mama eux-mêmes déclaraient que ça portait malheur d'employer des forçats et qu'il n'en sortirait rien de bon. Tout le monde était d'accord pour reconnaître que c'était mal de profiter de la misère et des malheurs d'autrui.

— Vous ne voyiez pourtant pas d'inconvénients à faire travailler des esclaves ! s'écriait Scarlett, indignée.

Ah ! mais c'était bien différent. Les esclaves n'étaient pas du tout dans la même situation que les forçats. Au temps de l'esclavage, les nègres étaient bien plus heureux que maintenant et, pour s'en convaincre, Scarlett n'avait qu'à regarder autour d'elle. Mais, comme toujours, l'opposition des siens ne fit que renforcer Scarlett dans ses idées de réforme. Elle retira la direction de la scierie à Hugh, auquel elle confia le soin de conduire sa voiture de livraison, puis elle engagea Johnnie Gallegher à sa place.

Johnnie était la seule personne qui, à sa connaissance, trouvât bien d'employer les forçats comme main-d'œuvre. Lorsque l'accord eut été conclu, l'Irlandais au visage de gnome hocha sa tête ronde et déclara que c'était pour lui un bel avancement. Scarlett examina du coin de l'œil l'ancien jockey trapu et bien campé sur ses jambes arquées et pensa : « Ceux qui lui confiaient leurs chevaux n'avaient vraiment pas peur. Moi, je ne le laisserais pas approcher comme ça des miens. »

Néanmoins, Scarlett n'éprouvait aucun scrupule à lui confier une bande de bagnards.

— Et vous me donnez carte blanche avec eux ? interrogea-t-il en roulant des yeux gris et froids comme des billes d'agate.

— Oui, je vous donne carte blanche. Tout ce que je vous demande, c'est de faire marcher ma scierie et de livrer tout le bois dont j'aurai besoin.

— Je suis votre homme, dit Johnnie. Je m'en vais dire à M. Wellburn que je le quitte.

Tandis qu'il fendait la foule des maçons, des charpentiers et des manœuvres portant des oiseaux sur les épaules, Scarlett se sentit renaître à la vie. Johnnie était bien l'homme qu'il lui fallait. Dur avec les autres, il savait ce qu'il voulait et n'était pas de ceux qui se laissaient rouler. « Un Irlandais doublé d'un arriviste », avait dit Frank avec mépris en parlant de lui, mais c'était pour cette même raison que Scarlett l'appréciait. Elle savait qu'un Irlandais décidé à faire son chemin était une précieuse recrue, quels que fussent ses défauts par ailleurs. Elle se sentait également plus près de lui qu'elle l'était de certains hommes de sa classe, car Johnnie connaissait la valeur de l'argent.

Dès la première semaine, il justifia les espoirs de Scarlett. Avec ses cinq forçats, il abattit plus d'ouvrage que Hugh avec son équipe de dix nègres. En outre, comme il n'aimait pas voir sa patronne à la scierie et qu'il ne se priva pas de lui en faire la remarque, Scarlett disposa de plus de loisirs qu'elle n'en avait eus depuis son arrivée à Atlanta, l'année précédente.

— Vous vous occupez de vendre votre bois et moi de le débiter, déclara-t-il sèchement. Un campement de forçats, c'est pas un endroit convenable pour une dame. Si personne n'a le courage de vous le dire, moi, Johnnie Gallegher, je m'en charge. Je vous livre votre bois à temps, hein? Bon, alors je n'ai pas l'intention qu'on vienne m'embêter tous les jours comme M. Wilkes. Lui, il a besoin d'être stimulé. Pas moi.

Ainsi Scarlett espaça à contrecœur ses visites à la scierie de Johnnie dans la crainte que celui-ci ne la quittât si elle y venait trop souvent. Sa réflexion au sujet d'Ashley l'avait piquée au vif, car elle renfermait plus de vérité qu'elle n'aurait voulu l'admettre. Ashley réussissait un peu mieux avec les forçats qu'avec les affranchis, bien qu'il eût été incapable d'en expliquer la raison. D'ailleurs, il paraissait honteux d'avoir des bagnards sous ses ordres et il n'avait pas grand-chose à dire à Scarlett.

Scarlett était préoccupée par le changement qui s'opérait en lui. Sa belle chevelure d'un blond chaud commençait à grisonner. Il avait les épaules tombantes d'un homme fatigué. Il souriait rarement et ne ressemblait plus du tout au séduisant Ashley qui, jadis, avait conquis le cœur de Scarlett. On eût dit qu'il était rongé par une douleur secrète qu'il avait peine à supporter et sa bouche avait une expression amère. Scarlett aurait voulu lui prendre la tête à deux mains, la poser sur son épaule, caresser ses cheveux semés de fils argentés et lui crier : « Dites-moi ce qui vous tourmente! Confiez-moi vos chagrins! Je vous guérirai! »

Mais son attitude guindée et son air absent la tenaient à distance.

XLIII

C'était l'une des rares journées de décembre où le soleil se faisait presque aussi chaud que pendant l'été de la Saint-Martin. Dans le jardin de tante Pitty, le chêne conservait encore quelques feuilles rouges et desséchées et la pelouse prenait une teinte jaune vert. Son enfant sur les bras, Scarlett sortit sous la véranda et s'assit au soleil, dans un rocking-chair. Elle portait une robe verte toute neuve et un bonnet de dentelle que venait de lui offrir tante Pitty. La robe et le bonnet lui allaient à ravir et elle le savait. Comme c'était bon de se sentir jolie après avoir été laide à faire peur pendant de si longs mois!

Elle se mit à fredonner une chanson tout en berçant son bébé, quand soudain son attention fut attirée par le bruit d'un cheval qui remontait la rue. Risquant un œil à travers la vigne vierge dont le feuillage flétri garnissait la balustrade, elle vit Rhett Butler se diriger vers la maison.

Il avait quitté Atlanta juste après la mort de Gérald et bien avant la naissance d'Ella Lorena. Scarlett avait regretté son absence, mais maintenant elle aurait voulu se cacher pour échapper à ses regards. La vue de son visage basané lui procurait une impression voisine à la fois de la honte et de l'effroi. Elle ne tenait pas du tout à aborder un certain sujet auquel Ashley n'était pas étranger et elle savait que, bon gré, mal gré, il lui faudrait en passer par là s'il en prenait fantaisie à Rhett.

Il s'arrêta devant la grille et sauta de son cheval avec souplesse. Scarlett, qui l'observait le cœur battant, pensa qu'il ressemblait d'une manière frappante à une illustration d'un livre dont Wade voulait sans cesse que sa mère lui fît la lecture à haute voix.

« Il ne lui manque plus que des boucles d'oreilles et un coutelas entre les dents, se dit-elle. Allons, pirate ou non, ce n'est pas aujourd'hui que je le laisserai me trancher la gorge. »

Il remonta l'allée et Scarlett, faisant appel à son plus beau sourire, lui cria joyeusement bonjour. Quelle chance qu'elle eût une robe neuve et un bonnet aussi seyant! Au regard dont Rhett l'enveloppa, elle comprit qu'elle n'était pas la seule à se trouver jolie.

— Un autre enfant! En voilà une surprise, Scarlett! s'exclama-t-il en riant et en se penchant pour écarter la couverture qui dissimulait la vilaine petite frimousse d'Ella Lorena.

— Que vous êtes bête! fit Scarlett en rougissant. Comment allez-vous, Rhett? Il y a des siècles qu'on ne vous a vu.

— Eh! oui. Laissez-moi tenir votre enfant dans mes bras, Scarlett. Oh! ne craignez rien, je sais comment m'y prendre. J'ai fait tant de choses bizarres dans ma vie. Allons, il ressemble bien à Frank. Il a tout de votre mari, sauf les favoris, mais attendez un peu. Ça viendra.

— J'espère bien que non. C'est une fille.

— Une fille? C'est encore mieux. Les garçons donnent tellement de mal à leurs parents. N'ayez plus jamais de garçons, Scarlett.

Elle fut sur le point de répondre, d'un ton aigre, qu'elle ne voulait plus d'enfant, garçon ou fille, mais elle se retint à temps et sourit, tout en se creusant la tête pour découvrir un sujet de conversation qui reculât l'instant où Rhett aborderait la discussion qu'elle redoutait.

— Avez-vous fait bon voyage, Rhett? Où êtes-vous allé cette fois-ci?

— Oh!... Cuba... La Nouvelle-Orléans... ailleurs aussi. Tenez, Scarlett, reprenez la petite. Elle commence à baver et je ne peux pas prendre mon mouchoir. C'est une enfant charmante, mais elle est en train d'inonder mon plastron de chemise.

Scarlett posa le bébé sur ses genoux. Rhett s'assit nonchalamment sur la balustrade et sortit un cigare d'un étui en argent.

— Vous allez toujours à La Nouvelle-Orléans, et vous ne voulez jamais me dire ce qui vous amène, remarqua Scarlett en faisant une petite moue.

— Je suis un grand travailleur, Scarlett. Ce sont peut-être mes affaires qui me conduisent en cette ville.

— Un grand travailleur! Vous! s'écria Scarlett en s'accompagnant d'un rire impertinent. Vous n'avez jamais travaillé de votre vie. Vous êtes bien trop paresseux. Vous vous contentez de financer les entreprises malhonnêtes des Carpetbaggers et vous empochez la moitié des bénéfices. Vous corrompez également les fonctionnaires yankees pour les laisser partager avec vous nos dépouilles, à nous autres, pauvres contribuables.

Rhett renversa la tête en arrière et éclata de rire.

— Comme ça vous serait agréable d'avoir assez d'argent pour corrompre des fonctionnaires et faire comme moi!

— Rien que cette idée..., commença Scarlett, dressée sur ses ergots.

— Un de ces jours, vous aurez peut-être gagné assez d'argent pour pratiquer la corruption sur une grande échelle. Ces forçats que vous avez engagés sont capables de rapporter des sommes folles.

— Oh! fit-elle un peu déconcertée. Comment avez-vous déjà entendu parler de mes bagnards?

— Je suis arrivé hier et j'ai passé la soirée à la « Belle d'Aujourd'hui » où l'on apprend tous les potins de la ville. Ce café-là, c'est la chambre de compensation des commérages. C'est encore mieux qu'un cercle de couture. Tout le monde m'a raconté que vous aviez loué une troupe de forçats et que vous en aviez confié la direction à cet horrible Gallegher, qui leur fait suer sang et eau.

— C'est un mensonge, protesta Scarlett avec colère. Si jamais il leur fait suer sang et eau, j'y mettrai bon ordre.

— Non, pas possible?

— Mais si, bien sûr. Comment osez-vous seulement insinuer des choses pareilles?

— Oh! Je vous demande mille fois pardon, madame Kennedy. Je sais que vos intentions ont toujours été pures. N'empêche que ce Johnnie Gallegher est une petite brute comme je n'en ai jamais vu. Vous feriez bien de l'avoir à l'œil, sans quoi vous risqueriez de vous attirer des ennuis quand les inspecteurs se présenteront chez vous.

— Moi, je m'occupe de mes affaires, occupez-vous donc des vôtres. Je ne veux plus vous entendre parler de ces forçats. Les gens sont odieux. Enfin, ça me regarde, cette histoire-là... Allons, vous ne m'avez pas encore raconté ce que vous faites à La Nouvelle-Orléans. Vous y allez si souvent que tout le monde prétend...

Scarlett s'arrêta net.

— Que dit-on ?

— Eh bien!... on dit que vous y retrouvez une femme que vous aimez. On prétend que vous allez vous marier. Est-ce vrai, Rhett ?

Scarlett avait depuis si longtemps envie de satisfaire sa curiosité, qu'elle n'avait pu s'empêcher de poser la question à brûle-pourpoint. A la pensée que Rhett allait peut-être se marier, elle ressentit une légère pointe de jalousie.

Rhett changea d'expression et regarda Scarlett avec tant d'insistance que le rouge finit par lui monter aux joues.

— Ça vous contrarierait beaucoup si je me mariais ?

— C'est-à-dire que ça me serait très désagréable de perdre votre amitié, fit-elle en se baissant pour arranger la couverture d'Ella Lorena, d'un petit air détaché.

— Regardez-moi, Scarlett, fit Rhett.

Scarlett releva la tête de mauvaise grâce et rougit davantage.

— Vous pouvez dire à vos amies trop curieuses que le jour où je me marierai, ce sera parce qu'il m'aura été impossible d'obtenir autrement la femme que je convoitais. En tout cas jusqu'à présent, je n'ai encore jamais tenu à une femme au point de l'épouser.

Scarlett était au supplice. Elle se rappelait la nuit, où, sous cette même véranda, il lui avait dit : « Je ne suis pas fait pour le mariage » et lui avait proposé froidement de devenir sa maîtresse... Elle se rappelait aussi cette scène terrible de la prison et elle avait d'autant plus honte que Rhett semblait déchiffrer ses pensées.

— Allons, reprit-il, je consens néanmoins à satisfaire votre curiosité de mauvais aloi. Ce n'est pas une femme qui m'attire à La Nouvelle-Orléans. C'est un enfant, un petit garçon.

— Un petit garçon!

L'effet de cette découverte inattendue fut tel que Scarlett en oublia aussitôt sa gêne.

— Oui, je suis son tuteur et j'ai le devoir de veiller sur lui. Il est pensionnaire à La Nouvelle-Orléans. Je vais souvent le voir.

— Et vous lui apportez des cadeaux?

« C'est donc pour cela qu'il sait toujours ce qui fera plaisir à Wade! » se dit Scarlett.

— Oui, répondit-il sèchement, comme quelqu'un à qui l'on vient d'arracher un aveu.

— Je n'aurais jamais pu penser à cela! Il est beau?

— Beaucoup trop pour son bien.

— Il est gentil?

— Non. C'est un vrai démon. Je regrette qu'il soit né. Les garçons sont bien insupportables. Désirez-vous savoir autre chose?

Rhett avait l'air en colère et fronçait les sourcils, comme s'il se reprochait d'avoir trop parlé.

— Je n'y tiens pas, si ça vous ennuie, fit Scarlett avec hauteur, bien qu'elle brûlât d'en connaître davantage. Malgré tout, je ne vous vois pas très bien dans ce rôle de gardien, ajouta-t-elle en riant, dans l'espoir de le vexer.

— Non, ça ne m'étonne pas. Votre vision est plutôt limitée.

Il se tut et acheva de fumer son cigare en silence, tandis que Scarlett cherchait en vain une riposte aussi blessante que sa remarque.

— Je vous serais obligé de ne raconter cela à personne, finit-il par dire. Et pourtant j'ai l'impression que demander à une femme de ne pas ouvrir la bouche, c'est lui demander l'impossible.

— Je sais garder un secret, répondit Scarlett avec dignité.

— Vraiment ? Ça fait plaisir de découvrir des qualités insoupçonnées chez ses amis. Voyons, Scarlett, cessez un peu de bouder. Je suis navré d'avoir été impoli avec vous, mais vous méritiez d'être remise à votre place. Souriez et plaisantons une minute avant que j'aborde un sujet désagréable.

« Oh ! mon Dieu, pensa Scarlett. Ça y est, il va me parler d'Ashley et de la scierie ! » Aussitôt, elle s'empressa de sourire et, creusant sa fossette, elle tenta une dernière fois de détourner le cours de sa pensée.

— Ou êtes-vous allé encore, Rhett ? Vous n'avez pas passé tout ce temps-là à La Nouvelle-Orléans, n'est-ce pas ?

Non, j'ai passé le premier mois à Charleston. Mon père est mort.

— Oh! je suis désolée.

— Ce n'est pas la peine. Je suis sûr que ça ne lui a rien fait de mourir. Quant à moi, sa mort ne m'a rien fait non plus.

— Rhett, il ne faut pas dire cela. C'est terrible!

— Ce serait encore pis si je feignais d'avoir du chagrin. Il n'y a jamais eu aucune tendresse entre nous. Je n'ai jamais reçu de lui que des reproches. Je ressemblais beaucoup trop à son propre père, dont il blâmait sincèrement tous les actes. Plus je grandissais, plus il me prenait en grippe, et je dois avouer que je ne faisais rien pour modifier l'opinion qu'il avait de ma personne. Tout ce que mon père exigeait de moi était si mortellement ennuyeux! En fin de compte, il m'a bel et bien flanqué à la porte, sans un sou et sans m'avoir appris autre chose qu'à être un parfait gentleman de Charleston. Il faut vous dire que j'étais, en outre, un fin tireur au pistolet et un excellent joueur de poker. Bien entendu, j'ai mis à profit mes talents de joueur pour ne pas mourir de faim et mener une vie princière, ce qu'il a paru considérer comme une injure personnelle. Il était si mortifié qu'un Butler tirât ses ressources du jeu, qu'il a interdit à ma mère de me voir. Pendant la guerre, quand les hasards du blocus m'amenaient à Charleston, ma mère était obligée de mentir et de recourir à des ruses d'Indien pour me rencontrer. Vous comprendrez que tout cela n'était pas fait pour augmenter mon affection pour lui.

— Oh! mais j'ignorais tous ces détails!

— Eh! oui, mon père était ce qu'on appelait un vrai gentleman de la vieille école, ce qui revient à dire qu'il ne savait rien, qu'il était aussi borné qu'intransigeant et qu'il partageait toutes les vues de ces messieurs de la vieille école sans jamais avoir la moindre idée originale. Tout le monde l'admirait fort de m'avoir coupé les vivres et de faire comme si je n'existais plus. « Si ton œil droit t'offense, arrache-le. » J'étais son œil droit, son fils aîné, et il m'a arraché d'un geste vengeur.

Rhett sourit un peu en évoquant ces souvenirs, mais son regard restait dur.

— Allons, reprit-il, je pourrais encore lui pardonner tout cela, mais ce que je ne peux pas oublier, c'est la façon dont il a traité ma mère et ma sœur, depuis la fin de la guerre. Par sa faute, elles ont vécu, pour ainsi dire, dans la misère. Notre plantation a été incendiée et nos champs de riz sont devenus des marécages. Notre maison de Charleston a été vendue, parce que mon père ne pouvait pas payer ses impôts, si bien que ma mère et ma sœur ont dû se réfugier dans deux misérables pièces dont ne voudraient même pas des nègres. J'ai envoyé de l'argent à ma mère, mais mon père me l'a renvoyé... de l'argent impur, vous voyez ça d'ici! Je suis allé à plusieurs reprises à Charleston, pour remettre des fonds en cachette à ma sœur. Je ne sais comment il s'y prenait, mais mon père a toujours mis la main sur ces sommes et a fait de telles scènes à ma sœur que la pauvre petite en arrivait à souhaiter la mort. Et, naturellement, l'argent m'était retourné chaque fois. Je ne sais pas comment elles ont vécu toutes les deux... ou plutôt si, je sais. Mon frère leur donnait ce qu'il pouvait, bien qu'il n'eût pas grand-chose à partager et qu'il se refusât, lui aussi, à accepter mon aide... l'argent d'un spéculateur, songez donc, ça porte malheur! Ma mère et ma sœur ont eu recours également à la charité de leurs amies. Votre tante Eulalie a été très bonne. C'est une des meilleures amies de maman, vous savez. Elle leur a donné des vêtements et... bon Dieu! Ma mère réduite à accepter l'aumône!

— Tante Lalie! Mais Rhett, elle n'a presque rien en dehors de ce que je lui envoie.

— Ah! voilà donc d'où elle tire son argent! Quel manque d'éducation, ma chère, de profiter de mon humiliation pour faire étalage de votre générosité. Vous allez me laisser vous rembourser, j'espère.

— Avec plaisir, dit Scarlett dont les lèvres se pincèrent brusquement.

— Ah! Scarlett, fit Rhett en souriant, comme vos yeux brillent quand on parle d'argent! Êtes-vous bien sûre de ne pas avoir de sang écossais ou même juif dans les veines?

— Vous êtes détestable, Rhett! Je n'avais pas du tout l'intention de vous blesser en vous disant que j'aidais tante Lalie! mais, franchement, elle s'imagine que je roule sur l'or! Elle m'écrit sans cesse pour me demander de l'argent, et Dieu sait pourtant qu'avec tout ce que j'ai sur les bras je ne peux pas entretenir toute la ville de Charleston. De quoi votre père est-il mort?

— Je crois qu'il est mort de faim... en tout cas je l'espère. C'est bien fait pour lui. Quand je songe à toutes les privations que maman et Rosemary ont endurées par sa faute! Enfin, maintenant qu'il est mort, je peux les aider. Je leur ai acheté une maison sur la Batterie et elles ont des domestiques. Bien entendu, elles ne veulent pas qu'on sache d'où leur vient leur argent.

— Pourquoi pas?

— Vous connaissez certainement Charleston, ma chère? Vous y êtes allée. Ma famille a le droit d'être pauvre, mais elle n'en a pas moins un rang à tenir. Or, ce rang, elle ne l'occuperait pas bien longtemps si l'on savait qu'elle accepte l'argent d'un joueur, d'un spéculateur et d'un Carpetbagger. Non, non, ma mère et ma sœur ont laissé entendre que mon père était assuré pour une somme énorme, qu'il s'était saigné aux quatre veines pour payer les primes et que, grâce à lui, elles avaient largement de quoi vivre. Bref, elles ont fait tant et si bien qu'après sa mort mon père passe encore pour une des plus belles figures de la vieille école... en fait, on le considère comme un martyr. J'espère que ça le gêne dans son sommeil éternel de savoir que maman et Rosemary sont à leur aise désormais, en dépit de ses efforts... En un sens, je regrette qu'il soit mort... Il avait une telle envie de mourir.

— Pourquoi ?

— Oh! sa mort véritable remonte au jour où Lee s'est rendu. Vous connaissez ce genre-là. Il n'a jamais pu s'adapter aux circonstances nouvelles. Il ne cessait de parler du bon vieux temps.

— Rhett, les personnes âgées sont-elles toutes comme ça ?

Scarlett pensait à Gérald et à ce que Will avait dit de lui.

— Grand Dieu! non. Tenez, regardez votre oncle Henry et ce vieux chat sauvage de M. Merriwether, pour ne citer que ces deux-là. Ils ont signé un nouveau bail de vie lorsqu'ils sont montés en ligne avec la Garde locale et j'ai l'impression que, depuis ce temps-là, ils ont rajeuni et trouvent plus de sel à l'existence. Ce matin, j'ai rencontré le vieux Merriwether. Il conduisait la voiture de livraison de René et abreuvait son cheval d'injures, tout comme l'eût fait un brigadier du train des équipages. Il m'a dit qu'il se sentait plus jeune de dix ans, depuis qu'il avait échappé à la férule de sa bru. Et votre oncle Henry. Lui, il prend son plaisir ailleurs. Il combat les Yankees au Palais de Justice et défend la veuve et l'orphelin contre les Carpetbaggers... hélas! sans leur demander d'honoraires, j'en ai peur. Sans la guerre, il y a beau temps qu'il aurait renoncé au barreau et serait resté chez lui à soigner ses rhumatismes. Ces hommes-là ont rajeuni parce qu'ils servent encore à quelque chose et qu'ils sentent que l'on a besoin d'eux. Et ils ne maudissent point notre époque qui offre aux vieux une nouvelle chance. Cependant, il y a des tas de gens et des jeunes qui pensent comme pensaient mon père et le vôtre. Ils ne peuvent ni ne veulent s'adapter et ceci me ramène au sujet désagréable que je voudrais discuter avec vous, Scarlett.

Cette brusque volte-face causa une telle surprise à Scarlett qu'elle se mit à bafouiller : « Quoi... quoi... » « Oh ! mon Dieu, ça y est ! » ajouta-t-elle intérieurement.

— Vous connaissant comme je vous connais, je n'aurais dû attendre de vous ni loyauté, ni honneur, ni probité. Néanmoins, j'ai été assez sot pour vous faire confiance.

— Je ne vois pas ce que vous voulez dire.

— Si, vous le voyez parfaitement. En tout cas, vous avez un petit air coupable qui ne trompe pas. Il y a un moment, je suivais la rue au Houx pour me rendre chez vous, quand quelqu'un me crie : bonjour, par-dessus une haie. Qui pouvait bien m'appeler ainsi sinon Mme Ashley Wilkes! Naturellement, je m'arrête et je me mets à bavarder avec elle.

— Non, sérieusement ?

— Mais oui, nous avons eu une conversation fort agréable. Elle m'a dit qu'elle avait toujours eu envie de me féliciter de ma bravoure. Que voulez-vous, elle m'admire d'avoir épousé la cause de la Confédération, même à la onzième heure.

— Oh ! Melly est folle. Votre héroïsme a pourtant failli lui coûter la vie, une certaine nuit.

— Je suis persuadé qu'elle serait morte en pensant que mon sacrifice n'était point inutile. Lorsque je lui ai demandé ce qu'elle faisait à Atlanta, elle a paru tout étonnée de mon ignorance et m'a raconté que son mari et elle s'étaient installés ici, parce que vous aviez eu la bonté de prendre M. Wilkes pour associé.

— Et alors ? fit Scarlett d'un ton sec.

— En vous prêtant de l'argent pour acheter cette scierie, j'avais stipulé une clause à laquelle vous aviez souscrit. Cet argent ne devait, sous aucun prétexte, servir à entretenir Ashley Wilkes.

— Vous voilà bien agressif. Je vous ai remboursé. La scierie m'appartient et j'ai le droit d'en faire ce que bon me semble.

— Ça ne vous ferait rien de me dire comment vous avez gagné l'argent qui vous a permis de me rembourser ?

— En vendant du bois, pardi!

— Vous avez gagné de l'argent, grâce à la somme que je vous ai prêtée pour vous lancer dans les affaires. Mon argent sert à entretenir Ashley. Vous êtes une femme sans honneur et, si vous ne m'aviez pas remboursé, j'aurais le plus vif plaisir à exiger de vous un paiement immédiat et à vous faire vendre par autorité de justice, si vous ne pouviez pas vous acquitter.

Rhett s'exprimait sur un mode badin, mais au fond de ses yeux brillait une flamme de colère.

Scarlett s'empressa de porter les hostilités en territoire ennemi.

— Pourquoi détestez-vous Ashley à ce point? Seriez-vous jaloux de lui ?

A peine eut-elle prononcé ces mots qu'elle se mordit la langue. Rhett renversa la tête en arrière et se mit à rire aux éclats. Scarlett rougit jusqu'aux oreilles.

— C'est ça, ajoutez la suffisance au déshonneur, fit-il. Vous vous prendrez donc toujours pour la reine du comté. Vous vous croyez encore sur votre piédestal et vous vous figurez que tous les hommes se meurent d'amour pour vous.

— C'est faux! s'écria-t-elle avec véhémence. Seulement, je ne comprends pas que vous haïssiez Ashley à ce point et c'est la seule explication que je trouve.

— Eh bien! cherchez ailleurs, ma belle enjôleuse, car ce n'est pas cela. Quant à haïr Ashley... bah! je n'ai pour lui pas plus de sympathie que de haine. En fait, le seul sentiment que j'éprouve à son égard, c'est une sorte de pitié.

— De pitié ?

— Oui, et un peu de mépris. Allons, montez vite sur vos grands chevaux et dites-moi qu'il vaut mille fois une crapule de mon espèce et que je suis mal venu d'avoir pour lui de la pitié et du mépris. Quand vous serez calmée, je vous dirai ce que j'entends par là, si ça vous intéresse.

— Ça ne m'intéresse pas le moins du monde.

— Je vous le dirai quand même, parce que ça me serait très désagréable que vous continuiez à vous faire des illusions sur ma jalousie. J'ai pitié de lui, parce qu'il vaudrait mieux qu'il fût mort ; je le méprise parce qu'il ne sait plus de quel côté se retourner, maintenant que le monde de ses rêves a disparu.

Cette idée n'était pas absolument nouvelle pour Scarlett. Elle se souvenait vaguement avoir entendu émettre une réflexion analogue, mais elle ne se rappelait plus, ni où, ni quand. D'ailleurs, elle ne chercha guère à le savoir, tant la colère lui obscurcissait l'esprit.

— Si on vous laissait faire, il ne resterait plus un homme convenable dans le Sud.

— Et si on leur laissait les mains libres, je crois que les types du genre d'Ashley préféreraient la mort. Ça ne leur déplairait pas de reposer sous une belle petite dalle portant, gravés, ces mots : « Ci-gît un soldat de la Confédération tombé pour le pays du Sud », ou, *Dulce et decorum est*... ou n'importe laquelle des épitaphes ordinaires.

— Je ne vois vraiment pas pourquoi!

— Vous ne voyez jamais ce qui est écrit sous votre nez, en lettres énormes. N'est-ce pas vrai? Si ces hommes-là étaient morts, ce serait la fin de leurs ennuis, ils ne seraient plus aux prises avec des problèmes insolubles. En outre, leurs familles les vénéreraient pendant des générations et des générations. J'ai entendu dire que les morts étaient heureux. Croyez-vous qu'Ashley Wilkes soit heureux?

— Mais voyons..., commença-t-elle.

Puis elle s'arrêta en se souvenant de l'expression qu'elle avait surprise dans les yeux d'Ashley, il y avait peu de temps.

— Pensez-vous qu'Ashley, Hugh Elsing ou le docteur Meade soient beaucoup plus heureux que ne l'étaient mon père ou le vôtre?

— Ils ne sont peut-être pas aussi heureux qu'ils devraient, parce qu'ils ont perdu toute leur fortune.

— Il ne s'agit pas de cela, mon chou, dit Rhett en riant. Moi, je vous parle d'une autre perte... de la disparition de ce monde dans lequel ils avaient été bercés. Ils sont comme des poissons hors de l'eau ou des chats auxquels auraient poussé des ailes. On les avait élevés pour remplir un certain rôle, pour faire certaines choses, pour occuper certaines niches, et ces rôles, ces choses et ces niches ont cessé d'exister le jour où le général Lee s'est rendu à Appomatox. Oh! Scarlett, ne prenez pas cet air idiot! Que reste-t-il à faire à Ashley Wilkes, maintenant qu'il n'a plus de foyer, qu'on lui a confisqué sa plantation dont il ne pouvait pas payer les impôts et que les beaux messieurs sont vingt à courir après une pièce de un dollar? Peut-il travailler de ses mains? A-t-il de quoi employer ses facultés intellectuelles? Je parie que vous avez perdu de l'argent depuis qu'il dirige votre scierie?

— Non!

— Comme c'est gentil. M'autoriserez-vous à jeter un coup d'œil à vos livres de compte, un de ces dimanches soir que vous aurez le temps?

— Oh! allez au diable, mais allez-y donc tout de suite. Partez! pour ce que votre compagnie m'est agréable.

— Je connais le diable, mon chou. C'est un gaillard bien insipide. Je ne retournerai pas le voir, même pas pour vos beaux yeux... Enfin, je vois que vous savez accepter mon argent quand vous en avez besoin et que vous en trouvez l'emploi. Nous nous étions pourtant mis d'accord sur la façon dont vous vous en serviriez, mais vous avez rompu votre engagement. En tout cas, rappelez-vous bien ceci : un de ces jours, ma chère petite tricheuse, vous me demanderez de vous prêter des sommes beaucoup plus importantes. Vous voudrez que j'investisse de l'argent dans vos affaires, à un taux ridiculement bas, pour acheter d'autres scieries et d'autres mules et faire construire d'autres cafés. A ce moment-là, vous pourrez toujours courir, ma mignonne.

— Je vous remercie. Quand j'aurai besoin d'argent, je m'adresserai à ma banque, déclara Scarlett d'un ton sec, tandis que la rage lui soulevait la poitrine.

— Vraiment ? eh bien! essayez un peu. Je suis un des gros actionnaires de votre banque.

— C'est vrai ?

— Oui, je m'intéresse à un certain nombre d'entreprises honnêtes.

— Il y a d'autres banques...

— Des quantités, nous sommes d'accord, mais si c'est en mon pouvoir il coulera beaucoup d'eau sous les ponts avant que vous n'arriviez à en obtenir un dollar. Si vous voulez de l'argent, vous pourrez aller trouver les Carpetbaggers qui font de l'usure.

— J'irai chez eux avec plaisir.

— Vous déchanterez quand vous connaîtrez leur taux d'intérêt. Les filouteries se paient toujours dans le monde des affaires, ma mignonne. Vous auriez dû jouer franc jeu avec moi.

— Vous vous considérez comme un type épatant, n'est-ce pas ? Si riche, si influent! mais ça ne vous empêche pas de profiter de la situation de ceux qui sont tombés, comme Ashley et comme moi.

— Ne vous rangez pas dans la même catégorie que lui. Vous n'êtes pas tombée et rien d'ailleurs ne vous abattra. Mais lui il a mordu la poussière et il restera par terre, à moins que quelqu'un d'énergique ne le relève, ne le guide et le protège aussi longtemps qu'il vivra. En tout cas, je n'ai aucune envie que mon argent profite à des gens comme lui.

— Mais moi, vous m'avez bien aidée à me relever et...

— Je l'ai fait à titre d'expérience, ma chère. C'était assez risqué de vous aider de cette façon, mais ça m'intéressait. Pourquoi ? eh bien! parce que vous n'avez pas voulu vivre aux crochets des hommes de votre famille en gémissant sur le passé. Vous vous êtes débrouillée toute seule et aujourd'hui votre fortune repose solidement sur l'argent arraché au portefeuille d'un mort et sur l'argent volé à la Confédération. Vous avez bien des choses à votre actif. Vous avez non seulement commis un meurtre, mais vous avez séduit le fiancé d'une autre, vous avez essayé de vous livrer à la fornication, vous avez menti et vous avez manqué de loyauté. Je ne parlerai même pas d'une foule de menus forfaits que révélerait sans peine un examen un peu approfondi. Tout cela est admirable et prouve que vous êtes une personne énergique et décidée, à qui prêter de l'argent ne va pas sans risque. Je prêterais dix mille dollars, sans aucun papier, à cette vieille matrone qu'est Mme Merriwether. Elle a commencé en vendant des pâtés dans un panier, et regardez-la maintenant! Elle emploie une demi-douzaine de personnes à sa pâtisserie, le grand-père est enchanté de conduire la voiture de livraison et ce petit créole de René, jadis paresseux comme un loir, travaille d'arrache-pied et adore son métier... Et ce pauvre diable de Tommy Wellburn qui abat la besogne de deux hommes... Et... allons, j'ai peur de vous assommer.

— Oh! oui, vous m'assommez. Vous m'assommez à m'en rendre folle, déclara Scarlett, dans l'espoir que Rhett se fâcherait et en oublierait Ashley.

Pourtant, Rhett ne se laissa pas prendre au piège.

— Des gens comme eux sont dignes d'être aidés. Mais Ashley Wilkes... bah! Les types de son espèce ne sont d'aucune utilité dans un monde chambardé comme le nôtre. Ce sont les premiers à disparaître dans un bouleversement. Pourquoi pas, d'ailleurs? Ils ne méritent pas de survivre, parce qu'ils n'acceptent pas le combat et qu'ils ne savent pas se battre. Ce n'est pas la première fois que le monde est mis sens dessus dessous et ce ne sera pas la dernière. Quand cela se produit, chacun perd tout ce qu'il possède et tout le monde se retrouve sur le même pied. Alors, on se remet en ligne avec, pour seules armes, son intelligence et sa force. Mais il y a des gens qui, à l'exemple d'Ashley, n'ont ni intelligence, ni force, ou qui, en ayant, répugnent à s'en servir. Ceux-là restent sur place et finissent par dégringoler. C'est une loi naturelle, et le monde se passe fort bien d'eux. D'autres, au contraire, les plus hardis, font leur chemin et ne tardent pas à reconquérir la place qu'ils occupaient avant la catastrophe.

— Vous avez été pauvre! Vous m'avez dit il y a un

instant que votre père vous avait chassé de chez lui, sans un sou! fit Scarlett, furieuse. Je pensais que vous comprendriez Ashley et que vous compatiriez à ses malheurs!

— Je le comprends admirablement, riposta Rhett, mais du diable si je compatis à ses malheurs, comme vous dites. Après la reddition, Ashley s'est trouvé en bien meilleure posture que moi, après avoir été mis à la porte par mon père. Lui, au moins, il a eu des amis pour le recueillir. Tandis que moi, j'étais comme Ismaël. Mais Ashley, lui, qu'est-il devenu?

— Si vous le comparez à vous, espèce de prétentieux... voyons... mais... Dieu merci, il ne vous ressemble pas! Ce n'est pas lui qui se salirait les mains avec l'argent des Carpetbaggers, des Scallawags et des Yankees. Il a des scrupules, c'est un honnête homme.

— Les scrupules et son honnêteté ne l'empêchent pas d'accepter l'aide et l'argent d'une femme.

— Que pouvait-il faire d'autre?

— Est-ce à moi de le savoir? Seulement je sais ce que j'ai fait, moi, quand mon père m'eut chassé de chez lui, je sais ce que j'ai fait pendant et après la guerre et je sais ce que d'autres hommes ont fait. Nous avons vu le parti que nous pouvions tirer de la ruine d'une civilisation et nous en avons profité. Certains ont eu recours à des moyens honnêtes, d'autres à des moyens équivoques, mais nous nous sommes tous montrés à la hauteur des circonstances et nous continuons. Les Ashley de ce monde avaient les mêmes chances que nous, ils n'ont pas su s'y prendre. Ils manquent de cran, Scarlett, et il n'y a que ceux qui ont du cran qui méritent de survivre.

Scarlett entendait à peine ce que lui disait Rhett, car le souvenir qu'elle avait cherché en vain à préciser quelques minutes plus tôt se faisait maintenant plus net. Elle se rappelait le verger de Tara balayé par le vent froid. Elle revoyait Ashley, debout auprès d'un tas de bois. Il l'avait regardée sans la voir et lui avait dit... mais que lui avait-il dit au juste? Il avait prononcé un nom bizarre, un mot étranger, il avait parlé aussi de la fin du monde. Sur le moment, elle n'avait pas pénétré le sens de ses paroles, mais maintenant elle commençait à comprendre et en éprouvait un sentiment d'angoisse indéfinissable.

— Voyons, Ashley a dit...

— Oui ?

— Un jour, à Tara, il m'a parlé de... d'un crépuscule des dieux et de la fin du monde.

— Ah! le *Götterdämmerung*! s'exclama Rhett dont l'intérêt sembla redoubler. Et qu'a-t-il ajouté ?

— Oh! je ne me rappelle pas très bien. Je ne faisais guère attention à ce qu'il disait. Mais... oui, c'est ça... il m'a dit à peu près que les forts se tiraient toujours d'affaire et que les faibles restaient sur le carreau.

— Ainsi, il se rend compte! C'est encore plus pénible pour lui. La plupart de ces gens ne comprennent et ne comprendront jamais rien. Ils passeront toute leur vie à se demander ce qu'a bien pu devenir la formule magique d'autrefois. Mais lui, il comprend que son sort est réglé.

— Non, tant que j'aurai un souffle de vie, rien ne sera perdu pour lui.

— Scarlett, interrogea Rhett dont les traits s'étaient détendus. Comment vous êtes-vous arrangée pour obtenir d'Ashley qu'il vienne à Atlanta diriger votre scierie ? Vous a-t-il opposé beaucoup de résistance ?

Scarlett se rappela la scène qui avait suivi les obsèques. Pourtant elle repoussa bien vite ce souvenir.

— Mais non, voyons, répliqua-t-elle, avec indignation. Je lui ai expliqué que j'avais besoin de lui, parce que je ne pouvais plus me fier à cette crapule qui faisait marcher la scierie et que Frank était trop occupé pour m'aider. Je lui ai dit aussi que j'allais... bref, il y avait Ella Lorena, vous comprenez. Il a été trop heureux de me tirer de ce mauvais pas.

— Doux usage que l'on fait de la maternité! C'est donc ainsi que vous l'avez amené à composition. Allons, vous êtes arrivée à vos fins. Voilà le pauvre diable aussi rivé à vous par la reconnaissance que vos forçats à leurs chaînes! Je vous souhaite bien du plaisir à tous les deux. Mais, comme je vous l'ai déclaré au début de cette discussion, vous n'obtiendrez plus rien de moi pour vous livrer à vos petites manigances, ma chère madame trompe-son-monde.

Scarlett écumait de rage, mais en même temps elle était fort désappointée. Depuis plusieurs semaines elle projetait d'emprunter de nouveau de l'argent à Rhett pour acheter un terrain sur lequel elle se proposait de monter un dépôt de bois.

— Je n'ai pas besoin de votre argent! s'écria-t-elle. J'en gagne plus qu'il ne m'en faut, grâce à Johnnie Gallegher. J'ai en outre fait des placements hypothécaires qui me rapportent, et le magasin de Frank marche bien.

— Oui, j'ai entendu parler de vos placements. Comme c'est habile de pressurer les gens sans défense, les veuves, les orphelins et les ignorants! Mais puisque vous êtes appelée à voler vos semblables, Scarlett, pourquoi ne jetez-vous pas votre dévolu sur les riches et les forts, plutôt que sur les pauvres et les faibles? Depuis Robin des Bois, on considère cette seconde forme de vol comme une action de haute moralité.

— Parce que c'est plus facile et plus sûr de voler les pauvres, ainsi que vous les appelez, riposta Scarlett d'un ton glacial.

— Vous êtes une franche canaille, Scarlett! déclara Rhett en riant si fort que ses épaules en furent secouées.

Une canaille! L'épithète la blessa et elle en fut surprise. « Non, je ne suis pas une canaille », se dit-elle avec véhémence. Tout au moins, elle n'avait pas l'intention d'en être une. Elle voulait être une grande dame. Elle se reporta à plusieurs années en arrière et revit sa mère, avec sa robe de soie, à laquelle elle imprimait un balancement exquis, elle revit ses mains qui avaient soigné tant de gens, ses mains infatigables. Tout le monde aimait Ellen. Tout le monde la respectait et l'entourait de prévenances. Soudain, le cœur de Scarlett se serra.

— Si vous essayez de me mettre en colère, vous perdez votre temps, dit-elle d'un ton las. Je sais que je ne suis ni aussi... scrupuleuse, ni aussi bonne, ni aussi agréable que je devrais être. Mais c'est plus fort que moi, Rhett. Vraiment, ça m'est impossible. Que nous serait-il arrivé à moi, à Wade, à Tara ou à nous tous, si j'avais fait preuve de... douceur quand ce Yankee est venu pour nous voler ? J'aurais dû être... mais j'aime mieux ne pas y penser. Et quand Jonas Wilkerson a voulu nous prendre notre maison... où serions-nous également si j'avais été une bonne petite femme bien douce et si je n'avais pas obligé Frank à se faire rembourser ? Je suis peut-être une canaille, Rhett, mais je n'en serai pas toujours une. Même en ce moment, comment pourrais-je me tirer d'affaire si je n'étais pas ce que je suis ? depuis ces dernières années, j'ai l'impression de ramer au milieu d'une tempête, de faire avancer une barque lourdement chargée. J'ai tant de peine à maintenir mon bateau à flot que je n'ai pas hésité à lancer par-dessus bord tout ce qui me gênait et ne me paraissait pas indispensable.

— Fierté, honneur, vertu, franchise, bonté, énuméra Rhett d'une voix mielleuse. Oui, vous avez eu raison, Scarlett, toutes ces choses-là ne comptent pas lorsqu'un bateau est sur le point de sombrer. Pourtant, regardez nos amis. Ou bien ils abordent en lieu sûr avec une cargaison intacte, ou bien ils coulent en pleine mer, toutes bannières déployées.

— C'est une bande d'imbéciles, déclara Scarlett sans ambages. Il y a temps pour tout. Quand j'aurai assez d'argent, moi aussi je serai une femme charmante.

— Vous avez tout ce qu'il faut pour cela... mais vous ne pourrez pas. C'est difficile à récupérer des marchandises jetées à la mer, et lorsqu'on y parvient on s'aperçoit en général qu'elles sont perdues. Je crains que le jour où vous serez en mesure de repêcher l'honneur, la vertu et la bonté que vous avez lancés par-dessus bord vous ne vous rendiez compte que le séjour dans l'eau ne leur a pas fait de bien.

Rhett se leva brusquement et ramassa son chapeau.

— Vous vous en allez ?

— Oui. Ça ne vous est pas agréable ? Je vous laisse seule avec ce qui vous reste de conscience.

Il s'arrêta et regarda le bébé auquel il tendit un doigt que l'enfant serra dans sa petite main.

— Je pense que Frank déborde de fierté.

— Évidemment.

— Il a déjà des tas de projets pour son enfant, je suppose ?

— Oh ! vous savez, les hommes sont si bêtes lorsqu'il s'agit de leurs enfants.

— Alors, dites-lui ceci, fit Rhett dont le visage prit une expression étrange. Dites-lui qu'il ferait bien de rester un peu plus souvent chez lui, le soir, s'il veut voir se réaliser les projets qu'il a formés pour son enfant.

— Que voulez-vous dire ?

— Rien d'autre. Conseillez-lui de rester à la maison.

— Oh ! que vous êtes ignoble ! Insinuer que le pauvre Frank...

— Oh ! bonté divine ! s'écria Rhett, qui éclata de rire. Je ne voulais pas dire que Frank courait la pretentaine ! Frank. Oh ! elle est bien bonne !

Il descendit les marches de la véranda et s'éloigna en riant.

XLIV

Le vent soufflait et Scarlett qui, par ce froid aprèsmidi de mars, se rendait en voiture à la scierie exploitée par Johnnie Gallegher, s'emmitoufla dans son épaisse couverture de voyage. Elle savait que ses randonnées solitaires devenaient de plus en plus dangereuses, car désormais les nègres échappaient à tout contrôle. Ainsi qu'Ashley l'avait prédit, la situation avait brusquement empiré depuis que la Législature s'était opposée au vote de l'amendement. Le Nord, furieux, avait considéré son refus comme un soufflet en pleine figure et n'avait pas tardé à se venger. Le Nord était bien décidé à imposer coûte que coûte le vote des nègres à la Georgie et, dans ce but, après avoir déclaré l'état de rébellion, il lui avait appliqué la loi martiale la plus sévère. La Georgie n'existait plus en tant qu'État et était devenue, conjointement avec la Floride et l'Alabama, le « territoire militaire numéro trois », placé sous le commandement d'un général fédéral.

Les règlements en vigueur l'année précédente paraissaient doux à côté de ceux que venait d'imposer le général Pope. L'avenir était lourd de menaces et le malheureux pays, qui était jugulé par les vainqueurs, faisait des efforts désespérés pour réagir. Quant aux nègres, tout gonflés de leur importance et assurés d'avoir derrière eux les soldats yankees, ils se livraient à des actes de violence de plus en plus fréquents. Personne n'était à l'abri de leurs entreprises.

Tout le monde vivait dans la crainte et l'angoisse. Scarlett, elle aussi, avait peur, mais elle était résolue à se défendre et ne sortait jamais sans avoir à sa portée le pistolet de Frank. Elle maudissait en secret la Législature d'où venait tout le mal. A quoi avait servi son geste que chacun qualifiait d'héroïque ? Uniquement à aggraver la situation, déjà assez tendue comme ça.

Comme elle approchait du chemin qui, s'enfonçant au milieu des arbres dépouillés, descendait vers la petite vallée où s'élevait Shanty-Town [1], Scarlett claqua la langue pour que son cheval allongeât le pas. Chaque fois qu'elle passait à proximité de ce ramassis sordide d'anciennes tentes de l'armée et de cabanes en planches, elle se sentait mal à l'aise. Aucun endroit, dans la région, n'avait plus mauvaise réputation que ce faubourg d'Atlanta où vivaient pêle-mêle des nègres chassés de partout, des prostituées de couleur et des blancs de la plus basse classe. On prétendait que c'était le refuge ordinaire des criminels blancs ou noirs et que les soldats yankees y portaient d'abord leurs recherches lorsqu'ils étaient sur la piste d'un malfaiteur. On s'y battait au couteau et au pistolet avec une telle régularité que les autorités se donnaient

1. Shanty-Town : mot à mot, la ville des baraques *(N. d. T.)*.

rarement la peine d'intervenir et préféraient laisser les habitants de Shanty-Town régler leurs comptes entre eux. Dans les bois, aux alentours, était installé un alambic qui distillait un whisky de maïs de dernière qualité et, le soir, les baraques du fond de la vallée résonnaient des jurons et des cris des ivrognes

Les Yankees eux-mêmes reconnaissaient que c'était une plaie qu'on ferait bien de cautériser, mais ils ne prenaient aucune mesure dans ce sens. Les gens d'Atlanta et de Decatur ne cachaient pas leur indignation, car, pour aller d'une ville à l'autre, ils étaient forcés de passer par là. Les hommes qui avaient affaire de ce côté ouvraient leur étui à pistolet et, même sous la protection de leurs époux ou de leurs frères, les femmes convenables n'aimaient guère à emprunter ce chemin, car elles se faisaient régulièrement injurier au passage par d'ignobles négresses en état d'ébriété.

Tant qu'elle avait eu Archie à côté d'elle, Scarlett n'avait jamais eu peur de passer auprès de Shanty-Town, parce que même les négresses les plus effrontées n'osaient pas rire en présence de l'ancien forçat. Mais, maintenant qu'elle était obligée d'effectuer le trajet toute seule, il en allait tout autrement et il lui était déjà arrivé bon nombre d'incidents aussi désagréables qu'exaspérants. Chaque fois qu'elles apercevaient sa voiture, les mégères noires semblaient vouloir rivaliser d'insolence. Scarlett n'avait pas d'autre ressource que de garder un air digne, mais elle bouillait de colère. Elle n'avait même pas la consolation de confier ses ennuis à ses amies ou à sa famille, car on n'eût pas manqué de lui dire, d'un air triomphant : « Voyons, pouviez-vous vous attendre à autre chose ? » et tout le monde serait revenu à la charge pour l'empêcher d'aller à la scierie. Or elle n'avait nullement l'intention d'interrompre ses voyages.

« Dieu soit loué! se dit-elle. Aujourd'hui, il n'y a pas de femmes en haillons à traîner au bord de la route! » Parvenue à la hauteur du chemin qui menait à Shanty-Town, elle jeta un coup d'œil dégoûté aux masures entassées les unes sur les autres au fond de la vallée, éclairée par le soleil bas et sans force. Le vent froid lui apportait l'odeur des feux de bois, de la viande de porc rôtie et des fosses d'aisances. Elle secoua énergiquement les guides sur le dos du cheval qui força l'allure.

Scarlett commençait juste à pousser un soupir de soulagement, quand sa gorge se serra. Un grand nègre, embusqué derrière un chêne, sortait lentement de sa cachette. Scarlett avait peur, mais pas au point de perdre son sang-froid. Elle tira sur les guides, arrêta sa voiture et saisit le pistolet de Frank.

— Que voulez-vous ? s'écria-t-elle du ton le plus dur qu'elle put.

Le nègre se baissa, retourna en hâte se blottir derrière l'arbre et répondit d'une voix effrayée :

— Seigneu', ma'ame Sca'lett, tuez pas le g'and Sam !

Le grand Sam ! Pendant un moment, Scarlett resta muette de stupeur. Le grand Sam, le contremaître de Tara qu'elle avait vu pour la dernière fois vers la fin du siège. Comment diable...

— Sors donc de là ! Montre-moi un peu que je voie si tu es bien Sam !

Le nègre obéit à contrecœur. Pieds nus, en haillons, portant une culotte de coutil et une veste yankee de couleur bleue beaucoup trop étroite pour lui, le géant avait un aspect lamentable. Lorsqu'elle l'eut reconnu, Scarlett remit le pistolet à sa place et sourit.

— Oh ! Sam ! Ça fait plaisir de te revoir !

Roulant de gros yeux, riant de toutes ses dents très blanches, Sam s'approcha du buggy au pas de course et, de ses deux pattes noires, s'empara de la main que lui tendait son ancienne maîtresse. On voyait le bout de sa langue d'un rose de pastèque et, dans sa joie, il se trémoussait et se contorsionnait comme un gros chien d'humeur folâtre.

— Seigneu' c'est si bon de voi' quelqu'un de la famille ! dit-il en serrant la main de Scarlett à la broyer. Pou'quoi êtes-vous devenue si méchante, ma'ame Sca'lett ? Pou'quoi avez-vous ce pistolet ?

— Il y a tant de méchantes gens en ce moment Sam, que je suis obligée d'avoir une arme. Comment se fait-il que tu vives dans un endroit aussi infect que Shanty-Town, toi un nègre respectable? Pourquoi n'es-tu pas venu me voir à Atlanta?

— Seigneu', ma'ame Sca'lett. Moi, j'habite pas à Shanty-Town. Je suis juste venu fai' un p'tit tou'. Je voud'ais pou' 'ien au monde viv' ici. Jamais de ma vie, j'ai vu d'aussi sales nèg' et je savais pas que vous étiez à Atlanta. Je vous c'oyais enco' à Ta'a. Je voulais 'etou'ner à Ta'a ausitôt que j'au'ais pu.

— Tu habites Atlanta depuis le siège?

— Non, ma'ame, j'ai voyagé! répondit Sam en relâchant la main de Scarlett, qui fit remuer ses doigts pour voir si elle n'avait rien de cassé. Vous vous souvenez de la de'niè' fois que vous m'avez vu? Eh bien! j'ai t'availlé comme un chien à fai' des t'anchées et à 'empli' des sacs de sable, jusqu'à ce que les Confédé'és ils quittent Atlanta. Le missié capitaine qui s'occupait de moi il a été tué et y avait pu pe'sonne pou' di' au g'and Sam ce qui fallait fai', alo' je me suis caché dans les bois. J'voulais 'eveni' à Ta'a, mais on m'a dit que tout le pays, il b'ûlait. Et puis, j'savais pas pa' où passer et puis j'avais peu' des pat'ouilles pa'ce que j'avais pas de papiers. Alo' les Yankees ils sont venus et un missié yankee, qui était colonel, il a eu de l'amitié pou' moi et il m'a engagé pou' soigner son cheval et ci'er ses bottes.

« Oui ma'ame, j'étais tout content d'êt' un domestique comme Po'k, moi qui avais toujou' t'availlé dans les champs. J'ai dit ça au colonel et il... Tenez, ma'ame Sca'lett, les Yankees ils savent 'ien, il a pas vu la diffé'ence! Alo' je suis 'esté avec lui, et je suis allé à Savannah avec lui quand le géné'al She'man il est allé là et pou' l'amou' du Ciel, ma'ame Sca'lett, j'ai jamais vu des choses aussi épouvantables! Ça volait, ça mettait le feu... est-ce qu'ils ont incendié Ta'a, ma'ame Sca'lett?

— Ils y ont mis le feu, mais nous l'avons éteint.

— C'est bien, ça, ma'ame. Je suis content. Ta'a c'est ma maison et je voud'ais 'etou'ner là. Alo', quand la guè' elle a fini, le colonel il m'a dit : « Toi, Sam! Tu vas veni' dans le No' avec moi. Je te donne'ai de bons gages! Alo' ma'ame, comme tous les aut' nèg', j'voulais connaît' la libe'té avant de 'eveni' à la maison. Alo' je suis allé dans le No' avec le colonel. Oui, ma'ame, on est allé à Washington et à Nou Yo'k et à Boston où le colonel il habite. Oui, ma'ame, je suis un nèg' qui a voyagé! Ma'ame Sca'lett, dans les 'ues des Yankees y a plus de chevaux et de voitu' qu'on peut les compter. J'avais tout le temps la f'ousse de me fai' éc'aser!

— As-tu aimé le Nord, Sam?

Sam se gratta la tête.

— J'ai aimé et j'ai pas aimé. Le colonel c'est un missié t'ès bien et il comp'end les nèg'. Mais sa femme, c'est pas la même chose. Sa femme, elle m'a appelé « missié » la p'emiè' fois qu'elle m'a vu. Oui, ma'ame, elle a fait ça et moi, j'au'ai voulu me cacher quand elle a fait ça. Le colonel, il lui a dit de m'appeler « Sam », et elle l'a fait. Mais tous les Yankees, la p'emiè' fois qu'ils me voyaient, ils m'appelaient « missié O'Ha'a » et ils me demandaient de m'asseoi' avec eux, comme si j'étais quelqu'un comme eux. Je m'étais jamais assis avec des blancs et je suis t'op vieux pou' app'end'. Ils me t'aitaient comme un blanc, mais dans le fond ils m'aimaient pas... ils aiment pas les nèg'. Et ils avaient peu' de moi pa'ce que je suis t'op g'and. Et ils me demandaient tout le temps de leu' pa'ler des chiens qui cou'aient ap'ès moi et des coups de fouet qu'on me donnait. Seigneu', ma'ame Sca'lett, j'ai jamais été battu! Vous connaissez missié Gé'ald, et il voud'ait pas qu'on batte un nèg' qui coûte aussi ché' que moi!

« Quand je leu' ai dit ça, que je leu' ai dit que ma'ame Ellen elle était si bonne pou' les nèg' et qu'elle avait passé toute la semaine avec moi quand j'ai eu ma pneumonie, ils ont pas voulu me c'oi'. Alo', ma'ame Sca'lett, j'ai commencé à m'ennuyer tellement de ma'ame Ellen et de Ta'a qu'un soi' j'ai pas pu teni' et je suis p'ati et j'ai fait tout le chemin jusqu'à Atlanta dans les wagons de ma'chandises. Pou' sû' que se'ai content de 'evoi' ma'ame Ellen et missié Gé'ald. J'en ai eu assez de la libe'té. Je veux quelqu'un qui me donne à manger des bonnes t'ipes de cochon et qui me soigne quand je se'ai malade. Et si j'avais enco' la pneumonie! La dame yankee, elle me soign'ait pas. Non ma'ame. Elle veut bien m'appeler « missié O'Hara » mais elle voud'ait pas me soigner. Mais, ma'ame Ellen, elle, elle voud'a bien me soigner si je suis malade et... qu'est-ce qu'y a, ma'ame Sca'lett ?

— Papa et maman sont morts tous les deux, Sam.

— Mo' ? C'est-y que vous plaisantez, ma'ame Sca'-lett ? C'est pas gentil pou' moi!

— Je ne plaisante pas, Sam. C'est vrai. Maman est morte quand les hommes de Sherman sont venus à Tara, et Papa... il est parti en juin dernier. Oh! Sam, ne pleure pas. Je t'en supplie! Si tu pleures, je vais pleurer aussi. Ne parlons plus de ça en ce moment. Je te raconterai tout une autre fois. Mlle Suellen est restée à Tara. Elle a épousé un homme très bien, M. Will Benteen. Mlle Carreen est dans un...

Scarlett s'arrêta. Elle ne pourrait jamais expliquer au géant en larmes ce qu'était un couvent.

— « Elle habite à Charleston, maintenant. Mais Pork et Prissy sont à Tara... Allons, allons, Sam, essuie-toi le nez. Tu veux vraiment rentrer à la maison ?

— Oui, ma'ame, mais ce se'a plus comme c'était avec ma'ame Ellen et...

— Sam, aimerais-tu rester ici à Atlanta et travailler pour moi ? J'ai besoin d'un cocher. J'en ai même grand besoin, avec toutes ces vilaines gens qui rôdent de ce côté.

— Oui, ma'ame. Pou' sû', vous en avez besoin. Je voulais justement vous di', ma'ame Sca'lett, que c'était pas bien de vous p'omener comme ça toute seule. Vous savez comme ce'tains nèg' ils sont méchants aujou'-d'hui, su'tout ceux qui habitent Shanty-Town. C'est pas p'udent pou' vous. Y a deux jou' seulement que je suis à Shanty-Town, mais je les ai déjà entendus pa'ler de vous... Hié' quand ces sales bonnes femmes elles vous ont dit des vilaines choses, quand vous passiez, je vous ai bien 'econnue, mais vous alliez t'op vite et j'ai pas pu cou'i' ap'ès vous. Mais pou' sû', je vais leu' tanner la peau à ces nèg'. Vous en avez pas vu un qui tou'nait pa' ici aujou'd'hui ?

— Non, je n'ai pas fait attention, mais je te remercie, Sam. Allons, aimerais-tu me servir de cocher ?

— Me'ci, ma'ame Sca'lett, mais je pense que j'aime mieux aller à Ta'a.

Le grand Sam baissa la tête et, du bout de son orteil, traça des signes mystérieux sur la poussière de la route. Il avait l'air gêné.

— Mais pourquoi ne voudrais-tu pas ? Je te donnerai de bons gages. Il faut que tu restes avec moi.

Sam releva la tête et montra un visage stupide et noir, décomposé par la peur. Il se rapprocha du buggy et murmura à voix basse :

— Ma'ame Sca'lett, faut que je quitte Atlanta. Faut que j'aille à Ta'a où ils me t'ouve'ont pas. J'ai... tué un homme.

— Un noir ?

— Non, ma'ame, un blanc. Un soldat yankee. C'est pou' ça qu'ils me che'chent. C'est pou' ça que je suis à Shanty-Town.

— Comment est-ce arrivé ?

— J'étais soûl et il a dit quelque chose qui me plaisait pas et j'ai mis mes mains autou' de son cou... et je voulais pas le tuer, ma'ame Sca'lett, mais j'ai de la fo'ce dans les mains et je l'ai tué sans le savoi'. Et j'avais si peu' que je savais pas quoi fai' ! Alo', je suis venu me cacher ici et je vous ai vue hié' et j'ai dit : « Dieu soit loué ! C'est ma'ame Sca'lett ! Elle va s'occuper de moi, elle va pas laisser les Yankees me mett' en p'ison, elle va m'envoyer à Ta'a. »

— Tu dis qu'on te recherche ? On sait que c'est toi qui as tué le soldat ?

— Oui, ma'ame. Je suis si g'and, qu'on me 'econnaît pa'tout. Je c'ois que je suis le plus g'and nèg' d'Atlanta. Hié' soi', ils sont venus me che'cher, mais une fille nèg', elle m'a caché dans les bois.

Scarlett demeura songeuse un instant. Ça lui était bien égal que Sam eût assassiné un soldat yankee, mais elle était déçue de ne pas pouvoir l'engager comme cocher. Un gaillard comme Sam était aussi bon garde du corps qu'Archie. En tout cas, il fallait trouver le moyen de l'envoyer à Tara, où il serait en sûreté. C'était un nègre trop précieux pour le laisser pendre. Comment donc! Il n'y avait jamais eu meilleur contremaître que lui à Tara. Il ne vint même pas à l'idée de Scarlett qu'il était libre. Il lui appartenait toujours, comme Pork, Mama, Peter, Cookie et Prissy. Il continuait à « faire partie de la famille » et, à ce titre, il avait le droit d'être protégé.

— Je t'enverrai à Tara ce soir, décida enfin Scarlett. Maintenant, Sam, écoute-moi. J'ai encore un petit bout de route à faire, mais je repasserai par ici avant le coucher du soleil. Attends mon retour. Ne dis à personne où tu vas et si tu as un chapeau cache-toi la figure avec.

— J'ai pas de chapeau.

— Alors, tiens, voilà de quoi en acheter un. Tu me retrouveras ici.

— Oui, ma'ame.

Sam était rayonnant. Il avait retrouvé quelqu'un pour lui dire ce qu'il fallait faire.

Scarlett reprit pensivement son chemin. Will allait sûrement être enchanté de cette nouvelle recrue. Pork n'avait jamais rien entendu aux travaux des champs et n'y entendrait jamais rien. Sam étant à Tara, Pork pourrait venir rejoindre Dilcey à Atlanta, comme Scarlett le lui avait promis après la mort de Gérald.

Lorsque Scarlett arriva à la scierie, le soleil se couchait déjà et la jeune femme s'en voulut d'être dehors à pareille heure. Johnnie Gallegher se tenait sur le seuil de la misérable cabane qui servait de cuisine au campement. Quatre des cinq forçats que Scarlett avait affectés à la scierie de Johnnie étaient assis sur un tronc d'arbre, en face de la baraque délabrée dans laquelle ils couchaient. Leurs uniformes de bagnards étaient sales et souillés de taches de sueur. Les chaînes rivées à leurs chevilles tintaient à chacun de leurs mouvements. Ils avaient tous le même air morne et désespéré.

« Je les trouve bien maigres, pensa Scarlett. On dirait qu'ils sont malades. C'étaient pourtant de beaux gaillards quand je les ai engagés! » Ils ne la regardèrent même pas descendre de voiture, mais Johnnie tourna vers elle son visage dur et se découvrit sans empressement.

— Je n'aime pas beaucoup la mine de ces hommes-là, déclara Scarlett sans préambule. Ils n'ont pas l'air dans leur assiette. Où est le cinquième ?

— Malade, fit Johnnie laconiquement. Il est couché.

— Qu'est-ce qu'il a ?

— De la paresse, surtout.

— Je vais aller le voir.

— Ne faites pas ça. Il doit être tout nu. Je m'occuperai de lui. Il se remettra au travail demain matin.

Scarlett hésita. A ce moment, elle vit un homme relever péniblement la tête et lancer à Johnnie un regard de haine intense, avant de fixer de nouveau le sol.

— Auriez-vous fouetté ces hommes, par hasard ?

— Ah çà! madame Kennedy, faites excuse, mais qui est-ce qui dirige cette scierie ? Vous me l'avez confiée et vous m'avez dit de la faire marcher. Vous n'avez pas de reproches à m'adresser, n'est-ce pas ? Est-ce que je ne réussis pas deux fois mieux que M. Elsing ?

Sur ce campement aux masures hideuses pesait une atmosphère sinistre qui n'existait pas du temps de Hugh Elsing. L'impression d'isolement et de solitude qui s'en dégageait donnait froid dans le dos. Ces forçats étaient si loin de tout, si complètement à la merci de Johnnie Gallegher. L'Irlandais pouvait les fouetter à sa guise, leur infliger toutes sortes de mauvais traitements, sans que Scarlett en sût jamais rien. Les forçats se tairaient, de peur d'être punis après son départ.

— Les hommes sont maigres. Leur donnez-vous assez à manger ? Dieu sait pourtant si j'en dépense de l'argent, pour leur nourriture. Ils devraient être gras à lard. Le mois dernier, j'en ai eu pour trente dollars, rien qu'en farine et en viande de porc. Qu'allez-vous donc leur donner pour leur dîner ?

Scarlett pénétra à l'intérieur de la cabane. Une grosse mulâtresse, penchée sur un vieux fourneau rouillé, esquissa une révérence en reconnaissant Scarlett et se mit à remuer des pois chiches qui cuisaient dans une casserole. Scarlett savait que Johnnie Gallegher vivait avec cette femme, mais elle préférait fermer les yeux. Elle put se rendre compte qu'en dehors des pois et d'un épi de maïs, rien d'autre n'était préparé pour le dîner.

— C'est tout ce que vous allez donner à ces hommes ?

— Oui, m'dame.

— Avez-vous mis du lard dans ces pois ?

— Non, m'dame.

— Comment ? Mais les pois chiches ne sont pas bons quand on n'y ajoute pas une tranche de lard! Pourquoi ne l'avez-vous pas fait ?

— Missié Johnnie il a dit comme ça qu'c'est pas la peine.

— Vous allez me faire le plaisir d'en mettre. Où rangez-vous vos provisions ?

La mulâtresse roula des yeux effrayés du côté d'un petit placard qui lui servait de garde-manger et dont Scarlett alla ouvrir la porte. Par terre était posé un baril de farine de maïs entamé. Sur l'étagère, on voyait un sac de farine de blé, une livre de café, un paquet de sucre, une bouteille de jus de sorgho et deux jambons fumés. Furieuse, Scarlett se tourna vers Johnnie Gallegher qui l'avait suivie et la regardait d'un air courroucé.

— Où sont les cinq sacs de farine que je vous ai envoyés la semaine dernière ? Où sont les provisions de sucre et de café ? Où sont les cinq jambons que je vous ai fait livrer et les dix livres de couenne de lard et les livres d'ignames et de pommes de terre ? Où tout cela est-il passé ? A supposer que vous ayez donné à manger à vos hommes cinq fois par jour vous n'auriez pas pu en venir à bout en une semaine. Vous les avez vendus, espèce de voleur! Vous avez tout vendu! Vous avez mis l'argent dans votre poche et vous n'avez donné à ces malheureux que des pois chiches et du maïs. Ce n'est pas étonnant qu'ils soient si maigres. Laissez-moi passer!

Scarlett bouscula l'Irlandais et sortit de la cabane.

— Vous, là-bas... oui, vous! Venez ici! ordonna-t-elle à l'un des forçats.

L'homme se leva et s'approcha lentement, en faisant sonner ses chaînes. Scarlett s'aperçut qu'il avait les chevilles à vif.

— Depuis quand avez-vous mangé du jambon?

L'homme baissa la tête et fixa obstinément le sol.

— Allons parlez!

Le forçat leva enfin les yeux sur Scarlett et lui adressa un regard suppliant.

— Vous ne voulez rien dire, hein? Vous avez peur? Bon, allez me prendre un jambon dans le garde-manger. Rébecca, donnez-lui votre couteau. Vous partagerez le jambon avec vos camarades. Rébecca, faites des galettes et du café pour ces hommes. Vous leur donnerez tout le sorgho qu'ils voudront. Allez, ouste. Je veux voir ce que vous leur servez.

— C'est l'café et la farine à missié Johnnie, murmura Rébecca, effrayée.

— Je m'en fiche! C'est peut-être son jambon aussi. Faites ce que je vous dis. Vous, Johnnie Gallegher, accompagnez-moi à mon buggy.

Scarlett traversa à grandes enjambées la cour jonchée de débris de toutes sortes. Elle remonta dans sa voiture et constata avec satisfaction que les hommes se coupaient de larges tranches de jambon, sur lesquelles ils se jetaient goulûment.

— Vous êtes une crapule comme on n'en voit pas beaucoup, lança-t-elle à Johnnie. Vous me rembourserez le prix de ces provisions. A l'avenir, je vous apporterai tous les jours ce qu'il faudra pour nourrir ces hommes, au lieu de vous faire livrer une commande tous les mois. Comme ça, vous ne pourrez pas me rouler.

— A l'avenir... ça m'est égal. Je ne serai plus ici, déclara Johnnie.

— Vous avez l'intention de me quitter?

Scarlett fut sur le point d'ajouter : « Eh bien! filez et bonne chance! » mais la prudence la retint. Si Johnnie s'en allait, que deviendrait-elle? Grâce à lui, elle débitait deux fois plus de bois qu'avec Hugh, et l'on venait juste de lui passer la plus grosse commande qu'elle eût jamais obtenue, une commande pressée par-dessus le marché. Si Johnnie la quittait, qui trouverait-elle pour le remplacer ?

— Oui, je m'en vais. Tout ce que vous avez exigé de moi, en me confiant la direction de votre scierie, c'était de débiter le plus de bois possible. A cette époque-là, vous ne m'avez pas dit comment vous vouliez que je fasse marcher votre boîte, et ce n'est pas maintenant que vous allez vous mettre à me donner des conseils. Mêlez-vous donc de ce qui vous regarde. Vous ne pouvez pas dire que je n'ai pas tenu mes engagements. Je vous ai fait gagner de l'argent. Je mérite largement le salaire que je touche et j'ai bien le droit aussi de me faire de petits à-côtés. Et voilà que vous venez fourrer votre nez partout, que vous vous mettez à interroger mes hommes et à m'attraper devant eux ? Quelle autorité voulez-vous que j'aie, après ça ? Ça vous ennuie que je leur flanque une volée de temps en temps ? Ce sont des fainéants. Ils mériteraient pire que ça. Ça vous ennuie aussi que je ne leur donne pas à bouffer à en crever ? Tenez, je suis encore trop bon pour eux. Allons, occupez-vous de vos affaires et laissez-moi faire ce que je veux, sans ça je vous quitte tout de suite.

Scarlett ne savait plus quel parti prendre. Si Johnnie mettait sa menace à exécution, que ferait-elle ? Elle ne pouvait tout de même pas passer la nuit à la scierie, à garder les forçats !

Johnnie devina sans doute son embarras, car ses traits durcis se détendirent un peu.

— Il est tard, madame Kennedy, dit-il d'une voix plus douce. Vous feriez mieux de rentrer chez vous. Nous n'allons pas nous fâcher pour une petite histoire comme ça, n'est-ce pas ? Allons, retenez-moi dix dollars sur mon salaire et n'en parlons plus.

Malgré elle, Scarlett regarda du côté des malheureux qui achevaient de dévorer leur jambon et elle pensa au malade couché dans le baraquement rempli de courants d'air. Elle aurait dû renvoyer Johnnie Gallegher. C'était une brute et un voleur. Savait-on quel traitement il infligeait aux forçats quand sa patronne n'était pas là? D'un autre côté, c'était un homme capable, et Dieu sait si Scarlett avait besoin de quelqu'un de capable! Tant pis, elle ne pouvait pas se permettre de le renvoyer en ce moment. Il lui faisait gagner de l'argent. Tout ce qui lui restait à faire, c'était de s'assurer que, désormais, les forçats mangeraient à leur faim.

— Je retiendrai vingt dollars sur votre salaire, conclut-elle d'un ton sec, et je reviendrai discuter la question avec vous demain matin.

Elle savait bien, pourtant, que l'incident était clos et que Johnnie savait lui aussi à quoi s'en tenir sur la discussion pour le lendemain. Elle empoigna les guides et fouetta son cheval.

Tandis que le buggy s'engageait sur la route de Decatur, après avoir descendu le chemin qui menait à la scierie, Scarlett entra en lutte avec sa conscience. Elle aimait l'argent, elle voulait en gagner, mais elle se disait qu'elle n'avait pas le droit d'exposer des hommes aux brutalités du petit Irlandais. Si l'un des forçats mourait par suite de mauvais traitements, elle serait aussi coupable que Johnnie qu'elle n'aurait jamais dû garder, sachant ce qu'il était. D'un autre côté... eh oui, d'un autre côté, tant pis pour les hommes qui se faisaient condamner aux travaux forcés. Quand on avait commis un crime, il fallait s'attendre à tout. Cette pensée soulagea un peu Scarlett, mais elle ne pouvait s'empêcher d'évoquer les figures hâves et ravagées des malheureux bagnards.

« Oh! je réfléchirai à tout ça plus tard », se dit-elle en haussant les épaules.

Lorsque le buggy atteignit l'endroit où la route tournait juste au-dessus de Shanty-Town, le soleil avait complètement disparu et les bois étaient déjà plongés dans l'obscurité. Une bise glaciale s'était levée avec le crépuscule et soufflait à travers les arbres sombres, faisant craquer les branches et brassant les feuilles mortes. Jamais Scarlett ne s'était trouvée toute seule dehors à pareille heure, et elle aurait bien voulu être rentrée chez elle.

Elle chercha vainement Sam du regard, mais elle ne s'en arrêta pas moins pour l'attendre. Son absence l'inquétait. Elle craignait que les Yankees n'eussent déjà mis la main sur lui. Alors, elle entendit quelqu'un remonter le sentier qui menait au campement nègre et elle poussa un soupir de soulagement. Sam allait en entendre de belles pour son retard!

Ce ne fut pourtant pas Sam qui déboucha du tournant.

C'était un gros hommes blanc déguenillé qui accompagnait un noir trapu avec des épaules et une poitrine de gorille. Scarlett cingla le cheval et saisit son pistolet. La bête partit au trot, mais fit soudain un brusque écart pour éviter le blanc qui s'était avancé.

— Madame, dit celui-ci, pourriez pas me donner un peu d'argent ? J'crève de faim.

— Allez-vous-en, répondit Scarlett d'une voix aussi ferme que possible. Je n'ai pas d'argent sur moi. Hue!

— Saute-lui d'sus! cria-t-il au nègre. Elle doit avoir son argent dans son corsage.

Ce qui se passa ensuite fut comme un cauchemar pour Scarlett. Elle brandit son pistolet, mais quelque chose d'instinctif en elle lui dit ne de pas tirer sur l'homme blanc, de peur de tuer le cheval. Le visage tordu par un rire féroce, le nègre allait atteindre le buggy. Scarlett se retourna et fit feu à bout portant. Elle ne sut jamais si elle l'avait atteint, seulement, une seconde plus tard, une grosse main noire lui tordait le poignet et lui arrachait son arme. Le nègre était tout près d'elle, si près qu'elle sentait l'odeur rance que dégageait son corps. Il essayait de la faire basculer par-dessus le rebord de la voiture. Elle lutta furieusement de sa main libre, labourant de ses ongles le visage de son agresseur. Alors, avec un bruit d'étoffe déchirée, la main noire fendit son corsage de haut en bas et plongea entre ses seins. Jamais Scarlett n'avait éprouvé pareille sensation d'horreur et de répulsion. Elle se mit à hurler comme une démente.

— Fais-la taire! Sors-la de là! cria le blanc, et la main noire remonta jusqu'à la bouche de la jeune femme.

Scarlett mordit aussi fort qu'elle put et se remit à hurler. A travers ses clameurs, elle entendit l'homme blanc pousser un juron et elle distingua la silhouette d'une troisième personne, sur la route obscurcie. La main noire lâcha prise et le nègre pivota sur ses talons pour faire face au grand Sam, qui fonçait sur lui.

— Sauvez-vous, ma'ame Sca'lett! lança Sam en saisissant le nègre à bras-le-corps.

Tremblante, hurlant de peur, Scarlett ramassa les guides, prit son fouet et tapa à bras raccourcis sur le dos du cheval. La bête bondit en avant et Scarlett sentit les roues de la voiture passer sur quelque chose de mou et de résistant tout à la fois. C'était le corps de l'homme blanc qui gisait sur la route, là où Sam l'avait abattu d'un coup de poing.

Folle de terreur, Scarlett n'arrêtait pas de fouetter le cheval. Le buggy heurta une grosse pierre et faillit verser, mais elle n'y prit pas garde. Elle aurait voulu aller encore plus vite, car elle entendait courir derrière elle. Si le monstre noir la rattrapait, elle mourrait avant même qu'il ne l'eût touchée.

— Ma'ame Sca'lett, arrêtez-vous! cria une voix.

Sans ralentir, elle regarda par-dessus son épaule et vit le grand Sam lancé à sa poursuite de toute la vitesse de ses longues jambes qui allaient et venaient comme des pistons. Elle tira sur les guides. Sam sauta dans le buggy. Il était si large que Scarlett dut se serrer contre le bord de la voiture pour lui faire place. La sueur et le sang lui inondaient le visage.

— Vous êtes pas blessée? Ils vous ont pas blessée? demanda-t-il en haletant.

Scarlett était incapable de répondre, mais, surprenant le regard de Sam, elle se rendit compte que son corsage était déchiré jusqu'à la ceinture et qu'elle avait la gorge à nu. D'une main tremblante, elle ramena sur sa poitrine les deux lambeaux d'étoffe, puis, baissant la tête, elle éclata en sanglots.

— Donnez-moi ça, fit Sam en s'emparant des guides. Allez, en vitesse, mon p'tit cheval!

Le fouet siffla et le cheval partit ventre à terre, menaçant de renverser le buggy dans le fossé.

— J'espé' que je l'ai tué, ce babouin de nèg', mais j'ai pas attendu pou' savoi', reprit Sam. Seulement, s'il vous a fait du mal, ma'ame Sca'lett, j'vais 'etou'ner pou' voi'.

— Non... non... vite... vite..., murmura Scarlett entre deux sanglots.

XLV

Le même soir, après avoir accompagné chez Mélanie sa femme, tante Pitty et les enfants, Frank partit en voiture avec Ashley, et Scarlett faillit laisser libre cours à sa colère tant elle était ulcérée. Comment Frank pouvait-il se rendre à une réunion politique après ce qui venait de lui arriver ? Quel manque de délicatesse de sa part, quel égoïsme ! Déjà il avait fait preuve d'un calme exaspérant lorsque Sam l'avait ramenée dans ses bras avec son corsage déchiré jusqu'à la ceinture. Il n'avait même pas une seule fois mordillé ses favoris lorsqu'elle avait raconté son histoire. Il s'était contenté de lui demander : « Êtes-vous blessée, ou avez-vous simplement eu peur, mon petit bout en sucre ? »

La rage et les sanglots l'avaient empêchée de répondre, et Sam s'était chargé de démontrer qu'elle en était quitte pour la peur.

— Ils ont juste abîmé son co'sage.

— Tu es un brave garçon, Sam, et je n'oublierai pas ce que tu as fait. Si je peux te rendre un service...

— Si, missié, vous pouvez me fai' 'etou'ner à Ta'a aussi vite que possible. Les Yankees ils me che'chent.

Frank avait également pris cet aveu avec le plus grand sang-froid et n'avait posé aucune question à Sam. Il avait adopté une attitude très voisine de celle qu'il avait eue lorsque Tony était venu frapper en pleine nuit à sa porte. On eût dit que, pour lui, il s'agissait d'une affaire à régler entre hommes et sans vaine agitation.

— Tu prendras le buggy. Peter te conduira cette nuit jusqu'à Rough and Ready. Arrivé-là, tu te cacheras dans les bois jusqu'à demain matin et tu sauteras dans le premier train pour Jonesboro. C'est ce qu'il y a de mieux à faire... Voyons, mon petit, ne pleurez pas. C'est fini et vous n'avez rien eu. Mademoiselle Pitty, puis-je vous demander votre flacon de sels ? Mama, apportez un verre de vin à Mme Scarlett.

Scarlett n'avait fait que pleurer de plus belle, mais cette fois c'étaient des larmes de rage. Elle aurait voulu qu'on la réconfortât, qu'on s'indignât ou parlât de vengeance. Elle aurait même préféré que Frank s'emportât contre elle et lui dît qu'il l'avait pourtant bien prévenue... Elle aurait mieux aimé n'importe quoi plutôt que de lui voir cet air désinvolte comme si l'incident était des plus banals. Bien entendu, il s'était montré très gentil et très affectueux, mais d'une manière distraite, à croire qu'il avait quelque chose de fort important en tête.

Et cette chose si importante, c'était uniquement une petite réunion politique de rien du tout !

Elle put à peine en croire ses oreilles lorsqu'il lui dit de changer de robe pour l'accompagner chez Mélanie où elle passerait la soirée. Il aurait dû se douter de l'état dans lequel elle était après une telle aventure. Il aurait dû deviner qu'elle ne tenait pas du tout à passer la soirée chez Mélanie. Elle était brisée, à bout de nerfs. Elle ne songeait qu'à une chose, s'étendre, se coucher dans un lit bien chaud, avec une brique aux pieds et un bon grog. S'il l'avait vraiment aimée, il ne l'aurait jamais quittée. Il serait resté à son chevet, il lui aurait tenu la main et n'aurait cessé de lui répéter qu'il en serait mort s'il lui était arrivé quelque chose. Quand il rentrerait, et qu'elle se trouverait seule avec lui, elle ne se gênerait pas pour exprimer sa façon de penser.

Le petit salon de Mélanie paraissait aussi tranquille que les soirs où les femmes se réunissaient pour tirer l'aiguille en l'absence de Frank et d'Ashley. Le feu crépitait joyeusement dans la cheminée et répandait une chaleur douce. La lampe, posée sur la table, nimbait d'un jaune reflet les quatre têtes penchées sur des travaux d'aiguille. Quatre jupes s'étalaient en plis pudiques, huit pieds mignons s'appuyaient sur des tabourets. La porte de la chambre d'enfants était ouverte et l'on entendait la respiration paisible de Wade, d'Ella et de Beau. Assis sur un escabeau auprès de la cheminée, Archie, le dos au feu, la joue distendue par une chique de tabac, s'amusait à tailler un morceau de bois. Le contraste entre le vieil homme sale et poilu et les quatre dames aux manières distinguées était si grand que l'on eût dit d'un vieux chien de garde, hargneux et grisonnant, et de quatre petits chats.

De sa voix douce, que nuançait une légère note d'indignation, Mélanie commentait la récente sortie des Dames Harpistes. Incapables de se mettre d'accord avec les messieurs de la Chorale sur le programme du prochain récital, ces dames étaient venues cet après-midi même annoncer à Mélanie leur intention de se retirer du Cercle Musical. Mélanie avait dû faire appel à tous ses talents de diplomate pour les amener à différer leur décision.

Excédée, Scarlett avait bonne envie de crier : « Au diable les Dames Harpistes! » Elle brûlait de raconter par le menu l'agression dont elle avait été victime afin de calmer ses terreurs en effrayant les autres. Elle voulait également montrer combien elle avait été brave afin de puiser dans ses propres affirmations la certitude qu'elle s'était comportée en femme courageuse. Cependant, chaque fois qu'elle abordait ce sujet, Mélanie s'empressait de détourner la conversation. Scarlett avait bien du mal à ne pas laisser éclater sa rage. Tout le monde était donc aussi méchant que Frank! Comment les gens pouvaient-ils rester aussi calmes quand elle venait d'échapper par miracle à un affreux destin? La politesse la plus élémentaire eût exigé qu'on la laissât parler pour se soulager.

Les événements de l'après-midi l'avaient plus ébranlée qu'elle n'eût voulu le reconnaître. Chaque fois qu'elle se rappelait le nègre au visage de brute, elle se mettait à trembler. Quand elle revoyait la main noire se porter à son corsage et qu'elle pensait à ce qui serait arrivé sans l'intervention de Sam, elle baissait la tête et fermait les yeux. Mélanie bavardait sans arrêt. Scarlett l'écoutait en silence et s'efforçait de coudre, mais à mesure que le temps passait sa nervosité grandissait. Elle avait l'impression que ses nerfs allaient céder d'un moment à l'autre avec un sifflement de corde de banjo qui se brise.

Agacée par le manège d'Archie, elle adressa un regard furibond à l'ancien forçat. Soudain, il lui parut étrange qu'il s'occupât à tailler un morceau de bois au lieu de ronfler sur le sofa comme il le faisait toujours quand il était de garde. Elle trouva encore plus étrange que ni Mélanie, ni India ne l'eussent prié d'étendre par terre un morceau de papier pour y jeter ses copeaux qui, déjà, jonchaient la carpette autour de lui sans que personne semblât le remarquer.

Tandis que Scarlett l'observait, Archie se tourna brusquement vers le feu et y lança un jet de salive avec une telle violence qu'India, Mélanie et Pitty sursautèrent comme si une bombe avait explosé.

— Vous avez besoin de faire autant de bruit ? s'écria India d'un ton nerveux. Scarlett la regarda avec surprise, car elle avait toujours considéré India comme parfaitement maîtresse d'elle-même.

— Pour sûr, lui répondit Archie qui cracha de nouveau.

Mélanie fronça légèrement les sourcils et regarda India.

— J'étais si contente que mon cher papa n'eût pas l'habitude de chiquer, commença Pitty.

Alors Mélanie, pivotant sur sa chaise, lui coupa la parole d'un ton que Scarlett ne lui avait jamais entendu.

— Oh ! tais-toi, Tantine. Tu as si peu de tact.

— Oh ! mon Dieu ! murmura Pitty en lâchant son ouvrage. Mais enfin, ajouta-t-elle, qu'est-ce que vous avez toutes, ce soir ? India et toi, vous n'êtes pas bonnes à prendre avec des pincettes.

Personne ne lui répondit. Mélanie ne s'excusa même pas et se remit à coudre à grandes aiguillées rageuses.

— Tu fais des points beaucoup trop grands, remarqua Pitty avec une certaine satisfaction. Tu vas être obligée de défaire tout ce que tu as fait. Mais enfin, encore une fois, que se passe-t-il donc ce soir ?

Personne ne lui répondit.

« Au fait, se demanda Scarlett, se passerait-il quelque chose ? Aurais-je été trop absorbée par mes propres angoisses pour ne rien remarquer ? » Oui, en dépit des efforts de Mélanie pour rendre cette veillée semblable à tant d'autres, il régnait une atmosphère différente, une ambiance nerveuse qui ne devait pas provenir uniquement de l'émotion causée par les événements de l'après-midi. Lançant un coup d'œil furtif autour d'elle, Scarlett surprit un regard d'India qui la mit mal à l'aise, regard profond et mesuré, dont la froideur exprimait plus que de la haine et plus que du mépris.

« On dirait qu'elle m'en veut de ce qui est arrivé », pensa Scarlett avec indignation.

India se tourna alors vers Archie, et, toute trace d'irritation ayant disparu de son visage, elle lui adressa une muette et anxieuse interrogation. Mais Archie semblait ne pas la voir. Les yeux fixés sur Scarlett, il l'enveloppait d'un regard froid et dur pareil à celui d'India.

Mélanie ne faisait aucune tentative pour ranimer la conversation, le silence devenait de plus en plus épais et Scarlett écoutait le vent se lever au-dehors. Brusquement, la soirée se mit à prendre une tournure des plus désagréables. La tension nerveuse augmentait. Archie avait l'air inquiet et ses oreilles velues semblaient dressées comme celles d'un lynx aux aguets. Mélanie et India prenaient sur elles pour ne rien laisser paraître de leur anxiété, mais chaque fois qu'on entendait le pas d'un cheval dans la rue, chaque fois que le vent faisait gémir une branche dépouillée ou s'emparait des feuilles mortes sur la pelouse, elles abandonnaient leur ouvrage et relevaient la tête.

Chaque fois que, de la cheminée, montait le crépitement assourdi d'une bûche, elles se regardaient comme si elles eussent entendu marcher à pas feutrés.

Il se passait quelque chose et Scarlett se demandait quoi. Il se tramait quelque chose et Scarlett n'était pas au courant. Un coup d'œil à tante Pitty, dont une moue de mauvaise humeur contractait le visage candide, lui apprit que la vieille demoiselle était aussi ignorante qu'elle-même. Cependant Archie, Mélanie et India savaient à quoi s'en tenir. Au milieu du silence, Scarlett en arrivait presque à suivre le rythme affolant de leurs pensées qui tournoyaient dans leurs têtes comme un écureuil dans sa cage. Ils savaient quelque chose, ils attendaient quelque chose, malgré leurs efforts pour donner à la soirée un aspect normal. Et leur inquiétude gagnait Scarlett, la rendait encore plus nerveuse qu'auparavant. Poussant son aiguille d'un geste maladroit, elle se l'enfonça dans le pouce. Elle laissa échapper un petit cri de douleur qui fit tressaillir tout le monde et se pressa le doigt jusqu'à ce qu'apparût une goutte rouge et brillante.

— Je suis trop énervée pour coudre, déclara-t-elle en jetant son ouvrage par terre. Je suis à bout. J'ai envie de crier. Je veux rentrer me coucher. Frank savait dans quel état j'étais, il n'aurait pas dû m'obliger à sortir. Il n'arrête pas de faire de grands discours sur la nécessité de protéger les femmes contre les nègres et les Carpetbaggers et, quand le moment vient de faire quelque chose d'efficace, où est-il ? Chez lui à s'occuper de moi ? Jamais de la vie ! Il s'en va courir la pretentaine avec un tas d'autres hommes qui ne savent que discuter et...

Ses yeux se posèrent sur India, et elle s'arrêta net. India haletait. De ses yeux pâles aux cils décolorés, elle dévisageait Scarlett, et son regard glacé avait un reflet impitoyable.

— Si ce n'est pas trop vous demander, India, je vous serais obligée de me dire pourquoi vous me regardez tout le temps comme cela ? fit Scarlett d'une voix cinglante. Aurais-je donc quelque chose d'extraordinaire ?

— Non, ce n'est pas trop me demander, riposta India dont les yeux étincelèrent. Je serai même ravie de vous dire ce que j'ai sur le cœur. Ça m'est odieux de vous voir sous-estimer un homme admirable comme M. Kennedy. Si vous saviez...

— India! lança Mélanie, les mains crispées sur son ouvrage.

— J'ai la prétention de mieux connaître mon mari que vous, répliqua Scarlett qui, à la perspective d'une querelle, la première querelle ouverte qui l'opposât à India, sentait son aplomb revenir et sa nervosité l'abandonner.

Mélanie regarda India et la jeune fille pinça les lèvres, mais presque aussitôt elle se remit à parler d'un ton froid et chargé de haine.

— Ça m'écœure de vous entendre dire que vous avez besoin de protection. Vous entendez, Scarlett O'Hara, ça m'écœure! Ça vous est bien égal de n'avoir personne pour vous protéger! Si vous y aviez tenu, vous ne vous seriez jamais affichée en ville, vous n'auriez jamais fréquenté les hommes que vous avez fréquentés dans l'espoir de vous faire admirer d'eux! Vous n'avez pas volé ce qui est arrivé cet après-midi et, s'il y avait eu une justice, ça aurait dû encore plus mal tourner pour vous!

— Oh! India, tais-toi! s'écria Mélanie.

— Laisse-la parler! s'écria Scarlett à son tour. Je suis ravie de savoir ce qu'elle pense. Je me doutais bien qu'elle me détestait et qu'elle était trop hypocrite pour l'avouer. Elle, si elle pensait décrocher des admirateurs, elle n'hésiterait pas à se promener toute nue dans la rue du matin au soir.

India se leva d'un bond. Son corps fluet tremblait sous l'affront.

— Je vous déteste, déclara-t-elle d'une voix claire qui pourtant vibrait de colère. Mais ce n'est pas par hypocrisie que je me suis tue. C'est parce que j'ai obéi à un sentiment que vous ne pouvez comprendre, un sentiment qui n'a rien à voir avec... la courtoisie ordinaire ou la bonne éducation. Je me suis rendu compte que si nous ne nous serrions pas les coudes et n'imposions pas silence à toutes nos petites haines, nous n'avions aucune chance de triompher des Yankees. Mais vous... vous... vous avez fait tout ce que vous avez pu pour diminuer le prestige des gens convenables... Vous avez couvert de honte un excellent mari, vous avez donné le droit aux Yankees et à la canaille de rire de nous et de tenir des propos injurieux sur notre manque de noblesse. Les Yankees ne savent pas que vous n'êtes pas des nôtres et que vous n'en avez jamais été. Les Yankees n'ont pas assez de jugement pour comprendre qu'il n'y a aucune noblesse en vous. En parcourant les bois dans votre voiture, non seulement vous vous exposiez à une agression, mais vous faisiez courir un danger à toutes les femmes comme il faut en incitant les nègres et les blancs de bas étage à faire un mauvais coup. Enfin, par votre faute, les hommes que nous connaissons risquent de perdre la vie, car ils sont obligés de...

— Bon Dieu, India! s'exclama Mélanie et, malgré sa colère, Scarlett fut abasourdie d'entendre Mélanie s'en prendre au Seigneur. Vas-tu te taire! Elle n'est pas au courant et elle... tais-toi. Tu as promis...

— Oh! mes petites, larmoya Pittypat, les lèvres tremblantes.

— De quoi ne suis-je pas au courant?

Furieuse, Scarlett s'était levée et faisait front à India dont les yeux lançaient des flammes et à Mélanie au visage éploré.

— Des pintades! fit soudain Archie d'un ton méprisant et, redressant la tête d'un geste brusque, il se leva précipitamment. Quelqu'un remonte l'allée, annonça-t-il. C'est pas m'sieu Wilkes. Finissez un peu d' glousser.

Il y avait une mâle autorité dans sa voix. Les femmes se turent brusquement et, tandis qu'il traversait la pièce en clopinant, leurs visages perdirent toute expression de colère.

— Qui est là? demanda Archie, avant même qu'on eût frappé à la porte.

— Le capitaine Butler. Laissez-moi entrer.

Mélanie s'élança avec une telle impétuosité que ses

jupes se relevèrent et découvrirent les jambes de son pantalon jusqu'aux genoux. Archie n'eut pas le temps d'intervenir. Plus prompte que lui, Mélanie tira violemment la porte à elle. Son feutre noir abattu sur les yeux, le vent rageur faisant claquer sa cape sur ses épaules, Rhett Butler se tenait sur le seuil. Pour une fois, il avait renoncé à ses bonnes manières. Le chapeau sur la tête, ignorant les autres personnes qui se trouvaient là, il interrogea Mélanie sans un mot d'excuse ou de politesse.

— Où sont-ils allés ? Dites-le-moi vite. C'est une question de vie ou de mort.

Sidérées, Scarlett et Pitty se regardèrent ; quant à India, pareille à un vieux chat efflanqué, elle traversa la pièce à son tour et rejoignit Mélanie.

— Ne lui dis rien ! s'écria-t-elle. C'est un espion, un Scallawag.

Rhett ne lui fit même pas l'honneur d'un regard.

— Vite, madame Wilkes ! Il est peut-être encore temps.

Mélanie semblait paralysée de terreur et fixait Rhett avec des yeux fous.

— Que diable... commença Scarlett.

— Fermez-la, lui ordonna Archie. Vous aussi, madame Melly. Foutez-moi l' camp d'ici, espèce de sale Scallawag !

— Non, Archie, non ! bredouilla enfin Mélanie en posant une main tremblante sur le bras de Rhett comme pour le défendre contre Archie. Qu'est-il arrivé ? Comment... comment avez-vous su ?

— Mais, bonté divine, madame Wilkes, s'exclama Rhett en qui l'impatience et la courtoisie se livraient un rude combat, ils sont tous suspectés depuis le début... seulement jusqu'à ce soir ils avaient été trop malins pour se faire pincer. Comment suis-je au courant ? J'étais en train de jouer au poker avec deux capitaines yankees. Ils étaient ivres et ils m'ont tout dit. Les Yankees savaient qu'il y aurait du grabuge ce soir et ils avaient pris leurs dispositions. Les pauvres fous sont tombés dans un piège.

Mélanie vacilla comme si elle avait reçu un coup et Rhett dut la retenir par la taille.

— Ne lui dis rien! Il essaie de te faire parler! cria India. Ne l'as-tu donc pas entendu dire qu'il passait la soirée avec des officiers yankees ?

Les yeux rivés sur le visage livide de Mélanie, Rhett continua de l'ignorer.

— Dites-moi, où sont-ils allés ? Ont-ils un lieu de réunion ?

En dépit de ses transes et de son incompréhension, Scarlett pensa qu'elle n'avait jamais vu visage plus inexpressif que celui de Rhett en ce moment. Pourtant Mélanie dut y lire quelque chose d'autre, quelque chose qui lui inspira confiance. Elle raidit son corps menu, échappa au bras de Rhett et dit d'une voix tremblante :

— En bordure de la route de Decatur, près de Shanty-Town. Ils se réunissent dans la cave de la plantation du vieux Sullivan... celle qui a été à demi incendiée.

— Merci. Avec mon cheval ça ne sera pas long. Quand les Yankees viendront ici, vous ferez celles qui ne savent rien.

Il partit si brusquement, sa cape noire se fondit si vite dans la nuit que les témoins de cette scène rapide doutèrent de sa venue jusqu'au moment où ils entendirent un cheval arracher les cailloux de la rue et détaler ventre à terre.

— Les Yankees vont venir ? bredouilla tante Pitty et, ses petits pieds se dérobant sous elle, elle s'effondra sur le sofa, trop épouvantée pour pleurer.

— Mais que se passe-t-il ? Qu'est-ce que tout cela signifie ? Si vous ne me le dites pas, je vais devenir folle.

Scarlett prit Mélanie par les épaules et la secoua avec violence comme si elle pensait en obtenir une réponse par ce moyen.

— Ce que ça signifie ? Ça signifie que vous êtes probablement responsable de la mort d'Ashley et de celle de M. Kennedy! (Malgré la peur qui l'étranglait, il y avait une note de triomphe dans la voix d'India.) Arrête-toi de trembler, Melly... Mais tu vas t'évanouir!

— Non, murmura Mélanie en s'agrippant au dossier d'une chaise.

— Mon Dieu, mon Dieu! Je ne comprends pas! Tuer Ashley? Je vous en supplie, que quelqu'un me dise...

D'une voix qui grinçait comme une porte tournant sur des gonds rouillés, Archie coupa la parole à Scarlett.

— Asseyez-vous, vous autres, ordonna-t-il. Reprenez vos ouvrages. Remettez-vous à coudre comme si de rien n'était. Y a des chances pour que les Yankees surveillent la maison depuis le coucher du soleil. Asseyez-vous, j' vous dis, et r'mettez-vous à coudre.

Les femmes obéirent en tremblant. Pitty elle-même s'empara d'une chaussette et, les yeux hagards, comme ceux d'un enfant terrorisé, elle regarda autour d'elle dans l'espoir d'obtenir une explication.

— Où est Ashley? Que lui est-il arrivé, Melly? s'écria Scarlett.

— Où est votre mari? Ça ne vous intéresse donc pas? interrogea méchamment India tout en chiffonnant avec des gestes de folle la serviette qu'elle était en train de repriser.

— India, je t'en prie!

Mélanie essayait de se dominer, mais son visage blafard et tourmenté indiquait assez quels efforts elle faisait pour y parvenir.

— Scarlett, nous aurions peut-être dû te le dire mais... mais... tu avais déjà eu une telle émotion cet après-midi que nous... que Frank n'a pas cru... et tu as toujours été si opposée au Klan...

— Le Klan...

Scarlett prononça d'abord le mot comme si elle ne l'avait jamais entendu auparavant et n'en comprenait pas le sens, puis elle répéta :

— Le Klan! et l'on eût dit qu'elle poussait un hurlement.

— Ashley ne peut pas faire partie du Klan! Frank non plus! Oh! il m'avait promis!

— Mais si, M. Kennedy fait partie du Klan et Ashley aussi. Tous les hommes que nous connaissons en sont membres! s'exclama India. Ce sont des hommes, n'est-ce pas? Des hommes blancs et des Sudistes. Vous auriez dû en être fière au lieu de l'obliger à s'en cacher comme si c'était quelque chose de honteux et...

— Vous le saviez tous et vous ne...

— Nous craignions que ça ne te bouleverse... fit Mélanie tristement.

— C'est donc là qu'ils se rendent au lieu d'aller à ces soi-disant réunions politiques? Oh! dire qu'il m'avait promis! Maintenant les Yankees vont me confisquer mes scieries. Ils vont prendre aussi le magasin et ils mettront Frank en prison... oh! mon Dieu, mais qu'est-ce que Rhett Butler voulait dire?

India regarda Mélanie avec des yeux épouvantés. Scarlett se leva et jeta son ouvrage par terre.

— Si vous ne me le dites pas, je vais en ville et je saurai bien découvrir la vérité. Je demanderai à tout le monde jusqu'à ce que je...

— Asseyez-vous, dit Archie en fixant Scarlett de son œil unique. Je m'en vais vous le dire, moi. Parce que vous êtes allée vous balader et que vous vous êtes attirée des ennuis par vot' faute, M. Wilkes, M. Kennedy et les aut' hommes sont sortis ce soir pour tuer c'te nègre et c'te blanc qui vous ont attaquée. Ils vont essayer de mettre la main sur eux et pour ça il faudra sans doute qu'ils fouillent Shanty-Town dans tous les coins. Si ce Scallawag a dit vrai, les Yankees se sont doutés de quèque chose, à moins qu'ils n'aient été prévenus d'une manière ou d'une autre, et ils ont fait appel à la troupe. Nos hommes sont pris au piège. Et si jamais ce que Butler a dit n'est pas vrai, c'est que c'est un espion. Alors il va livrer les nôtres aux Yankees et n'importe comment ils y laisseront leur peau. S'il les livre pas, je le tuerai quand même. Tant pis si j'y laisse ma peau aussi. Et s'ils sont pas tués, il va falloir qu'ils fichent le camp au Texas et ils reviendront p't'être jamais. Tout ça, c'est d' vot' faute. C'est comme si vous aviez du sang sur les mains.

Scarlett commençait peu à peu à comprendre de quoi il s'agissait. Son expression changea. Mélanie s'en aperçut. En elle l'épouvante fit place à la colère, puis à un sentiment d'horreur. Elle se leva et posa la main sur l'épaule de sa belle-sœur.

— Un mot de plus, Archie, et je vous mets à la porte, fit-elle d'un ton sévère. Ce n'est pas sa faute. Elle a seulement fait... elle a fait ce qu'elle estimait devoir faire. Nos hommes ont fait ce qu'ils pensaient devoir faire. Les gens doivent faire ce qu'ils estiment être leur devoir. Nous ne pensons pas tous de la même manière. Nous n'agissons pas tous de la même manière non plus, et c'est mal... c'est mal de juger les autres d'après nous-mêmes. Comment India et vous pouvez-vous lui dire des choses aussi cruelles quand son mari, tout comme le mien, sont peut-être... peut-être...

— Écoutez, interrompit Archie. Asseyez-vous, m'dame. Ce sont des chevaux.

Mélanie reprit sa place, ramassa l'une des chemises d'Ashley et, baissant la tête sur son ouvrage, se mit inconsciemment à déchirer le jabot en fins rubans. Le bruit de sabots augmenta, les chevaux au trot s'approchaient de la maison. Les gourmettes cliquetèrent, les selles grincèrent, un murmure de voix s'éleva. Les chevaux s'arrêtèrent devant la maison. Une voix impérieuse domina les autres. Des hommes mirent pied à terre, se répandirent dans le jardin et allèrent se poster auprès de la véranda qui donnait sur le derrière. Les quatre femmes avaient l'impression que des milliers d'yeux hostiles les observaient par la fenêtre dont les rideaux n'étaient pas tirés. Mortes de peur, elles baissèrent la tête et firent semblant de coudre. Scarlett entendit son cœur lui crier : « Tu as tué Ashley! Tu l'as tué. » Folle de douleur, il ne lui vint même pas à l'idée qu'elle était peut-être également responsable de la mort de Frank. Une seule image s'imposait à son esprit, l'image d'Ashley étendu aux pieds de cavaliers yankees, sa belle chevelure blonde toute maculée de sang.

On frappa à la porte à coups précipités. Scarlett regarda Mélanie et vit une nouvelle expression se répandre sur le petit visage tiré de la jeune femme, une expression analogue à celle qu'elle avait surprise quelques instants plus tôt sur le visage de Rhett Butler, l'expression calme et détachée d'un joueur de poker qui bluffe avec deux paires.

— Archie, ouvrez la porte, dit Mélanie d'une voix tranquille.

Glissant son couteau dans sa botte, ouvrant son étui à pistolet, Archie se dirigea en boitant vers la porte et l'ouvrit d'un geste brusque. Pitty poussa un petit cri de souris prise au piège en voyant apparaître un capitaine yankee, et une escouade d'uniformes bleus massés derrière lui. Mais les autres ne bronchèrent pas. Scarlett s'aperçut qu'elle connaissait cet officier. C'était le capitaine Tom Jaffery, un ami de Rhett. Elle lui avait vendu un peu de bois pour construire sa maison. Elle savait que c'était un homme du monde et elle pensa qu'à ce titre il aurait la galanterie de n'arrêter ni elle ni ses compagnes. Le capitaine reconnut aussitôt Scarlett et, se découvrant, il s'inclina avec une gêne manifeste.

— Bonsoir, madame Kennedy. Laquelle d'entre vous, mesdames, est madame Wilkes ?

— C'est moi, répondit Mélanie, qui se leva avec une dignité assez inattendue chez une femme aussi menue. A quoi dois-je cette intrusion ?

Le capitaine promena un regard rapide autour de lui, fixant un instant chacun des visages, examinant la table, puis le portemanteau comme s'il avait voulu découvrir les signes d'une présence masculine.

— Je désirerais parler à M. Wilkes et à M. Kennedy, s'il vous plaît.

— Ils ne sont pas ici, dit Mélanie d'une voix douce un peu tremblante.

— En êtes-vous bien sûre ?

— Vous n'allez pas mettre en doute la parole de Mme Wilkes ? intervint Archie, la barbe hérissée.

— Je vous demande pardon, madame Wilkes. Je n'ai pas eu l'intention de vous manquer de respect. Si vous me donnez votre parole d'honneur, je ne fouillerai pas la maison.

— Vous avez ma parole, mais fouillez la maison si le cœur vous en dit. Ces messieurs assistent à une réunion au magasin de M. Kennedy.

— Ils ne sont pas au magasin. Il n'y a pas eu de réunion ce soir, répondit le capitaine d'un air sombre.

Tant pis, nous attendrons leur retour dehors.

Il s'inclina sèchement et sortit en refermant la porte sur lui. Les occupants de la maison l'entendirent lancer un ordre bref, étouffé par le vent : « Cernez la maison. Un homme à chaque porte et à chaque fenêtre. » Des bottes martelèrent le sol. Scarlett faillit sursauter de terreur en distinguant confusément des soldats qui regardaient par les fenêtres. Mélanie se rassit et prit d'une main ferme un livre posé sur la table. C'était un exemplaire tout abîmé des *Misérables*, cet ouvrage qui avait tant plu aux soldats condéférés. Ils l'avaient lu et relu à la lueur des feux de camp et avaient pris un plaisir plutôt sinistre à l'appeler *Lee's Miserables* [1]. Elle ouvrit le livre en son milieu et se mit à lire d'une voix claire et monotone.

— Cousez donc, ordonna Archie d'un ton rauque, et les trois femmes, stimulées par la voix fraîche de Mélanie, reprirent leur ouvrage et baissèrent la tête.

Combien de temps Mélanie poursuivit-elle sa lecture sous les yeux de ceux qui l'observaient, Scarlett ne le sut jamais, mais ça lui sembla des heures. Mélanie avait beau lire, elle n'entendait rien. Elle commençait à penser à Frank aussi bien qu'à Ashley. C'était donc là l'explication de son calme apparent! Dire qu'il lui avait promis de ne jamais s'occuper du Klan! Oh! c'était bien ce genre de complications qu'elle avait tant redouté! Tout le travail de cette dernière année allait être réduit à néant. Toutes ses luttes, toutes ses angoisses, tout ce qu'elle avait enduré sous la pluie et dans le froid, tout cela en pure perte! Qui aurait pu se douter que ce vieux froussard de Frank était mêlé aux agissements des cerveaux brûlés du Klan? Dire qu'il était peut-être mort! ou bien, s'il ne l'était pas, les Yankees l'avaient peut-être arrêté et allaient le pendre. Et il en serait de même pour Ashley!

Scarlett se laboura la paume de la main avec ses ongles jusqu'à ce qu'apparussent quatre croissants

1. Les misérables de Lee. Jeu de mots intraduisible, mais cependant facile à comprendre dans notre langue *(N. d. T.)*.

brillants et rouges. Comment Mélanie pouvait-elle continuer de lire avec calme lorsque Ashley risquait d'être pendu ? Lorsqu'il était peut-être mort ? Pourtant, dans la voix tranquille et douce qui racontait les malheurs de Jean Valjean, il y avait quelque chose d'apaisant qui l'empêchait de se dresser d'un bond et de se mettre à hurler.

Elle se reporta par la pensée à la nuit où Tony Fontaine, pourchassé, harassé, sans un sou, était venu chez elle et son mari. S'il n'avait pas pu atteindre leur demeure, si on ne lui avait pas donné de l'argent et un cheval frais, il eût été pendu depuis longtemps. Si Frank et Ashley n'étaient pas morts, ils se trouvaient dans une situation analogue à celle de Tony et même pire. La maison était cernée et ils ne pouvaient pas rentrer chez eux pour se procurer de l'argent et des vêtements de rechange sans être capturés. Sans compter que, d'un bout à l'autre de la rue, toutes les maisons devaient être surveillées par les Yankees afin que les fugitifs ne pussent demander assistance à leurs amis. A l'heure qu'il était, ils avaient peut-être pris la fuite et galopaient comme des fous dans la nuit, en route pour le Texas.

Mais Rhett... Rhett les avait peut-être rejoints à temps. Rhett avait toujours de l'argent plein ses poches. Il leur avait peut-être prêté ce qu'il leur fallait pour se sauver. Ça paraissait pourtant bien bizarre. Pourquoi Rhett se préoccupait-il du sort d'Ashley ? Il avait sans aucun doute de l'antipathie pour lui et il le méprisait. Alors, pourquoi... mais cette énigme resta sans réponse.

Scarlett, rongée d'inquiétude, étouffa un gémissement.

« Oh ! se dit-elle intérieurement, tout cela est ma faute. India et Archie avaient raison. Tout cela est ma faute. Mais je ne les aurais jamais crus assez fous pour s'affilier au Klan ! Je n'aurais jamais pensé non plus qu'il pouvait m'arriver quelque chose ! Mais comment aurais-je pu faire autrement ? Melly l'a bien dit. Les gens doivent faire ce qu'ils ont à faire. Il fallait bien que je fasse marcher les scieries ! Il fallait bien que je gagne de l'argent! Quand je pense que je vais probablement tout perdre, et que tout cela est en partie ma faute! »

Mélanie continua pendant un long moment, puis elle se mit à bafouiller, sa voix s'altéra et enfin elle se tut. Elle tourna la tête du côté de la fenêtre et se mit à regarder comme s'il n'y avait pas eu de soldats yankees en train de l'épier de l'autre côté de la vitre. Les autres occupants de la pièce, entraînés par son exemple, regardèrent à leur tour et prêtèrent l'oreille.

Malgré les portes et les fenêtres fermées, on entendait au loin un bruit de chevaux. Le vent avait beau ne pas porter, on pouvait entendre également quelqu'un chanter la plus exécrée et la plus odieuse de toutes les chansons, le chant consacré aux hommes de Sherman, *La marche à travers la Georgie*, et c'était Rhett Butler qui la chantait.

A peine eut-il achevé les premières strophes que deux autres voix s'élevèrent, des voix furieuses d'ivrognes qui trébuchaient sur les mots et s'empêtraient dans leur discours. De la véranda, où il se tenait, le capitaine Jaffery lança un bref commandement. Des soldats s'éloignèrent au pas de course. Mais, avant même que le capitaine eût donné ses instructions, les dames s'étaient regardées, pétrifiées, car les voix des deux hommes qui se querellaient avec Rhett étaient celles d'Ashley et de Hugh Elsing.

Le jardin s'emplit de tumulte. Le capitaine Jaffery posait des questions laconiques. Hugh riait d'un rire perçant. Rhett répondait d'une voix gouailleuse et grave. Ashley ne cessait de répéter d'un ton étrange et comme irréel : « Alors quoi, bon Dieu! Alors quoi! »

« Ça ne peut pas être Ashley! pensa Scarlett. Il ne s'enivre jamais. Et Rhett... voyons, plus il a bu, plus il est calme... il ne fait jamais autant de bruit! »

Mélanie se leva et Archie l'imita. On entendit le capitaine déclarer d'un ton sec : « Ces deux hommes sont en état d'arrestation », et Archie serra la crosse de son pistolet.

— Non, murmura Mélanie avec fermeté, laissez-moi faire.

Son visage était empreint d'une expression analogue à celle que Scarlett lui avait vue à Tara, le jour où, portant le sabre trop lourd pour elle, elle avait contemplé du haut de l'escalier le cadavre du Yankee... expression tragique d'un être doux et timide que les circonstances transformaient en tigresse. Elle alla ouvrir la porte en grand.

— Faites-le entrer, capitaine Butler, lança-t-elle d'une voix bien timbrée, où perçait une note aigre. Vous l'avez encore poussé à boire, je suppose. Allons, faites-le donc entrer.

— Je regrette, madame Wilkes, dit le capitaine qui se tenait au milieu de l'allée sombre, balayée par le vent. Je regrette, mais votre mari et M. Elsing sont en état d'arrestation.

— En état d'arrestation ? Et pour quelle raison ? Pour ivresse ? Si l'on arrêtait tous les ivrognes, la garnison d'Atlanta passerait son temps en prison. Allons, capitaine Butler, décidez-vous, faites-le entrer... à condition évidemment que vous puissiez vous-même vous tenir sur vos jambes.

Scarlett avait le plus grand mal à rassembler ses idées et pendant un moment elle ne comprit rien à ce qui se passait. Elle savait que ni Rhett ni Ashley n'étaient ivres et elle savait aussi que Mélanie pensait comme elle. Et pourtant Mélanie, d'ordinaire si aimable et si distinguée, se donnait en spectacle aux Yankees, vociférait comme une mégère, et allait jusqu'à prétendre que Rhett et son mari étaient trop ivres pour marcher.

Une courte discussion s'engagea, ponctuée de jurons, puis un petit groupe gravit le perron, butant contre chaque marche. Ashley apparut dans l'encadrement de la porte. Blafard, la tête renversée sur le côté, les cheveux ébouriffés, il était drapé du menton aux genoux dans la cape noire de Rhett. Hugh Elsing et Rhett, dont la démarche semblait plutôt chancelante, le soutenaient sous chaque bras et il était clair que, sans leur aide, il fût tombé par terre. Derrière eux venait le capitaine yankee dont le visage reflétait à la fois le doute et l'amusement. Il s'arrêta sur le seuil et ses hommes s'approchèrent pour regarder par-dessus son épaule. Par la porte ouverte, le vent froid s'engouffrait dans la maison.

Effrayée et intriguée, Scarlett lança un coup d'œil à Mélanie, puis à Ashley, qui semblait sur le point de s'effondrer. Alors la vérité se fit jour en elle. Elle fut sur le point de crier : « Mais il n'est pas ivre! » seulement elle se retint à temps. Elle se rendait compte maintenant qu'elle assistait à une représentation, à une pièce désespérée à laquelle était lié le sort d'un certain nombre d'existences. Elle savait que ni elle ni tante Pitty n'avaient de rôle à y jouer, mais que les autres se renvoyaient les répliques comme les acteurs d'un drame souvent répété. Elle ne comprenait qu'à ii, mais c'était suffisant pour qu'elle gardât le nce.

— Asseyez-le sur cette chaise! ordonna Mélanie d'une voix indignée. Et vous, capitaine Butler, sortez d'ici immédiatement! Comment osez-vous vous montrer dans cette maison, après avoir encore mis mon mari dans cet état ?

Les deux hommes installèrent tant bien que mal Ashley sur le siège désigné dont Rhett fit le tour en titubant. Empoignant le dossier à pleines mains, il s'adressa au capitaine d'une voix pâteuse :

— Voilà comment on me remercie! Vous entendez ça! Dire que j'ai empêché la police de l'emmener au poste et que je l'ai reconduit chez lui! et l'animal qui criait comme un putois et qui voulait me mordre!

— Et vous, Hugh Elsing, vous n'avez pas honte! Que va dire votre pauvre mère ? Vous vous enivrez, vous sortez avec un... ami des Yankees, un Scallawag comme le capitaine Butler! Et vous, vous, monsieur Wilkes! Oh! comment avez-vous pu faire une chose pareille ?

— Melly, j' suis pas tellement ivre, bredouilla Ashley qui piqua du nez et s'affala sur la table la tête entre les bras.

— Archie, emmenez-le dans sa chambre et couchez-le... comme d'habitude, ordonna Mélanie. Tante Pitty, je t'en prie, va vite ouvrir le lit et, oh!... oh! Mélanie éclata soudain en sanglots. Oh! comment a-t-il pu après m'avoir promis ?

Archie avait déjà passé le bras sous l'épaule d'Ashley et Pitty s'était levée, ne sachant trop quel parti prendre, lorsque le capitaine s'interposa.

— Ne le touchez pas. Il est en état d'arrestation. Sergent!

Tandis que le sergent pénetrait dans la pièce, son fusil à la main, Rhett parut faire un effort sur lui-même et, s'approchant du capitaine, le prit par le bras.

— Tom, pourquoi l'arrêtez-vous ? Il n'est pas tellement ivre. Je l'ai vu plus soûl que ça.

— J'en ai plein le dos de ces histoires de poivrots, s'exclama le capitaine. Il peut bien passer la nuit dans le ruisseau. Je m'en fiche pas mal, je ne suis pas un sergent de ville, mais M. Elsing et lui sont en état d'arrestation pour avoir participé ce soir à une descente du Klan à Shanty-Town. Un nègre et un blanc ont été tués. C'est M. Wilkes qui est l'instigateur de toute l'affaire.

— Ce soir ?

Rhett se mit à rire et rit même si fort qu'il s'assit sur le sofa et se prit la tête à deux mains.

— Non, pas ce soir, Tom, dit-il lorsqu'il put parler. Ces deux gaillards-là ne m'ont pas quitté de la soirée... Je sais bien qu'ils devaient aller à une réunion, mais nous sommes ensemble depuis huit heures.

— Ils étaient avec vous, Rhett ? mais...

Le capitaine fronça les sourcils et adressa un regard embarrassé à Ashley qui ronflait et à sa femme qui continuait de pleurer.

— Mais... où étiez-vous ?

— Ça m'embête de vous le dire.

Et Rhett cligna de l'œil tout en montrant Mélanie.

— Vous feriez mieux de parler.

— Passons sous la véranda et je vous dirai où nous étions.

— Dites-moi ça maintenant.

— Ça m'est très désagréable de le dire devant ces dames. Si elles veulent sortir...

— Je ne bougerai pas, déclara Mélanie en se tamponnant les yeux d'un geste rageur. J'ai le droit de savoir. Où était mon mari ?

— Chez Belle Watling, déclara Rhett, la mine contrite. Il y avait aussi Hugh, Frank Kennedy et le docteur Meade... et... tout un tas de types de la bande. On s'amusait, on s'amusait même très bien. Du champagne, des filles...

— Chez... chez Belle Watling ?

Mélanie poussa un tel cri de douleur que tout le monde la regarda effrayé. Elle porta la main à son cœur et, avant qu'Archie pût la retenir, elle s'évanouit. Alors ce fut un beau désordre. Archie releva Mélanie. India se précipita à la cuisine pour chercher de l'eau. Pitty et Scarlett éventèrent la malheureuse et se mirent à lui tapoter les poignets... tandis que Hugh Elsing, tourné vers Rhett, ne cessait de hurler : « Hein, vous êtes content. Vous êtes content, maintenant ! »

— Allons, ça va faire le tour de la ville, déclara Rhett d'un air farouche. Vous êtes satisfait, Tom. Demain il n'y aura pas une femme d'Atlanta qui voudra adresser la parole à son mari.

— Rhett, je ne pouvais pas penser... (Bien que le vent glacé lui soufflât dans le dos, le capitaine était en nage.) Écoutez, mon vieux ! Vous me jurez qu'ils étaient chez... chez Belle ?

— Bon Dieu, mais oui je le jure, grommela Rhett. Allez demander vous-même à Belle si vous ne me croyez pas. Maintenant, laissez-moi porter Mme Wilkes dans sa chambre. Donnez-la-moi, Archie. Si, je peux la porter. Mademoiselle Pitty, passez devant avec une lampe.

Rhett prit sans peine des bras d'Archie le corps inerte de Mélanie.

— Allez mettre M. Wilkes au lit, Archie. Après ce qui s'est passé ce soir je ne veux même plus le regarder.

Pitty tremblait à tel point que la lampe dans sa main devenait une menace pour la maison, mais elle ne lâcha pas prise et se dirigea en trottinant vers la chambre obscure. Archie passa un bras autour de la taille d'Ashley et le souleva en bougonnant.

— Mais... il faut que j'arrête ces hommes.

Rhett se retourna vers la porte.

— Alors, arrêtez-les demain matin. Ils ne peuvent pas se sauver dans l'état où ils sont... en tout cas je n'avais jamais entendu dire que c'était contraire à la loi de prendre une cuite dans un lieu de plaisirs. Bonté divine, Tom, il y a cinquante témoins pour déclarer qu'ils étaient chez Belle.

— Il y a toujours cinquante témoins pour déclarer qu'un Sudiste se trouvait là où il n'était pas, dit le capitaine d'un air chagrin. Venez avec moi, monsieur Elsing. Pour cette nuit, je laisse M. Wilkes en liberté puisque j'ai la parole de...

— Je suis la sœur de M. Wilkes, fit India d'un ton glacial, je me porte garant de sa comparution en justice. Maintenant, voudriez-vous vous retirer, je vous prie ? Vous avez causé assez de mal comme cela pour une nuit.

— J'en suis profondément désolé, murmura le capitaine avec gaucherie. J'espère seulement que ces messieurs pourront fournir la preuve de leur présence chez... heu... chez Mlle Watling. Vous direz à votre frère de se présenter demain matin à la prévôté pour y subir un interrogatoire.

India s'inclina sans aucune grâce et, la main sur le bouton de la porte, elle laissa entendre au capitaine qu'il serait fort aimable de se retirer le plus vite possible. L'officier et le sergent s'en allèrent, emmenant Hugh Elsing, et India claqua la porte sur eux. Sans même regarder Scarlett, elle alla baisser les stores des fenêtres. Les genoux tremblants, Scarlett s'agrippa à la chaise qu'avait occupée Ashley. Baissant les yeux, elle aperçut sur le coussin attaché au dossier une tache foncée et humide, plus large que sa main. Étonnée, elle y passa les doigts et les retira aussitôt gluants et rouges.

— India, murmura-t-elle d'une voix étouffée par l'horreur, Ashley... est... blessé.

— Imbécile ! Pensiez-vous qu'il était vraiment ivre ?

India tira le dernier store d'un coup sec et gagna la chambre à coucher, suivie de Scarlett, qui pouvait à peine respirer. De son grand corps, Rhett barrait le seuil de la pièce, mais Scarlett put voir néanmoins Ashley allongé, pâle et immobile sur son lit. Étrangement vive pour quelqu'un qui sortait d'un évanouissement, Mélanie coupait sa chemise inondée de sang avec des ciseaux à broder. Archie tenait la lampe au-dessus du lit et l'un de ses doigts noueux était posé sur le poignet d'Ashley.

Rhett se retourna vers la porte.

— Est-il mort ? s'écrièrent ensemble les deux jeunes femmes.

— Non, il est simplement évanoui. Il a reçu une balle dans l'épaule et a perdu beaucoup de sang, annonça Rhett.

— Pourquoi l'avez-vous amené ici, imbécile ? s'exclama India. Laissez-moi m'approcher de lui ! Laissez-moi passer. Pourquoi l'avez-vous amené ici pour qu'on l'arrête ?

— Il était trop faible pour voyager ! On ne pouvait pas le conduire ailleurs, mademoiselle Wilkes. De plus... aimeriez-vous le voir en exil comme Tony Fontaine ? Aimeriez-vous qu'une douzaine de vos amis vécussent au Texas sous des noms d'emprunt tout le reste de leur existence ? Il y a des chances pour que nous les tirions de ce guêpier si Belle...

— Laissez-moi passer !

— Non, mademoiselle Wilkes. Vous avez mieux à faire. Il faut que vous alliez chercher un docteur... pas le docteur Meade. Il est impliqué dans cette affaire et, à l'heure qu'il est, il doit être en train de s'expliquer avec les Yankees. Tâchez d'en trouver un autre. Avez-vous peur de sortir seule la nuit ?

— Non, fit India dont les yeux étincelaient. Je n'ai pas peur.

Elle saisit la mante à capuchon de Mélanie, accrochée à une patère dans le couloir.

— Je vais aller chercher le vieux docteur Dean. (D'un ton plus calme, mais qui sentait l'effort, elle ajouta :) Je regrette de vous avoir traité d'espion et d'imbécile. Je n'avais pas compris. Je vous suis profondément reconnaissante de ce que vous avez fait pour Ashley... mais ça ne m'empêche pas de vous mépriser.

— J'apprécie la franchise... et je vous remercie de la vôtre.

Rhett s'inclina et un sourire erra sur ses lèvres.

— Maintenant, pressez-vous et soyez prudente. Si vous voyez des soldats autour de la maison quand vous reviendrez, restez dehors.

India lança un coup d'œil angoissé à Ashley et, s'emmitouflant dans sa cape, elle sortit par la porte de derrière et s'enfonça dans la nuit.

Scarlett sentit son cœur se remettre à battre en voyant Ashley ouvrir les yeux. Mélanie s'empara d'une serviette repliée qu'elle avait posée sur la table de toilette et l'appliqua contre l'épaule ruisselante de son mari. Ashley lui sourit pour la rassurer. Scarlett s'aperçut que Rhett la fixait de son regard pénétrant. Elle savait que ses sentiments étaient peints sur son visage, mais elle n'en avait cure. Ashley saignait, il se mourait peut-être, et c'était elle, elle qui l'aimait, qui avait creusé ce trou dans son épaule. Elle aurait voulu courir à son chevet, le serrer dans ses bras, mais ses genoux tremblaient tellement qu'elle ne put même pas entrer dans la chambre. La main collée à la bouche, elle regarda Mélanie tamponner la plaie à l'aide d'une nouvelle serviette et appuyer de toutes ses forces comme si elle avait eu le pouvoir de détourner les flots de sang. Mais la serviette rougissait comme par enchantement.

Comment un homme pouvait-il perdre tant de sang et continuer à vivre? Mais Dieu soit loué, nul filet sanglant ne coulait de ses lèvres... Oh! cette mousse rouge, annonciatrice de la mort, cette écume rouge qu'elle connaissait si bien depuis le jour terrible où après la bataille de la rivière du Pêcher elle avait vu, sur la pelouse de tante Pitty, les blessés mourir la bouche pleine de sang!

— Du cran, voyons, fit Rhett d'une voix dure où perçait une légère note d'ironie. Il ne va pas mourir

Allez tenir la lampe à Mme Wilkes. J'ai besoin d'Archie. J'ai plusieurs choses à lui faire faire.

Archie regarda Rhett par-dessous l'abat-jour.

— J'ai pas d'ordres à r'cevoir de vous, dit-il en faisant passer sa chique de l'autre côté de sa bouche.

— Vous ferez ce qu'il vous dira, déclara Mélanie d'un ton sévère. Et vous tâcherez de vous presser. Suivez les instructions du capitaine Butler. Scarlett, prends-moi cette lampe.

Scarlett s'avança et prit la lampe à deux mains pour ne pas la laisser tomber. Ashley avait refermé les yeux. Sa poitrine nue se soulevait lentement pour retomber ensuite sur un rythme précipité et le flot rouge continuait de sourdre entre les doigts menus de Mélanie dont les mains s'affolaient. Scarlett entendit confusément Archie traverser la pièce. Tous les deux pas, sa jambe de bois faisait un bruit mat contre le plancher. Puis elle reconnut la voix de Rhett, mais elle était si accaparée par le spectacle d'Ashley qu'elle distingua seulement quelques mots : « Prenez mon cheval... attaché dehors... à un train d'enfer. »

Archie posa un certain nombre de questions à mi-voix et Scarlett entendit Rhett lui expliquer :

— La plantation du vieux Sullivan. Vous trouverez les cagoules à l'intérieur de la plus grande des cheminées. Brûlez-les.

— Heu... grommela Archie.

— Et il y a deux... hommes dans la cave. Ficelez-les comme vous pourrez sur le cheval et déposez-les au milieu du terrain vague derrière chez Belle... le terrain entre sa maison et la voie ferrée. Faites très attention. Si quelqu'un vous voit, vous serez perdu avec nous tous. Quand vous les aurez couchés là où il faut, vous mettrez un pistolet auprès d'eux... non, vous leur mettrez un pistolet dans la main, ça vaudra mieux. Tenez, voici les miens.

Levant les yeux, Scarlett vit Rhett fouiller sous les basques de sa jaquette et sortir deux revolvers qu'Archie enfouit dans sa ceinture.

— Vous tirerez une balle avec chacun des revolvers.

Il faut que ça ait l'air d'une sorte de duel. Vous m'avez compris ?

Archie fit oui de la tête et, dans son œil unique, brilla malgré lui une lueur d'admiration.

Si Archie comprenait, Scarlett, elle, en était fort loin. La dernière demi-heure avait pris une telle allure de cauchemar qu'il lui semblait ne devoir plus jamais rien comprendre à l'avenir. Cependant Rhett paraissait parfaitement maître de cette situation ahurissante et c'était déjà quelque chose.

Archie s'apprêtait à partir quand il se retourna et interrogea Rhett du regard.

— C'est lui ?

— Oui.

Archie poussa un grognement et cracha par terre.

Ce bref échange de mots réveilla toutes les terreurs de Scarlett. Elle eut l'impression qu'une bulle de plus en plus grosse dilatait sa poitrine. Quand cette bulle crèverait...

— Où est Frank ? s'écria-t-elle.

Rhett s'approcha du lit de sa démarche souple et silencieuse comme celle d'un chat.

— Chaque chose en son temps, murmura-t-il avec un petit sourire. Tenez donc cette lampe, Scarlett. Vous ne voulez pas brûler M. Wilkes. Madame Melly...

Mélanie releva la tête comme un bon petit soldat qui attend un ordre, et l'atmosphère était si tendue qu'elle ne remarqua même pas que, pour la première fois, Rhett lui donnait un nom réservé à ses parents et ses amis.

— Je vous demande pardon, je voulais dire : madame Wilkes.

— Oh ! capitaine Butler, ne me demandez pas pardon. Ça me ferait beaucoup d'honneur que vous m'appeliez « Melly » tout court. Comme vous êtes bon et comme vous avez été adroit ! Comment pourrai-je jamais vous remercier ?

— Merci, fit Rhett et, pendant un instant, il parut presque gêné. Je n'irai pas jusqu'à prendre une telle liberté. Mais voyez-vous, madame Melly, et il y avait quelque chose d'humble dans sa voix, je suis navré d'avoir été contraint de dire que M. Wilkes se trouvait chez Belle Watling. Oui, je suis navré de l'avoir compromis, lui et les autres, en parlant d'une telle... mais quand je suis parti d'ici, le temps pressait et c'est le seul plan qui me soit venu à l'esprit. Je savais qu'on me croirait sur parole parce que j'ai tant d'amis parmi les officiers yankees. Ils me font l'honneur douteux de me considérer comme l'un des leurs parce qu'ils connaissent... dirai-je mon impopularité ?... auprès de mes concitoyens. Et vous comprenez, au début de la soirée, j'étais en train de jouer au poker chez Belle. Il y a des douzaines de soldats yankees pour le certifier. Quant à Belle et à ses filles, elles seront trop heureuses de mentir comme des arracheurs de dents et de dire que M. Wilkes et les autres ont passé la soirée au... au premier étage. Les Yankees le croiront. Les Yankees sont des gens bizarres. Ils ne pourront même pas se figurer que des femmes qui exercent ce... cette profession sont capables de patriotisme et d'une loyauté à toute épreuve. Il n'y a pas une seule dame respectable d'Atlanta que les Yankees croiraient sur parole si elle leur donnait des détails sur les hommes qu'ils soupçonnent d'avoir trempé dans l'affaire de ce soir, mais ils prendront pour argent comptant tout ce que leur diront des filles... des femmes plus légères. Je pense qu'avec la parole d'honneur d'un Scallawag et celle d'une douzaine de dames de mœurs légères nous avons des chances de tirer nos gaillards d'affaire.

Rhett prononça ces derniers mots avec un sourire sardonique qui s'effaça aussitôt lorsque Mélanie leva vers lui un visage rayonnant de gratitude.

— Capitaine Butler, vous êtes si chic! Vous auriez pu dire que nos amis étaient allés en enfer, ça m'aurait été bien égal, puisque c'était pour les sauver! D'ailleurs, je sais, et tous ceux que la chose intéresse savent également que mon mari n'a jamais mis les pieds dans ce lieu redoutable.

— C'est-à-dire..., commença Rhett, gêné, votre mari est bel et bien allé chez Belle, ce soir.

Mélanie se rembrunit.

— Vous ne me ferez jamais croire pareil mensonge!

— Je vous en prie, madame Melly! Laissez-moi vous expliquer! En arrivant chez le vieux Sullivan, j'ai trouvé M. Wilkes blessé. Il y avait avec lui Hugh Elsing, le docteur Meade et le vieux Merriwether...

— Quoi, le vieux monsieur Merriwether! s'exclama Scarlett, incrédule.

— Les hommes ne sont jamais trop vieux pour faire des bêtises. Il y avait aussi votre oncle Henry...

— Oh! Seigneur, pitié! bredouilla tante Pitty.

— Les autres s'étaient dispersés après l'échauffourée avec les soldats, mais ceux qui étaient restés ensemble avaient repris le chemin de chez Sullivan pour cacher leurs cagoules et voir dans quel état était M. Wilkes. Sans sa blessure, ils seraient tous en route pour le Texas à l'heure qu'il est, mais il ne pouvait pas supporter un long voyage à cheval et personne n'a voulu l'abandonner. Il était indispensable de leur fournir un alibi, aussi les ai-je conduits chez Belle Watling par des chemins détournés.

— Oh!... je saisis. Je vous demande pardon de ma grossièreté, capitaine Butler. Je comprends que c'était nécessaire de les amener là... mais, dites-moi, capitaine Butler, des gens ont bien dû vous voir entrer.

— Non, personne ne nous a vus. Nous sommes passés par une porte dérobée qui donne sur la voie ferrée. Il fait toujours sombre de ce côté-là, et la porte est fermée à clef.

— Alors, comment?

— J'ai la clef, déclara Rhett en regardant Mélanie sans sourciller.

Cette révélation et tout ce qu'elle impliquait causa une telle gêne à Mélanie qu'elle se mit à tripoter la serviette et finit par découvrir entièrement la blessure.

— Ce n'était pas par curiosité, dit-elle rougissante en se hâtant de remettre la serviette en place.

— Je suis désolé d'en être réduit à raconter ces choses à une dame...

« C'est donc vrai! pensa Scarlett, qui éprouva un bizarre petit pincement au cœur. Alors, il vit bien avec cette horrible Watling! C'est lui qui est le propriétaire de cette maison! »

— J'ai vu Belle et je lui ai expliqué l'affaire. Nous lui avons fourni une liste des suspects et elle et ses filles certifieront que tous ces hommes ont passé la soirée en leur compagnie. Enfin, pour donner plus d'éclat à notre sortie, elle a appelé les deux types qu'elle a engagés pour maintenir l'ordre dans son établissement. Un beau petit pugilat a commencé, on nous a fait descendre l'escalier en vitesse et traverser la salle de café et on nous a jetés à la rue comme une vulgaire bande d'ivrognes qui troublaient le calme de l'endroit par leurs disputes.

« Le docteur Meade n'avait pas l'air d'un pochard très convaincu, poursuivit Rhett en souriant. Il en coûtait trop à sa dignité de se trouver dans un tel lieu. Par contre, votre oncle Henry et le vieux Merriwether ont été parfaits. Le théâtre a perdu deux grands acteurs le jour où ils ont décidé de ne pas monter sur les planches. Ils avaient l'air de s'amuser comme des fous.. Je crains que votre oncle Henry n'ait un œil au beurre noir dû au zèle trop ardent avec lequel M. Merriwether a joué son rôle. Il... »

La porte du couloir s'ouvrit et India entra, suivie du vieux docteur Dean, sa longue chevelure blanche en désordre, sa trousse de cuir tout usée faisant une bosse sous sa cape. Il salua d'un petit signe de tête et, sans une parole, souleva le pansement du blessé.

— Trop haut pour le poumon, annonça-t-il. Si la clavicule n'est pas atteinte, ça ne sera pas grave. Apportez-moi toutes les serviettes que vous pourrez, mesdames, et du coton si vous en avez. Apportez-moi aussi du cognac.

Rhett débarrassa Scarlett de la lampe qu'il posa sur la table, tandis que Mélanie et India s'empressaient d'obéir aux instructions du médecin.

— Vous n'êtes d'aucune utilité ici. Venez au salon auprès du feu.

Il prit Scarlett par le bras et l'emmena hors de la chambre. Sa voix et ses gestes étaient empreints d'une douceur inhabituelle chez lui.

— Vous avez eu une mauvaise journée, aujourd'hui, n'est-ce pas ?

Scarlett se laissa conduire et, bien qu'elle se trouvât face à la cheminée, elle se mit à frissonner. Ce soupçon, cette bulle qui l'oppressait devenaient de plus en plus grands. Ce n'était même plus un soupçon, c'était presque une certitude, et une terrible certitude. Elle fixa le visage impassible de Rhett et, pendant un instant, elle n'eut pas la force de parler, puis :

— Est-ce que Frank était chez... chez Belle Watling ?

— Non, répondit Rhett sans ménagements. Archie est en train de le porter dans le terrain vague près de chez Belle. Il est mort. Il a reçu une balle en pleine tête.

XLVI

Cette nuit-là, bien peu de gens fermèrent l'œil dans les maisons du quartier nord de la ville. Forme indécise glissant de cour en cour, India Wilkes était allée frapper aux portes des cuisines pour annoncer à voix basse le désastre du Klan et expliquer le stratagème de Rhett. Puis elle avait disparu dans l'ombre et dans le vent, laissant derrière elle l'angoisse et l'espérance.

De l'extérieur, les maisons paraissaient noires et endormies, mais à l'intérieur la nuit s'achevait qu'on discutait encore en s'efforçant de faire le moins de bruit possible. Non seulement les hommes qui avaient participé au raid de la soirée, mais tous ceux affiliés au Klan se tenaient prêts à fuir. Dans presque toutes les écuries de la rue du Pêcher, un cheval attendait, un pistolet glissé dans chacune des fontes de la selle, la sacoche d'arçon remplie de provisions. Seul le message transmis par India avait empêché un exode en masse : « Le capitaine Butler dit de ne pas bouger. Les routes sont surveillées. Il s'est arrangé avec cette Watling... » Dans les chambres sans lumière, des hommes murmuraient : « Mais pourquoi me fierais-je à ce maudit Scallawag de Butler ? Ça doit être un piège ! » Et des voix de femmes imploraient : « Ne pars pas! S'il a sauvé Ashley et Hugh, il va peut-être sauver tout le monde. Si India et Mélanie ont confiance en lui... » Alors, à demi convaincus, ils restèrent d'autant plus que, pour eux, il n'y avait pas d'autre solution.

Plus tôt dans la nuit, les soldats avaient frappé à une douzaine de portes et arrêté tous ceux qui n'avaient pas pu ou pas voulu dire où ils avaient passé la soirée. René Picard, un des neveux de Mme Merriwether, les frères Simmons et Andy Bonnell furent de ceux qui passèrent ainsi la nuit en prison. Ils avaient pris part au malencontreux coup de main du Klan et s'étaient séparés des autres après la rencontre avec la troupe. Rentrés chez eux ventre à terre, ils furent arrêtés avant d'avoir pu apprendre la ruse de Rhett. Par bonheur, ils répondirent tous aux questions qu'on leur posa que l'emploi de leur temps les regardait et que les Yankees n'avaient pas besoin de fourrer le nez dans leurs affaires. On les avait enfermés en attendant de leur faire subir un interrogatoire plus complet le lendemain matin. Le vieux Merriwether et l'oncle Henry déclarèrent sans vergogne qu'ils avaient passé la nuit chez Belle et, lorsque le capitaine Jaffery en colère eut remarqué qu'ils étaient trop âgés pour ce genre de distractions, ils faillirent se colleter avec lui.

Belle Watling en personne reçut le capitaine sur le pas de sa porte et avant même qu'il lui eût fait connaître le but de sa mission elle cria bien haut que son établissement était fermé pour cette nuit-là. Elle raconta à l'officier que, vers le milieu de la soirée, une bande d'énergumènes pris de boisson s'étaient battus chez elle, avaient tout mis sens dessus dessous, brisé ses plus belles glaces et alarmé à tel point ses jeunes pensionnaires qu'elle avait décidé de ne plus recevoir personne : « En tout cas, ajouta-t-elle, si monsieur le capitaine veut prendre quelque chose, le café est encore ouvert... »

Le capitaine Jaffery se rendait fort bien compte que ses hommes riaient sous cape. Mortifié et convaincu par ailleurs que tout le monde lui taillait des croupières, il déclara d'un ton rageur qu'il ne tenait ni à boire ni à monter voir ces demoiselles, et il demanda à Belle si elle connaissait le nom de ses clients trop agités. Oh! oui, Belle connaissait fort bien ces gens-là. C'étaient des habitués de sa maison. Ils venaient tous les mercredis et s'appelaient entre eux les Démocrates du mercredi. Pourquoi ce titre? Elle n'en savait rien et ne voulait pas le savoir. Mais si jamais ils ne lui remboursaient pas le prix des glaces qu'ils avaient cassées elle n'hésiterait pas à les poursuivre devant les tribunaux. Sa maison était un établissement respectable... leurs noms? Oh! oui, au fait! Sans le moindre embarras, Belle dévida d'une seule traite les noms des douze suspects. Le capitaine Jaffery eut un sourire amer.

— Ces maudits rebelles sont aussi bien organisés que notre service secret, dit-il. Demain matin, vous et vos pensionnaires, vous vous présenterez à la prévôté.

— Est-ce que le prévôt les obligera à me rembourser mes glaces?

— Au diable avec vos glaces! Demandez donc à Rhett Butler de vous en payer d'autres. Après tout, c'est bien lui le propriétaire de cette maison, n'est-ce pas?

Avant l'aube, toutes les familles des ex-confédérés savaient à quoi s'en tenir sur les événements de la nuit. Et leurs domestiques nègres, à qui pourtant l'on n'avait soufflé mot de l'affaire, étaient au courant eux aussi grâce à ce mystérieux système de transmission dont le jeu dépasse l'entendement des blancs. Tout le monde connaissait en détail la descente du Klan, la mort de Frank Kennedy et de Tommy Wellburn, l'infirme, tout le monde savait comment Ashley avait été blessé en emportant le corps de Frank.

Les femmes en voulaient un peu moins à Scarlett du rôle qu'elle avait joué dans cette tragédie en songeant que son mari était tué et qu'elle n'avait même pas la triste consolation de pleurer sur sa dépouille. Jusqu'à ce que les autorités lui eussent annoncé qu'on avait découvert le cadavre de Frank, elle devait feindre d'ignorer sa mort. Serrant un revolver de leurs doigts glacés, Frank et Tommy gisaient dans un terrain vague parmi les herbes desséchées. Lorsqu'ils auraient découvert leurs cadavres, les Yankees déclareraient qu'après s'être enivrés ils s'étaient pris de querelle au sujet d'une fille de chez Belle et s'étaient entre-tués. On plaignait beaucoup Fanny, la femme de Tommy, qui venait d'avoir un enfant, mais personne n'osait sortir dans la nuit pour aller la consoler, car sa maison était cernée par un peloton de soldats yankees qui attendaient le retour de Tommy. Autour de chez tante Pitty, d'autres soldats montaient la garde pour arrêter Frank quand il rentrerait.

Avant l'aube, la nouvelle s'était répandue que les autorités militaires se livreraient à une enquête le jour même. Les yeux gonflés par le manque de sommeil, les gens savaient que le sort d'un certain nombre de leurs concitoyens les plus en vue dépendait de trois choses. Ashley Wilkes serait-il en état de se tenir debout et de se présenter devant le tribunal militaire en homme qui souffre simplement d'une migraine à la suite de trop copieuses libations ? Belle Watling donnerait-elle sa parole que les suspects avaient passé la soirée chez elle ? Enfin, Rhett Butler affirmerait-il qu'il avait participé à leur débauche ?

Les gens frémissaient de rage en pensant à Belle et à Rhett. Belle Watling! Se dire que leurs amis lui devraient la vie sauve! C'était intolérable! Des femmes qui avaient changé de trottoir lorsqu'elles avaient rencontré Belle dans la rue se demandaient si elle s'en souviendrait et redoutaient sa vengeance. Les hommes se sentaient moins humiliés que les femmes de devoir leur salut à Belle, car bon nombre d'entre eux la considéraient comme une brave fille. Mais ils étaient piqués au vif de devoir leur salut et leur liberté à Rhett Butler, un spéculateur et un Scallawag. Belle et Rhett, la femme de mauvaise vie la plus célèbre d'Atlanta et l'homme le plus exécré! Dire que d'honnêtes citoyens avaient des obligations envers eux!

Une autre pensée provoquait chez ces gens un accès de rage impuissante. C'était la pensée que les Yankees et les Carpetbaggers allaient bien s'amuser. Oh! comme ils allaient rire en apprenant que douze des citoyens les plus honorables de la ville étaient des clients assidus de chez Belle, que deux d'entre eux s'étaient tués pour une fille de bas étage, que les autres avaient été jetés à la rue parce qu'ils étaient trop ivres pour être tolérés même par Belle, et que certains de ceux qu'on avait arrêtés refusaient d'admettre qu'ils avaient passé la soirée avec leurs amis alors qu'on savait pertinemment le contraire!

Atlanta avait raison de craindre le rire des Yankees. Ceux-ci souffraient depuis trop longtemps de la froideur et du mépris des Sudistes pour ne pas donner libre cours à leur hilarité. Des officiers réveillaient leurs camarades et leur rapportaient les nouvelles. Bien que le jour fût à peine levé, des maris arrachaient leurs épouses au sommeil et leur racontaient tout ce que l'on pouvait dire à une femme convenable. Et les femmes, s'habillant en hâte, s'en allaient frapper chez leurs voisines, pour les mettre au courant. Les dames yankees étaient aux anges et riaient si fort qu'elles en pleuraient. Quel bel exemple de l'esprit chevaleresque et de la galanterie des hommes du Sud. Ces femmes qui vous regardaient de si haut et qui repoussaient toutes les avances n'allaient peut-être plus être aussi arrogantes maintenant que l'on savait où leurs maris passaient leur temps, quand on les croyait à des réunions politiques. Des réunions politiques! Ah! ouiche, elle était bien bonne!

Malgré leur fou rire, les dames yankees n'en plaignaient pas moins Scarlett. En somme, Scarlett était une femme du monde et la seule des dames d'Atlanta qui fût aimable avec les Yankees. Elles éprouvaient une réelle sympathie pour elle et l'admiraient de travailler parce que son mari ne pouvait pas ou ne voulait pas lui donner un train de vie en rapport avec sa condition. Son mari avait beau ne pas être à la hauteur, c'était tout de même terrible pour la pauvre petite d'apprendre en même temps qu'il la trompait et qu'il était mort. Du reste, il valait encore mieux avoir un mauvais mari que de n'en point avoir du tout, et les dames yankees décidèrent de redoubler de prévenances envers Scarlett. Mais les autres, les mesdames Meade, Merriwether, Elsing, la veuve de Tommy Wellburn et surtout cette Mme Ashley Wilkes, elles se proposaient bien de leur rire au nez chaque fois qu'elles les rencontreraient. Ça leur apprendrait à être un peu aimables.

La plupart des propos échangés cette nuit-là dans les chambres obscures roulèrent sur ce sujet. Les dames d'Atlanta déclarèrent avec force à leurs époux qu'elles se moquaient pas mal de ce que penseraient les Yankees, mais en elles-mêmes elles se disaient qu'elles préféreraient être scalpées plutôt que de supporter les ricanements des Yankees sans pouvoir dire la vérité sur leurs maris.

Outragé dans sa dignité, le docteur Meade, qui en voulait mortellement à Rhett de l'avoir mis dans une telle situation, déclara tout net à sa femme que, s'il ne craignait pas de trahir ses amis, il aimerait encore mieux tout avouer et être pendu que de dire qu'il était allé chez Belle.

— C'est injurieux pour vous, madame Meade, déclara-t-il hors de lui.

— Mais tout le monde saura que vous n'étiez pas là pour... pour...

— Les Yankees ne le sauront pas. Si nous voulons sauver notre peau, il faudra bien qu'ils croient ce qu'on leur racontera, et ils en feront des gorges chaudes. Je ne peux pas supporter l'idée qu'on se moquera de nous. Enfin, je le répète, c'est injurieux pour vous, ma chère, parce que je... je ne vous ai jamais trompée.

— Je le sais, et, dans l'obscurité, Mme Meade sourit et prit la main du docteur dans la sienne. Pourtant j'aimerais encore mieux que ce fût vrai que de vous voir exposé au moindre danger.

— Madame Meade, savez-vous ce que vous dites ? s'écria le docteur, stupéfait par le réalisme inattendu de son épouse.

— Oui, je le sais. J'ai perdu Darcy et Phil. Vous êtes tout ce qui me reste et plutôt que de vous perdre je préférerais que vous passiez votre temps dans cette maison.

— Vous devenez folle. Vous ne pouvez pas savoir ce que vous dites.

— C'est vous qui êtes un vieux fou, dit Mme Meade d'une voix remplie de tendresse en appuyant la tête sur l'épaule de son mari.

Le docteur lui caressa la joue et pendant un moment continua de ronger son frein en silence, puis il éclata de nouveau.

— Dire que je suis l'obligé de ce Butler! Être pendu ne serait rien en comparaison de cela. Non, même si je lui dois la vie, je ne pourrai pas être poli avec lui. Son insolence est monumentale et la façon éhontée dont il a gagné de l'argent pendant la guerre me fait bouillir de rage. Devoir la vie à un homme qui n'a jamais fait son devoir...

— Melly prétend qu'il s'est engagé après la chute d'Atlanta.

— C'est un mensonge. Mme Melly croirait la première crapule venue. En tout cas, ce que je ne comprends pas, ce sont les raisons qui l'ont poussé à faire ce qu'il a fait. Pourquoi s'est-il donné tout ce mal? Ça m'est odieux à dire, mais... enfin, bref on a toujours prétendu qu'il y avait quelque chose entre lui et Mme Kennedy. Je les ais vus trop souvent rentrer en voiture ensemble. Il a dû faire cela à cause d'elle.

— Lui! Si Scarlett le lui avait demandé, il n'aurait même pas levé le petit doigt. Il aurait été bien trop heureux de voir pendre Frank Kennedy. Moi, je crois que c'est à cause de Melly.

— Madame Meade, vous n'allez tout de même pas insinuer qu'il y ait jamais eu quoi que ce soit entre eux.

— Oh! ne soyez donc pas si stupide! Il y a une chose certaine, c'est que Melly a toujours fait le plus grand cas de lui depuis qu'il a essayé d'intervenir en faveur d'Ashley pendant la guerre. Et je me dois de dire en sa faveur que, lorsqu'il se trouve avec elle, il n'a jamais ce sourire exécrable. A la façon dont il se comporte avec Melly, on se rend compte tout de suite qu'il serait un homme très convenable s'il voulait s'en donner la peine. En y réfléchissant, j'ai la conviction qu'il a fait cela... (Mme Meade s'arrêta :) Docteur, mon idée ne va pas vous plaire!

— Rien de ce qui touche à cette affaire ne me plaît.

— Eh bien! je suis persuadée qu'il a fait cela en partie à cause de Melly, mais surtout parce qu'il a voulu nous jouer un bon tour. Nous avons nourri une telle haine contre lui et nous nous en sommes si peu cachés! Maintenant, vous voilà par sa faute dans un joli pétrin. Ou bien vous reconnaîtrez que vous étiez chez cette Watling, et dans ce cas vous serez déshonorés aux yeux des Yankees, ou bien vous direz la vérité et vous serez pendus. A vous de choisir. Et puis il sait que nous voilà tous ses obligés, à lui et à sa... maîtresse, et que, pour un peu, nous aimerions mieux être pendus que de leur devoir quelque chose Oh! je parie qu'il ne s'ennuie pas.

— Il avait l'air de bien s'amuser quand nous avons monté l'escalier de cette maison, grommela le docteur.

— Dites-moi, risqua Mme Meade d'une voix hésitante. Comment était-ce à l'intérieur?

— Que dites-vous, madame Meade?

— Comment était-ce chez la Watling? Y a-t-il des chandeliers en cristal taillé? y a-t-il des rideaux de peluche rouge et des douzaines de glaces dans des cadres dorés? Est-ce que les femmes... étaient déshabillées?

— Bonté divine! s'exclama le docteur, frappé de stupeur comme s'il ne lui était jamais venu à l'idée que la curiosité d'une chaste femme à l'endroit de ses sœurs moins vertueuses fût aussi dévorante. Comment pouvez-vous poser de telles questions? Vous êtes malade. Je m'en vais vous préparer un sédatif.

— Je ne veux pas de sédatif, je veux avoir des détails. Oh! mon chéri, c'est la seule occasion que j'aie de savoir à quoi ressemble un mauvais lieu, et vous avez la méchanceté de ne rien vouloir me dire!

— Je n'ai fait attention à rien. Je vous assure que j'étais trop gêné de me trouver dans un endroit pareil pour remarquer ce qui se passait autour de moi, fit le docteur d'un ton guindé.

Le malheureux était plus bouleversé par cette révélation inattendue du caractère de sa femme qu'il ne l'avait été par les autres événements de la soirée.

— Vous voudrez bien m'excuser, maintenant, je vais essayer de prendre un peu de repos.

— C'est ça, dormez, répondit Mme Meade, déçue.

Alors, tandis que le docteur se penchait pour retirer ses bottes, Mme Meade déclara d'un ton empreint de bonne humeur :

— Allons, j'espère que Dolly a su tirer les vers du nez au vieux Merriwether et qu'elle me donnera tous les détails.

— Juste Ciel, madame Meade! Voulez-vous dire que les femmes comme il faut parlent de ces choses-là entre elles...

— Oh! couchez-vous donc, fit Mme Meade.

Le lendemain, au crépuscule, il tombait de la neige fondue, mais, en même temps que le jour décroissait, se leva un vent froid et l'averse glacée cessa aussitôt. Emmitouflée dans son manteau, Mélanie, fort intriguée, descendit l'allée derrière un cocher noir qu'elle ne connaissait pas et qui était venu en grand mystère lui demander de l'accompagner jusqu'à une voiture fermée arrêtée devant la maison.

Comme elle s'approchait de l'attelage, elle vit s'ouvrir la portière et distingua confusément une femme assise sur la banquette.

— Que désirez-vous ? questionna Mélanie en s'approchant davantage. Vous ne voulez pas venir chez moi ? Il fait si froid...

— Non, montez vous asseoir une minute à côté de moi, m'dame Wilkes, répondit la femme d'un ton gêné.

— Oh! c'est vous, mademoiselle... madame... Watling! s'exclama Mélanie. J'avais tellement envie de vous voir. Il faut que vous veniez chez moi.

— Non, non. C'est impossible, protesta Belle Watling, comme si cette proposition l'eût scandalisée. Montez donc vous asseoir avec moi.

Mélanie pénétra dans la voiture dont le cocher referma la portière. Elle prit place à côté de Belle et chercha sa main dans l'ombre.

— Comment pourrais-je jamais vous remercier de ce que vous avez fait aujourd'hui ? Comment pourrons-nous jamais les uns et les autres vous témoigner notre reconnaissance ?

— M'dame Wilkes, vous n'auriez pas dû m'envoyer ce petit mot, c' matin. C'est pas que j'aie pas été fière de r'cevoir une lettre de vous, mais les Yankees auraient pu tomber dessus. Quant à parler de v'nir me faire une visite de r'merciements... voyons, m'dame Wilkes, vous n'avez sûrement pas vot' tête à vous! En v'là une idée! Dès qu'il a fait un peu sombre, j' suis v'nue ici pour vous dire de ne pas faire un truc comme ça. Voyons, je... vous... ce s'rait pas convenable.

— Quoi, ça ne serait pas convenable que j'aille rendre visite à une femme sympathique qui a sauvé la vie de mon mari ?

— Oh! ça va, m'dame Wilkes. Vous savez très bien ce que j' veux dire!

Mélanie se tut un instant. La remarque de Belle l'avait embarrassée et elle se sentait un peu mal à l'aise. Pourtant cette belle femme, sobrement vêtue, ne correspondait nullement à l'image qu'elle s'était faite d'une femme de mauvaise vie, de la tenancière d'une maison hospitalière. Elle avait l'air... eh bien! oui, elle avait l'air un peu commun. On l'eût volontiers prise pour une campagnarde, mais elle paraissait vraiment bonne fille.

— Vous avez été merveilleuse aujourd'hui devant le prévôt, madame Watling. Vous et les autres... vos... les autres jeunes dames ont sans aucun doute sauvé la vie de nos hommes.

— C'est M. Wilkes qui a été merveilleux. J' me demande comment il a fait pour se t'nir sur ses jambes et sortir son histoire avec autant de calme. Il saignait comme un bœuf quand j' lai vu l'aut' nuit... Il va se remettre au moins, m'dame Wilkes ?

— Oui, je vous remercie. Le docteur a affirmé que ce n'était qu'une blessure superficielle... bien qu'il ait perdu énormément de sang. Ce matin il était... il avait dû prendre pas mal de cognac pour se remonter sans quoi il n'aurait jamais eu la force de supporter cette épreuve comme il l'a supportée. Mais c'est bien vous, madame Watling, qui les avez tous sauvés. Lorsque vous vous êtes mise en colère, et que vous avez parlé du bris de vos glaces, vous aviez l'air si... si convaincue.

— Merci, m'dame... mais j' crois que... le... le capitaine Butler a été rudement épatant lui aussi, dit Belle, une intonation d'orgueil dans la voix.

— Oh! il a été magnifique! déclara Mélanie avec chaleur. Les Yankees n'ont pas mis un instant sa parole en doute. Il a mené toute l'affaire avec tant d'intelligence. Je ne pourrai jamais assez le remercier, et vous non plus! Comme vous avez été bonne.

— Merci d' tout cœur, m'dame Wilkes. Ç'a été un plaisir pour moi. Je... j'espère que ça vous a pas trop contrariée que j' dise que M. Wilkes était un habitué de ma maison. Vous savez, il n'y est jamais...

— Oui, je sais. Non, ça ne m'a pas contrariée le moins du monde. Je vous suis tellement reconnaissante.

— J' parie que les aut' dames m'en veulent, fit Belle avec une pointe de méchanceté. J' parie qu'elles en veulent aussi au capitaine Butler. J' parie qu'elles le détestent encore plus. J' suis sûre que vous serez la seule dame à me dire merci. J' suis sûre que les aut' ne m' regarderont même pas quand elles me verront dans la rue. Mais j' m'en fiche. Ça m'aurait été bien égal que leurs maris soient pendus, mais pour M. Wilkes c'était pas pareil. Vous comprenez, j'ai pas oublié quand j' vous ai donné d' l'argent pour l'hôpital. Y a pas une seule dame qui a été aussi gentille pour moi et je suis pas de celles qui oublient quand on est gentil pour elles. Et puis, j'ai pensé qu' si M. Wilkes était pendu vous resteriez veuve avec vot' petit garçon... et dame, c'est un gentil p'tit bonhomme, vot' fils, m'dame Wilkes. Moi aussi, j'ai un garçon, alors j'ai...

— Oh! vous avez un fils! Est-ce qu'il habite... hum...

— Oh! non, m'dame! Il ne vit pas ici à Atlanta. Il n'y est jamais v'nu. Il est interne dans une école. Il était encore tout p'tit quand j' l'ai vu pour la dernière fois. Je... enfin, ça n'a pas d'importance... bref, quand le capitaine Butler m'a demandé de faire un mensonge pour sauver ces hommes, j'ai voulu savoir de qui il s'agissait et quand j'ai su que M. Wilkes était du nombre j' n'ai pas hésité une minute. J'ai dit aux filles : « J' vous étripe toutes si vous n' déclarez pas spécialement qu' M. Wilkes a passé toute la soirée avec vous. »

— Oh! fit Mélanie, fort gênée par la façon désinvolte dont Belle avait parlé de ses pensionnaires. Oh! c'était très... très aimable à vous... et à elles aussi.

— Vous méritiez bien ça, précisa Belle avec chaleur. Mais j'aurais pas fait ça pour tout l' monde. Si y avait eu que l' mari de cette madame Kennedy, j'aurais pas l'vé le bout du p'tit doigt, quoi qu'ait pu dire l' capitaine Butler.

— Pourquoi ?

— Voyons, m'dame Wilkes, les gens qui font mon métier savent des tas d' choses. Y a un tas d' belles dames qui seraient bien embêtées si elles s' doutaient qu'on en sait autant sur leur compte. Cette dame Kennedy, c'est pas une femme sympathique. C'est elle qu'a tué son mari et c' brave Wellburn, en tout cas ça revient bien au même. C'est elle qu'est la cause de tout ça. A force de s' pavaner dans Atlanta, elle a fini par mettre des idées bizarres dans la tête des nègres et des voyous qui rôdent par ici. Voyons, il y a pas une seule de mes filles...

— Vous n'avez pas le droit de dire du mal de ma belle-sœur, fit Mélanie d'un ton sec.

Belle posa la main sur le bras de Mélanie, puis la retira aussitôt.

— Ne m'attrapez pas, m'dame Wilkes. Ça m' ferait trop d' peine, après toutes les bontés que vous avez eues pour moi. J'ai oublié que vous aviez beaucoup d'affection pour elle et je regrette c'que j'ai dit. Je regrette aussi que le pauvre M. Kennedy ait été tué. C'était un brave homme. Je suis allée souvent faire des achats à son magasin et il m'a toujours très bien reçue. Mais madame Kennedy, c'est pas une femme comme vous. Elle est rudement dure, j' peux pas m'empêcher de l' penser... Quand va-t-on enterrer M. Kennedy ?

— Demain matin. Non, je vous assure, vous vous trompez sur Mme Kennedy. Tenez, en ce moment, elle est complètement effondrée.

— Ça s' peut, fit Belle, sceptique. Allons, va falloir que j' me sauve. J'ai peur qu'on reconnaisse ma voiture si j' reste trop longtemps, et ça serait mauvais pour vous. Dites-moi, m'dame Wilkes, si jamais vous me rencontrez dans la rue, vous... faudra pas vous croire forcée de m'adresser la parole. Je comprendrai.

— Je serai fière de vous parler. Je suis fière d'être votre obligée. J'espère... j'espère que nous nous reverrons.

— Non, dit Belle, ce ne serait pas convenable. Bonne nuit.

XLVII

Scarlett s'était réfugiée dans sa chambre à coucher et, tout en mangeant du bout des lèvres le dîner que Mama lui avait servi sur un plateau, elle écoutait les hurlements du vent dans la nuit sombre. Le calme qui régnait à l'intérieur de la maison était effrayant, plus effrayant encore que quelques heures auparavant, lorsque la dépouille de Frank reposait dans le salon. Au moins l'on entendait marcher sur la pointe des pieds et parler à voix basse. Des gens frappaient discrètement à la porte d'entrée, des voisines venaient exprimer leurs condoléances dans un bruissement de taffetas, et parfois un sanglot rappelait l'existence de la sœur de Frank venue de Jonesboro pour les obsèques. Mais maintenant le silence enveloppait la maison.

Bien qu'elle eût laissé sa porte ouverte, nul bruit ne montait vers Scarlett des pièces situées au rez-de-chaussée. Wade et le bébé avaient été conduits chez Mélanie avant qu'on eût ramené le cadavre de Frank, et Scarlett regrettait de ne pouvoir entendre trottiner son fils et gazouiller la petite Ella. Dans la cuisine, les domestiques observaient une trêve et, pour une fois, ni Peter, ni Mama, ni Cookie ne se querellaient. Tante Pitty elle-même, assise dans la bibliothèque, évitait de faire grincer son rocking-chair par respect pour le chagrin de sa nièce.

Pensant qu'elle voulait rester seule avec sa douleur, personne n'osait s'approcher de Scarlett et pourtant celle-ci eût donné n'importe quoi pour qu'on vînt rompre sa solitude. Si elle n'avait eu que son chagrin pour lui tenir compagnie, elle l'eût encore supporté comme elle en avait supporté tant d'autres, mais en dehors du coup que lui avait assené la mort de Frank elle avait peur, et le réveil brutal de sa conscience la mettait au supplice. Pour la première fois de sa vie, elle regrettait certaines de ses actions et ses remords revêtaient la forme d'une crainte superstitieuse qui la faisait à chaque instant jeter des regards furtifs au lit qu'elle avait partagé avec son mari.

C'était elle qui avait tué Frank! Elle l'avait tué aussi sûrement que si elle avait appuyé elle-même sur la détente du pistolet. Il l'avait suppliée de ne pas sortir seule, mais elle ne l'avait pas écouté, et son obstination avait été la cause directe de sa mort. Dieu allait la punir pour cela. Cependant sa conscience lui reprochait quelque chose de plus grave. Et, pour en être troublée, il avait fallu qu'elle se penchât sur le visage de Frank allongé dans son cercueil. Sur cette face immobile, elle avait découvert une expression pathétique, son acte d'accusation. Dieu allait la punir pour avoir épousé Frank alors qu'il aimait Suellen. Tremblante de peur, il lui faudrait un jour comparaître devant le Juge suprême et répondre du mensonge qu'elle avait forgé en revenant du camp yankee dans le buggy de Frank.

A quoi bon désormais soutenir que la fin justifiait les moyens, que la nécessité la contraignait à tendre un piège au malheureux, que le sort de trop de gens dépendait d'elle pour songer aux droits et au bonheur de Frank ou de Suellen? La vérité était écrite en lettres de feu et elle ne pouvait en supporter la vue. Elle avait épousé Frank de sang-froid et s'était délibérément servie de lui. Au cours des six derniers mois, elle avait fait de sa vie un enfer alors que son devoir commandait de lui rendre l'existence agréable. Dieu allait la punir de ne pas s'être montrée plus gentille avec lui... Il allait lui faire payer ses méchancetés, ses accès de colère, ses remarques cinglantes. Il allait la châtier pour avoir brouillé Frank avec ses amis, pour l'avoir couvert de honte en dirigeant ses scieries, en construisant un café, en embauchant des forçats.

Elle l'avait rendu très malheureux et elle le savait, mais il avait tout supporté en gentleman. La seule joie véritable qu'elle lui eût procurée avait été de lui donner Ella. Et elle n'ignorait pas que, si elle en avait eu le pouvoir, Ella ne serait jamais venue au monde.

Effrayée par ses pensées, elle frissonna et souhaita que Frank fût encore en vie afin de le dédommager de toutes ses souffrances à force de gentillesse. Oh! si seulement le Seigneur daignait paraître moins implacable! Si seulement les minutes pouvaient couler moins lentement, si la maison pouvait être moins calme! Si seulement sa solitude pouvait être moins complète!

Si Mélanie était là, elle trouverait bien le moyen d'apaiser ses angoisses. Mais Mélanie était chez elle en train de soigner Ashley. Scarlett songea un instant à appeler Pittypat, mais la présence de Pitty ne ferait sans doute qu'aggraver les choses, car la vieille demoiselle pleurait Frank de toute son âme. Par l'âge, il était plus près d'elle que de Scarlett, et elle lui avait voué une amitié profonde. Pitty avait toujours souhaité d'avoir « un homme dans la maison », et il avait rempli ce rôle à la perfection, lui rapportant de petits présents et des commérages inoffensifs, faisant des plaisanteries et racontant des histoires, lui lisant le journal, le soir, à la veillée, commentant pour elle les événements de la journée tandis qu'elle reprisait ses chaussettes. Elle était aux petits soins pour lui, lui préparait des menus spéciaux et le dorlotait quand il avait l'un de ses innombrables rhumes. Maintenant elle le regrettait amèrement et ne cessait de répéter en tamponnant ses yeux rouges et gonflés : « Si seulement il n'était pas sorti avec le Klan! »

Si seulement il y avait quelqu'un qui pût la consoler, calmer ses frayeurs, lui expliquer d'où venaient ces angoisses confuses qui lui serraient le cœur comme dans un étau! Si seulement Ashley... Mais cette idée la faisait frémir. Elle avait presque tué Ashley. Et si jamais Ashley apprenait la façon dont elle avait menti à Frank, s'il savait combien elle avait été méchante pour lui, il ne pourrait plus jamais l'aimer. Ashley était si honnête, si droit, si bon. Il avait le jugement si sûr, si net. Mais s'il apprenait la vérité, il comprendrait. Oh! oui, il ne comprendrait que trop bien! Et il ne l'aimerait plus. Comment pourrait-elle continuer à vivre si on la privait de son amour, source secrète de sa force? Et pourtant, quel soulagement ce serait pour elle de poser sa tête sur son épaule, de pleurer et de lui ouvrir son cœur coupable!

Le silence de la maison, où l'on devinait encore la présence de la mort, finit par tellement peser sur elle qu'elle se sentit incapable de supporter davantage sa solitude sans une aide quelconque. Elle se leva prudemment, referma à demi la porte et fouilla dans le dernier tiroir de sa commode sous une pile de linge. Elle en sortit une bouteille de cognac dérobée à tante Pitty qui la conservait pour ses « évanouissements » et l'approcha de la lampe. Elle était à moitié vide. Elle n'avait tout de même pas bu tout ça depuis la veille au soir! Elle se versa généreusement à boire dans son verre à dents, qu'elle vida d'un seul trait. Tant pis, elle remplacerait ce qui manquait par de l'eau et s'arrangerait pour remettre la bouteille dans la cave à liqueurs avant le lendemain matin. Mama l'avait cherchée partout juste avant la levée des funérailles pour donner à boire aux croque-morts qui avaient soif et, dans la cuisine, l'air était chargé d'électricité, car Mama, Cookie et Peter commençaient à se soupçonner les uns les autres.

Le cognac procurait une agréable sensation de brûlure. Il n'y avait rien de tel pour ravigoter quand on en avait besoin. Au reste, le cognac faisait presque toujours du bien et c'était tellement meilleur que le vin insipide. Pourquoi diable refusait-on aux femmes de boire des liqueurs alors qu'on leur permettait l'usage du vin ? Mme Merriwether et Mme Meade lui avaient bel et bien laissé comprendre qu'elle sentait l'alcool et avaient échangé un regard triomphant. Les vieilles chipies!

Scarlett se versa une nouvelle rasade. Ça lui était bien égal d'être un peu grise. Elle allait bientôt se coucher et elle aurait toujours la ressource de se gargariser à l'eau de Cologne avant que Mama montât l'aider à se déshabiller. Elle regrettait de ne pas pouvoir s'enivrer comme Gérald le faisait quand il se rendait à la fête du pays. Si elle était vraiment ivre, elle arriverait peut-être à oublier le visage émacié de Frank qui semblait l'accuser d'avoir gâché son existence, puis de l'avoir tué.

Elle se demanda si les gens la tenaient pour responsable de la mort de son mari. A coup sûr on s'était plutôt montré froid pour elle lors des obsèques. Les seules personnes qui eussent apporté un peu de chaleur dans leurs condoléances étaient les femmes des officiers yankees avec lesquels elle s'était trouvée en relations d'affaires. Eh bien! qu'on raconte ce qu'on voudrait! Elle s'en moquait pas mal. C'était si peu de chose à côté des comptes qu'elle aurait à rendre au Seigneur!

Cette pensée l'incita à se verser un troisième verre en frissonnant sous l'effet de la liqueur brûlante. Elle sentait maintenant une agréable chaleur se répandre en elle, mais elle ne pouvait toujours pas chasser l'image de Frank de son esprit. Que les hommes étaient donc stupides de prétendre que l'alcool faisait tout oublier! A moins de boire jusqu'à en tomber ivre morte, elle continuerait de revoir Frank tel qu'il lui était apparu la dernière fois qu'il l'avait priée de ne plus sortir seule, un Frank timide, penaud et le regard lourd de reproches.

Quelqu'un frappa à plusieurs reprises à la porte d'entrée et les coups sourds du heurtoir réveillèrent les échos de la maison silencieuse. Scarlett entendit Pitty traverser le vestibule à pas sautillants. La porte s'ouvrit. Après un bref échange de salutations, on distingua un murmure confus de voix. Quelque voisine venue raconter ses impressions sur l'enterrement. Pitty allait être ravie. Elle avait fait l'importante avec les gens qui s'étaient dérangés pour s'incliner devant le cercueil de Frank et avait pris un plaisir mélancolique à bavarder avec eux.

Elle se demanda sans aucune curiosité qui cela pouvait être, mais, lorsqu'une voix d'homme traînante et bien timbrée couvrit le chuchotement éploré de tante Pitty, elle sut qui était là. La joie l'envahit et elle se sentit délivrée du sentiment d'oppression qui l'accablait. C'était Rhett. Elle ne l'avait pas revu depuis qu'il lui avait brutalement annoncé la mort de Frank et, au fond d'elle-même elle se rendit compte que lui seul pouvait l'aider à supporter cette horrible soirée.

— Je crois qu'elle me recevra, fit la voix de Rhett.

— Mais elle est couchée, capitaine Butler, et elle se refuse à voir qui que ce soit. La pauvre enfant est effondrée. Elle...

— Si, je crois qu'elle me recevra. Dites-lui, je vous prie, que je pars en voyage demain et que je ne serai probablement pas de retour avant longtemps. C'est très important.

— Mais..., balbutia tante Pittypat.

Scarlett se précipita sur le palier et, tout en remarquant avec surprise que ses jambes flageolaient un peu, elle se pencha au-dessus de la rampe.

— Je descends tout de suite, Rhett, lança-t-elle.

Elle aperçut le visage bouffi de tante Pittypat qui avait relevé la tête et la regardait avec des yeux de hibou dans lesquels se lisaient la surprise et le mécontentement. « Ça y est, pensa Scarlett, toute la ville va savoir que j'ai eu une conduite scandaleuse le soir des obsèques de mon mari. » Alors, rentrant en coup de vent dans sa chambre, elle se mit à se lisser les cheveux. Elle boutonna son corsage noir jusqu'au menton et en fixa le col avec la broche de deuil de Pittypat.

« Je ne suis pas jolie, jolie », se dit-elle, approchant du miroir son visage trop pâle et trop angoissé. Elle étendit la main vers le coffret où était enfermé son rouge, mais elle changea d'avis. La pauvre Pitty en ferait une maladie de la voir descendre l'escalier avec un teint de pêche. Elle s'empara de la bouteille d'eau de Cologne, se gargarisa et cracha dans le seau de toilette. Enfin elle descendit l'escalier dans un frou-frou de jupes et rejoignit Rhett et Pitty qui se tenaient toujours au milieu du vestibule, car la vieille demoiselle avait été bien trop décontenancée par l'extravagance de sa nièce pour songer à faire asseoir le visiteur. Rhett portait une chemise à jabot légèrement empesée et avait un air fort cérémonieux sous ses vêtements noirs. Son attitude était conforme à celle que les usages exigeaient d'un vieil ami venant rendre une visite de condoléances à une personne frappée d'un deuil récent. Il s'excusa en termes choisis de déranger Scarlett à pareille heure et déclara qu'à son grand regret la nécessité de mettre ses affaires en ordre avant son départ l'avait empêché d'assister à l'enterrement.

« Qu'est-ce qui a bien pu le pousser à venir ? se demanda Scarlett. Il ne croit pas un mot de ce qu'il dit. »

— Je suis navré de vous déranger à cette heure-ci, mais je voudrais vous entretenir de quelque chose qui ne souffre aucun délai. Il s'agit d'un projet que nous avions ébauché, M. Kennedy et moi...

— Je ne savais pas que M. Kennedy faisait des affaires avec vous, coupa tante Pitty, indignée à la pensée que Frank ne l'eût pas tenue au courant de toutes ses activités.

— M. Kennedy s'intéressait à une foule de questions, fit Rhett avec les marques du plus profond respect. Pouvons-nous passer au salon ?

— Non ! s'écria Scarlett en jetant un regard à la porte dont les deux battants étaient fermés.

Elle voyait encore le cercueil déposé dans cette pièce. Elle espérait bien ne plus jamais avoir à y pénétrer. Pour une fois, Pitty comprit ce qu'on attendait d'elle et s'exécuta sans la moindre bonne grâce.

— Allez vous asseoir dans la bibliothèque. Il faut... il faut que je monte trier le linge à raccommoder. Mon Dieu, voilà une semaine que je ne m'en suis pas occupée! Je prétends que...

Elle gravit les marches de l'escalier en se retournant pour lancer à Rhett et à Scarlett un regard chargé de reproches que ni l'un ni l'autre ne remarqua. Rhett s'effaça pour laisser passer Scarlett dans la bibliothèque.

— Quel genre d'affaires faisiez-vous avec Frank? interrogea Scarlett à brûle-pourpoint.

Rhett s'approcha d'elle et murmura :

— Mais rien du tout. Je voulais juste me débarrasser de Mlle Pitty. (Il se tut et, se penchant vers Scarlett, ajouta :) Ça ne trompe personne, mon petit.

— Quoi?

— L'eau de Cologne.

— Je ne vois vraiment pas ce que vous voulez dire.

— Allons donc! Vous avez dû boire un peu trop.

— Et puis après? Est-ce que ça vous regarde?

— Toujours aimable, même au plus creux de la douleur, hein? Ne buvez pas toute seule, Scarlett. Les gens finissent toujours par s'en apercevoir, et c'est comme ça que se perdent les bonnes réputations. D'ailleurs, c'est mauvais signe quand on se met à boire tout seul. Qu'est-ce qui ne va pas, mon chou?

Rhett la conduisit jusqu'au sofa de palissandre et Scarlett s'assit sans mot dire.

— Refermerai-je la porte?

Scarlett savait que si Mama voyait les portes fermées elle crierait au scandale, ferait une scène et ne cesserait de bougonner pendant des jours et des jours. D'un autre côté, ce serait encore pire si la vieille négresse surprenait cette conversation qui avait l'ivrognerie pour thème, surtout quand la disparition de la bouteille de cognac risquait trop d'éclairer sa religion. Scarlett fit oui de la tête. Rhett referma les deux portes à glissière, vint s'asseoir à son tour sur le divan et, l'œil noir et pétillant, il chercha à lire sur le visage de Scarlett. Alors celle-ci eut l'impression que les spectres funèbres, dans leur linceul, reculaient devant la vitalité qui émanait de Rhett. Il lui sembla que la pièce retrouvait son charme et son intimité, les lampes leur clarté rose et tiède.

— Qu'est-ce qui ne va pas, mon chou ?

Personne au monde ne savait prononcer ce mot stupide et tendre d'une manière aussi caressante que Rhett, même lorsqu'il plaisantait ; pourtant, en ce moment, il n'avait pas l'air de plaisanter du tout. Scarlett leva sur lui un regard éperdu et puisa un certain réconfort dans l'incrustabilité même de ses traits. Elle ignorait à quoi cela tenait. Rhett était un être si hermétique, si insensible. Cela provenait peut-être de ce qu'ils se ressemblaient beaucoup tous deux, ainsi que Rhett l'avait souvent prétendu. Parfois, Scarlett pensait qu'en dehors de lui tous les gens qu'elle connaissait lui paraissaient des étrangers.

— Vous ne voulez rien me dire ? Il lui prit la main avec une singulière gentillesse. Il n'y a tout de même pas que la disparition de ce vieux Frank ? Avez-vous besoin d'argent ?

— De l'argent ! Grand Dieu, non ! Oh ! Rhett, j'ai si peur.

— Voyons, Scarlett, vous êtes folle, vous n'avez jamais eu peur de votre vie.

— Oh ! si, Rhett, j'ai peur.

Les mots lui venaient, bouillonnaient plus vite qu'elle ne pouvait parler. Elle pouvait lui faire part de ses angoisses. Elle pouvait tout dire à Rhett. Il avait lui-même tant de choses sur la conscience qu'il ne songerait pas à la blâmer. C'était merveilleux de connaître quelqu'un qui n'avait ni honneur, ni scrupules, quelqu'un qui n'hésitait ni à mentir, ni à rouler son prochain, alors que le monde entier était rempli de gens qui ne consentiraient même pas à mentir pour sauver leur peau et qui aimeraient mieux mourir de faim plutôt que de commettre une malhonnêteté.

— J'ai peur de mourir et d'aller en enfer.

S'il se mettait à rire, elle en mourrait sur l'heure ; mais il ne rit point.

— Vous êtes en parfaite santé... et, après tout, il n'y a peut-être pas d'enfer.

— Oh! mais si, Rhett, il y en a un. Vous le savez bien!

— Je sais en effet qu'il y en a un, mais il se trouve ici-bas. Il n'y en a pas après notre mort. Il n'y a plus rien une fois que nous sommes morts, Scarlett. C'est maintenant que vous faites votre enfer.

— Oh! Rhett, c'est un blasphème!

— Peut-être, mais c'est joliment réconfortant. Allons, dites-moi, pourquoi iriez-vous en enfer?

Maintenant il la taquinait. Elle voyait briller ses yeux, mais ça lui était égal. Ses mains étaient si chaudes, si fortes. Il s'en dégageait une telle impression de sécurité.

— Rhett, je n'aurais pas dû épouser Frank. C'était mal. Frank était le fiancé de Suellen. C'était elle qu'il aimait et non pas moi. Mais je lui ai menti, je lui ai raconté qu'elle allait épouser Tony Fontaine. Oh! comment ai-je pu faire une chose pareille?

— Ah! voilà donc comment ça s'est passé! Je me suis toujours demandé comment vous vous y étiez prise.

— Et je l'ai rendu si malheureux. Je l'ai poussé à faire toutes sortes de choses qui lui répugnaient. C'est moi qui l'ai obligé à se faire payer ses factures par des gens qui n'avaient pas le sou. Il a été si mortifié quand j'ai pris la direction de ces scieries, quand j'ai fait construire ce café et que j'ai embauché des forçats. Il avait tellement honte qu'il n'osait plus regarder personne en face. Enfin, Rhett, je l'ai tué. Oui, parfaitement, je l'ai tué. Je ne savais pas qu'il était affilié au Klan. Je n'aurais jamais pu penser qu'il eût assez de cran pour cela. Mais j'aurais dû le savoir. Oui, c'est moi qui l'ai tué.

— Le vaste Océan de Neptune suffira-t-il à laver tout ce sang de mes mains [1]?

— Quoi?

— Ça n'a pas d'importance. Continuez.

— Continuer? Mais c'est tout. Ça ne vous suffit donc pas? Je l'ai épousé, je l'ai rendu malheureux et

1. Shakespeare, *Macbeth*, acte II *(N. d. T.)*.

je l'ai tué. Oh! mon Dieu! Je ne comprends pas comment j'ai pu faire cela! Je lui ai menti et je l'ai épousé. Tout cela m'avait paru si naturel sur le moment. Maintenant, je comprends tout le mal que j'ai fait. Rhett, j'ai l'impression que ce n'est pas moi qui ai fait toutes ces choses. J'ai été si mauvaise avec lui, mais dans le fond je ne suis pas si mauvaise que ça. Je n'ai pas été élevée ainsi. Maman... elle s'arrêta et ravala bruyamment sa salive.

Toute la journée elle avait évité de penser à Ellen, mais maintenant elle ne pouvait chasser son image de son esprit.

— J'ai souvent cherché à me représenter votre mère. Vous me paraissez ressembler tellement à votre père.

— Maman était... oh! Rhett, pour la première fois je me réjouis de sa mort. Comme ça, elle ne peut pas me voir. Ce n'est pas elle qui m'a appris à être aussi dure, aussi âpre au gain. Elle était si bonne avec tout le monde. Elle aurait mieux aimé mourir de faim que de faire ce que j'ai fait. Et moi qui voulais tant lui ressembler, et je n'ai rien de commun avec elle. Je n'avais pas pensé à cela... j'avais tant de choses en tête... mais c'est exact, j'aurais voulu être comme elle. Je ne voulais pas ressembler à papa. Je l'aimais bien, mais il était si... si... insouciant. Rhett, il m'est arrivé de faire de mon mieux pour être gentille avec les gens et avec Frank, mais alors mon cauchemar revenait et m'effrayait à tel point que j'avais envie de sortir tout de suite et de prendre aux gens l'argent qu'ils me devaient ou même celui qu'ils ne me devaient pas.

Les larmes inondaient le visage de Scarlett sans qu'elle cherchât à les retenir et elle serrait les mains de Rhett avec tant de force que ses ongles s'enfonçaient dans sa chair.

— Quel est ce cauchemar? demanda-t-il d'un ton calme et apaisant.

— Oh!... j'avais oublié que vous ne saviez pas. Eh bien! voyez-vous, j'avais beau prendre la décision d'être gentille avec les gens, j'avais beau me dire que l'argent n'était pas tout dans la vie, le soir, quand je me couchais, je m'endormais et je rêvais que je revenais à Tara, juste après la mort de ma mère et le départ des Yankees. Rhett, vous ne pouvez pas vous imaginer... j'en ai froid dans le dos quand j'y pense... tout est brûlé, tout est tellement tranquille et il n'y a rien à manger. Oh! Rhett, dans mon rêve, j'ai encore faim.

— Continuez.

— J'ai faim. Papa, mes sœurs, les nègres, tout le monde a faim et ne cesse de répéter : « J'ai faim », et moi j'ai le ventre si creux que j'en ai mal... et j'ai si peur. Moi aussi je répète sans cesse : « Si je m'en tire, je n'aurai plus jamais le ventre creux. » Alors mon rêve se transforme. Je me débats au milieu d'un brouillard tout gris. Je cours, je cours dans le brouillard, je cours si vite que mon cœur est près d'éclater. Quelque chose me poursuit, je n'ai plus de souffle, mais je me dis que si je peux arriver là je suis sauvée. Pourtant, je ne sais pas où je veux arriver. Alors je me réveille. Je suis gelée de la tête aux pieds et j'ai peur d'avoir encore à souffrir de la faim. Quand je sortais de ce rêve, il me semblait qu'il n'y aurait jamais assez d'or dans le monde pour m'empêcher d'avoir faim. Et puis Frank me donnait l'impression d'être si mou, d'être une telle loque, que ça me mettait hors de moi. Je crois qu'il ne comprenait pas et que j'étais incapable de lui expliquer ce qui se passait en moi. D'ailleurs, je me disais qu'un jour ou l'autre, quand j'aurais de l'argent et que je n'aurais plus aussi peur de mourir de faim, je le dédommagerais de tout ce que je lui faisais endurer. Mais maintenant, il est mort, c'est trop tard. Oh! sur le moment, tout cela me paraissait tellement normal! Si c'était à recommencer, je m'y prendrais tout autrement.

— Chut! fit Rhett en échappant à l'étreinte frénétique de Scarlett et en tirant un mouchoir propre de sa poche. Essuyez-vous les joues. Ça ne vous avancera à rien de vous mettre dans de tels états.

Scarlett prit le mouchoir et essuya ses joues trempées par les larmes. Elle se sentait un peu soulagée comme si elle avait chargé une partie de son fardeau sur les larges épaules de Rhett. Il avait l'air si calme, si maître de lui et des événements, qu'il y avait quelque chose de réconfortant même dans le petit pli moqueur de ses lèvres.

— Allons, ça va mieux, maintenant. Eh bien! profitons-en pour liquider cette question. Vous prétendez que si c'était à recommencer vous vous y prendriez tout autrement. En êtes-vous bien persuadée? Réfléchissez, voyons.

— Eh bien!...

— Non, vous vous y prendriez exactement de la même manière. D'ailleurs, aviez-vous le choix?

— Non...

— Alors, que regrettez-vous?

— J'ai été si méchante pour Frank et maintenant il est mort.

— Et, s'il n'était pas mort, vous continueriez à lui en faire voir de toutes les couleurs. Si j'ai bien compris, vous ne regrettez ni d'avoir épousé Frank, ni de l'avoir malmené, ni d'avoir causé sa mort par inadvertance. Vos regrets proviennent uniquement de votre crainte d'aller en enfer. Ai-je raison?

— Eh bien!... tout cela me paraît si confus.

— Votre morale me paraît singulièrement confuse, elle aussi. Vous vous trouvez exactement dans la situation d'un voleur pris la main dans le sac qui ne regretterait pas le moins du monde d'avoir volé, mais qui serait terriblement, terriblement ennuyé d'aller en prison.

— Un voleur...

— Oh! ne soyez donc pas si prosaïque! En d'autres termes, si vous ne nourrissiez pas la pensée stupide que vous êtes vouée aux flammes éternelles, vous ne seriez pas si mécontente d'être débarrassée de Frank.

— Oh! Rhett!

— Mais avouez-le donc! puisque vous êtes en train de vous confesser, vous feriez aussi bien de reconnaître la vérité plutôt que d'inventer un pompeux mensonge. Est-ce que votre... heu... votre conscience vous a beaucoup gênée lorsque, pour trois cents dollars, vous m'avez offert... dirons-nous de vous défaire de ce joyau plus précieux que la vie?

Sous l'effet du cognac, Scarlett sentit la tête lui tourner et elle ne faisait plus très attention à ce qu'elle disait. Du reste, à quoi bon mentir à Rhett ? Il avait toujours l'air de lire en elle comme dans un livre ouvert.

— A ce moment-là, je n'ai guère pensé à Dieu..., ou à l'enfer. Et quand j'ai réfléchi... je me suis figurée que Dieu comprendrait.

— Et vous vous figurez que Dieu n'a pas été fichu de comprendre les raisons de votre mariage avec Frank ?

— Rhett, comment pouvez-vous tant parler de Dieu, alors que vous ne croyez pas à son existence ?

— Oui, mais vous, vous croyez en un Dieu de colère, et c'est ce qui compte pour le moment. Enfin, pourquoi le Seigneur ne comprendrait-il pas ? Vous regrettez d'avoir toujours Tara ? Vous regrettez que les Carpetbaggers n'y aient pas élu domicile ? Vous regrettez de ne plus avoir le ventre creux et de ne plus porter des vêtements en guenilles ?

— Oh ! non !

— Voyons, aviez-vous d'autre solution que d'épouser Frank ?

— Non.

— Il n'était pas forcé de vous épouser, n'est-ce pas ? Les hommes ont leur libre arbitre. Il n'était pas forcé non plus de vous laisser faire tout ce qui vous passait par la tête, n'est-ce pas ?

— C'est-à-dire...

— A quoi bon vous mettre martel en tête, Scarlett ? Si c'était à recommencer, vous seriez amenée à faire le même mensonge et Frank vous demanderait en mariage. Vous vous exposeriez aux mêmes dangers et Frank se verrait dans l'obligation de venger votre honneur. S'il avait épousé Suellen, votre sœur n'aurait peut-être pas été la cause de sa mort, mais elle l'aurait sans doute rendu deux fois plus malheureux qu'il ne l'a été avec vous. Tout cela devait se passer comme ça s'est passé.

— Mais j'aurais pu être plus gentille avec lui !

— Oui, si vous aviez été différente. N'oubliez pas

que votre nature vous pousse à tyranniser tous ceux qui vous laissent la bride sur le cou. Les forts ont été faits pour dominer, les faibles pour courber l'échine. C'est la faute de Frank. Il aurait dû vous mener à coups de trique... Vous me surprenez, Scarlett. Ces remords tardifs me déconcertent. Les opportunistes de votre espèce ne devraient pas connaître ces faiblesses.

— Qu'est-ce que c'est qu'un oppor... comment appelez-vous ça ?

— C'est une personne qui sait profiter des occasions.

— Est-ce un tort ?

— Cela a toujours été considéré d'un mauvais œil... surtout par ceux qui ont eu les mêmes occasions et qui n'ont pas su en tirer parti.

— Oh ! Rhett, vous vous payez ma tête. Et moi qui croyais que vous alliez être si gentil !

— Mais je suis charmant... à ma manière. Scarlett, ma chérie, vous êtes un peu éméchée. C'est là que le bât vous blesse.

— Vous osez...

— Parfaitement. J'ai cette audace. Vous êtes à deux doigts de ce qu'on appelle vulgairement « piquer une crise ». Aussi, afin de détourner le cours de vos pensées et de vous remonter le moral, m'en vais-je vous raconter quelque chose qui vous distraira. En fait, je suis venu ici ce soir uniquement parce que j'avais quelque chose à vous dire avant mon départ.

— Où allez-vous ?

— Je me rends en Angleterre. Il se peut que je sois absent pendant des mois. Finissons-en avec vos remords. Je n'ai point l'intention de discuter plus avant le salut de votre âme. Vous n'avez pas envie d'apprendre ce que j'ai à vous dire ?

— Mais..., commença Scarlett, puis elle s'arrêta. Sous le double effet du cognac qui atténuait les contours trop accusés de sa conscience et des paroles moqueuses mais réconfortantes de Rhett, le spectre blafard de Frank rentrait peu à peu dans l'ombre. Peut-être Rhett avait-il raison ! Peut-être Dieu comprenait-il! Elle retrouva assez d'énergie pour chasser le souvenir de Frank du premier rang de ses préoccupations et pour décider : « Je penserai à tout cela demain. »

— Qu'aviez-vous à me dire? fit-elle en se mouchant dans le mouchoir de Rhett et en relevant les mèches qui lui étaient tombées sur le front.

— Voilà, répondit Rhett avec un sourire. Je continue à vous désirer plus qu'aucune autre femme au monde et, maintenant que Frank n'est plus, j'ai pensé que ça vous intéresserait de le savoir.

Scarlett dégagea ses mains d'une secousse et se leva brusquement.

— Je... vous êtes le plus beau goujat que je connaisse. Choisir un pareil moment pour venir ici avec vos sales... J'aurais bien dû me douter que vous ne changeriez jamais. Quand je pense que le corps de Frank est à peine refroidi! Si vous aviez eu la moindre décence... Faites-moi le plaisir de sortir de cette...

— Calmez-vous, je vous en prie, si vous ne voulez pas que Mlle Pittypat descende tout de suite, fit Rhett qui, sans se lever, réussit à saisir Scarlett par les poignets. Je crains que vous ne m'ayez mal compris.

— Mal compris? J'ai fort bien compris, déclara Scarlett en essayant d'échapper à son étreinte. Lâchez-moi et sortez d'ici. Je n'ai jamais rien entendu de plus inconvenant. Je...

— Chut, dit Rhett. Je suis en train de vous demander en mariage. Faut-il me mettre à genoux pour vous convaincre?

Scarlett poussa un « oh! » étouffé et se laissa tomber de tout son poids sur le sofa.

Bouche bée, elle regarda Rhett. Elle se rappelait sa boutade : « Ma chère, je ne suis pas fait pour le mariage », et elle craignait en même temps d'être le jouet du cognac ; ou bien elle était ivre, ou bien il était fou. Pourtant, il n'avait pas du tout l'air fou. Il paraissait aussi calme que s'il parlait de la pluie et du beau temps et son accent doux et traînant ne trahissait aucune nervosité.

— Je me suis toujours promis de vous avoir, Scarlett, et cela dès la première fois que je vous ai vue aux Douze Chênes, ce jour où vous avez lancé un vase, où vous avez dit des gros mots et où vous avez montré que vous n'étiez pas une femme du monde. Oui, je me suis toujours juré de vous avoir d'une façon ou d'une autre. Seulement, étant donné que vous et Frank avez gagné un peu d'argent, je devine que vous ne viendrez plus jamais me faire d'intéressantes propositions d'emprunts et de nantissement. En conséquence, comme vous le voyez, j'en suis réduit à vous demander en mariage.

— Rhett Butler, me donnez-vous là un échantillon de vos ignobles plaisanteries ?

— Comment, je vous ouvre mon âme et vous restez sceptique ! Non, Scarlett, c'est une honnête déclaration en bonne et due forme. Je reconnais que ce n'est pas du meilleur goût de choisir un pareil moment, mais j'ai une excellente excuse. Je pars demain, je serai longtemps absent et, si j'attendais mon retour, j'ai peur que vous n'ayez épousé quelqu'un d'autre possédant un peu d'argent. Je me suis donc dit : « Pourquoi pas moi et ma fortune ? » Sérieusement, Scarlett, je ne peux pas passer ma vie à guetter le moment de vous attraper entre deux maris.

Rhett parlait pour de bon. Ça ne faisait aucun doute. La gorge serrée, s'efforçant de s'habituer à cette idée, Scarlett avala sa salive à plusieurs reprises et regarda Rhett droit dans les yeux dans l'espoir de comprendre ce qui se passait en lui. Ses yeux pétillaient de malice, mais tout au fond on y pouvait lire quelque chose que Scarlett n'avait jamais vu auparavant, une lueur qui défiait l'analyse. Scarlett sentait que, sous ses airs dégagés et indolents, Rhett l'observait comme un chat fait le guet auprès d'un trou de souris. Elle sentait, sous son calme apparent, une force prête à déborder. Elle eut peur et se recula un peu.

Rhett la demandait bel et bien en mariage. L'invraisemblable se réalisait. Jadis, elle avait préparé toute une série de supplices au cas où il lui demanderait sa main. Jadis elle s'était dit que, si jamais il prononçait le mot de mariage, elle l'humilierait, elle lui ferait sentir son pouvoir et elle prendrait un plaisir mauvais à en user. Maintenant il avait parlé, mais les beaux projets qu'elle avait élaborés ne lui étaient d'aucun secours. Il n'était pas question d'exercer son pouvoir sur Rhett, au contraire, il avait pris sur elle un tel avantage qu'elle était aussi troublée qu'une jeune fille qu'on demande pour la première fois en mariage et qu'elle ne pouvait que rougir et bafouiller.

— Je... je ne me remarierai jamais.

— Oh! si, vous vous remarierez. Vous êtes faite pour le mariage. Pourquoi ne voudriez-vous pas m'épouser ?

— Mais Rhett, je... je ne vous aime pas.

— Ça ne saurait constituer un empêchement. L'amour n'a pas joué un bien grand rôle dans vos deux aventures précédentes, que je sache.

— Oh! comment pouvez-vous dire ça ? Vous savez que j'avais une grande affection pour Frank!

Il ne répondit rien.

— Si, j'avais une grande affection pour lui!

— Allons, nous ne discuterons pas cette question. Voulez-vous réfléchir à ma proposition pendant mon absence ?

— Rhett, je n'aime pas faire traîner les choses en longueur. Autant vous dire tout de suite ce qu'il en est. Je retournerai bientôt chez moi à Tara et India Wilkes viendra habiter chez tante Pittypat. Il y a très longtemps que je veux retourner à la maison et... je... je ne veux plus jamais me marier.

— C'est absurde. Pourquoi ?

— Oh! parce que... Bah! qu'importe la raison ? Ça ne me plaît pas d'être mariée.

— Mais, ma pauvre enfant, vous n'avez jamais été mariée pour de bon. Comment pouvez-vous savoir ce que c'est que le mariage ? J'admets que vous avez eu de la malchance... une fois par dépit, une autre fois par manque d'argent. Avez-vous jamais songé à vous marier... uniquement pour le plaisir ?

— Le plaisir ? Ne dites donc pas d'idioties. Il n'y a aucun plaisir dans le mariage.

— Non ? Pourquoi pas ?

Scarlett avait en partie recouvré son calme, mais en même temps, sous l'effet du cognac, sa rudesse naturelle était remontée à la surface.

— C'est drôle pour des hommes... bien que Dieu seul sache pourquoi. Moi j'ai renoncé à comprendre. En tout cas, tout ce que les femmes y gagnent, c'est une fameuse besogne, l'obligation de supporter les extravagances d'un homme... et un enfant tous les ans.

Rhett partit d'un éclat de rire si bruyant que l'écho se répercuta dans le silence et que Scarlett entendit s'ouvrir la porte de la cuisine.

— Taisez-vous ! Mama a des oreilles de lynx, et ce n'est pas convenable de rire si peu de temps après... cessez de rire. Vous savez bien que j'ai raison. Du plaisir ! Ah ! oui, parlons-en !

— Je vous ai dit que vous n'aviez pas eu de chance et ce que vous venez de me sortir le prouve bien. Vous avez épousé successivement un petit garçon et un vieillard. Par-dessus le marché, je parie que votre mère vous avait recommandé de supporter « ces choses-là » à cause des compensations que vous vaudraient les joies de la maternité. Eh bien ! tout cela est archifaux. Pourquoi ne tâteriez-vous pas du mariage avec un homme jeune et vigoureux, qui a une mauvaise réputation, et qui sait s'y prendre avec les femmes. Ça pourrait être drôle.

— Vous êtes aussi fat que grossier. J'estime que cette conversation a assez duré. C'est... c'est tout à fait vulgaire.

— Et c'est bien agréable aussi, n'est-ce pas ? Je suis sûr que vous n'avez encore jamais discuté avec un homme la question des rapports conjugaux, même pas avec Charles ou avec Frank.

Scarlett regarda Rhett d'un air menaçant. Il en savait trop. Elle se demandait où il avait appris tout ce qu'il savait sur les femmes. C'était indécent.

— Ne froncez pas les sourcils comme ça. Fixez

vous-même la date qu'il vous plaira. Je ne vous demande pas de m'épouser tout de suite par respect pour votre réputation. Nous observerons un délai convenable. A propos, combien de temps au juste dure un « délai convenable » ?

— Je ne vous ai pas dit que je vous épouserai. C'est choquant de parler de ces choses en un pareil moment.

— Je vous ai déjà dit pourquoi j'en parlais. Je m'en vais demain et je suis un amant trop fougueux pour contenir davantage ma passion. Mais peut-être ai-je déployé trop de hâte en vous faisant ma cour ?

Avec une promptitude qui effraya Scarlett, Rhett se laissa glisser à bas du sofa. Agenouillé, la main délicatement posée sur le cœur, il se mit à déclamer :

— Pardonnez la stupeur que vous cause l'impétuosité de mes sentiments, ma chère Scarlett... je veux dire, ma chère madame Kennedy. Il n'a pu vous échapper que depuis un certain temps déjà l'amitié que je nourrissais en mon cœur s'était muée en un sentiment plus profond, un sentiment plus beau, plus pur, plus sacré. Oserais-je vous le nommer ? Ah ! c'est l'amour qui me rend si hardi !

— Relevez-vous, je vous en prie, supplia Scarlett. Vous êtes dans une position ridicule. Supposez que Mama entre et vous surprenne ainsi ?

— Elle serait suffoquée et n'en voudrait pas croire ses yeux. Ce serait la première fois qu'elle me verrait me comporter en homme du monde, déclara Rhett en se relevant avec légèreté. Voyons, Scarlett, vous n'êtes ni une enfant, ni une collégienne pour m'envoyer promener avec des arguments basés sur la décence et autres excuses de ce calibre. Dites-moi que vous m'épouserez à mon retour ou je jure devant Dieu que je ne m'en irai pas. Je passerai mon temps à rôder autour de chez vous. Toutes les nuits je jouerai de la guitare sous vos fenêtres et je chanterai à pleins poumons. Je vous compromettrai si bien que vous serez obligée de m'épouser pour sauver votre réputation.

— Rhett, soyez raisonnable. Je ne veux épouser personne.

— Non ? Vous ne me donnez pas votre véritable

raison. Il ne s'agit pas d'une timidité de petite fille, alors qu'est-ce que c'est ?

Soudain, Scarlett pensa à Ashley. Elle le vit aussi nettement que s'il se tenait à côté d'elle avec ses cheveux dorés comme par un rayon de soleil, ses yeux langoureux, son maintien rempli de dignité, son attitude différente de celle de Rhett. C'était de lui que venait la véritable raison de son refus, c'était à cause de lui qu'elle ne voulait pas se remarier, bien qu'elle n'eût rien contre Rhett et que parfois il lui arrivât d'avoir pour lui une affection sincère. Elle appartenait pour toujours à Ashley. Elle n'avait jamais appartenu ni à Charles, ni à Frank, et il lui serait impossible d'appartenir à Rhett pour de bon. Presque tout ce qu'elle avait entrepris, presque toutes les luttes qu'elle avait soutenues ou les résultats qu'elle avait obtenus avaient été inspirés par lui ou lui avaient été consacrés. Elle l'aimait. Elle appartenait à Ashley de tout son être. Elle appartenait à Ashley et à Tara. Les sourires et les baisers dont elle avait gratifié Charles et Frank étaient destinés à Ashley, bien qu'il ne les eût jamais réclamés et qu'il n'en revendiquerait jamais la propriété. Quelque part au tréfonds de son cœur était enfoui le désir de se conserver intacte pour lui, bien qu'elle sût que jamais elle ne serait sienne.

Elle ignorait que son visage avait changé, que la rêverie l'avait empreint d'une douceur que Rhett ne lui avait jamais vue auparavant. Il regarda ses yeux verts et obliques, agrandis et flous, il suivit le tendre renflement de ses lèvres et le souffle lui manqua. Alors, une sorte de rictus contracta le coin de sa bouche qui s'abaissa brusquement et il s'exclama avec une violence passionnée :

— Scarlett O'Hara, vous êtes une imbécile !

Sans lui laisser le temps de revenir de son rêve lointain, Rhett la prit dans ses bras. Son étreinte était aussi précise, aussi vigoureuse que sur la route sombre de Tara, il y avait si longtemps de cela. De nouveau, Scarlett sentit toute résistance l'abandonner. Elle cédait. Une vague tiède l'emportait. L'image sereine d'Ashley Wilkes se brouillait, s'enfonçait dans le flot, disparaissait. Rhett lui appuya la tête contre son bras et la renversa en arrière. Alors il se mit à l'embrasser doucement pour commencer puis, de plus en plus vite et avec une intensité qui la fit se cramponner à lui comme au seul élément solide dans un monde qui vacillait. Sa bouche la pressait, lui écartait les lèvres, communiquait à ses nerfs d'affolants frissons, éveillait en elle des sensations dont elle se serait crue incapable. Et avant même que s'accélérât le rythme du tourbillon qui l'entraînait elle se rendit compte qu'elle lui rendait ses baisers.

— Arrêtez... je vous en prie, je vais m'évanouir, murmura-t-elle en essayant faiblement de détourner les lèvres.

Rhett lui ramena la tête contre sa propre épaule et elle aperçut son visage comme à travers un voile. Ses yeux démesurés brûlaient d'un feu étrange. Le frémissement de ses bras l'inquiétait.

— Je veux que vous vous évanouissiez. Je vous ferai vous évanouir. Voilà des années que cela vous est dû. Aucun des imbéciles que vous avez connus ne vous a jamais embrassée comme cela, hein! Ni votre précieux Charles, ni votre précieux Frank, ni votre stupide Ashley...

— Je vous en prie...

— Si, je dis bien, votre stupide Ashley... Tous les hommes du monde... Que connaissent-ils des femmes? Que connaissent-ils de vous? Moi, je vous connais.

Sa bouche avait repris possession de la sienne et elle s'abandonnait, trop faible pour détourner la tête ou même en avoir le désir, secouée par les battements de son cœur, effrayée par la force de Rhett, vaincue par ses nerfs qui la trahissaient. Qu'allait-il faire? S'il ne s'arrêtait pas, elle allait s'évanouir. Si seulement il s'arrêtait... si seulement il voulait ne jamais s'arrêter.

— Dites oui!

Sa bouche frôlait la sienne. Ses yeux étaient si près des siens qu'ils paraissaient énormes, qu'il semblait n'y avoir plus qu'eux au monde. « Dites oui, bon Dieu, ou... »

Elle murmura « oui » sans même réfléchir. On eût dit qu'il lui avait imposé sa réponse et qu'elle avait obéi sans que sa volonté fût intervenue. Cependant, à peine eut-elle prononcé le mot qu'elle retrouva brusquement son calme. Sa tête cessa de tourner, le vertige causé par le cognac s'atténua. Elle lui avait promis de l'épouser alors qu'elle n'avait nullement l'intention de lui faire pareille promesse. Elle ne savait guère comment tout cela s'était produit, mais elle ne regrettait rien. Maintenant, il lui semblait tout naturel d'avoir dit oui... presque comme si, par une intervention divine, quelqu'un de plus fort qu'elle s'était chargé de résoudre à sa place les difficultés qui se présentaient.

Rhett poussa un bref soupir et se pencha en avant. Scarlett crut qu'il allait se remettre à l'embrasser. Elle ferma les yeux et renversa la tête. Mais il se redressa et elle fut légèrement déçue. Il y avait quelque chose de grisant à se laisser embrasser comme cela, malgré l'étrangeté des sensations que lui procuraient ces baisers.

Pendant un moment, il demeura immobile, la tête de Scarlett appuyée au creux de son épaule. Il sembla faire un effort pour se maîtriser et le tremblement de ses bras s'apaisa. Il s'écarta un peu de Scarlett et posa son regard sur elle. Elle rouvrit les yeux et s'aperçut que ceux de Rhett avaient perdu leur reflet inquiétant. Néanmoins, elle ne put supporter son regard et, confuse, éperdue, les tempes bourdonnantes, elle baissa les yeux.

Rhett se remit à parler. Sa voix était fort calme.

— C'est oui pour de bon ? Vous n'allez pas me reprendre votre parole ?

— Non.

— Ce n'est pas uniquement parce que je vous ai... quelle est donc cette phrase ?... soulevée de terre par mon... hum... ardeur ?

Scarlett se taisait, car elle ne savait que répondre, et il lui était impossible de soutenir le regard de Rhett. Rhett la prit par le menton et lui releva la tête.

— Je vous ai dit un jour que je pouvais tout supporter de vous, sauf un mensonge. Maintenant, je veux la vérité. Pourquoi avez-vous dit oui ?

Les mots ne venaient toujours pas, mais comme elle retrouvait peu à peu son sang-froid Scarlett garda les yeux modestement baissés et un petit sourire erra au coin de ses lèvres.

— Regardez-moi. Est-ce pour mon argent ?

— Voyons, Rhett! En voilà une question!

— Regardez-moi donc et n'essayez pas de m'embobiner. Je ne suis ni Charles, ni Frank, ni l'un des jouvenceaux du comté, pour me laisser prendre à vos battements de paupières. Est-ce pour mon argent ?

— Eh bien!... il y a de cela.

— Ah! oui!

Rhett ne manifesta aucune contrariété. Il poussa un soupir et s'arrangea pour étouffer dans son regard l'étincelle qu'y avaient allumée les paroles de Scarlett et que celle-ci n'avait pas remarquée, dans son trouble.

— C'est que l'argent est bien utile, fit Scarlett, qui pataugeait. Vous le savez bien, Rhett, et Frank ne m'a pas laissé grand-chose. Mais, en tout cas... allons, Rhett, nous nous entendrons très bien, vous savez. D'ailleurs, vous êtes le seul homme que je connaisse qui puisse entendre la vérité de la bouche d'une femme. Ce sera très agréable pour moi d'avoir un mari qui ne me prendra pas pour une oie et s'attendra à ce que je lui mente... et puis... eh bien! j'ai vraiment de l'affection pour vous.

— De l'affection pour moi ?

— Allons, fit Scarlett avec humeur. Si je vous disais que je vous aime à la folie, je mentirais, et ce qu'il y aurait de plus grave, c'est que vous vous en rendriez compte.

— J'ai l'impression que vous poussez parfois un peu trop loin l'amour de la vérité, mon petit. Ne pensez-vous pas que, au prix d'un mensonge, vous auriez avantage à me dire : « Rhett, je vous aime. »

De plus en plus interloquée, Scarlett se demanda où Rhett voulait en venir. Il paraissait si bizarre avec son air moqueur et un peu vexé. Il enfouit les mains dans ses poches de pantalon et Scarlett vit qu'il serrait les poings.

« Allons », pensa Scarlett, qui sentait la moutarde lui monter au nez comme toujours lorsque Rhett adoptait un ton persifleur. « Oui, même s'il ne doit pas m'épouser, je dirai la vérité. »

— Rhett, ce serait un mensonge. Du reste, à quoi nous servirait de jouer la comédie ? Je vous ai dit que j'avais de l'affection pour vous. Vous savez à quoi vous en tenir sur notre compte. Vous m'avez déclaré un jour que vous ne m'aimiez pas, mais que nous avions beaucoup de points communs. « Deux canailles », c'est ainsi que vous...

— Oh! mon Dieu, murmura Rhett en détournant la tête. Me laisser prendre à mon propre piège!

— Que dites-vous ?

— Rien. (Il regarda Scarlett et se mit à rire, mais d'un rire qui n'avait rien d'agréable.) Fixez vous-même la date, ma chère.

Il rit de nouveau, s'inclina et lui baisa les mains. Ravie de voir se dissiper sa mauvaise humeur, Scarlett sourit à son tour.

Il joua un instant avec la main que Scarlett lui avait abandonnée et reprit :

— En lisant des romans, avez-vous jamais trouvé l'histoire, vieille comme le monde, de la femme indifférente qui finit par s'éprendre de son mari ?

— Vous savez bien que je ne lis jamais de romans, répondit Scarlett, puis, désireuse d'entrer dans le jeu de Rhett, elle ajouta : D'ailleurs, vous m'avez dit une fois que l'amour entre mari et femme était le comble du mauvais goût.

— Sacré bon Dieu! J'en ai dit des choses, autrefois! J'en ai même un peu trop dit! répliqua Rhett d'un ton sec, tout en se levant.

— Ne jurez pas.

— Il faudra vous y habituer et apprendre à jurer, vous aussi. Oui, il va falloir vous habituer à tous mes défauts. Ça vous apprendra à avoir de... l'affection pour moi et à mettre vos jolies pattes sur mon magot.

— Allons, ne prenez donc pas la mouche, parce

que je n'ai pas voulu flatter votre orgueil par un mensonge. Vous ne m'aimez pas, n'est-ce pas? Alors, pourquoi aurais-je de l'amour pour vous?

— Non, ma chère, je n'ai pas plus d'amour pour vous que vous n'en avez pour moi, et si jamais je vous aimais, vous seriez la dernière personne à qui je le dirais. Que Dieu vienne en aide au malheureux qui vous aimera pour de bon. Si jamais un tel homme existe, vous lui broierez le cœur, ma petite chatte chérie, ma petite chatte cruelle, si insouciante et si sûre d'elle-même qu'elle ne se donne même pas la peine de rentrer ses griffes.

Rhett obligea Scarlett à se lever et il l'embrassa de nouveau, mais cette fois ses lèvres semblaient obéir à une impulsion différente. On eût dit qu'il avait envie de faire mal ou de blesser la jeune femme dans sa pudeur. Ses lèvres descendirent le long du cou de Scarlett, sur sa gorge, glissèrent plus bas sur le taffetas du corsage, juste au niveau de la poitrine, s'y attardèrent avec tant d'insistance que Scarlett sentit son haleine lui brûler la peau. Elle se débattit, le repoussa de ses deux mains.

— Vous n'avez pas le droit! Comment osez-vous!

— Votre cœur bat la breloque comme celui d'un lapin, fit Rhett d'un ton ironique. Si j'étais prétentieux, je dirais même qu'il bat un peu trop vite pour un cœur qui ne recèle que de l'affection. Allons, ne hérissez pas vos plumes. Abandonnez vos airs de vierge martyre. Ça ne vous va pas. Dites-moi plutôt ce que vous voulez que je vous rapporte d'Angleterre. Une bague? Quel genre de bague aimeriez-vous?

Scarlett hésita un instant, partagée entre l'intérêt éveillé en elle par les derniers mots de Rhett et le désir féminin de prolonger la scène de colère et d'indignation.

— Oh!... un diamant... surtout, Rhett, ne manquez pas de m'en acheter un gros.

— C'est ça, pour que vous puissiez vous pavaner devant vos amies qui sont dans la misère et que vous puissiez dire : « Regardez donc ce que j'ai déniché! » Entendu, vous aurez une grosse bague, si grosse que vos amies moins heureuses que vous se consoleront en chuchotant à mi-voix que c'est vraiment vulgaire de porter des pierres de cette taille-là.

Rhett traversa soudain la pièce, suivi de Scarlett, qui, stupéfaite, l'accompagna jusqu'à la porte.

— Qu'y a-t-il ? Où allez-vous ?

— Je rentre chez moi faire mes malles.

— Oh ! mais...

— Mais quoi ?

— Rien, j'espère que vous ferez bon voyage.

— Merci.

Il ouvrit la porte et passa dans le vestibule. Un peu désemparée, un peu déçue par ce revirement, Scarlett lui emboîta le pas. Il mit son manteau, prit ses gants et son chapeau.

— Je vous écrirai. Prévenez-moi si vous changez d'idée.

— Vous ne...

— Eh bien ?

Il paraissait impatient de s'en aller.

— Vous ne m'embrassez pas pour me dire au revoir ? fit Scarlett à voix basse, de peur qu'on ne l'entendît dans la maison.

— Vous ne trouvez pas que ça suffit comme embrassades pour un même soir ? riposta Rhett avec un sourire. Pour une jeune femme modeste et bien élevée... allons, ne vous ai-je pas dit que vous y prendriez goût ?

— Oh ! vous êtes impossible ! s'écria Scarlett en colère, sans se soucier d'attirer l'attention de Mama. Ce me serait bien égal que vous ne reveniez jamais.

Elle pivota sur ses talons et prit son élan vers l'escalier, tout en espérant que Rhett la retiendrait. Au lieu de cela, il ouvrit la porte d'entrée et un courant d'air froid s'engouffra dans la maison.

— N'ayez crainte, je reviendrai, fit-il et il sortit, laissant Scarlett au bas des marches, le regard fixé sur la porte qui s'était refermée.

En vérité, la bague que Rhett rapporta d'Angleterre était fort grosse, si grosse que Scarlett fut gênée de la porter. Elle aimait les bijoux coûteux et tape-à-l'œil, mais elle éprouvait la sensation désagréable que tout le monde pensait, non sans raison, que la bague était vulgaire. Un diamant de quatre carats en occupait le centre et tout autour étaient serties d'innombrables petites émeraudes. La bague lui recouvrait entièrement la première phalange de l'annulaire et donnait l'impression d'entraîner la main par son poids. Scarlett soupçonnait Rhett de s'être donné beaucoup de mal pour découvrir un pareil modèle et l'accusait de l'avoir fait exécuter par pure méchanceté.

Jusqu'à ce que Rhett revînt à Atlanta et que la bague ornât son doigt, elle ne souffla mot de ses intentions à personne, pas même à ses proches et, lorsqu'elle annonça ses fiançailles, ce fut un tollé général. Depuis l'affaire du Klan, Rhett et Scarlett avaient été, à l'exception des Yankees et des Carpetbaggers, les deux personnes les plus décriées de la ville. Tout le monde critiquait Scarlett, depuis le jour lointain où elle avait quitté le deuil de Charlie Hamilton. Sa façon si peu féminine de se comporter, en dirigeant elle-même ses scieries, son manque de pudeur pendant sa grossesse n'avaient fait qu'augmenter le ressentiment des gens contre elle. Mais la mort de Frank et de Tommy, les dangers auxquels une douzaine d'hommes s'étaient exposés par sa faute avaient transformé cette désapprobation en quelque chose de plus violent, et chacun avait flétri publiquement son attitude.

Quant à Rhett, la ville entière le détestait, depuis qu'il avait profité de la guerre pour spéculer, et par la suite ses sympathies avouées pour les républicains ne l'avaient point rehaussé dans l'estime de ses concitoyens, bien au contraire. Pourtant, si bizarre que ce fût, c'était surtout le fait d'avoir sauvé la vie d'un certain nombre des personnalités les plus marquantes d'Atlanta qui lui avait attiré la haine irréductible des dames de la ville.

Évidemment, ces dames ne regrettaient pas que leurs parents eussent échappé à la mort, mais elles étaient horriblement mortifiées que ceux-ci dussent leur salut à un tel homme et à un stratagème d'un goût aussi douteux. Pendant des mois et des mois, elles avaient dû supporter les rires méprisants des Yankees et elles se disaient que si Rhett avait véritablement eu à cœur les intérêts du Klan il aurait arrangé les choses d'une manière un peu plus convenable. Elles prétendaient qu'il avait volontairement entraîné les fugitifs chez Belle Watling pour mettre les gens comme il faut de la ville dans une situation déplaisante. En conséquence, il ne méritait ni qu'on le remerciât d'avoir sauvé ces messieurs, ni qu'on lui pardonnât ses erreurs passées.

Ces femmes, si promptes à compatir aux malheurs d'autrui, si prodigues de leurs efforts lorsque les circonstances le requéraient, savaient se montrer aussi implacables que des furies envers les renégats qui avaient enfreint le plus petit article de leur code tacite. Ce code était d'ailleurs fort simple : attachement indéfectible à la Confédération, honneur aux vétérans de la guerre, fidélité aux anciens principes, fierté dans la pauvreté, main ouverte aux amis, haine éternelle aux Yankees. A eux deux, Scarlett et Rhett avaient porté atteinte à chacun des articles de ce code.

Les hommes dont Rhett avait sauvé la vie avaient bien essayé, par décence et par gratitude, d'imposer silence aux femmes, mais sans grand succès. Avant l'annonce de leurs fiançailles, Scarlett et Rhett n'avaient guère été en odeur de sainteté. Néanmoins, les gens trouvaient encore le moyen d'être polis avec eux. Maintenant, il n'était même plus question de politesse. La nouvelle de leur mariage prochain fit l'effet d'une bombe. Les gens étaient atterrés et les femmes les plus placides n'hésitèrent pas à manifester avec chaleur leur façon de penser. Se marier un an à peine après la mort de Frank! Elle qui avait été cause de sa mort! Épouser ce Butler qui était propriétaire d'une maison de tolérance et qui brassait toutes sortes d'affaires louches avec les Yankees et les Carpetbaggers! Séparément, on pouvait les supporter à la rigueur, mais l'impudente association de Scarlett et de Rhett, non, ça dépassait les bornes! Personnages vils et méprisables tous les deux, ils méritaient d'être chassés de la ville!

Les gens d'Atlanta se fussent peut-être montrés plus tolérants si l'annonce de leurs fiançailles ne s'était pas produite à un moment où les compagnons de bouteille de Rhett, Carpetbaggers et Scallawags, étaient devenus plus odieux que jamais aux citoyens respectables. La haine contre les Yankees et tous ceux qui fraternisaient avec eux avait atteint son paroxysme, car le dernier bastion de la résistance georgienne à la domination yankee venait juste de tomber. La longue campagne qui avait commencé quatre ans plus tôt, le jour où Sherman, faisant route vers le Sud, avait quitté Dalton, produisait maintenant tous ses effets et l'humiliation de l'État était à son comble.

Trois années de Reconstruction avaient passé et n'avaient été que trois années de terrorisme. Tout le monde s'était dit que la situation ne pouvait pas empirer, mais la Georgie s'apercevait que la Reconstruction, sous son aspect le plus sombre, en était juste à ses débuts.

Pendant trois ans, le gouvernement fédéral avait essayé d'imposer à la Georgie des idées et une domination étrangères et, secondé par une armée chargée d'appliquer ses instructions, il avait en grande partie réussi. Cependant, seule la force des armes permettait au nouveau régime de se maintenir. L'État subissait contre son gré la domination yankee. Les hommes d'État de la Georgie n'avaient cessé de lutter pour que le pays se gouvernât comme il l'entendait. Ils avaient résisté à tous les assauts et n'avaient jamais voulu reconnaître comme lois de leur État les décisions de Washington.

Officiellement, le gouvernement de la Georgie n'avait jamais capitulé, mais la lutte qu'il avait livrée était demeurée stérile et avait eu pour seul résultat de reculer l'échéance fatale. Déjà de nombreux États du Sud voyaient des nègres illettrés accéder aux charges publiques les plus hautes, tandis que leurs législatures étaient sous la coupe des noirs et des Carpetbaggers. Grâce à sa résistance opiniâtre, la Georgie avait échappé jusque-là à cette ultime dégradation. Pendant près de trois ans, le Parlement de l'État était resté sous le contrôle des blancs et des Démocrates. La présence des soldats yankees ne laissait guère de latitude aux représentants de l'État, mais, au moins, ils avaient encore la ressource de protester et de résister, et le gouvernement était toujours entre les mains d'hommes nés en Georgie. Désormais, ce dernier rempart avait cédé lui aussi.

De même que, quatre ans auparavant, Johnston et ses soldats avaient été repoussés pas à pas de Dalton à Atlanta, de même, depuis 1865, les démocrates de Georgie avaient été délogés successivement de chacune de leurs positions. Le pouvoir du gouvernement fédéral sur les affaires de l'État et l'existence des citoyens avait augmenté chaque jour. La force avait engendré la force et les règlements militaires de plus en plus nombreux avaient rendu caduques toutes les manifestations de l'autorité civile. En fin de compte, après que la Georgie eut été érigée en province militaire, le gouvernement fédéral avait accordé le droit de vote aux nègres, sans se soucier de la légalité d'une telle mesure.

Une semaine avant l'annonce des fiançailles de Scarlett et de Rhett, on avait procédé à l'élection d'un gouverneur. Les démocrates du Sud avaient pour candidat le général John B. Gordon, l'un des citoyens les plus aimés et les plus respectés de Georgie. Contre lui se présentait un républicain du nom de Bullock. L'élection avait duré trois jours au lieu d'un seul. Des nègres, par trains entiers, avaient été expédiés vers les centres où l'on votait. Bien entendu, Bullock avait remporté la victoire.

Si pénible qu'eût été la conquête de la Georgie par Sherman, la conquête du parlement local par les Carpetbaggers, les Yankees et les nègres, fut plus pénible encore. Atlanta et la Georgie tout entière écumaient et frémissaient de rage.

Et Rhett Butler était un ami de ce Bullock qu'on exécrait!

Avec son indifférence habituelle pour tout ce qui ne la touchait pas de près, Scarlett ne savait pour ainsi dire pas qu'on était en pleine période électorale. Rhett n'avait joué aucun rôle dans les élections et ses rapports avec les Yankees demeuraient ce qu'ils avaient toujours été. Il n'en restait pas moins que Rhett était un Scallawag et un ami de Bullock. Si le mariage se faisait, Scarlett, elle aussi, deviendrait une Scallawag. Atlanta n'était pas d'humeur à faire preuve de tolérance ou de charité envers ceux qui se trouvaient dans le camp ennemi, aussi la nouvelle des fiançailles tombant en un pareil moment, la ville se rappela-t-elle tous les méfaits du couple et oublia tout ce que Scarlett ou Rhett avaient pu faire de bien.

Scarlett se rendait bien compte que les esprits étaient montés contre elle, mais pour mesurer exactement l'état de l'opinion publique il lui fallut attendre que Mme Merriwether, poussée par le comité de sa paroisse, eût décidé, dans son propre intérêt, d'avoir un entretien particulier avec elle.

— Votre chère maman n'étant plus et Mlle Pitty n'ayant pas qualité pour... hum... pour aborder un tel sujet avec vous, j'estime qu'il est de mon devoir de vous mettre en garde, Scarlett. Le capitaine Butler n'est pas un parti convenable pour une femme de bonne famille. C'est un...

— Il a sauvé le grand-père Merriwether de la potence et votre neveu aussi.

Mme Merriwether s'enflamma. Une heure auparavant, elle avait eu une discussion orageuse avec le grand-père. Le vieil homme lui avait déclaré qu'elle ne devait guère attacher de prix à son existence, pour n'avoir aucune gratitude envers Rhett Butler, bien qu'il fût un Scallawag et une canaille.

— Il a fait ça uniquement pour nous jouer à tous un mauvais tour. Oui, Scarlett, pour nous mettre dans une situation ridicule vis-à-vis des Yankees, poursuivit Mme Merriwether. Vous savez aussi bien que moi que cet homme est une crapule. Il a toujours été comme ça et, maintenant, on ne peut même plus lui parler. C'est tout bonnement un de ces hommes que les gens convenables ne reçoivent pas chez eux.

— Non ? Tiens, c'est étrange, madame Merriwether. Il a pourtant fréquenté votre salon assez souvent pendant la guerre. Et, si j'ai bonne mémoire, n'a-t-il pas fait cadeau à Maybelle de sa robe de mariée en satin blanc ?

— Pendant la guerre, les circonstances étaient différentes, et les gens comme il faut voyaient beaucoup d'hommes qui n'étaient pas tout à fait... on faisait tout cela pour la Cause, et l'on avait raison. Voyons, vous ne pouvez pas songer à épouser un homme qui n'a pas fait la guerre et qui se moquait de ceux qui s'engageaient ?

— Mais si, il a fait la guerre. Il s'est battu pendant huit mois. Il a pris part à la dernière campagne et à la bataille de Franklin. Il était avec le général Johnston quand il s'est rendu.

— Je n'ai jamais entendu dire cela, dit Mme Merriwether d'un air peu convaincu. Mais il n'a pas été blessé, ajouta-t-elle avec une intonation de triomphe.

— Quantité d'hommes ne l'ont pas été.

— Tous ceux qui se respectaient ont reçu une blessure. Je ne connais personne qui n'ait pas été blessé.

Scarlett commençait à s'échauffer à son tour.

— J'ai l'impression que tous les hommes que vous connaissez n'étaient pas assez dégourdis pour savoir où se mettre quand il pleuvait... ou qu'on tirait sur eux. Maintenant, laissez-moi vous dire ceci, madame Merriwether, et vous pouvez en faire part à vos amies, les bonnes âmes. J'épouserai le capitaine Butler et ça me serait égal qu'il eût combattu sous le drapeau yankee.

Lorsque la digne matrone se fut retirée, la capote frémissante de rage, Scarlett comprit qu'elle avait désormais en elle une ennemie acharnée et non plus une amie qui se contentait de la blâmer. Mais peu lui importait. Mme Merriwether aurait beau dire et beau faire, rien ne pouvait l'atteindre. Elle n'attachait aucune importance à l'opinion des gens, sauf à celle de Mama.

En apprenant la nouvelle, Pitty avait perdu connaissance, mais Scarlett n'avait pas pris la chose au tragique. Il lui avait fallu déployer autrement d'énergie pour entendre Ashley, subitement vieilli, lui souhaiter d'être heureuse et le voir aussitôt détourner la tête. Elle s'était à la fois divertie et emportée à la lecture des lettres de ses tantes Pauline et Eulalie de Charleston qui, horrifiées par ce mariage, s'y opposaient formellement et déclaraient à leur nièce que, non contente de se compromettre, elle risquait de les compromettre elles aussi. Scarlett était même allée jusqu'à rire quand Mélanie, le front soucieux, lui avait dit, avec sa loyauté coutumière : « Bien entendu, le capitaine Butler est beaucoup mieux que la plupart des gens ne se l'imaginent et il s'est montré sous un jour si favorable lorsqu'il a sauvé Ashley. Et puis, en somme, il s'est battu pour la Confédération. Mais enfin, Scarlett, ne crois-tu pas que ta décision est un peu hâtive ? »

Non, elle n'attachait aucune importance à l'opinion des gens, sauf à celle de Mama. Et seule Mama trouva le moyen de la mettre vraiment en colère et de la piquer au vif.

— Je vous ai vu fai' un tas de choses qui au'aient fait de la peine à ma'ame Ellen si elle avait su. Et à moi aussi, ça m'a fait beaucoup de peine. Mais cette fois-ci, c'est la plus pi'. Épouser un gueux! Oui ma'ame, j' dis bien, un gueux! Venez pas me di' à moi qu'il est d'une bonne famille. Pou' moi, tout ça, c'est du pa'eil au même. Les gueux, y en a pa'tout chez les gens chic comme chez les aut'es, et lui, c'est un gueux! Oui, ma'ame Sca'lett, je vous ai vue enlever missié Cha'les à mam'zelle Honey alo' que vous l'aimiez pas du tout. Je vous ai vue voler missié F'ank à vot' sœu'. Et moi, j'ai ga'dé pou' moi un tas de choses que vous avez faites, comme de vend' du mauvais bois pou' du bon et de di' des mensonges su' le compte des aut' missiés qui vendaient du bois et d'aller vous p'omener en voitu' toute seule, quitte à vous fai' attaquer pa' des nèg' en libe'té et de fai' tuer missié F'ank et de ne pas donner assez à manger aux pov' fo'çats pou' que ma'ame Ellen de la Te'e P'omise où elle est, elle me disait : « Mama! Mama! Tu veilles pas bien su' mon enfant. » Oui, ma'ame, j'ai tout suppo'té, mais je suppo'te'ai pas ça, ma'ame Sca'lett. Vous pouvez pas épouser un gueux. Vous pouvez pas fai' ça tant qu'il me 'este enco' un souffle dans le co'.

— J'épouserai qui bon me semblera, fit Scarlett d'un ton sec. J'ai l'impression que tu oublies à qui tu parles, Mama.

— Et la voilà qui p'end ses g'ands ai'! Mais si je vous disais pas tout ça, qui d'aut' vous le di'ait!

— J'ai pesé le pour et le contre, Mama, et j'en suis arrivée à conclure que le mieux pour toi, c'est de retourner à Tara. Je te donnerai de l'argent et...

Mama se redressa avec dignité.

— Je suis lib', ma'ame Sca'lett. Vous pouvez pas m'envoyer là où je veux pas aller. Quand je 'etou'ne'ai à Ta'a, ce se'a avec vous. Je veux pas abandonner l'enfant de ma'ame Ellen et 'ien au monde m'oblige à m'en aller. Je suis ici et 'este ici!

— Je ne tiens pas du tout à ce que tu habites chez moi. Merci, pour que tu sois grossière avec le capitaine Butler! Je vais l'épouser et il n'y a rien d'autre à ajouter.

— Si, y a bien d'aut' choses à ajouter, répliqua Mama en détachant les syllabes et, dans ses yeux embués par l'âge, s'alluma une flamme combative. J'au'ai pou'tant jamais pensé di' ça à quéqu'un qui est du même sang que ma'ame Ellen. Mais, ma'ame Sca'lett, écoutez-moi bien. Vous êtes pas aut' chose qu'une mule avec des ha'nais de cheval. On peut poli' les sabots d'une mule et fai' 'elui' son poil et met' plein de cuiv' su' ses ha'nais et l'atteler à une belle voitu'. Mais c'est toujou' une mule. Ça t'ompe pe'sonne. Et vous, c'est tout pa'eil. Vous avez des 'obes de soie, et les scie'ies et le magasin et l'a'gent et vous vous donnez des ai' de beau cheval, mais ça vous empêche pas d'êt' quand même une mule. Et vous t'ompez pe'sonne non plus. Et ce Butle', il est d'une bonne famille et il est tout bichonné comme un cheval de cou'se, mais, tout comme vous, c'est une mule avec des ha'nais de cheval.

Mama décocha un regard perçant à sa maîtresse. Scarlett ne savait que répondre et frémissait sous l'outrage.

— Si vous dites que vous allez l'épouser, vous le fe'ez pa'ce que vous avez la tête du' comme vot' papa. Mais souvenez-vous de ça, ma'ame Sca'lett, je vous quitte'ai pas. Je bouge'ai pas d'ici et j'assiste'ai à ça aussi.

Sans attendre une réponse, Mama fit demi-tour et laissa Scarlett aux prises avec ses pensées. Elle eût lancé le « Tu me reverras à Philippes! [1] » elle n'eût pas pris un ton plus lourd de menaces.

Tandis que le jeune ménage passait sa lune de miel à La Nouvelle-Orléans, Scarlett cita à Rhett les paroles de Mama. Elle fut à la fois stupéfaite et indignée d'entendre Rhett s'esclaffer en apprenant que la négresse les avait comparés tous deux à des mules affublées de harnais de chevaux.

— Je n'ai jamais entendu exprimer aussi succinctement vérité plus profonde, déclara Rhett. Mama est une très brave femme, au fond, et l'une des rares personnes de ma connaissance à laquelle je voudrais inspirer du respect et du dévouement. Mais comme je suis une mule, je suppose que je n'obtiendrai jamais rien d'elle. Elle est même allée jusqu'à refuser la pièce d'or de dix dollars que, dans mon emballement de jeune marié, je souhaitais lui offrir après la cérémonie nuptiale. Je n'ai pas vu beaucoup de gens résister au spectacle de l'or. Mais elle, elle m'a regardé dans les yeux, m'a remercié et m'a dit que, n'étant pas une affranchie, elle n'avait pas besoin d'argent.

— Pourquoi fait-elle cette tête-là ? Pourquoi tout le monde jase-t-il sur moi ? J'épouse qui bon me semble et je me marie aussi souvent que je veux. Ça ne

1. Phrase célèbre lancée à Brutus par le spectre de Jules César dans la tragédie de Shakespeare *(N. d. T.)*.

regarde que moi. Moi, je ne me suis jamais occupée des affaires des autres. Pourquoi les autres s'occuperaient-ils des miennes ?

— Mon petit, les gens pardonnent presque tout ; la seule chose qu'ils ne pardonnent jamais, c'est de ne pas s'occuper de leurs affaires. Mais pourquoi crier comme un chat échaudé ? Vous avez dit assez souvent que vous faisiez fi de l'opinion de vos semblables. Pourquoi ne pas le prouver ? On vous a si souvent critiquée pour des bagatelles que vous devriez vous attendre à ce qu'on dise du mal de vous quand il s'agit d'une chose beaucoup plus grave. Vous saviez bien qu'on allait jaser, si vous épousiez une fripouille comme moi. Si j'étais une fripouille sans éducation et sans un sou, les gens ne seraient peut-être pas aussi enragés. Mais une fripouille riche et en pleine prospérité... bien entendu, ça ne se pardonne pas.

— Je voudrais pourtant bien que vous soyez sérieux de temps en temps.

— Mais je suis sérieux ! Les gens pieux sont furieux de voir prospérer les mécréants. Du nerf, Scarlett. Ne m'avez-vous pas confié un jour que vous vouliez surtout être riche pour pouvoir envoyer tout le monde au diable ! Voilà le moment.

— Mais c'était vous surtout que je voulais envoyer au diable, fit Scarlett en riant.

— Vous en avez toujours envie ?

— C'est-à-dire que je n'en ai pas aussi souvent envie qu'autrefois.

— Ne vous gênez pas, si ça peut vous faire plaisir.

— Oh ! ça ne me serait pas particulièrement agréable, déclara Scarlett en embrassant Rhett d'un geste machinal.

Rhett chercha avidement ses yeux et s'efforça d'y découvrir quelque chose qu'il ne trouva pas, puis il éclata d'un petit rire bref.

— Oubliez Atlanta, oubliez les vieilles chipies. Je vous ai emmenée à La Nouvelle-Orléans pour que vous vous amusiez, et j'ai l'intention que vous preniez du bon temps.

CINQUIÈME PARTIE

XLVIII

Scarlett s'amusa. Jamais elle ne s'était autant amusée depuis le printemps qui avait précédé la guerre. La Nouvelle-Orléans était si étrange, si captivante. Elle profita des plaisirs qui s'offraient à elle avec la frénésie d'un détenu à vie brusquement gracié. Les Carpetbaggers mettaient la ville en coupe réglée. Nombre d'honnêtes gens étaient chassés de chez eux et ne savaient même pas s'ils auraient de quoi manger le lendemain. Un nègre occupait le fauteuil du lieutenant gouverneur [1]. Mais La Nouvelle-Orléans que Rhett lui montra était l'endroit le plus gai qu'elle eût jamais vu. Les gens qu'elle rencontrait avaient de l'argent plein leurs poches et ne semblaient avoir aucun souci. Rhett la présenta à des douzaines de femmes, jolies femmes aux robes chatoyantes, femmes aux mains douces que n'avaient point flétries les rudes besognes, femmes qui riaient à tout propos et n'abordaient pas plus de graves problèmes stupides qu'elles ne parlaient de la dureté des temps. Et les hommes qu'elle fréquentait... comme ils étaient séduisants! Comme ils étaient différents des hommes d'Atlanta... Comme ils se disputaient la faveur de danser avec elle... et ils lui adressaient les compliments les plus extravagants, comme si elle était encore dans tout l'éclat de sa jeunesse.

1. La Nouvelle-Orléans n'est pas la capitale de l'État de Louisiane. La capitale se trouve à Bâton-Rouge *(N. d. T.)*.

Comme Rhett, ces hommes avaient en eux quelque chose de dur et de téméraire. Ils avaient toujours l'air sur le qui-vive. On eût dit qu'ils avaient mené trop longtemps une vie dangereuse et mouvementée pour jamais connaître tout à fait la tranquillité d'esprit. Ils semblaient n'avoir ni passé, ni avenir, et ils éconduisaient poliment Scarlett quand, pour entretenir la conversation, elle leur demandait ce qu'ils faisaient avant de s'installer à La Nouvelle-Orléans. Cela seul suffisait à leur conférer un caractère d'étrangeté, car à Atlanta chaque nouveau venu qui se respectait s'empressait de présenter ses lettres de créance, s'étendait avec complaisance sur son pays et sur sa famille, parcourait le lacis inextricable des relations qui recouvrait le Sud tout entier.

Ces hommes étaient plutôt taciturnes et surveillaient leurs propos. Parfois, lorsque Rhett se trouvait seul avec eux et que Scarlett se tenait dans une pièce voisine, elle les entendait rire et surprenait des fragments de conversation qui, pour elle, n'avaient aucun sens : bribes de phrases, noms singuliers... Cuba et Nassau au temps du blocus, la ruée vers l'or, le développement des affaires, le trafic d'armes, la contrebande, le Nicaragua, William Walker [1] et la façon dont il mourut contre un mur à Truxillo... Un jour, l'entrée inopinée de Scarlett mit brusquement un terme à une conversation qui roulait sur Quantreel [2] et sa bande, et la jeune femme saisit au vol les noms de Frank et de Jesse James [3].

1. Tour à tour journaliste, flibustier et, pendant un temps, dictateur virtuel du Nicaragua, il fut chassé de ce pays. Par la suite, ses menées politiques au Honduras lui valurent le peloton d'exécution *(N. d. T.)*.

2. Aventurier qui, à la tête d'une bande nombreuse, livra aux autorités américaines une véritable guerre de guérillas, razziant villes et villages, s'emparant des troupeaux. Il fut tué en 1864 *(N. d. T.)*.

3. Jesse James, espion sudiste pendant la guerre, devint vers 1867 chef d'une bande redoutable, spécialisée dans l'attaque des banques et des trains. Sa tête ayant été mise à prix pour 10 000 dollars, il fut trahi par deux de ses complices et abattu par eux en 1862. Son frère Frank, malgré sa participation à ses crimes, ne fut jamais traduit en justice et ne mourut qu'en 1915 *(N. d. T.)*.

Néanmoins, ils avaient tous d'excellentes manières, portaient des habits merveilleusement coupés et, sans aucun doute, admiraient fort Scarlett, si bien que, pour elle, ça n'avait aucune importance qu'il leur plût de vivre uniquement dans le présent. Ce qui comptait surtout, c'était que ces hommes étaient les amis de Rhett, possédaient de vastes demeures et de beaux attelages, l'emmenaient faire des promenades avec son mari, les invitaient tous deux à dîner, donnaient des réceptions en leur honneur. Aussi Scarlett avait-elle beaucoup de sympathie pour eux et elle amusa bien Rhett en lui faisant part de ce sentiment.

— J'étais sûr que vous les trouveriez sympathiques, dit-il en riant.

— Pourquoi pas? répondit-elle, aussitôt sur la défensive.

— Parce que ce sont tous des déclassés, des brebis galeuses, des canailles. Ce sont tous des aventuriers ou la fine fleur des Carpetbaggers. Ils ont tous gagné de l'argent en spéculant sur les vivres, comme votre mari adoré, ou en passant des contrats douteux avec le gouvernement ou en trafiquant d'une manière plus ou moins louche.

— Je n'en crois rien. Vous êtes en train de me taquiner. Ce sont les gens les plus comme il faut que...

— Dans cette ville-ci, les gens comme il faut crèvent de faim, déclara Rhett. Ils vivent avec dignité dans des taudis et je me demande si l'on me recevrait dans ces taudis. Vous comprenez, ma chère, c'est ici que, pendant la guerre, j'ai machiné quelques-unes de mes ténébreuses entreprises, et ces gens-là ont diablement bonne mémoire! Scarlett, vous êtes pour moi un sujet de joies constantes. Vous avez le chic pour sympathiser avec les gens que vous ne devriez pas voir et faire ce que vous ne devriez pas faire.

— Mais ce sont vos amis!

— Oh! mais c'est que j'aime les canailles. J'ai passé les premières années de mon adolescence à jouer aux cartes sur un bateau qui faisait le Mississippi, et je comprends ces gens-là. Mais je ne suis pas aveugle. Je sais à quoi m'en tenir sur leur compte... Tandis que vous... (Il se mit à rire de nouveau.)... vous n'avez aucun flair lorsqu'il s'agit de juger les gens, vous êtes incapable de différencier ceux qui sont bien de ceux qui sont mal. Il m'arrive de penser que les seules grandes dames que vous ayez connues ont été votre mère et Mme Melly, mais je crains que ni l'une ni l'autre n'aient eu d'influence sur vous.

— Melly! mais voyons, elle est bête comme ses pieds, elle ne sait pas s'habiller, elle n'a pas une seule idée originale!

— Évitez-moi une scène de jalousie, madame. La beauté ne fait pas une grande dame, pas plus que les habits ne font une très grande dame.

— Ah! non! Eh bien! attendez un peu, Rhett Butler, et vous allez voir! Maintenant que j'ai... que nous avons de l'argent, je vais devenir la femme du monde la plus accomplie que vous ayez jamais rencontrée!

— Je suivrai cette expérience avec intérêt, fit Rhett.

Plus grisantes encore que la compagnie des gens qu'elle fréquentait, étaient les robes que Rhett lui achetait, après en avoir lui-même choisi le coloris, le tissu et le modèle. On ne portait plus de crinolines et la nouvelle mode était ravissante avec ses robes à tournures garnies de fleurs, de flots de rubans et de cascades de dentelles. Elle songeait aux crinolines pudiques du temps de la guerre et se sentait un peu gênée de porter ces jupes qui, sans aucun doute, soulignaient les contours de ses cuisses et de son ventre. Et ces amours de petites capotes qui n'étaient pas des capotes à proprement parler, mais des bibis de rien du tout, perchés sur l'œil et surchargés de fruits, de fleurs, de plumes dansantes et de rubans qui flottaient au vent! (Si seulement Rhett n'avait pas fait la bêtise de jeter au feu les fausses boucles qu'elle avait achetées pour grossir la masse de ses cheveux tirés à l'indienne et ramenés en un chignon qui émergeait derrière ces petits chapeaux!) Et le trousseau délicat exécuté dans un couvent; comme il était joli! Que de parures elle avait! Chemises de jour et chemises de nuit, jupons de la toile la plus fine rehaussés de charmantes broderies et de fronces minuscules. Et les mules de satin que Rhett lui avait offertes! Elles avaient des talons d'au moins sept centimètres de haut et de larges boucles de strass, qui scintillaient de mille feux. Et des bas de soie, une douzaine, et pas une seule paire dont le haut fût en coton. Quel luxe!

Scarlett eut la témérité d'acheter des cadeaux pour les différents membres de sa famille : un jeune saint-bernard au long pelage pour Wade, qui mourait d'envie d'en avoir un, un chat de Perse pour Beau, un bracelet de corail pour la petite Ella, un lourd collier avec pendentif en pierre de lune pour tante Pitty, une édition des œuvres complètes de Shakespeare pour Mélanie et Ashley, une élégante livrée pour l'oncle Peter, sans oublier un haut-de-forme de cocher avec un plumet, des coupes de tissu pour Dilcey et Cookie, de coûteux présents pour chacun des habitants de Tara.

— Mais qu'avez-vous acheté pour Mama ? demanda Rhett en contemplant le monceau de cadeaux étalés sur le lit de la chambre d'hôtel et chassant le chien et le chat dans le cabinet de toilette.

— Rien du tout. Elle a été odieuse. Pourquoi lui ferais-je des cadeaux, quand elle nous traite de mules.

— Pourquoi la vérité vous blesserait-elle, mon petit ? Il faut que vous rapportiez quelque chose à Mama. Ce serait un crève-cœur pour elle si vous ne le faisiez pas... et des cœurs comme le sien sont trop précieux pour qu'on ne les ménage pas.

— Je ne lui rapporterai rien du tout. Elle ne le mérite pas.

— Alors, c'est moi qui lui achèterai quelque chose. Je me rappelle que ma Mama avait coutume de dire que, pour aller au Ciel, elle voulait un jupon de taffetas rouge si lourd qu'il se tiendrait tout seul et si soyeux qu'en entendant le frou-frou le bon Dieu le croirait fait avec des ailes d'anges. J'achèterai du taffetas rouge à Mama et je lui ferai faire un élégant jupon.

— Elle ne voudra rien recevoir de vous. Elle aimera mieux mourir que de porter ce jupon.

— Je n'en doute pas, mais ça ne m'empêchera pas d'avoir eu le geste.

Les boutiques de La Nouvelle-Orléans étaient si luxueuses, si remplies de tentations! Faire des courses avec Rhett était si passionnant! Mais aller au restaurant avec lui était plus passionnant encore, car il savait ce qui était bon et comment les plats devaient être préparés. Les vins, les liqueurs, les champagnes de La Nouvelle-Orléans réservaient d'agréables surprises à Scarlett, qui n'était habituée qu'au vin de mûres fait à la maison et au cognac des « faiblesses » de tante Pitty. Mais les menus préparés par Rhett! Oh! c'était une merveille. La cuisine de La Nouvelle-Orléans était encore ce qu'il y avait de mieux dans cette ville. Se rappelant les tristes jours de disette à Tara et les privations qu'elle s'imposait il n'y avait pas si longtemps, Scarlett trouvait qu'elle ne ferait jamais assez honneur à cette chère succulente, aux crevettes à la créole, aux colombes au vin, aux huîtres en barquettes, nageant dans une sauce onctueuse, aux champignons, aux ris de veau, aux foies de dinde, aux poissons habilement cuits à l'étouffée dans une enveloppe de papier huilé. Elle n'était jamais rassasiée, car chaque fois qu'elle évoquait les pois secs et les patates douces inexorablement servis sur la table de Tara, elle était prise de nouvelles fringales et se gavait de plats créoles.

— Vous mangez comme si chaque repas devait être le dernier, lui dit Rhett Ne nettoyez pas votre assiette, Scarlett, je suis sûr qu'il y a encore autre chose à la cuisine. Vous n'avez qu'à demander au garçon. Si vous continuez à vous empiffrer comme ça, vous allez devenir obèse comme les dames de Cuba, et je serai obligé de divorcer.

Mais Scarlett se contentait de lui tirer la langue et commandait aussitôt un autre énorme gâteau au chocolat garni de meringues.

Quel plaisir de dépenser sans compter, sans se dire qu'il fallait économiser pour payer les impôts ou acheter des mules! Quel plaisir de sortir avec des gens riches et gais qui ne traînaient pas leur misère hautaine comme ceux d'Atlanta! Quel plaisir de porter des robes de brocart qui amincissaient sa taille et découvraient généreusement les bras, le cou et même la gorge. Quel plaisir d'exciter l'admiration des hommes! Quel plaisir de manger tout ce dont on avait envie sans se faire dire qu'on ne se conduisait pas en femme du monde. Quel plaisir de boire du champagne à satiété!

La première fois qu'elle but plus que de raison, Scarlett fut bien ennuyée de se réveiller le lendemain matin avec une affreuse migraine et le souvenir fort déplaisant d'être rentrée à l'hôtel dans une voiture découverte, en chantant à tue-tête *le Beau Drapeau bleu*. Elle savait qu'une dame ne devait même pas se permettre d'être gaie, et la seule femme qu'elle eût jamais vue en état d'ébriété, c'était la Watling, le jour de la chute d'Atlanta. Elle se sentait si mortifiée qu'elle en était malade à l'idée de se retrouver devant Rhett, mais celui-ci prit l'affaire du bon côté. D'ailleurs, tout ce qu'elle faisait l'amusait, comme s'il assistait aux gambades d'un jeune chat.

C'était une véritable joie de sortir avec Rhett. Il était si bel homme! Jusque-là, Scarlett n'avait pas prêté une attention exagérée à sa personne et, à Atlanta tout le monde était bien trop occupé par ses méfaits pour s'attacher à son aspect extérieur. Mais à La Nouvelle-Orléans Scarlett pouvait remarquer la façon dont les femmes le regardaient et minaudaient lorsqu'il leur baisait la main. Après s'être bien rendu compte que son mari plaisait aux femmes et que celles-ci la jalousaient peut-être, elle finit par être très fière de se montrer en sa compagnie.

« Mais c'est que nous faisons un beau couple! » se disait-elle, non sans satisfaction.

Oui, ainsi que Rhett l'avait prophétisé, le mariage pouvait être très amusant. C'était non seulement très amusant, mais Scarlett apprenait une foule de choses, ce qui d'ailleurs ne laissait pas de l'étonner, car elle avait toujours pensé que la vie n'avait plus rien à lui apprendre. Maintenant, elle se sentait comme une enfant à qui chaque jour apporte une nouvelle découverte.

D'abord, elle apprit que la vie conjugale avec Rhett

était bien différente de ce qu'elle avait été, soit avec Charles, soit avec Frank. L'un et l'autre s'étaient montrés pleins de déférence pour elle et avaient tremblé devant ses colères. Ils avaient quémandé ses faveurs et elle ne leur avait jamais rien accordé qui ne lui plût. Rhett ne la craignait pas du tout, et elle se disait souvent qu'il n'avait même pas grand respect pour elle. Il en arrivait toujours à ses fins et quand Scarlett regimbait il se moquait d'elle. Elle ne l'aimait pas, mais Rhett était sans contredit un compagnon qui savait rendre passionnante la vie à deux. Ce qu'il y avait de plus captivant en lui, c'était que, même dans ses moments les plus fougueux, que rehaussaient parfois une pointe de cruauté ou de gaieté acide, il paraissait toujours maître de lui et de ses émotions.

« Ça doit tenir à ce qu'il n'est pas vraiment amoureux de moi, pensait Scarlett qui, du reste, ne s'en plaignait pas. Ça ne me dirait rien du tout de le voir perdre la tête de quelque manière que ce soit. » Cependant, à la seule idée que c'était dans le domaine des possibilités, elle sentait s'éveiller sa curiosité d'une manière troublante.

A force de vivre avec Rhett, elle apprit sur lui quantité de choses qu'elle ignorait. Et dire qu'elle avait cru si bien le connaître! Elle apprit que sa voix pouvait se faire aussi douce que la fourrure d'un chat et, un moment plus tard, dure et brutale s'il se mettait à jurer. Il lui arrivait de raconter, avec toutes les apparences de la sincérité et de l'admiration, des histoires survenues dans les pays étrangers où il était allé et dans lesquelles le courage, l'honneur, la vertu et l'amour jouaient un grand rôle, puis il les faisait suivre immédiatement de récits graveleux et froidement cyniques. Scarlett savait qu'aucun homme ne racontait de pareilles histoires à sa femme, mais ce genre de conversation lui plaisait et correspondait à quelque chose de vulgaire et de grossier en elle. Pendant de courts instants, il pouvait être un amant tendre et empressé pour se changer presque aussitôt en un démon provocant qui s'amusait à la faire sortir de ses gonds et observait avec délices les manifestations de son caractère explosif. Elle apprit que ses compliments étaient toujours à double tranchant et qu'il fallait se méfier de ses épanchements les plus affectueux. En fait, au cours de ces deux semaines qu'ils passèrent à La Nouvelle-Orléans, elle apprit presque tout de lui, sauf ce qu'il était en réalité.

Certains matins, il renvoyait la femme de chambre, apportait lui-même à Scarlett son petit déjeuner sur un plateau et la faisait manger comme une enfant. Ou bien il lui prenait la brosse des mains et se mettait à brosser la longue chevelure noire jusqu'à ce qu'on entendît les cheveux crépiter. D'autres fois, arrachant brusquement sa femme au sommeil, il envoyait promener toutes les couvertures du lit et chatouillait les pieds nus de Scarlett. D'autres fois encore, il l'écoutait avec recueillement parler de ses affaires et hochait la tête, comme pour la féliciter de sa sagacité, ou bien il n'hésitait pas à traiter ses opérations commerciales toujours plus ou moins louches de fripouilleries, de vols de grand chemin, voire d'escroqueries. Il l'emmenait au théâtre et l'agaçait en lui murmurant sans cesse à l'oreille que Dieu n'approuvait sans doute pas ce genre de distractions, par contre, à l'église, où il l'accompagnait, il lui débitait, *sotto voce*, toutes sortes d'obscénités et lui reprochait ensuite de rire sous cape. Il la poussait à raconter tout ce qui lui passait par la tête, à ne rien respecter et à tenir des propos osés. Scarlett lui emprunta le don des mots à l'emporte-pièce et des phrases sardoniques et elle prit vite l'habitude d'user de ce nouveau pouvoir sur les gens. Cependant, elle ne possédait ni ce sens de l'humour qui tempérait la méchanceté de Rhett, ni ce sourire narquois qui s'adressait aussi bien à lui-même qu'à autrui.

Chaque fois qu'elle y pensait, cela l'ennuyait un peu de ne pas se sentir supérieure à Rhett. C'eût été pourtant si agréable! Elle avait toujours pris d'assez haut tous les hommes qu'elle avait connus, résumant en deux mots l'opinion qu'elle avait d'eux : « Quels enfants! » Il en avait été ainsi pour son père, pour les frères Tarleton avec leur amour de la taquinerie et de la plaisanterie, pour les fils Fontaine avec leurs colères puériles, pour Charles, pour Frank, pour tous ceux qui lui avaient fait la cour pendant la guerre... bref, pour tout le monde sauf pour Ashley. Seuls Ashley et Rhett la dépassaient et échappaient à son pouvoir, car tous deux étaient des hommes véritables qui ne conservaient plus en eux le moindre élément enfantin.

Elle ne comprenait pas Rhett et ne se donnait pas la peine de le comprendre, bien que, de temps en temps, elle découvrit en lui des traits qui l'intriguaient. Il avait par exemple une façon bizarre de la regarder quand il pensait qu'elle ne s'en apercevait pas. En se retournant brusquement, elle l'avait souvent surpris en train de l'observer et avait lu dans ses yeux une expression ardente et inquiète, comme s'il attendait quelque chose.

— Pourquoi me regardez-vous ainsi ? demanda-t-elle un jour avec colère. Vous avez l'air d'un chat embusqué devant un trou de souris!

Rhett se ressaisit aussitôt et se contenta de rire. Scarlett ne tarda pas à oublier cet incident et ne chercha plus à savoir ce qui se passait en Rhett. D'ailleurs, c'eût été peine perdue. Il était trop indéchiffrable et la vie était fort agréable... sauf quand elle pensait à Ashley.

Rhett ne lui laissait guère le temps de penser à Ashley. Au cours de la journée, elle ne pensait presque jamais à lui, mais le soir, la nuit, lorsqu'elle était lasse d'avoir dansé et que la tête lui tournait d'avoir bu trop de champagne, il n'en allait pas de même. Fréquemment, tandis que, dans un demi-sommeil, elle reposait entre les bras de Rhett et que la lune inondait le lit de sa clarté, elle se disait combien la vie serait belle si seulement c'étaient les bras d'Ashley qui la serraient si fort, si seulement c'était Ashley qui enfouissait le visage sous sa chevelure sombre et se l'enroulait autour du cou.

Une nuit qu'elle songeait à tout cela, elle poussa un soupir et tourna la tête du côté de la fenêtre. Un moment plus tard, elle sentit le bras massif qui lui entourait le cou devenir dur comme du fer et elle entendit la voix de Rhett s'élever dans le silence : « Que Dieu damne pour l'éternité votre petite âme fourbe ! »

Alors, il se leva, se rhabilla et quitta la chambre, malgré les protestations de Scarlett, stupéfaite. Il reparut le lendemain matin, à l'heure du petit déjeuner, les cheveux en désordre, passablement ivre et d'une humeur massacrante. Il ne s'excusa pas et ne daigna même pas expliquer les raisons de sa fugue.

Scarlett ne lui demanda rien. Elle lui manifesta la plus extrême froideur comme le devait une épouse bafouée et, lorsqu'elle eut achevé son repas, elle s'habilla sous l'œil injecté de Rhett et s'en alla courir les magasins. En rentrant, elle ne trouva plus Rhett. Elle ne le revit que le soir pour le dîner.

Ce fut un repas silencieux. Scarlett avait toutes les peines du monde à ne pas laisser éclater sa colère. Non seulement c'était sa dernière soirée à La Nouvelle-Orléans, mais elle voulait faire honneur à la grosse langouste qu'on lui avait servie, et la mine renfrognée de Rhett lui gâchait tout son plaisir. Néanmoins, elle ne perdit pas une bouchée de son dîner et but une énorme quantité de champagne. Ce fut peut-être la combinaison de la langouste et du champagne qui lui valut cette nuit-là de refaire son ancien cauchemar. Elle se réveilla en sursaut, couverte d'une sueur froide et secouée de sanglots convulsifs. Elle était revenue à Tara. La propriété était désolée. Sa mère était morte et, avec elle, le monde avait perdu son équilibre de force et de sagesse. Il n'y avait plus personne vers qui se tourner, plus personne sur qui compter. Une forme terrifiante la poursuivait. Elle courait à perdre haleine. Son cœur était près de se rompre. Elle courait au milieu d'une brume épaisse et mouvante. Elle appelait de toutes ses forces et elle cherchait à tâtons ce refuge inconnu, ce havre de grâce qui devait se trouver quelque part derrière le brouillard dont elle était enveloppée.

Lorsqu'elle se réveilla, Rhett était penché sur elle. Sans un mot, il la souleva dans ses bras comme une enfant et la serra tout contre lui. Le contact de ses muscles durs était réconfortant. Les « voyons ! voyons ! »

qu'il se mit à prononcer comme une lente mélopée apaisèrent Scarlett et bientôt ses sanglots se calmèrent.

— Oh! Rhett. J'avais si froid et si faim. J'étais si fatiguée et je n'arrivais pas à trouver. Je courais à perdre haleine dans la brume et je ne trouvais rien.

— Qu'est-ce que tu n'arrivais pas à trouver, ma chérie?

— Je ne sais pas. Je voudrais bien le savoir.

— C'est toujours ton vieux rêve?

— Oh! oui.

Il la reposa doucement sur le lit et alluma une bougie dont le reflet donna à ses yeux injectés et à ses traits accusés l'aspect énigmatique d'une figure gravée dans la pierre. Sa chemise, ouverte jusqu'à la taille, découvrait une poitrine bronzée recouverte de poils noirs et épais. Malgré sa frayeur, qui la faisait frissonner de la tête aux pieds, Scarlett fut troublée par l'impression de force indomptable qui se dégageait de ce torse et murmura :

— Serrez-moi bien fort, Rhett.

— Chérie! dit-il à voix basse et, la reprenant dans ses bras, il alla s'asseoir dans un grand fauteuil où il garda Scarlett blottie contre lui.

— Oh! Rhett, c'est terrible d'avoir faim.

— Oui, ça doit être terrible de rêver qu'on meurt de faim, après avoir englouti un dîner de sept plats, y compris cette énorme langouste, remarqua Rhett en souriant, mais sans se départir de son ton affectueux.

— Oh! Rhett, j'avais beau courir et chercher de tous les côtés, je n'arrivais pas à trouver ce que je cherchais, ni même à savoir ce que c'était. C'est toujours caché dans le brouillard. Je sais que si j'arrivais à le trouver, je serais sauvée pour toujours et je n'aurais plus jamais, jamais, ni froid, ni faim.

— Est-ce quelqu'un ou quelque chose que vous cherchez?

— Je n'en sais rien. Je ne me le suis jamais demandé. Rhett, croyez-vous que je rêverai un jour que je découvre enfin cette chose mystérieuse et que je suis sauvée?

— Non, fit-il en lissant ses cheveux en désordre. Je

ne crois pas. Avec les rêves, ça ne se passe pas comme ça. Mais je suis persuadé qu'à force de voir que vous ne manquez plus de rien dans l'existence, et que vous ne courez aucun danger, vous finirez par ne plus jamais faire ce rêve. Et, Scarlett, je me charge de veiller sur votre sécurité.

— Rhett, vous êtes si gentil.

— Merci du compliment ! Scarlett, je veux que tous les matins, quand vous vous réveillerez, vous vous disiez : « Tant que Rhett sera là et que le gouvernement des États-Unis tiendra, je n'aurai jamais le ventre creux et il ne m'arrivera jamais rien. »

— Le gouvernement des États-Unis ? fit Scarlett, qui, intriguée, se redressa, le visage encore ruisselant de larmes.

— L'argent de la Confédération suit désormais de nouvelles destinées. J'en ai placé la majeure partie en obligations de l'État.

— Cornebleu ! s'exclama Scarlett qui, déjà, avait perdu le souvenir de ses récentes terreurs. Vous voulez dire que vous avez prêté votre argent aux Yankees ?

— Moyennant un beau pourcentage.

— Ça me serait bien égal que ce soit du cent pour cent ! Il faut que vous vendiez ça immédiatement. En voilà une idée de laisser les Yankees tripoter votre argent !

— Et que dois-je en faire ? interrogea Rhett avec un sourire, tout en remarquant qu'il n'y avait plus aucune trace d'inquiétude dans les yeux de sa femme.

— Voyons... voyons... vous pourriez acheter des terrains aux Cinq Fourches. Je parie que vous pourriez acheter les Cinq Fourches tout entières avec l'argent que vous avez.

— Merci, mais je n'y tiens pas. Maintenant que les Carpetbaggers ont la haute main sur le gouvernement de la Georgie, il est impossible de prédire ce qui va se passer. Avec cette nuée de busards venus des quatre points cardinaux s'abattre sur la Georgie, j'aime mieux me tenir à carreau. En bon Scallawag que je suis, je leur fais risette, mais je n'ai aucune confiance en eux. Non, pas de placements immobiliers. Je préfère les obligations. On peut les cacher. On ne cache pas très facilement des terrains ou des immeubles.

— Croyez-vous que... commença Scarlett, qui pâlit en pensant aux scieries et au magasin.

— Je n'en sais rien. Mais ne prenez pas cet air-là, Scarlett. Notre charmant nouveau gouverneur est un de mes bons amis. Non, je veux seulement dire que l'époque est trop peu sûre et que je ne veux pas immobiliser mes capitaux en achetant du foncier.

Il assit Scarlett sur l'un de ses genoux et se pencha en arrière pour prendre un cigare qu'il alluma. Les pieds pendants et nus, Scarlett regarda jouer les muscles de sa poitrine et se sentit tout à fait rassurée.

— Tenez, puisque nous sommes sur ce chapitre, fit Rhett, je vous annonce que j'ai l'intention de faire construire une maison. A force de le tyranniser, vous avez peut-être obtenu de Frank d'aller habiter chez tante Pitty, mais je vous préviens qu'avec moi ça ne prendra pas. Je crois que je ne pourrais pas supporter de voir votre tante tourner de l'œil trois fois par jour, et de plus, je pense que l'oncle Peter n'hésiterait pas à m'occire avant que je m'installe sous le toit sacré des Hamilton. Mlle Pitty n'aura qu'à demander à Mlle India Wilkes de venir habiter avec elle, comme ça elle sera tranquille et n'aura pas peur du croquemitaine. Quand nous serons de retour à Atlanta, nous nous installerons à l'Hôtel National, dans l'appartement réservé aux jeunes mariés, et nous y resterons jusqu'à ce qu'on ait terminé notre maison. Avant notre départ, je me suis rendu acquéreur d'un vaste terrain en bordure de la rue du Pêcher, celui qui se trouve à côté de chez les Leyden. Vous voyez ce que je veux dire.

— Oh! Rhett, c'est merveilleux. J'ai tant envie d'avoir une maison à moi, une grande, grande maison.

— Allons, nous voilà enfin d'accord sur un point. Que diriez-vous d'une maison en stuc blanc avec du fer forgé comme les maisons créoles d'ici?

— Oh! non, Rhett. Pas de ces trucs vieillots comme on en voit à La Nouvelle-Orléans. Je sais exactement ce que je veux. C'est tout ce qu'il y a de plus moderne, puisque j'en ai vu la reproduction dans... dans... allons... ah! oui, dans le *Harper's Weekly*. C'était un modèle de chalet suisse.

— Un quoi ?

— Un chalet suisse.

— Épelez-moi ça.

Scarlett s'exécuta.

— Oh! oh! fit Rhett en se caressant la moustache.

— C'était ravissant. Ça avait un toit très haut et très en pente et, de chaque côté, s'élevait une sorte de tourelle. Les fenêtres des tourelles avaient des vitres rouges et bleues. Ça avait beaucoup d'allure.

— Il devait y avoir aussi une véranda avec une balustrade en bois chantourné.

— Oui.

— Et une frise d'ornements spiraloïdes qui pendaient du toit ?

— Oui. Vous avez dû voir quelque chose qui ressemblait à cela.

— Oui... mais pas en Suisse. Les Suisses sont très intelligents et très sensibles à la beauté architecturale. Vous voulez pour de bon une maison comme celle-là ?

— Oh! oui!

— J'avais espéré que votre goût s'améliorerait à mon contact. Pourquoi pas une maison créole ou une maison de style colonial [1] à six colonnes blanches ?

— Je vous ai dit que je ne voulais rien de vieillot! Et puis, à l'intérieur, nous aurons des papiers rouges aux murs et des portières de velours rouge pour masquer les portes à glissière et... oh! oui... des tas de meubles en noyer très chers et de grands tapis très épais... Oh! Rhett les gens en crèveront de jalousie quand ils verront notre maison.

— Est-il si nécessaire d'exciter la jalousie des gens ? Enfin, si vous tenez à ce qu'ils en crèvent. Pourtant, Scarlett, ne vous est-il pas venu à l'idée que ce n'est guère de très bon goût d'étaler un tel luxe, quand tout le monde est si pauvre.

1. Style simple et charmant des maisons du XVIIIe siècle dans le sud des États-Unis *(N. d. T.)*.

— Je veux que ce soit comme ça, fit-elle avec entêtement. Je veux que tous les gens se mordent les doigts d'avoir été méchants pour moi. Et je donnerai de telles réceptions que tout Atlanta regrettera d'avoir dit tant de mal de moi.

— Mais qui assistera à vos réceptions ?

— Mais tout le monde, bien sûr.

— J'en doute. La Garde meurt, mais ne se rend pas.

— Oh! Rhett, comme vous y allez! Quand on a de l'argent, on jouit toujours de la sympathie des gens.

— Pas avec les Sudistes. Pour qui a gagné de l'argent en spéculant, il est encore plus difficile de s'introduire dans la meilleure société que pour un chameau de passer dans le chas d'une aiguille. Quant aux Scallawags... c'est-à-dire vous et moi, mon chou, nous pourrons nous estimer heureux si l'on ne nous crache pas au visage. Mais enfin, si vous voulez tenter votre chance, je soutiendrai vos efforts, ma chère, et je suis sûr de m'amuser énormément à suivre votre campagne. Et, puisqu'il est question d'argent, mettons un peu les choses au net. Vous aurez autant d'argent que vous voudrez pour votre maison et pour vos robes. Si vous aimez les bijoux, vous en aurez, mais c'est moi qui les choisirai. Vous avez un goût si exécrable, mon chou. Vous pourrez acheter tout ce que vous voudrez pour Wade ou pour Ella. Si Will Benteen veut intensifier sa production de coton, je suis tout disposé à contribuer à la réussite de ce merle blanc dans le comté de Clayton que vous aimez tant. C'est assez honnête, n'est-ce pas ?

— Bien sûr. Vous êtes généreux.

— Mais écoutez-moi bien. Pas un sou pour le magasin, pas un sou pour vos entreprises révolutionnaires.

— Oh! fit Scarlett, le visage subitement altéré.

Pendant tout son voyage de noces, elle avait réfléchi au moyen d'amener la conversation sur la question des mille dollars dont elle avait besoin pour acheter du terrain destiné à agrandir son dépôt de bois.

— Tiens! moi qui croyais que vous passiez votre temps à vous vanter d'avoir l'esprit large. Je me figurais que ça vous était bien égal ce qu'on racontait sur mon rôle de femme d'affaires, mais vous êtes comme tous les autres hommes... vous avez une peur bleue qu'on ne dise que c'est moi qui porte la culotte dans le ménage.

— Je vous garantis bien que les gens n'auront jamais à se demander un seul instant qui porte la culotte dans le ménage Butler, déclara Rhett d'un ton traînant. Je me fiche pas mal de ce que racontent les imbéciles. En fait, je suis assez mal élevé pour m'enorgueillir d'avoir une femme débrouillarde. Je tiens à ce que vous continuiez de vous occuper du magasin et des scieries. Ces entreprises appartiennent à vos enfants. Quand Wade sera plus grand, il n'aura sans doute aucune envie d'être à la charge de son beau-père, et à ce moment-là il pourra prendre la direction de vos affaires. En tout cas, moi, je me refuse à mettre le moindre argent dans lesdites affaires.

— Pourquoi ?

— Parce que je n'ai aucune envie de contribuer à l'entretien d'Ashley Wilkes.

— Vous n'allez tout de même pas recommencer avec ça ?

— Non. Mais vous m'avez demandé mes raisons et je vous les donne. Et puis, il y a autre chose. Ne comptez pas pouvoir truquer vos livres de dépenses et ne cherchez pas à m'embobiner en me racontant que vos robes et l'entretien de la maison vous coûtent ceci et cela. Je devine trop bien que ce serait pour mettre de l'argent de côté et acheter des mules et une autre scierie à Ashley. J'ai la ferme intention de contrôler et de surveiller étroitement vos dépenses, et je connais le prix de chaque chose. Oh! ne prenez pas cet air offensé! Je sais que vous en seriez fort capable. Il ne faut pas tenter le diable. Je vous aurai à l'œil en ce qui concerne Tara et Ashley. Tara, au fond, ça m'est égal, mais Ashley, rien à faire! Je vous laisse la bride sur le cou, mon chou, soit! mais n'oubliez pas que j'ai quand même en réserve un mors et une paire d'éperons.

XLIX

Mme Elsing tendit l'oreille. Entendant Mélanie traverser le vestibule et pénétrer dans la cuisine où le bruit de vaisselle et le cliquetis de l'argenterie annonçaient la venue prochaine d'une collation, elle se retourna et se mit à parler à voix basse aux dames qui faisaient cercle dans le salon, leur corbeille à ouvrage sur les genoux.

— Pour ma part, je ne rendrai jamais visite à Scarlett, dit-elle, son visage distingué encore plus glacé qu'à l'ordinaire.

Les autres dames, membres du Cercle de Couture pour les Veuves et les Orphelins de la Confédération, posèrent aussitôt l'aiguille et rapprochèrent leurs rocking-chairs. Toutes ces personnes grillaient d'envie de s'entretenir de Rhett et de Scarlett, mais la présence de Mélanie les en avait empêchées. La veille, le couple était revenu à Atlanta et avait pris l'appartement réservé aux jeunes mariés à l'Hôtel National.

— Hugh prétend que je devrais leur rendre une visite de politesse à cause de ce que le capitaine a fait pour lui, reprit Mme Elsing. Et la pauvre Fanny est de son avis et déclare qu'elle aussi ira leur rendre visite. Je lui ai pourtant dit : « Fanny, sans Scarlett, Tommy serait encore en vie à l'heure qu'il est. C'est une insulte à sa mémoire d'aller faire cette visite. » Mais Fanny n'a rien trouvé de mieux à me répondre que : « Maman, ce ne sera pas Scarlett que j'irai voir, mais bien le capitaine Butler. Il a fait tout ce qu'il a pu pour sauver Tommy, et ce n'est pas sa faute s'il n'y a pas réussi. »

— Que les femmes sont donc stupides! fit Mme Merriwether. Rendre visite, elle est bien bonne! (Son opulente poitrine se souleva d'indignation au souvenir de l'accueil grossier que lui avait réservé Scarlett, quand elle était allée la voir avant son mariage.) Ma petite Maybelle est aussi bête que votre

Fanny. Elle m'a dit qu'elle et René iront leur rendre visite, parce que c'est grâce au capitaine Butler que René n'a pas été pendu. Et moi aussi je lui ai démontré que si Scarlett avait été moins téméraire son mari n'aurait couru aucun danger. Quant au grand-père Merriwether, il tient absolument à y aller. Il n'arrête pas de radoter et de dire qu'il a beaucoup de reconnaissance pour cette crapule. Depuis que mon beau-père a mis les pieds chez cette Watling, il est devenu impossible. Rendre visite, il en est bien question! moi, je n'irai certainement pas. En épousant un tel homme, Scarlett s'est mise hors la loi. C'était déjà bien assez quand il spéculait pendant la guerre et qu'il gagnait une fortune tandis que nous mourions de faim, mais maintenant qu'il est à tu et à toi avec les Carpetbaggers et les Scallawags et qu'il est lié... oui, parfaitement, lié avec ce sinistre individu de Bullock... Rendre visite, parlons-en!

Mme Bonnell soupira. C'était une femme corpulente au visage gai et ouvert.

— Ils ne leur rendront qu'une seule visite, par politesse, Dolly. Moi, je ne trouve pas qu'on puisse les en blâmer. J'ai entendu dire que tous les hommes qui avaient participé à l'expédition du Klan avaient l'intention d'aller voir le capitaine Butler, et je pense qu'ils ont raison. D'un autre côté, j'ai bien du mal à croire que Scarlett est la fille de sa mère. J'étais en classe à Savannah avec Ellen Robillard. C'était une camarade exquise et je l'aimais beaucoup. Si seulement son père ne l'avait pas empêchée d'épouser son cousin Philippe Robillard! En fait, on n'avait rien de grave à reprocher à ce garçon... Il faut bien que les jeunes gens jettent leur gourme. Mais Ellen a dû quitter la ville et épouser le vieil O'Hara qui lui a donné une fille comme Scarlett. Non, vraiment, il faut que j'aille lui rendre une visite en souvenir de sa mère.

— Voilà bien de la niaiserie sentimentale! lança Mme Merriwether avec force. Kitty Bonnell, avez-vous l'intention de rendre visite à une femme qui s'est remariée un an à peine après la mort de son mari? Une femme...

— Et c'est elle qui a causé la mort de M. Kennedy, interrompit India d'un ton calme, mais rempli de venin.

Chaque fois qu'il était question de Scarlett, elle avait toutes les peines du monde à rester polie, car elle se souvenait toujours de Stuart Tarleton.

— D'ailleurs, j'ai toujours pensé que même avant la mort de M. Kennedy ils en ont fait plus tous les deux que les gens ne l'ont supposé.

Avant que ces dames fussent revenues de la stupeur causée par une telle déclaration dans la bouche d'une demoiselle, elles aperçurent Mélanie dans l'encadrement de la porte. Elles avaient été si accaparées par leur échange de commérages qu'elles n'avaient point entendu le pas léger de leur hôtesse. Elles avaient toutes l'air de collégiennes prises en flagrant délit de bavardage par leur professeur. Elles se sentaient toutes penaudes, mais leur consternation fit bientôt place à l'inquiétude devant le changement d'expression de Mélanie. La colère lui enflammait les joues, ses yeux lançaient des éclairs, ses narines frémissaient. Jusque-là, personne n'avait jamais vu Mélanie en colère. Aucune des dames présentes ne la croyait capable de se mettre dans cet état. Elles l'aimaient toutes, mais elles la considéraient comme une jeune femme très douce et très docile, pleine de respect pour ses aînées et sans la moindre idée originale.

— Comment oses-tu dire cela, India ? fit-elle d'une voix assourdie par la colère. Où la jalousie va-t-elle te mener ? Quelle honte !

India blêmit, mais elle redressa la tête.

— Je ne retirerai rien de ce que j'ai dit, déclara-t-elle laconiquement.

« Serais-je donc jalouse ? » se demanda-t-elle, troublée. Entre le souvenir de Stuart Tarleton, de Honey et de Charles, n'avait-elle pas de quoi être jalouse de Scarlett ? N'avait-elle pas de quoi la détester, surtout maintenant qu'elle la soupçonnait d'avoir attiré Ashley dans ses filets ? « J'aurais bien des choses à dire sur Ashley et sur ta précieuse Scarlett », pensa-t-elle. India était partagée entre le désir de se taire pour ne pas nuire à son frère et celui de le sauver en faisant part de ses soupçons à Mélanie et au monde entier. Comme ça Scarlett serait bien forcée de renoncer à tout espoir sur lui. Mais ce n'était pas le moment. Du reste, elle ne pouvait porter aucune accusation précise, elle n'avait que des soupçons.

— Je ne retire rien de ce que j'ai dit, répéta-t-elle.

— Dans ces conditions, je suis enchantée que tu ne vives plus sous mon toit, fit Mélanie d'un ton glacial.

India se leva d'un bond, ses joues creuses s'empourprèrent.

— Mélanie, toi... ma belle-sœur.. tu ne vas pas te fâcher avec moi pour cette espèce de gourgandine...

— Scarlett est également ma belle-sœur, déclara Mélanie en regardant India droit dans les yeux. Et j'ai plus d'affection pour elle que si nous avions eu la même mère. Si tu oublies ce qu'elle a fait pour moi, moi je m'en souviens. Elle est restée à mes côtés pendant tout le siège, alors qu'elle aurait fort bien pu retourner chez elle, alors que tante Pitty elle-même s'était enfuie à Macon. Elle a mis mon enfant au monde, alors que les Yankees étaient aux portes d'Atlanta. Elle n'a pas hésité à nous emmener à Tara, mon petit Beau et moi, alors qu'elle aurait très bien pu nous laisser ici, à l'hôpital, où nous aurions été pris par les Yankees. Nous avons fait ensemble cette terrible randonnée, elle m'a soignée, elle m'a nourrie, même quand elle était fatiguée, même quand elle avait faim. Parce que j'étais malade et que je ne pouvais pas me lever, elle m'a donné le meilleur matelas de Tara. Lorsque j'ai pu marcher, c'est moi qui ai eu la seule paire de souliers intacte. Tu peux oublier tout ce qu'elle a fait pour moi, India, mais, moi, c'est impossible. Quand Ashley est revenu de la guerre, malade, découragé, sans foyer, sans un sou en poche, elle l'a hébergé chez elle comme une sœur. Quand nous avons voulu aller nous installer dans le Nord et que c'était un crève-cœur pour nous de quitter la Georgie, Scarlett est intervenue et a confié à Ashley la direction d'une de ses scieries. Quant au capitaine Butler, il a sauvé la vie d'Ashley, uniquement par bonté d'âme, car il ne lui devait rien... Moi, je garderai une reconnaissance éternelle à Scarlett et au capitaine Butler. Voyons, India! Comment peux-tu oublier ce que Scarlett a fait pour moi et pour Ashley ? Comment peux-tu tenir si peu à ton frère, au point de salir l'homme qui lui a sauvé la vie ? Tu aurais beau te traîner à genoux aux pieds du capitaine Butler et de Scarlett, ça ne suffirait encore pas.

— Voyons, Melly, commença Mme Merriwether, qui avait recouvré son aplomb. Ce n'est pas une façon de parler à India.

— J'ai entendu également ce que vous avez dit de Scarlett, s'exclama Mélanie en faisant face à la grosse dame, comme un duelliste qui, après avoir désarmé l'un de ses adversaires épuisé, se retourne rageusement contre un second. Et vous aussi, madame Elsing, je vous ai entendue. Je me moque pas mal de ce que vous pensez d'elle dans vos esprits mesquins. Ça, ça vous regarde. Mais ce que vous dites d'elle chez moi, ça me regarde. Et je ne comprends pas que vous puissiez nourrir d'aussi horribles pensées et encore moins que vous puissiez les exprimer. Les hommes de vos familles comptent-ils donc si peu pour vous, que vous aimeriez mieux les voir morts que vivants ? N'éprouvez-vous donc aucune gratitude envers celui qui les a sauvés, et qui les a sauvés au péril de sa vie ? Les Yankees l'eussent facilement pris pour un membre du Klan, s'ils avaient découvert la vérité. Ils auraient pu le pendre. Mais ça ne l'a pas empêché de s'exposer pour sauver vos parents, pour sauver votre beau-père, madame Merriwether, et votre gendre et vos deux neveux par-dessus le marché, et votre frère, madame Bonnell, et votre fils et votre gendre, madame Elsing. Vous n'êtes que des ingrates! Je vous demande à toutes de me faire des excuses.

Mme Elsing se leva, après avoir enfoui précipitamment son ouvrage dans son sac.

— Si jamais quelqu'un m'avait dit que vous pourriez être aussi mal élevée, Melly... Non, je ne vous ferai pas d'excuses. India a raison, Scarlett est une rien du tout, une dévergondée. Je ne peux pas oublier la façon dont elle s'est conduite pendant la guerre. Et je ne peux pas oublier non plus la façon si basse dont elle s'est conduite depuis qu'elle a un peu d'argent...

— Ce que vous ne pouvez pas oublier, moi je le sais, coupa Mélanie en serrant ses poings menus. C'est qu'elle a retiré à Hugh la direction de la scierie parce qu'il n'était pas à la hauteur de sa tâche.

— Melly! gémirent plusieurs voix en chœur.

Mme Elsing releva le menton et sortit du salon. La main sur la poignée de la porte d'entrée, elle s'arrêta et se retourna.

— Melly, fit-elle d'une voix radoucie. Tout ceci me brise le cœur. J'étais la meilleure amie de votre mère et j'ai aidé le docteur Meade à vous mettre au monde. Je vous aime comme ma fille. S'il s'agissait de quelque chose d'important, ce serait moins pénible de vous entendre parler ainsi, mais pour une femme comme Scarlett O'Hara, qui n'hésiterait pas plus à vous jouer un mauvais tour qu'à l'une quelconque d'entre nous...

Dès les premières paroles de Mme Elsing, Mélanie avait senti les larmes lui monter aux yeux, mais lorsque la vieille dame eut terminé, ses traits se durcirent.

— Je voudrais que l'on comprenne bien que toutes celles d'entre vous qui n'iront pas rendre visite à Scarlett peuvent se dispenser de remettre les pieds chez moi, fit-elle.

Un murmure de voix accueillit cette déclaration. Les dames se levèrent toutes ensemble. Mme Elsing laissa tomber son sac à ouvrage sur le plancher et rentra dans le salon, sa fausse frange tout de travers.

— Non, non! pas de ça! s'écria-t-elle. Vous n'êtes pas dans votre état normal, Melly. Vous ne savez pas ce que vous dites. Vous resterez mon amie et je resterai la vôtre. Je ne tolérerai pas un tel malentendu entre nous.

Elle pleurait et, sans savoir comment, Mélanie se retrouva dans ses bras, ruisselante de pleurs, elle aussi, mais déclarant entre deux sanglots qu'elle ne retirait pas un mot de ce qu'elle avait dit. Plusieurs autres dames fondirent en larmes et Mme Merriwether, après s'être mouchée avec un bruit de trompette, pressa sur son sein, à la fois Mme Elsing et Mélanie. Tante Pitty, transformée en statue dès le début de la scène, s'évanouit pour de bon cette fois-là et s'affaissa brusquement par terre. Au milieu des larmes, de la confusion, des embrassades et des allées et venues des dames parties à la recherche d'un flacon de sels et d'une bouteille de cognac, une seule personne conserva son calme et resta les yeux secs. Puis India Wilkes se retira sans qu'on s'en aperçût.

Un peu plus tard, le grand-père Merriwether retrouvait l'oncle Henry Hamilton au café de la « Belle d'Aujourd'hui » et lui rapportait tous les détails de cette réunion qu'il tenait de Mme Merriwether. Il commenta les événements de la journée avec délectation, car il était ravi que quelqu'un ait eu le courage de tenir tête à sa redoutable belle-fille. Lui n'avait à coup sûr jamais eu ce courage.

— Alors, quelle décision a enfin prise ce troupeau d'oies stupides ? demanda l'oncle Henry avec humeur.

— Je n'en sais fichtre rien, répondit le grand-père, mais j'ai l'impression que Melly a gagné la partie. Je parie qu'elles vont toutes aller rendre visite au ménage Butler, au moins une fois. Les gens en font un foin autour de ta nièce, Henry.

— Melly est une sotte et ces dames ont raison. Scarlett est une sale petite peste, et je ne comprends pas que Charlie l'ait épousée, fit l'oncle Henry d'un air sombre. D'un autre côté, Melly n'a pas tort. Ce serait correct que les familles des hommes sauvés par le capitaine Butler se dérangent. A tout prendre, je n'ai pas grand-chose contre Butler. Il s'est conduit en type épatant le soir où il nous a sauvé la mise. C'est Scarlett qui me chagrine. Elle est un peu trop débrouillarde pour son bien. Allons, il faudra que j'y aille, moi aussi. Scallawag ou non, Scarlett est en somme ma nièce par alliance. J'avais l'intention d'aller la voir vers la fin de l'après-midi.

— J'irai avec toi, Henry. Dolly va piquer une crise de nerfs quand elle apprendra ça. Attends un peu que je prenne un autre verre.

— Non, nous nous en ferons offrir un par le capitaine Butler. C'est une justice à lui rendre, il sait ce qui est bon.

Rhett avait dit avec raison que la Vieille Garde ne se rendrait jamais. Il savait le peu de prix qu'il fallait attacher aux quelques visites rendues au ménage et il savait dans quel esprit elles avaient été faites. Les familles de ceux qui avaient participé au malheureux coup de main du Klan furent les premières à se présenter, mais, par la suite, espacèrent leurs visites et n'invitèrent jamais les Butler chez elles.

Rhett déclara que personne ne serait venu si l'on n'avait craint les représailles de Mélanie. Scarlett se demanda où il était allé « pêcher » cette idée-là et traita les affirmations de son mari avec le plus parfait mépris. Quelle influence Mélanie pouvait-elle bien avoir sur des gens comme Mme Elsing ou Mme Merriwether ? D'ailleurs, Scarlett se moquait pas mal que ces dames ne vinssent plus la voir. Leur société ne lui manquait guère, car son appartement était constamment rempli d'invités d'un autre type, des « gens nouveaux » comme les appelaient les anciens habitants d'Atlanta, quand ils ne les gratifiaient pas d'une appellation moins polie.

Bon nombre de « gens nouveaux » résidaient à l'Hôtel National en attendant, à l'exemple de Rhett et de Scarlett, que leur maison fût achevée. Riches et gais, élégants et dépensiers, ils ressemblaient beaucoup aux amis de Rhett à La Nouvelle-Orléans et, comme eux, n'aimaient point à s'étendre sur leurs antécédents. Tous les hommes affichaient des idées républicaines et « se trouvaient à Atlanta pour des affaires qui intéressaient le gouvernement de l'État ». Que pouvait être au juste ce genre d'affaires ? Scarlett ne le savait pas et ne cherchait pas à le savoir.

Rhett aurait pu lui dire exactement de quoi il s'agissait. Ces hommes jouaient le rôle de busards auprès des animaux qui meurent. Ils flairaient la mort de loin et, répondant tous à l'invite, ils se précipitaient à la curée. Le gouvernement de la Georgie par les Georgiens n'était plus. l'État restait sans défense et les aventuriers accouraient de toutes parts.

Les épouses des Scallawags et des Carpetbaggers amis de Rhett se pressèrent en foule dans le salon de Scarlett et les « gens nouveaux » auxquels elle avait vendu du bois de construction en firent autant. Rhett lui démontra qu'ayant été en relation d'affaires avec eux elle se devait de les recevoir et, les ayant reçus, elle trouva leur compagnie fort agréable. Les femmes portaient de ravissantes toilettes et ne parlaient jamais ni de la guerre, ni de la dureté des temps, car leur conversation roulait uniquement sur la mode, sur les scandales qui éclataient et sur le whist. Scarlett n'avait jamais joué aux cartes auparavant, mais elle se mit au whist avec plaisir et devint rapidement une excellente joueuse.

Chaque fois qu'elle se trouvait à l'hôtel, son appartement s'emplissait d'une foule de joueurs de whist, mais elle n'était pas souvent chez elle, car la construction de sa maison lui prenait trop de temps. A cette époque-là, ça lui était absolument indifférent de recevoir ou de ne pas recevoir de visites. Son rôle mondain ne commencerait que le jour où, sa maison achevée, elle posséderait la plus vaste demeure d'Atlanta et y présiderait aux réceptions les plus courues de la ville.

Tout au long des chaudes journées d'été, elle regarda s'élever peu à peu sa maison de pierre rouge qui se couvrit de bardeaux gris et finit par dépasser toutes les autres maisons de la rue du Pêcher. Scarlett en oubliait son magasin et ses scieries. Elle passait son temps sur le chantier à discuter avec les charpentiers, à se prendre de bec avec les maçons, à harceler l'entrepreneur. Une fois le gros œuvre terminé, Scarlett pensa avec satisfaction que sa maison serait la plus grande et la plus belle de la ville. Elle serait même encore plus imposante que la demeure des James, qui s'élevait non loin de là et que l'on venait d'acheter pour servir de résidence officielle au gouverneur Bullock.

Les balustrades et les larmiers de la demeure du gouverneur avaient beau être chantournés, ils n'en étaient pas moins ridiculisés par les ornements compliqués qui embellissaient la maison de Scarlett. La demeure du gouverneur comportait une salle de bal, mais celle-ci était ramenée aux dimensions d'une table de billard à côté de la salle de bal qui, chez Scarlett, occupait tout le troisième étage. En fait, la nouvelle maison éclipsait toutes celles de la ville, y compris la résidence du gouverneur. Nulle part on ne pouvait voir autant de coupoles, de petites et de grandes tours, de balcons, de paratonnerres et de fenêtres aux vitraux colorés.

Une véranda faisait tout le tour du bâtiment et l'on y accédait par quatre escaliers disposés sur chacune des faces. Le vaste jardin était semé de verdure et garni de bancs rustiques en fer. On y avait élevé une serre, garantie du plus pur style gothique, et deux grandes statues en fer dont l'une représentait un cerf et l'autre un dogue, gros comme un poney des Shetland. Pour Wade et Ella, un peu ahuris par les dimensions, le luxe et l'obscurité de bon ton de leur nouveau foyer, ces deux animaux de métal étaient les seules notes réconfortantes.

A l'intérieur, la maison fut meublée selon le vœu de Scarlett. Une épaisse moquette rouge recouvrait tout le plancher. Des tentures de velours rouge dissimulaient les portes. Les meubles, dernier cri, étaient en noyer passé au vernis noir et sculptés partout où il y avait eu un pouce de bois à tailler. Quant aux sièges, ils étaient si bien rembourrés de crin que les dames devaient s'y asseoir avec les plus grandes précautions pour ne pas glisser par terre. Tous les murs s'ornaient de longs trumeaux et de glaces enchâssées dans des cadres dorés, ce qui fit dire à Rhett, d'une voix nonchalante : « On se croirait presque chez Belle Watling. » Entre les glaces étaient suspendues des gravures sur acier aux cadres massifs que Scarlett avait commandées spécialement à New York et dont certaines avaient jusqu'à deux mètres cinquante de long. Les murs étaient tendus d'un papier sombre, les pièces étaient très hautes de plafond et la maison était toujours plongée dans une demi-obscurité, car aux fenêtres pendaient des rideaux en peluche de couleur prune qui arrêtaient presque toute la lumière du jour.

A tout prendre, c'était une demeure à en tomber raide de saisissement et Scarlett, tout en foulant les tapis épais et en s'abandonnant au moelleux des lits, se rappelait les planchers froids et les paillasses de Tara et ne s'estimait pas mécontente. Elle considérait sa maison comme la plus belle et la plus élégante qu'elle eût jamais vue, par contre, Rhett déclara que c'était un cauchemar. Cependant, puisqu'elle était heureuse, eh bien! tant mieux.

— Quelqu'un qui ne vous connaîtrait pas saurait tout de suite que cette maison a été bâtie avec de l'argent mal acquis, dit-il. Vous savez cela, Scarlett. Bien mal acquis ne profite jamais, et notre maison est une vivante illustration de cet axiome. C'est exactement la maison que construirait un profiteur.

Mais Scarlett, débordante de joie et d'orgueil, la tête farcie de projets de réceptions qu'elle donnerait quand elle et son mari seraient complètement installés, pinça l'oreille de Rhett d'un geste mutin et se contenta de dire : « Taratata! »

Elle savait maintenant que Rhett aimait à lui rabattre le caquet et que si elle avait le malheur de prendre ses saillies au sérieux il trouvait le moyen de lui gâcher tout son plaisir. Dans ces cas-là, une dispute s'ensuivait toujours, mais Scarlett ne tenait guère à croiser le fer avec Rhett, car elle avait régulièrement le dessous. Elle préféra donc faire la sourde oreille à ce qu'il disait et elle essaya, tout au moins pendant un certain temps, de tourner en dérision ce qu'elle était forcée d'entendre.

Pendant leur voyage et pendant la plus grande partie de leur séjour à l'Hôtel National, Rhett et Scarlett avaient vécu en bons termes, mais à peine se furent-ils installés dans leur maison, où Scarlett s'entoura aussitôt de ses nouveaux amis, que de brusques et violentes querelles éclatèrent entre eux. C'étaient des querelles de courte durée, car Scarlett ne pouvait pas tenir tête bien longtemps à Rhett, qui accueillait ses injures avec une indifférence glaciale et guettait patiemment l'instant de la frapper au défaut de la cuirasse. Scarlett cherchait toujours à envenimer le débat, tandis que Rhett se contentait de lui dire ce qu'il pensait d'elle, de ses actes, de sa maison et de ses nouvelles relations, et il lui arrivait de porter des jugements de telle nature que Scarlett ne pouvait pas les prendre comme de simples boutades.

Par exemple, lorsqu'elle décida de donner au « magasin général Kennedy » un titre plus ronflant, elle demanda à Rhett de lui trouver un nom qui renfermât le mot « Emporium [1] ». Rhett proposa « Caveat Emporium » et assura à sa femme que rien ne conviendrait mieux au genre de marchandises vendues dans le magasin. Scarlett pensa que ce titre avait fière allure et alla même jusqu'à commander une enseigne. Heureusement pour elle, Ashley, assez gêné, se vit dans l'obligation de lui expliquer le sens véritable de ces deux mots et Rhett, bien entendu, rit à gorge déployée du bon tour qu'il avait joué à Scarlett, folle de rage.

Et puis, il y avait la façon dont il se comportait avec Mama. Mama n'était jamais revenue sur son opinion sur Rhett qui, pour elle, restait une mule sous des harnais de cheval. Elle était très polie avec lui, mais lui manifestait une grande froideur. Elle l'appelait toujours « cap'taine Butler », jamais « missié Rhett ». Elle ne le remercia même pas lorsqu'il lui offrit le jupon et ne porta jamais celui-ci. Elle tenait le plus possible Ella et Wade à l'écart de Rhett, bien que Wade adorât l'oncle Rhett et que l'oncle Rhett eût manifestement beaucoup d'affection pour le jeune garçon. Cependant, au lieu de renvoyer Mama ou d'être sec et dur avec elle, Rhett l'entourait de prévenances et la traitait en fait avec infiniment plus de courtoisie qu'il ne traitait Scarlett elle-même. Il demandait toujours à Mama la permission d'emmener Wade à cheval et la consultait avant d'acheter des poupées

1. Emporium veut dire « grand magasin ». Nous avons conservé le terme anglais pour rendre possible le jeu de mots de Rhett *(N. d. T.)*.

à Ella. Et Mama avait bien du mal à rester polie avec lui.

Scarlett trouvait que Rhett aurait dû prendre plus à cœur son rôle de chef de famille et se montrer plus ferme avec Mama, mais Rhett se contentait de rire et de déclarer que c'était Mama le véritable chef de la famille.

Il mettait Scarlett hors d'elle en lui disant que dans quelques années, lorsque les républicains ne tiendraient plus la Georgie sous leur coupe et que les démocrates seraient revenus au pouvoir, elle regretterait amèrement sa conduite.

— Quand les démocrates auront un gouverneur, et une législature à eux, tous vos nouveaux amis de bas étage seront balayés de la scène et renvoyés à leurs tavernes et à leurs grottes. Et vous vous retrouverez gros Jean comme devant, sans aucune relation. C'est ça, c'est ça, ne songez pas au lendemain.

Scarlett riait et non sans raison, car, à cette époque-là, Bullock n'avait rien à craindre pour son poste de gouverneur. Vingt-sept nègres avaient été élus à la législature, et des milliers de démocrates étaient privés du droit de vote.

— Les démocrates ne reviendront jamais au pouvoir. Ils passent leur temps à exciter davantage les Yankees et à compromettre leurs chances de reconquérir le terrain perdu. Ils ne font que palabrer et organiser des sorties nocturnes avec le Klan.

— Ils reviendront. Je connais les Sudistes. Je connais les Georgiens. Ils sont aussi énergiques que têtus. Même s'ils doivent déclarer une nouvelle guerre pour revenir, même s'ils doivent acheter les votes des nègres comme les Yankees, ils n'hésiteront pas. Même s'ils doivent faire voter dix mille morts, comme l'ont fait les Yankees, tous les hommes enterrés dans les cimetières de Georgie prendront part au vote. Les choses commencent à prendre si mauvaise tournure sous la clémente domination de votre cher ami Rufus Bullock, que la Georgie ne va pas tarder à vomir ce personnage.

— Rhett, n'employez pas des mots aussi vulgaires!

s'exclama Scarlett. Vous parlez comme si je ne devais pas être ravie de voir les démocrates revenir au pouvoir. Croyez-vous que ça me plaise de voir partout ces soldats qui me rappellent... croyez-vous que j'aime... voyons, mais je suis une Georgienne, moi aussi. Je serais enchantée du retour des démocrates, mais ils ne reviendront pas. Et même s'ils revenaient, en quoi cela nuirait-il à mes amis ? Ne conserveraient-ils pas leur fortune ?

— S'ils savent la conserver, mais au train où ils vont, je doute que certains d'entre eux soient capables de la garder plus de cinq ans. Plus facilement on gagne de l'argent, plus vite on le dépense. Leur argent ne les améliorera pas, pas plus que le mien ne vous a améliorée. En tout cas, mon argent ne vous a pas encore changée en cheval, n'est-ce pas, ma jolie mule ?

La brouille qui suivit cette dernière remarque dura longtemps. Après que Scarlett eut boudé pendant quatre jours et fait comprendre tacitement qu'elle attendait des excuses, Rhett partit pour La Nouvelle-Orléans et emmena Wade avec lui, malgré les protestations de Mama. Il resta absent jusqu'à ce que la colère de sa femme fût apaisée, mais Scarlett lui en voulut toujours de ne pas avoir cédé.

Quand il revint de La Nouvelle-Orléans, froid et impénétrable, Scarlett ravala de son mieux sa rancœur. Pour le moment, elle voulait avoir l'esprit libre de toute préoccupation et se consacrer entièrement à la première réception qu'elle allait donner chez elle. Ce serait une grande soirée avec plantes vertes et orchestre et un souper qui lui en faisait venir l'eau à la bouche. Elle comptait inviter tous les gens qu'elle connaissait à Atlanta, tous ses vieux amis, et tous les nouveaux, toutes les personnes charmantes dont elle avait fait la connaissance depuis son retour de voyage de noces. Dans la fièvre où elle vivait, elle en arrivait presque à oublier les traits décochés par Rhett et elle était heureuse, plus heureuse qu'elle ne l'avait été depuis des années.

Oh! quel plaisir d'être riche, de donner des réceptions et de ne jamais calculer ses dépenses! Quel plaisir d'acheter les meubles et les robes les plus chers, de manger ce qu'il y avait de meilleur et de ne jamais s'occuper des factures! Que c'était donc merveilleux de pouvoir envoyer des chèques à tante Pauline et à tante Eulalie à Charleston et d'autres chèques encore à Will Benteen à Tara! Dire que les envieux prétendaient qu'il n'y avait pas que l'argent qui comptait!

Scarlett envoya les cartes d'invitation à tous ses amis et connaissances, aux anciens comme aux nouveaux, même à ceux pour lesquels elle n'avait aucune sympathie. Elle ne fit d'exception ni pour Mme Merriwether, qui avait été presque grossière lorsqu'elle lui avait rendu visite à l'Hôtel National, ni pour Mme Elsing, qui avait observé une attitude glaciale. Elle invita Mme Meade et Mme Whiting, qui ne la portaient pas dans leur cœur et qui, elle le savait, seraient fort gênées parce qu'elles n'avaient pas de toilettes assez convenables pour assister à une réunion aussi élégante. En effet, la pendaison de crémaillère de Scarlett, autrement dit la « cohue », selon le terme à la mode employé pour définir ce genre de soirées, qui tenaient du bal et de la réception, fut de loin la plus somptueuse qu'Atlanta eût jamais vue.

Ce soir-là, la maison et les vérandas, tendues de vélums, s'emplirent d'invités qui buvaient du punch au champagne, engloutissaient des pâtés en croûte et des huîtres à la crème et dansaient au son d'un orchestre soigneusement dissimulé derrière un rideau de plantes vertes. Pourtant, en dehors de Mélanie et d'Ashley, de tante Pitty et de l'oncle Henry, du docteur et de Mme Meade, ainsi que du grand-père Merriwether, aucun de ceux que Rhett avait appelés « La Vieille Garde » n'assista à la réunion.

Bon nombre de membres de la Vieille Garde avaient décidé à contrecœur de se rendre à la « cohue ». Quelques-uns avaient accepté à cause de Mélanie, d'autres parce qu'ils estimaient avoir une dette envers Rhett, qui avait sauvé leur vie et celles de leurs parents. Mais, deux jours auparavant, le bruit s'était répandu dans Atlanta que le gouverneur Bullock avait été invité. La Vieille Garde manifesta son mécontentement par une avalanche de cartes dans lesquelles chacun exprimait son regret de ne pouvoir accepter l'aimable invitation de Scarlett. Quant aux vieux amis, venus quand même, leur petit groupe, gêné mais résolu, battit en retraite dès l'arrivée du gouverneur.

Scarlett fut si estomaquée et si mortifiée par cet affront que toute sa soirée en fut gâchée. Son élégante « cohue »! Elle l'avait préparée avec tant d'amour et il y avait eu à peine de vieux amis et pas du tout de vieux ennemis pour en admirer la splendeur! Lorsque le dernier invité se fut retiré à la pointe du jour, elle aurait fondu en larmes et donné libre cours à sa colère si elle n'avait craint que Rhett n'éclatât de rire, si elle n'avait pas eu peur de lire dans ses yeux noirs et pétillants un « je vous l'avais bien dit ». Elle se domina tant bien que mal et joua l'indifférence.

Elle se rattrapa le lendemain matin en s'offrant le luxe de faire une scène à Mélanie.

— Tu m'as insultée, Melly Wilkes, et tu as poussé Ashley et les autres à m'insulter également! Tu sais très bien qu'ils ne seraient jamais rentrés chez eux aussi tôt, si tu ne les avais pas entraînés. Oh! je t'ai bien vue! Juste au moment où je cherchais le gouverneur Bullock pour te le présenter, tu t'es sauvée comme un lapin!

— Je ne croyais pas... je ne pouvais pas croire qu'il serait là, répondit Mélanie au supplice. Même pas avec ce que tout le monde disait...

— Tout le monde ? Ainsi, tout le monde jase et s'en prend à moi, n'est-ce pas ? s'écria Scarlett avec fureur. Tu veux dire que si tu avais su que le Gouverneur serait là tu ne serais pas venue toi non plus ?

— Non, murmura Mélanie en fixant le plancher. Non, ma chérie, je n'aurais pas pu venir.

— Oh! ça, par exemple! Alors, tu m'aurais fait le même affront que les autres!

— Oh! je t'en supplie, s'exclama Mélanie, désespérée. Je n'ai pas voulu te faire de peine. Tu es une sœur pour moi, ma chérie, tu es la veuve de Charlie et je...

Elle posa une main timide sur le bras de Scarlett, mais celle-ci la repoussa et regretta amèrement de ne pouvoir brailler aussi fort que Gérald lorsqu'il était en colère. Cependant, Mélanie ne se tint pas pour battue. Les yeux dans les yeux verts et étincelants de Scarlett, elle se raidit et adopta une attitude remplie de dignité, qui contrastait singulièrement avec son corps et son visage d'enfant.

— Je suis navrée que tu sois vexée, ma chère, mais il m'était aussi impossible de tendre la main au gouverneur Bullock qu'à un républicain ou à un Scallawag quelconque. Que ce soit chez toi ou ailleurs, je ne veux pas fréquenter ces gens-là, même si je dois... si je dois... (Mélanie chercha l'épithète qui exprimât le mieux sa pensée)... oui, même si je dois être grossière.

— Tu me reproches mes fréquentations ?

— Non, ma chère, mais ces gens-là sont tes amis et non les miens.

— Tu me reproches d'avoir reçu le Gouverneur chez moi ?

Mise au pied du mur, Mélanie n'en regarda pas moins Scarlett sans sourciller.

— Ma chérie, quand tu fais quelque chose, tu obéis toujours à un motif sérieux. Je t'aime et j'ai confiance en toi, et ce n'est pas moi qui t'adresserais des reproches. Je ne tolérerais pas non plus que l'on dise du mal de toi en ma présence. Mais, Scarlett. Oh! voyons! et brusquement les paroles jaillirent des lèvres de Mélanie à flots précipités. (Paroles âpres et violentes, prononcées d'une voix assourdie par la haine.) Peux-tu oublier ce que ces gens nous ont fait! Peux-tu oublier la mort de notre Charles chéri, la santé d'Ashley ébranlée, ruinée, l'incendie des Douze Chênes? Oh! Scarlett, tu ne peux tout de même pas oublier cet homme épouvantable que tu as tué, après qu'il eut mis la main sur la boîte à couture de ta mère! Tu ne peux pas oublier le passage des hommes de Sherman à Tara, de ces bandits qui sont allés jusqu'à voler notre linge de corps, qui ont failli brûler la maison et qui ont osé s'emparer du sabre de papa! Oh! Scarlett, ce sont ces mêmes gens qui nous ont volés, qui nous ont torturés, qui nous ont laissés mourir de faim, que tu as invité à ta réception! Ces mêmes gens qui ont permis aux nègres de nous imposer leur loi, qui nous dépouillent et qui empêchent nos hommes de voter! Moi je ne peux pas oublier et je n'oublierai pas. Je ne veux pas que mon petit Beau oublie et j'enseignerai à mes petits-enfants à haïr ces gens... et aux petits-enfants de mes petits-enfants si Dieu me prête vie jusque-là! Scarlett, comment peux-tu oublier?

Mélanie s'arrêta pour reprendre haleine, et Scarlett la regarda, stupéfaite, arrachée à sa propre colère par la violence de ces paroles.

— Me prends-tu pour une imbécile? fit-elle avec impatience. Bien entendu je me rappelle! Mais tout cela appartient au passé, Melly. Désormais, notre rôle est de faire contre mauvaise fortune bon cœur et je m'y emploie. Le gouverneur Bullock et certains républicains parmi les plus convenables peuvent nous être très utiles, si nous savons mener notre barque.

— Il n'y a pas de gens convenables parmi les républicains, déclara catégoriquement Mélanie. Et je ne veux pas de leur aide. Je ne veux pas faire contre mauvaise fortune bon cœur, quand il s'agit de s'abaisser devant les Yankees.

— Grand Dieu, Mélanie! On n'a pas idée de se mettre dans des états pareils!

— Oh! s'écria Mélanie, qui parut soudain prise de remords. Évidemment, je suis allée un peu loin! Scarlett, je ne voulais ni te blesser, ni te blâmer. Personne n'a la même opinion et tout le monde a le droit de penser ce qu'il veut. Voyons, ma chérie, je t'aime et tu le sais, et quoi que tu fasses rien n'altérera mon affection pour toi. Et toi, tu m'aimes toujours, n'est-ce pas? Je ne te suis pas devenue odieuse, au moins? Scarlett, je ne pourrais pas supporter qu'il y eût quelque chose entre nous... après toutes les épreuves que nous avons traversées ensemble! Dis-moi que tu ne m'en veux pas!

— Ça va, ça va, Melly! En voilà une tempête dans un verre d'eau! fit Scarlett d'un ton boudeur, mais sans repousser sa belle-sœur, qui l'avait prise par la taille.

— Allons, nous voilà réconciliées, s'écria Mélanie, enchantée, mais elle ajouta doucement : Je veux que nous continuions à nous voir comme avant, ma chérie. Seulement tu me feras savoir quels jours tu reçois tes républicains et tes Scallawags et, ces jours-là, je n'irai pas chez toi.

— Tu sais, ça m'est totalement indifférent que tu viennes ou que tu ne viennes pas chez moi, déclara Scarlett, qui remit son chapeau et partit en colère.

Au cours des semaines qui suivirent sa soirée, Scarlett eut bien du mal à feindre son mépris total de l'opinion publique. En dehors de Mélanie et de Pitty, d'Ashley et de l'oncle Henry, aucune de ses anciennes relations ne vint la voir et personne ne l'invita aux modestes réceptions que donnaient les vieilles familles d'Atlanta. Elle en fut sincèrement peinée. N'avait-elle donc pas fait les premiers pas pour conclure la paix et montrer à ces gens qu'elle ne leur en voulait pas d'avoir tenu sur elle des propos désobligeants ? Ils devaient pourtant se douter qu'elle n'avait pas plus de sympathie qu'eux-mêmes pour le gouverneur Bullock, mais qu'il valait mieux se mettre bien avec lui. Les imbéciles! Si tout le monde se mettait bien avec les républicains, la Georgie ne serait pas longue à sortir du guêpier où elle se trouvait.

Scarlett ne se rendait pas compte, alors, que, d'un seul coup, elle avait rompu à jamais le lien fragile qui la rattachait au passé et aux amis d'autrefois. Mélanie elle-même, malgré son influence, ne pouvait pas rattacher ce fil ténu comme un fil de la Vierge. D'ailleurs, Mélanie, effarée, le cœur brisé, mais toujours loyale, ne faisait rien pour cela. Même si Scarlett avait voulu renouer avec le passé, elle en eût été incapable désormais. La ville entière lui tournait le dos. La haine implacable qui enveloppait le régime Bullock s'étendait sur elle aussi. Elle était passée à l'ennemi. Sa naissance, ses relations de famille ne comptaient plus. On la rangeait dorénavant dans la catégorie des tourne-casaque, des partisans des noirs, des traîtres, des républicains et des Scallawags.

Après avoir souffert un certain temps sous son masque d'indifférence, Scarlett finit par reprendre le dessus et laisser parler sa véritable nature. Elle n'était pas femme à se laisser abattre bien longtemps par les changements d'attitude de l'espèce humaine ou à se lamenter toute sa vie sur un échec. Elle ne tarda pas à faire litière des commérages des Merriwether, des Elsing, des Whiting, des Bonnell, des Meade et de tant d'autres. Qu'on dise d'elle ce qu'on voulait. Elle s'en moquait pas mal puisque Mélanie continuait de venir chez elle et amenait Ashley. Or voir Ashley était pour elle ce qui comptait le plus. Et puis, il y avait des tas de gens qui ne demandaient pas mieux que d'assister à ses réunions, des gens bien plus sympathiques que ces vieilles bonnes femmes à l'esprit borné. Chaque fois qu'elle donnerait une réception, elle ne serait pas en peine de remplir sa maison d'invités bien plus gais, bien plus élégants que tous ces idiots et toutes ces idiotes guindés et mal fagotés qui lui reprochaient sa conduite!

Tous ces gens auxquels elle pensait étaient des nouveaux venus à Atlanta. Certains étaient des camarades de Rhett, d'autres se livraient avec lui à de mystérieuses opérations qu'il se contentait d'appeler « de simples affaires, mon chou! » D'autres étaient des ménages dont Scarlett avait fait la connaissance à l'Hôtel National, d'autres enfin étaient des fonctionnaires nommés par le gouverneur Bullock.

Le milieu dans lequel évoluait Scarlett était des plus mélangés. Parmi ses nouvelles relations se trouvaient les Gelert, qui avaient vécu tour à tour dans une douzaine d'États et avaient dû chaque fois plier bagage en hâte à la suite d'histoires plus ou moins louches; les Connington, dont les accointances avec le Bureau des Affranchis d'un État lointain leur avait permis de réaliser une fortune, au détriment des nègres qu'ils étaient censés protéger; les Deal, qui avaient vendu des chaussures de « carton » au gouvernement confédéré jusqu'au jour où ils s'étaient vus dans la nécessité d'aller passer un an en Europe ; les Hindon, qui avaient eu maille à partir avec la police de différentes cités, mais n'en soumissionnaient pas moins avec succès pour le compte du gouvernement; les Caraban, qui avaient d'abord tenu un tripot et qui maintenant risquaient des sommes énormes, avec l'argent de l'État, sur des chemins de fer qui n'existaient pas ; les Flaherty, qui, en 1861, avaient acheté du sel à un *cent* la livre et qui l'avaient revendu à cinquante *cents* en 1863, et les Bart, qui avaient dirigé, pendant la guerre, la maison de tolérance la mieux achalandée d'une grande ville du Nord et qui, maintenant, fréquentaient les hautes sphères du monde des Carpetbaggers.

Ces gens-là étaient devenus les amis intimes de Scarlett, mais, parmi ceux qui assistaient à ces réceptions, figuraient des personnes assez cultivées et assez distinguées, dont plusieurs étaient même d'excellentes familles. Outre la fine fleur des Carpetbaggers, des gens du Nord fort recommandables venaient s'installer à Atlanta, où ils étaient attirés par l'activité trépidante que présentait la ville en cette période de reconstruction et d'expansion. De riches familles yankees envoyaient leurs jeunes fils dans le Sud, afin de prospecter de nouveaux territoires. Après avoir quitté l'armée, des officiers yankees établissaient leurs foyers dans cette cité dont ils avaient eu tant de mal à s'emparer. Étrangères dans une ville étrangère, toutes ces personnes acceptèrent d'abord avec empressement les invitations de la riche et hospitalière Mme Butler, mais elles ne tardèrent pas à lui battre froid. Il ne leur fallut pas longtemps en effet pour se rendre compte de ce que valaient les Carpetbaggers et elles apprirent à les haïr autant que les haïssaient les véritables Georgiens. Bon nombre d'entre elles devinrent démocrates et plus sudistes que les Sudistes eux-mêmes.

D'autres continuaient, à leur corps défendant, de fréquenter le salon de Scarlett, uniquement parce qu'en dehors d'elle personne ne voulait les recevoir. Ils eussent de beaucoup préféré les salons tranquilles de la Vieille Garde, mais la Vieille Garde s'opposait à tout commerce avec eux. Parmi ces derniers se trouvaient les professeurs yankees qui étaient partis pour le Sud gonflés du désir de relever le niveau intellectuel des nègres et des Scallawags qui, imbus de la tradition démocratique, n'en avaient pas moins rallié le parti républicain, après la reddition.

On eût été bien en peine de dire qui, des professeurs yankees ou des Scallawags, inspirait la plus franche haine aux anciens habitants de la ville ; néanmoins, la balance penchait plutôt du côté des Scallawags. On pouvait toujours régler la question des professeurs d'un « Que peut-on attendre de Yankees entichés des nègres ! Ils se figurent que les nègres les valent ! » Mais, pour les Georgiens qui s'étaient faits républicains, il n'y avait aucune excuse.

Bon nombre d'ex-soldats confédérés avaient connu cette peur qui s'emparait des hommes lorsqu'ils voyaient leur famille dans la misère et ils se montraient plus tolérants envers d'anciens camarades passés au parti adverse pour que les leurs ne mourussent pas de faim. Mais les femmes restaient implacables. La Cause leur était plus chère, maintenant qu'elle était perdue, qu'au temps de sa gloire. On en faisait une sorte de fétiche. Tout ce qui s'y rapportait était sacré : les tombes de ceux qui étaient morts pour elle, les champs de bataille, les drapeaux en loques, les sabres accrochés dans les vestibules, les lettres jaunies jadis expédiées du front, les vétérans. Les femmes étaient impitoyables pour les anciens ennemis, et désormais Scarlett était rangée parmi les ennemis.

Dans cette société aux éléments disparates, réunis par les exigences de la situation politique, il n'y avait qu'un point commun : l'argent. Comme la plupart de ces gens n'avaient jamais eu, avant la guerre, plus de vingt-cinq dollars en poche, ils étaient maintenant lancés dans une frénésie de dépenses comme Atlanta n'en avait jamais connu.

Avec l'avènement des républicains au pouvoir, la ville entra dans une ère de prodigalités et de fastes dont tous les raffinements n'arrivaient pas à cacher la bassesse et le vice. Jamais le fossé entre les plus riches et les plus pauvres n'avait été aussi profond. Ceux qui occupaient le haut de l'échelle ne se souciaient nullement des moins fortunés, à l'exception des nègres, bien entendu. Rien n'était trop beau pour eux. Il fallait pour eux les meilleures écoles et les meilleurs logements, les vêtements les plus confortables, les distractions les plus recherchées, car ils représentaient la force politique et chacun de leur vote comptait. Par contre les gens d'Atlanta ruinés par la guerre auraient pu mourir de faim et s'affaisser dans la rue, les républicains nouvellement enrichis n'auraient même pas levé le bout du petit doigt.

Jeune mariée, belle et provocante avec ses toilettes luxueuses, solidement soutenue par la fortune de Rhett, Scarlett, triomphante, se laissait emporter sur la crête de cette vague de vulgarité. L'époque lui convenait. Grossièreté et arrogance, rudesse et poudre aux yeux, trop de femmes parées comme des idoles, trop d'intérieurs clinquants, trop de bijoux et de chevaux, trop de plats sur les tables et trop de whisky. Lorsque, par hasard, elle y pensait, elle se disait que, d'après les principes d'Ellen, aucune des femmes de son entourage n'était une véritable femme du monde. Mais, depuis le jour lointain où, dans le salon de Tara, elle avait décidé de devenir la maîtresse de Rhett, elle avait trop souvent enfreint les principes d'Ellen pour en avoir du remords.

Ses nouveaux amis n'étaient peut-être pas, à proprement parler, des hommes et des femmes du monde, mais comme les amis de Rhett à La Nouvelle-Orléans ils étaient si amusants! Tellement plus amusants que ses anciens amis d'Atlanta, qui passaient leur temps à l'église ou à lire Shakespeare. En dehors du court intervalle de sa lune de miel, elle ne s'était jamais autant amusée depuis fort longtemps. Jamais non plus elle n'avait éprouvé une telle impression de sécurité. Maintenant qu'elle se sentait à l'abri de tout danger, elle ne songeait qu'à danser, à jouer, à faire la folle, à se gaver de bonnes choses et de bon vin, à se parer d'étoffes de soie et de satin, à se vautrer sur des lits et des sofas moelleux. Et elle s'en donnait à cœur joie.

Encouragée par la tolérance amusée de Rhett, débarrassée de toutes les contraintes de son enfance, délivrée de la crainte de retomber dans la misère, elle s'offrait le luxe dont elle avait toujours rêvé : n'en faire qu'à sa tête et envoyer promener les gens qui ne lui plaisaient pas.

Elle avait appris à connaître cette délicieuse griserie propre à ceux dont le mode d'existence est une insulte à la société organisée, l'ivresse propre au joueur, à celui qui monte une escroquerie, à l'aventurière de haut vol, à tous ceux qui réussissent grâce à leur audace et à leur cran. Elle disait et faisait exactement tout ce dont elle avait envie et, presque du jour au lendemain, son insolence ne connut plus de bornes.

Elle n'hésitait pas à traiter de haut ses nouveaux amis républicains et Scallawags, mais jamais elle n'était plus insolente ni plus grossière qu'avec les officiers yankees de la garnison et les membres de leurs familles. Parmi les gens dont la masse hétéroclite avait fondu sur Atlanta, seuls les militaires se virent interdire la porte de Scarlett. Il n'y avait pas que Mélanie qui fût incapable d'oublier ce que signifiait un uniforme bleu. Pour Scarlett, cet uniforme avec ses boutons dorés évoquerait toujours les craintes du siège, la terreur de la fuite, le pillage et l'incendie, la misère et le travail forcé. Maintenant qu'elle était riche et qu'elle était protégée par l'amitié du gouverneur et de nombreux républicains influents, elle pouvait malmener à sa guise les uniformes bleus, et elle ne s'en privait pas.

Un jour, Rhett lui fit remarquer nonchalamment que la plupart des hommes qu'elle recevait sous son toit portaient ce même uniforme bleu, il n'y avait pas si longtemps encore. Elle répliqua qu'un yankee n'avait l'air d'un Yankee que sous l'uniforme bleu, ce à quoi Rhett riposta : « Constance, tu es un joyau précieux ! » et haussa les épaules.

Scarlett haïssait la couleur qu'ils portaient et prenait d'autant plus de plaisir à leur faire subir toutes sortes d'affronts qu'à chaque fois ils en tombaient des nues. Les officiers et leurs familles pouvaient s'étonner à juste titre d'un pareil traitement, car la plupart d'entre eux étaient des gens tranquilles et bien élevés qui, se trouvant bien seuls dans un pays hostile, ne pensaient qu'à retourner chez eux et avaient un peu honte de la canaille dont ils étaient obligés de soutenir le pouvoir. En fait, ces gens appartenaient à un milieu infiniment plus élevé que celui des commensaux de Scarlett. Les épouses des officiers étaient ahuries que la brillante Mme Butler attirât sur son cœur des créatures aussi communes que cette Bridget Flaherty, avec ses cheveux rouges et, au contraire, n'eût que mépris pour elles.

Cependant, les dames que Scarlett attirait sur son cœur n'avaient pas toujours à se louer de ses procédés, mais elles supportaient joyeusement le mal. Pour elles, Scarlett ne représentait pas seulement la richesse et l'élégance, mais encore l'ancien régime, avec ses vieux noms, ses vieilles familles, et ses traditions. Les vieilles familles, auprès desquelles elles auraient tant voulu s'introduire, avaient beau consigner leur porte à Scarlett, les dames de la nouvelle aristocratie n'en savaient rien. Elles savaient uniquement que le père de Scarlett avait été un grand propriétaire d'esclaves et sa mère une Robillard de Savannah et que son mari était Rhett Butler, de Charleston. Cela leur suffisait. Scarlett était pour elles le premier coin qu'elles enfonçaient dans cette société où elles tenaient tant à pénétrer, cette société représentée par des gens qui les méprisaient, ne leur rendaient pas leurs invitations et les saluaient à peine à l'église. Mais Scarlett était encore plus que cela. Pour ces femmes, fraîchement arrachées à leurs débuts obscurs, Scarlett, à elle seule, constituait la société. Femmes du monde de pacotille, elles ne voyaient pas plus que Scarlett ce qu'il y avait de faux dans son attitude. Elles la mesuraient à leur aune et supportaient avec une égale bonne grâce ses grands airs, ses minauderies, ses accès de colère, son arrogance, sa grossièreté et la franchise brutale avec laquelle elle leur signalait leurs bévues.

Elles étaient sorties du néant depuis si peu de temps, elles étaient si peu sûres d'elles-mêmes qu'elles tenaient doublement à passer pour raffinées et n'osaient pas riposter, de peur de révéler leur véritable nature et de ne pas être prises pour des femmes du monde. Il fallait, coûte que coûte, qu'on les considérât comme des dames. Elles feignaient la délicatesse, la modestie et l'innocence la plus grande. A les entendre parler on aurait pu croire qu'elles n'avaient point de jambes, n'accomplissaient aucune fonction naturelle et restaient plongées dans l'ignorance de ce monde méchant. Personne n'aurait pu se figurer que Bridget Flaherty, avec sa peau blanche à défier le soleil et son accent irlandais à couper au couteau, eût volé les économies de son père, pour aller s'engager comme femme de chambre dans un hôtel de New York. En observant Sylvia Connington (jadis Sadie Belle) et Mamie Bart, on ne se serait jamais douté que la première avait grandi dans une chambre au-dessus du café tenu par son père dans la Bowery [1] et avait servi les clients les jours d'affluence, ou bien que la seconde, d'après les mauvaises langues, avait été choisie par son mari parmi les pensionnaires d'une maison de tolérance dont il était le propriétaire. Non, toutes ces femmes étaient désormais des créatures délicates et rangées.

Les hommes, bien qu'ils eussent souvent gagné beaucoup d'argent, apprenaient les bonnes manières avec moins de facilité ou se soumettaient moins patiemment aux exigences de leur nouvelle position sociale. Ils buvaient sec aux réceptions de Scarlett, beaucoup trop sec même, et les soirées ne se terminaient guère sans qu'un ou plusieurs invités fussent obligés de rester coucher. En tout cas, ils ne buvaient pas comme les hommes que Scarlett avait connus lorsqu'elle était jeune fille. Abrutis par l'alcool, ils demeuraient stupides, ignobles à voir ou obscènes. En outre, quel que fût le nombre de crachoirs que Scarlett faisait disposer bien en vue de ses hôtes, les lendemains de réception, les tapis étaient toujours maculés de jus de tabac.

Scarlett, au fond, méprisait ces gens-là, mais, comme

1. Quartier de New York célèbre, aux environs de 1850, par son pittoresque louche et les scènes épiques qui s'y déroulaient entre bandes rivales *(N. d. T.)*.

ils l'amusaient, elle leur ouvrait toute grande sa maison. Et puis, comme elle les méprisait, elle se permettait de les envoyer au diable chaque fois qu'ils l'agaçaient. Néanmoins, ils supportaient stoïquement toutes ces avanies.

Ils allaient jusqu'à supporter Rhett, ce qui était un véritable tour de force, car Rhett lisait dans leur jeu, et ils s'en rendaient compte. Il n'hésitait pas à les mettre à nu d'une seule phrase, même sous son propre toit et toujours d'une manière qui ne leur laissait pas place à la réplique. Rhett n'éprouvait aucune honte de la façon dont il avait amassé sa fortune et, feignant de croire que ces hommes, eux non plus, ne rougissaient pas de leurs origines, il manquait rarement de faire allusion à ces choses que, d'un commun accord, chacun estimait devoir laisser dans une obscurité de bon aloi.

Personne ne savait s'il ne déclarerait pas d'un ton affable, tout en buvant une coupe de punch : « Ralph, si j'avais eu deux grains de bon sens, j'aurais gagné de l'argent en vendant, comme vous, des actions de mines d'or à des veuves et à des orphelins, au lieu de m'en aller courir le blocus. C'est tellement plus sûr. — Eh bien! Bill, je vois que vous avez une nouvelle paire de chevaux. Vous avez dû placer encore quelques milliers de titres pour des chemins de fer qui n'existent pas ? Voilà du bon travail, mon vieux. — Félicitations, Amos. Vous avez tout de même décroché cette commande de l'État. Dommage que vous ayez été forcé de graisser tant de pattes! »

Les dames le trouvaient odieux et insupportablement vulgaire. Les hommes disaient derrière son dos que c'était un salaud. Les nouveaux citoyens d'Atlanta n'avaient pas plus de sympathie pour lui que les anciens et il ne cherchait pas plus à se concilier les bonnes grâces des uns, qu'il n'avait cherché à se concilier celles des autres. Il allait son chemin, amusé, méprisant, indifférent à l'opinion de ceux qui l'entouraient et si courtois, que sa courtoisie en était elle-même une insulte. Pour Scarlett, il restait toujours une énigme, mais une énigme qu'elle ne voulait plus se donner la peine de déchiffrer. Elle était convaincue que rien ne lui plaisait ou ne lui ferait jamais plaisir ; ou bien qu'il tenait pour de bon à quelque chose qu'il n'avait pas ou bien encore qu'il n'avait jamais tenu à rien et que, par conséquent, tout lui était égal. Il se moquait de tout ce qu'elle faisait. Il encourageait ses extravagances et son insolence, il tournait en ridicule ses prétentions... et il payait les factures !

L

Même aux heures les plus intimes, Rhett ne se départit jamais de son attitude polie ni de son calme imperturbable. Cependant Scarlett avait toujours l'impression qu'il continuait de l'observer à la dérobée, et elle savait que, si elle tournait brusquement la tête, elle surprendrait dans son regard cette expression méditative, résignée et presque redoutable qu'elle ne comprenait pas.

Parfois il se montrait un compagnon fort agréable à vivre, malgré sa détestable manie de ne tolérer ni mensonge, ni faux-fuyant, ni rodomontade. Il écoutait Scarlett lui parler du magasin, des scieries et de son café, des forçats et des sommes qu'elle dépensait pour leur entretien, et il lui donnait toujours de judicieux conseils. Danseur infatigable, il accompagnait sans rechigner Scarlett aux bals et aux réunions qu'elle aimait et possédait une collection inépuisable d'histoires scabreuses dont il la régalait lorsque, par hasard, la table une fois desservie, ils passaient la soirée en tête à tête devant une tasse de café et une bouteille de cognac. Scarlett se rendait bien compte qu'il satisfaisait son moindre désir et répondait à toutes ses questions à condition qu'elle usât de franchise avec lui, mais qu'il lui refusait impitoyablement tout ce qu'elle essayait d'obtenir par voies détournées, allusions ou stratagèmes de femme. Il avait une façon déconcertante de lire dans son jeu et de rire sans retenue.

Lorsqu'elle songeait à la suave indifférence que Rhett lui manifestait d'ordinaire, elle se demandait, mais sans curiosité véritable, pourquoi il l'avait épousée. Les hommes se mariaient par amour ou par intérêt, ou bien pour avoir un foyer et des enfants, mais elle savait que lui n'avait obéi à aucun de ces motifs. Il ne l'aimait pas. Ça ne faisait pas l'ombre d'un doute. Quant à sa belle maison, il la traitait d'horreur architecturale et déclarait qu'il aurait cent fois mieux aimé vivre dans un hôtel bien tenu que chez lui. Jamais il n'avait abordé la question des enfants comme Charles et Frank l'avaient fait jadis. Un jour qu'elle était d'humeur folâtre, elle lui demanda en badinant pourquoi il l'avait épousée, et sa réponse, donnée d'un air enjoué, la rendit furieuse : « Je vous ai épousée pour mettre un peu plus de piment dans mon existence, ma chère! »

Non, en l'épousant, il n'avait obéi à aucune des raisons auxquelles obéissent généralement les hommes lorsqu'ils se marient. Il l'avait épousée uniquement parce qu'il la désirait et qu'il n'avait pas réussi à l'obtenir par d'autres moyens. Il l'avait désirée tout comme il avait désiré Belle Watling. Ce n'était pas une pensée bien agréable. En fait, c'était un véritable outrage. Mais Scarlett chassa ces réflexions d'un haussement d'épaules ainsi qu'elle avait appris à chasser de son esprit tous les souvenirs inopportuns. Elle et Rhett avaient conclu un marché et, pour sa part, elle était loin de s'en plaindre. Elle souhaitait que Rhett fût satisfait de son côté, mais au fond ça lui était bien égal.

Toutefois, un après-midi qu'elle était allée consulter le docteur Meade pour un embarras gastrique, elle apprit une chose fort désagréable contre laquelle les haussements d'épaules n'étaient plus de mise. Ce fut avec des yeux franchement furieux qu'elle fit irruption ce soir-là dans sa chambre à coucher et annonça à Rhett qu'elle allait avoir un enfant.

Drapé dans une robe de chambre en soie, il rêvassait dans un nuage de fumée, mais, dès que Scarlett eut ouvert la bouche, il fixa sur elle un regard pénétrant.

Il l'observait sans rien dire avec une intensité, une émotion qui échappa à Scarlett, aveuglée par l'indignation et le désespoir.

— Vous savez pourtant bien que je ne veux plus d'autres enfants! Je n'ai jamais voulu en avoir. Chaque fois que les choses s'arrangent et que je commence à être heureuse, je suis enceinte. Oh! ne restez pas planté là à rire! Vous ne voulez pas d'enfants non plus! Oh! Sainte Vierge!

Rhett guettait ses paroles, mais celles qu'elle venait de laisser échapper n'étaient point celles qu'il eût aimé lui entendre dire. Son visage se contracta légèrement et ses yeux perdirent toute expression.

— Eh bien! pourquoi ne pas le confier à Mme Melly? Ne m'avez-vous pas raconté qu'elle était si triste de ne pas avoir d'autres enfants?

— Oh! j'ai envie de vous tuer! Je ne l'aurai pas! Vous m'entendez, je ne l'aurai pas!

— Non? Je vous en prie, continuez!

— Oh! il y a quelque chose à faire. Je ne suis plus la petite dinde de campagne que j'étais. Maintenant, je sais qu'une femme n'a pas d'enfants quand elle ne veut pas en avoir. Il y a des choses...

Rhett s'était dressé et avait saisi Scarlett par les poignets. Son visage dur trahissait l'angoisse.

— Scarlett! insensée! Dites-moi la vérité. Vous n'avez rien fait, au moins?

— Non, pas encore, mais ça ne va pas tarder. Vous ne vous figurez tout de même pas que je vais avoir un bébé juste au moment où mon tour de taille commence à diminuer et où je prends enfin du bon temps? Non...

— Où avez-vous été chercher cette idée-là? Qui vous a mis en tête des choses pareilles?

— Mamie Bart... elle...

— Évidemment! ça ne m'étonne pas d'une patronne de bordel! Cette femme ne remettra plus jamais les pieds ici! C'est compris? Après tout, je suis chez moi et je fais ce que je veux. J'exige même que vous ne lui adressiez plus jamais la parole.

— Je ferai ce qui me plaira. Lâchez-moi. Qu'est-ce que ça peut vous faire?

— Je me moque pas mal que vous ayez un seul enfant ou une vingtaine, mais je ne tiens pas à ce que vous mouriez.

— Mourir ? Moi ?

— Parfaitement, mourir. Je ne suppose pas que Mamie Bart vous ait parlé des risques auxquels une femme s'exposait en faisant une chose pareille ?

— Non, admit Scarlett à contrecœur. Elle m'a seulement dit que ça arrangerait tout.

— Bon Dieu, je la tuerai ! s'exclama Rhett, le visage noir de rage.

Il regarda Scarlett dont les joues ruisselaient de larmes et sa colère tomba un peu, mais ses traits demeurèrent crispés. Soudain, il prit Scarlett dans ses bras, alla s'asseoir dans un fauteuil et serra la jeune femme contre lui comme s'il craignait qu'elle ne s'échappât.

— Écoutez, mon tout petit, je ne veux pas que vous jouiez avec votre vie ! Vous m'entendez ? Bonté divine, je ne tiens pas plus que vous à avoir des enfants, mais j'ai de quoi les nourrir. Je ne veux plus vous entendre débiter de pareilles absurdités, et si jamais vous essayez de... Scarlett, autrefois j'ai vu une jeune femme mourir de cette façon-là. Ce n'était qu'une... passons, mais enfin ça ne l'empêchait pas d'être une brave fille. C'est un genre de mort plutôt pénible. Je...

— Rhett ! s'exclama Scarlett arrachée à son chagrin par le tremblement de sa voix. (Elle ne l'avait jamais vu aussi ému.) Où cela... qui était-ce ?...

— A La Nouvelle-Orléans... oh ! il y a des années. J'étais jeune et impressionnable.

Il courba brusquement la tête et embrassa les cheveux de Scarlett.

— Vous aurez votre enfant, reprit-il aussitôt, même si pendant les neuf mois qui vont suivre je dois vous attacher à moi par des menottes.

Scarlett se redressa et regarda son mari avec une franche curiosité. Sous son regard, son visage se détendit, s'éclaira comme par magie.

— Tiendriez-vous donc tant à moi ? interrogea-t-elle en abaissant les paupières.

Il lui adressa un long coup d'œil comme s'il voulait

mesurer à quel point sa question était empreinte de coquetterie. Après avoir déchiffré ce qu'il y avait de sincère dans son attitude, il répondit d'un ton détaché :

— Eh bien! oui. Vous comprenez, vous représentez pour moi un assez gros capital et je n'ai pas du tout envie de perdre mon argent.

Épuisée par les efforts qu'elle avait fournis, mais radieuse de bonheur, Mélanie sortit de la pièce où Scarlett venait de mettre au monde une fille. Rhett attendait nerveusement dans l'antichambre, entouré par des bouts de cigares qui avaient brûlé le beau tapis.

— Vous pouvez entrer, capitaine Butler, dit-elle d'une voix timide.

Rhett s'élança et pénétra dans la chambre. Avant que le docteur Meade eût refermé la porte, Mélanie eut le temps de voir Rhett se pencher sur le petit corps nu du bébé que Mama tenait sur ses genoux. Mélanie s'effondra dans un fauteuil, les joues rouges d'avoir assisté malgré elle à une scène aussi intime.

— Ah! se dit-elle, que c'est charmant! Comme il avait l'air inquiet, ce pauvre capitaine Butler! Quand on pense qu'il n'a pas bu une seule fois pendant tout ce temps-là! Tant de messieurs sont ivres quand leurs enfants viennent au monde. Je crains qu'il n'ait le gosier bien sec. Lui proposerai-je quelque chose ? Non, ce serait vraiment trop hardi de ma part ?

Elle s'enfonça davantage dans le fauteuil. Elle avait l'impression que son dos, qui ne cessait de lui faire mal depuis plusieurs jours, allait se rompre au niveau des reins. Oh! quelle chance pour Scarlett de n'avoir eu qu'une porte entre elle et son mari tandis qu'elle accouchait. Si seulement Mélanie avait eu Ashley auprès d'elle en ce jour terrible de la naissance de Beau, elle aurait moitié moins souffert. Si seulement la petite fille qui se trouvait de l'autre côté de la porte était à elle au lieu d'être à Scarlett! « Oh! ce n'est pas bien, pensa-t-elle avec une pointe de remords. Je lui envie son enfant alors qu'elle a été si bonne pour moi. Pardonnez-moi, Seigneur. Non, je ne convoite pas le bébé de Scarlett. Ce n'est pas ça, mais... mais je voudrais tant en avoir un à moi! »

Elle cala un coussin contre son dos endolori et songea au bonheur que lui causerait la naissance d'une fille. Mais l'opinion du docteur Meade n'avait pas varié à ce sujet et quoiqu'elle fût toute disposée à risquer sa vie pour avoir un autre enfant, Ashley ne voulait pas entendre parler d'une telle folie. Une fille! Comme Ashley serait heureux d'avoir une fille, comme il la chérirait!

« Une fille! Oh! mon Dieu! Je n'ai même pas dit au capitaine Butler que c'était une fille! Et, bien entendu, il espérait un garçon. Oh! c'est épouvantable! »

Mélanie savait que, pour une femme, l'enfant était toujours le bienvenu, qu'il fût fille ou garçon, mais pour un homme, surtout pour un homme autoritaire comme le capitaine Butler, une fille, ça devait être un coup affreux, une atteinte à son orgueil masculin! Oh! comme elle était reconnaissante au Ciel que son seul enfant fût un garçon! Elle se disait que, si elle avait été la femme du redoutable capitaine Butler, elle eût préféré mourir en couches que de lui donner une fille pour premier-né.

Pourtant Mama qui, le sourire aux lèvres, sortait de la chambre en se dandinant, vint lui mettre du baume sur le cœur et en même temps l'inciter à se demander quelle sorte d'homme le capitaine pouvait bien être au fond.

— J'étais en t'ain de baigner l'enfant, raconta Mama, et je commençais p'esque à demander pa'don à missié Rhett que ce soit pas un ga'çon, mais, Seigneu', ma'ame Melly, savez-vous ce qu'il m'a dit ? Il a dit « Taisez-vous, Mama! Qui est-ce qui tient aux ga'çons ? Les ga'çons, c'est pas d'ôle, ça donne t'op de mal. Les filles, ça au moins, c'est gentil. Je change'ai pas cette fille cont'e des ga'çons, même si on m'en donnait t'eize à la douzaine. » Alo' il a essayé de me p'end' la petite toute nue comme elle était, alo' je lui ai donné une tape su' la main et je lui ai dit : « Attendez un peu, missié Rhett! Vous ve'ez ça quand vous au'ez un ga'çon, moi je me to'd'ai de ri' à vous entend' pousser des clameu' de joie! » Il a sou'i et il a secoué sa tête et il a dit : « Mama, vous êtes une folle. Les ga'çons, ils se'vent à 'ien du tout. J'en suis-t-il pas la meilleu' p'euve ? » Oui, ma'ame Melly, il s'est conduit comme un v'ai missié, y a pas à di', reconnut Mama de bonne grâce.

Il n'échappa pas à Mélanie que l'attitude de Rhett avait grandement contribué à le racheter aux yeux de la vieille négresse.

— Je me suis p't'êt' 'udement t'ompée au sujet de missié Rhett, reprit Mama. C'est un jou' si heu'eux pou' moi, ma'ame Melly. J'ai langé t'ois géné'ations de petites Robilla'd. Pou' sû', c'est un beau jou' pou' moi!

— Oh! oui, c'est un beau jour, Mama! Les jours les plus beaux sont ceux où naissent les enfants!

Il y avait cependant quelqu'un dans la maison pour qui ce n'était vraiment pas un beau jour. Grondé un peu par tout le monde, puis abandonné à son triste sort, Wade allait et venait lamentablement dans la salle à manger. Le matin de bonne heure, Mama l'avait réveillé en sursaut, puis, après avoir bâclé sa toilette, elle l'avait envoyé avec Ella prendre son petit déjeuner chez tante Pitty. A toutes ses questions, on s'était contenté de répondre que sa mère était malade et qu'il risquait de la fatiguer par le bruit qu'il ne manquerait pas de faire en s'amusant. La maison de tante Pitty était sens dessus dessous. En apprenant ce qui arrivait à sa nièce, la vieille demoiselle s'était couchée et avait mobilisé Cookie à son chevet, si bien que le petit déjeuner servi aux enfants se présenta sous la forme d'un maigre repas dû aux soins de Peter. A mesure que la matinée s'avança, la crainte commença à s'emparer de l'âme de Wade. « Et si Maman allait mourir ? » Les mamans d'autres garçons étaient bien mortes. Wade avait vu s'éloigner les corbillards et il avait entendu sangloter ses petits amis : « Et si Maman mourait ? » Wade aimait beaucoup sa mère presque autant qu'il la redoutait, et à la pensée qu'elle pourrait s'en aller dans un corbillard noir traîné par des chevaux empanachés sa petite poitrine se serra si fort qu'il en put à peine respirer.

Lorsque midi sonna, Wade, profitant de ce que Peter était occupé à la cuisine, entrouvrit la porte d'entrée, se glissa dehors et, aiguillonné par la peur, rentra chez lui aussi vite que ses petites jambes le lui permettaient. L'oncle Rhett ou tante Melly ou bien Mama lui diraient sûrement la vérité. Par malheur, l'oncle Rhett et tante Melly étaient invisibles; quant à Mama et à Dilcey, elles montaient et descendaient l'escalier de service avec des serviettes et des bassines remplies d'eau chaude et ne le remarquèrent même pas. Du vestibule où il se tenait, il entendait la voix sèche du docteur Meade chaque fois qu'une des portes du premier s'ouvrait ou se refermait. A un moment il entendit un gémissement poussé par sa mère et il éclata en sanglots et se mit à hoqueter. Il savait que sa mère allait mourir. Pour se consoler, il fit des avances au chat couleur de miel qui se chauffait au soleil, sur le rebord de la fenêtre du vestibule. Mais Tom, chargé d'ans et furieux d'être dérangé, se leva, la queue en bataille, et se mit à crachoter doucement.

Finalement, Mama qui descendait l'escalier, le bonnet de travers, le tablier chiffonné et tout maculé, l'aperçut et fronça les sourcils. Mama avait toujours été le refuge de Wade, aussi sa mine renfrognée le fit-elle trembler.

— J'ai jamais vu un ga'çon plus insuppo'table que vous, dit-elle. Je vous avais-t-il pas envoyé chez mam'zelle Pitty? Alo', vous voilà de 'etou'?

— Est-ce que maman va... va-t-elle mourir?

— J'ai jamais vu un enfant plus infe'nal! Mou'i'? Seigneu' tout-puissant, non! Seigneu', ce ga'çon est une plaie. Je vois pas pou'quoi le Seigneu' il envoie des ga'çons aux gens! Allons, déba'assez le plancher.

Mais Wade ne s'en alla point. A demi convaincu par les paroles de Mama, il se réfugia derrière l'une des portières du vestibule. La remarque de la vieille négresse sur la méchanceté des garçons l'avait piqué au vif, car il s'était toujours efforcé d'être aussi gentil que possible. Une demi-heure plus tard, tante Melly descendit l'escalier à son tour. Elle était pâle et avait les traits tirés, mais elle se souriait à elle-même. Elle sembla atterrée en découvrant dans les replis de la tenture le bambin dont le visage était bouleversé. Ordinairement tante Melly l'accueillait à bras ouverts. Elle ne faisait jamais comme sa mère, qui lui disait souvent : « Ne m'ennuie pas en ce moment-ci, je suis pressée », ou bien : « Sauve-toi. Je suis occupée. »

Pourtant, ce jour-là, elle lui dit d'un air fâché :

— Wade, tu as été très méchant. Pourquoi n'es-tu pas resté chez tante Pitty ?

— Est-ce que maman va mourir?

— Grand Dieu! non, Wade. Ne fais pas le petit sot. (Puis, radoucie, elle ajouta :) Le docteur Meade vient d'apporter un joli petit bébé, une mignonne petite sœur avec laquelle tu pourras jouer et, si tu es bien sage, tu auras la permission de monter la voir ce soir. Maintenant, file. Va jouer et, surtout, pas de bruit.

Wade passa dans la salle à manger silencieuse. Son petit univers s'écroulait. Plus rien n'était sûr. En cet après-midi ensoleillé, où les grands se comportaient de façon si étrange, n'y avait-il donc plus place pour un petit garçon de sept ans rongé d'inquiétude ? Il s'assit sur le rebord de la fenêtre, arracha un petit morceau à une oreille-d'éléphant qui poussait dans une caisse au soleil et commença à le mordiller. C'était si poivré qu'il se sentit des picotements aux yeux et qu'il finit par pleurer pour de bon. Maman était sans doute en train de mourir. Personne ne se souciait de lui et tout le monde devenait fou à cause de ce nouveau bébé... une fille. Les bébés n'intéressaient guère Wade, et les filles encore moins. La seule petite fille qu'il connût vraiment, c'était Ella, et jusqu'à présent elle n'avait rien fait pour attirer son respect ou sa sympathie.

Au bout d'un long moment, le docteur Meade et l'oncle Rhett descendirent dans le vestibule et entamèrent un colloque à voix basse. Lorsque la porte d'entrée se fut refermée sur le médecin, l'oncle Rhett pénétra dans la salle à manger d'un pas alerte et se versa à boire avant même d'apercevoir Wade. Pelotonné sur lui-même, Wade recula. Il s'attendait à ce qu'on lui reprochât de nouveau sa méchanceté et à ce qu'on lui ordonnât de retourner chez tante Pitty. Mais, au lieu de cela, l'oncle Rhett sourit. Wade ne l'avait jamais vu sourire ainsi. Il ne lui avait jamais vu l'air aussi heureux, alors, encouragé par cette attitude, il sauta sur le plancher et courut vers Rhett.

— Tu as une sœur, lui dit ce dernier en le serrant contre lui. Bon Dieu! c'est le plus beau bébé qu'on puisse voir. Voyons! pourquoi pleures-tu...

— Maman...

— Ta maman, elle est en train de faire un fameux dîner, du poulet, du riz, de la bonne sauce, du café. On va lui servir de la crème glacée dans un instant, et tu pourras en manger deux pleines assiettes si le cœur t'en dit. Et puis, je te montrerai ta petite sœur.

Les jambes coupées par ces bonnes nouvelles, Wade essaya de témoigner un intérêt poli à l'endroit de cette nouvelle sœur, mais il en fut incapable. Tout le monde ne pensait qu'à cette fille. Personne ne s'occupait plus de lui, pas même tante Melly, pas même l'oncle Rhett.

— Oncle Rhett, commença-t-il, est-ce que les gens aiment mieux les filles que les garçons ?

Rhett posa son verre, enveloppa le petit visage d'un coup d'œil pénétrant.

— Non, on ne peut pas dire ça, fit-il avec le plus grand sérieux, comme s'il s'agissait d'une question capitale. Les filles, comprends-tu, donnent plus de mal aux gens que les garçons, et les gens ont une tendance à s'occuper davantage de ceux qui leur causent des soucis.

— Mama vient de me dire que les garçons étaient insupportables.

— Mama n'avait pas sa tête à elle. Elle n'a pas voulu dire ça.

— Oncle Rhett, vous auriez mieux aimé avoir un petit garçon qu'une petite fille ? interrogea Wade plein d'espérance.

— Non, répondit Rhett aussitôt et, voyant le visage de l'enfant s'altérer, il reprit : Voyons, pourquoi aurais-je voulu un garçon puisque j'en ai déjà un ?

— Vous en avez un ? s'exclama Wade, bouche bée. Où est-il ?

— Mais il est là! fit Rhett qui, soulevant l'enfant de terre, l'assit sur ses genoux.

Pendant un moment le bonheur de Wade fut si grand qu'il faillit pleurer. Sa gorge se contracta et il blottit sa tête contre la poitrine de Rhett.

— Tu es mon petit garçon, n'est-ce pas ?

— Peut-on être... le... le fils de deux papas ? interrogea Wade, dont la fidélité au souvenir d'un père qu'il n'avait jamais connu luttait contre son amour pour l'homme qui le comprenait si bien.

— Oui, fit Rhett avec fermeté. Exactement comme tu peux être à la fois le petit garçon de ta maman et celui de tante Melly.

Wade accepta cette explication qui lui sembla plausible, puis il sourit et se pelotonna dans le creux du bras de Rhett.

— Vous comprenez les petits garçons, n'est-ce pas, oncle Rhett!

Le visage basané de Rhett se durcit, une moue plissa ses lèvres.

— Oui, répondit-il d'un ton amer. Je comprends les petits garçons.

Pendant un instant les terreurs de Wade renaquirent et l'enfant éprouva en même temps un brusque sentiment de jalousie. L'oncle ne pensait plus à lui mais à quelqu'un d'autre.

— Vous n'avez pas d'autres petits garçons, n'est-ce pas ?

Rhett posa Wade par terre.

— Je m'en vais boire quelque chose, Wade, et toi aussi. Ce sera ton premier verre de vin, tu le boiras à la santé de ta nouvelle sœur.

— Vous n'avez pas d'autres..., commença Wade, mais voyant Rhett tendre la main vers le carafon de vin de Bordeaux, il fut si ému de participer à cette réjouissance de grande personne qu'il en oublia ce qu'il voulait dire.

— Oh! Je ne veux pas, oncle Rhett! J'ai promis à tante Melly de ne jamais boire avant d'être sorti de l'Université, et elle me donnera une montre si je tiens ma promesse.

— Et moi je te donnerai une chaîne pour l'accrocher... Tiens, celle que je porte en ce moment, si elle te plaît, fit Rhett, qui avait retrouvé son sourire. Tante Melly a tout à fait raison. Mais elle voulait parler des liqueurs, pas du vin. Il faut que tu apprennes à boire du vin comme un vrai monsieur, mon garçon, et c'est le moment ou jamais de commencer.

Rhett prit soin de diluer le bordeaux avec l'eau de la carafe jusqu'à ce que le liquide fût à peine rosé et tendit le verre à Wade. Au même instant, Mama entra dans la salle à manger. Elle s'était changée et avait revêtu ses plus beaux habits de dimanche. Son tablier et son madras étaient impeccables. Elle marchait en se déhanchant et de dessous ses jupes montaient le murmure étouffé et le frou-frou de la soie. Son visage avait perdu son air inquiet et un large sourire découvrait ses gencives presque tout édentées.

— A vot' santé, missié Rhett! lança-t-elle.

Wade s'arrêta, le verre à hauteur des lèvres. Il savait que Mama n'avait jamais aimé son beau-père. Il ne l'avait jamais entendue l'appeler autrement que « capitaine Butler », et son attitude envers lui avait toujours été digne mais froide. Et tout d'un coup la voilà qui arborait son plus gracieux sourire, qui faisait des grâces et qui appelait Rhett « missié Rhett »! Quelle journée extraordinaire! C'était le monde renversé.

— Je suppose que vous préférez le rhum au bordeaux, dit Rhett en ouvrant la cave à liqueurs et en sortant une bouteille trapue. C'est un bébé magnifique, n'est-ce pas, Mama?

— Pou' sû', elle est belle, répondit Mama, qui prit le verre et fit claquer ses lèvres.

— Avez-vous jamais vu petite fille plus jolie?

— Eh bien! missié, ma'ame Sca'lett, quand elle est née, elle était p'esque aussi jolie, mais pas tout à fait quand même.

— Prenez un autre verre, Mama. Et, dites-moi, Mama, ajouta Rhett d'un ton sévère que démentait ses yeux, quel est ce frou-frou que j'entends ?

— Seigneu'! missié Rhett, c'est pas aut' chose que mon jupon de soie 'ouge.

Mama se mit à rire si fort que son corps énorme en fut tout secoué.

— Ce n'est pas que votre jupon! je n'en crois rien. Vous faites autant de bruit qu'un tas de feuilles mortes agitées par le vent. Laissez-moi voir. Relevez votre jupe.

— Missié Rhett, c'est t'ès vilain! Hi, hi! Seigneu'.

Mama poussa un petit cri pointu, battit en retraite et, d'un geste pudique, releva sa jupe de quelques centimètres pour montrer l'ourlet plissé d'un jupon de taffetas rouge.

— Eh bien! vous avez mis le temps avant de le porter, bougonna Rhett, mais ses yeux noirs riaient et pétillaient de malice.

— Oui, missié Rhett, j'ai même mis t'op de temps.

Alors Rhett prononça une phrase dont Wade ne comprit point le sens.

— Il n'y a plus de mule harnachée comme un cheval ?

— Missié Rhett! ma'ame Sca'lett elle a donc été assez mauvaise pou' vous 'aconter ça! Vous allez pas en vouloi' au moins à la vieille nég'esse.

— Non, je ne suis pas rancunier, mais enfin je voulais savoir à quoi m'en tenir. Un autre verre, Mama ? Prenez toute la bouteille. Et toi, Wade, vide ton verre! Allez, ouste, fais-nous un discours!

— A la petite sotte! s'écria Wade qui avala son verre d'un seul trait, s'étrangla, toussa et fut pris de hoquets tandis que les deux autres, s'esclaffant, lui administraient force tapes dans le dos.

A partir de la naissance de sa fille, Rhett commença à intriguer les gens par sa conduite et à bouleverser un certain nombre d'idées que l'on s'était faites sur son compte, idées sur lesquelles ni la ville ni Scarlett n'entendaient d'ailleurs revenir. Qui donc aurait pu croire qu'un être comme lui eût étalé sans vergogne sa fierté d'être père, surtout quand son premier-né n'était pas un garçon ?

Le temps, en outre, ne semblait point émousser ses sentiments, ce qui n'allait pas sans exciter une secrète envie parmi les femmes dont les époux ne s'intéressaient déjà plus à leurs héritiers bien avant leur baptême. Rhett arrêtait tous les hommes dans la rue, les agrippait par le revers de leur veston et leur racontait par le menu les progrès miraculeux de son enfant sans même se donner la peine de faire précéder ses remarques d'un hypocrite mais poli : « Je sais bien que tout le monde se figure que son enfant est un génie, mais... » Il considérait sa fille comme une merveille qu'il n'était pas question de comparer aux autres marmots, et il ne se gênait pas pour le dire. Lorsque sa nouvelle nurse eut permis au bébé de sucer un morceau de lard, d'où une première crise de coliques, la conduite de Rhett fit rire à gorge déployée tous les pères et toutes les mères raisonnables. Il envoya en hâte chercher le docteur Meade et deux autres médecins, et l'on eut toutes les peines du monde à l'empêcher de battre la malheureuse femme à coups de cravache. La nurse fut renvoyée et plusieurs autres lui succédèrent, qui ne restèrent au plus qu'une semaine. Aucune d'elles n'était assez capable pour appliquer les règlements draconiens établis par Rhett.

Mama, de son côté, voyait d'un mauvais œil les bonnes d'enfants qui défilaient, car elle était jalouse de toutes les négresses étrangères à la famille et se demandait pourquoi elle ne s'occuperait pas du bébé en même temps que de Wade et d'Ella. Mais Mama prenait de l'âge et les rhumatismes ralentissaient son pas déjà lourd. Rhett n'avait pas le courage de lui expliquer les raisons pour lesquelles il recherchait une autre nurse. Au lieu de cela, il lui démontra qu'un homme qui occupait une position comme la sienne se devait d'avoir deux bonnes d'enfants. L'argument ne porta pas, alors il lui annonça qu'il engagerait deux autres domestiques pour faire le gros ouvrage et que Mama aurait la haute main sur elles. Enfin Mama se laissa convaincre, car c'était pour elle une marque d'honneur que d'avoir plusieurs personnes sous ses ordres. Néanmoins elle déclara avec énergie qu'elle ne laisserait entrer dans la nursery aucune affranchie de bas étage. Dans ces conditions, Rhett envoya chercher Prissy à Tara. Il connaissait tous ses défauts, mais au moins elle était de la famille. Pour compléter le personnel, l'oncle Peter présenta à Rhett une de ses nièces, une négresse de taille impressionnante qui répondait au nom de Lou et avait appartenu à une cousine de Mlle Pitty Burr.

Avant même d'être complètement remise de ses couches, Scarlett remarqua combien Rhett s'intéressait à sa fille et fut à la fois gênée et vexée par ses démonstrations d'amour paternel en présence des gens qui venaient lui rendre visite. C'était très beau pour un père d'aimer sa fille, mais Scarlett trouvait choquante la façon dont Rhett manifestait ses sentiments. Il aurait pu au moins faire comme les autres hommes et prendre un air un peu plus détaché.

— Vous vous rendez ridicule, lui dit-elle d'un ton irrité, et je ne trouve vraiment pas que ça en vaille la peine.

— Non ? Ça ne m'étonne pas de vous ? Eh bien ! si vous voulez savoir pourquoi, c'est parce que cette petite est la première personne qui ait jamais été tout entière à moi.

— Mais elle est à moi également !

— Non ! vous avez vos deux autres enfants. Celle-ci m'appartient.

— Ça, par exemple ! s'écria Scarlett. C'est bien moi qui l'ai faite, je suppose ? D'ailleurs, mon chéri, est-ce que je ne vous appartiens pas ?

Rhett regarda Scarlett par-dessus la tête noire de l'enfant et eut un sourire bizarre.

— Croyez-vous, ma chère ?

Seule l'arrivée de Mélanie coupa court à l'une de ces brèves et violentes querelles qui, à cette époque, semblaient éclater si facilement entre le mari et la femme. Scarlett ravala sa colère et regarda Mélanie prendre le bébé dans ses bras.

On avait convenu d'appeler la petite Eugénie Victoria, mais cet après-midi-là Mélanie, sans le vouloir, la gratifia d'un surnom qui lui resta attaché comme « Pittypat » était resté attaché à la vieille demoiselle au point de faire oublier Sarah Jane.

Penché sur l'enfant, Rhett avait annoncé :

— Ses yeux vont devenir verts comme des petits pois.

— Sûrement pas ! s'exclama Mélanie, indignée, tout en oubliant que les yeux de Scarlett étaient presque de cette teinte-là. Ils vont devenir bleus comme les yeux de M. O'Hara, bleus comme... comme le beau drapeau bleu [1].

— « Bonnie Blue Butler », fit Rhett en riant.

Puis, prenant l'enfant des bras de Mélanie, il examina les petits yeux de plus près.

Ainsi l'enfant fut appelée Bonnie et ses parents eux-mêmes en arrivèrent à ne plus se souvenir qu'elle avait emprunté son premier nom à deux reines.

LI

Lorsque Scarlett reçut enfin la permission de sortir, elle demanda à Lou de lui lacer son corset aussi serré que possible. Une fois cette opération terminée, elle prit un centimètre et se mesura la taille : « Cinquante et un centimètres, s'exclama-t-elle d'un ton furieux. Voilà ce que c'est d'avoir des enfants ! » Maintenant elle avait la taille aussi forte que tante Pitty, aussi forte que Mama !

— Serre-moi davantage, Lou. Regarde si tu ne peux pas gagner deux ou trois centimètres, sans ça il me sera impossible d'entrer dans mes robes.

— Ça va fai' claquer les lacets, annonça Lou. Vot' taille, elle a g'ossi, ma'ame Sca'lett. Y a 'ien à fai' !

« Si, il y a quelque chose à faire, se dit Scarlett en tirant sauvagement sur les coutures de sa robe pour

1. Le drapeau de la Confédération ou « Bonnie Blue Flag » *(N. d. T.)*.

essayer de gagner les centimètres nécessaires. C'est bien simple, je n'aurai plus d'enfants. »

Naturellement Bonnie était jolie et lui faisait honneur. Et Rhett en raffolait, mais elle n'aurait pas d'autre enfant. Comment s'y prendre ? Elle n'en savait encore rien. Rhett ne se laissait pas mener comme Frank. Elle ne lui faisait pas peur du tout et elle aurait sans doute bien du mal si elle voulait en arriver à ses fins, à en juger par la conduite extravagante de Rhett avec Bonnie. Sans compter qu'il voudrait probablement un fils l'année suivante, malgré sa promesse d'aller noyer lui-même tous les garçons qu'elle lui donnerait. Eh bien! elle ne lui donnerait ni fille ni garçon. Comme ça le problème serait résolu. Trois enfants, c'était bien assez pour une femme.

Lorsque Lou eut recousu les coutures qui avaient cédé, les eut repassées et eut aidé sa maîtresse à boutonner sa robe, Scarlett fit atteler la voiture et partit pour son chantier. Sa bonne humeur était revenue. Elle ne pensait plus à sa taille épaissie, car elle avait rendez-vous avec Ashley, avec qui elle devait vérifier les livres de comptes. Pour peu que la chance lui sourît, elle le verrait seul. Elle était restée longtemps sans le voir avant la naissance de Bonnie. Dès que sa grossesse était devenue trop apparente, elle l'avait fui, mais elle en avait cruellement souffert, autant qu'elle avait souffert de ne plus s'occuper de ses affaires de bois. Bien entendu, elle pouvait se permettre désormais de ne plus travailler. Il lui serait facile de vendre ses scieries et de placer l'argent pour Wade et Ella, mais si elle faisait cela elle se condamnerait à ne presque plus jamais voir Ashley en dehors des réceptions mondaines. Or sa plus grande joie était de travailler à côté d'Ashley.

En arrivant au chantier, elle remarqua avec satisfaction la hauteur des piles de bois et le nombre des clients qui s'entretenaient avec Hugh Elsing. Des nègres étaient en train de charger une demi-douzaine de camions attelés de deux mules chacun : « Six attelages! pensa Scarlett avec orgueil. Dire que tout cela est mon œuvre! »

Les yeux brillants du plaisir de la revoir, Ashley parut sur le seuil du petit bureau, l'aida à descendre de voiture et la fit entrer comme si elle était une reine.

Cependant la joie de Scarlett diminua lorsqu'elle eut parcouru les livres d'Ashley et les eut comparés avec ceux de Johnnie Gallegher. Les opérations d'Ashley se soldaient presque toutes par des pertes, tandis que Johnnie avait à son actif une somme remarquable. Scarlett s'interdit de faire la moindre observation, mais Ashley lut sur son visage.

— Scarlett, je suis désolé, tout ce que je puis vous dire, c'est que j'aimerais mieux avoir sous mes ordres des affranchis plutôt que des forçats. Je crois que je réussirais mieux avec eux.

— Des nègres! Mais ce serait notre ruine! On a les forçats pour presque rien. Si Johnnie réussit à gagner autant avec...

Les yeux d'Ashley se perdirent dans le vague. Leur expression avait changé.

— Je ne peux pas faire travailler les forçats comme Johnnie Gallegher. Je ne suis pas un meneur d'hommes.

— Cornebleu! Mais Johnnie est une pure merveille. Vous avez tout simplement le cœur trop tendre. Ashley. Vous devriez obtenir davantage de ces gens-là. Johnnie m'a raconté que chaque fois qu'un tire-au-flanc voulait se reposer il vous disait qu'il était malade et vous lui accordiez un jour de repos. Bonté divine, Ashley, ce n'est pas une façon de gagner de l'argent. Une bonne volée guérit la plupart des maladies, à part les jambes cassées...

— Scarlett! Scarlett! Je vous prie. Je ne peux pas supporter de vous entendre parler comme ça! s'écria Ashley en ramenant les yeux sur elle et en la fixant avec une brutalité qui l'arrêta net. Vous ne vous rendez donc pas compte que ce sont des hommes... que certains sont malades, sous-alimentés, désespérés et... oh! chère, c'est horrible ce qu'il a fait de vous, vous qui avez toujours été si douce...

— Qui? qu'est-ce qu'on m'a fait?

— J'ai beau ne pas en avoir le droit, je m'en vais

vous le dire. Oui, il faut que je vous le dise... Votre... Rhett Butler... Il empoisonne tout ce qu'il touche. Vous qui avez été si douce, si généreuse, si bonne, malgré vos airs têtus, il vous a prise et il vous a durci le cœur. Il vous a dégradée par son contact.

— Oh! soupira Scarlett qui, tout en se sentant coupable, n'en éprouvait pas moins un sentiment de joie à la pensée qu'Ashley s'intéressait encore autant à elle et la considérait toujours comme un être plein de douceur.

Dieu merci, il accusait Rhett de l'avoir rendue âpre au gain. Évidemment, Rhett n'avait rien à voir à tout cela et elle était seule coupable, mais quoi, Rhett n'en était pas à un péché près.

— S'il s'agissait d'un autre homme, je ne serais pas aussi inquiet... mais Rhett Butler! J'ai vu tout le mal qu'il vous a fait. Sans que vous vous en aperceviez, il a fait prendre à vos pensées le chemin tortueux que suivent les siennes. Oh! oui, je sais. Je ne devrais pas vous dire cela... Il m'a sauvé la vie et je lui en suis reconnaissant, mais je regrette bien de ne pas devoir mon salut à quelqu'un d'autre. Non, je n'ai pas le droit de vous parler comme ça...

— Si, Ashley, vous avez le droit... vous seul avez ce droit!

— Je vous dis que je ne peux plus supporter ça... Voir tout ce qu'il y a de beau en vous souillé par lui, savoir que votre beauté et votre charme sont... à un homme qui... Quand je pense aux moments où il vous approche, je...

« Il va m'embrasser! se dit Scarlett avec extase. Et ce ne sera pas ma faute! » Elle se pencha vers lui, mais il se recula brusquement comme s'il se rendait compte qu'il en avait trop dit, qu'il avait laissé échapper des paroles qu'il n'avait jamais eu l'intention de prononcer.

— Je m'excuse humblement, Scarlett. J'ai... j'ai insinué que votre mari n'était pas un gentleman et mes propres paroles démontrent que moi je n'en suis pas un. Personne n'a le droit de dire du mal de son mari à une femme. Je n'ai aucune excuse, sauf... sauf...

Il bredouilla, ses traits se crispèrent.

Scarlett attendit, le souffle coupé.

— Je n'ai pas la moindre excuse.

Tout au long du trajet de retour, Scarlett ne cessa de réfléchir. Aucune excuse, sauf... sauf qu'il l'aimait! Ainsi la seule pensée que Rhett la tenait dans ses bras allumait en lui une fureur dont elle ne l'aurait pas cru capable. A vrai dire, elle comprenait fort bien cela. Si elle n'avait pas su que les circonstances imposaient à Ashley et à Mélanie l'obligation de vivre comme frère et sœur, sa vie eût été un véritable supplice. Ainsi les caresses de Rhett la souillaient, la dégradaient! Eh bien! puisque telle était l'opinion d'Ashley, elle pourrait très facilement se passer de ces caresses. Elle songea combien ce serait beau et romanesque que tous deux, malgré les liens conjugaux qui les unissaient à d'autres personnes, restassent fidèles l'un à l'autre. Cette pensée s'empara de son imagination et elle se complut à la développer. Et puis, il y avait également le côté pratique de la chose. C'était en somme le meilleur moyen de ne plus avoir d'enfants.

Après être arrivée chez elle et avoir renvoyé la voiture, une partie de l'exaltation soulevée en elle par les paroles d'Ashley commença à tomber à l'approche du moment où elle dirait à Rhett qu'elle voulait faire chambre à part et lui laisserait entendre tout ce que cela impliquait. Ça promettait d'être difficile. En outre, comment apprendre à Ashley qu'elle avait exaucé ses vœux et qu'elle se refusait désormais à Rhett ? A quoi bon se sacrifier si personne ne le savait ? C'était à vous dégoûter d'être réservé et délicat. Si seulement elle pouvait parler aussi ouvertement à Ashley qu'elle parlait à Rhett! Allons, tant pis, elle découvrirait bien un moyen de faire connaître la vérité à Ashley.

Elle monta l'escalier et, ouvrant la porte de la chambre d'enfants, elle trouva Rhett assis à côté du berceau de Bonnie avec Ella sur ses genoux, tandis que Wade vidait devant lui le contenu de ses poches. Quel bonheur que Rhett aimât les enfants et s'intéressât tant à eux! Certains beaux-pères étaient si méchants avec les enfants des mariages précédents.

— Je voudrais vous parler, dit-elle, et elle passa dans la chambre à coucher.

Mieux valait régler tout de suite cette question des enfants pendant que l'amour d'Ashley lui donnait encore la force d'affronter Rhett.

— Rhett, fit-elle à brûle-pourpoint, après qu'il eut refermé sur lui la porte de la nursery, j'ai décidé de ne plus avoir d'enfants.

S'il fut surpris par cette déclaration inattendue, il n'en laissa rien voir. Il attira nonchalamment une chaise à lui, s'assit et se mit à se balancer.

— Mon chou, je vous ai dit avant la naissance de Bonnie que ça m'était absolument indifférent que vous ayez un seul enfant ou que vous en ayez une vingtaine.

Quel art d'éviter les discussions!

— Je trouve que trois ça suffit. Je n'ai pas l'intention d'en avoir un tous les ans.

— Trois, ça me semble un nombre parfait.

— Vous savez fort bien?... commença Scarlett en rougissant. Vous savez ce que j'entends par là?

— Je sais. Vous rendez-vous compte que je peux divorcer si vous me refusez l'exercice de mes droits conjugaux?

— Il faut être vous pour avoir des idées aussi basses, s'écria-t-elle, agacée que rien ne marchât comme elle l'avait prévu. Si vous étiez un tant soit peu chevaleresque, vous... vous seriez gentil... Tenez, regardez Ashley Wilkes. Mélanie ne peut pas avoir d'enfants et il...

— Ça, c'est du petit M. Ashley tout pur, fit Rhett dont les yeux prirent un reflet étrange. Je vous en prie, achevez votre discours.

Scarlett toussa, puis s'étrangla, car elle avait terminé son discours et elle n'avait rien d'autre à ajouter. Maintenant, elle comprenait combien elle avait été sotte d'espérer régler à l'amiable une question aussi importante avec un monstre d'égoïsme comme Rhett.

— Vous êtes allée au chantier cet après-midi, n'est-ce pas?

— Quel rapport cela a-t-il avec notre conversation?

— Vous aimez les chiens, n'est-ce pas, Scarlett ? Les aimez-vous mieux dans un chenil ou les préférez-vous comme le chien du jardinier ?

L'allusion lui échappa, si fortes étaient sa rage et sa désillusion.

— Quelle enfant vous faites ! Vous avez vécu avec trois hommes et vous ignorez le fond du caractère masculin. Vous semblez prendre les hommes pour de vieilles dames qui ont eu leur retour d'âge depuis longtemps.

Il lui pinça le menton d'un geste taquin et laissa retomber la main. Le sourcil relevé, il lui adressa un long regard glacial.

— Scarlett, comprenez bien ceci. Si vous et votre lit avez encore quelque attrait pour moi, ni serrures, ni menaces ne m'arrêteront. Quoi que je fasse, je n'en aurai aucun remords, car j'ai conclu un marché avec vous... un marché dont j'ai respecté les termes, mais que vous êtes en train de rompre. Gardez votre chaste couche pour vous, ma chère.

— Vous voulez me faire comprendre que ça vous est égal ? s'écria Scarlett, indignée.

— Vous en avez assez de moi, n'est-ce pas ? Ce qui est amusant, c'est que les hommes se lassent plus vite que les femmes. Conservez votre sainteté, Scarlett. Ce ne sera pas une privation pour moi. Ça n'a aucune importance. (Il haussa les épaules et sourit.) Par bonheur, il y a des tas de lits dans le monde, et dans la plupart de ces lits se trouve une femme.

— Quoi, vous...

— Chère petite innocente ! Mais évidemment. C'est même extraordinaire que je ne me sois pas écarté plus tôt du droit chemin. Je n'ai jamais considéré la fidélité comme une vertu.

— Je m'enfermerai tous les soirs à clef.

— A quoi bon ? Si j'ai envie de vous, toutes vos serrures ne vous serviront à rien.

Rhett fit demi-tour comme si la discussion était close et quitta la pièce. Scarlett l'entendit rentrer dans la nursery où les enfants l'accueillirent avec joie. Elle s'assit brusquement. Elle avait eu gain de cause.

C'était bien cela qu'elle voulait, ce qu'Ashley désirait. Mais elle n'était pas satisfaite d'elle-même. Sa vanité souffrait et elle était mortifiée que Rhett eût pris la chose si légèrement, qu'il ne la désirât plus, qu'il l'eût ravalée au rang des autres femmes couchées dans d'autres lits.

Elle aurait bien voulu trouver un moyen délicat de dire à Ashley qu'elle et Rhett n'étaient plus mari et femme pour de bon. Pourtant, elle savait qu'elle ne parlerait pas. Tout lui semblait terriblement embrouillé et elle regrettait presque d'avoir parlé. Les longues et amusantes conversations sur l'oreiller allaient lui manquer. Elle ne verrait plus le cigare de Rhett rougeoyer dans l'obscurité, elle n'aurait plus les bras de Rhett pour la réconforter quand, terrifiée par son cauchemar, elle se réveillerait en se croyant encore en train de courir au milieu d'un brouillard glacé.

Soudain, elle se sentit très malheureuse, et, appuyant la tête au bras de son fauteuil, elle se mit à pleurer.

LII

Un an à peine après la naissance de Bonnie, Wade, par un pluvieux après-midi, errait au milieu du salon et, de temps en temps, il allait à la fenêtre écraser son nez contre la vitre ruisselante. C'était un garçon fluet, plutôt petit pour ses huit ans, tranquille à en être timide et qui ne parlait jamais, à moins qu'on ne lui adressât la parole. Il avait l'air de s'ennuyer à périr et ne savait évidemment pas avec qui s'amuser, car Ella jouait dans un coin avec ses poupées, Scarlett à son secrétaire additionnait à mi-voix une longue colonne de chiffres et Rhett, allongé par terre, balançait sa montre au bout de sa chaîne et la retirait juste au moment où Bonnie allait s'en emparer.

Après que Wade eut ramassé un certain nombre de livres et les eut laissés retomber bruyamment tout en poussant des soupirs à fendre l'âme, Scarlett, en colère, se tourna vers lui.

— Oh! mon Dieu! Wade, va donc jouer dehors!

— Je ne peux pas. Il pleut.

— Tiens! Je n'avais pas remarqué. Eh bien! fais quelque chose. Tu me rends nerveuse à tourner partout comme ça. Va dire à Pork d'atteler la voiture pour t'emmener chez Beau.

— Il n'est pas chez lui, annonça Wade avec un nouveau soupir. Il est chez Raoul Picard, à fêter son anniversaire.

Raoul était le fils de Maybelle et de René Picard, un gosse odieux selon Scarlett et qui, toujours selon elle, ressemblait plus à un singe qu'à un enfant.

— Eh bien! va chez qui tu voudras. Préviens Pork.

— Aucun de mes amis n'est chez lui, répondit Wade, ils sont tous à la réunion.

Sans que Wade l'eût prononcée, la phrase « tous... sauf moi » était en suspens dans l'air, mais Scarlett, bien trop occupée par ses livres de comptes, n'y prit pas garde.

Rhett se redressa et s'assit sur le tapis.

— Pourquoi n'es-tu pas allé toi aussi à cette réunion, mon garçon? demanda-t-il.

Wade s'approcha de son beau-père à petits pas, s'arrêta, se dandina d'un pied sur l'autre et eut l'air très malheureux.

— Je n'étais pas invité, monsieur [1].

Rhett abandonna sa montre à la main destructrice de Bonnie et se releva avec souplesse.

— Laissez donc ces maudits chiffres tranquilles, Scarlett. Pourquoi Wade n'a-t-il pas été invité à cette réunion?

— Pour l'amour de Dieu, Rhett! Ne m'ennuyez pas en ce moment-ci. Ashley a mis ces comptes dans un tel état qu'on ne s'y reconnaît plus... oh! oui, cette réunion? Eh bien! je crois que ça n'a rien d'extraordinaire que Wade n'ait pas été invité, et s'il l'avait

1. « Sir », en anglais. Appellation respectueuse employée parfois par les enfants dans certaines familles anglo-américaines *(N.d.T.)*.

été je ne lui aurais pas donné la permission d'y aller. N'oubliez pas que Raoul est le petit-fils de Mme Merriwether et que celle-ci aimerait encore mieux recevoir dans son respectable salon un affranchi que l'un quelconque d'entre nous.

Rhett, qui observait Wade d'un air rêveur, vit le bambin tressaillir.

— Viens ici, mon garçon, lui dit-il en l'attirant près de lui. Ça te ferait plaisir d'assister à cette réunion ?

— Non, monsieur, répondit Wade, avec courage, mais en même temps il baissa les yeux.

— Hum. Voyons, dis-moi, Wade, vas-tu aux réunions du petit Joe Whiting ou à celles de Frank Bonnell, ou... enfin n'es-tu jamais invité par tes camarades d'école ?

— Non, monsieur. On ne m'invite pas souvent.

— Wade, tu mens ! s'écria Scarlett en se tournant de nouveau. Tu as assisté à trois réunions la semaine dernière, chez les Bart, chez les Gelert et chez les Hundon.

— La plus belle collection de mules harnachées en chevaux que l'on puisse rêver ! fit Rhett, d'un ton volontairement doux et traînant. T'es-tu amusé à l'une de ces réunions ? Allons, dis la vérité.

— Non, monsieur.

— Pourquoi ?

— Je m'en vais flanquer une volée à Mama, lança Scarlett en se levant d'un bond. Quant à toi, Wade, je m'en vais t'apprendre à parler comme ça des amis de ta mère...

— Le petit a raison et Mama aussi, déclara Rhett, mais évidemment vous n'avez jamais été capable de reconnaître le vrai du faux... Ne t'inquiète pas, mon garçon, tu ne seras plus obligé d'aller chez des gens que ça t'ennuie de voir. Tiens, il sortit un billet de banque de sa poche, tiens, va dire à Pork d'atteler et de te conduire en ville. Achète-toi des bonbons... gros comme ça, de quoi attraper une bonne indigestion.

Wade, rayonnant, enfouit le billet dans sa poche et lança un coup d'œil à sa mère pour avoir son approbation. Mais Scarlett, les sourcils froncés, regardait fixement Rhett. Il avait pris Bonnie dans ses bras et, sa joue contre la sienne, il la berçait doucement. Scarlett ne parvenait pas à lire sur son visage, mais dans ses yeux il y avait une expression voisine de la crainte et du remords.

Encouragé par la générosité de son beau-père, Wade s'approcha timidement de lui.

— Oncle Rhett, est-ce que je peux vous demander quelque chose ?

— Bien sûr. (Rhett avait l'air anxieux et absent. Il serra davantage Bonnie dans ses bras.) Qu'y a-t-il, Wade ?

— Oncle Rhett, avez-vous... vous êtes-vous battu pendant la guerre ?

Les yeux de Rhett se posèrent sur l'enfant.

— Pourquoi me demandes-tu cela, mon petit ? interrogea-t-il d'un ton qu'il parvint à rendre détaché.

— Eh bien ! Joe Whiting a dit que vous ne vous étiez pas battu et Frankie Bonnell en a dit autant.

— Ah ! ah ! fit Rhett. Et que leur as-tu répondu ?

Wade paraissait mal à l'aise.

— Je... j'ai dit... je leur ai répondu que je ne savais pas. (Et d'une seule traite il ajouta :) Mais moi, ça m'est bien égal, et je leur ai sauté dessus. Avez-vous fait la guerre, oncle Rhett ?

— Oui, dit Rhett avec une violence soudaine. J'ai fait la guerre. Je me suis battu pendant huit mois. J'ai suivi l'armée de Lovejov à Franklin, dans le Tennessee. J'étais avec Johnston quand il s'est rendu.

Wade ne se tenait plus de fierté, mais Scarlett partit d'un éclat de rire.

— Je croyais que vous aviez honte de vos états de service, railla-t-elle. Ne m'aviez-vous pas priée de ne jamais en parler ?

— Taisez-vous ! fit Rhett d'un ton sec. Tu es content comme ça, Wade ?

— Oh ! oui, monsieur ! Je savais bien que vous aviez fait la guerre. Je savais bien que vous n'étiez pas un froussard comme ils le disent. Mais... pourquoi n'étiez-vous pas avec les papas des autres petits garçons ?

— Parce que les papas des autres petits garçons

étaient si bêtes qu'on a dû les verser dans l'infanterie. Moi, tu comprends, j'avais fait West Point, aussi on m'a mis dans l'artillerie. Dans l'artillerie régulière, Wade, pas dans celle de la Garde locale. Il faut être calé pour servir dans l'artillerie, Wade.

— Je pense bien, fit Wade, le visage radieux. Avez-vous été blessé, oncle Rhett ?

Rhett hésita.

— Parlez-lui donc de votre dysenterie, ricana Scarlett.

Rhett reposa avec précaution le bébé par terre, puis il sortit sa chemise et son sous-vêtement de son pantalon.

— Viens ici, Wade, je vais te montrer où j'ai été blessé.

Wade avança, très ému, et regarda l'endroit que lui désignait Rhett. Une longue cicatrice verticale balafrait sa poitrine bronzée et son ventre aux muscles puissants. C'était le souvenir d'une bataille au couteau en Californie, sur un terrain aurifère, mais Wade n'en savait rien. L'enfant poussa un soupir joyeux.

— Je crois bien que vous êtes presque aussi brave que mon papa, oncle Rhett.

— Presque, mais pas tout à fait, acquiesça Rhett en rentrant sa chemise dans son pantalon. Maintenant, va dépenser ton dollar et étripe-moi celui qui te dira que je n'ai pas fait la guerre.

Wade sortit en dansant de joie et en appelant Pork. Rhett reprit le bébé dans ses bras.

— Voyons, en quel honneur tous ces mensonges, mon brave militaire ? demanda Scarlett.

— Un garçon doit être fier de son père... ou de son beau-père. Je ne veux pas qu'il ait honte devant les autres petites brutes. C'est cruel, les enfants.

— Oh ! turlututu.

— Je ne pouvais pas penser que ces choses avaient tant d'importance pour Wade, fit Rhett lentement. Je ne pouvais pas penser qu'il en souffrait à ce point. En tout cas, ça ne se passera pas comme ça pour Bonnie.

— Comme ça ?

— Croyez-vous que je laisserai ma petite Bonnie avoir honte de son père ? Je ne veux pas qu'on la tienne à l'écart quand elle aura neuf ou dix ans. Je ne veux pas qu'on l'humilie comme Wade et qu'on lui reproche des choses qui ne sont pas de sa faute, mais la vôtre ou la mienne.

— Oh ! tant qu'il ne s'agit que de réunions d'enfants !

— Après les réunions d'enfants ce sont, pour les jeunes filles, les débuts dans le monde. Croyez-vous que je vais laisser ma fille grandir sans pouvoir fréquenter les seuls gens convenables d'Atlanta ? Je ne tiens pas du tout à me voir dans l'obligation de l'envoyer faire ses études dans un collège du Nord parce que personne ne voudra la recevoir, soit ici, soit à Charleston, à Savannah ou à La Nouvelle-Orléans. Je ne tiens pas du tout à ce qu'elle soit obligée d'épouser un Yankee ou un étranger parce que, dans le Sud, aucune famille comme il faut ne voudra d'elle... parce que sa mère s'est conduite comme une folle et que son père est une crapule.

Wade qui était revenu se tenait sur le pas de la porte et suivait la conversation avec beaucoup d'intérêt, bien qu'il n'y comprît pas grand-chose.

— Bonnie pourra épouser Beau, oncle Rhett.

Rhett se tourna vers le petit garçon et toute trace de colère disparut de son visage. Puis il se mit à réfléchir aux paroles de Wade en feignant un grand sérieux comme il le faisait toujours quand il avait affaire à des enfants.

— C'est vrai, Wade. Bonnie pourra épouser Beau Wilkes. Mais toi, qui épouseras-tu ?

— Oh ! moi, je n'épouserai personne, confia Wade ravi de cette discussion d'homme à homme avec le seul être qui, en dehors de tante Melly, ne le rabrouait jamais et l'encourageait toujours à parler : J'irai à Harvard pour devenir un avocat comme mon père, ensuite je serai un soldat courageux comme lui.

— Je regrette bien que Melly ne sache pas tenir sa langue, s'écria Scarlett. Wade, tu n'iras pas à Harvard. C'est une université yankee et je ne veux pas que tu ailles chez les Yankees. Tu iras à l'Université de Georgie et quand tu auras passé tes examens tu dirigeras le magasin à ma place. Quant au courage de ton père...

— Taisez-vous! fit Rhett d'un ton encore plus sec que la première fois, car il n'était pas sans avoir remarqué la lueur qui s'était allumée dans les yeux de Wade lorsqu'il avait parlé de ce père qu'il n'avait jamais connu. Tu deviendras grand et tu seras un homme brave comme ton père, Wade. Essaie de lui ressembler, car c'était un héros et ne laisse personne te dire le contraire. D'ailleurs, n'a-t-il pas épousé ta mère? C'était déjà une preuve suffisante d'héroïsme. Et moi, je m'arrangerai pour que tu ailles à Harvard et qu'on fasse de toi un avocat. Maintenant, fiche-moi le camp et va dire à Pork de t'emmener en ville.

— Je vous serai reconnaissante de me laisser diriger mes enfants à ma guise, s'écria Scarlett lorsque Wade se fut retiré.

— Vous faites une bien piètre directrice. Vous avez gâché l'avenir d'Ella et de Wade, mais je ne tolérerai pas qu'il en soit de même pour Bonnie. Bonnie sera une petite princesse et tout le monde l'accueillera à bras ouverts. Elle pourra aller où bon lui semblera. Bon Dieu! pensez-vous que je la laisserai fréquenter les canailles qui encombrent cette maison quand elle sera plus grande?

— Ces canailles-là sont assez bonnes pour vous...

— Et encore trop bonnes pour vous, mon chou. Mais pour Bonnie ce sera différent. Croyez-vous que je lui permettrai d'épouser un de ces parias avec qui vous passez votre temps? Des Irlandais qui feraient n'importe quoi pour arriver, des Yankees, des blancs de bas étage, des Carpetbaggers enrichis... ma petite Bonnie avec du sang Butler et du sang Robillard dans les veines...

— Et du sang O'Hara...

— Les O'Hara ont peut-être été les rois de l'Irlande autrefois, mais je m'en fiche, n'empêche que votre père n'était qu'un damné arriviste d'Irlandais. Et vous ne valez pas plus cher... mais il y a aussi de ma faute. Je me suis conduit dans la vie comme un monstre vomi par l'enfer, sans jamais me soucier de ce que je faisais, tout cela parce que rien n'avait jamais compté pour moi. Mais Bonnie tient une grande place dans mon existence. Bon Dieu, quel insensé j'ai été. Ma mère ou vos tantes Pauline et Eulalie auront beau faire, personne ne la recevra jamais à Charleston... et vous pouvez être sûre que personne ne la recevra ici non plus, à moins que nous ne fassions vite quelque chose.

— Oh! Rhett, vous prenez cette affaire-là avec tant de sérieux que vous en devenez drôle. Avec notre fortune...

— Au diable notre fortune! Notre fortune ne nous permettra jamais d'acheter ce que je veux pour elle. J'aimerais mieux voir Bonnie invitée à manger du pain sec dans la misérable bicoque des Picard ou dans la grange délabrée de Mme Elsing que de la voir être la reine d'un bal républicain. Scarlett, vous vous êtes comportée comme une imbécile. Il y a des années que vous auriez dû réserver à vos enfants une place dans la société... mais vous ne l'avez pas fait. Vous ne vous êtes même pas donné la peine de conserver le rang que vous occupiez. Je crains qu'il ne soit bien tard pour que vous cherchiez à vous amender. D'ailleurs, vous avez trop envie de gagner de l'argent et vous aimez trop tyranniser les gens.

— Je considère toute cette affaire comme une simple tempête dans un verre d'eau, fit Scarlett d'un ton froid tout en agitant des papiers pour bien montrer que, de son côté, la discussion était close.

— Nous ne pouvons compter que sur Mme Wilkes, et vous, vous faites tout pour vous la mettre à dos et pour la blesser. Oh! de grâce, épargnez-moi vos réflexions sur sa pauvreté et ses habits miteux. C'est elle l'âme et le centre de tout ce qui représente quelque chose à Atlanta. Que Dieu la bénisse. J'espère bien qu'elle m'aidera dans ma tâche.

— Et que pensez-vous faire?

— Faire? Je m'en vais cultiver tous les dragons femelles de la Vieille Garde et en particulier Mme Merriwether, Mme Elsing, Mme Whiting et Mme Meade.

Dussé-je me traîner à plat ventre aux pieds de ces vieilles chipies qui me détestent, je le ferai. Je m'humilierai devant elles, je me repentirai de mes erreurs passées. Je donnerai dans leurs sacrées bonnes œuvres, je me rendrai à leurs sacrées églises. Je reconnaîtrai que j'ai servi la Confédération, j'en tirerai gloire et, s'il faut en passer par là, je m'affilierai à leur sacré Ku-Klux-Klan, bien qu'il me semble que Dieu en sa clémence n'osera tout de même pas m'infliger pareille pénitence. Je n'hésiterai pas non plus à rappeler aux imbéciles auxquels j'ai sauvé la vie qu'ils ont une dette envers moi. Quant à vous, madame, j'espère que vous aurez la bonté de ne pas me mettre des bâtons dans les roues soit en exerçant vos droits hypothécaires sur les personnes auxquelles je ferai ma cour, soit en leur vendant du mauvais bois, soit en les offensant d'une manière ou d'une autre. Et puis, le gouverneur Bullock ne remettra plus jamais les pieds ici. M'entendez-vous ? Ni aucun des membres de cette élégante bande de voleurs que vous fréquentez. Si vous les invitez malgré ma défense, vous vous sentirez plutôt gênée, car le maître de maison ne sera pas là pour les recevoir. S'ils viennent ici, je passerai mon temps au café de Belle Watling et je dirai à qui voudra l'entendre que je ne tiens pas du tout à me trouver sous le même toit que ces individus.

Scarlett, que ces paroles avaient piquée au vif, émit un petit rire bref.

— Ainsi, l'homme qui jouait aux cartes sur les bateaux du Mississippi et qui spéculait pendant la guerre veut devenir respectable! Allons, pour commencer, vous feriez mieux de vendre la maison de Belle Watling.

C'était vraiment là un coup porté à l'aveuglette, car Scarlett n'avait jamais eu la certitude absolue que Rhett fût propriétaire de cet établissement. Rhett éclata brusquement de rire comme s'il avait lu dans sa pensée.

— Je vous remercie du conseil.

L'eût-il voulu, Rhett n'aurait pu choisir époque moins propice pour entreprendre sa campagne de réhabilitation. Jamais, ni avant ni après, les noms de républicains et de Scallawags n'impliquèrent autant de haine, car à cette époque la corruption du régime des Carpetbaggers était à son comble. Or, depuis la reddition, le nom de Rhett avait été inexorablement attaché à celui des Yankees, des républicains et des Scallawags.

En 1866, les gens d'Atlanta s'étaient dit avec une rage impuissante que rien ne pouvait être pire que l'implacable loi martiale sous laquelle ils ployaient, mais maintenant, sous la domination de Bullock, ils connaissaient pire encore. Grâce au vote des nègres, les républicains et leurs alliés étaient solidement retranchés dans leurs positions et ils menaient la vie dure à la minorité qui, pieds et poings liés, continuait quand même à protester.

On avait répandu l'idée parmi les nègres que la Bible ne mentionnait que deux partis politiques, celui des Républicains et celui des Pécheurs. Comme aucun nègre ne tenait à rallier un parti entièrement composé de pécheurs, ils s'empressaient tous de suivre celui des républicains. Leurs nouveaux maîtres n'arrêtaient pas de les faire voter et les obligeaient à élire aux postes les plus importants des Scallawags et des blancs de bas étage ou même quelques noirs. Ces nègres siégeaient à la Législature où ils passaient la majeure partie de leur temps à manger ou à se déchausser et à se rechausser pour soulager leurs pieds qui n'avaient pas l'habitude de se trouver emprisonnés dans des souliers. Fort peu savaient lire ou écrire. Nouvellement débarqués des plantations de coton ou de cannes à sucre, ils n'en étaient pas moins investis du pouvoir de voter des impôts et des emprunts ou de s'ouvrir d'énormes crédits à eux et à leurs amis républicains. Et ils ne s'en privaient pas. L'État était écrasé sous le poids des impôts payés la rage au cœur, car les contribuables savaient que la plupart des fonds destinés à un usage général étaient empochés par un certain nombre d'individus.

Autour du parlement local grouillait une foule d'affairistes plus ou moins louches, de spéculateurs, de soumissionnaires et de personnages de tout crin venus dans l'espoir de profiter de la folle orgie de dépenses et dont plusieurs devenaient honteusement riches. Ils n'avaient aucune difficulté à obtenir des subventions de l'État pour construire des voies ferrées qui ne seraient jamais construites, pour acheter des wagons et des locomotives qui ne seraient jamais achetés, pour édifier des bâtiments publics qui ne s'élèveraient jamais que dans l'imagination de ces chevaliers d'industrie.

On émettait par millions les bons du trésor. Les émissions étaient presque toutes illégales et frauduleuses, mais on passait outre. Le Trésorier de l'État, honnête homme quoique républicain, protestait contre ces émissions et refusait sa signature, mais à l'exemple de tous ceux qui cherchaient à refréner ces abus, il ne pouvait rien contre la vague déferlante.

Le réseau de chemins de fer administré par l'État, qui jadis procurait des ressources régulières au trésor, était maintenant en déficit et la dette atteignait la somme coquette d'un million de dollars. Ce n'était plus un réseau de chemins de fer, mais une gigantesque écurie d'Augias, où les parasites s'ébattaient et se vautraient à loisir. Bon nombre d'employés étaient nommés pour des raisons politiques sans qu'on s'inquiétât de leur compétence et il y en avait deux fois trop. Les républicains voyageaient sans bourse délier. Quant aux nègres, ils circulaient gratuitement les jours où, en bandes joyeuses, ils s'entassaient par trains entiers dans des wagons de marchandises et s'en allaient d'un point à l'autre du territoire voter et revoter pour les mêmes candidats.

La gabegie qui régnait dans l'administration du réseau exaspérait d'autant plus les contribuables qu'en principe les bénéfices de l'exploitation devaient être consacrés à la construction d'écoles gratuites. Mais, comme il n'y avait que des dettes et pas de bénéfices, on n'ouvrait aucune école. Peu de gens étaient assez riches pour envoyer leurs enfants dans les institutions payantes et toute une génération grandissait ainsi dans l'ignorance, préparant pour les années à venir une

ample moisson d'hommes et de femmes incultes.
Mais, plus encore que le désordre des finances publiques, le gaspillage et la corruption, le jour sous lequel le gouverneur présentait les Georgiens aux autorités du Nord rendait ceux-ci fous de rage. Chaque fois que la Georgie s'indignait contre les concussionnaires, le gouverneur partait en hâte pour le Nord et se rendait au Congrès, où il parlait aux membres de l'Assemblée des attentats des blancs contre les nègres, où il déclarait que la Georgie préparait une nouvelle rébellion et avait besoin d'être sérieusement matée. Dans l'État, cependant, personne ne cherchait noise aux nègres et ne tenait à provoquer des troubles. Personne ne souhaitait une nouvelle guerre, personne ne voulait être mené à la pointe des baïonnettes. La Georgie entière aspirait au calme afin de pouvoir se relever de ses ruines ; malheureusement, à force de faire marcher ce qu'on appelait son « moulin à calomnies », le gouverneur finit par persuader au Nord que la Georgie était un État rebelle qu'il fallait mener avec une main de fer, et la main de fer s'abattit sur le pays.

La bande qui tenait la Georgie à la gorge s'en donnait à cœur joie. Chacun cherchait à tirer la couverture à soi et le cynisme avec lequel opéraient les gens en place donnait froid dans le dos. Protester ou esquisser une résistance quelconque ne servait à rien, car l'armée des États-Unis soutenait de toute sa force le gouvernement local.

Atlanta honnissait le nom de Bullock, de ses Scallawags et de ses républicains et de tous ceux qui entretenaient des relations avec eux. Or Rhett entretenait des relations avec eux. On prétendait qu'il était associé à toutes leurs combinaisons équivoques. Mais maintenant Rhett avait fait demi-tour et, nageant de toutes ses forces, il s'était mis en devoir de remonter le courant qui l'entraînait encore si peu de temps auparavant.

Il mena sa campagne avec une subtile lenteur, pour ne pas éveiller la méfiance des gens d'Atlanta en jouant, du jour au lendemain, le loup transformé en berger. Il évita ses anciens camarades de bouteille et on ne le vit plus en compagnie d'officiers yankees, de Scallawags ou de républicains. Il assista aux réunions du parti démocrate et vota démocrate au vu et au su de tout le monde. Il renonça à jouer gros jeu et devint relativement sobre. Lorsqu'il lui prenait fantaisie d'aller chez Belle Watling, il attendait que la nuit fût tombée pour s'y rendre discrètement à l'exemple des autres citoyens honorables et ne laissait plus son cheval attaché une bonne partie de l'après-midi devant la porte du café, comme pour bien montrer qu'il était là.

Les fidèles de l'église épiscopale faillirent tomber de leurs bancs en voyant entrer Rhett qui, arrivé après le début du service, marchait sur la pointe des pieds et donnait la main à Wade. Les gens furent aussi étonnés par l'apparition de Wade que par celle de Rhett, car tout le monde se figurait que le petit garçon était catholique. En tout cas, Scarlett l'était, ou du moins on le supposait. Mais elle n'avait pas mis le pied à l'église depuis des années, car elle avait abandonné toute pratique religieuse comme elle avait abandonné tant de principes inculqués par Ellen. Tout le monde considérait qu'elle avait négligé l'éducation religieuse de son fils et l'on sut gré à Rhett de remédier à cet état de choses, bien qu'il conduisît Wade à l'église épiscopale au lieu de le mener à l'église catholique.

Lorsqu'il voulait s'en donner la peine, Rhett pouvait être aussi aimable que sérieux dans ses propos, à condition bien entendu de retenir sa langue et de voiler son regard pétillant de malice. Il y avait une éternité qu'il n'avait adopté pareille attitude, mais désormais il lui plaisait de se composer un maintien à la fois grave et charmant, tout comme il lui plaisait de porter des gilets plus discrets. Il n'eut aucune peine à entrer dans les bonnes grâces des hommes auxquels il avait sauvé la vie. Ceux-ci lui eussent témoigné leur sympathie depuis longtemps s'il n'avait pas paru en faire fi. Hugh Elsing, René, les frères Simmons, Andy Bonnell et les autres le trouvaient maintenant d'un commerce d'autant plus agréable qu'il n'était pas homme à se mettre en avant et avait l'air gêné quand ils parlaient de leur dette envers lui.

— Ça ne compte pas, protestait-il. A ma place, vous en auriez fait autant.

Il versa une forte somme au comité chargé de recueillir les fonds destinés à la réparation de l'église épiscopale et fit un don généreux, mais sans exagération de mauvais goût, à l'œuvre pour l'Embellissement des Tombes de nos Glorieux Morts. Il s'adressa directement à Mme Elsing et la pria, d'un ton humble, de ne dire à personne d'où venait cette somme tout en sachant pertinemment que c'était le meilleur moyen de l'inciter à aller crier la chose sur les toits. Mme Elsing aurait bien voulu refuser... Pensez donc, l'argent d'un spéculateur!... Mais les fonds de l'œuvre étaient trop bas.

— Je ne vois pas pourquoi vous tenez tant à nous venir en aide, fit-elle d'une voix revêche.

Lorsque Rhett lui déclara d'un air fort digne qu'il accomplissait ce geste en souvenir d'anciens camarades de combat, plus braves mais moins heureux que lui, Mme Elsing en resta bouche bée. Dolly Merriwether lui avait bien dit que, d'après Scarlett, le capitaine Butler avait fait la guerre, mais elle n'en avait rien cru... Personne n'en avait jamais rien cru.

— Vous avez fait la guerre, vous ? Quelle était votre compagnie... votre régiment ?

Rhett fournit le renseignement.

— Ah! oui, l'artillerie! Tous les gens que j'ai connus étaient soit dans la cavalerie, soit dans l'infanterie. C'est ce qui explique...

Mme Elsing, déconcertée, s'arrêta net dans l'espoir de surprendre une flamme moqueuse dans le regard de Rhett, mais Rhett avait les yeux fixés par terre et jouait avec sa chaîne de montre.

— J'aurais beaucoup aimé servir dans l'infanterie, dit-il sans relever l'allusion, mais quand on s'est aperçu que j'avais fait West Point... quoique je n'aie pas passé l'examen de sortie à cause d'une frasque de jeune homme, madame Elsing... on m'a versé dans l'artillerie, l'artillerie régulière, pas dans la milice. On avait grand besoin de spécialistes au cours de cette dernière campagne. Vous savez combien les pertes avaient été lourdes, quels ravages il y avait eu parmi les artilleurs. Je me sentis plutôt seul dans ce corps. Je n'ai vu personne de connaissance. Je crois que je n'ai pas vu un seul homme d'Atlanta pendant tout le temps que j'ai fait la guerre.

— Voyons, fit Mme Elsing de plus en plus embarrassée.

En somme, si Rhett avait fait la guerre pour de bon, c'était elle qui s'était trompée! Elle commençait à s'en vouloir d'avoir tenu tant de propos cinglants sur sa lâcheté.

— Voyons, pourquoi n'avoir jamais dit que vous vous étiez battu? On dirait que vous en avez honte?

Rhett, le visage impénétrable, regarda Mme Elsing droit dans les yeux.

— Madame Elsing, dit-il, croyez bien que je suis plus fier des services que j'ai rendus à la Confédération que de ce que j'ai jamais fait ou pourrai jamais faire. J'estime... j'estime...

— Mais enfin, pourquoi tous ces mystères?

— J'avais honte d'en parler à cause de... de certaines de mes actions passées.

Mme Elsing s'empressa de raconter à Mme Merriwether que Rhett avait versé de l'argent à l'œuvre et de lui rapporter cette conversation en détail.

— Et puis, Dolly, je te donne ma parole qu'il en avait les larmes aux yeux quand il m'a dit qu'il avait honte! Oui, les larmes aux yeux! Moi aussi, j'ai failli en pleurer.

— Quel bourrage de crâne! s'écria Mme Merriwether. Je ne crois pas plus à ses larmes qu'à ses exploits pendant la guerre. D'ailleurs, je saurai vite à quoi m'en tenir. Puisqu'il prétend avoir servi dans l'artillerie, je m'en vais écrire au colonel Carleton, qui a épousé la fille d'une des sœurs de mon grand-père. C'est lui qui était à la tête des services d'artillerie.

Mme Merriwether écrivit donc au colonel Carleton et, à son grand chagrin, reçut une lettre dans laquelle le colonel faisait l'éloge de Rhett en termes qui ne laissaient place à aucune équivoque. Un artilleur-né, un soldat courageux, un homme du monde accompli, un modeste qui avait refusé les galons d'officier lorsqu'on les lui avait offerts.

— Ça, par exemple, fit Mme Merriwether en montrant la lettre à Mme Elsing. J'en suis bleue! Que veux-tu, nous nous sommes peut-être méprises sur son courage, nous aurions peut-être dû croire Scarlett et Mélanie lorsqu'elles nous soutenaient qu'il s'était engagé le jour de la chute d'Atlanta, mais n'empêche que c'est un Scallawag et une crapule et que je ne l'aime pas!

— Tout de même, dit Mme Elsing, hésitante, tout de même, je ne crois pas qu'il soit si mauvais que cela. Un homme qui s'est battu pour la Confédération ne peut pas être foncièrement mauvais. C'est Scarlett qui ne vaut pas cher. Sais-tu, Dolly, je crois pour de bon que... qu'il a honte de Scarlett, mais qu'il est trop galant homme pour le laisser paraître.

— Honte, lui? Peuh! Ils sont bien taillés tous les deux sur le même patron. Où as-tu été pêcher une idiotie pareille?

— Ça n'a rien d'idiot! protesta Mme Elsing indignée. Hier, sous une pluie battante, il montait et descendait la rue du Pêcher en voiture avec les trois enfants, y compris la toute petite, et il m'a reconduite chez moi. Lorsque je lui ai dit : « Capitaine Butler, vous n'êtes pas raisonnable de sortir des enfants par cette humidité, pourquoi ne les ramenez-vous pas à la maison? » il a pris un air gêné et n'a rien répondu, mais Mama s'en est chargée pour lui : « La maison elle est pleine de blancs de 'ien du tout et il fait meilleu' pou' les enfants deho' sous la pluie que dedans. »

— Qu'a-t-il dit?

— Que pouvait-il dire? Il s'est contenté de lancer un coup d'œil de reproche à Mama. Tu sais bien que Scarlett a organisé une grande partie de whist hier et qu'elle a reçu chez elle toutes ces femmes si vulgaires. Je parie que le capitaine Butler n'a pas voulu qu'elles embrassent sa petite fille.

— Allons! murmura Mme Merriwether un peu ébranlée mais toujours intraitable.

Néanmoins, la semaine suivante, elle aussi capitula.

Rhett avait désormais un bureau à la banque. Ce qu'il y faisait, les directeurs intrigués eussent été bien en peine de le dire, mais il détenait un trop gros paquet d'actions pour que l'un d'entre eux s'avisât de lui reprocher sa présence. D'ailleurs, au bout d'un certain temps, ils firent mieux que de le tolérer, car il était tranquille et bien élevé et s'y connaissait en affaires de banque et en placements. En tout cas, il passait toute la journée à son bureau et donnait à chacun l'impression d'être fort occupé, car il tenait à se trouver sur un pied d'égalité avec ses concitoyens les plus respectables qui travaillaient et même travaillaient ferme.

Mme Merriwether, qui désirait agrandir sa boulangerie-pâtisserie en plein essor, avait essayé d'emprunter deux mille dollars à la banque, avec sa maison comme garantie, mais on lui avait refusé cette somme parce que sa maison était déjà grevée de deux hypothèques. Furieuse, la plantureuse dame sortait de la banque en lançant feu et flamme, lorsque Rhett l'arrêta, s'enquit de la cause de son émoi et lui dit d'un ton préoccupé : « On a sûrement fait une erreur, madame Merriwether, une erreur terrible. Vous avez moins besoin qu'une autre de donner des garanties. Voyons, mais moi je vous prêterai de l'argent sur parole! Une dame qui a monté une affaire comme la vôtre, on ne peut que lui faire confiance. C'est à des gens comme vous que la banque désire prêter de l'argent. Tenez, allez vous asseoir dans mon bureau et je vais arranger ça. »

Lorsqu'il revint, un aimable sourire aux lèvres, Rhett déclara à Mme Merriwether qu'il s'agissait bien d'une erreur ainsi qu'il l'avait deviné. Les deux mille dollars étaient à sa disposition... maintenant, si elle voulait bien signer là, dans le coin, pour sa maison...

Indignée, vexée, furieuse d'avoir été obligée d'accepter cette faveur d'un homme qu'elle détestait et dont elle se méfiait, Mme Merriwether remercia sans aucune chaleur. Rhett fit celui qui ne remarquait rien, puis, en reconduisant la visiteuse à la porte, il lui demanda :

— Madame Merriwether, j'ai toujours eu le plus profond respect pour vos capacités, pourriez-vous me dire quelque chose ?

Mme Merriwether hocha la tête avec si peu d'empressement que la plume de son chapeau bougea à peine.

— Que faisiez-vous quand votre Maybelle était petite et qu'elle suçait son pouce ?

— Quoi ?

— Ma petite Bonnie suce le sien. Je ne peux l'en empêcher.

— Il faut absolument lui faire passer cette manie, fit Mme Merriwether avec énergie. Ça va lui déformer la bouche.

— Je sais, je sais ! Et dire qu'elle a une si jolie bouche, mais je ne vois vraiment pas comment m'y prendre.

— Voyons, Scarlett devrait savoir, fit Mme Merriwether d'un ton sec. Elle a déjà eu deux enfants.

Rhett examina la pointe de ses souliers et soupira.

— J'ai essayé de lui mettre du savon sous l'ongle, dit-il en glissant sur la remarque.

— Du savon ! Peuh ! Du savon, ça ne vaut rien. Moi j'ai enduit de quinine le doigt de Maybelle et je vous prie de croire, capitaine Butler, qu'elle n'a pas continué de sucer son pouce bien longtemps.

— De la quinine ! Je n'y avais pas pensé ! Je ne sais comment vous remercier, madame. Ça m'ennuyait beaucoup.

Il lui adressa un sourire si affable, si reconnaissant, que Mme Merriwether en fut toute décontenancée, mais, en prenant congé de Rhett, elle aussi avait le sourire aux lèvres.

Pour rien au monde elle n'aurait voulu reconnaître devant Mme Elsing qu'elle s'était trompée sur le compte de Rhett, mais, comme elle était honnête, elle avoua tout de même qu'un homme qui aimait son enfant ne pouvait pas être foncièrement mauvais. Quel dommage que Scarlett ne s'intéressât point à un petit être aussi adorable que Bonnie! Il y avait quelque chose de pathétique dans les efforts de cet homme pour élever lui-même une petite fille! Rhett n'ignorait pas le pathétique de la situation et il se moquait pas mal que la réputation de Scarlett eût à en souffrir.

Dès que l'enfant sut marcher, il l'emmena continuellement dans ses promenades, soit à côté de lui en voiture, soit juchée devant lui sur la selle de son cheval. Après être rentré de la banque vers la fin de l'après-midi, il ressortait et descendait la rue du Pêcher en tenant Bonnie par la main, ralentissant le pas, accordant son allure aux pas mal assurés de la petite, répondant à ses milliers de questions. A l'heure où le soleil se couchait, les gens avaient coutume de se tenir sous leurs vérandas ou dans leurs jardins et, comme Bonnie était si sympathique, si mignonne avec ses grosses boucles noires et ses yeux d'un bleu vif, peu de personnes résistaient au plaisir de lui parler. Rhett ne se mêlait jamais à ces conversations, mais, débordant d'orgueil paternel, il semblait remercier par son attitude ceux qui faisaient attention à sa fille.

Les gens d'Atlanta avaient bonne mémoire et, d'un naturel méfiant, ils étaient longs à changer. Les temps étaient durs et l'on regardait d'un mauvais œil quiconque entretenait des rapports avec Bullock et sa bande. Cependant Bonnie réunissait le charme de Scarlett et de Rhett sous leur meilleur jour, et son père se servait d'elle comme d'un coin pour entamer le mur de froideur que lui opposait Atlanta.

Bonnie grandissait rapidement et chaque jour il était de plus en plus évident qu'elle avait eu Gérald O'Hara pour grand-père. Elle avait les jambes courtes et robustes, de grands yeux d'un bleu tout irlandais et un petit menton carré, indice d'une volonté bien arrêtée de n'en faire qu'à sa tête. De Gérald, elle avait les brusques accès de colère qui s'accompagnaient de cris et de hurlements pour s'apaiser dès qu'on avait satisfait ses caprices et, quand son père se trouvait là, elle ne tardait pas à obtenir gain de cause. Malgré les efforts de Mama et de Scarlett, Rhett la gâtait follement car elle était pour lui un objet de satisfactions constantes, sauf sur un point, et c'était sa peur de l'obscurité

Jusqu'à l'âge de deux ans, Bonnie coucha dans la nursery qu'elle partageait avec Wade et Ella, puis, peu à peu, sans raison apparente, elle prit l'habitude de sangloter chaque fois que Mama quittait la pièce en emportant la lampe. Enfin, les choses se compliquèrent et toutes les nuits elle se réveilla en sursaut, hurlant de terreur, effrayant les autres enfants et alarmant la maison entière. Une fois, Rhett dut envoyer chercher le docteur Meade et fut à peine poli avec le vieux praticien lorsque celui-ci eut diagnostiqué qu'il s'agissait seulement de mauvais rêves. D'ailleurs, le seul mot qu'on pût obtenir d'elle fut « noir ».

Scarlett, irritée contre l'enfant, parla de lui administrer une bonne fessée et refusa de laisser une lampe allumée dans la chambre des enfants, car la lumière empêcherait Wade et Ella de dormir. Rhett était inquiet et, après avoir essayé en vain d'obtenir quelques détails de la petite en l'interrogeant avec douceur, il déclara tout net que si l'on devait fouetter quelqu'un il s'en chargerait lui-même et choisirait Scarlett pour victime.

Le résultat de cette affaire fut qu'on transporta Bonnie dans la chambre que Rhett désormais occupait tout seul. Son petit lit fut placé contre le grand lit de son père et une lampe voilée brûla toute la nuit. L'histoire fit le tour de la ville et les langues allèrent bon train. Il y avait quelque chose de choquant dans le fait de laisser une fille dormir dans la chambre de son père, la fille ne fût-elle qu'un bébé de deux ans. Les commentaires auxquels on se livra atteignirent Scarlett de deux façons. D'abord, la preuve était faite que son mari et elle occupaient des chambres séparées, ce qui en soi était assez déplaisant. Ensuite, tout le monde pensait que si l'enfant avait peur de l'obscurité sa place était auprès de sa mère. Et Scarlett ne se sentait pas de taille à expliquer aux gens qu'il lui était impossible de dormir dans une pièce éclairée et que Rhett avait interdit que l'enfant couchât auprès d'elle.

— Vous ne vous réveilleriez que si elle hurlait, et par-dessus le marché vous lui donneriez sans doute une gifle, déclara-t-il d'un ton sec.

Scarlett était ennuyée par l'importance que Rhett attachait aux terreurs nocturnes de Bonnie, mais elle se disait qu'à la première occasion elle remédierait à cet état de choses et réussirait à faire remettre le lit de la petite dans la nursery. Tous les enfants avaient peur du noir et le seul remède, c'était la fermeté. Du reste, c'était uniquement par méchanceté que Rhett agissait ainsi. Il était trop heureux de la faire passer pour une mauvaise mère pour se venger de l'avoir banni de sa chambre.

Depuis le soir où elle lui avait manifesté le désir de ne plus jamais avoir d'enfants, il n'avait jamais remis les pieds dans sa chambre à coucher. Par la suite, et jusqu'au jour où les frayeurs de Bonnie commencèrent à le retenir à la maison, il avait plus souvent dîné dehors que chez lui. Parfois, il n'était pas rentré de la nuit et Scarlett, qui veillait derrière sa porte fermée à clef et écoutait la pendule égrener les heures dans le petit matin, s'était demandée où il pouvait bien être. Elle se rappelait son « il y a d'autres lits, ma chère », et frémissait intérieurement, mais elle ne pouvait rien faire, et elle ne pouvait rien dire non plus sous peine de provoquer une scène dont il profiterait sûrement pour la cribler de traits mordants sur son acharnement à fermer sa porte à clef et le rôle probable qu'avait joué Ashley dans tout cela. Oui, en faisant coucher Bonnie dans une pièce éclairée, dans sa propre chambre, il cherchait bien à se venger d'elle.

Il fallut une nuit d'épouvante, une nuit que toute la famille se rappela, pour que Scarlett se rendît compte de l'importance que Rhett attachait aux terreurs de Bonnie et de son dévouement sans borne à l'enfant.

Ce jour-là, Rhett avait rencontré un ancien forceur de blocus et les deux hommes avaient eu beaucoup de choses à se raconter. Où étaient-ils allés pour boire et bavarder ? Scarlett ne le savait pas au juste, mais elle se doutait bien qu'ils s'étaient rendus chez Belle Watling. Rhett ne rentra pas vers la fin de l'après-midi pour emmener Bonnie faire sa promenade et il ne rentra pas non plus dîner. Bonnie, fort désireuse de montrer à son père une collection de scarabées bigarrés, avait passé la journée à la fenêtre, guettant son retour, mais Lou avait fini par la mettre au lit malgré ses gémissements et ses protestations.

Que Lou eût oublié d'allumer la lampe ou que celle-ci se fût éteinte d'elle-même, personne ne sut jamais ce qui s'était passé, en tout cas, lorsque Rhett rentra chez lui passablement ivre, la maison était sens dessus dessous et Bonnie hurlait si fort qu'on l'entendait jusque dans les écuries. Elle s'était réveillée en pleine obscurité et avait appelé son père qui n'était pas là. Tous les fantômes sans nom qui peuplaient sa petite imagination s'agrippaient à elle. Toutes les lumières réconfortantes apportées par Scarlett et les domestiques ne réussissaient pas à la calmer et Rhett, montant les escaliers quatre à quatre, apparut tel un homme qui vient de voir la Mort en face.

Finalement, lorsqu'il eut pris l'enfant dans ses bras et qu'à travers ses sanglots il eut reconnu le mot « noir », il se tourna, blême de rage, vers Scarlett et les négresses.

— Qui a éteint la lampe ? Qui a laissé la petite dans le noir ? Prissy, je vais t'arracher la peau pour...

— Seigneu' tout-puissant, missié Rhett ? C'est pas moi ! C'est Lou !

— Pou' l'amou' de Dieu, missié Rhett, je...

— Assez ! vous connaissez mes ordres. Bon Dieu, je vais... sortez. Ne revenez pas. Scarlett, donnez-lui de l'argent et faites en sorte qu'elle soit partie avant que je redescende. Maintenant, tout le monde dehors. Tout le monde !

Les nègres s'éclipsèrent. La malheureuse Lou pleurait à chaudes larmes dans son tablier. Pourtant,

Scarlett resta. C'était dur pour elle de voir son enfant préférée s'apaiser dans les bras de Rhett alors que, dans les siens, elle avait hurlé à fendre l'âme. C'était dur de voir ses petits bras entourer le cou de Rhett et d'entendre la petite raconter d'une voix étranglée ce qui l'avait effrayée alors qu'elle n'avait rien pu obtenir d'elle.

— Alors, il s'est assis sur toi, dit Rhett avec douceur, Il était gros ?

— Oh! oui, horriblement gros. Et il avait des griffes.

— Ah! ah! des griffes! Allons, je vais rester debout toute la nuit et je le tuerai s'il revient.

Rhett parlait avec le plus grand sérieux et, au son de sa voix, les sanglots de Bonnie s'espacèrent peu à peu, l'enfant s'exprima avec moins de difficulté et, dans un langage que seul Rhett pouvait comprendre, se lança dans une description détaillée du monstre qui lui avait rendu visite. Scarlett commençait à perdre patience. Elle en voulait à Rhett de discuter avec sa fille comme si la chose était arrivée pour de bon.

— Pour l'amour de Dieu, Rhett...

Mais il lui fit signe de se taire. Lorsque Bonnie se fut enfin endormie, il la recoucha dans son lit et la borda.

— Je m'en vais écorcher vive cette négresse, dit-il d'un ton calme. Mais c'est votre faute aussi. Pourquoi n'êtes-vous pas montée ici voir si la lampe était allumée ?

— Soyez raisonnable, Rhett, murmura-t-elle. Bonnie est comme ça parce que vous vous pliez à tous ses caprices. Des tas d'enfants ont peur du noir, mais ça leur passe. Wade avait peur lui aussi, mais je ne l'ai pas cajolé. Si vous la laissiez hurler un peu une nuit ou deux...

— La laisser hurler! (Pendant un instant Scarlett eut l'impression qu'il allait la frapper.) Vous êtes la femme la plus bête ou la plus inhumaine que j'aie jamais vue!

— Je ne veux pas qu'elle devienne nerveuse et poltronne plus tard.

— Poltronne! Ah ça, par exemple, c'est trop fort! Il n'y a rien de lâche en elle, mais vous n'avez aucune imagination et vous ne pouvez pas vous douter des souffrances de ceux qui en ont... surtout quand il s'agit d'un enfant. Si un monstre griffu et cornu venait s'asseoir sur vous, vous l'enverriez tout simplement promener, n'est-ce pas ? Eh bien! va te faire fiche! Veuillez bien vous rappeler, madame, que je vous ai vue vous réveiller hurlant comme un chat échaudé uniquement parce que vous aviez rêvé que vous étiez en train de galoper dans le brouillard. Et, en somme, il n'y a pas si longtemps que ça.

Scarlett se trouva toute déconcertée, car elle n'aimait guère à évoquer ce rêve. De plus, elle se sentait gênée en se rappelant que Rhett, pour la réconforter, s'y était pris à peu près comme il s'y prenait avec Bonnie. Elle chercha donc aussitôt un nouveau terrain d'attaque.

— Vous la gâtez trop et...

— Et j'ai bien l'intention de continuer, comme ça elle perdra l'habitude de se réveiller la nuit et finira par oublier ses cauchemars.

— Allons, fit Scarlett d'un ton acide, si ça vous plaît tant que cela de jouer à la bonne d'enfant, vous pourriez vous arranger pour rentrer chez vous la nuit et un peu plus sobre, ça vous changerait.

— Je rentrerai de bonne heure, mais je serais soûl comme un Polonais toutes les fois que ça me chantera.

Après cette nuit-là, Rhett rentra effectivement de bonne heure. Il était là bien avant le coucher de Bonnie, puis, lorsqu'on l'avait mise au lit, il s'asseyait auprès d'elle, lui prenait la main et ne l'abandonnait qu'au moment où le sommeil s'emparait de l'enfant et lui faisait relâcher son étreinte. A ce moment, Rhett descendait l'escalier sur la pointe des pieds, laissant derrière lui la lampe allumée et la porte entrebâillée de façon à entendre sa fille si elle se réveillait et se mettait à appeler. Il était fermement décidé à ce qu'elle n'eût plus jamais un accès de terreur dans le noir. La maison tout entière pensait à la lampe allumée dans la chambre et souvent Scarlett, Mama, Prissy ou Pork montaient voir si elle ne s'était pas éteinte.

Rhett rentrait également chez lui sans avoir bu, mais Scarlett était étrangère à ce résultat. Pendant des mois, il avait dépassé la limite des libations permises quoique sans être ivre à proprement parler, et un soir son haleine sentait particulièrement le whisky. Il souleva Bonnie de terre, l'attira contre son épaule, et lui demanda :

— As-tu un baiser pour ton papa chéri ?

Elle fronça son petit nez retroussé et se mit à gigoter pour descendre.

— Non, dit-elle franchement. Mauvais.

— Je suis quoi ?

— Tu sens mauvais. L'oncle Ashley, il sent pas mauvais.

— Eh bien, que le diable m'emporte! fit-il d'un air lugubre en déposant Bonnie sur le tapis. Je n'aurais jamais cru trouver chez moi un avocat pour me prêcher la tempérance.

A la suite de cet incident, il se borna à boire un seul verre de vin après le dîner. Bonnie qui avait toujours été autorisée à lécher les dernières gouttes de son verre ne trouvait pas désagréable du tout l'odeur du vin. Les joues de Rhett qui avaient commencé à s'empâter reprirent peu à peu leurs contours nets et durs et les cernes bistrés de ses yeux s'effacèrent lentement. Comme Bonnie adorait se promener à cheval avec lui, il passa plus de temps au grand air et le soleil lui hâlant le visage lui donna un aspect plus boucané que jamais. Il paraissait en meilleure santé et riait davantage. Il était de nouveau le jeune forceur de blocus qui avait tant fait parler de lui à Atlanta aux premiers jours de la guerre.

Les gens qui n'avaient jamais eu de sympathie pour lui ne pouvaient s'empêcher de sourire lorsqu'ils le voyaient passer avec son petit bout de fille juché sur le devant de sa selle. Les femmes, qui jusque-là avaient pensé qu'aucune d'elles n'était en sûreté auprès de lui, commencèrent à s'arrêter dans la rue pour bavarder avec lui et admirer Bonnie. Même les vieilles dames les plus collet monté trouvaient qu'un homme aussi au courant que lui des petites maladies et des questions de l'enfance ne pouvait pas être foncièrement mauvais.

LIII

C'était l'anniversaire d'Ashley, et Mélanie, voulant lui faire une surprise, avait organisé pour ce soir-là une réunion à son insu. A l'exception d'Ashley, tout le monde était au courant. Wade et le petit Beau eux-mêmes avaient été mis dans le secret des dieux et n'en étaient pas peu fiers. Tout ce qu'il y avait de bien à Atlanta était invité et avait promis de venir. Le général Gordon et sa famille avaient bien voulu accepter l'invitation. Alexander Stephens serait là lui aussi à condition que sa santé toujours précaire le lui permît, enfin l'on comptait sur la présence de Bob Toombs, le pétrel de la Confédération.

Toute la matinée, Scarlett, Mélanie, India et tante Pitty avaient empli la petite maison de leurs allées et venues et avaient stimulé l'ardeur des nègres occupés à suspendre aux fenêtres des rideaux propres, à fourbir l'argenterie, à cirer les parquets, à faire cuire des gâteaux, à préparer et à goûter des rafraîchissements. Scarlett n'avait jamais vu Mélanie ni si agitée, ni si heureuse.

— Tu comprends, ma chère, on n'a pas fêté l'anniversaire d'Ashley depuis... depuis, tu te rappelles la garden-party des Douze Chênes? Le jour où nous avons appris que M. Lincoln levait des volontaires? Eh bien! on ne lui a pas fêté son anniversaire depuis cette époque-là. Et il travaille si dur, il est si fatigué le soir quand il rentre à la maison qu'il n'a même pas pensé que c'était aujourd'hui son anniversaire. Quelle surprise, après le dîner, quand tous les invités arriveront!

— Comment qu' vous allez vous y prendre pour que m'sieu Ashley voie pas les lanternes sur la pelouse quand il rentrera dîner? demanda Archie d'un air bougon.

Il avait passé la matinée à observer les préparatifs de la cérémonie, mais sans vouloir reconnaître que ça l'intéressait. Il n'avait jamais eu l'occasion d'assister, des coulisses, à une grande réception donnée par des gens de la ville et c'était pour lui une expérience toute nouvelle. Il ne se gênait pas pour exprimer son opinion sur les femmes qui couraient dans tous les sens comme s'il y avait eu le feu à la maison, mais il n'eût pas cédé sa place pour un empire. Les lanternes vénitiennes que Mme Elsing et Fanny avaient peintes elles-mêmes attiraient particulièrement son attention, car il n'avait jamais vu « d' ces machins-là » auparavant. On les avait cachées dans la chambre qu'il occupait dans la cave et il les avait minutieusement examinées une à une.

— Oh! mon Dieu, je n'avais pas pensé à cela! s'exclama Mélanie. Quel bonheur que vous en ayez parlé, Archie. Mon Dieu, mon Dieu! Que vais-je faire? Il va falloir les accrocher dans les buissons et dans les arbres, mettre de petites bougies à l'intérieur et les allumer juste au moment où les premiers invités arriveront. Scarlett, pourras-tu demander à Pork de s'en charger pendant que nous serons à table?

— M'dame Wilkes, vous êtes plus raisonnable que la plupart des femmes, mais vous perdez facilement la tête, fit Archie. Pork, ce nègre idiot, il a rien à voir avec ces machins-là. Il va y fiche le feu en un rien d'temps. C'est que... c'est que c'est bien joli, concéda-t-il. C'est moi qui les accrocherai pendant que vous dînerez avec m'sieur Wilkes.

— Oh! Archie, comme vous êtes gentil, dit Mélanie en tournant vers lui un regard confiant et plein de gratitude. Je ne sais pas ce que je deviendrais sans vous. Vous ne pourriez pas les garnir de bougies tout de suite? Ce serait toujours ça de fait.

— P't'être bien que oui, répondit Archie sans aucune bonne grâce, et il se dirigea vers la cave en clopinant.

— Décidément, on ne prend pas les mouches avec

du vinaigre, pouffa Mélanie lorsque le vieil homme barbu eut disparu. Je voulais que ce soit lui qui accroche les lanternes, mais tu sais comme il est. Il ne fait jamais rien quand on le lui demande. Maintenant nous en voilà débarrassés pour un moment. Les noirs ont une telle frousse de lui qu'ils ne peuvent plus travailler quand ils le sentent là derrière leur dos.

— Je n'aimerais pas du tout avoir cette espèce de vieil aventurier chez moi, déclara Scarlett d'un air renfrogné.

Elle détestait Archie à peu près autant qu'il la haïssait, et tous deux s'adressaient à peine la parole. Il n'y avait que chez Mélanie qu'il pût supporter la présence de Scarlett, et encore la surveillait-il du coin de l'œil avec une expression de franc mépris.

— Il va vous attirer des ennuis, sois-en persuadée.

— Oh! il est bien inoffensif, et il se comporte avec nous comme s'il avait charge d'âmes, répondit Mélanie. Et puis, il est si attaché à Ashley et à Beau que je me sens toujours en sûreté quand il est là.

— Dis plutôt qu'il t'est attaché, Melly, fit India dont le visage pincé s'éclaira d'un faible sourire tandis qu'elle enveloppait sa belle-sœur d'un regard affectueux. J'ai l'impression que tu es la première personne que ce vieux ruffian ait jamais aimée depuis que sa femme... heu... depuis sa femme. Je suis sûre qu'il aimerait que quelqu'un t'insultât afin de pouvoir te venger dans le sang et prouver par là le respect qu'il te porte.

— Sapristi, tu n'y vas pas de main morte, India, dit Mélanie en rougissant.

— Je ne comprends pas que vous attachiez tant d'importance à ce que pense ce vieil ours mal léché, qui au demeurant ne sent pas bon du tout, trancha Scarlett sèchement. (Elle ne pardonnait pas à Archie de lui avoir exprimé crûment son opinion sur le travail des forçats.) Allons, il faut que je me sauve. Il faut que je rentre déjeuner, ensuite, j'irai au magasin payer les employés, puis au chantier où je paierai également les charretiers et Hugh Elsing.

— Ah! tu vas au chantier? demanda Mélanie. Ashley

ira y faire un tour vers la fin de l'après-midi pour voir Hugh. Pourras-tu le retenir jusqu'à cinq heures? S'il rentre trop tôt, il ne manquera pas de nous surprendre en train de finir un gâteau ou quelque chose, et il n'y aura plus de surprise pour lui.

Scarlett sourit en elle-même, sa bonne humeur retrouvée.

— Entendu, je le retiendrai, dit-elle.

Au même moment, elle aperçut les yeux pâles d'India rivés sur elle. « Elle me regarde toujours d'une manière si bizarre quand je parle d'Ashley », se dit-elle.

— Eh bien! c'est ça, retiens-le aussi longtemps que tu pourras. India ira le chercher en voiture... Scarlett, je t'en prie, viens de bonne heure, ce soir. Je veux que tu ne perdes pas une miette de la réception.

Tout en rentrant chez elle en voiture, Scarlett se dit d'un air maussade : « Elle ne veut pas que je perde une miette de la réception? parfait! mais alors pourquoi ne m'a-t-elle pas proposé de l'aider à recevoir ses invités avec India et tante Pitty? »

En temps normal, Scarlett se fût pas mal moquée d'aider Mélanie à recevoir les gens qui assistaient à ses réunions insipides. Mais cette réception ne ressemblait pas aux autres. D'abord c'était la plus grande que Mélanie eût jamais donnée, ensuite c'était l'anniversaire d'Ashley, et Scarlett aurait bien voulu être à côté de lui pour accueillir les invités. Cependant elle savait pourquoi on lui avait refusé ce rôle. Ne l'aurait-elle pas su, la remarque de Rhett n'aurait pas manqué de lui ouvrir les yeux.

« Demander à une Scallawag de recevoir alors que tous les anciens Confédérés les plus éminents vont se trouver là? Vous avez des idées aussi plaisantes que saugrenues. C'est uniquement à cause de la fidélité de Mme Melly que vous êtes invitée à sa réception. »

Cet après-midi-là, Scarlett s'habilla avec plus de recherche qu'à l'ordinaire pour se rendre au magasin et au chantier de bois. Elle passa sa nouvelle robe vert mat, dont le taffetas changeant avait des reflets lilas, et coiffa son nouveau chapeau vert pâle, frangé de plumes vert foncé. Si seulement Rhett lui laissait porter une frange frisée sur le front, son chapeau lui irait beaucoup mieux! Mais il avait juré de lui raser la tête si jamais elle touchait à ses rouleaux. Et il se conduisait d'une manière si atroce en ce moment qu'il en était fort capable.

C'était un après-midi délicieux, ensoleillé, mais pas trop chaud, scintillant, mais pas aveuglant, et la brise tiède qui caressait les feuilles bruissantes tout le long de la rue du Pêcher faisait danser les plumes du chapeau de Scarlett. Le cœur de la jeune femme dansait lui aussi, comme toujours lorsqu'elle allait voir Ashley. Peut-être si elle réglait assez tôt leur paie aux charretiers et à Hugh Elsing rentreraient-ils chez eux et la laisseraient-ils en tête à tête avec Ashley dans le petit bureau rectangulaire qui occupait le centre du chantier de bois. Il lui arrivait si rarement de se trouver seule avec Ashley. Et dire que Mélanie l'avait priée de le retenir. Comme c'était drôle!

Elle arriva au magasin le cœur gonflé de joie et paya Willie et les autres commis sans même leur demander si les affaires avaient été bonnes. C'était pourtant samedi, jour d'affluence au magasin, car les fermiers des environs venaient en ville faire leurs achats, mais Scarlett ne posa aucune question à ses employés.

En se rendant au chantier, elle dut s'arrêter une douzaine de fois pour parler à des dames carpetbaggers en brillants équipages — mais pas aussi beau que le sien, se dit-elle avec plaisir — et pour bavarder avec plusieurs hommes qui, le chapeau à la main, traversèrent la chaussée couverte de poussière rouge pour lui présenter leurs hommages. L'après-midi était magnifique. Scarlett se sentait heureuse. Elle était jolie et avançait comme une reine au milieu de ses sujets. Tous ces arrêts lui firent perdre du temps et elle arriva au chantier plus tard qu'elle n'avait prévu. Hugh et les charretiers l'attendaient, assis sur une pile de bois.

— Ashley est-il ici?

— Oui, dans le bureau, répondit Hugh dont la mine ordinairement renfrognée s'éclaira à la vue du visage radieux de Scarlett et de ses yeux pétillants.

Il essaie de... enfin, je veux dire, il est en train de vérifier ses comptes.

— Oh! il ne faut pas que ça le tracasse aujourd'hui, et, baissant la voix, elle ajouta : Melly m'a chargée de le retenir ici jusqu'à ce que tout soit préparé pour la réception de ce soir.

Hugh sourit, car lui aussi devait assister à la fête. Il aimait beaucoup les réunions mondaines et, rien qu'à regarder Scarlett, il devinait qu'elle partageait ses goûts. Elle régla Hugh et les charretiers puis, les quittant brusquement, elle se dirigea vers le bureau en faisant bien comprendre par son attitude qu'elle ne tenait pas à ce qu'on l'accompagnât. Ashley sortit au-devant d'elle. Ses cheveux brillaient au soleil et ses lèvres dessinaient une petite moue malicieuse qui était bien près de ressembler à un sourire.

— Eh bien! Scarlett, que faites-vous dehors à cette heure-ci? Pourquoi n'êtes-vous pas restée avec Mélanie pour l'aider à me préparer une surprise?

— Voyons, Ashley! s'exclama Scarlett, indignée. Vous étiez censé de rien savoir du tout. Melly va être si déçue...

— Je cacherai mon jeu, n'ayez crainte. Je serai l'homme le plus surpris d'Atlanta, fit Ashley, les yeux rieurs.

— Allez, dites-moi vite qui a été assez rosse pour vous mettre au courant?

— Presque tous les hommes que je connais sont invités. Le général Gordon a été le premier à recevoir une carte. Il m'a dit qu'il ne s'était jamais laissé prendre parce que les femmes avaient la spécialité d'organiser une réunion de ce genre les soirs mêmes où les hommes avaient projeté de nettoyer et de fourbir toutes les armes de la maison. Le grand-père Merriwether lui aussi m'a prévenu. Il m'a raconté qu'une fois Mme Merriwether avait organisé une réception en son honneur, mais que c'était elle qui avait été la plus attrapée, car le grand-père avait soigné ses rhumatismes en cachette avec une bouteille de whisky et il était trop ivre pour se lever et... mais quoi, tous les hommes auxquels on a voulu réserver une surprise m'ont averti.

— C'est ignoble, s'écria Scarlett, mais elle fut bien forcée de sourire à son tour.

Lorsqu'il souriait ainsi, Ashley ressemblait à celui qu'elle avait connu aux Douze Chênes. Et il lui arrivait si rarement de sourire désormais. L'air était doux et le soleil si bon ! Ashley bavardait avec tant de naturel, son visage était empreint d'une telle gaieté, que Scarlett sentit son cœur bondir de joie, se gonfler dans sa poitrine au point de lui faire mal, comme s'il allait éclater sous la pression du bonheur et des larmes brûlantes qui l'inondaient. Soudain, Scarlett retrouva ses seize ans et sa gaieté d'alors. Émue, elle respira plus vite. Elle eut une envie folle d'enlever son chapeau, de le lancer en l'air et de crier « Hurrah ! » Elle pensa à la tête que ferait Ashley et se retint, mais tout d'un coup elle se mit à rire, aux larmes. La tête rejetée en arrière, Ashley se laissa gagner par le fou rire et s'imagina que l'hilarité de Scarlett provenait de la façon amicale dont avait été trahi le secret de Mélanie.

— Entrez, Scarlett, il faut examiner les livres de comptes.

Elle pénétra dans la petite pièce baignée de soleil et s'assit sur une chaise devant le bureau à cylindre. Ashley, qui l'avait suivie, s'installa sur un coin du meuble et commença à balancer ses longues jambes.

— Oh ! nous n'allons pas nous fatiguer à faire des additions aujourd'hui, Ashley ! Au diable le travail ennuyeux ! Quand je porte un chapeau neuf, j'ai l'impression de ne plus savoir compter.

— Eh bien ! avec un chapeau aussi gentil que celui-ci, votre ignorance doit être complète. Vous embellissez de jour en jour, Scarlett !

Il se laissa glisser sur le sol et, sans cesser de rire, il prit Scarlett par les mains et lui écarta les bras pour mieux voir sa robe : « Vous êtes si jolie ! Je suis persuadé que vous ne vieillirez jamais. »

Dès qu'il l'eut touchée, elle se rendit compte qu'elle avait inconsciemment espéré ce moment-là. Tout l'après-midi, elle avait attendu la minute où elle sentirait la chaleur de ses mains, où elle verrait ses yeux déborder de tendresse, où elle l'entendrait prononcer les mots qui lui prouveraient son attachement. C'était la première fois qu'elle se trouvait absolument seule avec lui depuis le jour glacial où elle était allée le rejoindre dans le verger de Tara, la première fois qu'elle lui abandonnait ses mains et, pendant des mois et des mois, elle avait désiré l'avoir tout près d'elle. Mais maintenant...

Comme c'était étrange! Le contact de ses mains ne soulevait aucune émotion en elle. Autrefois, elle se serait mise à trembler. Maintenant, elle n'éprouvait qu'une curieuse sensation de plaisir et de chaleur amicale. Le contact de ses mains ne la grisait pas. Son cœur satisfait restait calme. Cela l'intriguait, la déconcertait un peu. C'était pourtant bien son Ashley qui était là, son bel Ashley tout paré de grâces et qu'elle aimait mieux que sa vie. Alors, pourquoi...

Mais elle repoussa l'idée qui lui venait à l'esprit. Il lui suffisait d'être à côté de lui, de lui abandonner ses mains, de le regarder sourire comme un ami qu'aucune fièvre ne tourmente. Ses yeux clairs et brillants plongeaient dans les siens. Il souriait comme jadis elle aimait à le voir sourire. On eût dit qu'entre eux il n'y avait jamais eu place pour autre chose que pour du bonheur. Désormais, il n'y avait plus de barrière entre ses yeux et les siens. Ashley n'avait plus de ces regards lointains qui la déroutaient. Elle se mit à rire.

— Oh! Ashley, je deviens vieille et décrépite.

— Eh! oui, ça se voit! Non, Scarlett, lorsque vous aurez soixante ans, vous serez toujours la même pour moi. Je vous reverrai toujours telle que vous étiez le jour de notre dernier pique-nique, assise sous un chêne, avec une douzaine de jeunes gens autour de vous. Je peux même vous dire comment vous étiez habillée. Vous aviez une robe blanche semée de petites fleurs vertes et vous portiez sur les épaules un châle de dentelle blanche. Vous étiez chaussée de mules vertes aux lacets noirs et vous étiez coiffée d'un énorme chapeau de paille garni de rubans verts. Je connais cette robe par cœur parce que, quand j'étais en prison et que ça n'allait pas, j'évoquais des souvenirs et je les feuilletais, me rappelant chaque détail.

Il s'arrêta net et son visage lumineux se rembrunit. Il retira doucement ses mains et Scarlett, anxieuse, guetta ses paroles.

— Nous en avons fait du chemin tous les deux depuis ce jour-là, n'est-ce pas, Scarlett ? Nous avons suivi des routes que nous n'aurions jamais eu l'idée de prendre. Vous vous y êtes engagée d'un pas allègre et sans hésitation, moi, en traînant la jambe et à contrecœur.

Il se rassit sur le bureau, regarda Scarlett et un léger sourire s'ébaucha sur son visage. Mais ce n'était plus là le sourire qui avait rendu Scarlett si heureuse quelques instants auparavant. C'était un sourire triste.

— Oui, vous avez marché vite et vous m'avez attaché aux roues de votre char. Parfois, je me demande en toute objectivité ce que je serais devenu sans vous.

— Mais je n'ai jamais rien fait pour vous, s'empressa de dire Scarlett qui, malgré elle, se rappelait certaines déclarations de Rhett sur le même sujet. Sans moi, vous seriez resté exactement le même. Un jour, vous seriez devenu riche, vous seriez devenu un grand homme comme vous allez sûrement l'être.

— Non, Scarlett, je n'ai jamais eu en moi l'étoffe d'un grand homme. Je crois que, sans vous, j'aurais sombré dans l'oubli... comme cette pauvre Cathleen Calvert, et tant d'autres personnes qui portaient de grands noms, de vieux noms.

— Oh ! Ashley, ne dites pas des choses pareilles. Vous avez l'air si triste.

— Non, je ne suis pas triste. Je ne le suis plus. Autrefois... autrefois j'ai été triste. Maintenant je suis seulement...

Il s'arrêta et brusquement Scarlett sut à quoi il pensait. C'était la première fois qu'elle pouvait lire en lui alors que son regard clair comme du cristal se mettait à errer et fixait un point que personne ne voyait. Au temps où l'amour seul lui faisait battre le cœur, la pensée d'Ashley lui était demeurée fermée, mais maintenant que l'amitié les enveloppait tous deux d'une atmosphère paisible, elle commençait à pouvoir s'aventurer dans le dédale de ses pensées, à le comprendre un peu. Après la reddition, il était triste. Il était triste quand elle l'avait supplié de venir s'installer à Atlanta. Désormais, il était résigné.

— J'ai horreur de vous entendre parler comme ça, Ashley, fit-elle avec véhémence, J'ai l'impression d'entendre Rhett. Il passe son temps à me rabâcher des histoires de ce goût-là, et il m'agace tellement que j'ai envie de crier.

Ashley sourit.

— Vous est-il jamais venu à l'esprit, Scarlett, qu'au fond Rhett et moi nous étions absolument pareils ?

— Oh! non! Vous êtes si raffiné, si droit, tandis que lui...

Confuse, elle s'interrompit brusquement.

— Mais si. Nos parents se ressemblaient, nous avons reçu la même éducation, on nous a appris à envisager les mêmes problèmes, mais voilà, après avoir suivi la même route un bon moment, nous n'avons pas tourné au même endroit. Nous continuons de penser de la même manière, mais nous réagissons différemment. Tenez, nous ne croyions ni l'un ni l'autre à la nécessité d'une guerre, seulement moi je me suis engagé tout de suite pour me battre, tandis que lui a attendu le dernier moment. Nous savions tous deux que la guerre ne nous mènerait à rien, et qu'elle était perdue d'avance. Moi, j'ai accepté de défendre une cause désespérée, pas lui. Parfois, je me dis qu'il avait raison, et puis, de nouveau...

— Oh! Ashley, quand donc cesserez-vous d'envisager toujours les deux aspects d'une même question ? interrogea Scarlett sans aucune trace de cette impatience qu'elle n'eût pas manqué de manifester autrefois. Ceux qui envisagent toujours le double aspect des choses n'arrivent à rien.

— C'est vrai, mais... voyons, à quoi voulez-vous arriver au juste ? Je me le suis souvent demandé. Moi, vous comprenez, je n'ai jamais éprouvé le désir d'arriver à quoi que ce soit. J'ai seulement désiré être moi-même.

A quoi voulait-elle arriver ? La question était plutôt

niaise. Mais son but, évidemment, c'était d'avoir de l'argent et d'en jouir en toute sécurité. Et pourtant... Ses pensées s'embrouillèrent. Elle avait de l'argent et elle était aussi en sûreté qu'on pouvait l'être par les temps qui couraient. Mais, en y réfléchissant, elle s'apercevait que ça ne suffisait pas. L'argent ne l'avait pas rendue particulièrement heureuse, bien que la fortune eût contribué à apaiser ses inquiétudes, sa crainte du lendemain. « Si j'avais eu de l'argent, si j'avais pu en jouir en paix et si je vous avais eu en même temps, tous mes vœux eussent été comblés », se dit-elle en regardant Ashley avec regret. Mais elle se garda bien d'exprimer sa pensée de peur de rompre le charme du moment et de ne plus pouvoir lire en Ashley.

— Vous désirez seulement être vous-même ? fit-elle avec un petit rire amer. Moi, ce que j'ai toujours trouvé le plus dur, c'est de ne pas être moi-même Quant aux buts que je me propose, eh bien ! j'ai l'impression de les avoir atteints. Je voulais être riche, ne plus avoir d'inquiétudes...

— Mais voyons, Scarlett, il ne vous est donc jamais venu à l'idée que ça m'était bien égal d'être riche ou pauvre ?

Non, il ne lui était jamais venu à l'idée que quelqu'un pût faire fi de la richesse.

— Alors, que cherchez-vous ?

— Je n'en sais rien pour le moment. Je l'ai su, mais j'ai à moitié oublié. Ce qu'il me faudrait surtout, c'est qu'on me laisse tranquille. Je voudrais ne plus être importuné par des gens que je n'aime pas ; ne pas être contraint de faire des choses qui me déplaisent. Peut-être... oui, je souhaite peut-être le retour du bon vieux temps, mais il ne reviendra pas et son souvenir me hante. Je suis obsédé par le fracas du monde qui s'est effondré autour de moi.

Scarlett se tut. Les paroles d'Ashley n'étaient pourtant pas sans éveiller maints échos en elle. L'intonation même de sa voix l'aidait à mieux évoquer les jours enfuis, lui faisait battre le cœur, mais depuis cette matinée où, malade et désemparée, elle était restée prostrée dans le jardin des Douze Chênes, et s'était dit : « Je ne regarderai plus derrière moi », elle ne s'était plus jamais penchée sur le passé.

— J'aime mieux l'époque que nous vivons, dit-elle, mais elle n'osa pas regarder Ashley. Désormais, il y a toujours quelque chose d'intéressant à faire. Il y a tant de réunions mondaines! La vie a un tel éclat! L'ancien temps était si triste! (Oh! ces jours nonchalants d'autrefois, la tiédeur et le calme des crépuscules champêtres! Les rires sonores et musicaux qui montaient des cases! La chaleur dorée dont l'existence s'auréolait, la tranquille assurance du lendemain! Comment puis-je vous renier ?)

— Oui, j'aime mieux l'époque que nous vivons, répéta Scarlett, mais sa voix tremblait.

Ashley se laissa glisser une seconde fois à terre et se mit à rire doucement en signe d'incrédulité. Il prit Scarlett par le menton et l'obligea à le regarder.

— Oh! Scarlett, quelle piètre menteuse vous faites. Oui, la vie a de l'éclat aujourd'hui... dans un certain sens. C'est ce qu'on peut lui reprocher. Le bon vieux temps était sans éclat, mais il avait du charme, de la beauté. Son calme et sa mesure le rendaient plein d'attraits.

L'esprit partagé entre deux sentiments contradictoires, Scarlett baissa les yeux. Le son de la voix d'Ashley, le contact de sa main ouvraient doucement des portes qu'elle avait condamnées. Ces portes s'ouvraient sur la beauté d'autrefois. Un désir triste et lancinant de revenir en arrière monta en elle, peu à peu. Mais elle savait qu'il fallait résister, empêcher les portes de s'ouvrir toutes grandes, si beaux que fussent les paysages qu'elles découvriraient. Pour aller de l'avant, il ne fallait pas ployer sous le faix de souvenirs douloureux.

Ashley lui lâcha le menton, lui prit affectueusement la main et la retint entre les siennes.

— Vous souvenez-vous..., commença-t-il, et Scarlett entendit en elle sonner une cloche d'alarme. « Ne regarde pas en arrière! Ne regarde pas en arrière! »

Mais elle ne tint pas compte de l'avertissement. Une

vague de bonheur l'emportait. Enfin elle comprenait Ashley, enfin leurs esprits s'étaient rencontrés. Cet instant était trop précieux pour ne pas en profiter. Tant pis si, plus tard, elle devait en souffrir!

— Vous souvenez-vous..., dit-il et, sous le charme de sa voix, les murs nus du petit bureau disparurent, les années s'effacèrent.

C'était le printemps, ils suivaient tous deux à cheval une sente cavalière. A mesure qu'il parlait, ses mains serraient davantage la sienne et sa voix devenait prenante et triste comme des vieilles chansons à demi oubliées. Ils se rendaient à la garden-party des Tarleton, et cheminaient sous la voûte des cornouillers en fleur. Scarlett entendait le cliquetis joyeux des gourmettes, elle entendait fuser son rire insouciant, elle voyait briller au soleil la chevelure d'Ashley couleur d'or blanc, elle remarquait avec quelle grâce altière il se tenait en selle. Il y avait de la musique dans sa voix, la musique des violons et des banjos au son desquels ils avaient dansé dans la maison blanche qui n'existait plus. C'était l'automne, les chiens de chasse aboyaient au loin, les marais restaient sombres sous la lune froide. C'était aussi Noël. Les cruches, toutes chamarrées de gui, étaient remplies de lait de poule au vin et sentaient bon. Les visages blancs et noirs s'épanouissaient. Les amis d'autrefois arrivaient en foule. Ils souriaient comme s'ils n'étaient pas morts depuis des années. Stuart et Brent avec leurs longues jambes, leurs cheveux rouges et leurs plaisanteries. Tom et Boyd fougueux comme de jeunes chevaux. Joe Fontaine avec son regard ardent, et Cade et Raiford Calvert, si élégants dans leur nonchalance. Il y avait aussi John Wilkes, et Gérald, congestionné par le cognac. Un murmure, un parfum discret, c'était Ellen. De tous ces gens, de toutes ces choses, se dégageait un sentiment de sécurité, l'assurance que le lendemain leur apporterait un bonheur égal à celui du jour même.

Ashley s'arrêta et tous deux se regardèrent un long moment. Ils étaient calmes. Entre eux flottait le souvenir de leur jeunesse ensoleillée, de leur jeunesse perdue, qu'ils avaient vécue côte à côte sans y réfléchir.

— Maintenant, je sais pourquoi vous ne pouvez pas être heureux, se dit Scarlett le cœur serré. Je ne l'avais jamais compris auparavant. Je n'avais jamais compris pourquoi moi non plus je ne pouvais pas être tout à fait heureuse. Mais voyons... nous parlons comme des vieux! pensa-t-elle avec tristesse. Nous ressemblons à des vieux qui égrènent cinquante années de souvenirs. Et nous ne sommes pas vieux! C'est uniquement parce qu'il s'est passé trop de choses dans l'intervalle. Tout a tellement changé que nous avons l'impression d'avoir derrière nous cinquante ans d'existence. Mais nous ne sommes pas vieux!

Pourtant lorsqu'elle regarda Ashley, elle s'aperçut qu'il n'était plus jeune, qu'il n'avait plus cet éclat d'autrefois. La tête courbée, il fixait d'un œil absent la main de Scarlett qu'il n'avait pas lâchée, et Scarlett put constater que ses cheveux, jadis blonds et si brillants, étaient devenus tout gris, gris comme le reflet de la lune sur une eau sans ride. A l'image de son cœur, le radieux après-midi d'avril semblait avoir perdu tout ce qu'il recelait de beauté et la douceur triste du souvenir prenait un goût amer comme celui des noix de galle.

« Je n'aurais pas dû lui permettre de me faire regarder en arrière, se dit-elle au désespoir. J'avais raison de ne plus vouloir regarder derrière moi. On souffre trop, ça déchire le cœur et c'est fini, on n'a plus que la force de regarder derrière soi. C'est en cela qu'Ashley a tort. Il ne sait plus regarder devant lui. Il ne voit pas le présent, il a peur de l'avenir et naturellement il se penche sur le passé. Je n'avais jamais compris cela auparavant. Je n'avais jamais compris Ashley. Oh! Ashley, mon chéri, vous ne devriez pas vous retourner ainsi! A quoi cela vous sert-il? Je n'aurais pas dû céder à la tentation. Je n'aurais pas dû vous laisser évoquer le bon vieux temps. Voilà ce que c'est que de parler des jours heureux. On souffre, on a le cœur déchiré, on est mécontent de soi. »

Scarlett se leva. Ashley lui tenait toujours la main. Il fallait qu'elle s'en aille. Elle n'avait plus le courage de parler d'autrefois, de regarder le visage lassé, triste et découragé d'Ashley.

— Nous avons fait bien du chemin depuis ce temps-là, dit-elle en s'efforçant de maîtriser le tremblement de sa voix et de vaincre ce serrement de gorge qui l'oppressait. Nous bâtissions de belles théories à cette époque, n'est-ce pas ? et puis, d'une seule haleine, elle ajouta : Oh ! Ashley, rien ne s'est passé comme nous l'espérions.

— Rien ne se passe comme on l'espère, répondit-il. La vie n'est pas tenue de nous donner ce que nous attendons d'elle. Nous prenons ce qu'on nous offre et nous devons encore nous estimer heureux que les choses ne tournent pas plus mal.

Le cœur de Scarlett s'emplit soudain de douleur et de lassitude. Elle songeait au long chemin qu'elle avait parcouru. Elle revit la jeune Scarlett O'Hara qui aimait tant avoir autour d'elle une cour d'admirateurs, qui aimait tant porter de jolies robes et qui comptait bien devenir une grande dame comme Ellen, quand elle en aurait le temps.

Tout à coup, sans qu'elle pût réagir, les larmes lui montèrent aux yeux et se mirent à glisser lentement sur ses joues. Stupide, incapable de parler, elle restait là à regarder Ashley comme un enfant qui a du chagrin. Ashley ne dit rien, mais il l'attira doucement dans ses bras, lui blottit la tête dans le creux de son épaule et appuya sa joue contre la sienne. Ses larmes ne coulaient plus. C'était si bon, si réconfortant de se serrer contre Ashley, sans passion, sans fièvre, d'être là dans ses bras comme une amie bien-aimée, Ashley avait les mêmes souvenirs qu'elle, il avait vécu avec elle au temps de sa jeunesse, il avait assisté à ses débuts dans la vie, il continuait à la suivre, lui seul pouvait comprendre.

Elle entendit marcher dehors, mais elle n'y prit pas garde, pensant que c'étaient les charretiers qui rentraient chez eux. Elle écoutait battre le cœur d'Ashley. Puis, brusquement, Ashley la repoussa. Stupéfaite par la violence de son geste, elle leva les yeux sur lui, mais il ne la regardait pas. Par-dessus son épaule, il regardait la porte.

Elle se retourna et aperçut India, le visage blafard, les yeux étincelants. Elle aperçut également Archie, l'air méprisant, comme un perroquet borgne. Derrière eux se tenait Mme Elsing.

Scarlett ne se rappela jamais comment elle sortit du bureau. Mais, sur l'ordre d'Ashley, elle s'enfuit aussitôt, laissant Ashley et Archie discuter âprement, laissant derrière elle India et Mme Elsing, qui lui tournèrent le dos. Elle rentra tout droit chez elle, accablée de honte et de terreur. Dans son imagination Archie, avec sa barbe de patriarche, se transformait en archange vengeur échappé aux pages de l'Ancien Testament.

La maison était vide et silencieuse. Le jour déclinait. Tous les domestiques s'étaient rendus à un enterrement et les enfants étaient à jouer dans le jardin de Mélanie. Mélanie...

Mélanie! A la pensée de sa belle-sœur, le sang de Scarlett se glaça dans ses veines tandis qu'elle montait l'escalier pour aller se réfugier dans sa chambre à coucher. Mélanie serait mise au courant. India avait dit qu'elle lui raconterait tout. Oh! India se ferait une gloire de parler. Peu lui importait de salir Ashley ou de faire souffrir Mélanie, pourvu qu'elle pût dire du mal de Scarlett! Et Mme Elsing parlerait elle aussi, quoiqu'elle n'eût pratiquement rien vu puisque India et Archie lui masquaient l'entrée du petit bureau. Mais ce ne serait pas cela qui la retiendrait. Le soir même, l'histoire aurait fait le tour de la ville. Le lendemain matin, au petit déjeuner, les nègres eux-mêmes sauraient à quoi s'en tenir. A la réception de Mélanie, les femmes se réuniraient dans des coins et prendraient un malin plaisir à échanger leurs impressions à voix basse. Scarlett Butler renversée de son piédestal! Les langues iraient leur train, déformant, grossissant l'événement. Il n'y avait aucun moyen de les arrêter. Impossible de nier qu'on l'avait trouvée en larmes dans les bras d'Ashley. Avant le coucher du soleil, des gens affirmeraient qu'on l'avait surprise en flagrant délit d'adultère. Et les instants qu'elle venait de passer auprès d'Ashley avaient été si innocents, si doux. La rage au cœur, elle se dit : « Si on nous avait surpris ce jour de Noël où sa permission s'achevait, quand je l'embrassais... si l'on nous avait surpris dans le verger de Tara quand je lui demandais de s'enfuir avec moi... Oh! si l'on nous avait surpris quand nous étions vraiment coupables, ça n'aurait pas été la même chose! Mais maintenant! Maintenant! alors qu'il me serrait dans ses bras comme une amie... »

Personne n'accepterait cette explication. Elle n'aurait pas une seule amie pour prendre sa défense. Pas une seule voix ne s'élèverait pour dire : « Je suis persuadé qu'elle ne faisait rien de mal! » Elle avait offensé ses anciens amis depuis trop longtemps pour trouver un défenseur parmi eux. Ses nouvelles relations qui souffraient en silence de ses grands airs saisiraient l'occasion pour la vilipender. Non, tout en regrettant qu'un homme comme Ashley Wilkes se trouvât impliqué dans une si triste affaire, personne n'admettrait ses arguments. Comme toujours, on rejetterait tout le blâme sur la femme.

Oh! elle aurait encore la force de supporter le dédain, les affronts, les petits sourires ou les commérages des autres..., mais Mélanie! Elle ne savait pas pourquoi il lui était particulièrement pénible que Mélanie sût à quoi s'en tenir. Elle avait trop peur, elle se sentait trop écrasée par un sentiment de culpabilité passée pour chercher à comprendre. Mais elle éclata en sanglots en se représentant ce que traduirait le regard de Mélanie quand India lui raconterait qu'elle avait surpris Scarlett dans les bras d'Ashley. Et qu'allait faire Mélanie quand elle saurait? Quitter Ashley? Que pourrait-elle faire d'autre sans compromettre sa dignité! « Et alors, qu'est-ce que nous allons faire, Ashley et moi? se dit-elle éperdue, tandis que les larmes lui inondaient le visage. Oh! Ashley va en mourir de honte ou alors il me haïra jusqu'à la fin de ses jours pour avoir attiré cette catastrophe sur sa tête. » Soudain ses larmes se tarirent. Une peur mortelle lui traversa le cœur. « Et Rhett ? Qu'allait-il faire ? »

Peut-être ne saurait-il jamais. Quel était donc ce vieux dicton, ce proverbe cynique ? « Le mari est toujours le dernier informé. » Peut-être personne ne le mettrait-il au courant. Il faudrait être joliment brave pour apprendre une telle chose à Rhett, car Rhett avait la réputation de vider d'abord son revolver et de poser ensuite des questions. « Mon Dieu, je vous en prie, faites que personne n'ait le courage de le renseigner. » Mais Scarlett se rappela le visage glacial d'Archie, son œil pâle, impitoyable, chargé de haine pour elle et pour toutes les femmes sans pudeur. Son aversion pour elles l'avait poussé jusqu'au crime. Et il avait dit qu'il préviendrait Rhett. Et il le ferait malgré tout ce qu'Ashley avait dû lui dire pour l'en dissuader. A moins qu'Ashley ne le tue, Archie préviendrait Rhett, estimant que c'était son devoir de chrétien. Scarlett se déshabilla et s'allongea sur son lit. Ses pensées dansaient une ronde infernale. Si seulement elle pouvait s'enfermer à clef et rester là, en lieu sûr, et ne plus jamais revoir qui que ce soit. Rhett ne serait peut-être pas mis au courant avant le lendemain. Elle prétexterait une migraine pour ne pas se rendre à la réception. D'ici au lendemain elle découvrirait bien une excuse, elle pourrait préparer sa défense.

« Je ne veux pas y penser en ce moment, se dit-elle désespérément en enfouissant la tête dans son oreiller. Je ne veux pas y penser maintenant. J'y penserai plus tard, quand j'en aurai la force. »

Comme la nuit tombait, elle entendit rentrer les domestiques et il lui sembla qu'ils étaient bien calmes, qu'ils faisaient moins de bruit que d'habitude pour dresser la table. A moins qu'elle ne fût le jouet de sa conscience tourmentée ? Mama vint frapper à sa porte, mais elle la renvoya en lui disant qu'elle ne voulait pas dîner. Le temps se passa et finalement elle entendit Rhett monter l'escalier. Elle se raidit, rallia tout son courage pour lui faire face. Il traversa le couloir et entra dans sa chambre. Scarlett respira. Il ne savait rien. Dieu merci, depuis le jour où elle lui avait demandé de faire chambre à part, il avait respecté sa requête et n'avait pas mis les pieds chez elle. Oui, Dieu merci, car s'il l'avait vue en ce moment, son visage l'aurait trahie. Il fallait qu'elle prît sur elle pour lui annoncer qu'elle se sentait trop souffrante pour aller à la réception. Elle avait le temps de se composer une attitude. Le temps ? mais qu'est-ce que ça signifiait au juste ? Le temps lui semblait aboli depuis cette horrible minute où on l'avait surprise avec Ashley dans le petit bureau. Elle entendit Rhett aller et venir dans la chambre et échanger quelques mots avec Pork. Elle ne trouvait toujours pas le courage de l'appeler. Immobile dans le noir, elle restait allongée sur son lit, le corps parcouru de frissons.

Au bout d'un moment, Rhett frappa à sa porte.

— Entrez, fit-elle en s'efforçant de dominer sa voix.

— M'invitez-vous pour de bon à pénétrer dans le sanctuaire ? interrogea Rhett en ouvrant la porte.

Il faisait sombre et Scarlett ne pouvait pas voir le visage de son mari. Le timbre de sa voix ne lui apportait non plus aucun élément d'information. Rhett entra et referma la porte.

— Êtes-vous prête pour cette réception ?

— Je suis navrée, mais j'ai la migraine.

Comme c'était étrange de pouvoir prendre un ton aussi naturel ! Et puis, quelle bénédiction cette obscurité qui régnait dans la pièce !

— Je ne pense pas pouvoir m'y rendre. Mais vous, Rhett, allez-y et excusez-moi auprès de Mélanie.

Il y eut un long silence. Alors, de sa voix traînante et sarcastique, Rhett murmura :

— Quelle sale petite garce vous faites !

Il savait ! Incapable de parler, Scarlett tremblait de la tête aux pieds. Elle entendit Rhett tâtonner dans le noir. Il craqua une allumette et la pièce s'éclaira brusquement. Il s'approcha du lit et observa sa femme. Elle vit qu'il était en habit de soirée.

— Levez-vous, fit-il d'une voix blanche. Nous allons à la réception. Tâchez de vous presser.

— Oh ! Rhett, je ne peux pas. Vous voyez...

— Oui, je vois. Levez-vous.

— Rhett, Archie a-t-il eu l'audace...

— Archie a eu l'audace. C'est un brave type, cet Archie.

— Vous auriez dû le tuer pour le punir de vous avoir raconté des mensonges...

— C'est curieux, mais je n'éprouve aucune envie de tuer les gens qui disent la vérité. Allez, ce n'est pas le moment de discuter. Levez-vous.

Scarlett s'assit sur son lit et ramena son peignoir sur elle. Elle ne quittait pas Rhett des yeux. Son visage basané était impénétrable.

— Je ne veux pas y aller, Rhett. Je ne peux pas jusqu'à ce que ce... ce malentendu soit dissipé.

— Si vous ne paraissez pas en public, c'est fini, vous ne pourrez plus jamais vous montrer dans cette ville. J'ai beau tolérer que ma femme se conduise comme une putain, je ne supporterai pas qu'elle se conduise comme une lâche. Vous irez à cette réception, même si tout le monde, y compris Alex Stephens, doit vous tourner le dos, même si Mme Wilkes doit vous prier de quitter sa maison.

— Rhett, laissez-moi vous expliquer.

— Je n'ai que faire de vos explications. Je n'ai pas le temps. Habillez-vous.

— India, Mme Elsing et Archie se sont trompés. Et ils me détestent tellement. India me déteste tellement qu'elle n'hésiterait même pas à raconter des histoires sur son frère pour me salir. Si seulement vous me laissiez vous expliquer...

« Oh! Sainte Vierge! pensa Scarlett au supplice, et s'il me répond : — Expliquez-vous, je vous en prie! que lui dirai-je? comment pourrai-je lui faire comprendre? »

— Ils ont dû raconter des mensonges à tout le monde. Je ne veux pas aller à cette réunion.

— Vous irez, même si je dois vous y traîner par la peau du cou ou botter à chaque pas votre charmant derrière.

Les yeux de Rhett avaient un reflet glacé. D'une poussée il obligea Scarlett à sauter à bas de son lit, puis, ramassant son corset par terre, il le lui lança.

— Mettez-moi ça. Je vous lacerai. Oh! mais si! Je m'y connais. Non, non je ne veux pas appeler Mama. Pour que vous vous enfermiez à clef et restiez tapie ici comme une froussarde que vous êtes!

— Je ne suis pas une froussarde! s'écria Scarlett vexée au point d'en oublier ses terreurs. Je...

— Oh! ne recommencez pas à me raconter que vous avez tué un Yankee et que vous avez tenu tête à l'armée de Sherman. Vous êtes une froussarde, une poltronne... entre autres qualités. Ce n'est pas pour vous que je vous emmène à la réception, c'est pour Bonnie. Vous n'allez tout de même pas compromettre son avenir, hein? Allez, ouste, mettez-moi ce corset.

Scarlett se débarrassa en hâte de son peignoir et apparut en chemise. Si seulement Rhett pouvait remarquer combien elle était jolie dans cette tenue, peut-être son visage perdrait-il son expression inquiétante. En somme, il ne l'avait pas vue en chemise depuis si longtemps. Mais il ne la regarda pas. Il avait ouvert la penderie où Scarlett rangeait ses robes et passait une rapide inspection. Il palpa plusieurs toilettes et sortit une robe neuve, une robe de soie vert jade, très décolletée sur le devant et ornée d'une tournure elle-même garnie de roses de velours.

— Enfilez ça, dit-il en jetant la robe sur le lit et en s'approchant. Ce soir, pas de gris tourterelle, ou de lilas, c'est bon pour les femmes sérieuses. Il faut clouer votre pavillon à votre mât, sans ça, vous seriez encore capable de l'amener. Et beaucoup de rouge aux joues. Je suis persuadé que la femme surprise en flagrant délit d'adultère par les Pharisiens était moitié moins pâle que vous. Tournez-vous.

Il s'empara des lacets du corset et tira si fort que Scarlett, effrayée, humiliée et gênée par ce geste brutal, poussa un cri. « Ça fait mal? Rhett ricana. Dommage que ça ne soit pas autour de votre cou. »

La maison de Mélanie était éclairée *a giorno* et, comme leur voiture s'engageait dans la rue, Rhett et Scarlett reconnurent les accents d'un orchestre. Puis l'attelage s'arrêta devant la grille et ils entendirent s'élever le murmure d'une foule joyeuse. La maison était pleine d'invités. Ils débordaient sur les vérandas et de nombreuses personnes étaient assises sur des bancs dans le jardin baigné par la lueur tamisée des lanternes vénitiennes.

« Je ne veux pas entrer... je ne peux pas, se disait Scarlett dans la voiture, tout en froissant son mouchoir. J'irai n'importe où, je retournerai à Tara. Pourquoi Rhett m'a-t-il forcée à venir ? Qu'est-ce que les gens vont faire ? Qu'est-ce que Mélanie va faire ? Quel accueil va-t-elle me réserver ? Oh ? je ne veux pas la voir. Je vais me sauver. »

Comme s'il avait lu dans sa pensée, Rhett la saisit par le bras à lui en faire un bleu.

— Je n'ai jamais vu un Irlandais aussi lâche. Où est donc votre courage tant vanté ?

— Rhett, je vous supplie. Rentrons, je vous expliquerai.

— Vous avez une éternité pour vous expliquer et vous n'avez qu'une soirée pour être une martyre dans l'amphithéâtre. Allons, descendez, ma chérie. Laissez-moi regarder les lions vous dévorer. Descendez.

Scarlett remonta l'allée tant bien que mal. Le bras de Rhett auquel elle se cramponnait avait la fermeté du granit et ce contact lui communiquait un certain courage. Bon Dieu ! Elle se sentait de taille à affronter ces gens. Qu'étaient-ils en somme, sinon une bande de faux jetons qui étaient jaloux d'elle. Elle allait leur montrer de quel bois elle se chauffait. Elle se moquait pas mal de leur opinion. Seulement, il y avait Mélanie...

Scarlett et son mari avaient atteint la véranda et Rhett, le chapeau à la main, la voix détachée et douce, saluait de droite à gauche. Au moment où ils entraient au salon, l'orchestre s'arrêta et Scarlett, dans son trouble, eut l'impression que la foule des invités grossissait soudain, s'enflait, grondait comme des vagues lancées à l'assaut d'une côte, puis reculait, reculait avec un bruit de plus en plus faible. Tout le monde allait-il lui tourner le dos ? Eh bien ! cornebleu, qu'ils essaient un peu ! Le menton relevé, les paupières plissées elle se mit à sourire.

Avant même qu'elle eût adressé la parole aux personnes les plus près de la porte, quelqu'un fendit la cohue. Un étrange silence s'empara de l'assistance. Le cœur de Scarlett se serra. Alors, suivant l'étroit passage qui s'ouvrait devant elle, Mélanie, à pas menus, s'approcha de Scarlett. Elle se pressait, elle voulait être la première à lui parler. Elle redressait ses frêles épaules, son petit menton en avant, elle semblait indignée et, à la voir, on eût dit que seule sa belle-sœur comptait pour elle. Arrivée à sa hauteur, elle lui glissa un bras autour de la taille.

— Quelle jolie robe, ma chérie, fit-elle d'une voix claire. Veux-tu être un ange ? India n'a pas pu venir m'aider ce soir. Veux-tu recevoir avec moi ?

LIV

Une fois dans sa chambre, Scarlett se sentit de nouveau en sûreté et se jeta sur le lit sans se soucier de sa robe de moire, de sa tournure et de ses roses. Incapable de faire un geste, elle demeura inerte et se revit accueillant les invités entre Ashley et Mélanie. Quelle horreur ! Plutôt affronter encore les hommes de Sherman que renouveler pareil exploit ! Au bout d'un certain temps, elle se leva et se mit à arpenter la pièce tout en semant ses vêtements autour d'elle. Ses nerfs trop tendus la trahissaient et elle commençait à trembler. Elle voulut se décoiffer. Ses épingles lui échappèrent et tombèrent sur le plancher avec un petit bruit de métal. Puis, lorsqu'elle essaya de se brosser les cheveux comme elle le faisait chaque soir, elle se heurta la tempe avec le dos de la brosse. A plusieurs reprises elle alla jusqu'à la porte sur la pointe des pieds et prêta l'oreille, mais le grand hall du rez-de-chaussée était silencieux comme une fosse obscure.

Rhett l'avait laissée rentrer seule en voiture après la réception et elle avait remercié Dieu de ce sursis. Rhett n'était pas encore de retour. Oui, Dieu merci, il n'était pas là. La honte, la peur, son tremblement ne lui eussent pas permis de supporter son regard. Mais où était-il ? Sans doute chez cette créature. Pour la première fois, Scarlett se réjouit qu'il y eût des femmes comme Belle Watling. Quelle chance que Rhett fût allé ailleurs passer son humeur meurtrière. Évidemment, c'était mal de se réjouir que son mari fût chez une prostituée, mais elle n'y pouvait rien. Elle tenait si peu à voir Rhett ce soir-là, qu'elle eût presque été heureuse d'apprendre sa mort.

Demain... eh bien! demain ça ne serait pas la même chose. Demain, elle inventerait une excuse, elle contre-attaquerait, elle trouverait bien le moyen de mettre Rhett dans son tort. Demain, le souvenir de cette effroyable soirée serait atténué et elle ne tremblerait plus en y pensant. Demain, elle n'aurait plus sans cesse devant les yeux le visage d'Ashley, elle ne se dirait plus sans cesse qu'elle l'avait déshonoré bien qu'il eût si peu de choses à se reprocher. Lui en voudrait-il au point de la haïr ? Mais bien entendu il la détestait maintenant qu'elle et lui devaient leur salut à Mélanie, à sa façon indignée de redresser ses frêles épaules, au timbre affectueux et confiant de sa voix quand elle avait traversé le salon au plancher poli comme un miroir pour aller glisser son bras sous celui de Scarlett et faire face à la foule curieuse, méchante et secrètement hostile. Comme Mélanie s'y était bien prise pour étouffer le scandale! Elle n'avait pas quitté Scarlett un seul instant et les gens, quelque peu interloqués, avaient été polis malgré une certaine froideur.

Oh! quelle ignominie! Avoir eu la jupe de Mélanie pour rempart entre elle et ceux qui l'exécraient, qui l'eussent volontiers mise en pièces, à force de potins ou de ragots. S'être abritée derrière la confiance aveugle de Mélanie!

A cette pensée, un frisson parcourut Scarlett. « Si je veux dormir, pensa-t-elle, il faut que je boive quelque chose, il faut même que je boive pas mal. » Elle enfila un peignoir par-dessus sa chemise et sortit précipitamment dans le couloir obscur. Les talons de ses mules claquaient au milieu du silence. Elle avait déjà descendu la moitié de l'escalier quand, regardant du côté de la salle à manger, elle vit un rai de lumière filtrer sous la porte fermée. Son cœur cessa de battre. Y avait-il de la lumière dans la salle à manger lorsqu'elle était rentrée et avait-elle été trop bouleversée pour la remarquer ? Ou bien Rhett était-il là ? En somme, il avait fort bien pu passer par la porte de la cuisine sans faire de bruit. Si Rhett était de retour, elle remonterait dans sa chambre sur la pointe des pieds et renoncerait à son cognac malgré le désir qu'elle en avait. Comme ça, elle éviterait Rhett. Dans sa chambre, au moins, elle serait en lieu sûr, car elle avait toujours la ressource de s'enfermer à clef.

Elle se baissa pour ôter ses mules afin de battre silencieusement en retraite quand la porte de la salle à manger s'ouvrit avec violence et livra passage à Rhett dont la silhouette se détacha à la lueur douteuse d'une bougie. Il paraissait énorme, plus grand que Scarlett ne l'avait jamais vu. Impossible de distinguer son visage et la masse sombre et terrifiante de son corps oscillait légèrement.

Venez donc me tenir compagnie, madame Butler, dit-il d'une voix un peu pâteuse.

Il était ivre, et il le laissait voir. Jusque-là, si copieuses qu'eussent été ses libations, il s'était toujours dominé. Scarlett s'arrêta, ne sachant quel parti adopter. Elle ne répondit rien, mais Rhett leva le bras d'un geste impérieux.

— Venez ici, bon Dieu ! s'exclama-t-il brutalement.

« Faut-il qu'il soit ivre ! songea Scarlett en tremblant. D'ordinaire, plus il boit, plus il est poli ! » En effet, quand il avait bu, il était plus caustique, ses paroles étaient souvent plus blessantes, mais son attitude restait toujours correcte... trop correcte.

« Pour rien au monde il ne doit penser que j'ai peur de lui », se dit Scarlett qui ramena son peignoir sur sa poitrine et acheva de descendre l'escalier en martelant les marches avec ses mules.

Rhett s'effaça pour la laisser passer et s'inclina avec une affectation si méprisante qu'elle en frémit. Elle s'aperçut qu'il avait quitté sa veste et que sa cravate tombait de chaque côté de son col défait. Sa chemise ouverte laissait voir l'épaisse toison de poils noirs dont son torse était couvert. Il avait les cheveux en désordre et les yeux injectés de sang. Sur la table brûlait une bougie, petit foyer lumineux qui renvoyait des ombres monstrueuses dans la pièce au plafond élevé et qui faisait ressembler les consoles et le buffet massifs à des bêtes accroupies. Au milieu de la table, sur un plateau d'argent, étaient placés un carafon débouché et des verres.

— Asseyez-vous, fit Rhett d'un ton sec en rentrant dans la salle à manger derrière sa femme.

Maintenant, une peur d'un genre nouveau s'emparait de Scarlett, une peur qui rendait bien mesquine l'inquiétude qu'elle avait éprouvée à l'idée de se trouver en face de Rhett. Rhett lui donnait l'impression d'être un inconnu. Ses manières et sa façon de parler la déroutaient. Jamais elle ne l'avait vu se conduire avec cette grossièreté. Même aux heures les plus intimes, il ne s'était jamais départi de son air indifférent. Même lorsqu'il était en colère, il restait excessivement poli et n'abandonnait pas le ton badin, et le whisky ne faisait que le renforcer dans son attitude. Scarlett en avait d'abord été agacée et elle avait essayé de combattre cette indifférence, mais elle n'avait pas tardé à s'y habituer et à trouver cela une formule commode. Pendant des années elle avait pensé que rien ne comptait pour lui, et qu'il considérait tout ce que lui apportait l'existence, y compris elle-même, comme une bonne plaisanterie. Cependant, tandis qu'elle le regardait par-dessus la table, elle se disait le cœur serré qu'enfin quelque chose comptait pour lui et comptait même beaucoup.

— Il n'y a aucune raison pour que vous ne vidiez pas un petit verre avant de vous coucher, même si je suis assez mal élevé pour être à la maison, fit-il. Vous servirai-je ?

— Je ne veux rien prendre, déclara Scarlett avec raideur. J'ai entendu du bruit et je suis...

— Vous n'avez rien entendu du tout. Vous ne seriez pas descendue si vous aviez pu penser que j'étais rentré. Je vous ai entendue aller et venir là-haut. Vous devez fichtrement avoir besoin de boire quelque chose, ne vous gênez pas.

— Je ne...

Il s'empara du carafon et remplit un verre d'une main mal assurée.

— Buvez-moi ça, dit-il en tendant le verre à Scarlett. Vous tremblez de la tête aux pieds. Oh! ne montez pas sur vos grands chevaux. Je sais bien que vous buvez en cachette, et je sais que vous n'y allez pas avec le dos de la cuiller. Il y a déjà un certain temps que je veux vous dire de ne pas recourir à des ruses de Sioux et de boire sans vous cacher chaque fois que vous en avez envie. Qu'est-ce que vous voulez que ça me fasse que vous leviez le coude?

Scarlett prit le verre humide et maudit Rhett silencieusement. Il lisait en elle comme dans un livre. Il avait toujours lu en elle, et il était l'homme auquel elle aurait le plus tenu à cacher ses véritables pensées.

— Buvez, vous dis-je.

Elle leva son verre et le vida d'un seul mouvement du bras, sans plier le poignet, ainsi que Gérald l'avait toujours fait. Elle n'eut même pas le temps de penser que ce geste trahissait une longue pratique et était quelque peu déplacé. Rhett s'en aperçut et sa bouche s'abaissa.

— Asseyez-vous. Nous allons avoir une petite conversation. Vous allez voir comme ça va être agréable de parler en famille de l'élégante réception à laquelle nous venons d'assister.

— Vous êtes ivre et je vais me coucher, fit Scarlett d'un ton glacial.

— Je suis soûl et j'espère bien l'être encore plus avant la fin de la soirée. Mais vous n'irez pas vous coucher... pas encore. Asseyez-vous.

Sa voix restait calme et traînante en apparence, mais sous ses paroles perçait une violence prête à éclater, à cingler comme des coups de fouet. Scarlett ne savait quelle contenance prendre. Soudain Rhett s'approcha d'elle et lui serra le bras à lui en faire mal, puis il lui donna une légère poussée et elle s'assit en laissant échapper un petit cri de douleur. Maintenant, elle avait peur. Jamais elle n'avait eu aussi peur de sa vie. Il se pencha sur elle. Elle vit alors qu'il avait le sang au visage et que ses yeux n'avaient rien perdu de leur éclat inquiétant. Il y avait au fond de ses yeux quelque chose qu'elle ne reconnaissait pas, qu'elle ne pouvait pas comprendre, quelque chose de plus fort que la colère ou la douleur. Sous l'empire du sentiment qui l'animait, les yeux de Rhett avaient des reflets de charbons rougis au feu. Il la regarda longtemps, si longtemps qu'il lui fut impossible de conserver l'air de défi qu'elle avait adopté. Alors Rhett se laissa glisser sur une chaise en face d'elle et se versa une nouvelle rasade. Scarlett employa ce moment de répit à se préparer une ligne de défense, mais elle ne pouvait rien dire avant que lui-même ne parlât, car elle ne savait pas exactement quel genre d'accusation il avait l'intention de porter. Il but à petites gorgées tout en l'observant par-dessus son verre et elle prit sur elle pour dominer son tremblement. Il resta un moment sans changer d'expression, mais tout d'un coup, sans la quitter des yeux, il se mit à rire et de nouveau Scarlett fut secouée d'un frisson.

— Cette soirée a été une amusante comédie, n'est-ce pas ?

Elle ne répondit rien, mais elle se raidit pour ne pas trembler et, à l'intérieur de ses mules à demi sorties du pied, ses deux orteils étaient crispés.

— Agréable comédie. Aucun personnage ne manquait. Le village s'était réuni pour lapider la femme coupable, le mari bafoué défendait son épouse en galant homme qui se respecte, l'épouse bafouée animée d'un bel esprit chrétien recouvrait tout ça du manteau de sa réputation sans tâche. Quant à l'amant...

— Je vous en prie, fit Scarlett en se levant.

— Ah! mais non. Ce soir, rien ne m'arrêtera. C'est trop amusant. Quant à l'amant, il avait l'air d'un maudit sot et il aurait bien voulu être à cent lieues sous terre. Quel effet est-ce que ça fait, ma chère, de voir la femme que l'on déteste épouser votre cause et endosser tous vos péchés ? Asseyez-vous.

Scarlett se rassit.

— Ce n'est pas ça qui augmente votre sympathie pour elle, j'imagine. Vous êtes en train de vous demander si elle sait à quoi s'en tenir sur vous et sur Ashley... vous vous demandez pourquoi elle a fait cela, si elle est au courant... vous vous demandez si elle a fait ça pour sauver la face. Et vous vous dites qu'elle est bien bête de l'avoir fait, même si ça vous a tiré du pétrin, mais...

— Je n'écouterai pas...

— Si, vous écouterez. Et je m'en vais vous dire quelque chose qui va éclairer votre lanterne. Mme Melly est une sotte, mais pas du genre que vous vous figurez. Il était clair que quelqu'un l'avait informée, mais elle n'en a rien cru. Même si elle avait la vérité sous les yeux, elle n'y croirait pas. Elle a trop le sentiment de l'honneur pour prêter des intentions malhonnêtes à ceux qu'elle aime. J'ignore quel mensonge Ashley Wilkes lui a raconté... mais le plus cousu de fil blanc a dû faire l'affaire, car elle aime Ashley et elle vous aime. Je me demande pourquoi, mais elle vous aime. Tant pis pour vous, ce sera une croix que vous aurez à porter.

— Si vous n'étiez pas ivre, je vous expliquerais tout, fit Scarlett en recouvrant un peu de dignité, mais maintenant...

— Vos explications ne m'intéressent pas. Je connais la vérité mieux que vous. Bon Dieu, si vous quittez cette chaise encore une fois... Et ce que je trouve encore plus amusant que la comédie de ce soir, c'est que vous n'avez cessé de nourrir en votre cœur des désirs coupables pour Ashley Wilkes alors que vous me refusiez si vertueusement les joies de votre couche à cause de mes nombreux péchés. « Nourrir dans votre cœur! » C'est une bonne phrase, hein ? Il y a des tas de bonnes phrases dans ce livre, n'est-ce pas ?

« Quel livre ? quel livre ? » Son esprit s'égarait, elle se sentait devenir folle tandis qu'elle lançait des regards éperdus autour d'elle et remarquait les ternes reflets de l'argenterie massive éclairée par la bougie et l'obscurité inquiétante de certains coins de la pièce.

— Et j'ai été repoussé parce que mes ardeurs grossières étaient plus que n'en pouvait supporter votre délicatesse... parce que vous ne vouliez plus d'enfants! Comme j'en ai eu du chagrin, mon cœur! Quelle blessure pour moi! Alors je suis allé chercher d'agréables consolations et je vous ai laissée à vos raffinements. Et, pendant ce temps-là, vous avez relancé M. Wilkes qui se morfondait depuis longtemps. Mais, sacré bon Dieu! qu'est-ce qu'il a, ce type? Il ne peut ni être fidèle à sa femme moralement, ni lui être infidèle physiquement. Pourquoi ne se décide-t-il pas? Vous ne refuseriez pas d'avoir des enfants de lui, n'est-ce pas... et de les faire passer pour les miens?

Scarlett se leva brusquement en poussant un cri et Rhett, quittant sa chaise, se mit à rire de ce rire doux qui glaçait le sang de sa femme. Il força Scarlett à se rasseoir et se pencha sur elle.

— Regardez mes mains, ma chère, dit-il en ouvrant et en refermant ses larges mains brunes. Avec elles, je pourrais vous mettre en pièces sans en éprouver la moindre gêne, et c'est ce que je ferais si ça pouvait vous extirper Ashley de l'esprit. Mais ce serait peine perdue. Alors je crois que je vais m'y prendre autrement pour que vous ne pensiez plus jamais à lui, je vais m'y prendre comme ceci. Tenez, je mets mes mains de chaque côté de votre tête, comme ça, là, et je vous fais sauter le crâne comme on brise une coquille de noix. Fini, il n'y aura plus d'Ashley dans cette cervelle.

Il lui avait posé les mains sur la tête. Ses doigts enfouis dans sa chevelure défaite, il la caressa et lui fit mal tour à tour. Il l'obligea à tourner le visage vers le sien et Scarlett eut l'impression de se trouver en face d'un inconnu, d'un étranger dont la voix épaissie par l'alcool avait des accents traînants. Scarlett n'avait jamais manqué de courage physique et, en présence du danger, elle se ressaisit. Son sang brûla, afflua dans ses veines. Elle se raidit, ses yeux se plissèrent.

— Espèce d'ivrogne, espèce d'imbécile, dit-elle, bas les pattes!

A sa grande surprise, Rhett lui obéit et, s'asseyant sur un coin de la table, il se versa de nouveau à boire.

— J'ai toujours admiré votre cran, ma chère. Je ne l'ai jamais admiré autant que maintenant que vous voilà au pied du mur.

Scarlett ramena étroitement son peignoir sur elle. Oh! si seulement elle pouvait regagner sa chambre, en fermer à clef la porte épaisse et se retrouver seule! Il fallait pourtant tenir tête à Rhett, obliger ce Rhett qu'elle n'avait jamais vu à la laisser tranquille. Elle se leva sans hâte malgré le tremblement de ses genoux, serra son peignoir sur ses hanches et releva les mèches qui lui balayaient le visage.

— Je ne suis pas au pied du mur, dit-elle d'un ton sec. Vous ne me mettrez jamais au pied du mur, Rhett Butler, et ce n'est pas vous qui me ferez peur. Vous n'êtes qu'une brute, un ivrogne. Vous avez fréquenté si longtemps des femmes de mauvaise vie que vous voyez le mal partout. Vous êtes incapable de comprendre Ashley, incapable de me comprendre. Vous avez vécu trop longtemps dans la boue pour vous en sortir. Vous êtes jaloux de quelque chose que vous ne pouvez pas comprendre. Bonne nuit!

Elle pivota sur ses talons et se dirigea vers la porte, mais un éclat de rire l'arrêta net. Elle se retourna et vit Rhett s'approcher d'elle en titubant. Au nom du Ciel, mais qu'il cesse donc de rire! Son rire était terrible! Et puis qu'y avait-il de risible dans tout cela? Rhett était tout près d'elle. Elle recula et se heurta au mur. Rhett lui plaqua ses deux mains sur les épaules et la retint prisonnière, le dos cloué à la cloison.

— Cessez de rire.

— Je ris parce que vous me faites de la peine.

— De la peine... pour moi? C'est plutôt vous qui devriez vous faire de la peine.

— Mais si, bon Dieu, vous me faites de la peine, ma chère, ma jolie petite sotte? C'est dur, hein? Vous ne pouvez supporter ni mon rire, ni ma pitié, hein?

Il cessa de rire et pesa si lourdement sur les épaules de Scarlett qu'il lui en fit mal. Son expression changea. Il était si près que Scarlett, gênée, par son haleine imprégnée de whisky, détourna la tête.

— Alors, je suis jaloux ? reprit-il. Et pourquoi pas ? Eh ! oui, je suis jaloux d'Ashley Wilkes. Pourquoi pas ? Oh ! inutile de parler, pas d'explications. Je sais que physiquement vous ne m'avez pas trompé. C'était bien cela que vous vouliez dire ? Oh ! je le sais parfaitement. Je le sais depuis des années. Comment m'y suis-je pris pour le savoir ? Eh bien ! je connais Ashley Wilkes et ses principes. Je sais que c'est un honnête homme, un gentleman. Et dame, ma chère, je n'en dirai autant ni de vous... ni de moi. D'ailleurs, ça n'a aucune importance. Nous ne sommes pas des gentlemen, vous et moi ; nous n'avons pas d'honneur. Ce n'est pas vrai. C'est bien pour cela que nos affaires prospèrent.

— Laissez-moi partir. Je ne veux pas rester ici à me faire insulter.

— Je ne vous insulte pas. Je suis en train de louer votre vertu physique. Mais, voyez-vous, je ne me suis pas laissé prendre au jeu. Vous considérez les hommes comme des imbéciles, Scarlett. Ce n'est jamais bon de sous-estimer la force ou l'intelligence d'un adversaire. Et moi, je ne suis pas un imbécile. Tenez, quand vous étiez dans mes bras, je savais fort bien que vous pensiez à Ashley Wilkes, que vous vous imaginiez que c'était lui qui était là, tout près de vous. Vous ne vous doutiez pas de ça, hein ?

Scarlett resta bouche bée. La crainte et la stupeur se lisaient clairement sur son visage.

— C'est rigolo, ça. En fait, c'est plutôt une histoire de fantômes. Trois personnes dans un lit quand il ne devrait y en avoir que deux.

Rhett secoua un peu les épaules de Scarlett, eut un hoquet et sourit.

— Oh ! oui, oui, vous m'êtes restée fidèle parce qu'Ashley n'a pas voulu de vous. Mais, bon sang, je ne lui aurais pourtant pas disputé votre corps ! Je sais ce que valent ces petits corps de femmes. Mais ce que je ne veux pas lui laisser, c'est votre cœur et votre chère petite tête dure et sans scrupules, votre petite tête de mule. Il se fiche pas mal de votre tête, l'imbécile, et moi, je me fiche pas mal de votre corps. Je peux m'offrir toutes les femmes que je veux. Mais je tiens à votre âme et à votre cœur, et je ne les aurai jamais. C'est comme l'âme d'Ashley, vous ne l'aurez jamais non plus. Voilà pourquoi vous me faites de la peine.

Malgré son angoisse et sa stupéfaction, Scarlett se sentit atteinte par les paroles de Rhett.

— De la peine... pour moi ?

— Oui, parce que vous êtes une telle enfant, Scarlett. Vous êtes une enfant qui pleure pour avoir la lune. Qu'est-ce qu'un enfant ferait de la lune si on la lui donnait ? Et, vous, que feriez-vous d'Ashley ? Oui, ça me fait de la peine de vous voir repousser le bonheur à deux mains tout en vous efforçant d'atteindre quelque chose qui ne vous rendra jamais heureuse. Ça me fait de la peine parce que vous êtes une insensée. Vous ignorez qu'il ne peut pas y avoir de bonheur en dehors de l'union de deux êtres qui sont faits l'un pour l'autre. Si j'étais mort, si Mme Melly était morte, et que vous ayez enfin votre cher et honorable amant bien à vous, croyez-vous que vous seriez heureuse avec lui ? Mais non, bon sang ! Vous n'arriveriez jamais à le connaître, vous ne sauriez pas ce qu'il pense, vous ne le comprendriez pas mieux que vous ne comprenez la musique, la poésie, les livres ou tout ce qui n'est pas espèces sonnantes et trébuchantes. Tandis que nous, chère épouse de mon cœur, nous aurions pu être parfaitement heureux si seulement vous aviez voulu vous en donner un tant soit peu la peine, car nous nous ressemblons tellement. Nous sommes tous deux des crapules, Scarlett, et rien ne nous est impossible quand nous nous sommes mis quelque chose en tête. Nous aurions pu être heureux, car je vous aimais et je vous connais, Scarlett, je vous connais par cœur comme jamais Ashley ne pourrait vous connaître. Et s'il vous connaissait, il vous mépriserait... Mais non, vous passerez toute votre vie à soupirer après un homme que vous ne pouvez pas comprendre. Et moi, ma chérie, je continuerai à soupirer après des putains. Et j'irai jusqu'à dire que notre ménage marchera mieux que la plupart des ménages.

Il la relâcha brusquement et retourna d'un pas chancelant vers la table pour se servir à boire. Pendant un moment, Scarlett resta rivée sur place. Les pensées se livraient à une telle course dans son esprit qu'elle n'avait pas le temps d'en examiner une seule. Rhett avait dit qu'il l'aimait. Avait-il parlé sérieusement ou bien était-ce l'effet de l'ivresse ? N'était-ce pas là une de ses horribles plaisanteries ? Et Ashley... la lune... pleurer pour avoir la lune. Elle prit son élan et se sauva dans le vestibule sombre comme si elle avait eu une bande de démons à ses trousses. Oh ! si seulement elle pouvait atteindre sa chambre ! Elle faillit se tordre la cheville et perdit une de ses mules. Elle s'arrêta pour se débarrasser de l'autre, mais Rhett bondissant avec une souplesse d'Indien, la rejoignit dans l'obscurité. Son haleine lui brûla le visage. Il entrouvrit son peignoir et l'enlaça sans ménagements, les mains sur sa peau nue.

Non, non, vous n'irez pas le retrouver. Bon sang, ce soir, il n'y aura que deux personnes dans mon lit !

Il la souleva de terre, la prit dans ses bras, et s'engagea dans l'escalier. La tête écrasée contre sa poitrine, Scarlett entendit battre son cœur à grands coups assourdis. Rhett lui faisait mal. Elle eut peur et se mit à crier. Il montait l'escalier. Il faisait tout noir. Il montait toujours et elle devenait folle de terreur. C'était un inconnu qui la tenait dans ses bras, un inconnu, un fou. Elle était perdue au milieu des ténèbres plus épaisses que celles de la mort. C'était la mort qui l'emportait, qui la serrait dans ses bras et lui faisait mal. Elle hurlait, à demi étouffée. Il s'arrêta tout d'un coup à hauteur du palier. Alors, relâchant un peu son étreinte, il se pencha sur Scarlett et l'embrassa avec une telle ferveur, un tel instinct de possession que rien ne compta plus pour elle que les ténèbres qui l'enveloppaient de plus en plus et les lèvres qui se collaient aux siennes. Rhett tremblait comme si une rafale l'eût secoué. Ses lèvres avaient quitté la bouche de Scarlett et erraient sur les chairs douces, là où le peignoir avait glissé. Il murmurait des choses qu'elle ne comprenait pas. Ses lèvres éveillaient en elle des sensations jamais éprouvées. Elle était les ténèbres et Rhett était lui aussi les ténèbres, et rien n'avait jamais existé que les ténèbres et ses lèvres sur sa peau. Elle essaya de parler, mais ses baisers l'en empêchèrent. Soudain, un frémissement sauvage la parcourut, tel qu'elle n'en avait jamais ressenti auparavant. La joie l'inonda et elle eut peur. Elle se sentit devenir folle et elle se mit à vibrer de tout son être. Elle s'abandonna à ces bras trop forts pour elle, à ces lèvres trop goulues, au destin qui l'emportait trop vite. Pour la première fois de sa vie, elle avait rencontré quelqu'un, quelque chose de plus fort qu'elle, quelqu'un dont elle ne pouvait pas faire son jouet, quelqu'un qui la domptait. Elle lui passa les bras autour de son cou. Ses lèvres frémirent sous les siennes et ils poursuivirent leur marche dans les ténèbres, dans les ténèbres douces qui tourbillonnaient autour d'eux et les entraînaient!

Le lendemain matin, lorsque Scarlett se réveilla, Rhett était parti et, n'eût été l'oreiller tout chiffonné à côté d'elle, elle aurait pu croire à un rêve échevelé. Elle rougit au souvenir de ce qui s'était passé cette nuit-là et, ramenant le drap jusqu'à son menton, elle se laissa baigner par le soleil et essaya de mettre un peu d'ordre dans ses impressions confuses.

Deux idées se présentèrent d'abord à son esprit. Elle avait vécu pendant des années avec Rhett, elle avait partagé son lit, elle avait mangé à la même table que lui, elle s'était querellée avec lui, elle lui avait donné un enfant et pourtant elle ne le connaissait pas. L'homme qui l'avait emportée dans ses bras au milieu des ténèbres était un étranger dont elle ne soupçonnait même pas l'existence. Et maintenant elle avait beau essayer de le détester ou de s'indigner, elle n'y arrivait pas. Il l'avait humiliée, il l'avait blessée, il l'avait traitée sans aucun ménagement au cours de cette nuit de folie et elle en avait tiré gloire.

Oh! elle devrait avoir honte, elle devrait repousser bien loin d'elle le souvenir de ces minutes brûlantes où les ténèbres semblaient la happer! Une dame, une véritable dame ne pouvait plus relever la tête après une telle nuit. Mais, plus fort que la honte, s'imposait le souvenir de ces instants d'ivresse, des transports de l'abandon. Pour la première fois de sa vie, elle s'était sentie vibrer, soulever par une passion aussi primitive que la terreur qu'elle avait éprouvée la nuit où elle avait fui d'Atlanta, aussi capiteuse et agréable que la froide bouffée de haine qui l'avait poussée à tuer le Yankee.

Rhett l'aimait! Tout au moins, il l'avait dit et comment pouvait-elle en douter désormais? C'était bizarre, c'était troublant, c'était incroyable d'être aimée de cet inconnu brutal avec lequel elle avait entretenu jusque-là des rapports si froids. Elle ne savait pas encore très bien comment prendre cette révélation, mais une idée lui traversa l'esprit et elle se mit à rire tout haut. Il l'aimait et enfin elle le tenait. Elle avait presque oublié que jadis elle avait projeté de se faire aimer de lui pour pouvoir brandir le fouet au-dessus de son insolente tête noire. Maintenant la réussite inopinée de son plan lui procurait une grande satisfaction. Pendant une nuit, il l'avait eue à sa merci, mais elle avait appris à connaître le défaut de sa cuirasse. Dorénavant, il serait bien obligé d'en passer par où elle voudrait. Elle endurait ses sarcasmes depuis assez longtemps, mais maintenant, à lui de sauter à travers les cerceaux qu'il lui plairait de tendre. A la pensée que la griserie de la nuit était dissipée, et qu'elle allait se retrouver face à face avec Rhett, Scarlett éprouva un sentiment de gêne qui, en fait, n'avait rien d'agréable.

— Me voilà émue comme une jeune mariée, se dit-elle, et tout cela à cause de Rhett!

Cette idée l'amusa et elle fut secouée d'un petit rire nerveux.

Mais Rhett ne parut ni au déjeuner ni au dîner. La nuit passa, une longue nuit au cours de laquelle

Scarlett ne put fermer l'œil et guetta tout le temps le bruit d'une clef dans la serrure de l'entrée. Mais Rhett ne revint pas. Le second jour elle n'avait encore aucune nouvelle de lui et elle crut devenir folle sous l'effet de la déception et de l'inquiétude. Elle alla à la banque, mais il n'y était pas. Elle alla au magasin et fut insupportable avec tout le monde, car, chaque fois que la porte s'ouvrait pour laisser passer un client, son cœur se mettait à battre plus vite et elle espérait que c'était Rhett. Elle alla au chantier et fut si dure avec Hugh qu'il finit par se cacher derrière une pile de bois. Mais Rhett ne donnait toujours pas signe de vie.

Elle ne pouvait pas s'abaisser à demander à des amis s'ils l'avaient vu. Elle ne pouvait pas non plus s'adresser aux domestiques, bien qu'elle eût l'impression qu'ils savaient quelque chose. Les nègres savaient toujours tout. Le silence de Mama n'était pas naturel. La vieille femme observait Scarlett du coin de l'œil et ne disait rien. Le matin du troisième jour, Scarlett décida d'alerter la police. Peut-être Rhett avait-il eu un accident, peut-être son cheval l'avait-il désarçonné et gisait-il dans un fossé. Peut-être... oh! c'était horrible à penser... peut-être était-il mort!

Scarlett avait achevé son petit déjeuner et elle était remontée dans sa chambre pour mettre son chapeau quand elle entendit des pas rapides dans l'escalier. Les jambes coupées par l'émotion, elle se jeta sur son lit. A ce moment, Rhett entra. Massé, rasé de frais, il paraissait tout à fait dans son état normal, mais ses yeux injectés et son visage bouffi indiquaient qu'il avait dû beaucoup boire. « Eh! bonjour! » fit-il en s'accompagnant d'un petit geste désinvolte de la main. Comment un homme pouvait-il dire « Eh! bonjour! » après s'être absenté pendant deux jours sans donner d'explications ? Comment pouvait-il être aussi indifférent après la nuit qu'ils avaient passée ensemble ? C'était impossible à moins,.. à moins... l'idée redoutable germa dans l'esprit de Scarlett... à moins qu'il n'eût l'habitude de ces nuits-là ? Pendant un moment elle fut incapable de parler et en oublia tous les jolis gestes, tous les beaux sourires qu'elle avait préparés à son intention. Il ne s'approcha même pas d'elle pour l'embrasser du bout des lèvres comme il le faisait d'ordinaire. Il restait là, au milieu de la pièce, le visage souriant, un cigare allumé à la main.

— Où... où étiez-vous ?

— Ne venez pas me dire que vous ne le saviez pas! Je pensais que toute la ville était au courant Après tout, tout le monde sait peut-être à quoi s'en tenir, sauf vous. Vous connaissez le vieil adage. « L'épouse est toujours la dernière à découvrir la vérité. »

— Que voulez-vous dire ?

— Je pensais qu'après la descente de police chez Belle avant-hier soir...

— Chez Belle... chez cette... cette femme! Vous étiez chez...

— Bien sûr. Où aurais-je pu être autrement ? J'espère que vous n'avez pas été inquiète ?

— Vous m'avez quittée pour... oh!

— Allons, allons, Scarlett! Ne jouez pas les épouses trahies! Il y a longtemps que vous devez savoir à quoi vous en tenir sur Belle.

— Vous êtes allé la retrouver après... après...

— Oh ça! Il esquissa un petit geste nonchalant. J'aime autant ne pas revenir là-dessus. Enfin, je vous fais mes excuses pour la façon dont je me suis conduit lors de notre dernière entrevue. J'étais fort éméché, comme vous le savez sans doute, et complètement affolé par vos appas... faut-il les énumérer ?

Soudain, Scarlett eut envie de pleurer, de s'allonger sur son lit et de sangloter éperdument. Rhett n'avait pas changé, rien n'avait changé. Elle avait été folle, stupide, grotesque de penser qu'il l'aimait. Son orgueil l'avait aveuglée. Ça n'avait été qu'une répugnante comédie d'ivrogne. Il l'avait prise, il en avait tiré son plaisir, tout comme il l'eût tiré de n'importe quelle pensionnaire de chez Belle. Et maintenant il était revenu sardonique, l'insulte à la bouche, insaisissable. Elle ravala ses larmes et se domina. Il ne fallait pour rien au monde qu'il devinât les sentiments qu'elle avait éprouvés. Comme il rirait s'il savait! Eh bien!

il ne saurait jamais! Elle le regarda bien en face et surprit dans ses yeux cette même lueur qui l'avait si souvent intriguée, cette expression de chat aux aguets, comme s'il voulait deviner ce qu'elle allait dire, comme s'il espérait... mais quoi, qu'espérait-il ? Qu'elle se rendît ridicule, qu'elle fît une scène, qu'elle lui permît de se moquer d'elle ? Non, non! Les lignes obliques de ses sourcils se rapprochèrent. Elle prit un air glacial.

— Naturellement, je me doutais bien du genre de relations que vous entreteniez avec cette créature.

— Vous vous en doutiez seulement ? Pourquoi ne m'avez-vous rien demandé pour satisfaire votre curiosité ? Je vous aurais tout dit. Je vis avec elle depuis le jour où Ashley Wilkes et vous avez décidé que nous ferions chambre à part.

— Vous avez l'audace de vous vanter de cela devant moi, votre femme, et de...

— Oh! faites-moi grâce de votre indignation. Tant que je paie les notes, ce que je peux bien faire, vous vous en fichez comme de l'an quarante. Et vous savez pertinemment que ces derniers temps je ne me suis pas conduit comme un petit saint. Quant à votre rôle d'épouse... il s'est ramené à bien peu de chose depuis la naissance de Bonnie, n'est-ce pas ? Vous n'avez pas été un bon placement, Scarlett. Avec Belle, j'ai eu plus de chance.

— Un placement ? Vous voulez dire que vous lui avez donné...

— J'ai été son commanditaire. Je pense que c'est le terme qui convient. Belle est une femme débrouillarde. Je voulais la voir se tirer d'affaire et il ne lui manquait que des fonds pour monter une maison à elle. Vous devriez savoir quels miracles une femme peut accomplir quand elle a un peu d'argent devant elle. Tenez, prenez votre exemple.

— Vous me comparez à...

— Eh bien! vous êtes toutes deux des femmes d'affaires et vous réussissez. Belle évidemment mieux que vous, parce qu'elle a bon cœur et que c'est une brave fille...

— Voulez-vous sortir d'ici...

Il se dirigea vers la porte sans se presser. « Comment peut-il m'insulter ainsi ? » se dit Scarlett, partagée entre la colère et la douleur. Elle frémit en songeant à l'inquiétude qui l'avait rongée pendant qu'il menait joyeuse vie dans une maison de perdition.

— Sortez de cette chambre et n'y remettez plus les pieds. Je vous l'ai déjà dit une fois, mais vous n'avez pas été assez galant homme pour comprendre. A partir de maintenant, je m'enfermerai à clef.

— Ne vous donnez pas cette peine.

— Si, je m'enfermerai. Après la façon dont vous vous êtes conduit l'autre nuit... si ivre... si dégoûtant...

— Vas-y, ma chérie ! En tout cas, pas si dégoûtant que ça !

— Sortez !

— Ne vous fâchez pas, je m'en vais. Et je vous promets de ne plus jamais vous importuner. Tout est fini entre nous. Et tenez, je viens de penser que si vous ne pouvez plus supporter ma conduite infâme, je vous promets de divorcer. Laissez-moi Bonnie, et je ne m'opposerai pas à vos projets.

— Je ne tiens pas à jeter le déshonneur sur votre famille en divorçant.

— Vous ne seriez pourtant pas longue à la déshonorer, si Mme Melly venait à mourir, n'est-ce pas ? J'en ai froid dans le dos quand je pense avec quelle rapidité vous demanderiez le divorce.

— Allez-vous vous en aller ?

— Oui, je m'en vais. C'est justement ce que je suis venu vous dire. Je pars pour Charleston et La Nouvelle-Orléans et... oh ! enfin, ce sera un long voyage. Je pars aujourd'hui.

— Oh !

— Et j'emmène Bonnie avec moi. Allez donc dire à cette folle de Prissy de préparer ses frusques. Je l'emmène aussi.

— Je vous défends d'emmener mon enfant.

— Cet enfant m'appartient également, madame Butler. Ça ne vous contrarie sûrement pas que je l'emmène à Charleston voir sa grand-mère ?

— Sa grand-mère ? parlons-en ! Vous ne vous imaginez tout de même pas que je vais vous confier cette petite pour que vous soyez ivre tous les soirs et que vous l'emmeniez dans des maisons comme celle de Belle...

Rhett jeta avec violence son cigare sur le tapis et l'odeur âcre de la laine brûlée monta dans la pièce. Il fonça sur Scarlett, le visage noir de colère.

— Si vous étiez un homme, je vous tordrais le cou pour ces paroles. Puisque ce n'est pas le cas, tout ce que je vous demande, c'est de fermer votre foutu clapet. Croyez-vous que je l'emmènerais là où... ma fille ! Bon Dieu, que vous êtes bête. Et puis, vous pouvez toujours en parler, de votre instinct maternel, une chatte est plus mère que vous ! Qu'avez-vous jamais fait pour les enfants ? Vous terrorisez Wade et Ella, et sans Mélanie Wilkes, ils ne sauraient pas ce que c'est que l'amour et l'affection. Mais Bonnie, ma petite Bonnie ! Vous croyez peut-être que je ne saurai pas aussi bien m'en occuper que vous ? Vous croyez peut-être que je m'en vais vous laisser la tyranniser comme vous tyrannisez Wade et Ella ? Nom de Dieu, jamais ! Faites préparer ses affaires et tâchez qu'elle soit prête dans une heure, sinon je vous avertis que ce qui s'est passé l'autre nuit aura été de la petite bière à côté de ce qui se passera. J'ai toujours pensé que ça vous ferait un bien immense de recevoir une bonne volée avec un fouet.

Rhett fit demi-tour et sortit de la chambre sans laisser à Scarlett le temps de répondre. Scarlett l'entendit traverser le couloir et ouvrir la porte de la salle de jeux des enfants. Il fut accueilli par de joyeuses exclamations et Scarlett reconnut la voix pointue de Bonnie qui dominait celle d'Ella.

— Papa, où étais-tu ?

— J'étais en train de chasser le lapin pour donner une belle fourrure à ma petite Bonnie. Allons, viens embrasser ton préféré, Bonnie... et toi aussi, Ella.

LV

— Ma chérie, je n'ai pas besoin d'explications et je n'en écouterai aucune, déclara Mélanie avec fermeté en posant sa main menue sur les lèvres de Scarlett. C'est injurieux et pour toi et pour Ashley et pour moi de penser qu'une explication est nécessaire entre nous. Voyons, tous les trois, nous avons été comme... comme des soldats. Nous avons combattu côte à côte pendant tant d'années que j'en ai honte pour toi de penser que des ragots pourraient avoir prise sur nous. Tu ne vas tout de même pas t'imaginer que je crois que toi et mon Ashley... en voilà une idée! Te rends-tu bien compte que je suis la personne qui le connaît le mieux ? Penses-tu que j'ai oublié tout ce que tu as fait pour Ashley, pour Beau et pour moi ? Non seulement je te dois la vie, mais tu nous as tous empêchés de mourir de faim. Je te revois encore marchant dans les sillons derrière le cheval du Yankee. Tu étais presque pieds nus et tes mains saignaient. Tu faisais cela pour que l'enfant et moi nous ayons quelque chose à manger. Oui, je me rappelle et tu voudrais que je croie cette chose terrible sur ton compte ? Je ne veux rien entendre de toi, Scarlett O'Hara. Pas un seul mot.

— Mais..., bredouilla Scarlett, et elle s'arrêta.

Rhett était parti depuis une heure, emmenant Bonnie et Prissy et, en Scarlett, le désespoir s'ajoutait à la honte et à la colère. De plus, elle se sentait coupable envers Ashley, et l'attitude généreuse de Mélanie la mettait au supplice. C'était plus qu'elle n'en pouvait supporter. Si Mélanie avait cru India et Archie, si elle l'avait évitée le soir de sa réception ou même si elle l'avait reçue avec froideur, elle aurait relevé bien haut la tête et elle aurait lutté avec toutes les armes dont elle disposait. Mais maintenant, quand elle revoyait Mélanie se dresser entre elle et le scandale comme une fine lame scintillante, il lui semblait que la seule chose honnête à faire c'était d'avouer.

Oui, il fallait tout lui raconter en partant de ce jour lointain où le soleil éclaboussait la véranda de Tara.

Bien qu'endormie depuis longtemps, sa conscience, sa conscience modelée par la religion catholique, se réveillait et la poussait à parler : « Confesse tes péchés et fais pénitence dans l'affliction et le repentir », lui avait dit Ellen des centaines de fois et, lorsque survenait une crise, l'éducation religieuse d'Ellen revenait et reprenait le dessus. Elle allait se confesser... oui, elle avouerait tout, chaque regard, chaque mot, ces quelques caresses... et alors Dieu soulagerait sa douleur et lui apporterait la paix. Et, pour pénitence, il lui faudrait assister à un spectacle terrible. Sur le visage de Mélanie, l'amour sincère et la confiance feraient place à une expression incrédule et horrifiée, à une expression de répulsion. « Oh! la punition est trop dure! » pensa Scarlett avec angoisse. Oui, toute sa vie elle serait condamnée à se rappeler le visage de Mélanie, à se dire que Mélanie savait tout ce qu'il y avait de bas, de mesquin, de fourbe et d'hypocrite en elle.

Jadis elle s'était grisée à la pensée de tout révéler à Mélanie et de voir s'écrouler comme un château de cartes les illusions de sa belle-sœur. Mais maintenant tout avait changé et il n'y avait rien qu'elle désirât moins. Pourquoi ? au fond, elle n'en savait rien. Ses idées s'entrechoquaient avec trop de violence dans son esprit pour qu'elle cherchât à y mettre de l'ordre. Elle savait seulement qu'elle voulait à tout prix conserver l'estime de Mélanie comme elle voulait autrefois passer aux yeux de sa mère pour une nature modeste et bonne. Elle savait seulement qu'elle se moquait pas mal de l'opinion des gens, de celle d'Ashley ou de Rhett, mais qu'il ne fallait pour rien au monde que Mélanie la considérât autrement qu'elle l'avait toujours considérée.

Elle redoutait d'apprendre la vérité à Mélanie, mais, obéissant à un de ses rares instincts honnêtes, un instinct qui ne lui permettait pas de s'affubler d'oripeaux devant la femme qui avait combattu pour elle, elle s'était précipitée chez Mélanie ce matin-là, aussitôt après le départ de Rhett et de Bonnie.

Cependant, dès ses premiers mots prononcés d'une voix tremblante, « Melly, il faut que je t'explique ce qui s'est passé l'autre jour... », Mélanie l'avait impérieusement arrêtée. Scarlett, confuse, regarda les yeux noirs de Mélanie que faisaient flamboyer l'amour et la colère et, le cœur serré, elle comprit que la paix et le calme qui suivent la confession lui seraient à jamais refusés. Émue comme elle l'avait rarement été depuis son enfance, elle se rendit compte qu'elle ne pourrait pas ouvrir son cœur torturé sans faire en même temps preuve d'un monstrueux égoïsme. Elle se débarrasserait de son fardeau et en chargerait une innocente qui avait confiance en elle. Mélanie avait pris sa défense. Elle avait donc une dette envers elle, et le seul moyen de s'en acquitter c'était de se taire. Parler serait trop cruel. Elle ruinerait la vie de Mélanie en lui apprenant que son mari la trahissait et que l'amie qu'elle chérissait trempait dans cette trahison!

« Je ne peux pas lui parler, se dit-elle, désespérée. Je ne lui parlerai jamais, même si ma conscience me tue. » Elle se rappela la remarque de Rhett la nuit où il était ivre : « Elle ne peut pas prêter des intentions malhonnêtes à ceux qu'elle aime... ce sera une des croix que vous aurez à porter... »

Oui, elle porterait cette croix-là jusqu'à sa mort. Elle souffrirait en silence, elle sentirait contre sa peau le cilice de la honte. A chacun des regards, chacun des gestes tendres de Mélanie, il lui faudrait continuellement se maîtriser pour ne pas crier : « Ne sois pas aussi bonne! Ne lutte pas pour moi! Je n'en vaux pas la peine! »

« Si seulement tu n'étais pas aussi sotte, aussi gentille, aussi confiante, aussi simple d'esprit, ce serait moins dur, pensa Scarlett. J'ai porté quantité de lourds fardeaux, mais celui-ci va être le plus lourd, le plus accablant que j'aie jamais chargé sur mes épaules. »

Mélanie était assise en face d'elle sur une chaise basse et les pieds calés si haut sur une ottomane que ses genoux saillaient comme ceux d'un enfant, position qu'elle n'eût jamais adoptée si la colère qui l'animait ne lui avait fait oublier le sens des convenances. Elle tenait un ouvrage de broderie et poussait l'aiguille avec une ardeur de duelliste maniant la rapière.

Si Scarlett s'était trouvée dans le même état, elle eût tapé du pied et vociféré comme Gérald en ses plus beaux jours lorsqu'il prenait Dieu à témoin de la duplicité et de la crapulerie de l'humanité et proférait des menaces de vengeance à vous en glacer le sang dans les veines. Mais seuls son aiguille scintillante et l'arc fin de ses sourcils indiquaient que Mélanie bouillonnait intérieurement. Sa voix restait égale et son langage était encore plus surveillé qu'à l'ordinaire. Néanmoins les paroles qu'elle prononçait rendaient un son étrange dans sa bouche, car il lui arrivait rarement d'émettre une opinion personnelle et il ne lui échappait jamais un mot désobligeant. Scarlett se rendit compte tout à coup que les accès de fureur des Wilkes et des Hamilton étaient fort capables d'égaler ceux des O'Hara en intensité sinon les dépasser.

— Je commence à en avoir assez d'entendre les gens t'adresser des reproches, ma chérie, déclara Mélanie. Cette fois, la mesure est comble et je m'en vais remettre un peu les choses au point. Tout cela tient à ce que les gens sont jaloux de toi. Ils t'envient parce que tu es intelligente et que tu réussis. Oui, tu as réussi alors que des tas d'hommes ont échoué. Ne m'en veuille pas de te dire cela, ma chérie. Je ne veux pas dire par là que tu n'a pas conservé ton rôle de femme, car ce n'est pas vrai. Je laisse aux autres le soin de raconter ça. Non, les gens ne te comprennent pas. Que veux-tu, ils ne peuvent pas tolérer qu'une femme soit intelligente. En tout cas, ton intelligence et ta réussite ne donnent pas aux gens le droit de prétendre que toi et Ashley... Nom d'un petit bonhomme!

Sur les lèvres d'un homme, cette exclamation des plus anodines se fût sans nul doute transformée en blasphème. Alarmée par cette explosion de colère sans précédent chez elle, Scarlett regarda sa belle-sœur.

— Quant aux ignobles mensonges qu'ils ont inventés... Archie, India, Mme Elsing! Comment ont-ils eu cette audace? Bien entendu, Mme Elsing n'est pas venue ici. Non, elle n'en a pas eu le courage. Mais comprends-tu, ma chérie ; elle t'a toujours détestée parce que tu avais plus de succès que Fanny. Et puis elle t'en a tellement voulu d'avoir retiré à Hugh la direction de la scierie. En tout cas, tu as eu bien raison de le changer de poste. C'est un imbécile, un fainéant, un propre à rien! (Avec quel empressement Mélanie condamnait son ami d'enfance, son ancien soupirant!) Je regrette ce que j'ai fait pour Archie. Je n'aurais jamais dû abriter cette vieille canaille sous mon toit. On me l'avait bien dit, mais je n'ai voulu écouter personne. Il ne t'aimait pas à cause des forçats, mais qui peut te reprocher d'en avoir embauché! Un assassin, l'assassin d'une femme! Et après tout ce que j'avais fait pour lui il est venu me dire... Je t'assure que je n'aurais pas pleuré si Ashley l'avait tué. Je lui ai dit de faire son balluchon, et il est parti l'oreille basse, je te prie de croire. Il a quitté la ville.

« Quant à India, c'est une horreur! Ma chérie, la première fois que je vous ai vues toutes les deux, je n'ai pu m'empêcher de remarquer qu'elle était jalouse de toi et qu'elle te détestait parce que tu étais plus jolie qu'elle et que tous les hommes t'entouraient. C'est surtout à cause de Stuart Tarleton qu'elle t'en voulait. Elle pensait tellement à Stuart que... vois-tu, ça m'est pénible de dire cela de la sœur d'Ashley, mais je crois qu'elle a eu le cerveau détraqué à force de penser à lui. On ne peut pas expliquer autrement son geste... Je lui ai dit de ne plus jamais remettre les pieds ici et j'ai ajouté que si jamais je l'entendais insinuer... eh bien! je... je la traiterais de menteuse en public! ».

Mélanie s'arrêta et brusquement une expression de douceur se répandit sur son visage jusque-là enflammé par la colère. Mélanie possédait au plus haut point cet esprit de clan particulier aux Georgiens, et l'idée d'une querelle de famille lui déchirait le cœur. Elle hésita un moment avant de poursuivre, mais Scarlett avait toutes ses préférences. « Oui, reconnut-elle loyalement, elle a toujours été jalouse parce que c'est toi que j'aimais le mieux. Elle ne reviendra plus jamais ici et je ne remettrai plus jamais les pieds chez les gens qui la reçoivent. Ashley est d'accord avec moi, mais ça lui brise le cœur de penser que sa sœur est capable de dire de telles... »

En entendant prononcer le nom d'Ashley, Scarlett à bout de nerfs fondit en larmes. Il lui faudrait donc toujours frapper Ashley en plein cœur! Elle n'avait eu qu'une seule pensée, le rendre heureux, le protéger mais chaque fois elle semblait destinée à lui faire du mal. Elle avait gâché sa vie, brisé sa fierté, sa dignité, troublé cette paix intérieure, ce calme qui reposaient en lui sur le sentiment de l'honneur. Et maintenant elle l'avait éloigné de sa sœur qu'il aimait. Pour sauver sa propre réputation et le bonheur de sa femme, il avait dû sacrifier India, la faire passer pour une menteuse, une vieille fille jalouse et à moitié folle... India, dont tous les soupçons étaient fondés, dont toutes les accusations étaient justifiées. Chaque fois qu'Ashley regarderait India en face, il verrait luire dans ses yeux la vérité, il surprendrait dans ses yeux un reproche et y lirait ce froid mépris dans l'art duquel les Wilkes étaient passés maîtres.

Scarlett savait qu'Ashley plaçait l'honneur plus haut que la vie, et elle devinait les tortures qu'il devait endurer. Comme elle, il était forcé de s'abriter derrière Mélanie. Cependant, Scarlett avait beau se rendre compte que c'était là la seule attitude possible, et se dire que si Ashley se trouvait dans une fausse situation c'était en grande partie de sa faute, elle était femme et elle eût respecté davantage Ashley s'il avait tué Archie et s'il avait reconnu devant Mélanie et devant tout le monde le bien-fondé des accusations portées contre lui. Elle savait bien que ça n'était pas loyal de penser cela, mais elle était trop désemparée pour s'arrêter à de tels détails. Elle se rappelait certaines paroles cinglantes de Rhett et elle se demandait si vraiment Ashley avait bien joué son rôle d'homme dans toute cette affaire. Et, pour la première fois, l'auréole brillante dont elle l'avait enveloppé depuis le jour où elle s'était éprise de lui commença imperceptiblement à perdre de son éclat. La honte et le remords qu'elle éprouvait rejaillissaient également sur Ashley et étendaient sur lui leur ternissure. Elle s'efforça de bannir cette pensée, mais, comme elle n'y parvenait pas, elle ne fit que pleurer de plus belle.

— Je t'en supplie! Je t'en supplie! s'écria Mélanie qui, laissant tomber sa broderie, se jeta sur le sofa et attira la tête de Scarlett contre son épaule. Je n'aurais pas dû te raconter tout cela. Ça te fait trop de peine. Je devine dans quel état tu dois être. Je ne parlerai plus jamais de cela. Ce sera comme s'il ne s'était jamais rien passé. Mais, ajouta-t-elle avec une rage contenue, je m'en vais montrer à India et à Mme Elsing de quel bois je me chauffe. Qu'elles n'aillent pas s'imaginer qu'elles peuvent impunément colporter des mensonges sur mon mari et sur ma belle-sœur. Je vais m'y prendre de telle façon qu'elles n'oseront plus relever la tête. Maintenant, tous ceux qui les croiront, tous ceux qui les recevront seront mes ennemis!

Scarlett, le cœur meurtri, porta ses regards vers l'avenir et comprit qu'elle allait être la cause d'une querelle qui, pendant des générations, diviserait la ville et les siens.

Mélanie tint parole. Elle n'aborda plus jamais ce sujet ni devant Scarlett, ni devant Ashley, et refusa à tout le monde le droit de lui en parler. Elle adopta un air de froide indifférence qui ne tardait pas à se transformer en politesse glaciale lorsque quelqu'un s'avisait de faire allusion à cette question. Au cours des semaines qui suivirent sa réception, alors que Rhett avait mystérieusement disparu et que la ville entière jasait, s'agitait ou prenait parti, elle ne fit pas quartier aux détracteurs de Scarlett, qu'ils fussent de vieux amis ou des parents. Elle ne dit rien, elle passa à l'action.

Elle s'attacha aux pas de Scarlett et la suivit comme

son ombre. Elle l'obligea à retourner tous les matins au magasin et au chantier, et elle l'accompagna. Bien que Scarlett ne tint guère à s'exposer aux regards curieux de ses concitoyens, elle insista pour qu'elle fît une promenade l'après-midi et elle s'assit à côté d'elle dans la voiture. Elle l'emmena à des jours de réceptions et l'introduisit dans des salons où elle n'avait pas mis les pieds depuis plus de deux ans, et Mélanie, avec un air farouche qui voulait dire « qui m'aime doit aimer ceux que j'aime », engageait la conversation avec des maîtresses de maison suffoquées.

Lors de ces réceptions, elle s'arrangeait pour arriver avec Scarlett au début de l'après-midi et attendait pour se retirer que la dernière visiteuse fût partie, privant ainsi les dames du plaisir de discuter en groupe et de se livrer au jeu des suppositions, ce qui d'ailleurs n'allait pas sans soulever quelque indignation. Ces visites constituaient une épreuve particulièrement pénible pour Scarlett, mais elle n'osait pas refuser à Mélanie de s'y rendre avec elle. Ça lui était odieux de s'asseoir au milieu d'un essaim de femmes qui se demandaient en secret si Scarlett avait bien été surprise en flagrant délit d'adultère. Ça lui était odieux de savoir que ces femmes ne lui eussent point adressé la parole si elles n'avaient pas aimé Mélanie et craint de perdre son amitié. Pourtant Scarlett comprenait qu'après l'avoir reçue chez elles ces femmes ne pouvaient plus faire celles qui ne la connaissaient pas.

Que l'on fût pour ou contre Scarlett, sa personne en fait n'entrait guère en ligne de compte et c'était bien là l'indice de la piètre estime en laquelle on la tenait. « Elle ne vaut pas cher », telle était l'opinion générale. Scarlett s'était fait trop d'ennemis pour avoir beaucoup de défenseurs. Ses paroles et ses actes avaient ulcéré trop de cœurs pour que les gens dans l'ensemble s'inquiétassent des conséquences que ce scandale pouvait avoir pour elle. Par contre, tout le monde tenait énormément à ne pas nuire à Mélanie ou à India, et c'était bien plus autour d'elles qu'autour de Scarlett que se déchaînait la tempête concentrée sur une seule question « India a-t-elle menti ? »

Ceux qui partageaient le point de vue de Mélanie soulignaient triomphalement que celle-ci ne quittait pas Scarlett d'une semelle. Quelle femme ayant les principes de Mélanie épouserait la cause d'une femme coupable, et surtout d'une femme qui se serait rendue coupable d'adultère avec son propre mari ? Non, ce n'était pas possible ! India n'était qu'une vieille fille au cerveau fêlé qui détestait Scarlett et avait inventé sur son compte toutes sortes de mensonges qu'elle avait fait accepter à Archie et à Mme Elsing.

Mais, demandaient les partisans d'India, si Scarlett n'est pas coupable, où donc est le capitaine Butler ? Pourquoi n'est-il pas ici auprès de sa femme à lui prêter son appui moral ? Il était impossible de répondre à cette question et, à mesure que les semaines passaient et que se répandait le bruit de la grossesse de Scarlett, augmentait la satisfaction des tenants d'India. Cet enfant ne pouvait pas être du capitaine Butler. On savait depuis trop longtemps que Rhett et Scarlett étaient des étrangers l'un pour l'autre et qu'ils faisaient chambre à part. La ville entière en était scandalisée depuis assez longtemps pour qu'on sût à quoi s'en tenir.

Ainsi les langues allaient leur train, divisant l'opinion en deux, divisant le clan pourtant si uni des Hamilton, des Wilkes, des Burr, des Whitman et des Winfield. Tous les membres de la famille étaient forcés de prendre parti. Il n'y avait pas de terrain neutre. Mélanie avec sa dignité glacée et India avec son amertume et ses propos acerbes y veillaient d'ailleurs. Cependant, de quelque côté que se rangeassent les divers parents, ils en voulaient tous à Scarlett d'avoir été une cause de rupture au sein de la famille. Ils estimaient qu'elle n'en valait pas la peine. Ils déploraient également qu'India eût assumé la responsabilité de laver en public le linge sale de ses proches et d'impliquer Ashley dans un scandale aussi déshonorant. Toutefois, maintenant qu'India avait parlé, nombreux étaient ceux qui prenaient sa défense contre Scarlett, soutenue à son tour par les partisans de Mélanie.

La moitié d'Atlanta était ou se prétendait alliée à Mélanie ou à India. Les cousins, cousins germains, issus de germains, ou cousins à la mode de Bretagne se ramifiaient à l'infini et il fallait être un Georgien de pure souche pour se reconnaître au milieu de ce lacis inextricable. Tous ces gens avaient l'esprit de clan poussé au plus haut point. Aux époques difficiles ils formaient le carré et, quelle que fût l'opinion de chacun sur les autres membres de la tribu, ils présentaient à l'ennemi un front que rien ne pouvait entamer. A l'exception de la guérilla menée par tante Pitty contre l'oncle Henry et dont les épisodes avaient été pendant des années un sujet de plaisanteries dans la famille, il n'y avait jamais eu de brèche ouverte entre ces gens. Bien élevés, tranquilles et réservés, il ne leur arrivait même jamais de se prendre gentiment de bec comme cela se produisait dans la plupart des familles d'Atlanta.

Désormais ils étaient pourtant divisés et l'on vit des cousins au cinquième et au sixième degré prendre parti dans le plus beau scandale qu'Atlanta eût jamais connu. Cela mit à rude épreuve le tact et la patience de l'autre moitié de la ville, car la querelle d'India et de Mélanie sema le trouble dans tous les cénacles. Les Amis de Thalie, le Cercle de Couture pour les Veuves et les Orphelins de la Confédération, l'Association pour l'Embellissement des tombes de nos Glorieux Morts, le Cercle musical du Samedi soir, la Société des réunions dansantes et la Bibliothèque des jeunes hommes, toutes ces organisations eurent à pâtir de cette dispute. Il en alla de même pour quatre églises, leurs dames auxiliatrices et leurs sociétés de missions paroissiales. Il fallut faire très attention de ne pas mettre dans les mêmes comités des membres des factions opposées. Lorsque venaient leurs jours de réception, les dames d'Atlanta étaient dans leurs petits souliers de quatre heures à six heures de l'après-midi, car elles redoutaient que Mélanie et Scarlett ne leur rendissent visite au moment précis où des partisans d'India se trouveraient assis dans leur salon.

De toute la famille, ce fut la pauvre tante Pitty qui eut le plus à pâtir de cet état de choses. Pitty, qui désirait uniquement mener une vie confortable entourée de l'affection des siens, eût bien voulu ménager la chèvre et le chou, mais ni la chèvre ni le chou ne le lui permirent.

India habitait chez elle et si elle se rangeait du côté de Mélanie ainsi qu'elle l'eût aimé, India la quitterait, et si India la quittait, que deviendrait cette malheureuse Pitty? Elle ne pouvait pas vivre seule. Elle en serait alors réduite à prendre une inconnue chez elle ou à s'en aller vivre chez Scarlett. Tante Pitty devinait vaguement que le capitaine Butler ne s'opposerait pas à ce projet. Ou bien encore, elle irait se réfugier chez Mélanie et coucherait dans le réduit qui servait de chambre à Beau. Pitty ne débordait point d'amour pour India. India l'intimidait avec ses manières sèches et guindées et ses convictions passionnées, mais, grâce à elle, Pitty pouvait continuer d'avoir ses aises et, comme Pitty obéissait toujours plus à des considérations de cet ordre qu'à des considérations d'ordre moral, India resta.

Néanmoins, sa présence chez tante Pitty attira tous les orages sur la tête de cette dernière, car Scarlett et Mélanie en conclurent toutes deux que leur tante épousait la querelle d'India. Scarlett refusa sèchement de contribuer à l'entretien de Pitty tant qu'India vivrait sous son toit. Chaque semaine Ashley envoyait de l'argent à sa sœur, mais chaque semaine India le lui retournait au grand désespoir de la vieille demoiselle. La situation financière de la maison de briques rouges eût été lamentable sans l'intervention de l'oncle Henry, qui força Pitty à accepter son aide quoi qu'il en coutât à la malheureuse.

Mélanie était la personne que Pitty aimait le mieux au monde après elle-même, or Melly se conduisait désormais comme une étrangère froide et polie. Bien que son jardin touchât celui de tante Pitty, elle ne franchissait plus jamais la haie de clôture alors que cela lui arrivait jadis une douzaine de fois par jour.

Pitty allait lui rendre visite, pleurait, protestait de son amour et de son attachement, mais Mélanie se dérobait et ne lui rendait pas ses visites.

Pitty savait fort bien ce qu'elle devait à Scarlett. En fait, elle lui devait presque l'existence. Dans les jours sombres qui avaient suivi la guerre, alors que Pitty avait le choix entre s'adresser à son frère Henry ou mourir de faim, Scarlett avait fait marcher sa maison, l'avait nourrie, vêtue, et lui avait permis de tenir son rang dans la société d'Atlanta. Et, depuis que Scarlett s'était remariée et s'était installée chez elle, elle s'était montrée la générosité même. Et le capitaine Butler, si impressionnant, si séduisant! Souvent, lorsqu'il lui avait rendu visite avec Scarlett, Pitty trouvait sur une console un porte-monnaie flambant neuf bourré de billets de banque, ou des mouchoirs de dentelle noués aux quatre coins et remplis de pièces d'or, qu'une main adroite avait glissés dans sa boîte à ouvrage. Rhett jurait ses grands dieux qu'il ne savait pas d'où venaient ces présents et accusait Pitty, d'une manière bien peu raffinée, d'avoir un admirateur secret. En général, c'était au vieux et moustachu grand-père Merriwether qu'il s'en prenait.

Oui, Pitty devait à Mélanie d'être aimée, à Scarlett d'être à l'abri du besoin et, à India, que devait-elle? Rien, sinon que la présence d'India lui évitait de renoncer à ses habitudes douillettes et de prendre elle-même des décisions. Tout cela était si désespérant et tellement, tellement bas que Pitty, qui, de toute sa vie, n'avait jamais pris une décision elle-même, laissa aller les choses et passa beaucoup de temps à verser des larmes que nul ne séchait.

En fin de compte, certaines personnes crurent de bonne foi à l'innocence de Scarlett, non pas à cause de son mérite personnel, mais uniquement parce que Mélanie avait confiance en elle. D'autres firent des réserves, mais se montrèrent fort courtoises envers Scarlett et lui rendirent visite parce qu'elles aimaient Mélanie et ne tenaient pas à perdre son affection. Les partisans d'India saluaient Scarlett avec froideur et un tout petit nombre d'entre eux feignaient de ne pas la connaître. Devant ceux-là, Scarlett se sentait à la fois gênée et furieuse, mais elle se rendait compte que, sans Mélanie et sa prompte parade, la ville entière lui eût tourné le dos et elle eût été mise au ban de la société.

LVI

Rhett fut absent trois mois et, pendant tout ce temps, Scarlett n'eut pas un mot de lui. Elle ne sut ni où il était, ni quelle serait la durée de son absence. En fait, elle ignora complètement s'il reviendrait jamais. Au cours de ces trois mois, elle vaqua à ses occupations la tête haute et le cœur meurtri. Elle ne se sentait pas bien, mais, poussée par Mélanie, elle alla chaque jour au magasin et essaya de s'intéresser à la gestion des scieries. Néanmoins, pour la première fois, le magasin ne présenta plus aucun attrait pour elle, et, bien qu'on y traitât trois fois plus d'affaires que l'année précédente et que l'argent affluât, elle ne s'y intéressa pas et se montra brutale avec les employés. La scierie de Johnnie Gallegher marchait à plein rendement et les bois entreposés au chantier étaient facilement écoulés, mais rien de ce que faisait ou disait Johnnie ne plaisait à Scarlett. Aussi Irlandais qu'elle, Johnnie finit par se mettre dans une colère épouvantable à force d'être rabroué et menaça de donner sa démission après une longue tirade qui s'acheva sur ces mots : « Et puis allez donc au diable, m'dame, avec la malédiction de Cromwell par-dessus le marché. »

Pour l'apaiser, Scarlett en fut réduite à lui faire les excuses les plus plates.

Elle n'alla jamais à la scierie d'Ashley et évita de se rendre au chantier quand elle pensait qu'il s'y trouvait. Elle ne pouvait pas se dérober aux invitations de Mélanie et elle savait que sa présence constante sous son toit le mettait au supplice, car il faisait tout pour la fuir. Ils n'avaient jamais l'occasion de se parler seuls et pourtant Scarlett brûlait de lui poser certaines questions. Elle aurait voulu apprendre s'il la détestait et ce qu'il avait dit exactement à Mélanie, mais il la tenait à distance, et par son attitude lui laissait entendre qu'il ne tenait pas à s'entretenir avec elle. Le spectacle de son visage vieilli et tourmenté par le remords l'accablait davantage et le fait que la scierie dirigée par lui perdait chaque semaine de l'argent était une nouvelle source de réflexions amères qu'elle était obligée de garder pour elle.

L'impuissance d'Ashley en face de la situation présente lui était pénible. Elle ignorait ce qu'il pouvait faire pour arranger un peu les choses, mais elle sentait qu'il aurait dû agir. Rhett, lui, eût fait quelque chose. Rhett faisait toujours quelque chose, même s'il se trompait et, malgré elle, Scarlett en avait du respect pour lui.

Maintenant que sa rage était tombée, Rhett commençait à lui manquer et, à mesure que les jours passaient sans apporter de nouvelles de lui, il lui manquait de plus en plus. Comme un corbeau venu se percher sur son épaule, le découragement s'était emparé de Scarlett plongée par le départ de Rhett dans un chaos de ravissement, de colère, de douleur et d'orgueil blessé. Il lui manquait, comme lui manquaient sa façon désinvolte de raconter des anecdotes qui la faisaient éclater de rire, son sourire moqueur qui ramenait ses soucis à leurs justes proportions et même ses sarcasmes qui la piquaient au vif et la mettaient en colère. Elle regrettait surtout de ne pas pouvoir lui raconter ses petites aventures. Sous ce rapport, Rhett était parfait. Elle pouvait lui dire n'importe quoi sans rougir. Elle pouvait s'enorgueillir devant lui d'avoir écorché ses clients et, au lieu de prendre un air choqué comme les autres personnes quand elle leur parlait de cela, il était le premier à la féliciter.

Sans lui et sans Bonnie, elle se trouvait très seule. L'enfant lui manquait beaucoup plus qu'elle n'aurait cru. Obsédée par les dernières paroles de Rhett au sujet de Wade et d'Ella, elle essaya de consacrer quelques-uns de ses loisirs à son fils et à sa fille. Mais ce fut peine perdue. Les paroles de Rhett et les réactions des enfants lui ouvrirent les yeux. La vérité était là, surprenante, exaspérante. Lorsque ses enfants étaient encore tout petits, elle avait été trop prise, trop préoccupée par des questions d'argent, trop sèche et trop facilement irritable pour gagner leur confiance ou leur affection. Et maintenant, ou bien il était trop tard pour pénétrer leurs petites âmes cachées, ou bien elle n'en avait ni la patience ni la sagesse.

Ella ! Cela avait beau ennuyer Scarlett, elle était bien forcée de constater qu'Ella n'était pas intelligente. Elle était incapable de prêter attention à ce qu'elle faisait plus longtemps qu'un oiseau ne reste posé sur une branche et, même lorsque Scarlett lui racontait une histoire, son esprit s'échappait, elle interrompait sa mère par des questions qui n'avaient aucun rapport avec le récit et oubliait ce qu'elle avait demandé bien avant que Scarlett eût trouvé une explication. Quant à Wade... peut-être Rhett avait-il raison. Peut-être avait-il peur de sa mère. C'était anormal et Scarlett en souffrait. Pourquoi son fils, son seul fils, aurait-il peur d'elle ? Chaque fois qu'elle essayait de le faire parler, il fixait sur elle ses yeux bruns et doux hérités de Charles et, gêné, il se tortillait sur sa chaise ou se balançait d'un pied sur l'autre. Cependant, avec Mélanie, il n'arrêtait pas de jacasser et sortait de sa poche toutes sortes de choses pour les lui montrer, depuis des vers à appâter jusqu'à de vieux bouts de ficelle.

Mélanie savait s'y prendre avec les gosses. On ne pouvait pas lui enlever ce mérite. Son petit Beau était le garçon le mieux élevé et le plus adorable d'Atlanta. Scarlett s'entendait mieux avec lui qu'avec son propre fils parce que le petit Beau ne se laissait pas intimider par les grandes personnes et, chaque fois qu'il la voyait, il grimpait sur ses genoux sans attendre son invitation. Quel beau petit bonhomme tout blond ! On aurait dit Ashley ! Si seulement Wade était comme Beau... Bien entendu, Mélanie avait beau jeu avec lui, car il était fils unique et elle n'avait ni les soucis, ni les préoccupations de sa belle-sœur. Du moins était-ce là l'excuse que se donnait Scarlett, mais en conscience elle était obligée d'admettre que Mélanie aimait les enfants et eût été enchantée d'en avoir une douzaine. Comme cette joie lui était refusée, la tendresse dont elle débordait s'étendait sur Wade et sur les rejetons de ses amis.

Scarlett ne devait jamais oublier le coup qu'elle avait reçu le jour où, s'étant fait conduire en voiture chez Mélanie pour chercher Wade, elle avait remonté l'allée du jardin et avait entendu son fils imiter avec succès le cri des rebelles... son fils qui chez elle était toujours tranquille comme une souris. Et, venant courageusement à la rescousse, Beau à son tour avait poussé le cri de sa petite voix pointue. Lorsque Scarlett était entrée dans le salon, elle avait trouvé les deux garçons en train de charger le sofa avec des sabres de bois. Tout penauds, ils s'étaient tus en la voyant, et Mélanie, riant, remettant ses épingles à cheveux et relevant ses boucles, s'était levée de derrière le sofa où elle était pelotonnée.

— C'est Gettysburg, avait-elle expliqué. Je fais les Yankees et je me trouve en bien fâcheuse posture. Voici le général Lee et le général Pickett, avait-elle ajouté en désignant d'abord Beau et en posant la main sur l'épaule de Wade.

Oui, Mélanie savait s'y prendre avec les enfants et Scarlett ne connaîtrait jamais son secret.

« En tout cas, pensait-elle, Bonnie a de l'affection pour moi et elle aime que nous jouions ensemble. »

Mais, là encore, elle était obligée de reconnaître que Bonnie aimait infiniment mieux Rhett qu'elle-même. Dire qu'elle ne reverrait jamais plus Bonnie! Étant donné le manque de nouvelles, il se pouvait fort bien que Rhett fût en Perse ou en Égypte et qu'il eût l'intention de s'y fixer pour toujours.

Lorsque le docteur Meade lui eut dit qu'elle était enceinte, elle fut frappée de stupeur, car elle s'était attendue à ce que le vieux praticien diagnostiquât une révolution de bile accompagnée de dépression nerveuse. Elle se rappela aussitôt sa nuit ardente et ce souvenir la fit rougir jusqu'aux oreilles. Ainsi, un enfant allait être le fruit de ces moments d'extase! Tant pis pour ce qui s'était passé après! Si seulement ça pouvait être un garçon. Un beau garçon, et non pas une petite chiffe molle comme Wade. Comme elle l'aimerait! Comme elle serait heureuse maintenant qu'elle avait le temps de se consacrer à un bébé et tout l'argent qu'il fallait pour lui faciliter l'existence! Elle eut un désir fou d'écrire à Rhett chez sa mère à Charleston pour lui apprendre la nouvelle. Bonté divine! Maintenant il était temps qu'il revînt chez lui. Et s'il ne revenait pas avant la naissance de l'enfant? Elle ne pourrait jamais expliquer son absence. Mais d'un autre côté, si elle lui écrivait, il se figurerait qu'elle avait envie de le revoir et il s'amuserait bien. Non, pour rien au monde il ne devait penser qu'elle avait envie de le revoir ou qu'elle avait besoin de lui.

Elle se félicita d'avoir résisté à cette impulsion lorsque les premières nouvelles de Rhett arrivèrent sous la forme d'une lettre de tante Pauline de Charleston, où Rhett devait être descendu chez sa mère. Quel soulagement de savoir qu'il n'avait pas quitté les États-Unis! Il y avait pourtant de quoi se mettre en colère en lisant la lettre de tante Pauline. Rhett était allé lui présenter Bonnie, ainsi qu'à tante Eulalie, et elle ne tarissait pas d'éloges sur le père et l'enfant.

« Une si belle petite! Lorsqu'elle sera grande, ce sera certainement une beauté et elle aura tous les hommes à ses pieds. Mais, tu sais, je suppose que celui qui s'avisera de lui faire la cour devra compter avec le capitaine Butler, car je n'ai jamais vu père aussi attaché à son enfant. Maintenant, ma chère, je veux t'avouer quelque chose. Jusqu'à ce que j'aie fait la connaissance du capitaine Butler, j'avais estimé que ton mariage était une terrible mésalliance, car, évidemment, on n'avait entendu dire que du mal de lui et tout le monde plaignait sa famille. En fait, Eulalie et moi, nous ne savions même pas si nous devions le recevoir... mais, après tout, la chère enfant est notre petite-nièce. Lorsqu'il est venu, nous avons été surprises, fort agréablement surprises, et nous avons compris combien il était peu chrétien d'ajouter foi à tous les commérages. Le capitaine est un homme charmant. Il est également fort bien de sa personne et nous l'avons trouvé aussi sérieux que distingué. Et il a tant d'affection pour toi et pour l'enfant.

« Maintenant, ma chère, il faut que je te parle de quelque chose qui nous est revenu aux oreilles... quelque chose qu'Eulalie et moi nous nous sommes refusées à croire tout d'abord. Nous avons entendu dire, évidemment, que tu t'occupais parfois du magasin que M. Kennedy t'a laissé. Nous avons recueilli certains bruits sur ton compte, mais évidemment nous n'avons pas voulu y croire. Nous avons très bien compris qu'en ces jours terribles qui ont suivi la guerre tu ne pouvais peut-être pas agir autrement, les conditions étant ce qu'elles étaient. Mais, aujourd'hui, rien ne te force à adopter pareille conduite. Je sais que le capitaine Butler est tout à fait à son aise et, en outre, il est des plus qualifiés pour mener tes affaires ou gérer tes intérêts. Il était indispensable que nous missions les choses au point, que nous en eussions le cœur net et nous nous sommes vues dans l'obligation de poser sans ambages au capitaine Butler certaines questions qui nous ont été des plus pénibles à tous.

« Il nous a dit à contrecœur que tu passais toutes tes matinées au magasin et que tu ne permettais à personne de toucher à tes livres de comptes. Il a reconnu également que tu avais des intérêts dans une scierie ou des scieries (nous n'avons guère insisté sur ce point, tant nous étions bouleversées par cette nouvelle). Il nous a raconté que tes affaires t'obligeaient à effectuer en voiture de longues randonnées toute seule ou en compagnie d'un ruffian qui, le capitaine Butler nous l'a affirmé, est un assassin. Nous avons pu constater combien tout cela lui déchire le cœur et nous pensons qu'il est bien indulgent... en fait nous le trouvons un mari beaucoup trop indulgent. Scarlett, il faut que cela cesse. Ta mère n'est plus là pour te l'ordonner, et c'est à moi de prendre sa place. Songe à ce que diront tes enfants lorsqu'ils seront plus grands et qu'ils verront que tu exerces un métier! Comme ils seront mortifiés de savoir que tu es exposée aux insultes d'hommes grossiers et aux dangers des commérages! Une attitude si peu féminine... »

Scarlett poussa un juron et lança la lettre par terre sans achever de la lire. Elle voyait tante Pauline et tante Eulalie passant ses actions au crible dans leur maison délabrée de « La Batterie » de Charleston. Oubliaient-elles donc qu'elles mourraient de faim sans le chèque qu'elle leur envoyait tous les mois? Une attitude si peu féminine? Bon Dieu, sans cette attitude si peu féminine, tante Pauline et tante Eulalie n'auraient probablement plus de toit pour les abriter. Et ce maudit Rhett qui était allé leur parler du magasin, des livres de comptes et des scieries! Il avait parlé à contrecœur! Ah! ouiche! Scarlett savait fort bien tout le plaisir qu'il avait pris à se faire passer aux yeux des vieilles dames pour un mari et pour un père aimant. Comme il avait dû se repaître de leur effarement lorsqu'il leur avait décrit la vie menée par sa femme et ses occupations au magasin, aux scieries et au café. Quel démon! Pourquoi donc recherchait-il des plaisirs aussi pervers?

Mais cet accès de rage ne tarda pas à se transformer en apathie. La vie avait si peu de charmes pour Scarlett depuis quelque temps. Si seulement elle pouvait retrouver tout ce qu'elle aimait en Ashley... Si seulement Rhett pouvait revenir la faire rire!

Le père et la fille rentrèrent sans crier gare. Un beau jour, Scarlett entendit le bruit sourd des valises déposées dans un coin du hall d'entrée et la voix de Bonnie qui appelait : « Maman! »

Scarlett sortit en hâte de sa chambre et se précipita au haut de l'escalier. Portée par ses jambes courtes et potelées, Bonnie avait bien du mal à gravir les marches. Elle serrait contre sa poitrine un petit chat mélancolique au pelage zébré. « Grand-mère me l'a donné! » s'exclama-t-elle en empoignant le chat par la peau du cou.

Scarlett prit sa fille dans ses bras et l'embrassa. Elle était enchantée que la présence de l'enfant lui évitât de se retrouver seule avec Rhett. Regardant par-dessus la tête de Bonnie, elle le vit qui réglait le cocher. Il se détourna, aperçut Scarlett et se découvrit d'un geste large tout en s'inclinant. Scarlett rencontra ses yeux noirs et son cœur sauta dans sa poitrine. Qu'importait ce qu'il était, qu'importait ce qu'il avait fait, il était de retour et elle était heureuse.

— Où est Mama ? demanda Bonnie en se trémoussant à tel point que Scarlett fut obligée de la poser par terre.

Ça n'allait pas être aussi facile qu'elle l'avait cru d'accueillir Rhett avec la désinvolture qui convenait et de lui apprendre qu'elle attendait un bébé. Il montait l'escalier et elle ne quittait pas des yeux son visage basané, son visage si indifférent, si fermé, si impénétrable. Non, elle attendrait un autre moment pour lui parler. Elle ne pouvait pas lui annoncer la nouvelle comme cela. Et pourtant, c'était au mari à être informé le premier de l'événement, à en être informé tout de suite. Les maris étaient toujours ravis d'apprendre ces choses-là. Pourtant Scarlett avait l'impression que ça ne ferait aucun plaisir à Rhett.

Elle restait là, sur le palier, appuyée à la rampe, et elle se demandait s'il allait l'embrasser. Mais il n'en fit rien. Il se contenta de dire : « Vous êtes pâle, madame Butler, manquerait-on de rouge à Atlanta ? »

Pas un mot pour lui dire qu'elle lui avait manqué, ne fût-ce que par simple politesse. Et il aurait pu au moins l'embrasser devant Mama, qui, après une courte révérence, s'était emparée de Bonnie pour l'emmener à la nursery. Rhett se tenait à côté de Scarlett et l'examinait d'un regard nonchalant.

— Cette pâleur signifierait-elle que je vous ai manqué ? interrogea-t-il, un sourire aux lèvres, mais les yeux sévères.

Alors, c'était cela l'attitude qu'il avait l'intention d'adopter. Il allait être aussi odieux que d'habitude. Soudain l'enfant qu'elle portait, l'enfant dont l'existence lui avait causé tant de joie, se changea pour elle en un fardeau écœurant et cet homme, campé devant elle, son large panama sur la hanche, devint son ennemi le plus cruel, la cause de tous ses maux. Il y eut quelque chose de venimeux dans les yeux de Scarlett, lorsqu'elle lui répondit, une expression qui pouvait si peu tromper que Rhett abandonna son sourire.

— Si je suis pâle, c'est votre faute, ce n'est pas parce que vous m'avez manqué, espèce d'être prétentieux! C'est parce que...

Oh! elle n'avait pas voulu lui apprendre ainsi la nouvelle, mais les paroles montaient à ses lèvres, et elle parla sans se soucier des domestiques qui pouvaient l'entendre : « C'est parce que je vais avoir un bébé! » Rhett en eut le souffle coupé et enveloppa Scarlett d'un regard rapide. Il avança d'un pas comme pour poser la main sur le bras de Scarlett, mais celle-ci se recula et ses yeux exprimèrent tant de haine que les traits de Rhett se durcirent.

— Vraiment! fit-il d'un ton glacial. Et qui est l'heureux père? Ashley?

Scarlett se retint au pilastre de la rampe et s'y cramponna jusqu'à ce que les oreilles du lion sculpté dans le bois s'enfonçassent douloureusement dans sa paume. Elle avait beau connaître Rhett à fond, elle ne pouvait pas s'attendre à cette insulte. Bien entendu, il plaisantait, mais il y avait des plaisanteries trop monstrueuses pour être tolérées. Elle aurait voulu lui enfoncer ses ongles pointus dans les yeux et éteindre cette lueur étrange qu'elle y voyait briller.

— Que le diable vous emporte! commença-t-elle, la voix tremblante de colère. Vous... vous savez bien que cet enfant est de vous, mais je n'en veux pas plus que vous. Aucune femme ne voudrait avoir un enfant d'un goujat comme vous. Je voudrais... oh! mon Dieu, je voudrais qu'il soit de n'importe qui, mais pas de vous!

Elle vit son visage bronzé s'altérer soudain sous l'effet de la colère et de quelque chose qu'il lui était impossible d'analyser. Ses traits se contractèrent comme si on l'avait piqué.

— Ça y est! se dit-elle avec une satisfaction qu'attisait la rage. Ça y est, je l'ai touché au bon endroit!

Mais de nouveau un masque impassible recouvrit le visage de Rhett, qui caressa un côté de sa moustache.

— Ne vous inquiétez pas! fit-il en pivotant sur les talons. Vous aurez peut-être une fausse couche.

Pendant un moment, la tête lui tourna, elle songea à ce qu'était la maternité, avec ses nausées, son attente monotone, ses tailles épaissies, ses heures de souffrances, toutes ces choses dont un homme ne pouvait pas se rendre compte. Et Rhett osait plaisanter. Elle allait lui planter ses griffes dans la chair. Il n'y avait que la vue du sang sur son visage sombre pour calmer sa douleur. Prompte comme une chatte, elle s'élança sur Rhett, mais lui, d'un mouvement souple, l'évita et allongea le bras pour la repousser. Elle se trouvait alors au bord de l'escalier fraîchement encaustiqué et le corps projeté en avant pour bondir sur Rhett, elle buta contre son bras et perdit l'équilibre. D'une détente désespérée, elle essaya de se rattraper au pilastre, mais elle le manqua. Elle tomba à la renverse, rebondit sur les marches, ressentit un élancement aigu au côté et, trop hébétée pour se retenir, elle roula jusqu'au bas de l'escalier.

C'était la première fois que Scarlett était malade en dehors de ses accouchements, et encore ne pouvait-elle guère ranger ceux-ci parmi les maladies. Un accouchement, en fait, ça ne comptait pas. Lorsqu'elle avait eu ses enfants, elle ne s'était jamais sentie désemparée, elle n'avait jamais eu peur comme maintenant, où sa faiblesse et les souffrances qu'elle endurait l'effrayaient. Elle savait qu'elle était plus malade qu'on n'osait le lui dire et elle se rendait compte confusément qu'elle allait peut-être mourir. Chaque fois qu'elle respirait, sa côte brisée lui donnait comme un coup de poignard. Son visage contusionné et sa tête lui faisaient mal et tout son corps était la proie des démons qui lui arrachaient les chairs avec des pinces brûlantes, lui tailladaient les membres à l'aide de couteaux ébréchés et la laissaient pendant de courts intervalles si pantelante qu'elle n'avait pas le temps de se ressaisir avant leur retour. Non, un accouchement n'avait rien de comparable à cela. Deux heures après la naissance de Wade, d'Ella ou de Bonnie, elle avait mangé de bon appétit, mais maintenant il n'y avait que l'eau fraîche qui ne lui donnait pas la nausée.

Comme c'était facile d'avoir un enfant et comme c'était pénible de n'en pas avoir! C'était étrange cette douleur qu'elle avait éprouvée au milieu de ses souffrances lorsqu'elle avait appris qu'elle n'aurait pas cet enfant. C'était encore plus étrange de penser que cet enfant était le premier auquel elle eût réellement tenu. Elle chercha à savoir pourquoi elle y tenait, mais son esprit était trop las pour réfléchir, pour penser à autre chose qu'à la crainte de la mort. La mort rôdait dans la chambre, et elle n'avait pas la force de lui tenir tête, de la repousser, et elle avait peur. Elle voulait quelqu'un de fort à ses côtés, quelqu'un pour lui tenir la main et combattre la mort à sa place jusqu'à ce qu'elle eût assez de vigueur pour poursuivre elle-même la lutte.

La souffrance avait étouffé son ressentiment et elle avait besoin de Rhett, mais il n'était pas là et elle ne pouvait se résoudre à le demander.

Le dernier souvenir qu'elle avait de lui, c'était celui de son visage blafard, décomposé par l'épouvante quand il l'avait relevée au bas de l'escalier et qu'il avait appelé Mama d'une voix étranglée. Elle se rappelait aussi qu'on l'avait transportée dans sa chambre, que la douleur s'était faite de plus en plus vive, que la pièce s'était emplie d'un bourdonnement de voix entrecoupé par les sanglots de tante Pitty et les ordres brefs du docteur Meade. Elle avait entendu des pas précipités dans l'escalier et dans le couloir, et puis, comme à la lueur aveuglante d'un éclair, elle avait compris que la mort était là. Dans sa terreur, elle avait essayé de crier un nom et son cri s'était mué en un faible soupir.

Pourtant, ce soupir désespéré avait éveillé un écho dans l'obscurité qui l'enveloppait et la voix douce de la personne qu'elle avait appelée s'éleva sur un ton de berceuse : « Je suis là, ma chérie. J'ai été là tout le temps. »

Chaque fois que Mélanie lui prenait la main et la posait contre sa joue fraîche, la mort et l'angoisse s'éloignaient peu à peu. Scarlett essayait de se tourner pour voir Mélanie, mais elle ne pouvait pas. Melly allait avoir un enfant et les Yankees arrivaient. La ville était en flammes et il fallait se presser. Vite! Vite! Mais Melly attendait son bébé et elle ne pouvait pas se presser. Il fallait rester à côté d'elle jusqu'à ce que l'enfant fût né, et il fallait être forte parce que Melly avait besoin de la force de Scarlett. Melly souffrait tant... on la tiraillait avec des pinces brûlantes, on la tailladait avec des couteaux ébréchés, par moments la douleur la recouvrait comme une vague. Il fallait tenir la main de Melly.

Mais le docteur Meade était là en somme, il était venu bien que les blessés entassés dans la gare eussent besoin de lui. Mais oui, il était là puisqu'elle l'entendait dire : « Elle délire. Où est le capitaine Butler ? »

La nuit. L'obscurité. Puis le jour de nouveau. Tantôt elle allait avoir un bébé, tantôt c'était Mélanie qui hurlait de douleur, mais pourtant Melly ne la quittait pas. Ses mains étaient fraîches. Elle ne gesticulait pas, elle ne sanglotait pas comme tante Pitty. Chaque fois que Scarlett ouvrait les yeux elle disait : « Melly », et la voix lui répondait. Elle était alors sur le point de murmurer : « Rhett... je veux Rhett! » mais elle se rappelait comme dans un rêve que Rhett ne voulait pas d'elle, que Rhett avait un visage foncé comme celui d'un Indien et qu'il ricanait en découvrant ses dents blanches. Elle le voulait et lui ne voulait pas d'elle. Elle demanda : « Melly ? » et la voix de Mama lui répondit : « C'est moi, mon enfant », et

Mama lui posa un linge froid sur le front. Scarlett s'agita et appela sans cesse : « Melly... Mélanie », cependant Mélanie ne venait toujours pas, car elle était assise au bord du lit de Rhett et Rhett, ivre et gémissant, était à demi étalé sur le plancher et sanglotait, la tête enfouie dans les jupes de Mélanie.

Chaque fois que Mélanie était sortie de chez Scarlett, elle avait vu Rhett assis sur son lit, la porte grande ouverte, les yeux fixés sur la porte de l'autre côté du couloir. Sa chambre était en désordre, jonchée de bouts de cigares et de plats auxquels il n'avait pas touché. Le lit n'était pas fait et Rhett, la barbe longue, le visage ravagé, y passait son temps et fumait sans arrêt. Il ne posait jamais de questions lorsqu'il apercevait Mélanie. La jeune femme s'avançait jusqu'au seuil de sa chambre et lui communiquait brièvement les nouvelles : « Je suis désolée, mais elle va plus mal », ou bien : « Non, elle ne vous a pas encore demandé. Vous comprenez, elle a le délire » ou encore : « Il ne faut pas désespérer, capitaine Butler. Laissez-moi vous préparer du café chaud et quelque chose à manger. Vous allez vous rendre malade. »

Mélanie souffrait pour lui. Il lui faisait de la peine bien qu'elle fût trop exténuée et qu'elle eût trop sommeil pour ressentir quoi que ce fût. Comment les gens pouvaient-ils dire tant de mal de lui ? Comment pouvaient-ils prétendre qu'il n'avait pas de cœur, qu'il était foncièrement méchant, qu'il n'était pas fidèle à Scarlett quand elle le voyait maigrir sous ses yeux, quand elle voyait son visage bouleversé ? Épuisée comme elle l'était, elle s'efforçait malgré tout de redoubler de gentillesse pour lui lorsqu'elle lui donnait des nouvelles de la malade. Il avait l'air d'un damné qui attend le jugement... Il ressemblait à un enfant plongé dans un monde hostile. Mais, pour Mélanie, tout le monde faisait figure d'enfant.

Quand, le cœur débordant de joie, elle vint enfin lui annoncer que Scarlett allait mieux, elle ne se doutait guère de ce qui l'attendait. Sur la table de nuit, il y avait une bouteille de whisky à moitié vide et la chambre empestait l'alcool. Il leva sur Mélanie un regard vitreux et les muscles de ses joues se mirent à trembler malgré ses efforts pour se dominer.

— Elle est morte ?

— Oh! non. Elle va beaucoup mieux.

Il dit : « Oh! mon Dieu! » et se prit la tête à deux mains. Mélanie vit un frisson nerveux parcourir ses larges épaules et, tandis qu'elle promenait sur lui un regard apitoyé, sa pitié se transforma en effroi, car elle s'aperçut qu'il pleurait. Mélanie n'avait jamais vu pleurer un homme, et Rhett, si aimable, si moqueur, toujours si sûr de lui, était bien le dernier qu'elle eût pensé trouver dans cet état.

Il pleurait à gros sanglots et le bruit qu'il faisait effrayait Mélanie. Elle était terrifiée à l'idée qu'il était ivre, car elle avait une peur instinctive des ivrognes. Pourtant, lorsqu'il releva la tête et qu'elle surprit l'expression de son regard, elle entra dans la chambre, referma doucement la porte et s'approcha de Rhett. Non, elle n'avait jamais vu pleurer un homme, mais elle avait séché les larmes de bien des enfants. A peine lui eut-elle posé une main apaisante sur l'épaule que les bras de Rhett se nouèrent autour de sa taille. Sans savoir ce qui lui arrivait, elle se retrouva assise sur le lit, tandis que Rhett, agenouillé par terre, posait la tête sur ses genoux et se cramponnait à elle avec tant de violence qu'il lui faisait mal.

Elle caressa gentiment ses cheveux noirs et dit : « Voyons! Voyons! Elle va se rétablir! » En entendant ces paroles, Rhett resserra son étreinte et se mit à parler avec une volubilité extraordinaire. Il s'exprimait d'une voix rauque et parlait, parlait, comme s'il se confiait à un tombeau qui ne livrerait jamais ses secrets. Pour la première fois de sa vie, il se montrait tel qu'il était. Impitoyable envers lui-même, il se confessa à Mélanie qui, d'abord, ne comprit rien et le traita absolument comme une mère traite son enfant. La tête dans son giron, il tirait sur les plis de sa jupe. Tantôt sa voix s'étranglait, s'étouffait, tantôt les mots qu'il prononçait parvenaient trop clairement aux oreilles de Mélanie. Il avouait tout, étalait sa turpitude. Il parlait de choses auxquelles nulle femme n'avait jamais fait allusion devant elle, il révélait des choses secrètes qui faisaient monter le rouge aux pommettes de Mélanie.

Heureuse de ne pas voir son visage, elle lui caressait la tête comme s'il eût été son petit Beau et elle lui disait : « Chut! capitaine Butler! Il ne faut pas raconter des choses comme ça! Vous n'êtes pas dans votre état normal! Chut! » Mais il ne s'arrêtait pas. C'était un véritable torrent qui sortait de ses lèvres et il restait cramponné à la robe de Mélanie comme si c'eût été sa dernière planche de salut. Il s'accusa d'actions qu'elle ne comprit pas. Il bredouilla le nom de Belle Watling et secoua la malheureuse Mélanie avec violence en s'écriant :

— J'ai tué Scarlett! Je l'ai tuée! Vous ne comprenez pas! Elle ne voulait pas cet enfant et...

— Taisez-vous! Vous n'êtes pas vous-même. Ne pas vouloir d'un enfant! Mais voyons, toutes les femmes veulent...

— Non! Non! Vous, vous voulez des enfants, mais pas elle. Pas mes enfants.

— Taisez-vous!

— Vous ne comprenez pas. Elle ne voulait pas d'enfant et je lui en ai fait un. Ce... cet enfant... c'est ma faute. Nous n'avions pas couché ensemble depuis...

— Chut, capitaine Butler! On ne dit pas ces...

— Et j'étais ivre, j'étais fou. Je voulais lui faire du mal... parce qu'elle m'en avait fait. Je voulais la... et j'y suis arrivé... mais elle ne voulait pas de moi. Elle n'a jamais éprouvé aucun sentiment pour moi, jamais. Et moi, pourtant, j'ai tout fait pour qu'elle m'aime... j'ai tout mis en œuvre... et...

— Oh! je vous en supplie!

— Je ne savais pas qu'elle était enceinte... J'ignorais tout... jusqu'à l'autre jour où... elle est tombée. Elle ne savait pas où j'étais pour m'écrire que... mais elle ne m'aurait pas écrit si elle avait eu mon adresse. Je vous dis... je vous dis que je serais rentré tout droit à la maison... si seulement j'avais su... oui, je serais rentré tout droit... qu'elle ait voulu de moi ou non...

— Oh! oui... je sais que vous seriez rentré!

— Bon Dieu, j'ai été fou, ces dernières semaines... fou, et je n'ai pas dessoulé! Et lorsqu'elle m'a dit, là, sur les marches... qu'ai-je fait? Qu'ai-je dit? J'ai ri et j'ai dit : « Ne vous inquiétez pas, vous allez peut-être avoir une fausse couche. » Et elle...

Soudain Mélanie devint blanche comme un linge et l'horreur lui agrandit les yeux. Elle regarda la tête noire posée sur ses genoux, cette tête qui s'agitait dans tous les sens sous l'empire de l'émotion. Par la fenêtre ouverte, le soleil de l'après-midi entrait à flots dans la pièce et Mélanie, comme si c'était la première fois qu'elle les voyait, remarqua combien les mains de Rhett étaient fortes et brunes sous les poils épais qui en recouvraient le dos. Malgré elle, elle eut un mouvement de recul. Ces mains-là semblaient faites pour voler ou pour étreindre. C'étaient des mains impitoyables et pourtant, agrippées aux plis de sa jupe, elles avaient l'air de deux objets brisés qui ne servaient plus à rien. Était-ce possible que Rhett eût entendu raconter l'absurde mensonge sur Scarlett et sur Ashley et qu'il fût jaloux après y avoir ajouté foi? C'était vrai, il avait quitté la ville dès que le scandale avait éclaté, mais... Non, ça ne pouvait pas être cela. Le capitaine Butler partait toujours en voyage à l'improviste. Il n'était pas homme à croire des commérages. Il était trop raisonnable. Si c'était cela, il eût essayé de tuer Ashley, ou au moins il eût demandé une explication.

Son attitude tenait seulement à ce qu'il s'était enivré après s'être rendu malade à force d'inquiétude. C'était une sorte de délire qui s'était emparé de lui. Il parlait à tort et à travers. Il ne savait pas ce qu'il disait. Les hommes ne supportaient pas aussi bien les épreuves que les femmes. Évidemment, il y avait eu quelque chose. Peut-être s'était-il un peu querellé avec Scarlett et son cerveau fatigué avait-il brodé sur ce thème? Peut-être certaines des choses terribles qu'il avait racontées étaient-elles exactes, mais elles ne pouvaient pas l'être toutes! Oh! non, en tout cas pas cette dernière! Aucun homme ne pouvait dire une chose pareille à une femme qu'il aimait aussi passionnément que celui-ci aimait Scarlett. Mélanie n'avait jamais vu le mal autour d'elle. Elle ignorait également la cruauté et, les voyant pour la première fois, elle les trouvait trop invraisemblables pour y croire. Rhett était ivre. Il était malade et il ne fallait pas contrarier les enfants malades.

— Allons! allons! dit-elle d'une voix apaisante. Maintenant, taisez-vous, je comprends!

Il releva brutalement la tête, fixa sur elle des yeux injectés de sang et repoussa les mains de Mélanie d'un geste farouche.

— Mais non, bon Dieu, vous ne comprenez pas! Vous ne pouvez pas comprendre! Vous êtes... vous êtes trop bonne pour comprendre. Vous ne me croyez pas, mais tout cela est vrai, et je suis un chien. Savez-vous pourquoi je l'ai fait? J'étais fou de jalousie. Elle ne m'a jamais aimé et je pensais toujours pouvoir l'amener à m'aimer. Mais elle ne m'a jamais aimé. Elle ne m'aime pas. Elle aime...

Son regard enflammé, son regard d'ivrogne rencontra celui de Mélanie et il s'arrêta net, la bouche ouverte, comme s'il se rendait compte pour la première fois à qui il parlait. Mélanie avait le visage blême et bouleversé, mais ses yeux incrédules et remplis de pitié restaient calmes et conservaient leur douceur. Il se dégageait d'eux une lumineuse sérénité et l'innocence que recelaient leurs brunes profondeurs frappa Rhett comme un coup au visage, dissipa en partie les fumées de l'alcool qui lui obscurcissaient l'esprit, retint au bord de ses lèvres les paroles insensées qu'il allait prononcer. Il s'embrouilla, bafouilla à dessein, baissa les yeux et battit des paupières tandis qu'il recouvrait son sang-froid.

— Je suis un goujat, murmura-t-il en posant de nouveau la tête sur les genoux de Mélanie. Mais je ne suis pas goujat à ce point. Et si je vous disais cela, vous ne me croiriez pas, hein? Vous êtes trop bonne pour me croire. Avant de vous connaître, je n'avais jamais rencontré une personne qui fût vraiment bonne. Vous ne me croiriez pas, n'est-ce pas?

— Non, je ne vous croirais pas, fit Mélanie qui se

remit à lui caresser les cheveux. Scarlett va se rétablir. Allons, capitaine Butler, ne pleurez pas! Elle va se rétablir!

LVII

Ce fut une femme maigre et pâle que Rhett alla conduire au train de Jonesboro un mois plus tard. Wade et Ella, qui devaient accompagner leur mère, se taisaient et éprouvaient un sentiment de gêne devant le visage figé et blême de Scarlett. Ils ne quittaient pas Prissy d'une semelle, car, même pour leur petit cerveau d'enfants, il y avait quelque chose d'effrayant dans l'atmosphère froide et neutre qui régnait entre leur mère et leur beau-père. Malgré sa faiblesse, Scarlett partait pour Tara. Elle avait l'impression que, si elle restait un jour de plus à Atlanta, elle étoufferait. Elle n'en pouvait plus de tourner et de retourner en vain dans son esprit les mêmes pensées qui invariablement la ramenaient à constater le gâchis de sa vie. Son sorps était malade et son âme dolente. Elle était comme un enfant égaré au milieu d'un pays de cauchemar, et elle n'avait aucun point de repère pour se guider.

Elle fuyait Atlanta comme elle l'avait fui autrefois devant l'armée des envahisseurs et reléguait ses soucis à l'arrière-plan grâce à sa vieille formule de défense : « Je ne veux pas y penser maintenant. Si j'y pense, je n'y résisterai pas. J'y penserai demain à Tara. Après tout, la nuit porte conseil. » Il lui semblait que, si elle pouvait retrouver le calme et les verts champs de coton de sa terre natale, tous ses soucis s'évanouiraient et qu'elle arriverait à rassembler ses pensées éparses.

Rhett suivit le train du regard jusqu'à ce qu'il eût disparu, et son visage prit une expression amère qui n'avait rien d'agréable à voir. Il soupira, renvoya la voiture et, sautant sur son cheval, se dirigea vers la rue au Houx où habitait Mélanie.

La matinée était chaude et Mélanie était assise sous sa véranda tapissée de feuillages. Dans sa corbeille à ouvrage s'entassait une pile de chaussettes à raccommoder. Confuse et effrayée, elle vit Rhett mettre pied à terre et passer les rênes de son cheval au bras du négrillon de fonte posté à l'entrée de l'allée. Elle ne l'avait pas vu depuis ce jour terrible où Scarlett avait été si malade et où il avait été si... eh bien! mettons si ivre. Mélanie s'en serait voulu de prononcer le mot qui lui venait à l'esprit. Elle n'avait échangé avec lui que de menus propos pendant la convalescence de Scarlett et, en ces occasions, elle avait eu bien du mal à le regarder en face. Néanmoins il avait continué à faire preuve de la même amabilité que par le passé et rien en lui n'aurait permis de croire qu'il y avait eu une telle scène entre eux. Ashley lui avait raconté une fois que les hommes oubliaient souvent ce qu'ils avaient dit en état d'ivresse, et Mélanie souhaitait de tout son cœur que le capitaine Butler eût perdu la mémoire de ces événements. Plutôt mourir que d'apprendre un jour qu'il se rappelait ses épanchements. Gênée, intimidée, le feu aux joues, elle le regardait monter l'allée. Peut-être n'était-il venu que pour lui demander si Beau pouvait passer l'après-midi avec Bonnie. En tout cas, il ne pouvait sûrement pas avoir le mauvais goût de venir la remercier de ce qu'elle avait fait ce jour-là!

Elle se leva pour aller au-devant de lui et, comme toujours, remarqua avec surprise qu'il avait la démarche légère pour un homme de sa carrure.

— Scarlett est partie?

— Oui, Tara lui fera du bien, dit-il en souriant. Il m'arrive de penser qu'elle est comme le géant Antée dont la force augmentait chaque fois qu'il touchait la terre nourricière. Ça ne vaut rien à Scarlett de rester trop longtemps éloignée du lopin de glaise rouge qu'elle aime. La vue des cotonniers en pleine croissance lui fera plus de bien que tous les reconstituants du docteur Meade.

— Vous ne voulez pas vous asseoir ? fit Mélanie, troublée.

— Il était si large, si mâle, et auprès des êtres débordants de vigueur elle se sentait toujours décontenancée. Ils paraissaient dégager une force et une vitalité qui la rendaient à ses propres yeux plus petite et plus faible qu'elle n'était. Il était si basané, si impressionnant ! Les muscles épais de ses épaules roulaient sous sa veste de toile blanche d'une façon qui l'effrayait. Il lui semblait impossible d'avoir vu toute cette force orgueilleuse s'abaisser devant elle. Et dire qu'elle avait tenu cette tête noire sur ses genoux !

« Oh ! mon Dieu ! » pensa-t-elle et, de nouveau, elle rougit.

— Madame Melly, fit Rhett d'une voix douce, ma présence vous ennuie-t-elle ? Préférez-vous que je m'en aille ? Dites-le-moi franchement.

« Oh ! songea Melly. Il se souvient ! Et il sait combien je suis troublée. »

Elle leva vers lui un regard implorant, mais tout d'un coup sa gêne et sa confusion disparurent. Il y avait tant de paix, de bonté et de compréhension dans les yeux de Rhett qu'elle se demanda comment elle avait pu être assez bête pour s'émouvoir. Il avait les traits tirés et Mélanie trouva non sans surprise qu'il avait plutôt l'air triste. Comment avait-elle bien pu penser qu'il serait assez mal élevé pour ramener sur le tapis des sujets que tous deux souhaitaient d'oublier ? « Le pauvre, il s'est fait tellement de soucis pour Scarlett », pensa-t-elle. Et, avec un sourire, elle ajouta tout haut :

— Je vous en prie, asseyez-vous, capitaine Butler.

Il s'assit lourdement et observa Mélanie qui reprenait son raccommodage.

— Madame Melly, je suis venu pour vous demander une grande faveur, et, fit-il avec un sourire qui lui tira le coin de la bouche, je voudrais que vous me promettiez votre concours pour mener à bien une supercherie dont la seule idée, je le sais, vous fera reculer d'horreur.

— Une supercherie ?

— Oui. En fait, je suis venu pour vous parler d'affaires.

— Oh! mon Dieu! En ce cas, c'est M. Wilkes que vous devriez voir. Je suis une vraie buse en affaires. Je n'ai pas l'intelligence de Scarlett.

— Je crains que Scarlett ne soit trop intelligente pour son bien, et c'est exactement de cela que je désire vous entretenir. Vous savez combien elle a été... malade. Lorsqu'elle reviendra de Tara, elle sera tout feu tout flamme pour reprendre son activité au magasin et à ses scieries que j'aimerais tant voir sauter une belle nuit. Je crains pour sa santé, madame Melly.

— Oui, elle en fait beaucoup trop. Vous devriez l'obliger à s'arrêter et à se surveiller.

Rhett se mit à rire.

— Vous savez combien elle a la tête dure. Je n'essaie même jamais de discuter avec elle. Elle est comme une enfant têtue. Elle ne veut pas me laisser l'aider... elle ne veut l'aide de personne. Je me suis efforcé d'obtenir d'elle qu'elle vende sa part dans les scieries, mais elle ne veut rien entendre. Maintenant, madame Melly, j'aborde la question affaires. Je sais que Scarlett serait disposée à vendre le reste de ses intérêts dans les scieries à M. Wilkes, mais à personne d'autre, et je veux que M. Wilkes lui achète sa part.

— Oh! mon Dieu! ce serait merveilleux, mais...

Mélanie s'arrêta net et se mordit la lèvre. Elle ne pouvait pas parler des finances du ménage à un étranger. Malgré ce qu'Ashley gagnait à la scierie, elle et lui semblaient n'avoir jamais assez d'argent. Elle était désolée de faire si peu d'économies. Elle ne savait pas où passait l'argent. Ashley lui donnait assez pour faire marcher la maison, mais c'était à cause des dépenses imprévues qu'ils étaient souvent enfoncés. Bien entendu, les honoraires de médecin étaient si élevés et puis les livres et les meubles qu'Ashley commandait à New York finissaient par représenter une certaine somme. Ils avaient nourri et habillé pas mal de sans abris qu'ils hébergeaient dans leur cave. Ashley ne refusait jamais de prêter de l'argent à un homme qui avait servi dans les rangs confédérés et...

— Madame Melly, j'ai l'intention de vous prêter la somme nécessaire.

— C'est très aimable à vous, mais nous risquerions de ne jamais vous rembourser.

— Je ne tiens pas à être remboursé. Ne vous mettez pas en colère contre moi, madame Melly! Je vous en prie, écoutez-moi jusqu'au bout. Je serai bien assez remboursé si je sais que Scarlett ne se fatigue plus à faire des milles et des milles chaque jour pour aller aux scieries. Le magasin suffira à son bonheur... Ne comprenez-vous pas ?

— C'est-à-dire... oui... fit Mélanie, peu convaincue.

— Vous voulez offrir un poney à votre fils, n'est-ce pas ? Vous voulez également qu'il aille à l'Université, puis à Harvard, puis en Europe ?

— Oh! bien sûr, s'écria Mélanie dont le visage s'éclaira comme toujours lorsqu'il était question de Beau. Je veux qu'il ait tout ce qu'il lui faut, mais... enfin, tout le monde est si pauvre aujourd'hui que...

— M. Wilkes pourrait gagner beaucoup d'argent avec les scieries, insinua Rhett. Et il me serait agréable de voir Beau profiter de tous les avantages qu'il mérite.

— Oh! capitaine Butler, vous êtes un malin, s'exclama Mélanie en souriant. En appeler à l'orgueil d'une mère! Je lis en vous comme dans un livre!

— J'espère bien que non, dit Rhett et, pour la première fois, une petite flamme pétilla dans ses yeux. Allons, voulez-vous me laisser vous prêter l'argent ?

— Mais où y a-t-il supercherie dans tout cela ?

— Attendez! il faut que nous nous conduisions comme des conspirateurs et que nous roulions à la fois Scarlett et M. Wilkes.

— Oh! mon Dieu! Je ne pourrai jamais!

— Si Scarlett savait que je trame quelque chose derrière son dos, même pour son propre bien... allons, vous connaissez son caractère ? Et je crains que M. Wilkes n'accepte pas que je lui prête de l'argent. Il faut donc que ni l'un ni l'autre ne sache d'où vient cette somme ?

— Oh! mais je suis sûre que M. Wilkes ne refuserait pas si on lui expliquait de quoi il s'agit. Il aime tant Scarlett.

— Oui, j'en suis persuadé, fit Rhett avec douceur. Mais il refuserait quand même. Vous savez combien les Wilkes sont fiers.

— Oh! s'exclama Mélanie d'un ton lamentable. Je voudrais... vraiment, capitaine Butler, je ne peux pas mentir à mon mari.

— Même pas pour aider Scarlett ? (Rhett eut l'air très peiné.) Et dire qu'elle vous aime tant!

Des larmes tremblèrent au bord des cils de Mélanie.

— Vous savez bien que je ferais n'importe quoi pour elle. Je ne pourrais jamais, jamais lui rendre la moitié de ce qu'elle a fait pour moi. Vous le savez.

— Oui, acquiesça Rhett laconiquement. Je sais ce qu'elle a fait pour vous. Ne pourriez-vous pas dire à M. Wilkes qu'un de vos parents vous a couchée sur son testament ?

— Oh! capitaine Butler, tous les membres de ma famille en sont réduits à la portion congrue.

— Alors, si j'envoie l'argent à M. Wilkes par la poste sans qu'il sache le nom de l'expéditeur, ferez-vous en sorte qu'il s'en serve pour acheter les scieries et non pas... eh bien, pour qu'il ne le distribue pas aux anciens Confédérés dans la misère ?

Sur le moment Mélanie parut choquée par ces derniers mots comme s'ils étaient dirigés contre Ashley, mais Rhett sourit d'un air si compréhensif qu'elle sourit à son tour.

— Entendu, je veillerai à cela.

— Alors, affaire conclue ? Nous garderons le secret ?

— Mais je n'ai rien de secret pour mon mari!

— J'en suis certain, madame Melly.

Tout en regardant Rhett, Mélanie pensa combien elle avait vu juste en lui alors que tant de personnes s'étaient trompées sur son compte. On avait dit qu'il était brutal, méprisant, mal élevé et même malhonnête, quoique bien des gens parmi les plus comme il faut commençassent à revenir sur leur opinion. Allons! Elle au moins, dès le début, avait deviné que c'était un homme admirable. Il ne l'avait jamais traitée qu'avec la plus grande amabilité et le plus grand respect, et comme il avait montré qu'il la comprenait bien! Et puis, comme il aimait Scarlett! C'était charmant de sa part d'employer ce moyen détourné pour débarrasser Scarlett d'un de ses fardeaux.

Dans un élan de sympathie envers lui, elle dit :

— Scarlett a de la chance d'avoir un mari aussi gentil pour elle!

— Vous croyez ? Je craindrais qu'elle ne fût pas de votre avis si elle pouvait vous entendre. D'ailleurs, je tiens également à être gentil pour vous, madame Melly. Je vous donne plus que je ne donne à Scarlett.

— A moi ? interrogea-t-elle, étonnée. Vous voulez dire à Beau.

Rhett ramassa son chapeau et se leva. Il resta un moment à regarder le visage sans attraits de Mélanie, ce visage en forme de cœur avec ses cheveux plantés très bas sur le front et dessinant une pointe accentuée, avec ses yeux sombres et graves, le visage d'une femme sans défense contre la vie.

— Non, pas pour Beau. J'essaie de vous donner quelque chose d'encore plus précieux que Beau, si vous pouvez concevoir cela.

— Non, ça m'est impossible, fit Mélanie au comble de la surprise. Je n'ai rien au monde de plus précieux que Beau sauf Ash... sauf M. Wilkes.

Rhett ne dit rien et, les traits immobiles, continua de regarder Mélanie.

— Comme vous êtes gentil, capitaine Butler, de vouloir faire quelque chose pour moi, mais vraiment j'ai tant de chance, je possède tout ce qu'une femme peut désirer au monde.

— C'est parfait, déclara Rhett, soudain rembruni, et j'ai bien l'intention de veiller à ce que vous conserviez tout ce à quoi vous tenez.

Lorsque Scarlett revint de Tara, son visage avait perdu sa pâleur maladive, ses joues étaient rebondies et légèrement rosées. Ses yeux verts avaient retrouvé leur éclat et leur vivacité, et pour la première fois depuis des semaines elle rit tout haut devant l'accoutrement de Rhett et de Bonnie venus la chercher au train qui la ramenait ainsi que Wade et Ella. Deux plumes de dindon ornaient le chapeau de Rhett; quant à Bonnie, non seulement sa robe de gala était toute déchirée, mais ses joues étaient barbouillées d'indigo et une plume presque aussi grande qu'elle était plantée dans ses boucles. Sans aucun doute le père et la fille jouaient aux Indiens lorsque l'heure de se rendre au train avait sonné et, à la mine contrite de Rhett et à l'air indigné de Mama, on devinait sans peine que Bonnie avait refusé qu'on remédiât à sa toilette, même pour aller au-devant de sa mère.

— Vous voilà dans un bel état! fit Scarlett en embrassant la petite et en tendant la joue à Rhett.

La gare était noire de monde, sans quoi elle ne se fût jamais prêtée à cette caresse. Malgré la gêne que lui causait la tenue de Bonnie, elle ne put s'empêcher de remarquer que les gens, bien loin de se moquer du père et de la fille, riaient de bon cœur au spectacle qu'ils offraient et les trouvaient charmants. Tout le monde savait que la benjamine de Scarlett menait son père par le bout du nez et chacun approuvait et s'en amusait. Le grand amour de Rhett pour son enfant avait beaucoup contribué à le faire remonter dans l'estime des gens d'Atlanta.

Dans la voiture qui la ramenait chez elle, Scarlett n'arrêta pas de raconter des histoires du comté. Le temps sec et chaud était favorable au coton qui venait si vite qu'on pouvait presque l'entendre pousser. Malheureusement Will annonçait que les prix seraient bas à l'automne. Suellen attendait un autre bébé, chuchota Scarlett pour ne pas être entendue des enfants. Ella avait déployé un rare courage en mordant la fille aînée de Suellen. Ce n'était pas beau, mais c'était pourtant tout ce que la petite Susie méritait, car elle était tout le portrait de sa mère. Suellen d'ailleurs s'était fâchée et les deux sœurs avaient eu une violente altercation qui avait rappelé à Scarlett le bon vieux temps. Wade avait tué tout seul un mocassin d'eau. Randa et Camilla Tarleton étaient institutrices. La plaisanterie était bien bonne. Aucune des Tarleton n'avait jamais été capable d'épeler correctement le mot « chat ». Betsy Tarleton avait épousé un gros homme de Lovejoy, le ménage cultivait le coton à Joli Coteau. Mme Tarleton avait une poulinière et un poulain et elle était aussi heureuse que si on lui avait donné un million de dollars. La maison des Calvert était occupée par un essaim de nègres qui l'avaient achetée en vente publique. La propriété était dans un état pitoyable et l'on avait envie de pleurer quand on passait devant. Personne ne savait où étaient Cathleen et son triste mari. Alex allait épouser Sally, la veuve de son frère. Avait-on idée de cela après avoir vécu tant d'années sous le même toit. Tout le monde disait que c'était un mariage de convenance, parce que les gens commençaient à jaser sur eux depuis que la vieille grand-mère et Mme Jeune étaient mortes et qu'ils habitaient seuls ensemble. Dimity Munroe avait failli en mourir de chagrin, mais tant pis pour elle. Si elle avait eu un peu plus de nerf, elle aurait déniché un autre homme depuis longtemps au lieu d'attendre qu'Alex eût de l'argent pour l'épouser.

Scarlett bavardait allégrement, mais il y avait beaucoup de choses qu'elle passait sous silence, beaucoup de choses pénibles quand on y songeait. Elle avait parcouru tout le comté en voiture avec Will et s'était efforcée de ne pas se rappeler l'époque où les cotonniers verdissaient ces milliers d'arpents fertiles. Maintenant, les plantations retournaient les unes après les autres à la forêt. Les genêts, les chênes et les pins avaient envahi petit à petit les ruines et les anciens champs de coton. C'était sinistre à voir. Sur cent arpents de terre labourée jadis, il n'y en avait plus qu'un de cultivé désormais. On avait l'impression de traverser une région morte.

« Cette contrée en a pour cinquante ans à se remettre... si jamais elle s'en remet, avait déclaré Will. Grâce à vous et à moi, Scarlett, Tara est la meilleure ferme du comté, mais ce n'est qu'une ferme qu'on exploite avec deux mules, ce n'est pas une plantation. Après Tara, il y a la propriété des Fontaine et puis celle des Tarleton. Tous ces gens-là ne gagnent pas beaucoup d'argent, mais ils ont de l'énergie. Les autres fermes... » Non, Scarlett n'aimait pas beaucoup à se rappeler l'aspect du comté désert qui paraissait encore plus lugubre quand on le comparait à Atlanta en plein essor.

— Il ne s'est rien passé ici ? demanda Scarlett lorsqu'elle se fut installée sous la véranda avec Rhett et Bonnie.

En chemin, Scarlett avait parlé sans arrêt de peur que le silence ne s'abattît entre elle et Rhett. Depuis le jour où elle était tombée à la renverse dans l'escalier, elle ne s'était jamais trouvée seule avec Rhett, et l'idée d'un tête-à-tête avec lui ne lui plaisait pas outre mesure. Elle ignorait quels étaient ses sentiments à son égard. Durant sa convalescence, il avait été la bonté même, mais sa bonté avait été celle d'un étranger. Il avait prévenu ses moindres désirs, empêché les enfants de la déranger, et dirigé pour elle le magasin et les scieries. Mais jamais il ne lui avait dit : « Je regrette. » Peut-être ne regrettait-il rien du tout. Peut-être continuait-il à penser que l'enfant qui ne devait jamais naître n'était pas de lui. Comment aurait-elle pu lire ce qui se passait derrière ce visage hermétique ? Cependant, pour la première fois depuis leur mariage, il avait manifesté une certaine tendance à être correct et le désir de vivre comme s'il ne s'était rien produit de fâcheux entre eux... oui, comme s'il ne s'était rien passé entre eux, se disait Scarlett, sans enthousiasme. Allons, si c'était cela qu'il voulait, elle aussi pourrait tenir son rôle.

— Tout va bien ? demanda-t-elle de nouveau. Avez-vous fait mettre de nouveaux bardeaux au magasin ? Avez-vous échangé les mules ? Pour l'amour de Dieu, Rhett, ôtez ces plumes de votre chapeau. Ça vous donne un air idiot et vous êtes capable de les oublier et de sortir en ville comme ça.

— Non, fit Bonnie en ramassant le chapeau de son père pour le protéger.

— Tout marche à souhait ici, répondit Rhett. Bonnie et moi nous nous sommes bien amusés et je ne pense pas qu'on l'ait peignée une seule fois depuis votre départ. Ne suce pas ces plumes, ma chérie, c'est mauvais. Oui, on a mis les bardeaux au magasin et j'ai fait une bonne opération avec les mules. Non, il n'y a rien de neuf. Tout est très calme.

Puis, comme s'il venait de se rappeler soudain quelque chose, il ajouta :

— L'honorable Ashley est venu faire un tour à la maison hier soir. Il voulait savoir si je pensais que vous seriez disposée à lui vendre votre scierie et la part d'intérêts que vous avez dans la sienne.

Scarlett, qui était en train de se balancer dans son fauteuil et de s'éventer avec un éventail de plumes, s'arrêta net.

— Vendre ? Mais où diable Ashley a-t-il trouvé de l'argent ? Vous savez bien qu'ils n'ont pas un sou. Mélanie dépense tout l'argent qu'il gagne.

Rhett haussa les épaules.

— Je m'étais toujours imaginé que Mme Melly était une petite femme aux goûts simples, mais je ne suis pas aussi au courant des faits et gestes du ménage Wilkes que vous semblez l'être.

Ce coup latéral était bien dans l'ancien style de Rhett, et Scarlett en fut ennuyée.

— Sauve-toi, ma chérie, dit-elle à Bonnie, Maman veut parler à papa.

— Non, répondit catégoriquement Bonnie qui grimpa sur les genoux de Rhett.

Scarlett fronça les sourcils et la petite, la regardant de travers, ressembla tellement à Gérald O'Hara que Scarlett faillit pouffer de rire.

— Laissez-la là, fit Rhett. Oui, reprit-il, quant à savoir d'où il tient cet argent il paraîtrait que la personne qui le lui a envoyé est un homme qu'il a guéri d'un cas de variole à Rock Island. Ça renouvelle ma foi en la nature humaine de savoir que la gratitude existe encore.

— Qui était cette personne ? Quelqu'un que nous connaissons ?

— La lettre n'était pas signée et venait de Washington. Ashley s'est creusé la tête dans tous les sens pour savoir qui l'avait expédiée. Mais quoi, les gens qui, comme Ashley, ont l'âme charitable, s'en vont de par le monde et accomplissent tant de bonnes actions qu'il ne faut pas s'attendre à ce qu'ils se les rappellent toutes.

Si elle n'avait pas été aussi éberluée par la bonne aubaine d'Ashley, Scarlett eût relevé le gant, bien qu'à Tara elle eût pris la ferme résolution de ne plus jamais se laisser entraîner dans une querelle avec Rhett au sujet d'Ashley. Le terrain sur lequel elle se mouvait en ce moment était trop peu sûr et, jusqu'à ce qu'elle sût exactement à quoi s'en tenir avec les deux hommes, elle n'avait aucune envie d'aligner ses troupes.

— Ainsi, il veut acheter mes scieries ?

— Oui, mais bien entendu je lui ai dit que vous ne les vendriez pas.

— J'aimerais que vous me laissiez m'occuper de mes affaires.

— Voyons, vous savez bien que vous ne vous séparerez pas de ces scieries. Je lui ai dit qu'il savait aussi bien que moi que vous ne pouviez pas supporter de ne pas fourrer votre nez dans les affaires des autres et que si vous lui vendiez vos scieries vous ne pourriez plus lui donner de conseils sur la façon de mener sa barque.

— Vous avez osé lui dire cela de moi ?

— Pourquoi pas ? Ce n'est pas la vérité ? Je crois qu'il a été entièrement de mon avis, mais, bien entendu, il est trop galant homme pour rien en laisser paraître.

— C'est un mensonge! Dans ces conditions, je lui vends mes scieries! s'écria Scarlett avec colère.

Jusqu'à ce moment-là, elle n'avait eu aucune envie de se débarrasser des scieries. Elle avait plusieurs raisons d'y tenir, et parmi ces raisons la valeur monétaire qu'elles représentaient était la moins importante. Au cours des dernières années, elle aurait pu s'en défaire à n'importe quel moment pour une grosse somme, mais elle avait refusé toutes les offres. Les scieries étaient la preuve tangible de ce qu'elle avait réalisé sans l'aide de personne après avoir surmonté de rudes obstacles, et elle en était aussi fière que d'elle-même. Enfin et surtout, elle ne voulait pas les vendre parce qu'elles étaient le seul chemin qui lui permettait de se rapprocher d'Ashley. Si les scieries passaient entre d'autres mains que les siennes, elle ne verrait probablement plus jamais Ashley en tête à tête. Elle avait besoin de le voir seul. Elle ne pouvait plus continuer comme cela à se demander quels étaient ses sentiments envers elle, à se demander si tout son amour pour elle n'était pas mort, étouffé sous le poids de la honte depuis la terrible réception de Mélanie. La gestion de ses affaires lui fournirait maintes occasions de bavarder avec Ashley sans avoir l'air de courir après lui. Et, avec le temps, elle se savait en mesure de regagner tout le terrain qu'elle risquait d'avoir perdu dans son cœur. Mais si elle vendait les scieries...

Non, elle ne voulait pas s'en débarrasser, mais, fouaillée par la pensée que Rhett l'avait dépeinte à Ashley sous un jour aussi véridique et aussi peu flatteur, elle s'était instantanément décidée. Ashley aurait donc les scieries et à un prix si bas qu'il ne pourrait pas s'empêcher de remarquer combien elle était généreuse.

— Je les vendrai! s'écria-t-elle, furieuse. Hein! que pensez-vous de cela ?

Rhett se pencha pour relacer la chaussure de Bonnie et dans ses yeux brilla une imperceptible lueur de triomphe.

— Je crois que vous le regretterez, dit-il.

C'était exact. Déjà, elle regrettait ses paroles hâtives. Si elle les avait prononcées devant n'importe qui, excepté Rhett, elle les aurait rétractées sans vergogne. Pourquoi s'était-elle laissé emporter comme cela ? Elle regarda Rhett les sourcils froncés et s'aperçut qu'il l'observait avec son air de chat aux aguets. En remarquant le froncement de ses sourcils, Rhett partit d'un brusque éclat de rire qui découvrit ses dents étincelantes de blancheur. Scarlett eut l'impression désagréable qu'il venait de lui jouer un mauvais tour.

— Auriez-vous quelque chose à voir dans tout cela ? lança-t-elle d'un ton sec.

— Moi ? Les sourcils de Rhett se relevèrent en signe de surprise. Moi ? Vous devriez mieux me connaître. Je ne m'en vais jamais de par le monde accomplir de bonnes actions lorsque rien ne m'y force.

Ce même soir Scarlett vendit à Ashley ses scieries et tous les intérêts qu'elle y avait. Elle n'y perdit pas, car Ashley refusa de profiter de l'offre trop basse qu'elle lui avait fixée tout d'abord et fixa de lui-même le prix en se basant sur la somme la plus élevée qu'on lui eût proposée. Après qu'elle eut signé les papiers et renoncé irrévocablement aux scieries, après que Mélanie se fut mise en devoir de servir de petits verres de vin à Ashley et à Rhett pour célébrer l'opération, Scarlett se sentit dépossédée comme si elle avait vendu un de ses enfants.

Elle avait aimé ses scieries, elles avaient été sa fierté, l'œuvre de ses petites mains cupides. Elle était partie avec une scierie de rien du tout en ces jours sombres où Atlanta commençait à peine à se relever de ses ruines et de ses cendres. Elle avait lutté et combiné pour elles, elle les avait protégées aux temps sinistres où rôdait le spectre de la confiscation, où l'argent était rare, où les hommes intelligents perdaient pied. Et maintenant qu'Atlanta pansait ses blessures, que l'on construisait partout, que chaque jour la ville recevait de nouveaux contingents d'étrangers, elle avait deux belles scieries, deux chantiers de bois, une douzaine d'attelages de mules et des forçats qui lui fournissaient de la main-d'œuvre à bon marché. Dire adieu à tout cela, c'était fermer à jamais une porte sur un passé pénible et amer dont elle ne se souvenait pas sans satisfaction nostalgique.

Elle avait monté elle-même cette affaire et, maintenant qu'elle l'avait vendue, elle était oppressée par la certitude que, sans elle à la barre, Ashley allait gâcher son œuvre, tout ce qu'elle avait eu tant de mal à édifier. Ashley ne se méfiait de personne et il en était encore à apprendre la différence entre du deux sur quatre et du six sur huit. Et, pour comble de malheur, elle ne pourrait même pas le faire profiter de son expérience, le guider de ses conseils... tout cela parce que Rhett avait raconté à Ashley qu'elle aimait à régenter tout le monde. « Oh! que le diable emporte ce Rhett! » pensa-t-elle et, plus elle l'observait, plus elle acquérait la conviction qu'il avait manigancé toute l'affaire. Comment il s'y était pris et à quels motifs il avait obéi, c'était ce qui lui restait à savoir. Il bavardait avec Ashley et ses paroles arrachèrent brusquement Scarlett à ses réflexions.

— Je suppose que vous allez vous débarrasser tout de suite des forçats, dit-il.

Se débarrasser des forçats ? Mais il n'était pas question de cela. Rhett savait pertinemment que, si les scieries réalisaient de gros bénéfices, c'était à cause de la main-d'œuvre à bon marché fournie par les forçats. Enfin, pourquoi Rhett parlait-il avec autant d'assurance de la future ligne de conduite d'Ashley ? Que savait-il de lui ?

— Oui, je vais les renvoyer sans tarder, répondit Ashley en évitant le regard stupéfait de Scarlett.

— Est-ce que vous êtes fou ? s'exclama celle-ci. Vous allez perdre tout l'argent que j'ai versé à l'État lorsque j'ai embauché les forçats. Et puis, quel genre de main-d'œuvre allez-vous avoir ?

— J'embaucherai des affranchis, fit Ashley.

— Des affranchis! Vous en avez de bonnes! Vous savez ce qu'ils demandent comme salaire, et par-dessus le marché vous aurez toute la journée les Yankees sur le dos pour voir si vous leur donnez du poulet aux trois repas et si vous les bordez dans leur lit. Si jamais vous avez le malheur d'administrer à un fainéant une ou deux taloches pour le secouer un peu, vous entendrez les Yankees pousser les hauts cris d'ici à Dalton et vous finirez en prison. Mais voyons, les forçats sont les seuls...

Mélanie baissa la tête et contempla ses mains croisées sur ses genoux. Ashley avait l'air malheureux et buté. Il se tut pendant un moment. Alors ses yeux rencontrèrent ceux de Rhett et l'on eût dit qu'il y puisait de la compréhension et du réconfort, car il reprit la parole. Cet échange de regards ne fut pas perdu pour Scarlett.

— Je n'emploierai pas de forçats, Scarlett, dit-il d'un ton tranquille.

— Ça, par exemple! Elle en avait le souffle coupé. Et pourquoi pas? Auriez-vous peur que les gens ne disent du mal de vous comme ils en disent de moi?

Ashley releva la tête.

— Je ne crains pas ce que peuvent dire les gens tant que je suis dans mon bon droit, et je n'aurai jamais l'impression d'être dans mon bon droit en employant des forçats.

— Mais voyons...

— Je ne peux pas gagner de l'argent en exploitant les malheurs d'autrui.

— Mais vous avez bien eu des esclaves!

— Ils n'étaient pas malheureux et d'ailleurs, après la mort de père, je les aurais tous affranchis si la guerre ne s'en était chargée. Mais pour les forçats ce n'est pas la même chose, Scarlett. Le système se prête trop aux abus. Vous l'ignorez peut-être, mais moi je sais à quoi m'en tenir. Je sais parfaitement que Johnnie Gallegher a tué au moins un homme à son camp, peut-être davantage... Qui s'en inquiétera, hein? un forçat de plus ou de moins, ça ne compte pas. Gallegher prétend que le malheureux a été tué alors qu'il cherchait à s'évader, mais ce n'est pas ce que j'ai entendu dire ailleurs. Je sais également qu'il emploie des hommes trop malades pour travailler. Appelez ça de la superstition si vous voulez, mais je ne pense pas qu'on puisse tirer son bonheur de sommes gagnées en exploitant les souffrances des autres.

— Cornebleu! Vous voulez dire... nom d'un chien, Ashley, vous n'avez tout de même pas avalé tous les sermons ronflants du révérend Wallace sur l'argent souillé?

— Je n'en ai pas eu besoin. Il y a beau temps que je partageais ses idées.

— Alors, vous devez croire que tout mon argent

est maudit, s'écria Scarlett, qui commençait à s'emporter. Parce que j'ai fait travailler des forçats, parce que je fais gérer un café..., elle s'arrêta net.

Les deux Wilkes paraissaient fort gênés tandis que Rhett s'amusait franchement. « Que le diable l'emporte! pensa Scarlett pour la seconde fois. Ça y est, il est encore en train de se dire que je fourre mon nez dans les affaires des autres, et Ashley est de son avis. Je voudrais pouvoir casser leurs têtes l'une contre l'autre. »

Elle ravala sa colère et s'efforça de prendre un air à la fois digne et détaché, mais ses efforts ne furent guère couronnés de succès.

— Bien entendu, dit-elle, ça m'est totalement indifférent.

— Scarlett, n'allez pas croire que je vous blâme! Ce n'est pas vrai. Cela vient uniquement de ce que nous ne considérons pas les choses sous le même angle. Ce qui est bien pour vous peut ne pas l'être pour moi.

Tout à coup Scarlett eut une envie folle de se trouver seule avec Ashley, d'envoyer promener Rhett et Mélanie à l'autre bout du monde afin de pouvoir s'écrier sans contrainte : « Mais je veux considérer les choses sous le même angle que vous! Dites-moi exactement quelles sont vos idées, que je puisse vous comprendre et vous ressembler! »

Mais, en présence de Mélanie, que cette scène faisait trembler, et de Rhett avec ses airs nonchalants et ses sourires, elle n'eut plus qu'une ressource, prendre son ton le plus pincé et déclarer :

— Je sais bien que ça ne me regarde pas, Ashley, et loin de moi la pensée de vous donner des conseils. Néanmoins, je dois avouer que je ne comprends ni votre attitude ni vos remarques.

Oh! si seulement ils étaient seuls tous les deux, elle ne serait pas obligée de lui dire ces paroles glaciales qui le rendaient malheureux.

— Je vous ai offensée, Scarlett, et je n'en avais pas l'intention. Croyez-moi et pardonnez-moi. Il n'y a rien d'énigmatique dans ce que j'ai dit. J'ai simplement voulu vous montrer que, pour moi, l'argent qu'on se procure par certains moyens n'apporte pas le bonheur.

— Mais vous vous trompez! s'exclama Scarlett, incapable de se contenir davantage. Prenez mon exemple. Vous savez d'où vient mon argent. Vous savez dans quelle situation j'étais avant d'en gagner. Vous vous souvenez de cet hiver à Tara où il faisait si froid que nous découpions des morceaux dans les tapis pour nous en faire des chaussons, où nous n'avions pas assez à manger, où nous nous demandions comment nous nous y prendrions pour assurer l'éducation de Beau et de Wade. Vous vous rap...

— Oui, je me rappelle, fit Ashley d'un air las, mais j'aimerais mieux oublier.

— Voyons, vous ne pouvez tout de même pas dire que l'un de nous était heureux à cette époque, n'est-ce pas ? Bon! Regardez-nous maintenant. Vous avez une jolie maison et l'avenir s'annonce bien. Connaissez-vous quelqu'un qui possède une demeure plus belle que la mienne, de plus jolies robes, de plus beaux chevaux ? Personne n'a une table mieux servie que la mienne, personne ne donne de plus belles réceptions que moi et mes enfants ont tout ce qu'ils désirent. Eh bien! comment ai-je obtenu l'argent nécessaire pour réaliser tout cela ? En attendant que les alouettes me tombent toutes rôties dans le bec ? Eh! non, pardi! Des forçats, un bar et...

— Et n'oubliez pas l'assassinat de ce Yankee, coupa Rhett d'une voix suave. C'est bien grâce à lui que vous avez pris le départ.

Scarlett se tourna vers lui, des mots blessants aux lèvres.

— Et l'argent vous a rendue très, très heureuse, n'est-ce pas, ma chérie ? demanda-t-il avec une douceur empoisonnée.

Scarlett qui allait riposter s'arrêta court et jeta un regard rapide autour d'elle. Mélanie était sur le point de pleurer tant elle était gênée. Ashley, le visage blême; semblait s'être réfugié dans une région inaccessible; quant à Rhett, il observait sa femme par-dessus son cigare et semblait fort se divertir. Scarlett voulut s'écrier : « Mais bien sûr l'argent m'a rendue heureuse ! », mais les paroles s'étranglèrent dans sa gorge.

LVIII

Après sa maladie, Scarlett nota un changement chez Rhett et se demanda si elle avait lieu de s'en réjouir. Rhett ne buvait plus, il était calme et paraissait soucieux. Il restait plus souvent chez lui après le dîner. Il était plus aimable avec les domestiques et plus affectueux avec Wade et Ella. Il ne faisait jamais la moindre allusion au passé et semblait enjoindre tacitement à Scarlett de l'imiter. Scarlett ne disait rien, car c'était plus commode et, en apparence, la vie coulait sans trop de heurts. Rhett ne s'était point départi de l'attitude déférente qu'il avait adoptée pendant la convalescence de sa femme et il ne lui décochait plus de traits acérés. Scarlett se rendait compte que si Rhett l'accablait autrefois de remarques méchantes qui la mettaient hors d'elle et la poussaient à la riposte, c'était parce qu'il s'intéressait à elle. Désormais, elle en était réduite à se demander si elle comptait pour lui. Il était poli, mais distant, et les prises de bec et les échanges de paroles blessantes d'antan lui manquaient.

Rhett était fort aimable avec elle presque comme avec une étrangère, mais de même qu'il avait épié tous ses mouvements, il épiait maintenant ceux de Bonnie. On eût dit que toute son ardeur s'était portée vers un seul chenal aux rives rapprochées. Scarlett se disait parfois que, s'il avait eu pour elle la moitié seulement de la tendresse qu'il prodiguait à Bonnie, la vie eût été différente. Parfois aussi, elle avait bien du mal à sourire quand on disait : « Comme le capitaine Butler idolâtre son enfant ! » Mais si elle ne souriait pas, les gens trouveraient cela bizarre et Scarlett se serait plutôt fait hacher que d'avouer aux autres ou à elle-même qu'elle était jalouse d'une petite fille, surtout quand celle-ci était son enfant préféré. Scarlett voulait toujours occuper la première place dans le cœur de ceux qui l'entouraient et il était clair que Rhett et Bonnie seraient toujours tout l'un pour l'autre.

Rhett sortait souvent le soir et rentrait fort tard, mais il n'était jamais ivre. Quand il s'en allait, Scarlett l'entendait passer devant sa porte en sifflotant. Parfois, il ramenait des hommes chez lui vers la fin de la soirée et restait à bavarder avec eux dans la salle à manger devant un carafon de cognac. Ces hommes ne ressemblaient en rien à ceux qu'il fréquentait la première année de son mariage. Il n'invitait plus ni Carpetbaggers, ni Scallawags, ni républicains. Scarlett se glissait sur la pointe des pieds jusqu'en haut de l'escalier, et là, penchée sur la rampe, elle écoutait et, stupéfaite, reconnaissait souvent la voix de René Picard, de Hugh Elsing, des frères Simmons ou d'Andy Bonnell. En tout cas, le grand-père Merriwether et l'oncle Henry ne manquaient jamais une de ces réunions. Un soir, Scarlett, absolument pétrifiée, entendit parler le docteur Meade. Et dire que tous ces hommes avaient jadis trouvé la potence un châtiment trop doux pour Rhett!

Dans son esprit, ce petit groupe était associé à tout jamais à la mort de Frank et les allées et venues nocturnes de Rhett lui rappelaient les jours qui avaient précédé la descente du Ku-Klux-Klan au cours de laquelle Frank avait perdu la vie. Elle se souvenait avec terreur de la remarque de Rhett déclarant qu'il irait jusqu'à s'affilier à leur maudit Klan pour redevenir respectable, bien qu'il fît des vœux pour que le bon Dieu ne lui imposât pas pénitence aussi lourde. Et si Rhett, à l'exemple de Frank...

Une nuit qu'il rentra chez lui plus tard qu'à l'ordinaire, Scarlett n'y tint plus. Dès qu'elle eut entendu sa clef grincer dans la serrure, elle jeta un peignoir sur elle et, sortant sur le palier du premier qu'éclairait une lampe à gaz, elle attendit Rhett au haut de l'escalier. Rhett paraissait songeur, mais la surprise se peignit sur son visage lorsqu'il aperçut sa femme.

— Rhett, il faut que je sache! Il faut que je sache si vous... si le Klan... si c'est pour cela que vous rentrez si tard ? Faites-vous partie du...

A la lueur papillotante du gaz, il la regarda d'un air indifférent et sourit.

— Vous retardez, fit-il. Il n'y a plus de Klan à Atlanta et il n'y en a sans doute plus en Georgie. Vous avez dû vous laisser bourrer le crâne par vos amis scallawags et carpetbaggers.

— Plus de Klan ? Vous ne mentez pas pour me rassurer ?

— Ma chère, quand donc ai-je essayé de vous rassurer ? Non, il n'y a plus de Klan. Nous avons trouvé que le Klan était plus nuisible qu'utile parce qu'il ne faisait qu'exciter les Yankees et apporter de l'eau au moulin à calomnies de Son Excellence le gouverneur Bullock. Bullock sait fort bien qu'il ne se maintiendra au pouvoir qu'aussi longtemps qu'il pourra faire croire au gouvernement fédéral et aux journaux yankees que la Georgie est un foyer de révolte et que derrière chaque buisson est embusqué un membre du Klan. Il lutte désespérément pour conserver son poste et il a accusé le Klan de crimes qui n'ont jamais existé. Il a raconté qu'on avait pendu par les pouces de fidèles républicains et qu'on avait lynché des nègres innocents sous prétexte qu'ils avaient violé des femmes. Mais le pauvre type donne des coups d'épée dans l'eau et s'en rend compte. Je vous sais gré de vos inquiétudes, mais l'activité du Klan a cessé peu de temps après que, de Scallawag, je me suis fait humble démocrate.

Presque tout ce qu'il avait dit à Scarlett au sujet du gouverneur Bullock lui était entré par une oreille et sorti par l'autre, car elle ne pensait guère qu'au soulagement que lui procurait la nouvelle de la disparition du Klan. Rhett ne serait pas tué comme Frank l'avait été. Elle ne perdrait pas son magasin, elle ne verrait pas lui échapper l'argent de Rhett. Cependant un mot qu'il avait prononcé restait gravé dans sa mémoire. Il avait dit « nous » et par là s'était tout naturellement assimilé à ceux qu'il avait appelés « la vieille garde ».

— Rhett, demanda soudain Scarlett, êtes-vous pour quelque chose dans la dissolution du Klan ?

Il enveloppa Scarlett d'un long regard et une flamme malicieuse s'alluma dans ses yeux.

— Oui, mon amour. Ashley Wilkes et moi nous sommes les principaux artisans de cette mesure.

— Ashley... et vous ?

— C'est plat, mais c'est exact, on noue d'étranges camaraderies quand on fait de la politique. Ni Ashley ni moi ne débordons de sympathie l'un pour l'autre... mais Ashley n'a jamais été partisan du Klan parce qu'il est opposé à la violence. Moi non plus, je n'en étais pas partisan parce que c'était de la folie furieuse. C'était le meilleur moyen d'avoir les Yankees sur notre dos jusqu'au jour du Jugement. A nous deux, Ashley et moi, nous avons raisonné les têtes chaudes et nous leur avons démontré qu'il valait mieux observer, attendre et travailler, qu'aller se promener en chemise de nuit avec des croix flamboyantes.

— Vous ne voulez tout de même pas prétendre que les gens du Klan se sont rangés à votre avis alors que vous êtes...

— Que je suis un spéculateur ? un Scallawag ? un suppôt des Yankees ? Vous oubliez, madame Butler, que je suis désormais un démocrate bon teint, dévoué jusqu'à ma dernière goutte de sang à notre État bien-aimé que je veux arracher aux mains de ses ravisseurs ! Mon conseil était bon et ils l'ont suivi. Je suis également homme de bon conseil en d'autres matières politiques. Aujourd'hui, nous avons une majorité démocrate à la Législature, n'est-ce pas ? Bientôt, mon amour, nous ferons mettre à l'ombre quelques-uns de vos excellents amis républicains. Ils ont les dents un peu trop longues en ce moment, ils commencent à en prendre un peu trop à leur aise.

Rhett retrouva tout d'un coup son ancien sourire narquois.

— Oh ! je ne leur veux aucun mal. Mais maintenant, je suis de l'autre côté de la barrière et, si je peux contribuer à les faire envoyer là où ils seront si bien, je n'hésiterai pas. Et puis, songez, quelle façon de redorer mon blason! Je connais assez les dessous de leurs affaires pour rendre de grands services quand la Législature entreprendra des investigations... et, à en juger par la tournure que prennent les événements, ça ne va pas tarder. Vous feriez bien de dire à vos bons amis les Gelert et les Hundon de se tenir prêts à décamper d'un moment à l'autre, car si l'on pince le gouverneur, ils seront pincés eux aussi.

Scarlett avait vu pendant trop d'années l'armée yankee épauler les Républicains pour ajouter foi aux propos badins de Rhett. Le gouverneur était trop solidement retranché dans son poste pour que la Législature y touchât et, à plus forte raison, le fît mettre en prison.

— Eh bien! vous n'y allez pas de main morte, remarqua-t-elle.

— Si on ne le fourre pas en prison, Bullock en tout cas ne sera pas réélu. La prochaine fois nous aurons un gouvernement démocrate. Ça nous changera.

— Je suppose que vous ne serez pas étranger à son élection? interrogea Scarlett d'un ton sarcastique.

— Eh! non, mon chou. Je m'en occupe dès maintenant. C'est pourquoi je rentre si tard le soir. Je travaille plus dur que je ne travaillais au temps de la ruée vers l'or, quand je maniais la pelle. J'organise les élections, je les prépare, je fais tout ce que je peux pour qu'elles nous soient favorables. Et... je sais que ceci va vous faire de la peine, madame Butler, je ne marchande pas mon concours financier. Vous rappelez-vous m'avoir dit un jour dans le magasin de Frank... Oh! il y a de cela des années!.. que c'était malhonnête de ma part de conserver l'or de la Confédération? Me voilà enfin d'accord avec vous, et maintenant l'or de la Confédération roule et sert à ramener les Confédérés au pouvoir.

— Autant jeter votre argent par la fenêtre!

— Quoi! C'est là l'opinion que vous avez du parti démocrate?

Les yeux de Rhett pétillèrent de malice, puis reprirent une expression impassible.

— En tout cas, que les Démocrates soient vainqueurs ou vaincus aux élections, je m'en fiche comme de l'an quarante. Ce qui m'importe c'est que tout le monde sache que je me suis démené et que j'ai dépensé de l'argent pour ces élections. On s'en souviendra et plus tard Bonnie en profitera.

— A entendre votre pieux discours, j'ai craint que votre cœur n'ait changé, mais je vois que vous n'êtes pas plus sincère lorsqu'il s'agit des Démocrates que lorsqu'il s'agit d'autre chose.

— Non, mon cœur n'a point changé. C'est uniquement ma peau qui a changé. Admettez qu'on supprime les mouchetures d'un léopard, ça ne l'empêchera pas de rester un léopard.

Bonnie réveillée par le bruit de la conversation appela d'une voix endormie, mais impérieuse « Papa! » et Rhett écarta Scarlett pour passer.

— Rhett, attendez une minute. J'ai encore quelque chose à vous dire. Vous ne devriez plus emmener Bonnie avec vous l'après-midi à des réunions politiques. Ça ne se fait pas. Ce n'est pas la place d'une petite fille! Et puis, ça vous rend ridicule. Je n'aurais jamais pensé cela de vous si l'oncle Henry ne m'en avait parlé. Il croyait que j'étais au courant et...

Rhett se retourna vers Scarlett, les traits durcis.

— Comment pouvez-vous reprocher à un père d'asseoir sa petite fille sur ses genoux pendant qu'il discute avec ses amis? Trouvez cela ridicule si ça vous fait plaisir, mais ça ne l'est pas. Les gens se rappelleront pendant des années que Bonnie était assise sur mes genoux quand j'aidais les Démocrates à chasser les Républicains de cet État. Les gens se rappelleront pendant des années...

Son visage se détendit et une flamme malicieuse brilla dans ses yeux.

— Saviez-vous que, lorsqu'on lui demande ce qu'elle aime le mieux, elle répond : « Papa et les " Domi grattes " », et savez-vous ce qu'elle déteste le plus? eh bien! ce sont les « Scallywags ». Dieu merci, les gens se souviennent de ces choses-là.

— Et je suppose que vous lui dites que je suis une Scallawag! s'exclama Scarlett, furieuse.

— Papa, cria Bonnie d'une petite voix indignée, et Rhett, qui riait, traversa le couloir pour aller embrasser sa fille.

Au mois d'octobre de cette année-là, Bullock démissionna et s'enfuit de Georgie. La prévarication, le gaspillage et la corruption avaient atteint une telle ampleur sous son administration que l'édifice s'écroulait de lui-même. L'indignation publique était devenue si forte que son propre parti était divisé en deux. Les Démocrates avaient désormais la majorité de la Législature et pour Bullock cela signifiait qu'on n'allait pas tarder à se livrer à une enquête sur ses agissements. Craignant d'être mis en accusation, il n'attendit pas, fit ses préparatifs et décampa secrètement après s'être arrangé pour que sa démission ne fût pas connue du public avant qu'il fût en sûreté dans le Nord.

Lorsqu'on l'annonça, une semaine après son départ précipité, Atlanta déborda d'une joie délirante. Les gens envahirent les rues. Les hommes riaient et se serraient les mains pour se féliciter, les femmes s'embrassaient et pleuraient. Tout le monde donna des réceptions pour célébrer l'événement et les pompiers eurent fort à faire pour éteindre les feux de joie allumés par les jeunes garçons déchaînés. Les épreuves étaient presque finies. L'ère de la Reconstruction était presque terminée. Bien entendu, le gouverneur par intérim était un républicain lui aussi, mais les élections allaient avoir lieu en décembre et leur résultat ne faisait de doute pour personne. Et, lorsque arriva la date fatidique, malgré les efforts frénétiques des Républicains, la Georgie eut de nouveau un gouvernement démocrate.

La joie et l'émotion s'emparèrent alors de la ville comme elles s'en étaient emparées lorsque Bullock avait pris la poudre d'escampette, mais elles étaient d'une qualité différente. La joie était plus sobre, l'émotion plus profonde. C'était un sentiment de reconnaissance que les gens éprouvaient et les églises furent pleines à craquer quand les prêtres remercièrent le Seigneur d'avoir délivré l'État. A la joie et à l'exaltation se mêlait aussi de l'orgueil. On était fier que ses fils eussent repris la Georgie en main en dépit de tout ce que pourrait faire le gouvernement de Washington, en dépit de l'armée, des Carpetbaggers, des Scallawags et des authentiques Républicains.

Sept fois le Congrès avait voté des lois draconiennes contre l'État pour le maintenir au rang de province conquise. Trois fois la loi martiale avait été appliquée au pays. Les nègres avaient pris du bon temps aux séances de la Législature, des étrangers cupides avaient occupé de hautes fonctions et en avaient profité ; des individus s'étaient enrichis en émargeant aux fonds publics. La Georgie s'était trouvée pieds et poings liés. On l'avait torturée, martyrisée, traînée dans la boue. Mais maintenant, malgré tant de souffrances, la Georgie était de nouveau maîtresse de ses destinées et cela grâce à l'énergie de son peuple.

La brusque déconfiture des Républicains ne fut pas accueillie avec joie par tout le monde. La consternation régnait dans les rangs des Scallawags, des Carpetbaggers et des Républicains. Les Gelert et les Hundon, prévenus du départ de Bullock avant que sa démission devînt officielle, quittèrent la ville du jour au lendemain et retombèrent dans l'oubli d'où ils étaient sortis un instant. Les Carpetbaggers et les Scallawags restés à Atlanta étaient inquiets et cherchaient à se rassurer mutuellement tout en se demandant si l'enquête parlementaire menée par la Législature n'allait pas éclairer d'un jour fâcheux leurs affaires privées. Ils n'avaient plus rien d'insolent désormais. Ils étaient pétrifiés. Ils avaient peur. Les dames qui venaient rendre visite à Scarlett ne cessaient de répéter :

— Mais qui aurait pu penser que les événements prendraient cette tournure ? Nous croyions le gouverneur si puissant. Nous le croyions solidement installé ici. Nous...

Malgré les avertissements de Rhett, Scarlett était stupéfaite par ce revirement de la situation. Elle ne regrettait pourtant ni le départ de Bullock ni le retour des Démocrates. Bien que personne n'eût voulu le croire, elle éprouvait une joie farouche à l'idée que le pays avait enfin secoué la domination des Yankees. Elle se rappelait avec trop d'acuité ses luttes aux premiers temps de la Reconstruction, ses craintes de voir les soldats et les Carpetbaggers confisquer son argent et ses biens. Elle se souvenait de son impuissance, de la panique qui s'emparait d'elle lorsqu'elle songeait à cette impuissance. Elle se souvenait combien elle haïssait les Yankees qui avaient imposé ce système exécrable au Sud. Et elle n'avait jamais cessé de les haïr. Mais, en essayant de faire contre mauvaise fortune bon cœur, en s'efforçant d'obtenir pour elle une sécurité absolue, elle était passée du côté des vainqueurs. Quelle qu'eût été son antipathie pour eux, elle les avait fréquentés, elle avait rompu avec ses vieux amis et avec leur ancien genre de vie. Et maintenant, le règne des vainqueurs était terminé. Elle avait joué, misé sur la durée du régime Bullock et elle avait perdu.

Promenant ses regards autour d'elle en ce Noël de 1871, le plus joyeux Noël que l'État eût connu depuis dix ans, elle éprouva un sentiment d'anxiété. Elle ne pouvait s'empêcher de remarquer que Rhett, jadis l'homme le plus exécré d'Atlanta, en était désormais l'un des plus populaires, car il avait humblement abjuré ses hérésies républicaines et consacré son temps, son argent, son travail et son intelligence à la Georgie pour l'aider à se redresser. Lorsqu'il se promenait à cheval dans les rues, souriant, touchant le bord de son chapeau, Bonnie perchée comme un petit balluchon bleu sur le devant de sa selle, chacun lui rendait son sourire, parlait de lui avec enthousiasme et jetait un regard ému sur la petite fille. Tandis qu'elle, Scarlett...

LIX

Cela ne faisait de doute pour personne, Bonnie Butler était en passe de devenir infernale et avait grand besoin d'une main ferme pour la diriger, mais comme au fond tout le monde raffolait d'elle, personne n'avait le courage d'entreprendre le redressement nécessaire. Elle avait commencé à échapper à toute discipline pendant le voyage de trois mois qu'elle avait fait avec son père. A La Nouvelle-Orléans et à Charleston, Rhett avait toléré qu'elle se couchât à n'importe quelle heure et qu'elle s'endormît dans ses bras au théâtre, au restaurant ou aux tables de jeux. Par la suite, il fallut recourir à la force pour l'obliger à se coucher en même temps que la docile Ella. Au cours du voyage, Rhett lui avait permis de porter toutes les robes qui lui faisaient plaisir et, depuis ce temps, elle se mettait dans une rage terrible chaque fois que Mama essayait de lui passer une robe de basin, ou un tablier au lieu d'une robe de taffetas et d'un col de dentelle.

Il semblait n'y avoir aucun moyen de regagner le terrain perdu pendant le voyage, la maladie de Scarlett et sa convalescence à Tara. Bonnie grandissait et Scarlett essaya de la mater un peu pour l'empêcher de devenir une enfant trop têtue et trop gâtée, mais ses efforts demeurèrent à peu près vains. Rhett prenait toujours parti pour la petite, si insensés que fussent ses désirs, si extravagante que fût sa conduite. Il l'encourageait à dire tout ce qui lui passait par la tête et la traitait comme une grande personne. Il l'écoutait émettre son avis avec un sérieux apparent et prétendait se laisser guider par elle. Aussi Bonnie s'en donnait-elle à cœur joie. Elle coupait la parole aux grands, contredisait son père et le remettait à sa place. Rhett se contentait de rire et ne supportait même pas que Scarlett donnât une petite tape sur la main de Bonnie pour la gronder.

« Si elle n'était pas aussi mignonne, aussi adorable, elle serait impossible, se disait Scarlett tristement tout en se rendant compte que son enfant était douée d'une volonté égale à la sienne. Elle adore Rhett, et s'il voulait il pourrait la rendre plus sage. »

Mais Rhett ne manifestait nulle envie de redresser la conduite de Bonnie. Tout ce qu'elle faisait était bien et, si elle demandait la lune, elle l'obtenait à condition que Rhett pût la lui décrocher. Il avait un orgueil fou de sa beauté, de ses boucles, de ses fossettes, de ses petits gestes. Il aimait sa vivacité, sa bonne humeur, la façon exquise et singulière qu'elle avait de lui montrer son affection. Gâtée, autoritaire, elle n'en était pas moins adorable, et Rhett ne se sentait pas le courage de sévir. Il était son dieu, le centre de son petit univers, et il tenait trop à tout cela pour risquer de le compromettre par ses réprimandes. Bonnie s'attachait à Rhett comme son ombre. Elle le réveillait plus tôt qu'il n'aurait voulu. A table, elle s'asseyait à côté de lui et mangeait alternativement dans son assiette et dans la sienne. Elle s'asseyait sur le devant de sa selle lorsqu'il montait à cheval et seul Rhett avait le droit de la déshabiller et de la coucher dans son petit lit auprès du sien. Émue et attristée, Scarlett considérait avec quelle poigne de fer sa petite fille menait son père. N'aurait-on pas cru pourtant que Rhett eût été le dernier des hommes à prendre son rôle de père au sérieux ? Mais parfois Scarlett sentait la jalousie la mordre, car, à quatre ans, Bonnie comprenait Rhett mieux qu'elle ne l'avait jamais compris et savait le prendre mieux qu'elle ne l'avait jamais su.

Lorsque Bonnie eut atteint ses quatre ans, Mama commença à dire en bougonnant que ce n'était pas convenable de voir une petite fille « à califou'chon su' la selle de son papa avec ses jupes en l'ai' ». Rhett prêta une oreille attentive aux remarques de Mama, d'ailleurs il écoutait toujours Mama quand elle donnait des conseils sur la façon d'élever les petites filles. Cela se traduisit en fin de compte par un petit poney des Shetland à la robe brune et blanche, à la crinière et à la queue longues et soyeuses. On lui attacha sur le dos une minuscule selle d'amazone incrustée d'argent. Théoriquement le poney était destiné aux trois enfants, et Rhett acheta une selle pour Wade, mais Wade préférait de beaucoup son saint-bernard et Ella avait peur de toutes les bêtes. Le poney devint donc la propriété exclusive de Bonnie et fut baptisé « Monsieur Butler ». Tout d'abord la joie de Bonnie ne fut pas complète. L'enfant regrettait de ne pas pouvoir monter encore à califourchon comme son père, mais lorsque celui-ci lui eut expliqué qu'il était bien plus difficile de monter en amazone, elle se laissa convaincre et fit de rapides progrès. Rhett constatait avec un orgueil démesuré qu'elle avait la main sûre et une excellente assiette.

— Attendez un peu qu'elle soit assez grande pour chasser à courre, déclarait-il avec emphase. Personne ne lui arrivera à la cheville. Vous verrez, je l'emmènerai en Virginie. Il n'y a que ce pays-là pour les vraies chasses. Et je l'emmènerai aussi au Kentucky, où l'on s'y connaît en bons cavaliers.

Lorsque la question se posa de lui commander un costume d'amazone, on la laissa comme toujours suivre sa fantaisie et comme toujours elle choisit du bleu.

— Mais non, ma chérie, pas ce velours bleu ! Le velours bleu, c'est bon pour une robe de réception pour moi, déclara Scarlett en riant. Un beau drap noir, voilà ce que portent les petites filles. »

— Voyant se froncer les petits sourcils noirs, Scarlett s'écria : Pour l'amour de Dieu, Rhett, dites-lui que ça n'ira pas du tout et que ce sera très salissant !

— Bah ! qu'elle prenne donc du velours bleu. Si ça se salit, on lui fera faire un autre costume, répondit Rhett tranquillement.

Ainsi Bonnie eut un costume d'amazone en velours bleu avec une jupe si longue qu'elle balayait le flanc du poney, et on la coiffa d'un chapeau noir orné d'une plume rouge, parce que les histoires de Jeb Stuart [1], racontées par tante Melly, avaient frappé son imagi-

1. Prince célèbre de la Maison des Stuarts *(N. d. T.)*.

nation. Lorsque le temps était clair et beau, on pouvait voir le père et la fille trotter côte à côte le long de la rue du Pêcher. Rhett retenait son gros cheval noir et réglait son allure sur celle du petit poney dodu. Parfois ils s'élançaient au galop dans une allée tranquille, semant la panique parmi les poules, les chiens et les enfants. Bonnie, les boucles au vent, cravachait Monsieur Butler tandis que Rhett tirait sur ses rênes pour faire croire à l'enfant qu'elle avait gagné la course.

Lorsque Rhett se fut assuré de sa bonne tenue en selle, de la précision de ses gestes et de son mépris total du danger, il décida qu'il était temps pour Bonnie d'apprendre à sauter des obstacles à la taille des jambes courtes de Monsieur Butler. A cet effet, il fit élever une haie dans le jardin et donna à Wash, un petit neveu de l'oncle Peter, vingt-cinq *cents* par jour pour entraîner Monsieur Butler. On commença par une barre à cinq centimètres du sol qu'on éleva progressivement jusqu'à trente.

Cet arrangement rencontra l'opposition des trois parties principalement en cause, à savoir, Wash, Monsieur Butler et Bonnie. Wash avait peur des chevaux et seules les sommes princières qui lui étaient offertes l'incitèrent à faire sauter le poney rétif plusieurs douzaines de fois par jour. Monsieur Butler supportait avec sérénité que sa petite maîtresse passât son temps à lui tirer la queue et à examiner ses sabots, mais estimait que le Créateur des poneys ne l'avait pas doté d'un corps grassouillet pour sauter par-dessus une barre. Bonnie enfin ne pouvait souffrir que quelqu'un montât sur son poney et trépignait d'impatience chaque fois que Monsieur Butler prenait ses leçons.

Lorsque Rhett décida que le poney était assez dressé pour qu'on lui confiât Bonnie, l'enthousiasme de l'enfant ne connut plus de bornes. Elle se tira de son premier saut tout à son honneur et, par la suite, les promenades avec son père ne présentèrent plus aucun attrait pour elle. Scarlett ne pouvait s'empêcher de rire de l'orgueil témoigné par le père et par la fille, mais elle espérait que Bonnie se lasserait du poney et s'amuserait à d'autres jeux moins gênants pour les voisins. Cependant Bonnie prenait toujours autant de plaisir à ce sport. Une piste labourée par les sabots du poney courait de la tonnelle au fond du jardin jusqu'à la haie, et tous les matins l'air s'emplissait de cris frénétiques. Le grand-père Merriwether qui avait eu maille à partir avec les Indiens en 1849 affirmait que les glapissements de Bonnie ressemblaient aux cris des Apaches lorsqu'ils avaient scalpé un adversaire.

Au bout de la première semaine, Bonnie demanda à sauter une barre plus élevée, une barre à cinquante centimètres du sol.

— Quand tu auras six ans, lui dit Rhett. A ce moment-là tu seras assez forte pour sauter plus haut et je t'achèterai un plus gros cheval, mais les jambes de Monsieur Butler ne sont pas assez longues pour sauter cette hauteur.

— Si, elles sont assez longues. J'ai sauté par-dessus les rosiers de tante Melly, et ils sont énormément hauts!

— Non, il faut attendre, déclara Rhett, énergique pour une fois, mais sa fermeté céda peu à peu devant les assauts répétés de Bonnie et ses accès de colère.

— Allons, c'est entendu, finit-il par dire un matin en riant et en remontant l'étroite barre blanche. Si tu dégringoles, ne pleure pas et ne viens pas m'accuser!

— Maman! lança Bonnie en tournant la tête vers la chambre de Scarlett. Maman! regarde-moi! Papa a dit que je pouvais sauter!

Scarlett qui était en train de se peigner alla à la fenêtre et sourit au spectacle de sa petite fille qui se trémoussait de joie dans son costume bleu tout sale.

« Il va tout de même falloir que je lui commande un autre costume, pensa Scarlett. Dieu sait pourtant le mal que je vais avoir à lui faire quitter celui-ci! »

— Maman, regarde!

— Je regarde, ma chérie! cria Scarlett avec un sourire.

Tandis que Rhett soulevait l'enfant et la juchait

sur le poney, Scarlett sentit monter en elle une bouffée d'orgueil en voyant le dos bien droit de sa fille et sa façon altière de porter la tête :

— Tu es bien jolie, mon trésor, cria-t-elle.

— Et toi aussi, répondit Bonnie avec générosité.

Sur ce, donnant un coup de talon dans les côtes de Monsieur Butler, elle s'élança de la tonnelle et partit au galop vers la haie.

— Maman, regarde-moi prendre celle-là! s'exclama-t-elle en brandissant sa cravache.

Regarde-moi prendre celle-là!

Scarlett entendit tinter la cloche du souvenir au fond de sa mémoire. Il y avait quelque chose de sinistre dans ces mots. Qui était-ce donc? Pourquoi ne pouvait-elle pas se rappeler? Elle regarda sa fille, posée comme une plume sur le dos du poney. Elle fronça les sourcils, un frisson lui parcourut la poitrine. Bonnie fonçait sur l'obstacle, ses boucles brunes sautaient, ses yeux luisaient.

« Elle a les yeux de papa, pensa Scarlett. Des yeux bleus d'Irlandais. Elle est le portrait de papa sous tous les rapports. »

Et, comme elle songeait à Gérald, le souvenir qu'elle cherchait lui revint brusquement, pareil à un éclair d'été dont la clarté brutale porte un coup au cœur et projette un instant sur la campagne une lueur surnaturelle. Elle entendit chanter une voix irlandaise, elle entendit le martèlement rapide d'un cheval remontant le pré de Tara, la voix avait des accents téméraires comme celle de son enfant : « Ellen! regardez-moi prendre celle-là! »

— Non! cria Scarlett. Non! Oh! Bonnie, arrête!

Au moment où elle se penchait à la fenêtre, la barre de bois se brisa avec un bruit effroyable. Rhett poussa un cri rauque. Quatre sabots battirent l'air. Un lambeau de velours bleu gisait sur le sol. Alors, Monsieur Butler se remit sur ses pattes et s'éloigna au trot, emportant sa selle vide.

Le troisième soir après la mort de Bonnie, Mama gravit lourdement les marches qui donnaient accès à la cuisine de Mélanie. Elle était vêtue de noir, depuis ses grosses chaussures d'homme entaillées pour laisser plus de jeu à ses orteils jusqu'à son madras. Ses yeux liquides de vieille femme étaient injectés et cernés de rouge et son corps énorme criait tout entier sa douleur. Son visage tout fripé sous l'effet de l'ahurissement et de la tristesse ressemblait à celui d'un vieux singe, mais il y avait quelque chose de résolu dans sa façon d'avancer le menton. Elle dit quelques mots à Dilcey qui hocha la tête avec bienveillance, comme si un armistice tacite avait suspendu leur ancienne querelle. Dilcey posa le plat qu'elle tenait à la main, traversa l'office sans se presser et se dirigea vers la salle à manger. Une minute plus tard, Mélanie pénétrait dans la cuisine, sa servitette à la main, l'anxiété peinte sur le visage.

— Madame Scarlett n'est pas..

— Ma'ame Sca'lett, elle fait comme nous tous, elle 'éagit, déclara Mama d'un air accablé. J' voulais pas vous dé'anger pendant vot' dîner, ma'ame Melly. Je peux bien attend' pou' vous di' ce qu'il y a dans ma tête.

— Le dîner peut attendre aussi, fit Mélanie. Dilcey, sers le reste du dîner. Mama, viens avec moi.

Mama trottina derrière elle, traversa le vestibule et passa devant la salle à manger où Ashley était assis à un bout de la table avec son petit Beau à côté de lui et de l'autre côté les deux enfants de Scarlett, qui menaient grand train avec leur cuiller à soupe. Les éclats de voix joyeux de Wade et d'Ella emplissaient la pièce. C'était une aubaine pour eux de passer autant de temps chez tante Melly qui était toujours si gentille et qui l'était encore plus en ce moment. La mort de leur sœur cadette ne les avait guère affectés. Bonnie était tombée de son poney et maman avait beaucoup pleuré et tante Mélanie les avait emmenés tous les deux chez elle jouer dans le jardin avec Beau et manger des petits gâteaux chaque fois qu'ils en avaient envie. Mélanie entra la première dans le petit salon aux murs tapissés de livres, ferma la porte et montra le sofa à Mama.

— J'allais me rendre là-bas aussitôt après le dîner, fit-elle. Maintenant que la mère du capitaine Butler est arrivée, je pense que les obsèques auront lieu demain matin.

— L'ente'ement, c'est justement ça, dit Mama. Nous avons tous beaucoup d'ennuis, et je suis venue pou' vous demander vot' aide. Tout ça, c'est un lou' fa'deau, mon chou, un lou' fa'deau.

— Madame Scarlett se serait-elle évanouie ? interrogea Mélanie, agacée. Je l'ai à peine vue depuis que Bonnie... Elle n'a pas quitté sa chambre et le capitaine Butler...

Soudain les larmes inondèrent le visage noir de Mama. Mélanie s'assit à côté de la vieille négresse et lui donna une petite tape affectueuse sur le bras. Mama releva le bas de sa jupe et se tamponna les yeux.

— Faut veni' nous aider, ma'ame Melly. J'ai fait c' que j'ai pu, mais ça n'a 'ien fait.

— Madame Scarlett...

Mama se redressa.

— Ma'ame Melly, vous connaissez ma'ame Sca'lett comme je la connais. Quand elle a un chag'in, le bon Dieu lui donne la fo'ce de le suppo'ter. Celui-là, il lui a b'isé le cœu', mais elle peut le suppo'ter. C'est pou' missié 'hett que je suis venue...

— J'aurais tant voulu le voir, mais chaque fois que je suis allée là-bas, ou bien il était en ville, ou bien il était enfermé dans sa chambre avec... Quant à Scarlett, elle avait l'air d'un fantôme et elle ne voulait rien dire. Dis-moi vite, Mama. Tu sais que je ferai tout ce qui est en mon pouvoir.

Mama s'essuya le nez du revers de la main.

— Je dis que ma'ame Sca'lett elle peut suppo'ter ce que le Seigneu' lui envoie pa'ce qu'elle en a vu de toutes les couleu', mais missié 'hett... Ma'ame Melly il a jamais eu de chag'in quand il voulait pas en avoi', jamais. C'est pou' lui que je suis venue vous voi'.

— Mais...

— Ma'ame Melly, faut que vous veniez à la maison avec moi ce soi'. (Il y avait quelque chose d'impérieux dans la voix de Mama.) Missié 'hett, il vous écoute'a p'têt'. Il a toujou' fait g'and cas de vot' opinion.

— Oh! Mama, que se passe-t-il!

Mama soupira

— Ma'ame Melly, missié 'hett il... il est devenu fou. Il veut pas qu'on emmène p'tite mam'zelle.

— Devenu fou? Oh! Mama ce n'est pas possible.

— Je mens pas. C'est la pu' vé'ité. Il veut pas qu'on ente'e l'enfant. Il m'a dit ça lui-même y a pas une heu' enco'.

— Mais il ne peut pas... il n'est pas...

— C'est pou' ça que je dis qu'il est devenu fou.

— Mais voyons...

— Ma'ame Melly, j'vais tout vous 'aconter. Je dev'ai di' ça à pe'sonne, mais vous êtes de la famille et vous êtes la seule à qui je peux di' ça. J'vais tout vous 'aconter. Vous savez comme il aimait cette enfant. J'ai jamais vu un homme blanc ou noi' aimer son enfant comme ça. On a pensé qu'il allait deveni' fou tout de suite quand le docteu' Meade il lui a dit que la petite elle s'était cassé le cou. Il a p'is son fusil et il est so'ti et il a tué ce poney et, Seigneu', j'ai bien eu peu' qu'il se tue lui aussi. Moi je savais plus quoi fai' avec ma'ame Sca'lett qu'était évanouie et tous les voisins qu'étaient là et missié 'hett qui voulait pas lâcher la petite et qui voulait pas me laisser laver sa p'tite figu' là où elle avait des coupu'. Et quand ma'ame Sca'lett elle est 'evenue à elle, je me suis dit, Dieu soit béni, ils vont pouvoi' se consoler tous les deux.

De nouveau les larmes se mirent à couler sur le visage de Mama qui, cette fois, ne prit même pas la peine de les sécher.

— Mais quand elle est 'evenue, elle est passée dans la vé'anda où il se tenait avec mam'zelle Bonnie dans ses b'as et elle a dit : « Donnez-moi mon bébé que vous avez tué! »

— Oh! non! Elle n'a pas pu dire cela!

— Si, ma'ame. C'est bien ça qu'elle a dit. Elle a dit : « Vous l'avez tué. » Et j'ai tellement eu de peine pou' missié 'hett que je me suis mise à fond' en la'mes pa'ce qu'il avait l'ai' d'un chien battu. Et j'ai dit : « Donnez cette enfant à sa mama. Moi j'veux pas qui s'passe des choses comme ça devant p'tite mam'zelle. » Et je lui ai ôté l'enfant et je l'ai emmenée dans sa chamb' pou' lui laver sa figu'. Et je les ai entendus se pa'ler et ce qui disaient ça m'a glacé le sang. Ma'ame Sca'lett elle l'appelait assassin pou' avoi' laissé la p'tite sauter aussi haut, et lui disait que ma'ame Sca'lett elle avait jamais aimé Bonnie ni aucun des enfants...

— Tais-toi, Mama! Ne m'en dis pas plus long. Ce n'est pas bien de me raconter cela! s'écria Mélanie, qui s'efforçait de chasser de son esprit l'image évoquée par les paroles de Mama.

— Je sais bien que j'ai pas le d'oit de vous di' tout ça, mais j'ai le cœu' t'op g'os pou' savoi' ce qui faut pas di'. Alo', missié 'hett il est allé lui-même chez l'homme qui s'occupe des ente'ements et ap'ès il a 'emis Bonnie dans son lit qu'est dans sa chamb'. Et quand ma'ame Sca'lett elle lui a dit qu'il fallait la met' dans le salon dans un ce'cueil, j'ai eu peu' que missié 'hett il tape dessus. Il a dit : « Elle quitte'a pas ma chamb' », et il s'est tou'né vers moi et a dit : « Mama, vous veille'ez à ce qu'elle quitte pas d'ici jusqu'à mon 'etour. » Alo' il est pa'ti en cou'ant et il a sauté sur son cheval et il n'est pas 'ent'é avant le coucher du soleil. Quand il est 'ent'é j'ai bien vu qu'il avait bu, qu'il avait beaucoup bu, mais comme toujou' il tenait bien la boisson. Il est ent'é dans la maison sans même pa'ler à ma'ame Sca'lett ou à mam'zelle Pitty ou aux aut' dames qui étaient venues et il est monté quat' à quat' dans sa chamb' et il m'a appelée de toutes ses fo'ces. J'ai monté l'escalier aussi vite que j'ai pu et quand je suis a'ivée il était p'ès du lit et il faisait si noi' que je pouvais p'esque pas le voi' pa'ce que les volets ils étaient ti'és.

« Alo' il m'a dit comme s'il allait me manger :

"Ouv'ez les volets, il fait noi' ici." Je les ai ouverts et il m'a 'ega'dée et, Seigneu' Dieu, ma'ame Melly, j'ai eu peu' que mes genoux ils me po'tent plus à cause que missié 'hett il avait l'ai' si biza'. Alo' il m'a dit : "Appo'tez des lumiè'. Il faut pas qu'elles s'éteignent et puis pas d'abat-jou'. Vous savez donc pas que mam'zelle Bonnie elle a peu' du noi'."»

Les yeux agrandis par l'horreur, Mélanie regarda Mama qui hocha la tête d'une façon lugubre.

— C'est ce qui m'a dit : « Mam'zelle Bonnie elle a peu' du noi'. » (Mama frissonna.) Alo', quand je lui ai appo'té une douzaine de bougies, il m'a dit : « So'tez », et il a fe'mé la po'te à clef et il est 'esté avec la p'tite mam'-zelle et il a pas ouve' même quand ma'ame Sca'lett elle est venue hu'ler devant la po'te. Et il est comme ça depuis deux jou'. Il veut pas entend' pa'ler des obsèques et le matin il fe'me la po'te à clef et il s'en va su' son cheval. Il 'evient le soi' complètement iv' et il s'enfe'me enco' et il mange pas et il do' pas. Et maintenant voilà que la vieille ma'ame Butler elle est venue de Cha'ston et que ma'ame Suellen et missié Will ils sont venus de Ta'a, mais missié 'hett il veut pas leu' pa'ler. Oh! ma'ame Melly, c'est ho'ible! Et ça va êt' pi' enco' et les gens qui commencent à di' que c'est un scandale!

« Et alo', ce soi'... (Mama s'arrêta et s'essuya pour la seconde fois le nez du revers de la main...) ce soi', ma'ame Sca'lett elle l'a att'apé dans le couloi' du p'emier et elle est ent'ée dans la chamb' avec lui et elle lui a dit : "L'ente'ement il au'a lieu demain matin" et il a dit : "Faites ça et je vous tue demain!"

— Oh! mais c'est sûr, il ne doit plus avoir sa tête à lui!

— Oui, ma'ame, c'est sû'. Et ils ont pa'lé si bas tous les deux que j'ai 'ien pu enten' sauf missié 'hett qui disait enco' que mam'zelle Bonnie elle avait peu' du noi' et que dans la tombe il faisait 'udement noi'. Et au bout d'un moment ma'ame Sca'lett elle a dit : « C'est monst'ueux de fai' ça ap'ès l'avoi' tuée pou' satisfai' vot' o'gueil! » Et il a dit : « Vous n'avez donc pas pitié ? » Elle a dit : « Non, et je n'ai pas d'enfant non plus. Et je peux plus suppo'ter la façon dont vous vous conduisez depuis que vous avez tué Bonnie. C'est un scandale dans toute la ville. Vous êtes toujou' iv' et, si vous pensez que je ne sais pas où vous avez passé tout vot' temps, vous êtes un imbécile. Je sais que vous êtes allé chez cette c'éatu', chez cette Belle Watling! »

— Oh! Mama, ce n'est pas possible!

— Si ma'ame. C'est ce qu'elle a dit. Et puis, ma'ame Melly, c'est la vé'ité. Les nèg' ils savent un tas de choses bien plus vite que les blancs, et je savais bien ce qui se passait, mais je disais 'ien. Et il a pas dit le cont'ai'e. Il a dit : « Oui, ma'ame, c'est bien là que je suis allé, et vous avez pas besoin de vous met' en colè' pa'ce que vous vous en fichez. Une maison de tolé'ance, c'est le pa'adis ap'ès cette maison qu'est un enfe'. Et Belle, c'est une des meilleu' pe'sonnes du monde. Elle me 'ep'oche pas d'avoi' tué mon enfant. »

— Oh! s'écria Mélanie, frappée en plein cœur.

La vie qu'elle menait était si agréable, si paisible, les gens qui l'entouraient lui prodiguaient tant d'affection que le récit de Mama dépassait presque sa compréhension. Il lui était difficile de croire la vieille négresse et cependant un souvenir se glissait dans sa mémoire, une image qu'elle s'empressa de repousser comme elle se fût détournée du spectacle d'un corps nu. Rhett avait parlé de Belle Watling le jour où il avait sangloté, la tête posée sur ses genoux. Mais il aimait Scarlett. Elle ne pouvait pas s'être trompée ce jour-là. Et, bien entendu, Scarlett l'aimait. Que s'était-il donc passé entre eux ? Comment un mari et une femme pouvaient-ils s'entre-déchirer aussi cruellement ?

Mama reprit son histoire d'un ton brisé.

— Au bout d'un moment, ma'ame Sca'lett elle est so'tie de la chamb', blanche comme un linge, mais elle avait les dents se'ées et elle m'a vue là et elle m'a dit : « L'ente'ment est pou' demain, Mama. » Et elle est passée comme un fantôme. Alo' mon cœu' il a chavi'é pa'ce que ma'ame Sca'lett elle fait toujou' ce qu'elle dit et que Missié 'hett il est comme elle. Et il a dit qu'il la tue'ait si elle faisait ça. Et puis, ma'ame Melly, j'étais enco' plus t'iste pa'ce que j'avais quelque chose su' la conscience qui pesait lou'. Ma'ame Melly, c'est moi qu'ai fait peu' du noi' à la petite.

— Oh ! mais Mama, ça n'a pas d'importance... plus maintenant.

— Oh ! si, ma'ame, tout le mal il vient de là. Alo' je me suis dit qui valait mieux que je dise ça à missié 'hett, même s'il devait me tuer, pa'ce que, vous comp'-enez, j'avais ça su' la conscience. Alo' je suis vite en'ée dans la chamb' avant qui fe'me la po'te à clef et j'ai dit : « Missié 'hett, je viens ici me confesser. » Alo' il s'est tou'né ve' moi comme un fou et il a dit : « So'tez », et Seigneu' j'ai jamais eu si peu' ! mais j ai dit : « Je vous en supplie, missié 'hett laissez-moi pa'ler. Si je pa'le pas ça va me tuer. C'est moi qui ai fait peu' du noi' à p'tite mam'zelle. » Alo', ma'ame Melly, j'ai baissé la tête et j'ai attendu qui me tape dessus, mais il a pas bougé. Alo' j'ai dit : « C'était pas pa' méchanceté, mais, missié 'hett, cette enfant elle avait peu' de 'ien, elle so'tait de son lit quand tout le monde il s'était couché et elle se p'omenait dans toute la maison pieds nus. Et moi ça m'ennuyait pa'ce que j'avais peu' qu'elle se fasse mal. Alo' je lui ai dit que dans le noi' y avait des fantômes et des c'oquemitaines. »

« Alo', ma'ame Melly, vous savez pas ce qu'il a fait ? Il est devenu gentil comme tout et il s'est app'oché de moi et il m'a mis la main su' le b'as. C'était la p'emiè' fois qui faisait ça. Et il m'a dit : "Elle était brave, hein ? Elle avait peu' que du noi'." Et quand j'ai commencé à pleu'er, il a dit : "Voyons, Mama", et il m'a ca'essé le bras. "Voyons, Mama, faut pas vous fai' du chag'in comme ça. Je suis content que vous m'ayez dit ça. Je sais que vous aimez mam'zelle Bonnie et, puisque vous l'aimez, ça fait 'ien. C'est ce qu'on a dans le cœu' qui compte." Vous voyez, ma'ame, c'était gentil de me consoler comme ça. Alo' j'ai osé lui di' : "Eh bien ! missié 'hett, et l'ente'ment ?" Alo' il m'a 'ega'dée comme un sauvage, ses yeux ils étaient comme du feu et il m'a dit : "Bon Dieu, je c'oyais que vous au moins vous comp'eniez, même si les aut' ils comp'ennent pas! Pensez-vous que je vais laisser emmener mon enfant dans le noi' quand elle en a si peu' ? J'entends enco' les hu'lements qu'elle poussait quand elle se 'éveillait dans le noi'. Et je veux pas qu'elle ait peu' !" Ma'ame Melly, j'ai su comme ça qu'il était devenu fou. Il est iv', il a besoin de dormi' et de manger quelque chose, mais c'est pas tout. Il est complètement fou. Il m'a mise à la po'te et sauf vot' 'espect, il m'a dit : "Foutez-moi le camp d'ici!"

« Je suis descendue et j'ai pensé qu'il voulait pas qu'on enter' la petite demain et ma'ame Sca'lett elle a dit que l'ente'ement il était pou' demain et il a dit qu'il la tuerait! Et la maison qui est pleine de pa'ents et tous les voisins qui pa'lent à to' et à t'avè', et moi j'ai pensé à vous, ma'ame Melly. Faut que vous veniez nous aider.

— Oh! Mama, je ne peux pas me mêler de cela!

— Si vous pouvez pas, qui pou'a alo' ?

— Mais que puis-je faire, Mama ?

— Ma'ame Melly, je sais pas moi. Mais vous pouvez fai' quelque chose. Vous pouvez pa'ler à missié 'hett et p'têt' qui vous écoute'a. Il vous aime beaucoup, ma'ame Melly. Vous le savez p'têt' pas, mais c'est v'ai. J'y ai entendu di' souvent que vous étiez la seule g'ande dame qui connaisse.

— Mais...

Mélanie se leva, bouleversée, le cœur serré à la pensée d'affronter Rhett, de discuter avec un homme que le chagrin avait rendu fou, d'entrer dans la chambre illuminée où gisait le corps de la petite fille qu'elle aimait tant. Que pourrait-elle faire ? Que pourrait-elle dire à Rhett pour adoucir sa peine et le ramener à la raison ? Pendant un moment, elle réfléchit ne sachant quel parti prendre, tandis qu'à travers la porte fermée lui parvenaient les éclats de rire pointus de son fils. Elle ressentit comme un coup de poignard en songeant que son Beau pourrait reposer là-haut, son petit corps raidi et froid, son rire joyeux à jamais étouffé.

— Oh! s'écria-t-elle tout haut et, subitement effrayée, elle serra en pensée son fils contre elle.

Elle comprenait Rhett. Si Beau était mort, comment pourrait-elle se séparer de lui, le laisser seul dans le vent, la pluie et les ténèbres ?

— Oh! pauvre, pauvre capitaine Butler! fit-elle, je vais aller le trouver tout de suite.

Elle retourna en hâte dans la salle à manger, glissa quelques mots tendres à l'oreille d'Ashley et surprit son petit garçon en l'attirant à elle et en embrassant passionnément ses boucles blondes.

Elle sortit sans chapeau. Elle n'avait pas lâché sa serviette et elle marchait si vite que les vieilles jambes de Mama avaient bien du mal à la suivre.

Arrivée chez Scarlett, elle passa devant la bibliothèque et s'inclina en apercevant Mlle Pittypat à la mine éplorée, la digne et vieille Mme Butler, Suellen et son mari. Elle gravit l'escalier d'une seule traite, entraînant Mama qui haletait. Devant la porte de Scarlett, elle s'arrêta un instant, mais Mama murmura : « Non, ma'ame, faites pas ça. »

Mélanie repartit d'un pas moins rapide, traversa le couloir et se trouva en face de la porte de Rhett. Elle hésita un instant comme si elle allait rebrousser chemin. Puis, prenant son courage à deux mains, pareille à un petit soldat montant à l'assaut, elle frappa à la porte et dit d'une voix douce : « Laissez-moi entrer, s'il vous plaît, capitaine Butler. C'est Mme Wilkes, je veux voir Bonnie. » La porte s'ouvrit aussitôt et Mama, blottie dans l'ombre, vit la silhouette massive et sombre de Rhett se détacher au reflet scintillant des bougies. Il titubait et Mama put sentir son haleine qui empestait le whisky. Il regarda Mélanie, la prit par le bras, la fit entrer et referma la porte.

Mama s'approcha sans bruit d'une chaise qui se trouvait là et, son corps informe débordant de toutes parts, s'y laissa tomber, épuisée. Elle demeura immobile et se mit à prier tout en versant des larmes silencieuses. De temps en temps elle relevait le bas de sa jupe et s'essuyait les yeux. Elle avait beau tendre l'oreille, aucun son ne venait de la chambre à l'exception d'un murmure sourd et brisé. Après une attente qui lui sembla interminable, la porte s'entrebâilla et le visage pâle et défait de Mélanie apparut.

— Apporte-moi vite un pot de café et quelques sandwiches.

Lorsque les circonstances l'exigeaient, Mama retrouvait la vivacité de ses seize ans et, poussée par la curiosité de pénétrer dans la chambre de Rhett, elle sut faire diligence. Cependant son espoir fut déçu, car lorsqu'elle remonta Mélanie se contenta d'entrouvrir la porte et de lui prendre le plateau des mains. Pendant un long moment Mama, l'oreille collée à la porte, ne distingua que le heurt de la fourchette contre l'assiette et les accents doux et étouffés de la voix de Mélanie. Puis elle entendit craquer le lit sous le poids d'un corps lourd et, un instant plus tard, deux bottes tombèrent sur le plancher. Enfin Mélanie sortit, mais, malgré sa promptitude, Mama n'eut même pas la satisfaction de pouvoir jeter un regard dans la pièce. Mélanie avait l'air fatigué, des larmes brillaient au bord de ses cils, cependant son visage avait repris sa sérénité.

— Va dire à Mme Scarlett que le capitaine Butler est tout à fait décidé à ce que les obsèques aient lieu demain matin, fit-elle tout bas.

— Dieu soit loué, s'écria Mama. Comment...

— Ne parle pas si haut. Il va dormir. Mama, dis également à Mme Scarlett que je passerai la nuit ici et prépare-moi du café. Tu me l'apporteras ici.

— Dans cette chamb' ?

— Oui, j'ai promis au capitaine Butler de veiller la petite pendant qu'il prendrait un peu de repos. Allons, va vite prévenir Mme Scarlett pour ne pas qu'elle s'inquiète davantage.

Mama s'éloigna en faisant trembler le plancher du couloir sous ses pas. Son cœur soulagé entonnait un hymne d'allégresse : *Alleluia! Alleluia!* Elle s'arrêta devant la porte de Scarlett pour réfléchir. La gratitude et la curiosité se partageaient son esprit. « Ce que ma'ame Melly elle a fait, ça me dépasse. Les anges ils sont pou' elle, je suppose. Je vais annoncer à ma'ame

Sca'lett que l'ente'ement il est pou' demain, mais je suppose que je fe'ais mieux de ne pas lui di' que ma'ame Melly est avec p'tite mam'zelle. Ça fe'ait pas du tout plaisi' à ma'ame Sca'lett! »

LX

Il y avait quelque chose de faussé dans le monde. Il y régnait une atmosphère sombre, obsédante, qui, pareille à une impalpable brume nocturne, envahissait tout et entourait lentement Scarlett d'un voile de plus en plus épais. La mort de Bonnie n'était pourtant pas la cause de cette impression, car maintenant la douleur intolérable du début faisait place à une acceptation résignée. Scarlett éprouvait la sensation étrange qu'un péril la menaçait, comme si le sol allait se transformer en sables mouvants dès qu'elle y posait le pied.

Auparavant elle n'avait jamais connu ce genre de peur. Toute sa vie, son bon sens avait été pour elle un état solide et les seules choses qu'elle avait redoutées étaient des choses qu'elle pouvait voir, la faim, la pauvreté, la perte de l'amour d'Ashley. Bien qu'elle ne fût pas douée pour l'analyse, elle n'en cherchait pas moins à s'analyser, mais sans aucun succès. Elle avait perdu son enfant préférée, mais c'était une épreuve qu'elle pouvait supporter comme elle avait supporté d'autres épreuves cruelles. Elle jouissait d'une santé parfaite, elle avait tout l'argent qu'elle voulait et elle avait encore Ashley quoiqu'elle le vît de moins en moins. La gêne qui subsistait entre eux depuis le jour fatal de la réunion de Mélanie n'était même pas pour elle un sujet d'inquiétude parce qu'elle savait qu'elle ne durerait pas. Non, elle ne craignait ni de souffrir, ni d'avoir faim, ni de perdre son amour. Les craintes de cet ordre-là ne l'avaient jamais abattue, comme l'abattait ce sentiment confus, cette terreur maladive qui ressemblait curieusement à celle qu'elle ressentait quand, dans son ancien cauchemar, le cœur prêt à se rompre, elle courait au milieu d'un brouillard mouvant, comme une enfant égarée qui cherche en vain un abri.

Elle se rappelait comment Rhett triomphait toujours de ses craintes en la faisant rire. Elle se rappelait le réconfort qu'elle trouvait contre sa large poitrine et dans ses bras robustes. Elle finit donc par tourner son regard vers lui et, pour la première fois depuis des semaines, le vit tel qu'il était. Le changement qu'elle remarqua en lui lui causa un choc. Rhett n'était plus homme à rire ou à la consoler.

Pendant un certain temps après la mort de Bonnie, elle lui en avait trop voulu, elle avait été trop absorbée par son propre chagrin pour faire plus que lui parler poliment devant les domestiques. Elle avait été trop accaparée par le souvenir de Bonnie babillant ou trottinant à petits pas rapides pour penser que lui aussi devait se rappeler et éprouver un chagrin encore plus vif que le sien. Au cours de ces semaines ils avaient vécu comme vivent des étrangers courtois qui se rencontrent à l'hôtel, partagent le même toit, partagent la même table, mais ne partagent jamais leurs pensées.

Maintenant que Scarlett avait peur et qu'elle se sentait seule, elle aurait renversé cette barrière si elle en avait eu la possibilité, mais elle s'apercevait que Rhett la tenait à distance comme s'il eût voulu s'en tenir avec elle à des rapports superficiels. Maintenant que son ressentiment s'évanouissait, elle eût souhaité lui dire qu'elle ne le considérait pas comme responsable de la mort de Bonnie. Elle désirait pleurer dans ses bras, lui avouer qu'elle aussi avait été trop fière de l'adresse de leur enfant, trop indulgente pour ses caprices. Elle se fût volontiers humiliée, elle eût volontiers reconnu qu'elle l'avait accusé d'avoir tué leur fille uniquement parce que, dans son affolement, elle avait espéré adoucir sa douleur en lui faisant mal. Mais l'occasion favorable ne semblait jamais se présenter. Rhett posait sur elle ses yeux noirs vides d'expression et elle n'osait pas parler. A force de remettre au lendemain l'heure de lui faire des excuses, s'ouvrir à lui devint de plus en plus difficile et finalement impossible. Elle se demanda à quoi cela tenait. Rhett était son mari et, entre elle et lui, existait ce lien que rien ne pouvait rompre de deux êtres qui avaient partagé le même lit, qui avaient eu un enfant, l'avaient élevé, chéri, et qui l'avaient vu emporter trop tôt dans les ténèbres. Il n'y avait de consolation possible que dans les bras du père de cet enfant, que dans l'échange de souvenirs douloureux qui, pénibles au début, aideraient les blessures à se cicatriser. Mais maintenant, autant se confier aux bras d'un indifférent...

Rhett était rarement chez lui. Lorsqu'ils dînaient ensemble, il était le plus souvent en état d'ivresse. Il ne buvait plus comme il buvait jadis. L'alcool n'avait plus pour effet de le rendre de plus en plus caustique et raffiné. Il ne racontait plus de ces histoires amusantes et spirituelles qui la faisaient rire malgré elle. Désormais il avait l'ivresse sombre et silencieuse et, vers la fin de la soirée, il était complètement hébété. Parfois Scarlett l'entendait rentrer à cheval au petit matin. Il traversait le jardin et allait secouer la porte de la maison des domestiques pour réveiller Pork qui l'aidait à monter l'escalier et à se coucher. Dire que Rhett faisait jadis rouler tous ses compagnons de bouteille sous la table et les reconduisait chez eux sans jamais donner le moindre signe d'ivresse! Lui qui avait toujours été tiré à quatre épingles, il ne prenait plus aucun soin de sa personne et il fallait que Pork se fâchât pour l'obliger à se changer avant le dîner. Le whisky lui altérait le visage. Son menton dur et carré s'empâtait d'une graisse malsaine, des poches se dessinaient sous ses yeux injectés de sang. Son corps puissant commençait à donner une impression de mollesse et sa taille s'épaississait.

Il lui arrivait souvent de ne pas rentrer du tout, et il ne se donnait même pas la peine de prévenir. Bien entendu il devait peut-être cuver son ivresse dans le coin de quelque café, mais, en ces occasions, Scarlett se figurait toujours qu'il était chez Belle Watling. Un jour, elle avait rencontré Belle dans un magasin. Belle n'était plus qu'une femme vulgaire déjà sur le retour et il ne lui restait plus grand-chose de sa beauté. Cependant, malgré son fard et ses vêtements criards, elle avait un air avenant et presque maternel. Au lieu de baisser les yeux ou de prendre une attitude provocante, comme le faisaient les autres femmes légères lorsqu'elles se trouvaient en présence d'une dame, Belle regarda Scarlett avec une expression de pitié qui la fit rougir.

Désormais Scarlett se sentait aussi incapable d'en vouloir à Rhett, de s'emporter contre lui, d'exiger de lui de la fidélité ou de lui faire honte que de lui demander pardon de l'avoir accusé de la mort de Bonnie. Elle était prisonnière d'une apathie inexplicable, d'une tristesse qu'elle ne comprenait pas et qui l'atteignait plus profondément que tout ce qu'elle avait connu. Elle était seule et elle ne se rappelait pas avoir jamais été seule. Peut-être, jusqu'à maintenant, n'avait-elle jamais eu le temps de mesurer sa solitude. Elle se sentait abandonnée, elle avait peur et elle n'avait personne vers qui se tourner en dehors de Mélanie. Mama, son principal soutien, Mama elle-même l'avait quittée, était repartie définitivement pour Tara. Mama n'expliqua pas les raisons de son départ. Ses yeux de vieille femme fatiguée se posèrent avec tristesse sur Scarlett lorsqu'elle demanda de l'argent pour prendre le train. Scarlett eut beau pleurer et supplier, Mama se contenta de répondre : « J'ai l'imp'ession que ma'ame Ellen elle me dit comme ça: " Mama, 'eviens à la maison. Ton t'avail il est fini". Alo je 'eviens à la maison. »

Rhett, qui avait suivi la scène, donna de l'argent à Mama et lui caressa le bras. « Vous avez raison, Mama. Mme Ellen a raison. Votre tâche est terminée. Rentrez chez vous. Prévenez-moi si vous avez besoin de quelque chose. » Et, comme Scarlett s'indignait et donnait l'ordre à Mama de rester, il s'écria : « Taisez-vous, espèce de sotte! Laissez-la partir! Pour quelle raison quelqu'un voudrait-il rester dans cette maison... maintenant ? »

Il accompagna ces mots d'un regard si brillant, si farouche, que Scarlett, effrayée, recula.

— Docteur Meade, pensez-vous que... croyez-vous que Rhett ait le cerveau dérangé ? demanda-t-elle un peu plus tard au vieux praticien qu'elle était allée consulter au sujet de cette angoisse nerveuse qui l'oppressait.

— Non, fit le docteur, mais il boit comme un trou et il va se tuer s'il continue. Il aimait son enfant, Scarlett, et je pense qu'il boit pour l'oublier. Maintenant, si vous voulez un bon conseil, donnez-lui un bébé le plus vite possible.

« Ah! se dit Scarlett avec amertume en sortant du cabinet de consultation. C'est plus facile à dire qu'à faire. » Elle ne demandait pas mieux que d'avoir un autre enfant, plusieurs enfants même, si cela devait changer le regard de Rhett et remplir les vides de son propre cœur meurtri. Oui, un garçon qui serait beau comme Rhett et une autre petite fille. Oh! une autre petite fille, jolie, gaie, volontaire, débordante d'entrain, pas une petite fille comme cette linotte d'Ella! Pourquoi, mais pourquoi Dieu ne lui avait-il pas pris Ella, puisqu'il voulait lui prendre un de ses enfants ? Ella n'était pas une consolation pour elle. Mais Rhett ne paraissait pas désirer d'autres enfants! En tout cas il n'entrait plus dans sa chambre à coucher bien qu'elle ne fût jamais fermée à clef et que la porte fût même entrebâillée à dessein. Il semblait ne plus s'intéresser à rien. Il n'y avait plus que le whisky pour lui et cette femme vulgaire avec ses cheveux rouges. Il était devenu amer et brutal. Après la mort de Bonnie, bon nombre de dames qui avaient été séduites par la façon exquise dont il traitait sa fille tinrent à lui prouver leur sympathie. Elles l'arrêtaient dans la rue pour lui exprimer leurs condoléances ou bien elles lui parlaient par-dessus la haie de leur jardin et lui disaient qu'elles compatissaient à sa douleur. Mais maintenant que Bonnie avait disparu, et avec elle toutes raisons d'être aimable, il reprenait son ancienne attitude, rabrouait ces personnes bien intentionnées et leur tournait le dos sans cérémonie.

Néanmoins les dames ne s'offensaient point de sa brusquerie. Elles le comprenaient ou prétendaient le comprendre. Lorsqu'il rentrait le soir, presque trop ivre pour se tenir en selle et lançant des regards farouches aux gens qui lui adressaient la parole, elles disaient « le pauvre » et redoublaient d'amabilité et de prévenances. Elles le plaignaient de ne pas retrouver à son retour meilleur réconfort que Scarlett.

Tout le monde savait combien Scarlett était sèche et sans cœur. Tout le monde était horrifié par la facilité avec laquelle elle semblait s'être remise de la mort de Bonnie. Personne ne se rendait compte ou ne cherchait à se rendre compte de l'effort représenté par ce redressement apparent. Rhett avait pour lui toute la sympathie de la ville, mais il n'en savait rien et d'ailleurs ça lui eût été égal. Quant à Scarlett, personne ne s'intéressait à elle alors que, pour une fois, elle eût accueilli avec joie les attentions de ses anciens amis.

En dehors de tante Pitty, de Mélanie et d'Ashley, aucune de ses anciennes relations ne lui rendait visite. Seules ses nouvelles amies venaient la voir dans leurs brillants équipages. Elles étaient avides de lui prouver leur affection et essayaient de la distraire en lui racontant des potins dont elle se moquait. Tous ces gens, qui fréquentaient chez elle, étaient des nouveaux venus, des étrangers. Ils ne la connaissaient pas, ils ne la connaîtraient jamais. Ils ignoraient quelle avait été son existence avant de venir s'installer dans sa fière demeure de la rue du Pêcher. Ces femmes évitaient également de dire ce qu'avait été leur vie avant de porter des robes de brocart et de se promener dans des victorias attelées à deux chevaux de prix. Elles ignoraient quelles avaient été les luttes soutenues par Scarlett, ses privations, tout ce qu'elle avait enduré et qui lui faisait tenir davantage à sa grande maison, à ses belles robes, à son argenterie, à ses réceptions. Non ils ne savaient pas et ça leur était bien égal à tous ces gens venus de Dieu sait où, tous ces gens qui semblaient toujours mener une vie superficielle, qui n'avaient aucun souvenir commun avec Scarlett, aucun souvenir de guerre, de famine ou de lutte, aucune racine commune qui s'enfonçât dans la même terre rouge.

Dans la solitude, Scarlett eût aimé passer les après-midi avec Maybelle ou Fanny, avec Mme Elsing ou Mme Whiting, ou même avec Mme Merriwether, ce redoutable adversaire de toujours... ou... ou n'importe laquelle de ses anciennes amies ou de ses voisines. Car elles au moins elles savaient. Elles avaient connu la guerre, l'angoisse et l'incendie. Elles avaient vu des êtres aimés fauchés avant l'âge. Elles avaient souffert de la faim, elles avaient porté des haillons, elles avaient supporté toutes sortes de privations et s'étaient relevées de leur ruine. Quel réconfort c'eût été de s'asseoir auprès de Maybelle en se rappelant que Maybelle avait perdu un bébé au moment de la fuite éperdue devant les troupes de Sherman! Quel réconfort de revoir Fanny en sachant que Fanny et elle avaient toutes deux perdu leur mari aux jours sombres de la loi martiale. Il n'eût pas été déplaisant d'évoquer avec Mme Elsing la mine qu'elle faisait le jour de la chute d'Atlanta, lorsqu'elle traversait les Cinq Fourches en tapant à bras raccourcis sur son cheval qui traînait une voiture d'où s'échappait le butin arraché aux magasins de l'intendance. Il n'eût pas été désagréable non plus de dire à Mme Merriwether, dont la pâtisserie prospérait : « Vous souvenez-vous de votre situation juste après la reddition ? Vous rappelez-vous que nous ne savions même pas comment remplacer nos vieilles chaussures ? Et regardez-nous maintenant! »

Oui, cela n'eût pas été désagréable. Maintenant, Scarlett comprenait pourquoi deux anciens Confédérés parlaient avec tant de plaisir de la guerre lorsqu'ils se rencontraient. Elle comprenait leur fierté, leur nostalgie. La guerre les avait mis à l'épreuve, mais ils s'en étaient tirés à leur honneur. C'étaient d'anciens combattants. Elle aussi avait fait la guerre, mais elle n'avait personne avec qui revivre les combats soutenus. Oh! se retrouver avec les gens qui avaient enduré les mêmes souffrances, ces souffrances qui, malgré tout, occupaient une si grande place dans les cœurs. Mais Scarlett avait perdu le contact avec ces gens. Elle se rendait compte que c'était sa faute. Jusqu'à maintenant ça lui avait été égal... et maintenant, Bonnie était morte, elle se sentait seule, elle avait peur et, en face d'elle, de l'autre côté de sa table étincelante, elle voyait se désagréger sous ses yeux un étranger abruti par l'alcool.

LXI

Scarlett était à Marietta lorsque lui parvint le télégramme de Rhett. Un train partait pour Atlanta dix minutes plus tard. Elle l'attrapa n'emportant aucun bagage en dehors de son réticule, et laissa Wade et Ella à l'hôtel avec Prissy.

Atlanta n'était qu'à une trentaine de kilomètres, mais le train se traînait interminablement dans une atmosphère humide de début d'automne et s'arrêtait à tous les chemins pour prendre des voyageurs. Affolée par la dépêche de Rhett, exaspérée par cette lenteur, Scarlett manquait de hurler à chaque halte. Le convoi, sans se presser, traversait des forêts à peine dorées, laissait derrière lui des collines rouges balafrées de tranchées en zigzags, des espaces nus où les batteries s'étaient dressées, des trous d'obus envahis par les herbes, longeait la route que les hommes de Johnston, en pleine retraite, avaient farouchement défendue. A chaque station, à chaque croisement de route, le chef de train lançait le nom d'un lieu de bataille ou d'escarmouche qui, en temps normal, eût éveillé en Scarlett des souvenirs d'épouvante.

Rhett avait télégraphié : « Mme Wilkes malade. Revenez immédiatement. »

Le crépuscule était tombé lorsque le train entra en gare d'Atlanta et une légère bruine obscurcissait la ville. Les réverbères, bulles jaunâtres dans le brouillard, jetaient une lueur confuse. Rhett attendait Scarlett avec la voiture. Le spectacle de son visage effraya encore plus Scarlett que sa dépêche. Elle ne l'avait jamais vu aussi dénué d'expression.

— Elle n'est pas... s'écria-t-elle.

— Non, elle vit encore. (Rhett l'aida à monter en voiture.) Chez Mme Wilkes, aussi vite que tu pourras, dit-il au cocher.

— Que lui arrive-t-il ? Je ne savais pas qu'elle était malade. Elle avait l'air en parfaite santé la semaine dernière. A-t-elle eu un accident ? Oh ! Rhett, vraiment, ce n'est pas aussi grave que vous...

— Elle se meurt, fit Rhett, et sa voix n'avait pas plus d'expression que son visage. Elle veut vous voir.

— Pas Melly ! Oh ! non, pas Melly ! Que s'est-il passé ?

— Elle a eu une fausse couche.

— Une... une... fausse... mais Rhett, elle...

Scarlett bredouillait. Après l'affreuse nouvelle, cette révélation lui coupait le souffle.

— Vous ne saviez pas qu'elle allait avoir un bébé ?

Scarlett ne put même pas faire non de la tête.

— Non, en effet, je suppose que vous n'étiez pas au courant. Je pense qu'elle ne l'avait dit à personne. Elle voulait ménager une surprise aux siens, mais moi je savais.

— Vous saviez ? Mais pourtant elle n'avait pas dû vous le dire ?

— Ce n'était pas la peine. Je savais à quoi m'en tenir. Elle avait été si... si heureuse, ces deux derniers mois. Je me doutais bien que ça ne pouvait pas être autre chose.

— Mais, Rhett, le docteur lui avait dit que ça la tuerait d'avoir un autre bébé.

— Et ça l'a tuée, fit Rhett, puis, se penchant vers le cocher : Pour l'amour de Dieu, tu ne peux donc pas conduire plus vite ?

— Mais, Rhett, elle ne peut pas être en train de mourir ? Je... je n'en suis pas... je...

— Elle n'a pas votre force. Elle n'a jamais eu de force. Elle n'a jamais eu que du cœur.

La voiture s'arrêta brusquement en face de la petite maison basse et Rhett tendit la main à Scarlett. Tremblante, effrayée, envahie soudain par une impression de solitude, elle se cramponna au bras de Rhett.

— Vous entrez, Rhett ?

— Non, dit-il et il remonta dans la voiture.

Scarlett gravit le perron d'un trait, franchit la véranda et ouvrit la porte du hall. Là, enveloppés par la lumière jaune d'une lampe, se tenaient Ashley, tante Pitty et India : « Qu'est-ce qu'India fait ici ? pensa Scarlett. Mélanie lui avait dit de ne jamais remettre les pieds chez elle. » Tous trois se levèrent en la voyant. Tante Pitty se mordit les lèvres pour en contenir le tremblement, India lança un regard désemparé où la haine n'avait pas place. Ashley avait l'air d'un somnambule. Il s'avança vers Scarlett, la prit par le bras et lui parla comme dans un rêve.

— Elle vous a demandée. Elle vous a demandée, fit-il à deux reprises.

— Puis-je la voir tout de suite ? demanda Scarlett en se tournant vers la porte fermée de Mélanie.

— Non, le docteur Meade est chez elle. Je suis heureux que vous soyez là, Scarlett.

— Je suis venue aussi vite que j'ai pu. Scarlett se débarrassa de sa capote et de son manteau. Le train... elle n'est pas vraiment... Dites-moi qu'elle va mieux, Ashley. Parlez-moi ! Ne prenez pas cet air-là ! Elle n'est pas vraiment...

— Elle n'a pas cessé de vous demander, fit Ashley en la regardant en face, et Scarlett lut dans ses yeux la réponse à sa question.

Pendant un moment son cœur cessa de battre, puis une peur étrange, plus forte que l'angoisse, plus forte que la douleur, lui gonfla la poitrine. « C'est impossible, se dit-elle avec violence en essayant de lutter contre cette peur. Les médecins se trompent. Je ne veux pas croire que c'est vrai. Il ne faut pas, autrement je vais hurler. Il faut que je pense à autre chose. »

— Je n'y crois pas ! s'écria-t-elle impétueusement en regardant les trois personnes au visage défait comme si elle leur interdisait de la contredire. Et pourquoi Mélanie ne m'a-t-elle pas prévenue ? Je ne serais jamais allée à Marietta si j'avais su.

Les yeux d'Ashley s'animèrent. Il paraissait au supplice.

— Elle ne l'a dit à personne, Scarlett, et elle ne l'aurait surtout pas dit à vous. Elle avait peur que vous ne la grondiez. Elle voulait attendre trois... jusqu'à ce qu'elle n'ait plus aucune inquiétude à avoir. Elle voulait faire une surprise à tout le monde et se moquer des médecins. Et elle était si heureuse. Vous savez combien elle aimait les enfants... combien elle désirait une fille. Et tout se passait si bien jusqu'à ce que... et alors, sans aucune raison...

La porte de Mélanie s'ouvrit doucement et le docteur Meade sortit. Il referma la porte. Sa barbe grise étalée sur la poitrine, il resta un moment à contempler le petit groupe que son apparition avait glacé. Alors, il s'avança vers Scarlett et celle-ci lut dans ses yeux du chagrin, de l'aversion et du mépris. Son cœur apeuré s'emplit d'un sentiment de culpabilité.

— Ah! vous voilà enfin, vous, dit le docteur Meade.

Avant qu'elle eût répondu, Ashley se dirigea vers la porte fermée.

— Non, pas vous, pas encore, déclara le vieux médecin. Elle veut parler à Scarlett.

— Docteur, fit India en le prenant par la manche et en s'adressant à lui d'une voix blanche plus éloquente que les mots. Laissez-moi la voir un instant. Je veux lui dire... il faut que je lui dise... que je me suis trompée sur... quelque... chose.

India avait parlé sans regarder ni Ashley, ni Scarlett, mais le docteur Meade se permit de lancer un coup d'œil glacial à cette dernière.

— Je verrai cela, mademoiselle India, annonça-t-il, mais à la seule condition que vous me donniez votre parole d'honneur de ne pas la fatiguer en lui racontant que vous avez eu tort. Elle sait que vous vous êtes trompée, ça ne ferait que l'agiter inutilement d'entendre vos excuses.

— Je vous en prie, docteur Meade... commença timidement Pitty.

— Mademoiselle Pitty, vous savez bien que vous vous mettriez à crier et que vous vous évanouiriez.

Pitty redressa son petit corps replet et regarda le docteur bien en face. Elle avait les yeux secs et tout son être aux formes arrondies respirait la dignité.

— Eh bien! c'est entendu, ma mignonne, un peu plus tard, fit le docteur d'un ton plus aimable. Venez, Scarlett, ajouta-t-il.

Ils traversèrent tous deux le hall sur la pointe des pieds et, une fois arrivés devant la porte de Mélanie, le docteur empoigna Scarlett par l'épaule.

— Maintenant, ma petite, murmura-t-il, pas de crise de nerfs et pas d'aveux des derniers instants, sans quoi, je jure devant Dieu que je vous tords le cou. Allons, ne prenez pas ces airs innocents. Vous savez parfaitement ce que je veux dire. Mme Melly a une mort douce, et vous n'allez pas soulager votre conscience en lui débitant des histoires au sujet d'Ashley. Je n'ai encore jamais fait de mal à une femme, mais si vous lui dites quoi que ce soit... vous aurez affaire à moi.

Il ouvrit sans laisser à Scarlett le temps de répondre, poussa la jeune femme dans la chambre et referma la porte sur elle. La petite pièce au mobilier sommaire en noyer foncé était plongée dans une demi-obscurité. Un journal servait d'abat-jour à la lampe. C'était une chambre tenue avec un soin méticuleux, une petite chambre d'écolière, avec son lit bas et étroit, ses rideaux en filet uni retenus par des embrasses, ses carpettes aux teintes fanées, une pièce si différente de la luxueuse chambre à coucher de Scarlett, avec ses meubles sculptés impressionnants, ses tentures de brocart rose, son tapis au semis de fleurs. Mélanie était couchée. Sous le couvre-pied on devinait son corps menu et plat comme celui d'une petite fille. Deux nattes noires lui encadraient le visage. Ses yeux fermés étaient enfoncés au creux des orbites et entourés d'un double cerne pourpre. A ce spectacle, Scarlett resta clouée sur place et s'appuya à la porte. Malgré l'obscurité, elle pouvait voir que Mélanie avait le nez pincé et le visage couleur de cire jaune. Jusqu'à ce moment-là, Scarlett avait espéré que le docteur Meade s'était trompé. Mais maintenant elle savait à quoi s'en tenir. Dans les hôpitaux pendant la guerre elle avait vu trop de visages avec cette expression pincée pour ne pas comprendre ce que présageait d'inévitable celui de Mélanie.

Mélanie se mourait. Pourtant, Scarlett se refusait encore à y croire. Mélanie ne pouvait pas mourir. C'était impossible. Dieu ne la laisserait pas mourir quand elle, Scarlett, avait tant besoin d'elle. Auparavant, il ne lui était jamais venu à l'idée qu'elle avait besoin de Mélanie. Mais, maintenant, la vérité jaillissait, inondait jusqu'aux replis les plus profonds de son âme. Elle avait compté sur Mélanie exactement comme elle avait compté sur elle-même, et elle n'en avait jamais rien su. Maintenant Mélanie se mourait et Scarlett savait qu'elle ne pourrait pas se passer d'elle. Elle s'avança sur la pointe des pieds, s'approcha du lit. L'effroi , la panique lui étreignait le cœur. Elle savait que Mélanie avait été son épée et son bouclier, sa consolation et sa force.

— Il faut que je la retienne. Je ne peux pas la laisser partir! se dit-elle, et elle s'agenouilla auprès du lit dans un frou-frou de soie.

Elle s'empara aussitôt de la main inerte posée sur le drap et sa frayeur redoubla à ce contact glacé.

— C'est moi, Melly, fit-elle.

Mélanie entrouvrit les yeux et, comme s'il lui avait suffi de s'assurer que c'était bien Scarlett, elle les referma. Au bout d'un moment, elle poussa un soupir et murmura :

— Tu peux me promettre ?

— Oh! tout ce que tu voudras!

— Beau... veille sur lui.

Scarlett ne put que faire oui de la tête. Elle avait la gorge serrée. Elle pressa doucement la main qu'elle tenait en signe d'assentiment.

— Je te le confie. (Il y eut un sourire imperceptible sur les lèvres de Mélanie.) Je te l'ai déjà confié une fois... Tu te souviens ?... Avant sa naissance ?

Se souvenait-elle ? Pourrait-elle jamais oublier ces heures-là ? Presque aussi nettement que si ce jour terrible était revenu, elle sentait peser sur elle la chaleur étouffante de cet après-midi de septembre, elle se rappelait sa terreur des Yankees, elle distinguait le piétinement des troupes battant en retraite, elle entendait Mélanie la prier de prendre soin du bébé au cas où elle mourrait... elle se rappelait aussi combien elle avait détesté Mélanie ce jour-là, combien elle avait espéré qu'elle mourrait.

« Je l'ai tuée, pensa-t-elle en proie à une angoisse superstitieuse. J'ai souhaité si souvent sa mort que Dieu m'a entendue et me punit. »

— Oh! Melly, ne parle pas comme ça! Tu sais bien que tu vas t'en tirer...

— Non. Promets-moi!

Scarlett eut du mal à s'exprimer tant sa gorge était contractée.

— Tu sais bien que je te le promets. Je le traiterai comme mon propre fils.

— Le collège ? demanda Mélanie d'une voix faible et inexpressive.

— Oh! oui. L'Université, et puis Harvard et l'Europe, et tout ce qu'il voudra... et... et... un poney... et des leçons de musique... Oh! Melly, je t'en supplie, essaie! Fais un effort.

Le silence retomba de nouveau et le visage de Mélanie refléta le combat qui se livrait en elle pour trouver la force de parler.

— Ashley, dit-elle, Ashley et toi...

Elle bredouilla et se tut.

En entendant prononcer le nom d'Ashley, Scarlett sentit son cœur s'arrêter et devenir froid comme un bloc de granit. Mélanie avait su tout le temps à quoi s'en tenir. Elle baissa la tête, le front posé sur le drap, et un sanglot qui ne voulait pas sortir lui broya la gorge. Mélanie était au courant. Scarlett n'éprouvait même plus aucune honte. Elle ne ressentait plus rien. Il n'y avait place en elle que pour un remords farouche à l'idée d'avoir fait souffrir pendant tant d'années cette créature exquise. Mélanie avait su... et pourtant elle était restée loyalement son amie. Oh! si seulement elle pouvait revivre ces années-là! Elle ne permettrait même pas à ses yeux de rencontrer les yeux d'Ashley.

« Oh! mon Dieu, se dit-elle improvisant une prière. Je vous en prie, qu'elle vive! Je me rachèterai avec elle. Je serai si bonne pour elle. Si vous la laissez se rétablir, j'irai même jusqu'à ne plus jamais adresser la parole à Ashley. »

— Ashley, fit faiblement Mélanie et elle étendit la main pour toucher la tête penchée de Scarlett.

Entre son pouce et son index elle prit une mèche de cheveux et tira sans plus de force qu'un nourrisson. Scarlett savait ce que ce geste signifiait. Mélanie voulait qu'elle la regardât, mais elle ne pouvait pas, elle ne pouvait pas soutenir le regard de Mélanie et lire dans ses yeux qu'elle savait tout.

— Ashley, murmura de nouveau Mélanie, et Scarlett prit sur elle.

Lorsqu'elle se trouverait face à face avec Dieu, le jour du Jugement, et qu'elle lirait sa sentence dans Ses yeux, l'épreuve ne serait pas plus atroce. L'âme chancelante, abattue, elle releva malgré tout la tête.

Elle vit seulement les deux yeux sombres de Mélanie toujours les mêmes, ses yeux cernés et alanguis par la mort. Elle vit la bouche, toujours la même, que contractait un effort douloureux. Nul reproche, nulle accusation, nulle crainte, dans ces yeux, sur cette bouche... seulement l'anxiété de ne pas avoir la force de parler. Pendant un moment Scarlett fut trop abasourdie pour ressentir le moindre soulagement. Puis, tandis qu'elle serrait davantage la main de Mélanie dans la sienne, une vague tiède déferla sur elle. Elle éprouva une gratitude infinie envers Dieu, et pour la première fois depuis son enfance, elle dit une humble prière sans l'ombre d'une pensée égoïste.

« Merci, mon Dieu. Je sais que je n'en suis pas digne, mais je Vous remercie d'avoir permis qu'elle ne sache rien. »

— Que voulais-tu dire au sujet d'Ashley, Melly ?

— Tu... tu veilleras sur lui ?

— Oh! oui.

— Il s'enrhume... si facilement.

Il y eut une pause.

— Tu t'occuperas de... de ses affaires... tu me comprends ?

— Oui, je te comprends. Je m'en occuperai.

Mélanie fit un grand effort.

— Ashley n'est pas... pratique.

Il fallait la mort pour pousser Mélanie à cette trahison.

— Veille sur lui. Scarlett... mais... qu'il ne le sache jamais.

— Je veillerai sur lui, je m'occuperai de ses affaires et il n'en saura jamais rien. Je lui ferai seulement des suggestions.

Mélanie eut un petit sourire qui se mua en un sourire triomphant lorsque ses yeux rencontrèrent de nouveau ceux de Scarlett. Le regard qu'elles échangèrent fut comme la signature d'un accord entre ces deux femmes dont l'une chargeait l'autre de défendre Ashley Wilkes dans un monde trop brutal et d'agir de telle sorte que sa fierté d'homme n'eût point à en souffrir.

Maintenant il n'y avait plus trace de lutte sur le visage épuisé de Mélanie. On eût dit que la promesse de Scarlett lui avait apporté un apaisement.

— Tu as été si intelligente... si brave... toujours si bonne pour moi.

A ces mots, Scarlett sentit sa gorge se desserrer et, collant sa main libre à sa bouche, elle parvint à étouffer le sanglot qui l'avait si longtemps oppressée. Allait-elle se mettre à pleurer comme un enfant, à crier : « J'ai été un monstre ! Je t'ai si injustement traitée ! Je n'ai jamais rien fait pour toi ! Tout ce que je faisais, c'était pour Ashley ! »

Elle se releva brusquement et se mordit le pouce pour se dominer. Elle se rappelait une fois de plus les paroles de Rhett. « Elle vous aime. Ce sera votre croix. » Et la croix était plus lourde que jamais. Elle s'en voulait déjà assez d'avoir déployé toutes ses ruses pour soustraire Ashley à Mélanie, mais maintenant c'était pire encore de voir Mélanie qui toute sa vie avait eu une confiance aveugle en elle, emporter dans la mort la même affection et la même confiance.

Non, elle ne pouvait pas parler. Elle ne pouvait même plus prendre sur elle pour dire : « Fais un effort pour vivre. » Il fallait laisser Mélanie s'éteindre doucement, sans lutte, sans larmes, sans chagrin.

La porte s'entrebâilla. Le docteur Meade fit un geste impérieux. Scarlett se pencha sur le lit, refoula ses larmes, prit la main de Mélanie et l'appuya contre sa joue.

— Bonne nuit, dit-elle, et sa voix était plus ferme qu'elle ne l'aurait cru.

— Promets-moi... répéta Mélanie dans un souffle.

— Tout ce que tu voudras, ma chérie.

— Le capitaine Butler... sois bonne pour lui. Il... t'aime tant.

« Rhett ? » pensa Scarlett, étonnée, mais les mots de Mélanie n'éveillèrent rien en elle.

— Oui, je te promets, répondit-elle machinalement et, effleurant de ses lèvres la main de Mélanie, elle la reposa sur le lit.

— Dites aux dames de venir tout de suite, chuchota le docteur Meade, tandis que Scarlett sortait de la chambre.

A travers ses larmes Scarlett vit India et Pitty suivre le docteur dans la chambre en retenant leurs jupes à deux mains pour les empêcher de faire du bruit. La porte se referma sur elles et la maison fut plongée dans le silence. Ashley avait disparu. Scarlett appuya sa tête contre le mur comme un enfant méchant qu'on a envoyé au coin et elle frotta sa gorge qui lui faisait mal.

Derrière cette porte, Mélanie s'en allait et, avec elle, s'en allait la force sur laquelle Scarlett avait compté sans le savoir pendant tant d'années. Pourquoi, mais pourquoi n'avait-elle pas compris plus tôt à quel point elle aimait Mélanie et avait besoin d'elle ? Mais qui aurait pu prendre pour un pilier de force la petite Mélanie au visage ingrat ! Mélanie timide à en pleurer devant les inconnus, timide à ne jamais émettre une opinion personnelle, effrayée à la pensée d'encourir la désapprobation des vieilles dames, Mélanie qui avait peur de son ombre ! Et pourtant...

Scarlett se pencha sur le passé et se rappela une

chaude journée à Tara. Une fumée grisâtre montait en spirales au-dessus d'un corps vêtu de bleu. Mélanie, le sabre de Charles à la main, se tenait au haut de l'escalier. Scarlett se rappelait la réflexion qu'elle s'était faite : « Que c'est donc stupide ! Melly n'était même pas de taille à soulever ce sabre ! » Mais maintenant elle savait que, s'il l'avait fallu, Mélanie aurait descendu l'escalier l'arme levée et aurait tué le Yankee... ou bien se serait fait tuer.

Oui, Mélanie s'était trouvée là, un sabre dans sa petite main, prête à se battre pour elle. Et maintenant que Scarlett promenait un regard triste sur les années écoulées, elle se rendait compte que Mélanie s'était toujours trouvée à ses côtés, le sabre à la main, discrète comme une ombre, aimante, luttant pour elle avec une loyauté passionnée, combattant les Yankees, le feu, la faim, la pauvreté, l'opinion publique et même ses parents qu'elle chérissait.

Scarlett sentit son courage et sa confiance l'abandonner en pensant que le sabre symbolique qui avait flamboyé entre elle et Mélanie était remis au fourreau pour toujours.

« Melly est la seule amie femme que j'aie jamais eue, se dit-elle, désemparée. La seule femme qui m'ait jamais aimée, à l'exception de maman. Elle ressemble aussi à maman. Tous ceux qui la connaissaient se cramponnaient à ses basques. »

Soudain ce fut comme si Ellen gisait derrière cette porte fermée, comme si elle quittait le monde pour la seconde fois. Soudain Scarlett se retrouva à Tara, désespérée de ne pouvoir affronter l'existence qui s'offrait à elle avec la force redoutable des êtres doux, des faibles et des tendres.

Indécise, effrayée, Scarlett ne quittait pas le hall. La lueur dansante du feu allumé dans le salon renvoyait de grandes ombres sur les murs. La maison était plongée dans un silence complet et ce silence pénétrait Scarlett comme une petite pluie fine. Ashley ! Où était Ashley !

Elle entra au salon. Elle cherchait Ashley comme un animal transi cherche le feu, mais il n'était pas là. Il fallait à tout prix le trouver. Elle n'avait découvert la force de Mélanie que pour la perdre au moment précis où elle se rendait compte que ce soutien lui était indispensable. Pourtant il lui restait encore Ashley. Ashley était fort, il était sage ; il serait son réconfort. En Ashley, en son amour, résidait une force sur laquelle elle appuierait sa faiblesse, un courage où elle puiserait l'énergie nécessaire pour combattre ses terreurs, une consolation qui adoucirait son chagrin.

« Il doit être dans sa chambre », se dit-elle et, traversant le hall sur la pointe des pieds, elle alla frapper discrètement à la porte d'Ashley. Comme on ne lui répondait pas, elle ouvrit. Ashley, debout devant sa table, contemplait une paire de gants reprisés qui appartenaient à Mélanie. Il prit d'abord l'un des gants et l'examina comme s'il ne l'avait jamais vu, puis il le reposa délicatement sur la table, comme un objet de verre, et prit l'autre dans sa main.

— Ashley! fit Scarlett d'une voix tremblante.

Il se tourna lentement vers elle et la regarda. Ses yeux gris avaient perdu leur expression rêveuse; grands ouverts, ils livraient à nu les sentiments de son âme. Scarlett lut en eux une frayeur qui égalait la sienne, un désespoir plus profond que le sien, un égarement qu'elle ne devait jamais connaître. Au spectacle de son visage décomposé, la sensation de peur qui s'était emparée d'elle dans le hall redoubla d'intensité. Elle s'approcha d'Ashley.

— J'ai peur, dit-elle. Oh! Ashley, protégez-moi. J'ai si peur!

Il ne bougea pas et se contenta de la regarder en serrant à pleines mains le gant de Mélanie. Scarlett lui posa la main sur le bras et murmura : « Qu'y a-t-il ? »

Ses yeux semblaient chercher désespérément en elle quelque chose qu'il ne trouvait pas. Enfin, il se mit à parler d'une voix qui n'était pas la sienne.

— Je voulais vous voir, dit-il. J'étais sur le point de courir à votre recherche... de courir comme un enfant qui a besoin de réconfort... et je trouve un enfant plus effrayé que moi, un enfant qui accourt vers moi!

— Non, pas vous... vous ne pouvez pas avoir peur! s'écria Scarlett. Rien ne vous a jamais fait peur. Mais moi... vous avez toujours été si fort...

— Si j'ai été fort, c'est parce qu'elle était derrière moi, dit-il d'une voix brisée et, baissant les yeux, il contempla de nouveau le gant dont il caressa les doigts. Et... et... toute ma force s'en va avec elle.

Il y avait un tel accent de découragement dans ses paroles que Scarlett laissa retomber sa main et recula de quelques pas. Alors, au milieu du silence lourd qui s'abattit entre eux, elle eut pour la première fois de sa vie l'impression de comprendre vraiment Ashley.

— Voyons... dit-elle lentement, voyons, Ashley, vous l'aimez, n'est-ce pas ?

Il répondit avec effort :

— Elle est le seul de mes rêves qui ait vécu, et ne se soit pas évanoui en présence de la réalité!

« Des rêves! pensa Scarlett qui sentit renaître en elle son irritation d'autrefois. Toujours des rêves avec lui! Jamais de bon sens! »

Le cœur gros et un peu amer, elle dit :

— Vous avez été fou, Ashley. Comment pouviez-vous ne pas voir qu'elle valait mille fois mieux que moi ?

— Scarlett, je vous en prie! Si vous saviez seulement ce que j'ai enduré depuis que le docteur...

— Ce que vous avez enduré! Vous imaginez-vous que moi... Oh! Ashley, vous auriez dû savoir depuis des années que c'était elle que vous aimiez et non pas moi! Pourquoi ne vous en êtes-vous pas rendu compte ? Tout aurait tellement changé, tellement... Oh! vous auriez dû comprendre cela et ne pas me rabâcher sans cesse vos discours sur l'honneur et le sacrifice! Si vous m'aviez dit, il y a des années, j'aurais... Ça m'aurait porté un coup mortel, mais j'aurais tout de même réagi. Seulement, vous attendez ce moment-ci, vous attendez que Melly agonise pour découvrir la vérité, et maintenant il est trop tard pour faire quoi que ce soit. Oh! Ashley, les hommes sont censés savoir ces choses-là... pas les femmes. Vous auriez dû voir clair comme le jour que vous l'aimiez et que moi, vous me désiriez comme... comme Rhett désire cette Watling!

Il frémit à ces mots, mais ses yeux implorants restèrent fixés sur Scarlett. Chacun des traits de son visage était un aveu. Il reconnaissait tout ce qu'il y avait de vrai dans la remarque de Scarlett et ses épaules tombantes indiquaient que sa conscience le châtiait plus cruellement que ne pourrait jamais le faire Scarlett. Il se taisait, serrait le gant comme s'il eût été une main compréhensive, et, dans le silence qui suivit, l'indignation de Scarlett céda la place à un sentiment de pitié nuancé de mépris. Elle s'en voulut de frapper un homme sans défense... un homme sur lequel elle avait promis à Mélanie de veiller.

« Et juste après lui avoir fait cette promesse, je dis à Ashley sans aucune nécessité des choses blessantes. Il sait la vérité et ça le tue, pensa Scarlett. Ce n'est pas un homme. C'est un enfant, comme moi, et la peur de la perdre le rend malade. Melly savait ce qui se produirait... Melly le connaissait bien mieux que moi. C'est pourquoi elle m'a chargée en même temps de veiller sur lui et sur Beau. Comment Ashley fera-t-il pour supporter ce coup ? Moi, je le supporterai. Je peux supporter n'importe quoi. J'ai eu tant de choses à supporter. Mais lui, il ne peut pas... il ne peut rien supporter sans elle. »

— Pardonnez-moi, mon chéri, dit-elle tendrement en lui tendant les bras. Je sais combien vous devez souffrir. Mais souvenez-vous qu'elle ne sait rien... qu'elle ne s'est jamais doutée de rien... Dieu a eu cette bonté pour nous.

Il se jeta dans ses bras, la serra convulsivement contre lui. Scarlett se haussa sur la pointe des pieds pour appuyer sa joue tiède contre la sienne et, d'une main, se mit à lui caresser la nuque :

— Ne pleurez pas, mon aimé. Elle veut que vous soyez courageux. Dans un moment elle demandera à vous voir, et il faudra que vous soyez brave. Il ne faut pas qu'elle voie que vous avez pleuré. Ça la bouleverserait.

Son étreinte était si forte que Scarlett avait peine à respirer. Il sanglotait.

— Que vais-je devenir ? Je ne peux pas... je ne peux vivre sans elle.

« Ni moi non plus », se dit Scarlett en frissonnant à la pensée des longues années qu'elle aurait à vivre sans Mélanie. Mais toute sa fermeté lui revint. Ashley n'avait plus de ressources qu'en elle. Un soir de clair de lune, à Tara, alors qu'elle était ivre et brisée de fatigue, elle s'était dit : « Les fardeaux sont faits pour les épaules assez fortes pour les porter. » Eh bien! elle avait les épaules solides. Tant pis si celles d'Ashley ne l'étaient pas. Elle écarta les épaules pour charger le fardeau et, avec un calme qu'elle était loin d'éprouver, elle embrassa la joue mouillée d'Ashley, y posa un baiser sans fièvre, un baiser affectueux.

— Nous... nous trouverons un moyen, fit-elle.

Une des portes du hall s'ouvrit brutalement et le docteur Meade appela d'une voix impérieuse : « Ashley! Vite! »

« Oh! mon Dieu, elle est morte! pensa Scarlett. Et Ashley n'est pas allé lui dire adieu... Mais peut-être... »

— Pressez-vous, s'écria-t-elle en poussant Ashley qui, pétrifié, la regardait fixement. Pressez-vous!

Elle ouvrit la porte et tira Ashley par le bras. Galvanisé par ses paroles, il s'élança dans le hall sans lâcher le gant qu'il tenait serré dans sa main. Scarlett l'entendit courir, puis une porte se referma.

Elle dit de nouveau : « Oh! mon Dieu! » et, s'approchant lentement du lit, elle s'y assit et se prit la tête à deux mains. Tout à coup elle se sentit lasse, plus lasse qu'elle ne l'avait jamais été. Au bruit de la porte qui s'était refermée, ses nerfs tendus à se rompre avaient cédé soudain. Elle était épuisée, vidée de toute émotion. Elle n'éprouvait plus ni chagrin, ni remords, ni angoisse. Elle était lasse et elle distinguait confusément le tic-tac machinal de ses pensées pareil à celui de la pendule sur la cheminée.

Peu à peu une pensée émergea de cette brume qui lui obscurcissait l'esprit. Ashley ne l'aimait pas et ne l'avait jamais aimée, et cette constatation n'avait rien de pénible. Elle aurait dû l'être pourtant. Elle aurait dû la désespérer, lui briser le cœur. Pourquoi ne s'insurgeait-elle pas contre la destinée? Elle avait compté pendant si longtemps sur l'amour d'Ashley. Il l'avait aidée si souvent à remonter vers la lumière. Or la vérité était là. Ashley ne l'aimait pas et ça lui était égal. Ça lui était égal parce qu'elle ne l'aimait pas non plus. Elle ne l'aimait pas et aucun de ses gestes, aucune de ses paroles ne pourrait la blesser.

Elle s'allongea sur le lit et posa la tête sur l'oreiller. A quoi bon essayer de lutter contre cette pensée? A quoi bon se dire : « Mais je l'aime. Je l'ai aimé pendant des années. L'amour ne peut pas en un instant se transformer en indifférence! »

Mais l'amour pouvait changer et il avait changé.

« Mon amour pour Ashley n'a jamais existé que dans mon imagination, se dit Scarlett avec lassitude. J'aimais quelque chose que j'avais construit, quelque chose qui est mort comme Melly. J'avais taillé de beaux habits et je m'en étais éprise. Quand Ashley est arrivé à cheval, si séduisant, je lui ai fait endosser ces habits sans chercher à savoir s'ils lui iraient ou non. Je ne voulais pas le voir tel qu'il était... Je continuais d'aimer mes beaux habits... ce n'était pas lui que j'aimais. »

Maintenant Scarlett regardait derrière elle, remontait la longue suite d'années écoulées. Elle se revoyait sous la véranda ensoleillée de Tara. Elle portait une robe de basin vert semée de fleurs. Elle était émue par le jeune cavalier dont la chevelure blonde scintillait comme un casque d'argent. Elle se rendait compte qu'Ashley n'avait été pour elle qu'un caprice d'enfant qui n'aurait pas dû avoir plus d'importance que ces boucles d'oreilles en aigue-marine qu'elle s'était fait offrir par Gérald à force de cajoleries. Une fois qu'elle avait eu ses boucles, elles avaient perdu tout attrait à ses yeux. Il en était ainsi de toutes choses, sauf de l'argent. Ashley également aurait subi la loi commune si, en ces jours lointains, elle avait eu la satisfaction de lui refuser d'être sa femme. Si jamais elle l'avait eu à sa merci, si elle l'avait vu s'enflammer, devenir importun, jaloux, boudeur, suppliant à l'exemple des autres jeunes gens, la folle toquade qui s'était emparée d'elle se fût dissipée aussi aisément qu'une brume au soleil lorsqu'elle aurait rencontré un autre soupirant.

« Quelle insensée j'ai été! se dit-elle avec amertume. Et maintenant il va falloir payer tout cela. Ce que j'ai si souvent souhaité s'est réalisé. J'ai souhaité la mort de Melly pour avoir Ashley à moi, et voilà qu'elle est morte, et que je ne veux plus de lui. Avec son maudit honneur, il me demanderait en mariage si je voulais divorcer d'avec Rhett pour l'épouser. L'épouser ? Mais je ne voudrais pas de lui pour un empire! N'empêche que je vais l'avoir sur le dos tout le reste de mon existence ; toute ma vie il va falloir que je m'occupe de lui, que je veille à ce qu'il ne meure pas de faim, à ce que les gens ne heurtent pas ses sentiments. Ce sera exactement comme si j'avais un autre enfant cramponné à mes basques. Oui, j'ai perdu mon amant et j'ai en échange un autre enfant. Si je n'avais pas promis à Melly, je... ça me serait bien égal de ne plus jamais le revoir. »

LXII

Scarlett entendit un murmure de voix, et allant jusqu'à la porte, elle aperçut au fond du hall les nègres effrayés. Les bras de Dilcey ployaient sous le poids de Beau assoupi. L'oncle Peter pleurait et Cookie essuyait ses larmes avec son tablier. Tous trois la regardèrent comme pour lui demander ce qu'ils devaient faire. Scarlett se tourna du côté du salon et aperçut India et tante Pitty qui se tenaient les mains sans mot dire. Pour une fois, India avait perdu son air guindé. A l'exemple des nègres, les deux femmes lui lancèrent un regard suppliant et s'avancèrent vers elle lorsqu'elle entra au salon.

— Oh! Scarlett, quelle... commença tante Pitty dont les lèvres charnues et enfantines tremblaient.

— Ne me dites rien ou je crie, fit Scarlett.

Elle était à bout de nerfs. Son ton était dur et elle avait les poings crispés. A l'idée d'avoir à parler de Mélanie, de prendre les mesures inévitables après une mort, sa gorge se serrait de nouveau.

— Je ne veux pas vous entendre ni l'une ni l'autre en ce moment, ajouta-t-elle.

Il y avait une note si autoritaire dans sa voix que Pitty et India s'éloignèrent, le visage bouleversé. « Il ne faut pas que je pleure devant elles, se dit Scarlett. Il ne faut pas que je me laisse aller, sans quoi elles vont se mettre à pleurer, les nègres vont hurler et nous allons tous devenir fous. Il faut que je prenne sur moi. Je vais avoir tant de choses à faire. Il va falloir que j'aille aux Pompes funèbres pour m'occuper de l'enterrement, que je fasse ranger la maison et que je sois là pour recevoir les gens qui vont pleurer sur mon épaule. Ashley ne peut pas faire ces choses-là, Pitty et India non plus. C'est moi que ça regarde. Oh! quel fardeau! J'ai toujours eu un fardeau à porter, et cela a toujours été le fardeau de quelqu'un d'autre! »

Elle regarda India et Pitty et se rendit compte de la peine qu'elle leur avait causée. Le remords l'envahit. Mélanie ne serait pas contente de la voir traiter si mal ceux qui l'aimaient.

— Je suis désolée de m'être fâchée, dit-elle en s'exprimant avec difficulté. C'est uniquement parce que je... je suis navrée, tantine. Je sors un instant sous la véranda. J'ai besoin d'être seule. Après, je reviendrai et nous...

Elle fit une caresse à tante Pitty et gagna en hâte la porte d'entrée, sachant que si elle restait un instant de plus au salon ses nerfs ne résisteraient pas. Elle avait besoin d'être seule, besoin de pleurer pour empêcher son cœur de se rompre.

Elle passa sous la véranda enténébrée et referma la porte sur elle. Elle sentit sur son visage la fraîcheur humide de la nuit. La pluie avait cessé et l'on n'entendait aucun bruit sauf de temps en temps celui d'une goutte d'eau tombant du larmier. La ville était enveloppée d'un brouillard épais qui avait une saveur de fin d'année. De l'autre côté de la rue, toutes les maisons étaient sombres. Une seule fenêtre était éclairée par une lampe dont la lueur se reflétait dans la rue et luttait faiblement contre la brume, semant autour d'elle des particules dorées. On eût dit que le monde entier était emmitouflé dans une couverture de fumée grise. Et le monde entier était silencieux.

Scarlett s'appuya à l'un des supports de la véranda et voulut pleurer, mais les larmes ne vinrent pas. Elle avait trop de chagrin pour pleurer. Elle frissonna. Elle entendait encore le fracas épouvantable qu'avaient fait en s'écroulant dans la poussière les deux citadelles imprenables de sa vie. Elle essaya un moment d'appliquer sa vieille formule : « Je penserai à cela demain quand je serai plus en état de le supporter », mais le charme avait perdu son efficacité. Désormais deux choses venaient au premier rang de ses préoccupations. Elle songeait à Mélanie, elle se disait combien elle l'aimait et combien elle avait besoin d'elle. Elle songeait à Ashley et à son aveuglement, à son obstination qui l'avait empêchée de le voir tel qu'il était. Elle savait que la pensée de Mélanie et celle d'Ashley lui seraient tout aussi pénibles le jour suivant et tous les autres jours de sa vie.

« Non, je ne peux retourner leur parler, se dit-elle. Je n'ai pas le courage de revoir Ashley ce soir et de le consoler. Non, pas ce soir! Demain matin, je reviendrai de bonne heure. Je ferai tout ce qu'il y aura à faire et je dirai à chacun les paroles qu'il faudra. Mais pas ce soir, je ne peux pas. Je vais rentrer à la maison. »

Sa maison n'était qu'à quelques centaines de mètres. Elle n'attendrait pas que Peter qui sanglotait attelât le buggy. Elle n'attendrait pas le docteur Meade pour qu'il la ramenât chez elle. Elle n'aurait pas la force d'endurer ni les larmes du premier, ni les reproches tacites du second. Elle descendit rapidement les degrés du perron. Elle n'avait ni chapeau ni manteau. Elle s'enfonça dans la nuit brumeuse, tourna la rue et attaqua la longue pente qui menait à la rue du Pêcher. Elle avançait dans un monde silencieux et humide, et ses pas eux-mêmes n'éveillaient pas plus d'échos que dans un rêve.

Tandis qu'elle montait la côte, la poitrine oppressée par les larmes qui refusaient de couler, elle eut l'impression de s'être déjà trouvée à plusieurs reprises dans une situation analogue. La sensation qu'elle éprouvait avait quelque chose d'irréel, mais elle savait que ce n'était pas la première fois que le froid et la brume l'enveloppaient ainsi. « C'est stupide », se dit-elle mal à l'aise tout en allongeant le pas. Ses nerfs lui jouaient un tour. Mais le sentiment persistait, prenait subrepticement possession de son âme. Inquiète, elle regarda autour d'elle. La sensation se faisait de plus en plus nette. C'était une sensation étrange et pourtant familière. Scarlett redressa la tête comme un animal qui flaire le danger : « C'est parce que je suis à bout, se dit-elle pour se rassurer. Et puis la nuit est si bizarre. Il y a tant de brume. Je n'ai jamais vu un brouillard aussi épais sauf... sauf! »

Alors la vérité se fit jour en elle et l'angoisse lui étreignit le cœur. Maintenant elle savait à quoi s'en tenir. Plus de cent fois elle avait fait ce cauchemar, elle avait fui au milieu d'un brouillard comme celui-ci, au milieu d'un pays enseveli sous une brume épaisse, d'un pays peuplé d'ombres et de spectres. Rêvait-elle encore ou bien son rêve était-il devenu réalité ?

Pendant un moment, elle perdit toute notion des choses. Plus forte que jamais, la sensation si souvent éprouvée l'emportait comme autrefois quand elle rêvait. Son cœur se mit à battre à coups précipités. La mort et le silence l'entouraient de nouveau comme ils l'avaient entourée un jour à Tara. Tout ce qui comptait dans le monde avait disparu. Tout n'était que ruines. Une terreur panique hurlait dans son cœur comme une bise glacée. Elle allait être la proie de l'horrible brouillard. Elle prit sa course. De même qu'elle avait couru plus de cent fois en rêve, elle courait maintenant, fuyait comme une aveugle sans savoir où diriger ses pas. Poussée par une terreur sans nom, elle cherchait dans la brume grise l'endroit où elle serait en sûreté.

Tête baissée, le cœur battant, l'air humide collé aux

lèvres, elle remontait en courant la rue obscure. Au-dessus d'elle les arbres se dressaient menaçants. Quelque part dans ce pays lugubre fait de silence humide devait se trouver un refuge! Elle gravissait la longue pente de toute la vitesse de ses jambes. Elle haletait. Sa jupe trempée se plaquait à ses chevilles. Ses poumons étaient près d'éclater. Son corset ajusté lui broyait les côtes, les lui enfonçait dans le cœur.

Alors devant elle apparut une lumière, une rangée de lumières floues et clignotantes. Dans son cauchemar il n'y avait jamais eu de lumières, il n'y avait eu que du brouillard gris. Des lumières, c'était la sécurité, des gens, la réalité. Tout d'un coup, Scarlett cessa de courir, serra les poings, lutta contre ses terreurs et regarda fixement cette rangée de réverbères qui lui faisait comprendre qu'elle était à Atlanta, qu'elle avait atteint la rue du Pêcher qu'elle n'était pas dans le domaine gris du sommeil et des spectres.

Le souffle coupé, les nerfs vibrants, elle se laissa tomber sur une borne.

« Je courais... je courais comme une folle! » se dit-elle encore toute frissonnante de peur et le cœur chaviré par l'effort : « Mais où courais-je ainsi ? »

Scarlett respirait maintenant avec plus de facilité et, la main contre sa poitrine, elle parcourait du regard la rue du Pêcher. Là-bas au haut de la côte se trouvait sa maison. On eût dit que toutes les fenêtres en étaient éclairées comme pour défier le brouillard. Sa maison, son foyer! C'était vrai, c'était réel! Elle contempla avec gratitude la silhouette massive du bâtiment estompé par la brume. Son esprit se calma peu à peu.

Son foyer! C'était là qu'elle voulait aller. C'était là que la portait sa course. Elle voulait rentrer chez elle, auprès de Rhett!

A peine eut-elle fait cette découverte qu'elle éprouva une impression de délivrance. Elle avait été prisonnière, mais on venait de la débarrasser de ses chaînes et, du même coup, de la peur qui avait hanté ses rêves depuis le jour où, titubant de fatigue, elle avait regagné Tara et n'avait retrouvé ni sécurité, ni force, ni sagesse, ni tendresse, ni compréhension, où elle n'avait plus rien trouvé de ces choses qui, personnifiées par Ellen, étaient le rempart de sa jeunesse. Et, bien que depuis ce soir-là elle eût obtenu la sécurité matérielle à la force du poignet, dans ses rêves elle était encore une enfant effrayée cherchant éperdument la quiétude perdue dans un monde perdu.

Désormais elle savait où se trouvait le havre qu'elle avait tant cherché dans ses rêves, ce refuge où elle aurait chaud et serait à l'abri du danger, cet endroit que le brouillard avait toujours dérobé à sa vue. Ce n'était pas Ashley... non, jamais! Il n'y avait pas plus de chaleur en lui que dans un feu follet. Impossible de se fier à lui plus qu'à des sables mouvants. C'était Rhett, ce refuge... Rhett qui avait des bras forts pour la retenir, une poitrine large pour y poser sa tête lasse, un rire moqueur pour redonner à ses soucis leurs justes proportions. Rhett qui la comprenait tout à fait parce que, pareil à elle, il ne s'embarrassait pas de vaines notions d'honneur ou de sacrifice, il n'avait pas une foi exagérée en la nature humaine. Il l'aimait! Pourquoi ne s'en était-elle pas rendu compte en dépit de ses railleries et de ses sarcasmes! Mélanie avait vu clair en lui et, dans son dernier souffle, avait murmuré : « Sois bonne pour lui. »

« Oh! se dit-elle, Ashley n'est pas le seul à être stupidement aveugle. Moi aussi j'aurais dû voir clair en Rhett! »

Pendant des années elle avait été soutenue par l'amour de Rhett, n'en avait pas fait plus de cas que de l'amour de Mélanie et s'était flattée de puiser sa force en elle seule. Et, de même qu'un peu plus tôt elle avait compris que Mélanie ne l'avait pas quittée au cours de son âpre campagne contre la vie, de même elle comprenait maintenant que Rhett, aimant, compréhensif, prêt à se porter à son secours, s'était toujours tenu derrière elle sans signaler sa présence. Rhett, à la vente de charité, avait lu son désir dans ses yeux et l'avait invitée à danser, Rhett l'avait aidée à secouer le joug du veuvage, Rhett l'avait accompagnée au milieu des flammes et des explosions, le soir de la chute d'Atlanta. Rhett lui avait prêté la somme nécessaire pour se lancer dans les affaires, Rhett l'avait rassurée la nuit quand elle se réveillait en larmes après avoir eu son cauchemar... mais voyons, nul homme ne faisait cela sans aimer une femme à la folie!

Les arbres laissaient tomber sur Scarlett des gouttes de pluie, mais elle ne les sentait pas. Le brouillard l'entourait de ses volutes, mais elle n'y prenait pas garde, car, lorsqu'elle pensait à Rhett avec son visage basané, ses dents étincelantes de blancheur, ses yeux noirs et vifs, elle se mettait à trembler.

« Je l'aime », se dit-elle et, comme toujours, pareille à un enfant recevant un cadeau, elle accepta la vérité sans grand étonnement. « Je ne sais pas depuis combien de temps je l'aime, mais je sais que c'est vrai, et sans Ashley il y a beau temps que je m'en serais rendu compte. Je n'ai jamais rien pu voir parce qu'Ashley était tout le temps devant moi. »

Elle aimait Rhett, mauvais sujet, canaille sans scrupule, ni honneur... du moins sans honneur au sens où Ashley l'entendait. « Maudit honneur d'Ashley! pensa-t-elle. Ashley m'a toujours joué des tours pendables avec son honneur, il m'a toujours leurrée. Oui, dès le début. Il venait me voir tout le temps et il savait très bien que sa famille voulait lui faire épouser Mélanie. Rhett, lui, ne m'a jamais laissée tomber, même pas le soir terrible de la réception de Mélanie, alors qu'il aurait dû me tordre le cou. Même lorsqu'il m'a abandonnée sur la route, le soir de la chute d'Atlanta, il savait que j'étais sauvée. Il savait bien que je m'en tirerais d'une façon ou d'une autre. Même quand il a fait celui qui voulait exiger des compensations lorsque je suis allée le voir en prison pour lui demander de l'argent. Il n'aurait sûrement pas fait de moi sa maîtresse. C'était pour me mettre à l'épreuve. Il n'a pas cessé de m'aimer, et dire que j'ai été si odieuse avec lui. Je l'ai continuellement blessé, mais il était trop fier pour le montrer. Et quand Bonnie est morte... Oh! comment ai-je pu...? »

Scarlett se releva et regarda la maison, en haut de

la côte. Une demi-heure auparavant elle avait cru avoir tout perdu, sauf son argent, avoir perdu tout ce qui rendait la vie désirable, Ellen, Gérald, Bonnie, Mama, Mélanie et Ashley. Il avait fallu qu'elle les perdît tous pour comprendre qu'elle aimait Rhett... qu'elle l'aimait parce qu'il lui ressemblait, qu'il était fort et sans scrupule, passionné et attaché aux biens de ce monde.

« Je lui dirai tout, pensa-t-elle. Il comprendra. Il a toujours compris. Je lui dirai combien j'ai été stupide et combien je l'aime. Je lui dirai que je réparerai tous mes torts. »

Soudain Scarlett se sentit forte et heureuse. Elle n'avait peur ni de l'obscurité ni du brouillard et, le cœur chantant d'allégresse, elle se dit qu'elle n'en aurait plus jamais peur. A l'avenir tous les brouillards du monde pouvaient bien enrouler leurs écharpes autour d'elle, elle savait où était son refuge. Elle reprit sa route d'un pas vif. Sa maison lui sembla loin, beaucoup trop loin. Cette fois, ce n'était pas la peur qui la faisait courir. Elle courait parce que les bras de Rhett se trouvaient à l'extrémité de la rue.

LXIII

La porte d'entrée était entrebâillée. Scarlett, hors d'haleine, s'engouffra dans le hall et s'arrêta un instant sous les prismes multicolores du lustre. Bien qu'elle fût éclairée à profusion, la maison était calme. Elle n'avait pas cette sérénité du sommeil, mais elle était plongée dans un silence las et inquiet qui avait quelque chose de lugubre. Scarlett s'aperçut tout de suite que Rhett n'était ni dans le salon, ni dans la bibliothèque, et son cœur se serra. Et s'il était sorti!... s'il était chez Belle, ou bien dans un de ces lieux où il passait la soirée quand il ne rentrait pas dîner! Scarlett n'avait pas prévu cette éventualité.

Elle s'était déjà engagée dans l'escalier pour aller à sa recherche lorsqu'elle vit que la porte de la salle à manger était fermée. Devant cette porte fermée elle éprouva un certain sentiment de honte. Elle se rappela qu'au cours de l'été Rhett était souvent resté là à boire tout seul jusqu'à l'hébétude, jusqu'à ce que Pork intervînt et montât le coucher. C'était sa faute si Rhett buvait ainsi, mais, grâce à elle, tout cela allait changer. Dorénavant, tout allait être différent... mais « Mon Dieu, je vous en supplie, faites qu'il ne soit pas ivre ce soir! S'il a trop bu, il ne me croira pas. Il se moquera de moi et j'en aurai le cœur brisé. »

Elle entrouvrit doucement la porte de la salle à manger et jeta un coup d'œil dans la pièce. Effondré dans son fauteuil, Rhett était assis devant la table, sur laquelle étaient posés un carafon fermé et un verre auquel il n'avait pas touché. Dieu merci, il n'avait pas bu! Scarlett ouvrit toute grande la porte et prit sur elle pour ne pas courir. Mais, lorsque Rhett releva la tête et la regarda, l'expression de ses yeux la cloua sur le seuil et arrêta les paroles au bord de ses lèvres.

Rhett la fixait de ses yeux noirs, lourds de fatigue au fond desquels ne pétillait aucune flamme. Le chignon de Scarlett était défait, ses cheveux lui tombaient sur les épaules, sa poitrine palpitait, sa robe était maculée de boue jusqu'aux genoux et pourtant, à ce spectacle, le visage de Rhett ne trahit aucun étonnement, ses lèvres n'esquissèrent pas le moindre sourire moqueur. Rhett était étalé dans son fauteuil. Son complet tout fripé faisait des plis au niveau de sa taille épaissie. Tout en lui annonçait la déchéance d'un beau corps d'athlète, l'avilissement d'une figure énergique. L'alcool et la débauche avaient marqué de leur empreinte son profil de médaille. Il n'avait plus une tête de jeune prince païen gravée sur une pièce d'or nouvellement frappée, mais une tête de César usé, décadent, dont l'effigie eût orné une pièce de cuivre dépréciée par un long usage. Il regarda Scarlett immobile, la main pressée contre son cœur.

— Venez vous asseoir, fit-il. Elle est morte?

Scarlett fit oui de la tête et s'avança vers lui d'un pas hésitant. Cette nouvelle expression sur le visage de Rhett la déconcertait. Sans se lever il attira une chaise avec son pied, et Scarlett s'y laissa tomber. Elle regrettait qu'il eût parlé de Mélanie si tôt. Elle aurait voulu ne pas parler d'elle tout de suite, ne pas revivre les affres de l'heure qui s'était écoulée. Elle avait tout le reste de l'existence pour parler de Mélanie. Mais, poussée par un désir farouche de crier à Rhett : « Je vous aime », il lui semblait qu'il n'y avait que cette soirée, que ce moment pour dire à son mari tout ce qu'elle ressentait. Cependant quelque chose sur le visage de Rhett la retint et elle eut brusquement honte de parler d'amour alors que Mélanie n'était pas encore refroidie.

— Allons, que Dieu lui donne le repos éternel, fit-il d'un ton accablé. C'était la seule personne vraiment bonne que j'aie jamais connue.

— Oh Rhett! s'écria Scarlett désemparée, car elle se rappelait avec trop de netteté tout ce que Mélanie avait fait pour elle. Pourquoi n'êtes-vous pas entré avec moi ? C'était terrible... et j'avais tant besoin de vous!

— Je n'en aurais pas eu le courage, déclara-t-il simplement, et il se tut un instant.

Puis il fit un effort et dit d'une voix douce :

— Une très grande dame.

Son regard sombre se mit à errer. Ses yeux avaient une expression analogue à celle que Scarlett y avait vue le soir de la chute d'Atlanta, lorsqu'il lui avait annoncé son intention de rejoindre l'armée en pleine retraite... l'étonnement d'un homme qui se connaît à fond et qui pourtant découvre en lui des attachements et des émotions insoupçonnés et qui se sent un peu ridicule de sa découverte.

Ses yeux maussades regardaient par-dessus l'épaule de Scarlett comme s'il voyait Mélanie traverser en silence la pièce et se diriger vers la porte. C'était un adieu, mais son visage ne trahissait ni chagrin, ni douleur et, lorsqu'il répéta « une très grande dame » ses traits exprimèrent seulement de la surprise devant le retour poignant d'émotions mortes depuis longtemps.

Scarlett frissonna. Cette belle flamme qui lui avait illuminé et réchauffé le cœur, qui lui avait donné des ailes pour regagner sa demeure s'éteignit subitement. Elle devina à demi ce qui se passait dans l'esprit de Rhett disant adieu à la seule personne au monde qu'il respectait et, de nouveau, elle éprouva une terrible sensation de détresse. Elle ne pouvait ni comprendre ni analyser complètement ce que Rhett ressentait, mais elle eut l'impression d'avoir été effleurée elle aussi par une jupe bruissante dont le doux contact avait ressemblé à une dernière caresse. Elle suivait dans les yeux de Rhett non pas le passage d'une femme, mais celui d'une légende... la légende de ces femmes aimables, effacées et pourtant indomptables auprès desquelles le Sud avait puisé son énergie pendant la guerre et dont les bras fiers et aimants l'avaient accueilli après la défaite.

Au bout d'un certain temps, Rhett abaissa son regard sur Scarlett :

— Alors elle est morte, dit-il. (Il s'exprimait maintenant d'un ton léger et froid.) Ça fait bien votre affaire, n'est-ce pas ?

— Oh! comment pouvez-vous dire des choses pareilles! s'écria Scarlett, les larmes aux yeux. Vous savez combien je l'aimais!

— Non, je ne peux pas dire que je le savais. C'est des plus inattendu et ça vous fait grand honneur de l'apprécier enfin, étant donné votre passion pour la canaille.

— Comment pouvez-vous parler ainsi ? Bien entendu, je l'appréciais, mais pas vous! Vous ne la connaissiez pas comme moi. Vous n'étiez pas à même de la comprendre... de comprendre combien elle était bonne...

— Vraiment ? C'est possible.

— Elle pensait à tout le monde, sauf à elle-même... Tenez, ses derniers mots ont été pour vous.

Une flamme sincère brilla dans les yeux de Rhett, qui se tourna vers Scarlett.

— Qu'a-t-elle dit ?

— Oh! pas maintenant, Rhett.

— Dites-le-moi.

Son ton était froid, mais il lui prit le poignet et serra à lui en faire mal. Scarlett ne voulait pas encore parler de la fin de Mélanie. Ce n'était pas ainsi qu'elle avait pensé aborder le sujet de son amour, mais la main de Rhett était insistante.

— Elle a dit... elle a dit... « Sois bonne pour le capitaine Butler, il t'aime tant. » Il regarda fixement Scarlett et lui lâcha le poignet. Il ferma les yeux, son visage devint impénétrable. Puis il se leva brusquement, alla à la fenêtre, écarta les rideaux et scruta la nuit comme s'il y avait eu à voir dehors autre chose que le brouillard.

— N'a-t-elle rien dit d'autre ? interrogea-t-il sans se détourner.

— Elle m'a demandé de prendre soin du petit Beau et j'ai dit que je m'en occuperai comme de mon propre fils.

— Quoi encore ?

— Elle a dit... Ashley... elle m'a demandé également de veiller sur Ashley.

Rhett observa une pause et se mit à rire doucement.

— C'est commode d'avoir la permission de la première femme, hein ?

— Que voulez-vous dire ?

Il fit volte-face et, malgré sa confusion, Scarlett fut étonnée de ne découvrir aucune trace d'ironie sur son visage. Il avait l'air aussi indifférent qu'un homme qui assiste au dernier acte d'une comédie plutôt fastidieuse.

— Je crois que le sens de mes paroles est assez clair. Mme Melly est morte. Vous avez toutes les preuves qu'il vous faut pour demander le divorce, et votre réputation est trop compromise pour avoir à en souffrir. Comme il ne vous reste aucun sens religieux, cette question-là ne jouera pas non plus. Alors... Ashley et les rêves se réalisent avec la bénédiction de Mme Melly

— Divorcer ? s'écria Scarlett. Non! Non! (Sans savoir ce qu'elle faisait elle se leva d'un bond, courut à Rhett et lui saisit le bras :) Oh! vous vous trompez complètement! Terriblement! Je ne veux pas divorcer... Je...

Elle s'arrêta parce qu'elle ne pouvait pas trouver d'autres mots.

Rhett lui prit le menton, lui tourna le visage vers la lumière et, pendant un moment, fouilla dans ses yeux. Elle soutint son regard tant son cœur était dans ses prunelles dilatées. Elle essaya de parler. Ses lèvres tremblèrent, mais les mots ne venaient pas, car elle essayait de déchiffrer sur son visage une émotion correspondant à la sienne, une lueur d'espoir ou de joie! Maintenant, il devait savoir! Mais ses yeux affolés, ses yeux avides ne virent que ce visage fermé qui l'avait si souvent déroutée.

Rhett lui lâcha le menton, regagna son fauteuil, s'y laissa tomber d'un air fatigué et, le menton sur la poitrine, il observa Scarlett en observateur désintéressé. Elle se rapprocha de son fauteuil et, se croisant et se décroisant les mains, elle se campa devant lui.

— Vous vous trompez, répéta-t-elle, trouvant enfin ses mots. Rhett, ce soir, quand j'ai su, j'ai couru tout le long du chemin pour vous le dire. Oh! mon chéri,

— Vous êtes fatiguée, dit-il sans cesser de l'examiner. Vous feriez mieux d'aller vous coucher.

— Mais il faut que je vous dise.

— Scarlett, déclara-t-il d'un ton lourd. Je ne veux... rien entendre du tout.

— Mais vous ne savez pas ce que je vais vous dire.

— Mon petit, c'est écrit en plein sur votre visage. Quelque chose, quelqu'un vous a fait comprendre que l'infortuné M. Wilkes était un trop gros morceau à avaler et du même coup mes attraits vous sont apparus sous un angle nouveau et séduisant. (Il poussa un léger soupir.) Donc inutile d'en parler.

Scarlett eut un petit sursaut d'étonnement. Bien entendu Rhett avait toujours lu en elle sans aucune difficulté. Jusque-là, elle lui en avait voulu, mais maintenant, après sa déconvenue fugitive d'avoir été percée à jour, elle se sentit soulagée et son cœur se gonfla de bonheur. Rhett savait, il comprenait et du même coup sa tâche se trouvait miraculeusement simplifiée. Pas besoin de recourir aux paroles! Évidemment, il lui en voulait de l'avoir si longtemps négligé, évidemment il se méfiait de son brusque revirement. A elle de l'entourer de prévenances, de lui prodiguer son amour pour le convaincre de sa sincérité. Quel plaisir ce serait!

— Mon chéri, je vais tout vous dire, fit-elle en s'appuyant au bras de son fauteuil et en se penchant vers lui. Je me suis tellement trompée, j'ai été si bête, si insensée, je...

— Pas de ça, Scarlett. Ne vous humiliez pas devant moi. Je ne le supporterai pas. Laissez-nous encore un peu de dignité, n'ayons pas tout épuisé au cours de notre mariage. Épargnez-nous cette fin.

Scarlett se redressa brusquement : « Épargnez-nous cette fin ? » Que voulait-il entendre par « cette fin » ? Une fin ? Il n'en était pas question. C'était un commencement.

— Mais je vais vous dire... commença-t-elle très vite comme si elle avait craint que Rhett ne lui mît la main sur la bouche pour lui imposer silence. Oh! Rhett, je vous aime tant, mon chéri! J'ai dû vous aimer pendant des années, mais j'étais trop stupide pour le savoir. Rhett, il faut me croire!

Il l'enveloppa d'un long regard qui la pénétra tout entière. Elle lut dans ses yeux qu'il la croyait, mais que ça ne l'intéressait guère. Allait-il donc se montrer odieux en un moment pareil ? La faire souffrir, lui rendre la monnaie de sa pièce ?

— Oh! je vous crois, finit-il par dire. Mais Ashley Wilkes ?

— Ashley! s'écria-t-elle, et elle eut un geste d'impatience... Je... je pense qu'il ne m'inspire plus aucun sentiment depuis des siècles. C'était... eh bien! c'était une sorte d'habitude que j'avais prise depuis que j'étais toute jeune. Si j'avais su ce qu'il valait vraiment, je crois que je n'aurais même jamais eu de sympathie pour lui. C'est un être si incapable, si mou. Il a beau parler à tort et à travers de vérité, d'honneur, et...

— Non, coupa Rhett. Si vous devez le juger tel qu'il est, tâchez de mettre les choses au point. Ashley n'est qu'un galant homme entraîné dans un monde pour lequel il n'est pas fait et qui s'efforce de résister en appliquant les règles de conduite d'un monde disparu.

— Oh! Rhett, ne parlons plus de lui! Qu'est-ce que ça peut bien faire maintenant ? N'êtes-vous pas heureux de savoir... je veux dire de savoir que je...

Elle rencontra les yeux de Rhett et s'arrêta court, intimidée comme une jeune fille en présence de son premier soupirant. Si seulement il lui simplifiait la tâche. Si seulement il lui tendait les bras. Elle s'assiérait sur ses genoux, elle blottirait sa tête contre sa poitrine. Ses lèvres contre les siennes seraient plus éloquentes que tous les mots qu'elle pourrait bredouiller. Mais en le regardant elle se rendit compte que ce n'était pas par méchanceté qu'il la repoussait. Il avait l'air de ne plus rien ressentir. Ses paroles semblaient n'avoir rien éveillé en lui.

— Heureux ? répéta-t-il. Jadis, j'aurais remercié Dieu à deux genoux de vous entendre dire tout cela, mais maintenant ça ne me fait plus rien.

— Ça ne vous fait plus rien ? De quoi parlez-vous, voyons ? Mais si, bien sûr, ça vous fait quelque chose. Rhett, vous m'aimez, n'est-ce pas ? Vous devez m'aimer. Melly l'a dit.

— Eh bien! elle avait raison en un sens, mais elle ne savait pas tout. Scarlett, vous est-il jamais venu à l'idée que même un amour impérissable pouvait s'éteindre ?

Incapable d'articuler un son, elle le dévisagea, la bouche ronde comme un O.

— Le mien s'est éteint, poursuivit Rhett. Il s'est émoussé contre Ashley Wilkes et votre entêtement insensé qui vous fait vous cramponner comme un bouledogue à tout ce que vous vous figurez désirer... Mon amour s'est éteint.

— Mais l'amour ne peut pas s'éteindre!

— C'est cependant ce qui est arrivé à celui que vous aviez pour Ashley!

— Mais je n'ai jamais aimé Ashley pour de bon!

— En tout cas, vous avez joliment bien donné le change... jusqu'à ce soir. Scarlett, je ne vous blâme pas, je ne vous accuse pas, je ne vous adresse pas de reproches. Ce temps-là est passé. Épargnez-moi vos protestations et vos explications. S'il vous est possible de m'écouter quelques minutes sans m'interrompre, je m'en vais vous expliquer ma façon de penser. Dieu sait pourtant que je ne vois nullement la nécessité d'une explication. La vérité saute aux yeux.

Scarlett s'assit. La lumière crue du gaz frappait en plein son visage blême. Elle plongea son regard dans ces yeux qu'elle connaissait à la fois si bien et si mal. Elle écouta cette voix tranquille lui dire des mots qui d'abord n'eurent aucun sens pour elle. C'était la première fois que Rhett lui parlait ainsi comme tout le monde, sans badiner, sans railler, sans poser de devinettes.

— Vous est-il jamais venu à l'idée que je vous aimais autant qu'un homme peut aimer une femme? Que je vous ai aimée pendant des années avant de vous posséder? Pendant la guerre, je suis parti au loin pour essayer de vous oublier, mais c'était impossible, il fallait toujours que je revienne. Après la guerre, je me suis fait arrêter parce que j'étais revenu pour vous revoir. Je vous aimais tellement que je crois bien que j'aurais tué Frank Kennedy s'il n'était pas mort. Je vous aimais, mais je ne voulais pas que vous le sachiez. Vous êtes si dure avec ceux qui vous aiment, Scarlett. Vous prenez leur amour et vous le brandissez comme un fouet au-dessus de leur tête.

De tout cela, seul le fait qu'il l'aimait avait une signification pour elle. Au son de sa voix empreinte d'un faible accent de passion, elle sentit le plaisir et l'émotion l'envahir de nouveau. Elle demeurait immobile, retenant son souffle, écoutant, attendant.

— Je savais que vous ne m'aimiez pas lorsque je vous ai épousée. Je savais à quoi m'en tenir au sujet d'Ashley, vous comprenez. Mais, insensé que j'étais, je pensais réussir à me faire aimer de vous! Riez si le cœur vous en dit, mais je voulais veiller sur vous,

vous chérir, vous donner tout ce que vous auriez désiré. Je voulais vous épouser, vous protéger, vous passer toutes les fantaisies qui vous auraient rendue heureuse... exactement ce que j'ai fait avec Bonnie. Vous aviez tant lutté. Nul ne savait mieux que moi ce que vous aviez traversé. Je voulais que vous cessiez de combattre et que vous me laissiez poursuivre la lutte à votre place. Je voulais que vous jouiez comme une enfant... car vous étiez une enfant, brave, effrayée, têtue. Je crois d'ailleurs que vous êtes toujours une enfant. Il n'y a qu'une enfant pour être aussi butée et aussi insensible que vous.

Rhett s'exprimait d'une voix calme et lasse, mais dans son intonation il y avait quelque chose qui faisait se lever en Scarlett le fantôme d'un souvenir. Elle avait déjà entendu une voix comme celle-là à une autre époque douloureuse de sa vie. Où cela ?... la voix d'un homme s'analysant, regardant la vie en face, sans émotion, sans effroi, sans espérance.

Voyons... voyons... mais c'était Ashley dans le verger de Tara balayé par le vent d'hiver. Ashley parlant de théâtre d'ombres avec une placidité résignée plus désespérante que les accents les plus amers. De même que la voix d'Ashley l'avait glacée, avait éveillé en elle la crainte de choses qu'elle ne pouvait comprendre, de même la voix de Rhett remplissait son cœur d'angoisse. Son intonation, son attitude, plus encore que le contenu de ses paroles, la bouleversaient, l'obligeaient à s'apercevoir que l'agréable griserie éprouvée quelques instants plus tôt avait été prématurée. Il y avait quelque chose qui n'allait pas, quelque chose de faussé. Quoi ? elle n'en savait rien, mais elle écoutait désespérément, les yeux rivés sur le visage de Rhett, et elle espérait quand même que ses paroles allaient dissiper ses craintes.

— Il était clair que nous étions faits l'un pour l'autre. C'était si clair que j'étais le seul homme que vous connaissiez capable de vous aimer après vous avoir vue telle que vous étiez... dure, cupide, malhonnête comme moi. Je vous aimais et j'ai tenté ma chance. Je pensais que vous finiriez par oublier Ashley.

Mais (il haussa les épaules) j'ai essayé tout ce qui était en mon pouvoir, et rien n'a marché. Et je vous aimais, Scarlett. Si seulement vous m'aviez laissé faire, je vous aurais aimée plus tendrement qu'un homme a jamais aimé une femme. Pourtant je ne voulais pas que vous le sachiez, car je savais que vous m'auriez cru faible et que vous auriez cherché à vous servir de mon amour contre moi. Et toujours... toujours il y avait Ashley. Il me rendait fou. Je ne pouvais pas m'asseoir à table en face de vous le soir sans deviner que vous auriez voulu qu'Ashley fût à ma place. Je ne pouvais pas vous tenir dans mes bras la nuit sans savoir... Bah, ça n'a plus d'importance, maintenant. Oui, maintenant je me demande même pourquoi j'ai souffert. C'est ça qui m'a conduit chez Belle. On éprouve un certain réconfort de mauvais aloi auprès d'une femme qui vous aime corps et âme et respecte en vous le beau monsieur... même si cette femme est une prostituée sans culture... Ça caressait ma vanité. Vous n'avez jamais été très caressante, ma chère.

— Oh! Rhett... fit Scarlett dont le chagrin augmenta au nom de Belle, mais Rhett l'arrêta d'un geste et poursuivit :

— Et puis, cette nuit où je vous ai portée dans mes bras... je pensais... j'espérais... j'avais tant d'espoir que j'ai eu peur de me trouver devant vous le lendemain matin. J'avais peur de m'être trompé, peur que vous ne m'aimiez pas. Je redoutais tellement que vous vous moquiez de moi que je suis sorti et que je me suis enivré. Et, lorsque je suis revenu, je tremblais comme un galopin et si vous aviez eu le moindre geste, si vous m'aviez donné le moindre encouragement, je crois que je vous aurais baisé les pieds. Mais vous n'avez pas bougé.

— Oh! Rhett, mais j'avais tant besoin de vous, seulement vous avez été si odieux. J'avais besoin de vous. Je crois... oui ça doit être à ce moment-là que j'ai su pour la première fois que je vous aimais. Ashley... après cela, la pensée d'Ashley ne m'a plus jamais rendue heureuse, mais vous étiez si odieux que je...

— Allons, fit-il, j'ai l'impression que nous avons joué à cache-cache. Ce n'est pas vrai? Mais maintenant ça n'a plus d'importance. Je vous raconte tout cela uniquement pour qu'il ne reste plus en vous de points obscurs. Lorsque vous avez été malade par ma faute, je suis resté derrière votre porte, j'espérais tout le temps que vous m'appelleriez, mais vous n'en avez rien fait. Alors j'ai compris combien j'avais été stupide et j'ai su que tout était fini.

Il s'arrêta et il la regarda sans la voir, comme Ashley l'avait si souvent regardée, fixant au loin quelque chose qu'elle ne pouvait distinguer. Et elle, incapable de parler, ne pouvait que fixer ce visage pensif.

— Mais il y avait Bonnie, et j'ai compris qu'en somme tout n'était pas fini. Je me plaisais à imaginer que Bonnie c'était vous, que vous étiez redevenue une petite fille, que cela se passait avant que la guerre, la pauvreté vous eussent marquée. Elle vous ressemblait tant. Elle était si autoritaire, si brave, si gaie, si pleine d'entrain, et je pouvais la chérir, la gâter... tout comme j'aurais voulu vous chérir. Mais elle n'était pas comme vous... elle m'aimait. C'était une bénédiction pour moi de pouvoir employer cet amour dont vous ne vouliez pas et de le lui prodiguer... Quand elle est partie, elle a tout emporté avec elle.

Tout à coup Scarlett eut de la peine pour Rhett, le chagrin s'empara d'elle si complètement qu'elle ne pensa ni à sa propre douleur, ni aux menaces contenues dans les mots qu'elle venait d'entendre. C'était la première fois qu'elle éprouvait de la peine pour quelqu'un sans éprouver en même temps du mépris, car c'était la première fois qu'elle se trouvait si près de comprendre un être humain. Et elle pouvait comprendre son entêtement orgueilleux, si pareil au sien, son obstination à ne pas vouloir confesser son amour de peur de s'exposer à une rebuffade.

— Chéri, dit-elle en s'avançant d'un pas dans l'espoir qu'il lui tendrait les bras et la prendrait sur ses genoux. Chéri, je suis si triste, mais je vous ferai oublier tout cela! Nous pouvons être si heureux, maintenant que nous savons la vérité et... Rhett..

regardez-moi donc, Rhett! Il peut... il peut y avoir d'autres enfants... pas comme Bonnie, bien sûr... mais...

— Non, merci, fit Rhett comme s'il eût refusé un morceau de pain. Je ne risquerai pas mon cœur une troisième fois.

— Rhett, ne dites pas des choses pareilles! Oh! que faut-il vous dire pour vous faire comprendre? Je vous ai dit combien je regrettais...

— Ma chérie, vous êtes tellement enfant. Vous vous imaginez qu'il vous suffit de dire « je regrette » pour que toutes les erreurs, toutes les souffrances soient effacées de la mémoire, pour que toutes les anciennes blessures soient lavées de leur poison... Prenez mon mouchoir, Scarlett. A toutes les heures graves de votre vie je ne vous ai jamais vue avec un mouchoir.

Elle prit le mouchoir, se moucha et se rassit. Il était certain que Rhett n'allait pas la prendre dans ses bras. Il commençait à ne plus faire de doute que tout ce qu'il avait dit au sujet de son amour pour elle ne correspondait plus à rien. C'était un récit emprunté à une époque lointaine, et Rhett racontait cette histoire comme si elle ne lui était jamais arrivée. C'était bien cela qui était effrayant. Il la regarda presque avec bonté.

— Quel âge avez-vous, ma chère? demanda-t-il d'un air songeur. Vous n'avez jamais voulu me le dire.

— J'ai vingt-huit ans, répondit-elle sourdement le mouchoir sur la bouche.

— Ce n'est pas bien vieux. Vous vous y êtes prise jeune pour conquérir le monde et perdre votre âme, hein? Ne faites pas cette tête épouvantée. Je ne fais pas allusion aux feux de l'enfer qui vous guettent, à cause de votre aventure avec Ashley. Je parle simplement par métaphore. Depuis que je vous connais, vous désirez deux choses : avoir Ashley et être assez riche pour envoyer promener le monde. Eh bien! vous voilà assez riche, vous avez dit aux gens ce que vous pensiez d'eux et vous aurez Ashley si vous voulez de lui. Mais maintenant, tout cela ne semble pas vous suffire.

Scarlett avait peur, mais ce n'étaient pas les feux de l'enfer qui l'effrayaient. Elle se disait : « Mais mon âme, c'est Rhett, et je suis en train de le perdre. Et, si je le perds, rien ne comptera plus pour moi. Non, ni amis, ni argent... rien. Si seulement je pouvais l'avoir à moi, ça me serait bien égal de retomber dans la pauvreté. Oui ça me serait bien égal d'endurer encore le froid et la faim. Mais il ne peut pas vouloir que... Oh! c'est impossible! »

Elle s'essuya les yeux et dit d'un ton désespéré :

— Rhett, si vous m'avez tant aimée, il doit bien y avoir en vous quelque chose pour moi ?

— Voyez-vous, quand je réfléchis à tout cela, je m'aperçois qu'il ne reste plus que deux choses, justement les deux choses que vous détestez le plus... la pitié et un curieux sentiment de bonté.

De la pitié! De la bonté! « Oh! mon Dieu! » se dit Scarlett, éperdue. Tout sauf de la pitié et de la bonté. Chaque fois qu'elle éprouvait l'un ou l'autre de ces sentiments pour quelqu'un, ils s'accompagnaient de mépris. La mépriserait-il en plus ? N'importe quoi serait préférable à cela. Même son cynisme du temps de la guerre, même sa frénésie d'ivrogne lorsqu'il l'avait emportée dans ses bras, que ses doigts durs lui avaient meurtri le corps, même ses remarques cinglantes sous lesquelles, elle s'en rendait compte maintenant, se cachait un amour rempli d'amertume, tout plutôt que cette bienveillante indifférence qu'elle lisait sur son visage.

— Alors... alors vous voulez dire que j'ai tout gâché... que vous ne m'aimez plus ?

— C'est exact.

— Mais, fit-elle avec obstination comme un enfant qui se figure qu'il lui suffit de formuler un désir pour qu'il se réalise. Mais je vous aime.

— Tant pis pour vous.

Elle releva aussitôt la tête pour voir s'il y avait de l'ironie derrière ses paroles, mais elle n'en découvrit pas. Rhett constatait simplement un fait. Pourtant, c'était un fait auquel elle ne voulait pas encore croire... auquel elle ne pouvait pas croire. Elle le regarda de ses yeux obliques où brûlait un acharnement désespéré et, serrant tout à coup les mâchoires dont les lignes dures saillirent sous la peau douce de ses joues, elle ressembla à Gérald.

— Rhett, ne soyez pas stupide! Je peux vous rendre...

Feignant un geste d'horreur, il mit sa main en écran devant lui, et ses sourcils noirs dessinèrent la double courbe moqueuse d'autrefois.

— Ne prenez pas un air aussi décidé, Scarlett! Vous me faites peur. Je vois que vous envisagez de reporter sur moi les ardeurs tumultueuses que vous éprouviez pour Ashley, et je crains pour ma liberté et ma tranquillité d'esprit Non, Scarlett, je ne tiens pas du tout à ce que vous me relanciez comme vous avez relancé l'infortuné Ashley. D'ailleurs, je m'en vais en voyage.

Le menton de Scarlett trembla. S'en aller en voyage? Non, tout plutôt que cela! Comment continuer à vivre sans lui? Tout le monde l'avait quittée, tous les êtres auxquels elle tenait, sauf Rhett. Il ne pouvait pas s'en aller. Mais comment le retenir? Elle ne pouvait rien contre son détachement, contre ses paroles indifférentes.

— Je pars en voyage. J'avais l'intention de vous l'annoncer à votre retour de Marietta.

— Vous m'abandonnez?

— Ne jouez pas l'épouse délaissée et dramatique, Scarlett. Ce rôle ne vous va pas. J'ai bien compris, n'est-ce pas, que vous ne vouliez ni d'un divorce, ni d'une séparation? Parfait, je reviendrai donc assez souvent pour imposer silence aux mauvaises langues.

— Au diable les mauvaises langues! s'écria-t-elle d'un ton farouche. C'est vous que je veux. Emmenez-moi avec vous!

— Non, déclara-t-il, et il y avait quelque chose de définitif dans le timbre de sa voix.

Pendant un moment Scarlett fut sur le point d'avoir une crise de larmes comme une enfant. Elle faillit se rouler par terre, lancer des injures, hurler, battre le plancher de ses talons. Mais un reste de fierté et de bon sens la retint. « Si je fais cela, se dit-elle, il se moquera de moi ou il se contentera de me regarder. Il ne faut pas que je me mette à pleurer. Il ne faut pas lui demander la charité. Je ne dois pas m'exposer à encourir son mépris. Il faut qu'il me respecte même... même s'il ne m'aime pas. »

Elle releva la tête et réussit à lui demander d'un ton calme :

— Où irez-vous ?

Une faible lueur d'admiration dans les yeux il répondit :

— Peut-être en Angleterre... ou à Paris. Peut-être à Charleston, pour essayer de faire la paix avec ma famille.

— Mais vous la détestez! Je vous ai si souvent entendu vous moquer d'elle... et...

Il haussa les épaules.

— Je continue à m'en moquer... mais j'en ai assez d'être un aventurier, Scarlett. J'ai quarante-cinq ans. C'est l'âge auquel un homme commence à apprécier quelques-unes des choses qu'il a reniées d'un cœur si léger dans sa jeunesse, les liens de famille, l'honneur, la tranquillité, les racines profondément enfoncées dans le sol... Oh! non. Je n'abjure rien, je ne regrette rien de ce que j'ai fait. Je me suis payé une sacrée pinte de bon sang... Je me suis même si bien amusé que les plaisirs commencent à me lasser et que je désire connaître autre chose. Non, je veux simplement changer mes mouchetures, comme le léopard, vous savez. Je veux redonner aux choses que je connaissais l'aspect extérieur qu'elles avaient autrefois, je veux éprouver ce sentiment d'ennui mortel que procure la respectabilité... celle des autres, mon chou, pas la mienne... je veux retrouver la dignité calme de la vie menée au milieu des gens comme il faut, je veux retrouver le charme bienfaisant des jours qui ne sont plus... Lorsque je vivais ces jours-là je ne me rendais pas compte de la saveur de leur nonchalance...

Scarlett était de nouveau transportée dans le verger

de Tara balayé par le vent, et dans les yeux de Rhett elle découvrait une expression analogue à celle qu'elle avait vue alors dans les yeux d'Ashley. Les paroles d'Ashley lui revenaient avec tant de netteté qu'elle avait l'impression de l'entendre parler à la place de Rhett. Elle se rappelait des bribes de phrases et elle les répéta tout haut comme un perroquet :

— Une séduction... une perfection, la symétrie de l'arc grec.

— Que racontez-vous là ? fit Rhett sèchement. C'est exactement ce que je voulais dire.

— C'est quelque chose que... que m'a dit un jour Ashley à propos de l'ancien temps.

Rhett haussa les épaules et la lumière s'éteignit dans ses yeux.

— Toujours Ashley, murmura-t-il, et il se tut un instant. Scarlett, reprit-il, quand vous aurez quarante-cinq ans, vous comprendrez peut-être ce que je veux dire et vous aussi vous serez peut-être fatiguée des gens qui posent aux belles manières, des attitudes truquées, des émotions de pacotille. Mais j'en doute. Je crois que vous serez toujours plus attirée par ce qui brille que par l'or véritable. En tout cas, il ne m'est pas possible d'attendre jusque-là pour voir et je n'en ai nulle envie. Ça ne m'intéresse pas du tout. Je m'en vais explorer de vieilles villes et de vieux pays où doit subsister encore un peu du charme d'antan. Oui, je suis sentimental, à ce point. Atlanta est trop brutal pour moi, trop neuf.

— Taisez-vous, fit Scarlett brusquement.

Elle avait à peine entendu ce que Rhett venait de dire ; en tout cas, elle n'en avait pas compris le sens, mais elle savait qu'elle n'aurait plus la force de l'écouter parler si sa voix ne trahissait pas un peu d'amour.

Il s'arrêta et la regarda, intrigué.

— Voyons, vous avez pourtant bien compris le sens de mes paroles, n'est-ce pas ? dit-il en se levant.

Scarlett lui tendit les mains, répétant le geste immémorial de ceux qui implorent et de nouveau son visage exprima tous les sentiments dont son cœur débordait.

— Non, s'écria-t-elle, tout ce que je sais, c'est que vous ne m'aimez pas et que vous allez partir. Oh! mon chéri, si vous vous en allez, que vais-je devenir?

Pendant un moment Rhett parut hésiter comme s'il se demandait ce qui était préférable en fin de compte d'un mensonge charitable ou de la vérité. Alors il haussa les épaules.

— Scarlett, je n'ai jamais été un homme à ramasser patiemment les morceaux cassés et à les recoller pour me dire ensuite qu'un objet réparé valait un objet neuf. Ce qui est cassé est cassé... Et j'aime encore mieux avoir le souvenir de quelque chose de beau que de voir toute ma vie les endroits brisés et les traces de rafistolage. Peut-être, si j'étais plus jeune... (Il soupira :) Mais je suis trop vieux pour avoir cette sentimentalité bébête des gens qui croient à la vertu de l'éponge sur l'ardoise et qui se figurent qu'on peut tout recommencer. Je suis trop vieux pour porter sur mes épaules le poids des mensonges perpétuels qui accompagnent l'existence de ceux qui entretiennent des illusions polies. Il me serait impossible de vivre auprès de vous en vous mentant sans cesse et, en tout cas, je serais incapable de me mentir à moi-même. Je ne peux même pas vous mentir en ce moment. Je voudrais pouvoir m'intéresser à ce que vous faites, à ce que vous deviendrez, mais c'est trop me demander. (Il poussa un petit soupir et déclara d'un ton détaché, mais emprunt de douceur :) Ma chère, je m'en fiche comme d'une guigne.

Scarlett ne dit rien et regarda Rhett monter l'escalier. La douleur lui contractait si fortement la gorge qu'elle eut l'impression d'étouffer. Elle entendit Rhett traverser le couloir du premier, puis le bruit de ses pas s'évanouit, en même temps s'évanouit la dernière chose à laquelle elle tenait. Elle savait désormais que nul sentiment, nul argument ne ferait revenir cet homme glacé sur le verdict qu'il avait prononcé. Elle savait que, malgré le ton léger qu'il avait employé parfois, tous ses mots avaient eu un sens précis. Elle savait cela parce qu'elle devinait confusément en lui quelque chose de fort, d'inflexible, d'implacable...

toutes les qualités qu'elle avait cherchées en vain chez Ashley.

Elle n'avait compris ni l'un ni l'autre des deux hommes qu'elle avait aimés et, partant, elle les avait perdus tous les deux. Ses pensées suivaient un cours tortueux, indécis. Elle se rendait compte peu à peu que si elle avait compris Ashley elle ne l'aurait jamais aimé, mais que si elle avait compris Rhett elle ne l'aurait jamais perdu. Désespérée, elle se demanda si elle avait jamais compris quelqu'un.

Une torpeur miséricordieuse s'emparait de son esprit, mais elle savait, par une longue expérience, que cet engourdissement ferait bientôt place à une souffrance aiguë, comme les tissus tranchés par le bistouri du chirurgien profitent d'un bref moment d'insensibilité avant que commence leur supplice.

« Je ne veux pas y penser maintenant », se dit-elle avec une énergie farouche. C'était là sa vieille formule et l'heure était venue de l'appliquer de nouveau. « Je vais devenir folle si je pense que j'ai perdu Rhett. Je penserai à tout cela demain. »

« Mais, lui cria son cœur meurtri en repoussant le talisman, je ne peux pas le laisser partir! Il doit y avoir un moyen de le retenir! »

« Je ne veux pas y penser maintenant », dit-elle tout haut cette fois. Elle essayait d'enfouir son chagrin au fond de sa conscience, d'élever une digue contre le flot grossissant de la douleur. « Je... allons, demain je partirai pour Tara », et elle reprit un peu de courage.

Elle était déjà retournée à Tara un jour d'effroi et de défaite, et elle en avait quitté les murs protecteurs forte et armée pour la victoire. Ce qu'elle avait fait une fois... « Oh! mon Dieu, je vous en supplie, donnez-moi le moyen de le refaire. » Un moyen? lequel? Elle n'en savait rien. Elle ne voulait pas réfléchir à cela pour le moment. Tout ce qu'elle désirait, c'était avoir assez d'espace pour souffrir librement, c'était trouver un lieu paisible pour y panser ses blessures, un refuge pour y dresser ses plans de campagne. Elle pensait à Tara et il lui semblait qu'une main fraîche et affectueuse lui caressait le cœur. Elle voyait la blanche maison lui souhaiter la bienvenue parmi les feuillages rougissants de l'automne, elle sentait descendre sur elle comme une bénédiction le calme silencieux du crépuscule champêtre, elle sentait la rosée tomber sur les arpents de buissons verts étoilés de touffes blanches, elle voyait la couleur crue de la terre rouge et la beauté triste et sombre des pins sur les collines ondulantes.

L'évocation de ces images lui procurait un léger réconfort, ranimait un peu son énergie et reléguait à l'arrière-plan ses regrets qui menaçaient de la rendre folle de douleur. Elle resta un moment immobile à se rappeler de petits détails, l'avenue de cèdres qui menait à Tara, les buissons de jasmins contre la maison dont la blancheur rehaussait leur couleur verte, les rideaux blancs qui flottaient au vent. Et Mama serait là! Soudain, Scarlett souhaita éperdument de revoir Mama. Elle avait besoin d'elle comme au temps de son enfance, elle avait besoin de la grosse poitrine pour y poser sa tête, de la main noueuse et noire sur ses cheveux. Mama, son dernier lien avec le bon vieux temps!

Avec l'énergie de ceux de sa race, qui ne s'avouent jamais vaincus, même lorsque la défaite les regarde en face, Scarlett releva le menton. Elle ramènerait Rhett à elle. Elle savait qu'elle y parviendrait. Nul homme ne lui avait jamais résisté, lorsqu'elle s'était mis en tête de faire sa conquête.

« Je penserai à cela demain, à Tara. Pour le moment, je n'en ai pas le courage. Demain, je chercherai un moyen de ramener Rhett. En somme, à un jour près... »

COLLECTION FOLIO

Dernières parutions

1161.	Honoré de Balzac	*Louis Lambert, Les Proscrits, Jésus-Christ en Flandre.*
1162.	Philippe Labro	*Des feux mal éteints.*
1163.	Andras Laszlo	*Paco l'infaillible.*
1164.	Erskine Caldwell	*Un pauvre type.*
1165.	Marguerite Yourcenar	*Souvenirs pieux.*
1166.	Aldous Huxley	*L'éminence grise.*
1167.	Jules Renard	*L'Écornifleur.*
1168.	Pierre Bourgeade	*Les immortelles.*
1169.	Georges Simenon	*L'homme qui regardait passer les trains.*
1170.	Albert Cohen	*Mangeclous.*
1171.	Lawrence Durrell	*Nunquam.*
1172.	Vladimir Nabokov	*L'invitation au supplice.*
1173.	Machiavel	*Le Prince*, suivi d'extraits des *Œuvres politiques* et d'un choix des *Lettres familières.*
1174.	Jean Anouilh	*Le boulanger, la boulangère et le petit mitron.*
1175.	Georges Simenon	*Les rescapés du Télémaque.*
1176.	John Dos Passos	*La grosse galette*, tome I.
1177.	Émile Zola	*La Terre.*
1178.	René Fallet	*Mozart assassiné.*
1179.	Shichiro Fukazawa	*Narayama.*
1180.	Jean Genet	*Les nègres.*
1181.	Jean Dutourd	*Les horreurs de l'amour*, tome I.
1182.	Jean Dutourd	*Les horreurs de l'amour*, tome II.
1183.	Jules Barbey d'Aurevilly	*Un prêtre marié.*

1184. Roger Grenier — *Les embuscades.*
1185. Philip Roth — *Goodbye, Columbus.*
1186. Roger Boussinot — *Les guichets du Louvre.*
1187. Jack Kerouac — *Le vagabond solitaire.*
1188. Guy de Pourtalès — *La pêche miraculeuse,* tome I.
1189. Stendhal — *De l'Amour.*
1190. Pierre Gripari — *Diable, Dieu et autres contes de menterie.*
1191. George Eliot — *Silas Marner.*
1192. Peter Handke — *La femme gauchère.*
1193. Georges Simenon — *Malempin.*
1194. Léon Bloy — *La femme pauvre.*
1195. Dominique Desanti — *La banquière des années folles : Marthe Hanau.*
1196. Angelo Rinaldi — *Les dames de France.*
1197. Victor Hugo — *Les Travailleurs de la mer.*
1198. Guy de Pourtalès — *La pêche miraculeuse,* tome II.
1199. John Dos Passos — *La grosse galette,* tome II.
1200. Inès Cagnati — *Le jour de congé.*
1201. Michel Audiard — *La nuit, le jour et toutes les autres nuits.*
1202. Honoré de Balzac — *Une fille d'Ève,* suivi de *La Fausse Maîtresse.*
1203. Georges Simenon — *Le rapport du gendarme.*
1204. Romain Gary — *La tête coupable.*
1205. Alfred de Vigny — *Cinq-Mars.*
1206. Richard Wright — *Bon sang de bonsoir.*
1208. John Dos Passos — *L'an premier du siècle.*
1209. Georges Simenon — *Les sœurs Lacroix.*
1210. Radclyffe Hall — *Le puits de solitude.*
1211. Michel Déon — *Mes arches de Noé.*
1212. Boileau-Narcejac — *Carte vermeil.*
1213. Luc Dietrich — *Le bonheur des tristes.*
1214. Elsa Morante — *La Storia,* tome I.
1215. Elsa Morante — *La Storia,* tome II.
1216. Herman Melville — *Moby Dick,* tome I.
1217. Herman Melville — *Moby Dick,* tome II.
1218. Jean Anouilh — *Eurydice,* suivi de *Roméo et Jeannette.*
1219. André Stil — *Qui ?*
1220. Pierre Mac Orlan — *La Cavalière Elsa.*

1221. François-Régis Bastide — *Les adieux.*
1222. Émile Zola — *L'Argent.*
1223. Sébastien Japrisot — *La dame dans l'auto avec des lunettes et un fusil.*
1224. William Styron — *La proie des flammes,* tome I.
1225. William Styron — *La proie des flammes,* tome II.
1226. Louis Guilloux — *Le sang noir.*
1227. Dostoïevski — *Le Double.*
1228. Pierre Herbart — *La ligne de force.*
1229. Michel Tournier — *Le Coq de bruyère.*
1230. William Styron — *La marche de nuit.*
1231. Tacite — *Histoires.*
1232. John Steinbeck — *Au dieu inconnu.*
1233. *** — *Le Coran,* tome I.
1234. *** — *Le Coran,* tome II.
1235. Roger Nimier — *L'étrangère.*
1236. Georges Simenon — *Touriste de bananes.*
1237. Goethe — *Les Affinités électives.*
1238. Félicien Marceau — *L'œuf.*
1239. Alfred Döblin — *Berlin Alexanderplatz.*
1240. Michel de Saint Pierre — *La passion de l'abbé Delance.*
1241. Pichard/Wolinski — *Paulette,* tome I.
1242. Émile Zola — *Au Bonheur des Dames.*
1243. Jean d'Ormesson — *Au plaisir de Dieu.*
1244. Michel Déon — *Le jeune homme vert.*
1245. André Gide — *Feuillets d'automne.*
1246. Junichiro Tanizaki — *Journal d'un vieux fou.*
1247. Claude Roy — *Nous.*
1248. Alejo Carpentier — *Le royaume de ce monde.*
1249. Herman Melville — *Redburn ou Sa première croisière.*
1250. Honoré de Balzac — *Les Secrets de la princesse de Cadignan* et autres études de femme.
1251. Jacques Sternberg — *Toi, ma nuit.*
1252. Tony Duvert — *Paysage de fantaisie.*
1253. Panaït Istrati — *Kyra Kyralina.*
1254. Thérèse de Saint Phalle — *La clairière.*
1255. D. H. Lawrence — *Amants et fils.*
1256. Miguel de Cervantès — *Nouvelles exemplaires.*
1257. Romain Gary — *Les mangeurs d'étoiles.*

1258.	Flannery O'Connor	*Les braves gens ne courent pas les rues.*
1259.	Thomas Hardy	*La Bien-Aimée.*
1260.	Brantôme	*Les Dames galantes.*
1261.	Arthur Adamov	*L'homme et l'enfant.*
1262.	Gilles Lapouge	*Un soldat en déroute.*
1263.	Renée Massip	*La bête quaternaire.*
1264.	Ivan Tourgueniev	*Mémoires d'un chasseur.*
1265.	Jean-Louis Bory	*La peu des zèbres.*
1266.	Panaït Istrati	*Oncle Anghel.*
1267.	Costas Taktsis	*Le troisième anneau.*
1268.	Honoré de Balzac	*Mémoires de deux jeunes mariées.*
1269.	Albert Cohen	*Solal.*
1270.	Henri Vincenot	*Les chevaliers du chaudron.*
1271.	Mario Vargas Llosa	*La ville et les chiens.*
1272.	Jacques Cazotte	*Le Diable amoureux.*
1273.	Pierre Moinot	*La chasse royale.*
1274.	Elsa Triolet	*Mille regrets.*
1275.	Pa Kin	*Le Jardin du repos.*
1276.	Yachar Kemal	*Mèmed le Faucon.*
1277.	Antoine Furetière	*Le Roman bourgeois.*
1278.	Béatrix Beck	*Une mort irrégulière.*
1279.	Valery Larbaud	*Amants, heureux amants.*
1280.	Jules Supervielle	*Le survivant.*
1281.	Charles Perrault	*Contes.*
1282.	Alphonse Boudard	*Le corbillard de Jules.*
1283.	Anna Langfus	*Les bagages de sable.*
1284.	Léon Tolstoï	*Résurrection*, tome I.
1285.	Léon Tolstoï	*Résurrection*, tome II.
1286.	Cecil Saint-Laurent	*Hortense 14-18*, tome I.
1287.	Cecil Saint-Laurent	*Hortense 14-18*, tome II.
1288.	Cecil Saint-Laurent	*Hortense 14-18*, tome III.
1289.	Cecil Saint-Laurent	*Hortense 14-18*, tome IV.
1290.	Émile Zola	*La Fortune des Rougon.*
1291.	Aldous Huxley	*Le sourire de la Joconde.*
1292.	Jean Renoir	*Pierre-Auguste Renoir, mon père.*
1293.	Patrick Modiano	*Livret de famille.*
1294.	André Pieyre de Mandiargues	*La Marge.*

1295. Théophile Gautier — *Voyage en Espagne*, suivi de *España*.
1296. Sébastien Japrisot — *L'été meurtrier*.
1297. Mika Waltari — *Sinouhé l'Égyptien*, tome I.
1298. Mika Waltari — *Sinouhé l'Égyptien*, tome II.
1299. Jorge Amado — *Bahia de tous les saints*.
1300. Honoré de Balzac — *Ursule Mirouët*.
1301. Michel Déon — *Les vingt ans du jeune homme vert*.
1302. Zoé Oldenbourg — *La joie des pauvres*, tome I.
1303. Zoé Oldenbourg — *La joie des pauvres*, tome II.
1304. Georges Simenon — *Les noces de Poitiers*.
1305. Francis Scott Fitzgerald — *La fêlure*.
1306. Pichard/Wolinski — *Paulette*, tome II.
1307. Colin Wilson — *Soho, à la dérive*.
1308. Jean Rhys — *Quai des Grands-Augustins*.
1309. Jean Genet — *Less paravents*.
1310. Iris Murdoch — *La gouvernante italienne*.
1311. George Sand — *Mauprat*.
1312. Raymond Queneau — *On est toujours trop bon avec les femmes*.
1313. Ignazio Silone — *L'école des dictateurs*.
1314. Alexandre Vialatte — *Les fruits du Congo*.
1315. Jules César — *Guerre des Gaules*.
1316. Théophile Gautier — *La Morte amoureuse, Avatar, Le Chevalier double* et autres récits fantastiques.
1317. Thomas Hardy — *Les petites ironies de la vie*, précédé de *Une femme imaginative*.
1318. Jean Anouilh — *Ne réveillez pas Madame...*
1319. Jean d'Ormesson — *Le vagabond qui passe sous une ombrelle trouée*.
1320. Nelson Algren — *L'homme au bras d'or*.
1321. José Giovanni — *Mon ami le traître*.
1322. Émile Zola — *La Curée*.
1323. Paul Morand — *Tendres stocks*.
1324. Daniel Boulanger — *La porte noire*.
1325. Marcel Jouhandeau — *Chroniques maritales*, précédé de *Élise*.

1326.	Rachid Boudjedra	*La répudiation.*
1327.	Marivaux	*Le Paysan parvenu.*
1328.	Marguerite Yourcenar	*Archives du Nord.*
1329.	Pierre Mac Orlan	*La Vénus internationale.*
1330.	Erskine Caldwell	*Les voies du Seigneur.*
1331.	Victor Hugo	*Han d'Islande.*
1332.	Ernst Jünger	*Eumeswil.*
1333.	Georges Simenon	*Le cercle des Mahé.*
1334.	André Gide	*Thésée.*
1335.	Muriel Cerf	*Le diable vert.*
1336.	Ève Curie	*Madame Curie.*
1337.	Thornton Wilder	*Les ides de mars.*
1338.	Rudyard Kipling	*L'histoire des Gadsby.*
1339.	Truman Capote	*Un arbre de nuit.*
1340.	D. H. Lawrence	*L'homme et la poupée.*
1341.	Marguerite Duras	*La vie tranquille.*
1342.	François-Régis Bastide	*La vie rêvée.*
1343.	Denis Diderot	*Les Bijoux indiscrets.*
1344.	Colette	*Julie de Carneilhan.*
1345.	Paul Claudel	*La Ville.*
1346.	Henry James	*L'Américain.*
1347.	Edmond et Jules de Goncourt	*Madame Gervaisais.*
1348.	Armand Salacrou	*Dans la salle des pas perdus,* tome I.
1349.	Armand Salacrou	*Dans la salle des pas perdus,* tome II.
1350.	Michel Déon	*La corrida.*
1351.	Stephen Crane	*La conquête du courage.*
1352.	Dostoïevski	*Les Nuits blanches. Le Sous-sol.*
1353.	Louis Pergaud	*De Goupil à Margot.*
1354.	Julio Cortázar	*Les gagnants.*
1355.	Philip Roth.	*Ma vie d'homme.*
1356.	Chamfort	*Maximes et pensées. Caractères et anecdotes.*
1357.	Jacques de Lacretelle	*Le retour de Silbermann.*
1358.	Patrick Modiano	*Rue des Boutiques Obscures.*
1359.	Madeleine Chapsal	*Grands cris dans la nuit du couple.*
1360.	Honoré de Balzac	*Modeste Mignon.*

1361.	Pierre Mac Orlan	*Mademoiselle Bambù.*
1362.	Romain Gary (Émile Ajar)	*La vie devant soi.*
1363.	Raymond Queneau	*Exercices de style.*
1364.	Eschyle	*Tragédies.*
1365.	J. M. G. Le Clézio	*Mondo et autres histoires.*
1366.	Pierre Drieu la Rochelle	*La comédie de Charleroi.*
1367.	Romain Gary	*Clair de femme.*
1368.	Fritz Zorn	*Mars.*
1369.	Émile Zola	*Son excellence Eugène Rougon.*
1370.	Henri Vincenot	*La billebaude.*
1371.	Carlos Fuentes	*La plus limpide région.*
1372.	Daniel Defoe	*Journal de l'Année de la Peste.*
1373.	Joseph Kessel	*Les cavaliers.*
1374.	Michel Mohrt	*Les moyens du bord.*
1375.	Jocelyne François	*Joue-nous « España ».*
1376.	Léon-Paul Fargue	*Le piéton de Paris,* suivi de *D'après Paris.*
1377.	Beaumarchais	*Le Barbier de Séville,* suivi de *Jean Bête à la foire.*
1378.	Damon Runyon	*Broadway, mon village.*
1379.	Jean Rhys	*Quator.*
1380.	Sigrid Undset	*La femme fidèle.*
1381.	Stendhal	*Le Rose et le Vert, Mina de Vanghel* et autres nouvelles.
1382.	Paul Morand	*Le Flagellant de Séville.*
1383.	Catherine Rihoit	*Le bal des débutantes.*
1384.	Dorothy Baker	*Le jeune homme à la trompette.*
1385.	Louis-Antoine de Bougainville	*Voyage autour du monde.*
1386.	Boileau/Narcejac	*Terminus.*
1387.	Sidney Sheldon	*Jennifer ou La fureur des anges.*
1388.	Damon Runyon	*Le complexe de Broadway.*
1389.	Guyette Lyr	*L'herbe des fous.*
1390.	Edith Wharton	*Chez les heureux du monde.*
1391.	Raymond Radiguet	*Le Diable au corps.*
1392.	Ivan Gontcharov	*Oblomov.*
1393.	Réjean Ducharme	*L'Avalée des avalées.*

1394. Giorgio Bassani — *Les Lunettes d'or et autres histoires de Ferrare.*
1395. Anita Loos — *Les hommes préfèrent les blondes.*
1396. Anita Loos — *Mais ils épousent les brunes.*
1397. Claude Brami — *Le garçon sur la colline.*
1398. Horace Mac Coy — *J'aurais dû rester chez nous.*
1399. Nicolas Leskov — *Lady Macbeth au village, L'Ange scellé, Le Vagabond enchanté, Le Chasse-Diable.*
1400. Elio Vittorini — *Le Simplon fait un clin d'œil au Fréjus.*
1401. Michel Henry — *L'amour les yeux fermés.*
1402. François-Régis Bastide — *L'enchanteur et nous.*
1403. Joseph Conrad — *Lord Jim.*
1404. Jean de La Fontaine — *Contes et Nouvelles en vers.*
1405. Claude Roy — *Somme toute.*
1406. René Barjavel — *La charrette bleue.*
1407. Peter Handke — *L'angoisse du gardien de but au moment du penalty.*
1408. Émile Zola — *Pot-Bouille.*
1409. Michel de Saint Pierre — *Monsieur de Charette, chevalier du Roi.*
1410. Luigi Pirandello — *Vêtir ceux qui sont nus,* suivi de *Comme avant, mieux qu'avant.*
1411. Karen Blixen — *Contes d'hiver.*
1412. Jean Racine — *Théâtre complet,* tome I.
1413. Georges Perec — *Quel petit vélo à guidon chromé au fond de la cour ?*
1414. Guy de Maupassant — *Pierre et Jean.*
1415. Michel Tournier — *Gaspard, Melchior & Balthazar.*
1416. Ismaïl Kadaré — *Chronique de la ville de pierre.*
1417. Catherine Paysan — *L'empire du taureau.*
1418. Max Frisch — *Homo Faber.*
1419. Alphonse Boudard — *Le banquet des Léopards.*
1420. Charles Nodier — *La Fée aux Miettes,* précédé de *Smarra* et de *Trilby.*
1421. Claire et Roger Quillot — *L'homme sur le pavois.*
1422. Philip Roth — *Professeur de désir.*

1423.	Michel Huriet	*La fiancée du roi.*
1424.	Lanza del Vasto	*Vinôbâ ou Le nouveau pèlerinage.*
1425.	William Styron	*Les confessions de Nat Turner.*
1426.	Jean Anouilh	*Monsieur Barnett*, suivi de *L'orchestre.*
1427.	Paul Gadenne	*L'invitation chez les Stirl.*
1428.	Georges Simenon	*Les sept minutes.*
1429.	D. H. Lawrence	*Les filles du pasteur.*
1430.	Stendhal	*Souvenirs d'égotisme.*
1431.	Yachar Kemal	*Terre de fer, ciel de cuivre.*
1432.	James N. Cain	*Assurance sur la mort.*
1433.	Anton Tchekhov	*Le Duel* et autres nouvelles.
1434.	Henri Bosco	*Le jardin d'Hyacinthe.*
1435.	Nathalie Sarraute	*L'usage de la parole.*
1436.	Joseph Conrad	*Un paria des îles.*
1437.	Émile Zola	*L'Œuvre.*
1438.	Georges Duhamel	*Le voyage de Patrice Périot.*
1439.	Jean Giraudoux	*Les contes d'un matin.*
1440.	Isaac Babel	*Cavalerie rouge.*
1441.	Honoré de Balzac	*La Maison du Chat-qui-pelote. Le Bal des Sceaux. La Vendetta. La Bourse.*
1442.	Guy de Pourtalès	*La vie de Franz Liszt.*
1443.	***	*Moi, Christiane F., 13 ans, droguée, prostituée...*
1444.	Robert Merle	*Malevil.*
1445.	Marcel Aymé	*Aller retour.*
1446.	Henry de Montherlant	*Celles qu'on prend dans ses bras.*
1447.	Panaït Istrati	*Présentation des haïdoucs.*
1448.	Catherine Hermary-Vieille	*Le grand vizir de la nuit.*
1449.	William Saroyan	*Papa, tu es fou!*
1450.	Guy de Maupassant	*Fort comme la mort.*
1451.	Jean Sulivan	*Devance tout adieu.*
1452.	Mary McCarthy	*Le Groupe.*
1453.	Ernest Renan	*Souvenirs d'enfance et de jeunesse.*
1454.	Jacques Perret	*Le vent dans les voiles.*
1455.	Yukio Mishima	*Confession d'un masque.*

1456. Villiers de l'Isle-Adam — *Contes cruels.*
1457. Jean Giono — *Angelo.*
1458. Henry de Montherlant — *Le Songe.*
1459. Heinrich Böll — *Le train était à l'heure* suivi de quatorze nouvelles.
1460. Claude Michel Cluny — *Un jeune homme de Venise.*
1461. Jorge Luis Borges — *Le livre de sable.*
1462. Stendhal — *Lamiel.*
1463. Fred Uhlman — *L'ami retrouvé.*
1464. Henri Calet — *Le bouquet.*
1465. Anatole France — *La Vie en fleur.*
1466. Claire Etcherelli — *Un arbre voyageur.*
1467. Romain Gary — *Les cerfs-volants.*
1468. Rabindranath Tagore — *Le Vagabond et autres histoires.*
1469. Roger Nimier — *Les enfants tristes.*
1470. Jules Michelet — *La Mer.*
1471. Michel Déon — *La Carotte et le Bâton.*
1472. Pascal Lainé — *Tendres cousines.*
1473. Michel de Montaigne — *Journal de voyage.*
1474. Henri Vincenot — *Le pape des escargots.*
1475. James M. Cain — *Sérénade.*
1476. Raymond Radiguet — *Le Bal du comte d'Orgel.*
1477. Philip Roth — *Laisser courir,* tome I.
1478. Philip Roth — *Laisser courir,* tome II.
1479. Georges Brassens — *La mauvaise réputation.*
1480. William Golding — *Sa Majesté des Mouches.*
1481. Nella Bielski — *Deux oranges pour le fils d'Alexandre Lévy.*
1482. Pierre Gripari — *Pierrot la lune.*
1483. Pierre Mac Orlan — *A bord de L'Etoile Matutine.*
1484. Angus Wilson — *Les quarante ans de Mrs. Eliot.*
1485. Iouri Tynianov — *Le disgracié.*
1486. William Styron — *Un lit de ténèbres.*
1487. Edmond Rostand — *Cyrano de Bergerac.*
1488. Jean Dutourd — *Le demi-solde.*
1489. Joseph Kessel — *La passante du Sans-Souci.*
1490. Paula Jacques — *Lumière de l'œil.*
1491. Zoé Oldenbourg — *Les cités charnelles ou L'histoire de Roger de Montbrun.*
1492. Gustave Flaubert — *La Tentation de saint Antoine.*

1493.	Henri Thomas	*La vie ensemble.*
1494.	Panaït Istrati	*Domnitza de Snagov.*
1495.	Jean Racine	*Théâtre complet,* tome II.
1496.	Jean Freustié	*L'héritage du vent.*
1497.	Herman Melville	*Mardi.*
1498.	Achim von Arnim	*Isabelle d'Egypte* et autres récits.
1499.	William Saroyan	*Maman, je t'adore.*
1500.	Claude Roy	*La traversée du Pont des Arts.*
1501.	***	*Les Quatre Fils Aymon ou Renaud de Montauban.*
1502.	Jean-Patrick Manchette	*Fatale.*
1503.	Gabriel Matzneff	*Ivre du vin perdu.*
1504.	Colette Audry	*Derrière la baignoire.*
1505.	Katherine Mansfield	*Journal.*
1506.	Anna Langfus	*Le sel et le soufre.*
1507.	Sempé	*Les musiciens.*
1508.	James Jones	*Ce plus grand amour.*
1509.	Charles-Louis Philippe	*La Mère et l'enfant. Le Père Perdrix.*
1510.	Jean Anouilh	*Chers Zoiseaux.*
1511.	Robert Louis Stevenson	*Dans les mers du Sud.*
1512.	Pa Kin	*Nuit glacée.*
1513.	Leonardo Sciascia	*Le Conseil d'Egypte.*
1514.	Dominique de Roux	*L'Harmonika-Zug.*
1515.	Marcel Aymé	*Le vin de Paris.*
1516.	George Orwell	*La ferme des animaux.*
1517.	Leonardo Sciascia	*A chacun son dû.*
1518.	Guillaume de Lorris et Jean de Meun	*Le Roman de la Rose.*
1519.	Jacques Chardonne	*Eva ou Le journal interrompu.*
1520.	Roald Dahl	*La grande entourloupe.*
1521.	Joseph Conrad	*Inquiétude.*
1522.	Arthur Gold et Robert Fizdale	*Misia.*
1523.	Honoré d'Urfé	*L'Astrée.*
1524.	Michel Déon	*Le Balcon de Spetsai.*
1525.	Daniel Boulanger	*Le Téméraire.*
1526.	Herman Melville	*Taïpi.*
1527.	Beaumarchais	*Le Mariage de Figaro. La Mère coupable.*

1528.	Jean-Pierre Chabrol	*La folie des miens.*
1529.	Bohumil Hrabal	*Trains étroitement surveillés.*
1530.	Eric Ollivier	*L'orphelin de mer.*
1531.	William Faulkner	*Pylône.*
1532.	Claude Mauriac	*La marquise sortit à cinq heures.*
1533.	Alphonse Daudet	*Lettres de mon moulin.*
1534.	Remo Forlani	*Au bonheur des chiens.*
1535.	Erskine Caldwell	*Le doigt de Dieu.*
1536.	Octave Mirbeau	*Le Journal d'une femme de chambre.*
1537.	Jacques Perret	*Roucou.*
1538.	Paul Thorez	*Les enfants modèles.*
1539.	Saul Bellow	*Le faiseur de pluie.*
1540.	André Dhôtel	*Les chemins du long voyage.*
1541.	Horace Mac Coy	*Le scalpel.*
1542.	Honoré de Balzac	*La Muse du département. Un prince de la bohème.*
1543.	François Weyergans	*Macaire le Copte.*
1544.	Marcel Jouhandeau	*Les Pincengrain.*
1545.	Roger Vrigny	*Un ange passe.*
1546.	Yachar Kemal	*L'herbe qui ne meurt pas.*
1547.	Denis Diderot	*Lettres à Sophie Volland.*
1548.	H. G. Wells	*Au temps de la comète.*
1549.	H. G. Wells	*La guerre dans les airs.*
1550.	H. G. Wells	*Les premiers hommes dans la Lune.*
1551.	Nella Bielski	*Si belles et fraîches étaient les roses.*
1552.	Bernardin de Saint-Pierre	*Paul et Virginie.*
1553.	William Styron	*Le choix de Sophie*, tome I.
1554.	Florence Delay	*Le aïe aïe de la corne de brume.*
1555.	Catherine Hermary-Vieille	*L'épiphanie des dieux.*
1556.	Michel de Grèce	*La nuit du sérail.*
1557.	Rex Warner	*L'aérodrome.*
1558.	Guy de Maupassant	*Contes du jour et de la nuit.*
1559.	H. G. Wells	*Miss Waters.*

1560. H. G. Wells — *La burlesque équipée du cycliste.*
1561. H. G. Wells — *Le pays des aveugles.*
1562. Pierre Moinot — *Le guetteur d'ombre.*
1563. Alexandre Vialatte — *Le fidèle Berger.*
1564. Jean Duvignaud — *L'or de la République.*
1565. Alphonse Boudard — *Les enfants de chœur.*
1566. Senancour — *Obermann.*
1567. Catherine Rihoit — *Les abîmes du cœur.*
1568. René Fallet — *Y a-t-il un docteur dans la salle ?*
1569. Buffon — *Histoire naturelle.*
1570. Monique Lange — *Les cabines de bain.*
1571. Erskine Caldwell — *Toute la vérité.*
1572. H. G. Wells — *Enfants des étoiles.*
1573. Hector Bianciotti — *Le traité des saisons.*
1574. Lieou Ngo — *Pérégrinations d'un digne clochard.*
1575. Jules Renard — *Histoires naturelles. Nos frères farouches. Ragotte.*
1576. Pierre Mac Orlan — *Le bal du Pont du Nord*, suivi de *Entre deux jours.*
1577. William Styron — *Le choix de Sophie*, tome II.
1578. Antoine Blondin — *Ma vie entre des lignes.*
1579. Elsa Morante — *Le châle andalou.*
1580. Vladimir Nabokov — *Le Guetteur.*
1581. Albert Simonin — *Confessions d'un enfant de La Chapelle.*
1582. Inès Cagnati — *Mosé ou Le lézard qui pleurait.*
1583. F. Scott Fitzgerald — *Les heureux et les damnés.*
1584. Albert Memmi — *Agar.*
1585. Bertrand Poirot-Delpech — *Les grands de ce monde.*
1586. Émile Zola — *La Débâcle.*
1587. Angelo Rinaldi — *La dernière fête de l'Empire.*
1588. Jorge Luis Borges — *Le rapport de Brodie.*
1589. Federico García Lorca — *Mariana Pineda. La Savetière prodigieuse. Les amours de don Perlimplin avec Bélise en son jardin.*
1590. John Updike — *Le putsch.*
1591. Alain-René Le Sage — *Le Diable boiteux.*

1592. Panaït Istrati — *Codine. Mikhaïl. Mes départs. Le pêcheur d'éponges.*

1593. Panaït Istrati — *La maison Thüringer. Le bureau de placement. Méditerranée.*

1594. Panaït Istrati — *Nerrantsoula. Tsatsa-Minnka. La famille Perlmutter. Pour avoir aimé la terre.*

1595. Boileau-Narcejac — *Les intouchables.*

1596. Henry Monnier — *Scènes populaires. Les Bas-fonds de la société.*

1597. Thomas Raucat — *L'honorable partie de campagne.*

1599. Pierre Gripari — *La vie, la mort et la résurrection de Socrate-Marie Gripotard.*

1600. Annie Ernaux — *Les armoires vides.*

1601. Juan Carlos Onetti — *Le chantier.*

1602. Louise de Vilmorin — *Les belles amours.*

1603. Thomas Hardy — *Le maire de Casterbridge.*

1604. George Sand — *Indiana.*

1605. François-Olivier Rousseau — *L'enfant d'Edouard.*

1606. Ueda Akinari — *Contes de pluie et de lune.*

1607. Philip Roth — *Le sein.*

1608. Henri Pollès — *Toute guerre se fait la nuit.*

1609. Joris-Karl Huysmans — *En rade.*

1610. Jean Anouilh — *Le scénario.*

1611. Colin Higgins — *Harold et Maude.*

1612. Jorge Semprun — *La deuxième mort de Ramón Mercader.*

1613. Jacques Perry — *Vie d'un païen.*

1614. W. R. Burnett — *Le capitaine Lightfoot.*

1615. Josef Škvorecký — *L'escadron blindé.*

1616. Muriel Cerf — *Maria Tiefenthaler.*

1617. Ivy Compton-Burnett — *Des hommes et des femmes.*

1618. Chester Himes — *S'il braille, lâche-le...*

1619. Ivan Tourguéniev — *Premier amour, précédé de Nid de gentilhomme.*

1620. Philippe Sollers — *Femmes.*

1621. Colin MacInnes — *Les blancs-becs.*

1622.	Réjean Ducharme	*L'hiver de force.*
1623.	Paule Constant	*Ouregano.*
1624.	Miguel Angel Asturias	*Légendes du Guatemala.*
1625.	Françoise Mallet-Joris	*Le clin d'œil de l'ange.*
1626.	Prosper Mérimée	*Théâtre de Clara Gazul.*
1627.	Jack Thieuloy	*L'Inde des grands chemins.*
1628.	Remo Forlani	*Pour l'amour de Finette.*
1629.	Patrick Modiano	*Une jeunesse.*
1630.	John Updike	*Bech voyage.*
1631.	Pierre Gripari	*L'incroyable équipée de Phosphore Noloc et de ses compagnons...*
1632.	Mme de Staël	*Corinne ou l'Italie.*
1634.	Erskine Caldwell	*Bagarre de juillet.*
1635.	Ed McBain	*Les sentinelles.*
1636.	Reiser	*Les copines.*
1637.	Jacqueline Dana	*Tota Rosa.*
1638.	Monique Lange	*Les poissons-chats. Les platanes.*
1639.	Leonardo Sciascia	*Les oncles de Sicile.*
1640.	Gobineau	*Mademoiselle Irnois, Adélaïde* et autres nouvelles.
1641.	Philippe Diolé	*L'okapi.*
1642.	Iris Murdoch	*Sous le filet.*
1643.	Serge Gainsbourg	*Evguénie Sokolov.*
1644.	Paul Scarron	*Le Roman comique.*
1645.	Philippe Labro	*Des bateaux dans la nuit.*
1646.	Marie-Gisèle Landes-Fuss	*Une baraque rouge et moche comme tout, à Venice, Amérique...*
1647.	Charles Dickens	*Temps difficiles.*
1648.	Nicolas Bréhal	*Les étangs de Woodfield.*
1649.	Mario Vargas Llosa	*La tante Julia et le scribouillard.*
1650.	Iris Murdoch	*Les cloches.*
1651.	Hérodote	*L'Enquête,* Livres I à IV.
1652.	Anne Philipe	*Les résonances de l'amour.*
1653.	Boileau-Narcejac	*Les visages de l'ombre.*
1654.	Émile Zola	*La Joie de vivre.*
1655.	Catherine Hermary-Vieille	*La Marquise des Ombres.*

1656. G. K. Chesterton — *La sagesse du Père Brown.*
1657. Françoise Sagan — *Avec mon meilleur souvenir.*
1658. Michel Audiard — *Le petit cheval de retour.*
1659. Pierre Magnan — *La maison assassinée.*
1660. Joseph Conrad — *La rescousse.*
1661. William Faulkner — *Le hameau.*
1662. Boileau-Narcejac — *Maléfices.*
1663. Jaroslav Hašek — *Nouvelles aventures du Brave Soldat Chvéïk.*
1664. Henri Vincenot — *Les voyages du professeur Lorgnon.*
1665. Yann Queffélec — *Le charme noir.*
1666. Zoé Oldenbourg — *La Joie-Souffrance,* tome I.
1667. Zoé Oldenbourg — *La Joie-Souffrance,* tome II.
1668. Vassilis Vassilikos — *Les photographies.*
1669. Honoré de Balzac — *Les Employés.*
1670. J. M. G. Le Clézio — *Désert.*
1671. Jules Romains — *Lucienne. Le dieu des corps. Quand le navire...*
1672. Viviane Forrester — *Ainsi des exilés.*
1673. Claude Mauriac — *Le dîner en ville.*
1674. Maurice Rheims — *Le Saint Office.*
1675. Catherine Rihoit — *La Favorite.*
1676. William Shakespeare — *Roméo et Juliette. Macbeth.*
1677. Jean Vautrin — *Billy-ze-Kick.*
1678. Romain Gary — *Le grand vestiaire.*
1679. Philip Roth — *Quand elle était gentille.*
1680. Jean Anouilh — *La culotte.*
1681. J.-K. Huysmans — *Là-bas.*
1682. Jean Orieux — *L'aigle de fer.*
1683. Jean Dutourd — *L'âme sensible.*
1684. Nathalie Sarraute — *Enfance.*
1685. Erskine Caldwell — *Un patelin nommé Estherville.*
1686. Rachid Boudjedra — *L'escargot entêté.*
1687. John Updike — *Épouse-moi.*
1688. Molière — *L'École des maris. L'École des femmes. La Critique de l'École des femmes. L'Impromptu de Versailles.*
1689. Reiser — *Gros dégueulasse.*

1690.	Jack Kerouac	*Les Souterrains.*
1691.	Pierre Mac Orlan	*Chronique des jours désespérés,* suivi de *Les voisins.*
1692.	Louis-Ferdinand Céline	*Mort à crédit.*
1693.	John Dos Passos	*La grosse galette.*
1694.	John Dos Passos	*42e parallèle.*
1695.	Anna Seghers	*La septième croix.*
1696.	René Barjavel	*La tempête.*
1697.	Daniel Boulanger	*Table d'hôte.*
1698.	Jocelyne François	*Les Amantes.*
1699.	Marguerite Duras	*Dix heures et demie du soir en été.*
1700.	Claude Roy	*Permis de séjour 1977-1982.*
1701.	James M. Cain	*Au-delà du déshonneur.*
1702.	Milan Kundera	*Risibles amours.*
1703.	Voltaire	*Lettres philosophiques.*
1704.	Pierre Bourgeade	*Les Serpents.*
1705.	Bertrand Poirot-Delpech	*L'été 36.*
1706.	André Stil	*Romansonge.*
1707.	Michel Tournier	*Gilles & Jeanne.*
1708.	Anthony West	*Héritage.*
1709.	Claude Brami	*La danse d'amour du vieux corbeau.*
1710.	Reiser	*Vive les vacances.*
1711.	Guy de Maupassant	*Le Horla.*
1712.	Jacques de Bourbon Busset	*Le Lion bat la campagne.*
1713.	René Depestre	*Alléluia pour une femme-jardin.*
1714.	Henry Miller	*Le cauchemar climatisé.*
1715.	Albert Memmi	*Le Scorpion ou La confession imaginaire.*
1716.	Peter Handke	*La courte lettre pour un long adieu.*
1717.	René Fallet	*Le braconnier de Dieu.*
1718.	Théophile Gautier	*Le Roman de la momie.*
1719.	Henri Vincenot	*L'œuvre de chair.*
1720.	Michel Déon	*« Je vous écris d'Italie... »*
1721.	Artur London	*L'aveu.*
1722.	Annie Ernaux	*La place.*

1723. Boileau-Narcejac	*L'ingénieur aimait trop les chiffres.*
1724. Marcel Aymé	*Les tiroirs de l'inconnu.*
1725. Hervé Guibert	*Des aveugles.*
1726. Tom Sharpe	*La route sanglante du jardinier Blott.*
1727. Charles Baudelaire	*Fusées. Mon cœur mis à nu. La Belgique déshabillée.*
1728. Driss Chraïbi	*Le passé simple.*
1729. R. Boleslavski et H. Woodward	*Les lanciers.*
1730. Pascal Lainé	*Jeanne du bon plaisir.*
1731. Marilène Clément	*La fleur de lotus.*
1733. Alfred de Vigny	*Stello. Daphné.*
1734. Dominique Bona	*Argentina.*
1735. Jean d'Ormesson	*Dieu, sa vie, son œuvre.*
1736. Elsa Morante	*Aracoeli.*
1737. Marie Susini	*Je m'appelle Anna Livia.*
1738. William Kuhns	*Le clan.*
1739. Rétif de la Bretonne	*Les Nuits de Paris ou le Spectateur-nocturne.*
1740. Albert Cohen	*Les Valeureux.*
1741. Paul Morand	*Fin de siècle.*
1742. Alejo Carpentier	*La harpe et l'ombre.*
1743. Boileau-Narcejac	*Manigances.*
1744. Marc Cholodenko	*Histoire de Vivant Lanon.*
1745. Roald Dahl	*Mon oncle Oswald.*
1746. Émile Zola	*Le Rêve.*
1747. Jean Hamburger	*Le Journal d'Harvey.*
1748. Chester Himes	*La troisième génération.*
1749. Remo Forlani	*Violette, je t'aime.*
1750. Louis Aragon	*Aurélien.*
1751. Saul Bellow	*Herzog.*
1752. Jean Giono	*Le bonheur fou.*
1753. Daniel Boulanger	*Connaissez-vous Maronne ?*
1754. Leonardo Sciascia	*Les paroisses de Regalpetra,* suivi de *Mort de l'Inquisiteur.*
1755. Sainte-Beuve	*Volupté.*
1756. Jean Dutourd	*Le déjeuner du lundi.*
1757. John Updike	*Trop loin (Les Maple).*

Impression Bussière à Saint-Amand (Cher),
le 20 octobre 1986.
Dépôt légal : octobre 1986.
1er dépôt légal dans la collection : mars 1976.
Numéro d'imprimeur : 2906.
ISBN 2-07-036742-8. / Imprimé en France

39220